LOS CINCO ANILLOS DE PODER MÁRTIR, PUTA, BRUJA, SANTA Y VIRGEN

Silvia Mansilla Manrique

CAAW EDICIONES

LOS CINCO ANILLOS DE PODER
MÁRTIR, PUTA, BRUJA,
SANTA Y VIRGEN

Silvia Mansilla Manrique

Cinco esferas
que han definido a la mujer en el tiempo,
roles impuestos o libremente abrazados

Titulo original: Los cinco anillos de poder.
Mártir, puta, bruja, santa y virgen
© Silvia Mansilla Manrique, 2016
© CAAW Ediciones, 2016
caawincmiami@gmail.com
Primera edición, mayo 2016
ISBN: 978-0-9962047-6-7
LCCN:
Ilustración de cubierta: ©Narah Valdés
Diseño de cubierta: Rodrigo Alvarado y Jorge
L. Alvarez
Ilustraciones basadas en los diarios de viaje de
Silvia Mansilla: Peter Sutuc Telles
cubico.guatemala@gmail.com
Ilustraciones: ©Silvia Mansilla Manrique

Este título es el primero de una trilogía de Silvia
Mansilla Manrique.
Este título pertenece al Catálogo Yulunkela de
CAAW Ediciones.
CAAW Ediciones es la división editorial de Cuban Artists Around the World, INC.

Porque todos nos preguntamos alguna vez en la vida:
de dónde venimos o a dónde vamos.
Esta es la historia de la búsqueda de esas respuestas
y de lo que nunca nadie se imaginó encontrar.

A mis cuatro hermanas

Que no quisieron aparecer en la dedicatoria de este libro, único lugar donde aparecen, pero como el libro está escrito para las mujeres que amo, no pueden dejar de estar.

A mis cinco hijas

Paulina mi niña diamante.

Malena de quien aprendo el placer y la alegría.

Savanna, oscuridad y luz, un milagro viviente.

Feliza con un destino donde todo es posible.

Melina, corazón, espero con este libro ayudarte a disfrutar el camino de regreso al hogar, a donde creo debes guiar a otros.

A nueve de mis amigas

Isabel la mártir, porque no lo pediste, mi amiga, pero lo haces con mucho arrobo y por eso te admiro.

Ada la puta, porque vivirás con estilo hasta el final de los días y es que te sale tan natural y por eso te envidio.

Marilena la bruja, porque estás a un paso de que te salgan alas de dragón, en cuanto empieces a carcajear no podré alcanzarte.

Iris la santa, porque tu compromiso va más allá de la lógica y por eso te quiero cerca y así me contagies.

Débora que fuiste virgen y mártir, aprendiz de puta y bruja, que te veo llegar tan lejos como tú quieras, eres mi *body* en la sombra.

Charline eres el compromiso de los compromisos y por eso te adoro.

Arwen puta, bruja, santa, mártir, ¡eres imparable!, cuanta profundidad has traído al mundo.

Caterina más allá de los anillos, haces todo a tu manera.

Debbie naciste para puta, caminaste como bruja, te convertiste en santa… gracias por abrirme la puerta de ese otro mundo.

Y a las otras nueve de quienes solo diré el nombre por ser instantáneas perfectas de momentos indescriptibles: Cecilia, Aminda, Poli, Alejandra, Susana, Ileana, Lourdes, Armelle y Mónica.

Y las siguientes nueve porque este libro se trata de números y siempre es perfecto tres veces algo, como lo fueron sus personas en mi vida: Sonia, Marta, Sofía, Dominga, Nicté, Vivian, Margarita, Karla y Ellen,

A mis doce estrellas

Mi madre Stella, mi abuela Matilde, Oma Bárbara, Vicky, Habibi, Lucre (mi maestra de literatura), María del Rosario (mi maestra de sexto grado), Ivo, Anabela Castellanos, Magdalena, las brujas mayores Cornelia y Yadira.

Todas ustedes, como fueron llegando a mi vida, me nutrieron y las siento conmigo en cada paso que doy.

A mis trece sobrinas

Denise, Jimena, Andrea, Karin, Mariela, Aurora, Marisol, Pamela, Anita, Ana Gabriela, Valeria, Daniela y Samanta, porque las historias se repiten, pero nunca son iguales. Porque hubiera querido estar más cerca y no lo estuve, pero aquí estoy si me necesitan: ¡las quiero mucho a todas!

Agradecimientos

Esta historia no existiría sin las personas que me contaron sus historias, de quienes me guardaré sus nombres. Y sin las que me abrieron las puertas de sus casas, de sus autos, de sus refrigerados, de sus bolsillos, de sus corazones y mentes.

Empezaré dando las gracias entonces, a Rodolfo Mobil, Pedro Grandón, Solange Sánchez, Alberto Binder, la organización Ananda Marga, Mitchel Denburg, Michael Barczyz, Elmar Shöllhorn, Juan Francisco Urrutia, Andrea Vaeza, Luciano Tarabini, Rodrigo Alvarado, Narah Valdés, Peter Sutuc y a mi editora estrella Yovana Martínez, a quien encontré tras una puerta abierta leyendo su propia historia.

Nota de la autora

Si tienes este libro en las manos es porque te gustó el título. Personalmente quiero pensar que lo tienes en las manos porque es el destino, porque la energía que une todo movió dentro de ti una cuerda largamente dormida, o mejor aún, medio despierta. Pero no me adelantaré a atribuirle el poder que deseo sea verdad.

Mi honestidad de bruja me lleva a tener que aclarar desde el principio el objetivo de esta historia, que es en realidad el compendio, o resumen, de 45 años de búsqueda con este cuerpo. Mi compromiso de santa, contigo anónimo lector, es entregarte mis recuerdos de vidas pasadas y de esta vida. Mi deseo de puta es seducirte para despertar tu sed y hambre de más, porque si lo logro sin caer en el rol de la mártir y sin el propósito de esclavizar a nadie, trabajaré en paz con mi ego para alcanzar el anillo de la virgen, que otorga el poder de la Diosa, y con suerte te pondré a ti en el camino de alcanzar tu propio destino.

¡Vaya que el párrafo anterior quedó con un tono de misterio que no pretendía!, pero es la verdad, y generalmente la verdad es lo más simple y siempre lo más difícil de creer. Lo intentaré de nuevo.

Quiero aclarar que todo lo aquí escrito es mi verdad —no que me haya pasado todo directamente—, pero es lo que aprendí por sueños, regresiones, o experiencias de terceros. Una verdad que no necesariamente tiene que ser la tuya, pero pienso que otra verdad por parcial o pequeña que sea, siempre enriquece la propia, y tarde o temprano nos lleva a encontrar mejores verdades. Así que, por favor, si te decides a leer todo el libro, usa la información aquí vertida como planteamientos cuestionables y utilitarios para tu propia realidad.

Si te cuento que alguna de las protagonistas vio al dios judío a la cara y peleó con él fieramente... si te cuento que las vacas hablan... es porque alguien realmente vio al dios y oyó a las vacas, y fue, para ellas, completamente real. Si algo de lo que leerás a continuación lo inventé o lo inventaron con la mente y la palabra, pongámoslo a prueba, pero si todo esto se vuelve tan real para ti como para mí y las demás, tal vez estamos tras las pistas correctas.

Así que permíteme agregar que este libro contiene pequeños o grandes trazos de erudición: incluí personalidades como Johannes Kepler el matemático, o Galileo Galilei el astrónomo, y rescaté del olvido a la puta-bruja Agnes de Ravensburg, o a la gran Hipatia de Alejandría. Solo para citar algunos de los muchos y muchas que encontrarás, si te decides, por lo menos a hojear el libro.

Además, he de decir que si lees todo el libro encontrarás que: somos estrellas, contenemos todo lo que ellas contienen. Al observar tu mano con atención descubrirás que en efecto esta dibuja una estrella de cinco puntas, normalmente relacionada con la brujería y el satanismo, pero que la naturaleza entera te la muestra con estilo y belleza en flores, frutas, aves y seres marinos. Nuestro propio cuerpo de dos brazos, dos piernas y una cabeza de una proporción perfecta, dibuja esa misma estrella. Cada uno de los picos de la estrella que eres y que se repite en tu mano y en el cielo, está relacionado a cada uno de los anillos descritos −mártir, puta, bruja, santa, virgen− y que somos nosotras las mujeres, las que contamos los códigos y los recuerdos necesarios para activar su poder.

¡En el mundo hay tanto por saber! Aunque sea por diversión debemos intentar cada día aprender algo. Este libro pretende facilitarlo, saltando de un tema a otro, enrollándonos y desenrollándonos, como serpientes navegaremos por todos los temas posibles. Unas veces te perderás y otras recordarás lo que ya tienes dentro.

En resumen, este libro pretende ser un despertador que te lleve despierto, o te saque del ciclo, del ouroboros de luz que nos encandila a todos en el juego.

En un plano más concreto, pretendo que te rías del miedo a la muerte, a la vejez, al amor o al dolor, porque sabrás identificar tu origen divino y reconocer a cuál bando de dioses decidiste entregar tu alianza y tus dones.

Finalmente y con toda sinceridad, quiero que este libro me dé la posibilidad de conocerte, de dar conferencias y seminarios en cualquier parte del mundo donde haya gente como nosotros, dispuestos a intercambiar lo que somos.

Malkuth ¡Que así sea! mmmmmhhhhHo

Silvia Mansilla Manrique Araujo Zibara
para servirle a usted, a los dioses y a la patria.
Finca Mundo Nuevo
Malacatán, San Marcos, Guatemala
30 de noviembre del 2010

Escribiendo el final de mesa en mesa
Cartagena de Indias, Colombia
30 de mayo 2015

En un principio solo estaba ella,
tan sola, vasta, profunda y oscura
En un impulso de su mente vibrante gestó desde su centro una fuerza complementaria y opuesta a sí misma…
¡Hizo la luz!
La luz guardó dentro de sí,
un recuerdo de la noche oscura que le dio vida,
tan oscuro fue el recuerdo,
que se le hizo a la luz imposible entenderlo.
Avergonzada de su ignorancia
escondió su oscuridad
en lo más recóndito de su propia energía,
a tal punto que olvidó
que la oscuridad era parte de sí misma
y el origen de su camino.

Primer verso
El viaje del alma
Sol Magnético Amarillo

O

En un punto finito
desde donde admirar lo infinito

Toda historia debiera comenzar por el principio, para entenderla bien y disfrutarla paso a paso cómo sucedió, pero esta historia que les quiero narrar no tiene un principio específico porque en realidad tiene muchos principios. Uno podría ser la creación de una flauta musical en hueso de zopilote, hace treinta y cinco mil años; o el encuentro de Cleopatra con Julio César en el año cuarenta y ocho a.C.; otro podría ser la quema de la Santa Juana de Arco en la hoguera en mil cuatrocientos treinta y uno. Un cuarto, la Revolución Francesa en mil setecientos ochenta y nueve; o la victoria feminista al lograr el sufragio para las mujeres en América hace menos de un siglo. No es que ninguno de estos acontecimientos tenga una relación directa conmigo, o por lo menos no tengo ninguna prueba científica que lo acredite, pero podría ser que alguno de esos acontecimientos, o cualquier otro de los miles significativos de la Historia, fueran realmente los principios de mi historia y de las mujeres que conozco. Desde que puedo recordar, me he tomado tremendamente en serio esto de ser mujer, de tener alma y mente de mujer, pero sobre todo, de vivir la vida con cuerpo de mujer. Como toda mujer, a lo largo de mi vida me he sentido amada, admirada, deseada, así como menospreciada, juzgada, catalogada y señalada, porque las mujeres sin importar si tenemos cuatro, ocho, veinte, cuarenta o más años, nos tomamos estas emociones y apreciaciones muy en serio. Somos conscientes de ellas desde… ¡el día mismo! que nacemos. Y por eso el dolor cuando uno ha sido rechazada desde la cuna, cuando el médico o la comadrona anuncian nuestro sexo a padres decepcionados por la vagina de la hija. Como toda mujer, he buscado y pensado conocer al príncipe azul, y como toda, me he encontrado con tigres, salamandras, coyotes y depredadores de toda índole. Pero, a diferencia de una gran mayoría de mujeres y como pocas creo yo, me he sentido inmensamente poderosa y completa en mi soledad. Lo que tal vez me llevó a encontrar varones —depredadores por naturaleza— con un alto nivel de conciencia y capacidad de dar. Es arrogante de mi parte adjudicarme a mí y a otras cuantas, ¡semejantes éxitos!, pero sé que es cierto, porque el mundo ha cambiado poco, a pesar que hay más mujeres en las esferas públicas, a pesar que hay cada vez más madres solteras educando en solitario a sus vástagos femeninos o masculinos. ¡A pesar de que miles!, millones de mujeres se preparan académicamente y se gradúan de la universidad desde hace más o menos setenta años. A pesar de todo esto, el mundo sigue siendo de los varones y sus viriles dioses.

Me sorprendió desde muy pequeña descubrir que ser mujer era algo muy diferente a ser hombre, no solo por los obvios órganos sexuales externos e internos, sino por la manera que millones, billones de mujeres, habían vivido antes que yo. La misma manera limitada y pobre —y no me refiero exclusivamente a lo económico— que miles, millones de mujeres viven la vida hoy, a pesar de la modernidad y la tecnología. Luego de observar y preguntar, de leer y leer, de viajar e involucrarme, aprendí que hay dos formas predilectas de llamar o catalogar a las mujeres, pero lo más sorprendente es que las mismas mujeres las utilizan para catalogarse, ¡y peor aún!, valorarse a sí mismas: decentes o indecentes.

Luego de ver a mujeres devastadas por «lenguas» sin nada mejor que decir, he concluido que la decencia femenina no tiene que ver, como en los hombres, con su honestidad o compromiso en el trabajo y ¡que lo diga Lady D! ¡Es más!, la indecencia masculina ni siquiera existe, porque si no es honrado, le llamarán ladrón, y si no es trabajador: ¡haragán! Mientras que la decencia o indecencia femenina tiene que ver con su comportamiento sensual y sexual, marcado desde la infancia por su manera de vestir, hablar, reír, bailar, a dónde va, a qué hora se acuesta, con quién o dónde se acuesta, o en cualquier caso, dónde y con quién creen los demás que lo hace.

Aún hoy, las mujeres liberadas sexualmente asumen que su conducta es indecente y hacen de ella una postura política: «soy amoral», «me burlo del sistema». O una postura social: «no estoy buscando casarme», «soy una mujer de carrera». O una apreciación personal: «me es indiferente lo que piensen de mí», «hago lo que me venga en gana».

De alguna manera interpretan que han cruzado la línea y se han desvalorizado ante los otros, por lo que más vale autoetiquetarse, antes que lo hagan ellos… ¿para evitar así la autodesvalorización? Lo cierto es que al «liberarnos» debemos, de una y otra forma, explicar ante nosotras y los otros esa supuesta conducta descarriada, con suerte lo haremos primero ante nosotras. Salirse de estas dos ideas implica una explicación tan larga como la Biblia.

En la literatura hasta hace poco, salvo excepciones, la heroína aparece acompañando o justificando al galán o héroe, quien muy concentrado busca el Santo Grial, o salvar al mundo de su total destrucción, y de paso rescatar a la chica –que será su chica–, quien inútil e incapaz siempre se mete en problemas. Villanas absolutas por supuesto sí hay, como Morgana, Medusa o Úrsula, por solo mencionar algunas. Todas obsesionadas por su belleza o juventud.

Hay, claro, personajes fuertes y heroicos, pero casi siempre en proporción al rol de los personajes masculinos. Tomemos por ejemplo, al personaje Sarah Connor, de «Terminator», quien es, probablemente, de las pocas mujeres que independientemente del galán, juega un papel protagónico al educar al hijo para salvar al mundo. Pero ojo, es el hijo y no ella, quien salvará al mundo... ¿cómo habrá hecho María con Jesús?

Las mujeres que lograron colocarse en un lugar importante dentro de la Historia, son mujeres que ejercieron poder como hombres en mundo de hombres. ¿Por qué Catalina la Grande, Elizabeth I, Isabel la Católica, —por solo mencionar algunas—, no ejercieron su poder para liberar a las mujeres de las cargas sociales, religiosas y sexuales a las que fueron sometidas históricamente? ¿Por qué pensaron como hombres? O vayamos más profundo aún: ¿por qué no entendieron lo que significa ser mujer? Y aquí voy más profundo: ¿qué significa ser mujer?, ¿qué o quiénes somos las mujeres?

Según el Judaísmo, Cristianismo y el Islamismo, la mujer es una extensión de Adán: una criatura para acompañarlo y satisfacerlo. Según las ideas patriarcales de India, África, Asia, América y aún en Europa del Este: una especie de incubadora para desarrollar los hijos que implantan en nuestros vientres por matrimonio o violación, da igual. Según la organización social y las constituciones de muchos estados: somos las responsables de cuidar de los niños y sostener el hogar y la familia, pero ¿cómo y qué familia?, ¿la de papá como cabeza del hogar y mamá como ejecutiva sin injerencia en las decisiones del hogar? Según algunos hombres —una gran mayoría—, somos criaturas complejas y volubles imposibles de entender, pero buenas para llevar a la cama. Según las mujeres... ¿Según las mujeres? —y aquí exclamo un ¡mmmhh! y un ¡guuuaa!—, que difícil de contestar. Tal vez, después de todo, los hombres tengan razón y somos criaturas complejas y volubles, pero que antes de ser llevadas a la cama —por lo menos una gran mayoría— quieren ser llevadas de compras, a comer, de paseo y, ¿por qué no?... al altar por seguridad o por decencia. Compradas o pagadas, pareciera que las mujeres hemos tenido siempre un precio para compartir momentáneamente, o ser parte de la vida de un hombre. Puede que el precio o la forma de pago haya variado con el tiempo, pero el precio sigue estando allí.

Sin importar hoy cuán exitosa o económicamente la mujer sea, pareciera buscar siempre –salvo excepciones– hombres capaces de pagar su precio, ya sea en especie, metálico o satisfacción física y psicológica, y generalmente relacionado al estatus.

La mujer moderna medio confundida en un mundo de valores patriarcales confrontados, busca consciente o inconscientemente un hombre merecedor del valor que ella misma se otorga, ¿por una cuestión de poder?, ¿es el poder de la mujer diferente al del hombre?, y si son estos poderes diferentes, ¿están estos enfrentados?, o ¿el poder es uno solo? Pero no nos adelantemos, esta idea interrogante del precio de la mujer, que nosotras mismas nos otorgamos o es marcado por otros, del acceso a nuestros cuerpos y nuestro extraño poder, es parte del principio que salí a buscar hace muchos años.

¿Quién puso el precio y cuándo?, me pregunté a los dieciocho años. ¿Perdió ella, esa…? ¿Perdimos el poder o no lo hemos ejercido nunca? Resonaron las preguntas, la primera vez que escuché el canto de la luna. ¿Fueron acaso algunas antepasadas nuestras?, ¿pero por qué y cómo? Busqué en los libros. ¿Fueron acaso los dioses?, ¿el Dios y la Diosa confrontados, un dios y otros dioses confrontados, una diosa confrontada contra su propia creación…? ¡He allí el principio que buscaba sin saberlo!, ¡el origen de la esencia femenina y su poder!, ¡el origen del mundo! El principio por donde debiera empezar a narrar. Pero tal vez nadie, ni yo misma, creería si les cuento lo que encontré, por lo que da lo mismo y empezaré entonces, por cualquier lado, por el primer recuerdo que me llegue a la cabeza, y aquí vamos…

Primera Parte

Nosotras, las caminantas:
guerreras, sanadoras, maestras;
las denominadas brujas

Mujer Natura

Tercer dedo, dedo del corazón,
primer elemento, aire
anillo de latón

Evolutiva y compleja Europa,
el olfato, respiración, la mente, el origen

En el camino, surgen imponentes frente al Alma dos columnas,
una es negra y rígida, la otra se mueve y es clara.
Tras las columnas no logra ver mayor cosa el Alma.
Desde el otro lado se escucha
que una mujer asciende cantando seductoramente.
Hasta llegar la cantante al centro del portal,
el Alma, pudo admirar su belleza.
«Si lo que buscas es resolver los misterios de la vida,
recorre los caminos de la Tierra»,
dice la joven al Alma con voz tierna.
«El submundo y sus respuestas, existe solo,
para los que han vivido valientemente y mueren para volver a nacer diferentes.
Busca a mi madre la Emperatriz, dale un beso de mi parte
y dile que te dé las reglas de la Tierra».
«¿Quién eres?»,
preguntó el Alma.
«Soy Psique, la sacerdotisa,
guardiana de la memoria colectiva»,
respondió antes de esfumarse con todo y las columnas.

Quinto verso
El viaje del alma
Sol Magnético Amarillo

...árboles, magia y danza
Bosque de Chiloé, Chile, 1994

—En todo cuento de brujas que se precie ¡como verdadero!, hay a la vera de la historia un árbol —decía Solema, una bruja alta y de curvilíneo cuerpo, de impresionante cabellera negra hasta las nalgas, quien dirigía el círculo de ese día—, alrededor del cual las brujas hemos cantado, bailado, hecho magia, tenido sexo y acordado pactos.

Estaba sentada sobre una pierna, con la otra abierta al frente de su cuerpo, se veía sensual y poderosa.

—Los árboles han formado, desde siempre, parte de la historia de los hombres, en el aspecto práctico de la vida como fuente de calor, vivienda, sombra y alimentación. ¡Y en el aspecto mágico del ser, como fuente de información, amor, hermandad y guía...!

Las palabras de la bruja se fueron elevando en el aire hasta la copa del árbol a sus espaldas, adonde dirigí la vista para recordar la copa de otro árbol que de niña me acurrucó entre sus ramas. Cantándome siempre con ese *tentibeque* permanente que emanan los árboles felices. «Papá árbol», como llegué a llamarlo, me contó historias de tierras lejanas, despertó en mí la sed de viajar y ver otras tierras. El árbol de mi niñez respondió con preguntas complejas a mis preguntas simples sobre la vida y me instó a buscar por mí misma las respuestas en el camino de la vida.

«¿Ves qué lejos he llegado?», pregunté mentalmente a ese otro árbol frente a mí. «¡Al fin del mundo!», exclamé refiriéndome a Chile, que era donde me encontraba, y continué mi conversación mental con el árbol: «para enterarme que… ¡¿soy bruja?!». No pude evitar reírme atrayendo la atención de los otros, que para mi sorpresa compartieron la risa conmigo, multiplicándola por el círculo como si hubiese contado un chiste en voz alta. También Solema se rio interrumpiendo su propio discurso y hasta que la risa se apagó por sí sola, sin que nadie comentara o se molestara, siguió hablando.

–De los textos en francés y latín que quedaron como testimonio del juicio hecho a Juana de Arco se lee:

Cuestionada sobre cierto árbol cercano a su aldea, ella dijo que cerca de la aldea de Domrémy hay un árbol llamado el «árbol de las damas» y otros lo llaman «el árbol de las hadas», *fées* en francés, el cual está cerca de un nacimiento de agua. Ella escuchó que los enfermos con fiebre beben del nacimiento, y ellos/ellas van en busca de su agua para curarse. Ella dice que oyó que cuando los enfermos no se pueden levantar, van al árbol para caminar a su alrededor. Es un alto árbol Haya, del cual ellos/ellas obtienen el Mayo, en francés *le beaun mai*. Y pertenece por costumbre a Lord Pierre de Bourlémont, caballero. Ella dice que fue algunas veces con otras muchachas a caminar e hicieron guirnaldas (coronas) cerca del árbol para la imagen María Bendecida de Domrémy. Y ella escuchó muchas veces de los viejos lugareños (ninguno de su familia) que las hadas se reunían allí. Y escuchó de una mujer llamada Joan, la esposa del alcalde Aubury de ese pueblo y su propia madrina, que ella había visto hadas allí; pero Joan (ella) no sabía si eso era verdad o no. Ella dice que nunca vio hadas cerca del árbol, tan lejos como ella sabe. Ella vio muchachas jóvenes poner guirnaldas en las ramas; y algunas veces ella lo hizo también así con las otras muchachas; algunas veces ellas se las llevaron, otras veces ellas las dejaron.

Después que ella supo que se suponía debía venir a Francia, ella usó poquito tiempo en juegos o en deambular, tan poquito como fuera posible. Y ella no sabe si danzó o no cerca del árbol después de haber alcanzado la edad discreta; pero algunas veces ella pudo haber danzado allí con los niños, pero ella cantó más que danzó. Ella dice que hay un bosque llamado el Bosque de Robles, (*le Bois chesnu* en francés), visible desde la puerta de la casa de su padre, a menos de media milla de distancia. Ella no sabe, ni nunca escuchó que las hadas se reunieran allí; pero ella escuchó de su hermano que se dijo en el campo que ella, Joan, recibió el mensaje en el «Árbol de las Hadas». Pero ella dice que no fue así, y lo contradijo (a su hermano). Ella dice que después cuando se presentó a su rey, algunos de ellos le preguntaron si había o no un bosque en su área llamada *le Bois chesnu*, porque habían unas profecías que decían que la doncella que realizaría maravillas se suponía venir de ese bosque. Pero Joan dice que ella no da fe a esto.

Al terminar la lectura, Solema aclaró:

—¿Juzgaron o quemaron a esas mujeres también luego de las declaraciones de Joan? —interrumpió una de las jóvenes del círculo.

—No lo sé —respondió Solema—, no encontré nunca un texto, ni tengo tampoco un recuerdo que me explicara qué pudo haber pasado con el árbol o con las mujeres mencionadas por Juana —guardó silencio un momento—. Habrá sido un milagro que no persiguieran y quemaran a esas mujeres también. Es curioso, pero creo que a los árboles involucrados en las historias de brujas, los monjes y sacerdotes les dejaron en paz.

—Lo traduje yo misma del libro *The Trial of Joan of Arc*[1], que fue a su vez traducido de los textos originales

---

[1] Traducción del original: Silvia Mansilla Manrique. (Fragmentos)

en latín y francés a los que el autor tuvo acceso. Independientemente de los errores de traducción que pudiésemos tener de idioma a idioma, sacamos en claro de estas declaraciones tomadas en prisión (pero no bajo tortura física como les ocurrió a otras miles de mujeres), que Joan tuvo acceso desde pequeña a una realidad mágica que le enriqueció el alma y la mente —Solema se reacomodó sobre ambas piernas explayando a su alrededor la amplia falda de su vestido blanco. Con el movimiento, el pelo suelto abrazó sus hombros desnudos—. Podemos interpretar que independientemente de una vida forjada en el trabajo de la tierra, Juana, como la conocemos en castellano, tenía momentos de esparcimiento y placer, así como relación directa a la fuerza femenina, ya sea en la figura del árbol dedicado a la esencia de la mujer, o en la figura de la María Bendecida a la que ofrendaban con guirnaldas creadas al lado del mismo árbol de tan poderoso significado. Sabemos por los documentos dejados por sus juzgadores, que Juana creció fortalecida en la imagen de mujeres capaces y ciertamente poderosas, tanto las de carne y hueso como su madre Isabelle y tres de sus madrinas: Agnès, Jeanne y Sibylle, de quienes se sabe por el interrogatorio al que fue sometida, que aprendió sus creencias y obtuvo su conocimiento, así como místicas figuras de hadas y la María, madre de Cristo.

—Les infundían temor, o tal vez pensaban que eran puros cuentos; testimonios obtenidos, al fin y al cabo, bajo tortura. Porque sabemos que acusar a las mujeres de brujería fue ciertamente el pretexto para manifestar todo su odio contra nuestro sexo. Basta con leer algunos de los juicios para entender que se regodeaban con maltratar a las féminas hasta la muerte —explicó, con un tono de tristeza, Rebeca, la encargada de sonar una enorme caracola en los rituales.

SCOTT, W.S. (Introducción y notas por) *The Trial of Joan of Arc*. Segunda edición. Folio Society, 1968. 173 p.

–¡Oh no! –exclamó una chica rubia con acento, probablemente europea, a la que yo aún no conocía–. Yo sé de algunos bosques mandados a talar en Suiza y Alemania durante la Edad Media «para expulsar a los demonios del área», según decían; y se lee en las crónicas de América que una de las primeras cosas que Hernán Cortés mandó hacer, luego de tomar la ciudad de Moctezuma, fue talar y quemar los bosques circundantes a la ciudad porque –con gesto teatral e imitando la voz de un hombre– «le provocaban miedo y fue para hacerse sentir en casa», según se sabe que dijo Cortés, aunque pudo haber sido solo una táctica militar –concluyó riéndose.

–En Guatemala, los españoles volvieron desierto una gran parte del país al talar toda la cuenca de un río llamado Motagua –conté queriendo contribuir a la charla–, unas crónicas dicen que fue para llevarse la madera a España, y otras que fue simplemente para limpiar el área de selva y árboles. Lo cierto es que ese río navegable en tiempos de la colonia, hoy es un desagüe sucio de la capital de mi país. Ahora la ceiba (el árbol nacional) y otros árboles nativos están en peligro de extinción, no solo por la tala inmoderada, sino porque el poder de los árboles que dan sentido a toda esa región, se borró de la memoria de mis actuales conciudadanos.

–Ah… el árbol de los mayas… –interrumpió cadenciosamente el único otro hombre del círculo, aparte de mi amigo Rodax–. ¡Qué poderosa y mística es la ceiba! ¡Cuántas cosas enseña ese árbol de impresionantes raíces que conducen al submundo, de grueso tronco que contiene al mundo! Y sus exuberantes y gigantescas ramas nos conectan a las dimensiones superiores y paralelas: ningún otro árbol es más sagrado y poderoso que la pentandra[2], llamada ceiba.

---

[2] Ceiba pentandra: especie tipo de ceiba. (*N. del E.*)

Mi mente volvió a dispararse, me lo volví a preguntar por octava vez: «¿Cómo es que tuve que viajar hasta el fin del mundo... hasta el sur de América, al sur de Chile, para aprender sobre los mayas, sus profecías y su extraordinario conocimiento del universo y las matemáticas?». Este encuentro en el que llevábamos varios días, en medio del bosque de impresionantes y gigantescos árboles, entre brujas, chamanes, gnósticos y vagabundos como yo, era para crear al día siguiente, dos de agosto de mil novecientos noventa y cuatro, una enorme espiral humana de pensamiento positivo, con el propósito de sincronizarnos junto a la Tierra, al cambio de energía y ciclo que se calculaba habíamos empezado a vivir a partir de mil novecientos noventa y dos. Para el dos mil doce, ya muchos autores –entre los más interesantes Carl Calleman y Barbara Hand Clow, de los muchos que leí– llegaron a publicar infinidad de libros donde desarrollaron una serie de teorías para entender la aceleración del tiempo y la experimentación de un nuevo nivel de conciencia, marcado, entre otras cosas, por la llegada de Internet a las masas, en mil novecientos noventa y dos, un salto significativo en las comunicaciones, la tecnología y la política europea.

Pero ese dos de agosto de mil novecientos noventa y cuatro, yo aún estaba lejos de entender cómo las cosas que pasaban en un lado del mundo afectaban al otro, y viceversa. Mis amigos chilenos estaban muy avanzados en esos temas, por lo que ese día y con esa fiesta, unificaban en una sola celebración el festival llamado Imbolc –la llegada de la primavera en el hemisferio sur– y la aceleración del tiempo profetizada por los mayas.

Así, que en la víspera de la fiesta, sentada junto al fuego, se elevó enorme y sin sorpresa en medio de todos mis caóticos pensamientos, el recuerdo de la vieja ceiba del parque de uno de los pueblos en los que crecí. Todos los días, al salir de la escuela, pasaba a su lado admirando su gigantesco tronco y altas ramas, en la que decían se escondía una enorme mazacuata[3], que se alimentaba de los pájaros que llegaban al árbol. Algunas veces, me detenía al lado de la ceiba esperando escucharla, y con suerte, ver a la serpiente que vivía en sus ramas. Pero permanecía en silencio y yo me preguntaba si era a propósito, o porque el parque, con toda la gente y los buses pasando a su lado, era demasiado para aquel árbol que ansiaba estar cerca de otros de su especie. Yo admiraba a la ceiba y le explicaba de todas las formas discretas que podía, que a muchos nos hacía feliz verla allí tan inmensa y majestuosa.

«¿Qué habrá sido de aquel enorme árbol?», me pregunté, allí al sur del sur, con un hoyito de nostalgia en el corazón. «¿Habrá matado alguien a la serpiente como querían hacerlo?», pues era un tema recurrente entre los muchachos del pueblo, retarse a ver quién sería el valiente en escalar la ceiba para matar al que denominaban «el monstruo en las ramas».

«Qué metafórico...», me dije, «debo profundizar en esta idea cuando tenga más tiempo». Ahora debía concentrarme en el aquí de chiflados, místicos o genios con los que me encontraba.

Me habían explicado que al día siguiente se esperaba la llegada de más de cien personas. La meta era enviar un mensaje telepático al centro de las Pléyades donde, aseguraban algunos de los organizadores, se encuentra una especie de central repetidora hacia las otras galaxias del Universo. La gran mayoría de asistentes eran seguidores del juego El Encantamiento del Sueño (*Dreamspell*) inventado por un antropólogo mejicano-estadounidense llamado José Argüelles.

—Jugar, supone ayudar al practicante a salir de la ilusión que implica vivir en este mundo al que llamamos de la cuarta dimensión —nos contó un hombre de pelo

[3] Mazacuata: (En Centroamérica) boa constrictor. (*N. del E.*)

y larga barba blanca con quien compartimos almuerzo, Rodax y yo, el día que llegamos.

—Argüelles se inspiró en los descubrimientos hechos en la tumba de Pakal, uno de los más grandes líderes mayas de la ciudad de Palenque, en el sur de México, hace más de mil años —terminó, henchido de orgullo.

—En la enorme losa que cubrió la tumba del monarca —explicó Manuel, el guapísimo líder del grupo, unas horas más tarde—, se ve al árbol, la ceiba, comunicando tres mundos entre raíces, tronco y cresta, dimensiones o esferas que entre sus múltiples lecturas sabemos están las instrucciones para viajar a través del

tiempo y el espacio, por lo que llamamos a Pakal: el internauta.

Dieciocho años de infinidad de experiencias me llevó comprender la enormidad del mensaje dejado por los antiguos pobladores de América, su relación con otras culturas y mi alma de mujer, pero eso son otros recuerdos que contaré más adelante. Ahora debo concentrarme en Solema, la tercera bruja de carne y hueso que conocí en mi búsqueda de mujeres y sus historias.

–¡Por eso!, reafirmo –explotó la bruja con una carcajada que contagió a los trece que componíamos el círculo, sacándome de mis divagaciones–, que en toda historia de brujas que se aprecie de serlo, ¡debe haber un árbol!

–Otro ejemplo histórico que os puedo compartir es el de la quema en la hoguera de Agnes Baden y Anna von Mindelheim. ¡Sostengo!, así me quemen de nuevo viva y como las quemaron a ellas, que lo que estas mujeres dijeron a los inquisidores es lo que les llevó a escribir su famoso manifiesto El Martillo de las Brujas[4]. Quedaron tan atemorizados de la profundidad del conocimiento que estas féminas manejaban, que decidieron apropiarse de él y destruir a las mujeres que lo poseían. A pesar de la poca documentación que quedó de Agnes y Anna, se sabe a través del juicio donde las acusaron ridículamente de manipular el clima para arruinar las cosechas, que acostumbraban bailar y cantar alrededor de un enorme y antiguo abeto. Agnes era de profesión bañista y probablemente prostituta por vocación. Ejercía ambos talentos en un baño público del barrio judío de la ciudad de Ravensburg al sur de Alemania. Hoy declaro, porque lo he visto en sueños, que

---

[4] *The Malleus Maleficarum* (en latín original: *Malleus Maleficarum*). Tratado medieval sobre brujas para instruir a los jueces de la Santa Inquisición sobre cómo identificar, interrogar y condenar a las brujas. *(N. del E.)*

esta mujer tenía información de las estrellas y del origen del poder femenino y de cómo lo perdimos. Sé, que el árbol era quien le permitía viajar entre tiempo y espacio.

Solema se puso de pie para mover con la paleta de madera el contenido de uno de los dos calderos de barro que teníamos al fuego en el centro del círculo. En el de la izquierda se cocía una poción de flores y hierbas de la que beberíamos, y en el de la derecha, una de cortezas con la que nos bañaríamos. Con la mano libre enrolló lentamente en forma de espiral, con sensuales giros, su largo cabello, que luego atrapó bajo el elástico de la blusa. No sé cuál de los dos movimientos me hipnotizó: si el girar del brazo con la paleta entre el humo del caldero o el de su cabello enroscado como un largo cuerno de unicornio negro. Lo cierto es que creció ante mis ojos, más bella de lo que era, con un aura de mujer peligrosa que me clavó al suelo debajo del cojín en el que me sentaba.

—Regresando a Juana —empezó Solema a hablar con los ojos fijos en el líquido que movía—, nadie puede negar el poder que llegó a ostentar y que mantuvo hasta el momento de su muerte, salvo pocas excepciones donde pareció perder el poder para luego recuperarlo. Sus hazañas están registradas como hechos históricos en infinidad de crónicas, ¡tomen nota! —dijo metafóricamente, ya que nadie a excepción mía que tenía una pequeña grabadora, tenía papel o lápiz—. Aún joven, se colocó a la cabeza de un ejército para vencer a otro. Sabía pelear como un hábil guerrero y poseía un valor que rayaba en la locura. Campesina y supuestamente iletrada, supo moverse con soltura entre la nobleza y encontrar caminos que la llevaran a lograr su causa. ¡Entonces!... ¿Quién preparó a Juana? Según sus propias palabras, dos de las voces que le hablaban y guiaban eran Caterina y Margarita. Desgraciadamente, la Iglesia reconoce varias santas con estos nombres, por lo que no queda claro si fue la Caterina de Antioquia,

Alejandría o la Toscana; estas son tres de las por lo menos diez Caterinas importantes de la historia femenina. Sin embargo, la espada de Juana, conservada hasta hoy en París y decorada con cinco cruces, fue encontrada bajo las instrucciones de las santas dadas a Juana, en la iglesia Sainte-Catherine de Fierbois, una ciudad cerca de su hogar, pero no tan cerca como para que la conociera bien. La espada estaba enterrada tras el altar…

—Entonces, nada que ver a cómo sale en la película —interrumpió Rodax, sentado a mi lado—, donde afirman que encontró la espada tirada en el campo… hecho en el cual se basa el argumento de esa historia de Hollywood…

Ante la mirada de algunas en el círculo, Rodax se extendió en la explicación:

—En la película, el demonio, diablo, o lo que sea que representa el hombre-espíritu que la acompaña en la celda, la está retando a reinterpretar el significado de haberla encontrado tirada en el campo. En otras palabras, la película se trata del poder de elección o interpretación de Juana de Arco al descubrir la espada. ¡Vaya! ¡Hasta el cine queriendo demonizar y desacreditar lo sobrenatural! —concluyó, golpeando el suelo con un puño en un gesto de frustración masculina.

Solema estalló en una carcajada que me erizó el cabello de la nuca.

—Pero ¿quién es el demonio, sino un ángel caído? Lo cierto es que a pesar de todas sus inexactitudes, la película es una hermosa pieza que muestra el poder de nosotras las mujeres de fe y fuerza. Apoyada por santas o demonios, ¿educada o guiada?, es la mejor muestra documentada que tenemos de nuestra capacidad para vivir y afectar el destino amparadas por creencias o sugestiones. Aunque la película dejó los anillos de Juana, el árbol y las profecías relacionadas fuera de la historia, le dio lugares protagónicos a la espada y al poder de elección de esa mujer, primero vista como loca y luego como profeta, más tarde como bruja y finalmente como santa. Pero ¡basta de hablar y empecemos a bailar que este brebaje está listo!

Rebeca sopló la caracola, que resonó como el grito de un recuerdo antiguo. Rodax la acompañó con el clarinete que acababa de aprender a tocar apenas unas semanas antes, cuando Ernesto, mi compañero músico de cabaña, se lo vendió en una noche que nos dejó a todos boquiabiertos porque logró arrancar de la primera vez, como buen brujo, una hermosa melodía al instrumento. A Rodax, que tocaba de pie moviéndose como duende encantado, guiñando los ojos cómicamente cada vez que hacía contacto con alguien, se le unieron dos chicas con tambores y luego, el resto de nosotros con las voces, mientras bailábamos girando alrededor del fuego. Solema fue entregando a cada uno que pasaba a su lado, un tazón de oloroso brebaje, que llenó mis sentidos en cuanto el vapor atravesó mis fosas nasales. Las copas de los árboles empezaron a danzar conmigo, mientras mi risa entrelazada con notas, voces y otras risas, subía en estilizadas volutas junto al humo, para tocar sus crestas alborotadas.

De cómo avanzó el baile y de cómo la bebida nos calentó el cuerpo estimulando el alma, resumiré que todos nos desnudamos para bañarnos con la poción del otro caldero y seguir danzando hasta cansarnos. Desnuda, me sentí cómodamente observada y sin juicio ni malicia, observé a los demás. Nos rozamos, abrazamos y de repente, una y otra acarició a alguien más. Nadie que yo sepa tuvo sexo, pero estoy segura que de haberse sentido alguien atraído, probablemente, hubieran hecho el amor allí mismo, sin que nadie se molestara. La desnudez y la alegría de sentirnos plenamente libres eran como lo absolutamente natural en medio de árboles y vegetación agreste.

Al día siguiente, dos de agosto después de mi primera celebración de Imbolc, amanecí sintiéndome limpia, sensual y bella, lista para el mágico espiral que llegamos a componer unas quinientas personas, todas vestidas de blanco. Caminamos bajo el sol, despacio, muy despacio, en profunda meditación, sin perder, no sé cómo, la forma del mítico caracol.

—El mensaje a las Pléyades se envió con éxito —dijo Manuel, el organizador, al finalizar la actividad. El mensaje recibido no tomó significado para mí, sino hasta la celebración del b'ak'tun, de vuelta en mi país, dieciocho años después.

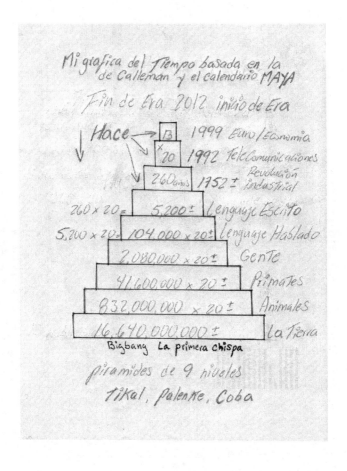

Pronto notó,
no tener un cuerpo que la contuviera,
para ir allí donde deseaba.
Al avanzar un poco llegó a un cruce de caminos
con una mesa de tres patas al centro.
Sobre ella había una daga
con la cual cortar el viento,
se hizo con ella un cuerpo.
Una copa con agua de la que al beber,
sació una sed y despertó otras.
Al tocar el basto de fuego,
se inició en su centro un golpeteo palpitante.
Encontró, también en la mesa,
un disco de oro con una estrella impresa.
Se vistió con la capa y el sombrero
que estaban al centro de la mesa.
Todo tenía sentido pensó el Alma…
menos el disco de oro con la estrella.
Precavida lo guardó en uno de los bolsillos de la capa
y escogió el camino de la izquierda.

Cuarto verso
El viaje del alma
Sol Magnético Amarillo

2

La lección de las vacas
Río de las Santas, Brasil, 1995

Conocí a Gonzalo, el uruguayo, trabajando en una carpintería de Porto Alegre, Brasil, a principios de 1995. Lo habían enviado allí para ganar dinero, que depositaba al grupo (algunos dirían secta) a la que pertenecía. Era un grupo espiritual donde sus miembros, dirigidos por una mujer llamada Berta que canalizaba a Jesús entre sus principales figuras, habían dejado todo —familia, amigos y carreras profesionales— para ir a vivir a una pequeña finca, en algún lugar perdido en el interior de Brasil. El lugar se llamaba Río de las Santas y el nombre me pareció simpático. ¡Ni imaginar lo que encontraría! Gonzalo me relató que vivían en comunidad de la manera más natural posible, donde cada uno aportaba lo que podía. Habían logrado construir cabañas cómodas y desarrollado pequeñas fuentes de ingreso, pero de tiempo en tiempo, algunos como él eran seleccionados por los espíritus o entidades superiores canalizados por Berta, para salir al mundo a ganar dinero para que la comunidad siguiera creciendo.

La nueva estructura familiar y social en la que vivían era también dictada por las entidades canalizadas. La historia me pareció fascinante. Por un lado, sonaba muy bien el nuevo estilo de vida que estaban creando, y por el otro, el fenómeno paranormal de la canalización era exactamente lo que buscaba y encontraba desde hacía un año en Suramérica. Le pedí a Gonzalo que me explicara cómo llegar a visitarles. Justo en ese tiempo, llevaba un par de semanas intentando dilucidar si convertirme en monja-yogui de base hinduista era mi camino.

Vivía desde hacía unos meses en un *jagriti* de Ananda Marga, una especie de monasterio budista donde se hace yoga, meditación y trabajo social. Colaboraba como maestra voluntaria en las áreas pobres de Porto Alegre, donde la organización tiene guarderías. Aunque me encantaba lo que hacían y el estilo de vida era lo mío –dormir en el suelo, levantarme a las cuatro de la mañana, trabajar para el prójimo y llevar una dieta estrictamente vegetariana–, me faltaba libertad.

Ananda Marga, al igual que cualquier institución que funciona, es aunque en baja medida, dogmática y jerárquica, dos cosas que en lo personal no me sientan bien. Entonces, conocer la comunidad de Gonzalo, aunque tuviera que viajar veinticuatro horas en bus, me sonaba excitante.

Mi sorpresa fue grande cuando Gonzalo me explicó que debíamos mandar una serie de datos personales para ver si mi visita era aceptada por las entidades. Parecía raro, pero no quedaba otra que aceptar. Así que mandamos todo lo que pidieron –incluido un mechón de cabello– y a los veinte días fui autorizada a viajar.

Mil kilómetros y veinticuatro horas más tarde, puse pie en el poblado que tomaba el nombre de Río de las Santas, para caminar más o menos unos quince kilómetros llanura adentro. Al final de la tarde, ¡llegué exhausta! Fui asignada a la cabaña de una guapa uruguaya llamada Rita y nos gustamos inmediatamente. Rita, quien había dejado una exitosa carrera administrativa en Uruguay, me explicó cómo estaban organizados y cuáles eran las funciones personales de cada quién. Ella era asistente personal de Berta, pero descubrí que realmente era una especie de niñera para su hija y sirvienta de la familia, pero ésa es otra historia.

Me arrojé en la cama del segundo piso de la cabaña, dispuesta a dormir por el par de horas que tenía antes de ser presentada en la cena a la comunidad. Estaba por cerrar los ojos cuando la ventana del oeste se golpeó fuertemente contra la pared. Apresurada, corrí a cerrarla, pensado que si se golpeaba de nuevo se quebraría el vidrio. El sol lucía hermoso, pero estaba demasiada cansada para admirarlo. Noté unas vacas mirándome fijamente, quietas y sin pastar, en unos extensos campos sin fin. Las saludé con un «¡hola guapas!» y regresé feliz a la cama.

No llevaba dos segundos acostada, cuando se golpeó la ventana del este, que daba al centro de las casas construidas en círculo. Brinqué a cerrarla. Intrigada, saqué medio cuerpo por la ventana hacia fuera para verificar la velocidad del viento. Para mi sorpresa, no había brisa y recordé que mientras caminaba los quince kilómetros, estuve pidiendo al aire que se apiadara de mi cansado cuerpo y soplara. «Qué raro...», pensé.

Noté que el brillo del sol en las ventanas cegaba la visión con un efecto doloroso, entrecerré los ojos y decidida volví a la cama a dormir. Cuando la ventana del oeste, previamente cerrada por mi mano y con pestillo, golpeó más fuerte que antes, asustada me senté en la cama. Pero tuve que correr para detenerla porque amenazaba con pegarse por sí sola de nuevo. Aguantando el marco, traté de calmarme, entonces me sentí observada por ¡muchas vacas!, que seguían viéndome, paradas en posición de vigía, y ¡aún más! fijamente. Sus enormes ojos redondos parecían más grandes de lo normal. Con la mente cansada y medio acostumbrada a los fenómenos extraños, solo atiné a preguntarles en voz alta:

—¿Hay algo que me quieran decir?

Soné ridícula a mis propios oídos, pero recordé que si uno habla a los perros, ¡también puede hablar a las vacas!

Continué tranquila:

—¿Vieron algo que yo no vi?

Ellas siguieron impávidas viéndome con sus grandes ojos redondos, grandes y redondos.

En tono secreto pregunté:

—¿Hay algo aquí de lo que tengo que tener miedo o preocuparme?

Esperé la respuesta por unos segundos, hasta reírme de mí y les dije antes de cerrar la ventana:

—¡Creo que me hubiera asustado más si hubiesen contestado!

Regresé a la cama y me dormí.

Unas horas más tarde, después de cenar, Berta la canalizadora me pidió que le leyera la mano, a lo que accedí sin sorprenderme. Yo había mencionada la quiromancía en el área de habilidades especiales, en la papelería que había enviado para que mi visita fuera aceptada. Así que son pocos los que dudan en pedirme que les lea la mano, cuando conocen mi talento.

No encontré en su mano izquierda, que es normalmente la que leo, nada fuera de lo normal que describiera su vida actual. Al terminar, me pidió que le leyera la derecha, a lo que me negué. En ese entonces me parecía suficiente tener que lidiar con los misterios de esta vida, como para meterme con los de vidas pasadas. Y así se lo expliqué bajo el ojo atento de los allí presentes, a los que Berta había invitado a oír la lectura. Ella pidió a todos que se retiraran y una vez solas, me vio a los ojos sin parpadear, extendió la mano y me dijo con una voz impositiva:

—¡Hoy la vas a leer!, y lo harás para mí.

Sentí su energía, de alguna manera, controlando la mía. Mi cuerpo forzado tomó su mano, con voluntad propia. Una vez que el lector toma la mano del otro con la intención de la lectura, automáticamente se abre un vínculo que no se puede dejar de leer o interpretar, por lo menos a mí me sucede. Además, nosotras ya teníamos el canal abierto después de la lectura de la izquierda, vínculo que yo aún no había cerrado.

Las imágenes empezaron a fluir inmediatamente a mi cabeza y tras ellas las palabras.

—Veo que fuiste un mago negro, inmensamente poderoso, aprovechando sus dones en beneficio propio… Resumiré que el mago se sobrepasó en abusos al prójimo y sobre todo, con una niña de la que se enamoró profundamente y a la que manipuló para mantenerla a su lado. La niña tenía tanto poder y dones como él, pero no se pudo desarrollar controlada por el celo del mago…

Solté su mano, sintiéndome sucia. No hay peor pecado en el Universo que manipular la voluntad de otro. Mi malestar era por saberlo, y por descubrir que yo podía ser víctima de la manipulación tan fácilmente. Berta había impuesto su voluntad sobre la mía.

Se rio nerviosa, como dando a entender que no pasó nada. Luego, suspirando, dijo:

—Tienes razón, no debes leer la mano derecha porque no sabes interpretarla bien. El mago que viste no era yo, sino tú. Y la niña abusada era yo, pero ahora, en esta vida tenemos la oportunidad de hacer bien las cosas, ¿no te parece?

No contesté, le pedí una moneda para romper el vínculo, a las personas que se acercaban les dije que estaba cansada y que me iba a la cama. Por su parte, Berta mandó a todos a dormir, recordándoles que al día siguiente habría una gran canalización a la que estaban invitadas personas de los pueblos cercanos.

Unas horas después, en algún momento de la noche, una bota de cuero rasgada y arrastrada por la mitad de la habitación, nos despertó a Rita y a mí, con un grito de terror. Con la luz encendida, ni ella ni yo lográbamos entender qué había pasado. Sentadas en mi cama, estudiábamos el fenómeno, cuando un estruendo en la sala nos hizo correr escaleras abajo. La foto de grupo donde aparecían todos los miembros de la comunidad, antes colgada en la pared sobre la librera, había volado hasta el centro de la habitación y yacía boca abajo con el vidrio en pedazos.

Le pedí a Rita calmarnos y que no saliera corriendo a alertar a todos, como era su intención, porque no había razón para sentirnos amenazadas.

–Sea lo que sea que esté aquí adentro, ya nos hubiera hecho daño si ésa fuera su intención –le expliqué con lógica–. Hagamos un té y conversemos: yo te cuento mi vida, tú me cuentas la tuya, y luego platicamos de lo que está pasando aquí. Esto, más bien me parece un mensaje.

No volvimos a dormir esa noche, platicamos sobre todo y llegamos a la conclusión que el aparente mensaje entregado por no sé quién, era el siguiente: «El grupo está desmoronándose. Hay algo aquí entre ustedes que se rompió y es irreparable. Hay fuerzas extrañas moviéndose en el lugar».

El mensaje resultó ser cierto a pie de puntillas, como supe tres meses más tarde cuando encontré en Montevideo, a una Rita decepcionada y desconfiada de la vida espiritual y del camino esotérico.

Pero volvamos a a Río de las Santas, la canalización de Jesús resultó ser una farsa completa, aunque sé que Berta lo estaba intentando. En algún momento de su vida, realmente canalizó espíritus de algún tipo y lo sé porque la noche anterior había visto en su mano, la habilidad del traspasador de portales. Y ante el fracaso de esa tarde, entendí su necesidad de que le leyera las manos. Estaba perdida, había extraviado su don y no sabía por qué. Si me lo hubiera preguntado, sinceramente, le habría explicado el problema de su ego, que había sobrepasado el tamaño de su camino.

Terminada la sesión, me fui desilusionada a la habitación de al lado. Tenía realmente ganas de ver algo excepcional. Ya en el pasado, en Guatemala, había visto la canalización de una supuesta entidad extraterrestre llamada –creo– Kiron. La mujer canalizadora caminaba con los ojos cerrados y hablaba con una voz rarísima, balanceándose como borracha sin caerse, en medio de personas sentadas al azar. De tiempo en tiempo, se paraba frente alguna y sin que esta preguntara, la mujer explicaba en voz alta y contestaba.

Frente a mí dijo:

—Estás perdiendo tu tiempo. Lo que yo enseño, ya lo sabes. Mejor ponte en camino, como lo tienes pensado.

Poco después de eso, tomé un avión para Chile, como efectivamente lo venía pensando ya desde hacía un rato. «Y ahora llevo más de un año en esta aventura», expliqué mentalmente a las vacas que veía desde la ventana y que de nuevo me observaban con sus grandes ojos redondos, cuando una voz resonó en mi cabeza, de lo más clara y fuerte: «Regresa inmediatamente a la otra habitación y oye».

No dudé. Llegué a tiempo para ver a Berta conversando con tranquilidad, entre dos miembros del lugar. Un segundo después, su cuerpo pareció cambiar en proporción y una voz masculina y potente salió de su garganta. No me pregunten qué dijo. Por más que trato, no logro recordar. Recuerdo que la sala se llenó de una electricidad que todos sentimos, y que una vez que ella dijo las palabras, a todos impactaron. Luego, primero Berta se desmayó y segundo, ninguno de todos los que estábamos allí se movió. Nos veíamos las caras mutuamente sorprendidos y petrificados, porque esta vez, efectivamente, alguien a través de Berta había hablado y a todos el mensaje nos había afectado de diferente manera. Eso lo supe después cuando compartimos la experiencia, mientras esperamos a que Berta se recuperará de la inconsciencia que le duró un par de horas.

En cuanto volvió en sí, me mandó a echar del lugar, diciendo:

—Has traído sobre el sitio una nube negra con forma de dragón y debes irte antes de que causes más daño.

Todos se mostraron entre sorprendidos y asustados, pero nadie se atrevió a contrariar la orden. Les pedí que no se preocuparan, que ya había pasado otras noches de mi vida a cielo abierto y que con mi bolsa de dormir estaría bien, solo quería me dieran algo para la cena. Me explicaron dónde quedarme cuando llegara al pueblo, probablemente a media noche. Luego, debía esperar dos días hasta que pasara el bus que me llevara de regreso a Porto Alegre.

A la «canalizadora» nunca más la he vuelto a ver en mi vida.

Salí a oscuras del lugar, sin miedo y con ganas de analizar con tranquilidad, todo lo que había pasado. Estaba cansada y decidí encontrar, lo más rápido posible, un lugar donde pasar la noche. El cielo estaba completamente nublado y oscuro con amenaza de lluvia. «Allí está tu dragón», me dije, medio entre divertida y frustrada: ahora resultaba que era yo la mala de la película.

—¡Bien, al mal tiempo buena cara! —grité al cielo indiferente a mi figura. Caminé, si mucho, quince minutos, cuando perfilé en la oscuridad la sombra de una pequeña colina con un gran árbol en su cima. «¡Perfecto!», exclamé para mis adentros. «Ahora solo esperemos que no hayan obstáculos entre mi cama de esta noche y mi cuerpo», continué, dándome ánimos mentales.

Sin dificultad localicé el alambre de púas que circundaba la propiedad. Creo que no he explicado en ningún momento que aparte de las casas del grupo de Berta, la vivienda más próxima estaba en el pueblo, así que, sin miedo a ser atrapada, me las arreglé con experiencia para cruzar sin problemas.

La subida a la colina fue otra historia, porque arbustos y monte no cedieron tan fácil a mi paso, por lo que alcancé la cima dando las gracias y con la lengua de fuera.

Caminé decidida unos pasos hacia el árbol visto en la distancia, cuando noté que unas grandes sombras alertas me enfrentaban en silencio. El miedo me petrificó. Me llevó varias bocanadas de aire calmarme lo mejor que pude, para entender que las sombras eran vacas que se estaban moviendo para dar paso a una vaca más corpulenta. La posición de la cabeza y los hombros me indicaban que estaba lista para embestirme. Mi mente, disparada, analizaba todas mis posibilidades: «¿Miran las vacas en la oscuridad? ¿A qué velocidad corren? Si corre una, ¿corren todas? ¿Qué pasa si ataco yo primero? ¿Si grito?».

—¡Me rindooooooo! —grité sin levantar la voz.

—Soy vegetariana —agregué—, jamás les haría daño, se los juro, soy pacifista.

Despacio, fui cayendo de rodillas hasta quedar sentada sobre mis talones, junté las manos al frente en un gesto de rendición, sintiéndolo profundamente en todo mi ser, y esperé no sé cuánto tiempo en esa posición.

La gran vaca caminó despacio hacia mí, hasta parar a unos centímetros de mi rostro, su nariz a la altura de mi nariz y mis ojos, desde abajo, intentado encontrar los suyos. Una parte de mí, imagino que el instinto de sobrevivencia, quería calcular en qué momento bajaría la cabeza y me cornearía. La otra parte, confiada a lo que fuera, era movida por la curiosidad. Sin darme cuenta, su nariz tocó la mía y de la sorpresa pegué un brinco y ella un respingo con la cabeza. La adrenalina suelta de ida y vuelta, me hizo caer de nuevo hacia adelante hasta bajar la cabeza. Mi frente, rendida y resignada, quedó sobre su morro, como quien recuesta la cabeza sobre un hombro amigo. Allí quedé yo, tranquila, respirando profundo, acompasando la respiración de la vaca.

De la nada empezaron a llegar imágenes a mi cabeza: vacas en fila caminando al matadero, chivitos gritando al ser separados de su madres, chivitos llorando solitos y asustados en establos sucios, vacas llorando en silencio a sus hijos, vacas aplastadas por el peso de las otras en camiones de carga, vacas encadenadas de por vida para dar leche sin poder siquiera amamantar a sus propios hijos, obligadas a parirlos cada año. Vi también vacas paseando en los campos, contemplando la vida, trabajando en su mansedumbre, en su voluntad de darse completas por vidas más salvajes y de más bajo nivel que las suyas. Me reí, me reí con ella, la vaca, y entonces, ya no era yo, sino era ella. Viajaba en el tiempo, viajaba en las emociones: en la rabia, en los celos, en la furia y luego, en la paz absoluta, en el todo, sin límites. En el silencio sin fin, entendí la razón del caos y la necesidad del miedo, que es en realidad el que mueve al mundo.

—El amor compasivo libera —me dijo—, una vez que lo experimentas, eres libre. El amor sin propósito te hace valiente, que es la otra cara del miedo. Si decides con valentía, ¡vives!, y cuando lo deseas, alcanzas tu destino. Por el contrario, si permites que el miedo decida, te esclavizas a lo único que conoces: la rutina de vidas vividas de la misma manera.

El vínculo se rompió. De nuevo, ella tenía forma de vaca y yo de mujer. Tomé su carota con mis manos y la besé, agradecida. Al mismo momento, una luz gigantesca se prendió a mis espaldas, iluminando hacia el frente como un foco de teatro o de auto. La vaca soltó su cara de mis manos y vio hacia arriba.

—¿Y ahora qué? —pregunté desesperada—. ¿Extraterrestres?

Esa noche ya podía creer cualquier cosa: espíritus canalizados, nubes dragones, diosas-vacas al servicio del hombre para vivir la valentía en cada una de sus letras... Respiré profundo y me volteé decidida a vivir con valor, confiando que la vida me sorprendiera y no me hiriera, ¡y allí! estaba ella. Manifestada en todo su esplendor, ¡la inspiradora luna! ¡La Diosa! La representación física más poderosa de la energía femenina. Ella nos iluminaba, a las vacas y a mí, con la fuerza de la luna llena. Las lágrimas rodaron por mis mejillas, conmovida por la belleza de la noche. Las nubes abiertas formaban la figura de un ojo con la pupila plateada, que era la luna. El cielo me vio por un momento y yo tuve el primer atisbo consciente de mi Diosa, hasta que se cerraron las nubes, rompiendo el hechizo.

En la absoluta oscuridad extendí mi bolsa de dormir y me acomodé al lado del lomo de mi nueva amiga. En algún momento, en medio de la noche o la madrugada, me hizo rodar empujándome con el morro. Tan dormida como estaba, manoteé para que me dejara tranquila.

El sol en la cara me despertó de la noche más reparadora que había tenido en mucho tiempo. Amanecí acostada a los pies del árbol, que resultó ser de caquis, unas frutas anaranjadas y jugosas de Suramérica, que se convirtieron en mi desayuno improvisado, que disfruté cómodamente sentada entre las ramas del árbol.

De las vacas no quedaron más que huellas en el suelo, lo que me indicaba que no había sido un sueño. Desde mi posición privilegiada entre las ramas, podía ver el valle y el resto de colinas regadas por allí y aquí. El paisaje era amigable y el río llamativo, con todos sus surcos cual meandro.

–Río de las Santas, ¿de cuántas, de cuáles? –me pregunté mientras lo observaba.

Decidí darme un baño y nadar desnuda en sus aguas, tomando en cuenta que no se veía a nadie a kilómetros. Luego, bajaría al pueblo, tenía todo el día y me quedaba una noche de espera.

En el río bendecí el agua y bebí confiada de no enfermarme. Retocé disfrutando, como siempre, de mi desnudez a la intemperie, de la libertad absoluta del cuerpo en el agua. Quedé flotando en la corriente, me dejé masajear por el agua, siendo sostenida por las rocas mientras miraba el cielo y jugaba con las nubes. Volví a pensar en las santas, las que conocí durante diez años de educación en colegios católicos. Mujeres que vivieron como vírgenes –requisito casi indispensable para ser reconocida como santa por la Iglesia– y que murieron como mártires sufriendo de frío, de hambre o torturas.

Flotando en el agua, analicé esos ejemplos de mujeres que nos han impuesto los hombres, la Iglesia y la sociedad en general. En esas santas, que ignoraban y castigaban el cuerpo en busca de la liberación del espíritu. En las sacrificadas vacas, santas en la India, sagradas en el viejo Nilo en el tiempo de los faraones. Repasé las historias vivenciadas por mi vaca la noche anterior. ¡Mártires! Todas ellas a mi parecer: mujeres y vacas por igual. Idealizadas, entronizadas y destrozadas por los hombres y mujeres, que necesitan señalar o mirar hacia alguien.

—Tiene que haber más —me dije—, más de lo que aprendí en el colegio sobre ellas. Más de lo que se entiende y de lo que se ha dicho de sus vidas. ¿¡Y las vacas!? ¿Qué relación hay entre ellas?

Caminé despacio hacia el pueblo, digiriendo todo lo que había vivido y aprendido en dos días. Fue probablemente allí donde decidí no hacerme monja-yogui, pero continuar como un miembro en baja de Ananda Marga. El fundador Shrii Shrii Anandamurti pavimentó un hermoso camino para quien quiera seguirlo, que recorre muchos lugares del mundo.

En la posada, donde me acomodé a esperar el bus que me llevara de regreso al *jagriti*, sellé la aventura de las santas y las vacas con el libro *El maravilloso universo de la magia*, del chileno Enrique Barrios, que encontré abandonado en una estantería de la casa y que leí de un tirón esa tarde.

De regreso a Porto Alegre, en ese mil novecientos noventa y cinco, mientras el bus se comía a toda velocidad los kilómetros en medio de la noche, yo intentaba unir las piezas sueltas. En mi reciente estancia en Paraguay había conocido a un lector de auras y cuerpos, que cuando intentó leer la mía dijo no poder, por tener yo un pasado muy oscuro. No quiso decir malo, como me explicó, sino velado por una oscuridad que no le permitía ver ni mi pasado ni mi destino, que lo único que estaba claro es que el lunar, o mancha de mi espalda baja, es un símbolo del alma que viene a trabajar sola en esta vida. Me explicó que no podría encontrar maestros que me guiaran, sino debía ser yo la única capaz de proveerme las respuestas. Algo similar me dejó entender Solema cuando quise volverme su aprendiz:

—El camino y la búsqueda son diferentes para cada persona, ni el mío es el tuyo, ni el tuyo puede ser el de otros. Puedo mostrarte algunos símbolos, compartirte algunos recuerdos y luego, deberás irte.

Mi camino hasta entonces, salvo ciertas excepciones, había sido, efectivamente, el de una loba solitaria. Adoradora de la noche y las estrellas, me sentía cómoda donde otros tenían miedo. La razón secreta de mi viaje a Suramérica era encontrar un grupo o maestro con el cual poder trabajar. Yo sabía, ya en ese entonces, que el centro espiritual del mundo se había movido de Asia a algún lugar de América Latina. Ya no había necesidad de viajar a la India o a Nepal para encontrar verdades espirituales y con un poco de suerte «la iluminación».

Tenía veinticinco años, había probado suerte en Europa, Medio Oriente, Taiwán y la mitad del continente americano. Había encontrado en todos lados, personas que me habían regalado chispazos de conocimiento, que me habían iniciado en caminos de búsqueda. Había vivido suficientes fenómenos paranormales para saber que realmente había algo: una fuerza poderosa y misteriosa que abría sus puertas a algunos cuantos elegidos.

Berta quiso convencerme que el mago negro que vi en su mano era mi pasado y anunció con un dedo condenatorio —el índice avanza y regresa como bumerán— que sobre mi cabeza planeaba una nube negra en forma de dragón… En ese momento, yo no sabía nada de dragones y muchos menos su relación con la serpiente.

Se me antojó entonces, como un signo maligno que no presagiaba nada bueno.

Los kilómetros desaparecían veloces desde la ventana de mi asiento, en el bus hacia Porto Alegre. No podía dormir con tantas ideas en mi cabeza, así que me propuse hacer un examen de conciencia sincero hasta que llegara el sueño. ¿Era yo mala? ¿Buscaba conocimiento por ambición de poder o porque mi psique necesitaba respuestas? Y si lo obtenía, ¿sabría usarlo realmente para el bien común? Pero si yo era mala, ¿por qué me sucedían tantas cosas buenas? ¿O era mi bienestar producto de mi propia maldad? Pensé en mi amiga la vaca y me pregunté si lo había imaginado todo.

—¡Siempre dudando! —murmuré en voz baja antes de entrar en una especie de vigilia en la que soñé de nuevo con las mujeres de las cuevas:

La vieja y la niña se inclinaban en la tierra, al lado de una fogata que iluminaba la estrella de cinco puntas que la mujer mayor redibujaba en el suelo con un palo mientras explicaba:

—Cada esquina corresponde a uno de tus dedos y a cada uno de los elementos que componen la vida. Para entenderlos mejor, los representamos y asociamos con los colores que podemos ver. Fíjate, Eyia, nota como esta primera punta se relaciona con tu dedo del medio y el aliento que nos da vida. Cuando naciste, como cuando nace cualquiera nueva criatura que se mueve, venías envuelta en la sangre de tu madre, que ya corría dentro de tu cuerpo. Pero si yo u otra mujer no hubiera soplado dentro de tu boca el aliento divino que nos da la Madre de todas las cosas, no hubieras despertado a la vida de las luces y los colores, y hubieras permanecido en el mundo de los sueños.

La mujer hizo una pausa para prestar atención al fuego y continúo:

—Por eso relacionamos el aliento con el amarillo, que es el color del sol y es quien reina en la Tierra. Sin aliento estaríamos despiertos solo unos sesenta latidos del corazón y luego, regresaríamos a las sombras, donde para movernos no necesitamos un cuerpo que disfruta de los placeres de los sentidos...

—Y el aliento hacia dentro es quien nos deja oler —interrumpió la pequeña queriendo compartir lo que pensaba—, porque el aire

entra por la nariz y boca, nos permite saber qué se puede comer
y qué no, y nos alerta de las cosas que están más cerca o más
lejos, porque trae en el viento el olor de los animales que nos
sustentan, o de los que nosotros podemos sustentar con nuestro
cuerpo.

La vieja Aya, que era la abuela, sonrió complacida por lo
rápida que era su nieta para entender las líneas que se balancean
entre la vida y la muerte.

—Entonces —dijo a Eyia, sonriendo—, explícame: ¿por qué es
el dedo del medio quien señala el inicio de la estrella?

—Porque la nariz, quien reconoce los olores, está también al
centro de los sentidos que nos permiten disfrutar los placeres de la
vida —dijo, tocándose la nariz con el dedo del medio y agregó—. Y
mira, abuela, como al abrir la mano para cubrir mi cara, la
nariz queda al centro de la palma. Luego, el dedo medio señala
el centro de mi frente donde nacen las ideas. Y los dedos casi
gemelos de los lados, cubren cada uno de mis ojos. ¿Es qué estos
también están relacionados con los dedos y la forma de la estrella?

La abuela no pudo evitar una carcajada de alegría y a la vez
abrazar a la pequeña diciendo:

—Nunca dejas de sorprenderme, Eyia. No sé si tu cabeza es
más grande que la de todos nosotros, o simplemente tus recuerdos
te hablan todo el tiempo al oído, sin que tengas que dormir para
recordar… Porque sí, los dedos casi gemelos no solo están rela-
cionados con los ojos, sino también con las piernas, porque sin la
vista no podemos ver por dónde vamos, y por supuesto, con la
forma de la estrella, que la encuentras en el centro de algunas
frutas, como la pera o la manzana, cuando las partes por el cen-
tro. Algunas semillas de árboles también la dibujan en su inte-
rior o exterior. Montones de flores se componen de cinco pétalos…
Hay estrellas bajo el agua como las hay en el cielo, pero lo más
importante es que nuestro propio cuerpo toma esta forma al ex-
tender los brazos y las piernas. Las medidas del cuerpo, Eyia,
son perfectas y tienen relación con las medidas del cielo. Con el
tiempo aprenderás a distinguir las cinco estrellas que caminan,
de las que permanecen siempre en un mismo lugar. Unas y otras
nos enseñan diferentes cosas.

—Las estrellas, abuela, me hacen sentir que son otra parte de mí misma.

Aya con la mirada, no pudo dejar de mostrar orgullo por su nieta.

—Mira —señaló el suelo para sobredibujar la estrella—, la primera línea de la estrella que va de la primera punta a la punta inferior derecha cuando la dibujamos, corresponde al dedo junto al del medio, cuando tenemos la palma hacia arriba.

Aya movió su dedo índice sobre la palma de Eyia, empezando por la punta del dedo corazón hasta acabar en la parte baja de la palma, justo debajo del dedo anular, mientras explicaba:

—Este es el camino y el dedo que corresponde a la tierra, como corresponde el dedo del medio al viento, que es el aliento de la vida. La tierra, Eyia, es la que alimenta todo lo que somos, todo lo que ves y oyes, y lo que sientes. La tierra es tu cuerpo, porque cuando todo cuerpo muere, se vuelve tierra. La sangre es roja cuando se seca, como se secan las plantas. Las flores se vuelven, primero, del color del polvo y luego, con el tiempo, se vuelven polvo también. Por eso este dedo es de la tierra y de la gente que la habita, y su color es el café…

—¡Y su sentido es el de la piel! —exclamó Eyia emocionada—. Porque nos deja reconocer el calor y el frío, lo suave de lo duro, pero lo más importante —guardó silencio un momento, ordenando sus ideas—, las manos tocan y entienden lo que tocan, y al entenderlo, pueden quitar vida a lo que la tiene, o sembrar semillas para crear otro tipo de vida. Las manos, abuela, pueden hacer y transformar muchas cosas.

Esta vez, la abuela Aya no rio, pero miró con admiración a su nieta y dijo:

—Las manos, Eyia, también dan amor. Toda la piel, el cuerpo entero, trasmite emociones; algunas las recibes y otras las trasmites. Por eso este es el dedo de los demás, de todo lo que no eres tú y lo que haces con ello. Este dedo representa la tierra y lo que vive en ella, por lo tanto, es el dedo del grupo y tu posición en él. En este dedo colocarás el anillo con tu promesa a los otros. El color y el material con que lo trabajes, dirá cuál es tu responsabilidad dentro del grupo.

Eyia abrazó con ambas manos la mano izquierda de Aya y palpó con los ojos cerrados los anillos que adornaban los dedos de su abuela, diciendo:

—Tu compromiso es el de la mujer que enseña, la que cura, pero tú tienes anillos en todos los dedos, abuela. ¿Por qué? —y abrió los ojos, preguntando también con la mirada.

—Porque he hecho todos los caminos y creo que tú también los harás. Pocas son las que pueden hacerlos todos, por eso déjame mostrarte ahora como después de la punta de abajo del dedo del compromiso, llegas a la punta del dedo del Yo. Es este gordo y curvo que da inicio a la mano y te permite tomar la lanza que mata al animal que te sustenta y la aguja con la cual unes la piel que obtienes tras su muerte, para volverla tu abrigo... este dedo está relacionado con la luz del día, con la luz del fuego que ilumina y nos deja ver en la oscuridad. Este dedo representa todo lo que los ojos ven a la luz y todo lo que no ven por la misma razón...

El bus debió saltar sobre alguna roca, porque mi cabeza rebotó contra la ventana, despertándome bruscamente. Busqué a tientas la botella de agua. Mi garganta estaba tan seca, que hasta dolía. Seguro dormía con la boca abierta. Por suerte, no había nadie en el asiento contiguo. Los kilómetros seguían pasando acelerados afuera y lo único que podía realmente ver, era mi propio reflejo en la ventana, por los pequeños focos en el techo del vehículo. Junté mis manos a los lados de la cara y me pegué al vidrio. Vi, en la noche, los extensos campos por los que íbamos pasando: ni una sola montaña a lo lejos. Era una planicie enorme sin árboles ni construcciones. Lo que veían mis ojos era el futuro de todo el Brasil «así como sigan cortando el Amazonas al ritmo que llevan», pensé entristecida.

—Los suelos de las selvas sin árboles tienen un corto tiempo de vida —me explicó el ingeniero forestal con quien caminé por la selva petenera en Guatemala, un par de días hace algún tiempo—, sirven para las vacas por unos años y luego, muerta la tierra, los ganaderos avanzan hacia lo que sigue de selva.

En la cúspide de la pirámide de la Danta, la más grande del mundo según se supo unos años después, mirábamos por encima de los árboles, la selva extendida como un mar, cuando el más hermoso de los monos aulladores que he visto en mi vida saltó hacia nosotros. Sus ojos parecían sonreírnos y solo siguió a los otros monos, cuando el ingeniero empezó hablar.

—Como aquí no hay cazadores y somos muy poca gente, los animales se nos acercan confiados. ¿Se dio cuenta de lo saludable que se veía y de lo limpio de su pelaje? —se rio y concluyó—. Tengo la teoría que las personas no solo contaminamos el agua, sino la energía de los animales. Todos los animales del Mirador, hasta los monos, son limpísimos, a diferencia de los que viven en Tikal, por ejemplo, sin importar que estén en libertad.

La muerte de las selvas y los animales era para mí un tema doloroso, así que me alejé de la ventana y preferí concentrarme en lo que acababa de estar soñando. No era la primera vez que veía a estas dos mujeres. A la niña ya la había visto como mujer, cazando y pintando en las paredes de las cuevas. A la mayor la había visto, más veces aún, tallando figuras, mezclando hierbas frente al fuego, bailando, y hasta teniendo relaciones sexuales. Pero era la primera vez que las palabras llegaban tan claramente hasta mí. Decidí volver a dormir y buscarlas astralmente.

Caminar en sueños es algo que nací sabiendo. Cuando era pequeña y me acosaban las pesadillas, era capaz de volverme a dormir y cambiar los finales de esas historias de terror. Así que camino a Porto Alegre, en el bus, solo me concentré en el sueño anterior. Repasé cada una de las imágenes como si yo fuera una integrante más de las escenas y agregué preguntas e impresiones nuevas a cada uno de los recuerdos del sueño, hasta volverme a quedar dormida. La técnica es muy sencilla. Sirve para dos cosas: uno, recordar partes que por el momento la mente consciente aún no ha terminado de registrar; dos, para analizar el significado de todo lo visto y oído durante el viaje del cuerpo astral, que es el que se mueve en el tiempo y el espacio para recolectar recuerdos de otras vidas, sin importar si son de uno mismo o de alguien más.

El movimiento me fue adormeciendo hasta entrar en estado de vigilia nuevamente.

Eyia se movió inquieta y exclamó:

—¡No entiendo abuela! ¿Lo que los ojos ven y no ven por la misma razón?

—Mira el fuego, pequeña... míralo fijamente, por un poco más... y ahora mira hacia aquellos árboles... ¿qué ves?

—¡Nada abuela! —exclamó la niña, angustiada—. ¡Estoy ciega!

—Solo por un momento, no te angusties. Si vieras al sol directamente, pudieras quedarte ciega permanentemente. La luz, Eyia, nos deja ver su reflejo y lo que ilumina, pero también nos ciega a todo lo que está más allá de sí misma, por eso es peligrosa. La verdad de las cosas radica en la oscuridad. Solo en ella puedes ver y percibir cuán extenso es algo realmente. Por eso en las cuevas, los caminantes de mundos, primero entramos sin antorchas para sentir no solo su tamaño, sino lo que guarda. En la oscuridad de la noche vemos las estrellas y aprendemos de su forma, color, sonido y movimiento, el paso del tiempo, la llegada de las estaciones y la profundidad de nuestras memorias. Lo extenso de la noche nos habla del ritmo de la tierra y lo corto de la vida del cuerpo, pero también nos habla de lo grande del espíritu y de la fortaleza de la Madre de todas las cosas.

—Pero entonces, ¿por qué la gente teme a la oscuridad, abuela?

—Porque en la oscuridad las bestias que atacan al cuerpo y al alma se mueven con más libertad, y las personas temen morir y perder. Solo los más valientes nos enfrentamos a ambas bestias. Si sobrevivimos, salimos fortalecidos y accedemos al poder de controlar a otros y a nosotros mismos, lo cual es una gran responsabilidad. Si perecemos, que no es lo mismo que perder, sabemos que lo intentamos y que tarde o temprano volveremos a nacer, pero con más conocimiento y más valor, listos para intentarlo de nuevo. Así que aunque muramos en el intento de enfrentar a las

bestias de la luz y la oscuridad, que a veces sucede, nunca perdemos, Eyia, solo ganamos. Todo esto significa enfrentarte a lo desconocido y dejar atrás a los que amas, o a los que dependen de ti. El proceso puede ser doloroso, pero enriquecedor. La VERDAD, pequeña, es solo para los valientes, porque es difícil de manejar. Nunca con este cuerpo llegaremos a entender del todo, ya que la verdad es mucho más grande que nosotros, de lo que vemos y de lo que recordamos, ¡eso! —estalló en una carcajada—. ¡Es lo que sí sabemos!

Eyia también rio.

—Dime más, abuela. No tengo miedo a morir, así madre se ponga triste y me extrañe.

—¡Ah!, Eyia, es tu egoísmo el que habla, justo de lo que trata este anillo y de este dedo tan gordo que tienes aquí. No te sientas mal pequeña —dijo ante la mirada de tristeza de la niña—, de eso trata la luz personal que se enfoca en cada individuo, de forma única y en nadie más. Cada uno de nosotros es extremadamente consciente de su propia luz y de su reflejo, y lo ve en los ojos y actitudes de los otros. Ese reflejo o imagen que los demás te trasmiten, se convierte algunas veces en lo único que importa. Las personas tejen lazos entre sí, donde se atrapan y fortalecen mutuamente. Para el que es valiente y libre, los lazos de las relaciones pueden convertirse en pesadas piedras que los ahogan. Pero para los que viven con miedo, estos lazos son los que les sostienen. Sin ellos, aunque les causen sufrimiento, se sienten perdidos —le acarició una mejilla a la niña, mirándola con ternura—. En el reflejo del agua puedes ver tu rostro y la forma de las montañas, así como las nubes moviéndose en el viento. Pero todo es una ilusión, ya que son solo reflejos de una realidad distinta. Los que tenemos recuerdos, sabemos que nuestro origen está en la oscuridad y en la noche eterna; la realidad de cada persona se encuentra dentro de sí misma.

»La LUZ, Eyia, y lo que vemos, es un placer extraño porque viene acompañado de sufrimiento, y te llena de deseos que a veces no puedes cumplir. Si aprendieras a disfrutar del deseo en sí, sin necesidad de alcanzarlo, sería otra historia. La luz, como el día, es corta. Su nacimiento y su muerte se produce en un número determinado de horas. Va y viene. Aferrarte a ella es inútil, porque tarde o temprano desaparecerá. Hay que disfrutarla *mientras dure. El error de la gran mayoría es sufrir por lo que saben que se irá, perdiendo así la oportunidad de disfrutar lo que tengan mientras esté allí. Más tarde o más temprano, todo se apaga...*

»Con el último aliento del cuerpo, así como se va el Sol con un giro más de la Tierra, los otros cuerpos que tienes dentro de este que ves y tocas, regresan a la noche y al mundo de los sueños.

»Una gran mayoría de gente se apega a la vida y sufre solo de pensar en perderla, en lugar de disfrutarla. Una vez atrapados en este anillo, lo único que son capaces de pensar, o sentir, es lo que perderán o lo que no tienen: la salud, el amor, el lugar que habitan —la abuela tomó la mano de la nieta y le hizo extender el pulgar frente a ambas—, *a este dedo le pertenece el color más difícil de entender, porque tiene relación solo contigo, con lo que eres y lo que deseas. El color de la luz que tiene muchos matices, se concentra en todo lo verde que crece sobre la tierra. Lo verde es la manifestación más importante de la luz.*

La niña muy seria miró a la abuela, soltó un suspiro y dijo:

—Suena complicado, abuela. Tendré que meditar mucho sobre lo que acabas de decir, porque no sé si lo entiendo.

—Por supuesto que debes meditarlo. No espero más de ti, porque este es un conocimiento que no solo debes entender, sino también vivirlo. Pero déjame terminar de explicarte la forma de la estrella y su relación con los dedos de la mano y de tu propio cuerpo, así como de los números que cuentan, para que puedas meditar sobre la figura completa.

La mujer tomó el palo y trazó esta vez la línea horizontal que atraviesa la estrella de izquierda a derecha, diciendo:

—Esta línea parte de la punta del dedo gordo, camina a lo largo de la palma hasta concluir bajo el dedo más pequeño de la mano. Este es el dedo del agua y su color es el azul. ¿Ves cómo el agua cae del cielo, que es del mismo color del lago o del agua sin límite que está al terminar la tierra? El agua, al igual que el aliento, es necesaria para la vida. Sin ella no puedes vivir más que algunos días, y también las plantas y los animales mueren sin ella. Para atrapar el agua debes crear algo que la contenga o que la sostenga. Mi cuerpo contiene el agua que soy. Y el tuyo el agua que eres. Cuando hay calor, expulsamos por la piel algunas gotas para bajar la temperatura del cuerpo. Y lo que ya no sirve dentro de él, lo expulsamos por la orina, que a nosotros los que curamos, nos dice lo sano, lo enfermo de un cuerpo, o cuando ya otro se está formando dentro de la forma de una mujer.

»El cuerpo que vemos, este que tocamos y que somos, contiene otros que igual nos pertenecen, pero que están hechos solo de agua y aliento. Los que solo ven con los ojos, no ven lo que contiene el interior del cuerpo externo, donde él guarda en su agua emociones e ideas. Cuando un cuerpo deja de respirar, sea este planta, animal o persona, lo segundo que hace, luego de perder su luz y calor, es secarse. O sea, perder el agua que contiene.

La abuela se puso de pie para agregar otros troncos al fuego, regresó a su asiento y volvió a señalar la estrella del suelo.

—La penúltima línea o camino parte desde el dedo más pequeño y concluye en la parte baja de la palma. Bajo el dedo que indica o que señala.

Jugó con el palo entre las llamas y agregó:

—Esta punta es la del fuego y el color rojo de la sangre. En él radica la pasión y el dolor, esa emoción que te empuja a hacer cosas, a querer, alcanzar y conquistar. Es el elemento de la transformación. Cuando una niña empieza a sangrar, se convierte en mujer. El fuego calienta el agua hasta volverla vapor. Cuando el fuego se descontrola, acaba con todo lo que toca. A diferencia del agua, la tierra o el viento, que estaban aquí antes que nosotros, al fuego podemos crearlo y apagarlo. Nos pertenece, es nuestro derecho divino.

»El fuego, Eyia, pertenece a los hombres y las mujeres que saben usarlo y en él radican los más grandes placeres de la vida. El fuego calienta también la mente y la lleva al punto de crear dentro de ella nuevas ideas. En el fuego de la pasión intercambias el aliento con otro ser y los jugos internos. Es así como se hace el último camino y se cierra la estrella.

—Déjame ver si entiendo, abuela... —hizo una pausa Eyia, pensando mientras dibujaba la estrella en la palma de su mano, iniciando desde la punta del dedo de en medio—. El primer camino es, entonces, el de la mente, el olfato y el aliento que da la vida, por lo tanto debiera ser el dedo que busca, como cuando cazamos o el recién nacido busca la leche de la madre sobre su pecho.

»El segundo camino será el del trabajo y el compromiso que implica resultados para mí y los demás. Recolectar los frutos de los árboles y plantas de la tierra, que nos permitan vivir mientras todo se congela, por ejemplo.

»El tercer camino es del sufrimiento porque allí radica el miedo a perderse o a perder algo u otros —continuó más rápido, emocionada, mientras atravesaba horizontalmente con el dedo índice la palma izquierda—, el cuarto camino es el de la profundidad, lo que se esconde bajo la superficie del agua y de la carne del cuerpo. Es más de lo que vemos...

»Finalmente, el quinto es el de la transformación, el camino del renacer de una manera diferente, porque el placer que está relacionado con la alegría nos hace ser mejores personas. Yo, abuela, cuando estoy feliz, quiero hacer felices a los demás también.

Aya sonrió. El amor y el orgullo por su nieta era tan grande como todas las estrellas juntas.

El bus paró y una voz anunció que podían ir al baño porque haríamos una parada de veinte minutos. Tardé en reaccionar, medio dormida como estaba. Observé mis manos en la semioscuridad e intenté leerlas en las sombras, pero era imposible. Aunque podía leer las manos de otros, las mías eran una noche ciega.

Presté atención al pulgar, tan diferente a los otros. Analicé el sentido utilitario de cada dedo. Con el recuerdo fresco de las palabras oídas en el sueño, intuí la forma de la estrella en mi mano. Pensé en la relación de los caminos abiertos y los números.

Decidí bajar al baño, estirar las piernas y aprovechar para ver las estrellas, en esa gasolinera en medio de la nada.

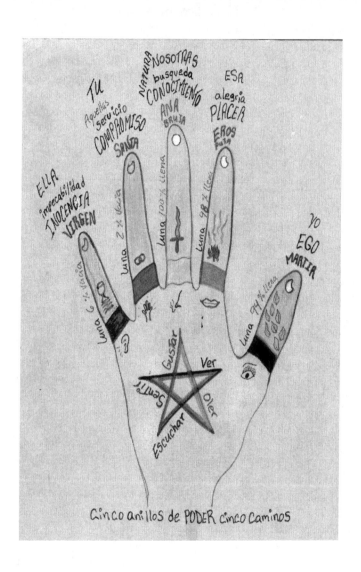

He aprendido que los amores, pueden llegar por sorpresa o terminar en una noche.

Que grandes amigos pueden volverse grandes desconocidos, y que por el contrario, un desconocido puede volverse alguien inseparable.

Que el «nunca más», nunca se cumple y que el «para siempre», siempre termina.

Que el que quiere, lo puede, lo sigue, lo logra y lo consigue.

Que el que arriesga no pierde nada, y él que no arriesga, no gana.

Que si quieres ver a una persona, búscala, mañana será tarde.

Que el sentir dolor es inevitable, pero sufrir es opcional.

Y sobre todo, he aprendido que no sirve de nada, seguir negando lo evidente.

Tomado de un post de Facebook
Autor desconocido

3

Al encuentro de otros planetas
Montevideo, abril, 1995

Al regresar a Porto Alegre tuve que posponer toda investigación. Tardé unos quince días en concluir mis pendientes. Despedirme de mis pequeños alumnos fue doloroso, aunque su insistencia hasta el último día en que yo no hablaba como Dios manda, en referencia a mi incorrecto portugués, fue divertido. Dejar lo que se conoce y ama es siempre un proceso complicado.

Agradecí a las didi todo lo que me enseñaron y compartieron conmigo, especialmente a Didi Mitra[5], una brillante mujer de origen estadounidense que ha escrito varios libros de yoga, donde explica de una manera simple, el funcionamiento de cada uno de los siete cuerpos y su relación con los siete chacras principales.

Empaqué mis pocas pertenencias y me fui en dirección a Montevideo, a quedarme a casa de Laura, otra chica fantástica, de esas muchas que conocí por Suramérica. Ella, estudiante de medicina, me ofreció posada junto a su familia, donde pasé de dormir en el suelo, a una lujosa habitación de huéspedes.

---

[5] Doctora Susan Andrews, conocida mundialmente como Didi Ananda Mitra, es una monja yogini norteamericana, residente en Brasil. Antropóloga, psicóloga transpersonal, biopsicóloga y autora de más de 10 libros y cientos de artículos sobre biopsicología del yoga, control de estrés y educación alternativa neo-humanista. Coordinadora del Parque Ecológico e Instituto Visión Futuro, en Sao Paulo, Brasil. (Consulta de Editor)

Laura, como toda buena académica, tenía sed de conocimiento, y como yo, asistía a todo tipo de grupos a escuchar diversidad de opiniones y experiencias.

Una noche, el padre de mi amiga nos invitó a una fiesta de esnobs –o sea, gente de clase alta– y profesionales de todo tipo, para departir sobre diferentes temas de ciencia. Conocí a un interesante médico que no me prestó mucha atención hasta que por casualidad me incliné ante una mesa baja de comida. El corazón alado que Fantasma me regaló a modo de despedida cuando dejé Chile en medio de lágrimas de amor, se escapó de la blusa y quedó colgando sobre mi pecho. El corazón era una copia en plata del dibujo de Enrique Barrios en su libro *Ami el niño de las estrellas*.

Fantasma Suave me colgó el corazón alado al cuello, en una hermosa noche frente al mar de la Serena, con un discurso sobre amor libre que grabó a fuego en mi corazón. Dejar a ese hombre maravilloso fue una de esas vueltas de rueda de la fortuna donde tu camino se bifurca para experimentar vidas paralelas. A los veinticuatro años, él ya era un mago generando milagros en la vida, y su historia da para contar muchas historias.

El médico, con los ojos puestos en el corazón, me tomó del brazo, discretamente pero con fuerza, y me apartó a un rincón de la sala donde murmuró en voz baja:

–Se me dijo que le mostrara mi actividad secreta a la persona con un corazón alado. Esta es la dirección de mi clínica. Si te interesa, llega mañana a las diez para que te enseñe.

Antes de apartarse, me miró serio a los ojos y dijo:

–Llega sola y no le digas nada a nadie, porque lo sabré.

Al día siguiente, mientras buscaba la dirección en la tarjeta, me pregunté si estaba un poco más que loca por querer ver lo que un médico llamaba «mi actividad secreta», aunque fuera famoso en Montevideo, y según el también famoso médico padre de Laura: ¡uno de los mejores! Sin que nadie lo supiera, «muy bien podría ser un creador de Frankenstein modernos», pensé.

El consultorio resultó ser elegante y grande. La recepcionista que me atendió era de lo más normal. Así que si era un loco, era uno con dinero. El doctor había dado órdenes de hacerme pasar en cuanto llegara.

Jaime, el médico, era un hombre en sus treinta años, que se le notaba la seguridad en sí mismo y el éxito que gozaba. En cuanto cerró la puerta tras de sí, lo poseyó la excitación de quien está feliz y dijo un poco nervioso:

—Eres la primera persona a la que le mostraré esto, y como son ya tres años viviéndolo en solitario, pues estoy muy emocionado.

No me dio tiempo de contestarle, porque atravesó volando la habitación hasta el fondo donde había una librera que corrió, dejando a la vista una puerta secreta. Estoy segura que mi boca abierta de la sorpresa lo complació, ya que inmediatamente sacó una llave y abrió la puerta, dejando al descubierto una casa entera. La puerta comunicaba a un jardín interior al estilo de las las antiguas casas de la colonia española, rodeado de una serie de habitaciones.

El jardín era hermoso, lleno de flores y plantas medicinales plantadas por el propio Jaime, como me explicó. Del jardín me hizo pasar a una habitación llena de brillantes cuadros, que representaban una especie de ciudades levantadas en medio de nubes o grandes mares. Los edificios eran enormes, algunos puntiagudos y rectos como torres, y otros cortados por el centro por unas esferas transparentes gigantescas que dejaban ver otras construcciones en su interior. Algunos cuadros estaban realizados al óleo y otros sobre metal con pintura de *spray*.

—¿Qué te parece? —me preguntó como un padre orgulloso de sus hijos.

—Bonitos y bastante impresionantes —dije—, sobre todo los colores que usas. Me da la impresión que son atmósferas rojas o naranjas.

—¡Como los soles! —dijo extasiado—. Como los soles que las alumbran.

—Verás —agregó ante mi cara de no entiendo—, estas ciudades son ciudades que vi en otro planeta —se echó a reír nervioso ante mi falta de reacción—. Si no dices nada, es porque, o ya oíste algo de esto antes, o eres muy discreta.

—Pues, ya he oído antes algo, pero prefiero esperar a que me cuentes toda la historia.

—Perfecto, pero antes me gustaría mostrarte algo más —lo dijo en inglés y continuó en portugués.

—Quiero que oigas la música que hago. He ido descubriendo que puedo tocar casi cualquier instrumento y que aparte del inglés, hablo portugués, italiano y alemán. Nunca estudié música, ni idiomas.

Entramos a un estudio de música con un teclado, una guitarra y varios instrumentos de viento regados por la habitación. Se dirigió a una consola, donde después de tocar algunos botones empezó a sonar una música rara, pero agradable, que invitaba a moverse y bailar. Por alguna razón, la música ponía colores en mi cabeza. Para ser más específica: rojos y naranjas con toques de amarillo aparecían a flechazos en mi cabeza. Bajó el volumen y me invitó a sentarme en un sillón para contarme su historia.

—Hace tres años, cuando caminaba en la noche por mi finca, a unos cien kilómetros de Montevideo, fui encandilado por una enorme luz que me transportó dentro de una nave espacial. Nunca vi a nadie. Estuve solo todo el tiempo en una habitación espaciosa sin ningún tipo de mueble. No recuerdo que hubiera puerta, solo una enorme ventana desde la que pude ver cómo me alejaba de la Tierra a una velocidad tremenda, que no podía sentir ni oír, solo ver. Vi la Luna de lejos, desde adentro del espacio, y a la Tierra pequeñísima en comparación con el Sol. Vi otros planetas redondos con diferentes colores, en su atmósfera, pero como no sabía, ni aun sé nada de astronomía, no sé qué es exactamente lo que vi.

»De repente, creo que la nave viró de alguna forma que puedo describir como un colocho[6] en el aire, como los que da uno en las montañas rusas. Ni me caí, ni me separé nunca del suelo. Solo sentí una especie de mareo, que pudo durar un segundo o muchos. Sentí, más que saber, que la atmósfera en el exterior había cambiado y que estaba más que lejos de la Tierra. Fue curioso, pero podía sentir la distancia que nos separaba, que era más de la que podía entender.

»Así como cuando me alejé de la Tierra, miraba otras esferas, ahora a lo lejos. Empecé acercarme a una que era roja, naranja y amarilla en tonos más suaves a los que presentaban, lo que asumí como dos soles casi gemelos. Una vez dentro de la atmósfera, me acercaron a esas enormes ciudades que viste en mis cuadros. Nunca vi tierra ni árboles, solo inmensos mares y seres moviéndose dentro de las ciudades, tan lejos que no puedo describirte sus formas. Aunque en los cuadros, el color de las ciudades, la atmósfera y el agua se ven bellos y vivos, allí en vivo, tan profunda manifestación del color era en realidad un poco agobiante. Nunca experimenté cambio de temperatura en mi cuerpo ni en la habitación, y mis emociones parecían estar anestesiadas, ya que no experimenté algún tipo de emoción. Sin embargo, sé que la temperatura de afuera era inaguantable, ya porque fuera extremadamente fría o caliente, no sé cuál extremo es la verdad, pero sé que era una temperatura extrema. Así supe también, que quienes me secuestraron en la nave, como los que vivían o habían construido esas ciudades —llegué a ver tres—, no eran originarios de ese planeta.

»Creo que eran ciudades-universidades, por decirte alguna cosa, un lugar donde se llega a aprender. El viaje de regreso fue muy parecido al de ida, con la diferencia que al regresar me pasaron por mi casa de la ciudad,

---

[6] Colocho: (En Centroamérica) Rizo, tirabuzón, bucle. (*N. del E.*)

donde vi a mi esposa y a mi hija mirando las estrellas, en la puerta delantera. Por un momento pensé que se las llevarían también. Pero no, inmediatamente después de verlas, me depositaron en el mismísimo lugar donde me recogieron.

»Fue entonces cuando se disparó el miedo, vi la enorme luz alejarse y corrí despavorido a la casa donde no había nadie. Me metí dentro de la cama, creo que con todo y zapatos, y no dejé de temblar hasta que salió el sol. En cuanto me pude controlar, me fui a casa con mi familia. No dije nada, pasé el día fingiendo, engañándome a mí mismo que no había sucedido, hasta que llegó la noche y no pude evitar analizar lo vivido. ¿Había sido una alucinación, un sueño? Nunca oí ni vi a nadie, solo vi montones de cosas, que aún no terminaba de entender.

»Al fin, me dormí cansado y en cuanto desperté, me sentí más vivo que nunca. Pese a que nunca antes en mi vida había tomado un pincel o tocado un instrumento, ese día, mi único deseo era pintar y hacer música, pero debía ir a trabajar y continuar con mi vida normal. Luego de unas horas de intentar estar con los pacientes, desesperado, me tomé el día y me fui de tienda en tienda buscando lo que necesitaba. Me encerré en la clínica por cinco días, en fanática actividad artística. Al final, entendí que debía controlarme y llevar la cosa despacio y con inteligencia.

»Para resumirte, llevo ya tres años con esta doble vida. Como ves, entro y salgo de esta casa-taller desde mi clínica, así nadie me ve salir o entrar. Ni siquiera mi familia sabe lo que hago.

—Pero no entiendo... —interrumpí—, bueno, entiendo que no le quieras contar a nadie lo del rapto, pero ¿por qué ocultar tu arte?

—Porque no lo termino de entender, como tampoco sé por qué hablo idiomas que nunca estudié. Al principio, me oculté porque no sabía lo que estaba pasando. Me creí en una fase esquizofrénica, pero cuando empecé a ver los resultados... los llegué a disfrutar y ahora no sé cómo compartirlo con alguien de los que conozco. ¿Ves? Hasta se me da la jardinería y como médico he mejorado tremendamente, porque la mayoría de las veces cuando el paciente cruza mi puerta, ya sé lo que le pasa. Es como si mi cerebro estuviera usando otras partes que la mayoría de las personas no usan.

A las dos de la tarde, el médico debía regresar a su consulta. Conversamos repasando los detalles de sus recuerdos y experiencia. Le relaté otras historias que había escuchado en Mendoza, Argentina, y le recomendé libros como los de J.J. Benítez. Luego, le pregunté por qué se había desahogado conmigo.

–Hace unos días tuve un sueño muy vívido. Una mujer que no conozco, pero que sentí muy cercana, me dijo: «háblale de tu secreto a la chica con el corazón alado». Lo real del sueño me llevó a preguntarme si una chica de corazón alado implicaba una *hippie* o una poeta. Nunca imaginé que encontraría una mujer usando un corazón alado de plata, por eso cuando se salió de tu blusa y quedó colgando en el aire, casi me caigo de espaldas.

Los dos nos preguntamos el significado de todo aquello, porque los extraterrestres no era, ni ha sido en realidad, mi tema, pero sí el de los sueños. ¿Había algo predestinado más allá de lo que entendíamos? ¿Era esto una prueba de la existencia de guías o ángeles de la guarda? Le agradecí que me compartiera su experiencia y le prometí que si alguna vez escribía un libro, la relataría en él. Tal vez su historia no tenía que ver con él o conmigo, sino con otras personas que esperaban pruebas sobre la vida en otros planetas, o de la existencia de un plan «divino» donde lo que cuenta es solo el misterio de la magia.

–Si la experiencia del rapto solo fue producto de mi imaginación, ¿qué sucedió en realidad para que de la noche a la mañana despertara con talentos que nunca antes había manifestado?

—No sé —contesté antes de irme–, y quizá nunca lo sabremos, pero hay que seguir buscando.

Desde mi sueño lúcido en el bus, el recuerdo de las palabras de Aya y Eyia seguían dando vueltas en mi cabeza. Decidí que debía aprender más sobre numerología y la relación de los números con las manos y las estrellas. Por más impresionante que fuera la historia del doctor Jaime, los extraterrestres —pensaba yo–, no eran mi camino. Si querían algo conmigo, debían encontrarme ellos mismos.

El Alma salió de la cueva
donde se reconoció desnuda y hambrienta.
Lo primero que experimentó
fue la luz que hirió sus ojos.
Cegada por un momento,
tuvo que hacer un esfuerzo
para ver el infinito,
que se extendía retante ante ella.
Maravillada por lo que vio,
olvidó de dónde venía y su misión.
Olfateó el aire
se lanzó al frente, a lo desconocido,
guiada solo por su instinto.

Tercer verso
El viaje del alma
Sol Magnético Amarillo

4

Otras sendas y estrellas
siempre en Montevideo

En el noventa y cinco, Internet aún no existía al público en Latinoamérica y la única forma de saber algo era buscando en libros, o preguntando. Manos a la obra con Laura, recurrimos a sus amigos y a las librerías para entender el origen de los números y el papel que han jugado las matemáticas en la vida del hombre. Para nuestra sorpresa, e ignorancia, descubrimos que sobre ambos temas hay cientos de escritos en libros y piedras: egipcios, mayas, hindúes, árabes, griegos, polacos, alemanes, italianos, ingleses y chinos... hombres y algunas mujeres de todas estas culturas, que desde la Antigüedad y hasta más o menos el siglo XVIII, se dedicaron a estudiar y profundizar en el sentido de los números y su relación divina.

Isaac Newton fue llamado el «último de los magos». Antes que Newton, estudiaban la matemática como ciencia desarrollando conceptos geométricos, algebraicos y de cálculo, hombres como Platón, Pitágoras, Aristóteles, Copérnico, Galileo y Kepler, por solo mencionar algunos. Y además, gustaban de jugar con los números de una manera más personal, para encontrar las coincidencias entre cifras y hechos como nacimientos, coronaciones y victorias militares, actuando como numerólogos.

—Increíble que hombres de los que uno tiene ideas tan serias, llegaron a otorgar poderes y secretos místicos a algunos números —exclamó Laura, una noche en la que ambas nos encontrábamos repasando una biografía novelada de Johannes Kepler.

—A mí me sorprende más que no se hable de las mujeres que compartieron la vida con estos hombres y que probablemente sean las responsables de lo que ellos sabían, buscaban o lograron... Puedo imaginar a Katharina Kepler llevando a su hijo de cinco años, montaña arriba, para mostrarle el paso de un cometa y señalarle las estrellas más importantes. Sin duda, sembró en su hijo el amor por el cielo y la necesidad de encontrar respuestas en esa aventura. Dime, Laura —continué luego de una pausa—, ¿por qué una mujer iletrada y supuestamente ignorante, tendría interés en lo que sucedía en el cielo y lo que eso significaba? Sospecho que Kepler escribió su poema *El Sueño o La Astronomía de la Luna*... porque ella le habrá contado lo que se decía en esas reuniones de mujeres sabias, llenas de conocimiento antiguo, pero que debían ocultarse para huir de la Iglesia, que las tachaba de brujas. ¡Ese poema!, en el que relata de una manera ficticia como su madre con artes de bruja logra inducirle un viaje, que hoy podemos interpretar como astral, hasta la superficie lunar.

Laura levantó el libro que tenía en las manos y a modo de respuesta, me releyó teatralmente un fragmento de *El Sueño* de Kepler:

Llegaba por fin a una región de oscuridad absoluta: La noche en cuyo vientre se oscurecían las noches de todas las edades. De pronto, en una orilla de aquel cielo perdido, el telescopio divisó una estrella enorme y solitaria. Avanzó hacia ella. El espacio se tiñó de blanco. La luz era más intensa que la luz de mil soles. Duró poco. Muy rápido, la luz se desgarró y por la grieta fluyeron anillos, planetas, ríos de lava celeste. Sentí que había asistido al nacimiento del mundo, que había visto la mano del Creador en el instante original. Luego, vi que la mano se retiraba e iba cerrando amorosamente las grietas de la luz.[7]

—Fíjate —empecé conmovida—, dice «vi en el vientre», que solo puede ser el de una energía-diosa. «Se oscurecían las noches de todas las edades» me hace pensar en ese poema de Sol Magnético, inspirado en el Tarot, cuando cuenta el origen del mundo. «El espacio se tiñó de blanco», o sea, un subproducto de la oscuridad del que nacieron planetas y el mundo en el que habitamos. Pero lo más lindo, «vi que la mano se retiraba e iba cerrando amorosamente las grietas de luz», significa una mano femenina que va cerrando los propios pliegues abiertos de su vagina, luego de dar vida a otro ser.

Ese mismo día aprendimos que el tres y el triángulo invertido, tomado por el Cristianismo del Esoterismo y colocado de pie para representar con los nombres del padre, hijo y Espíritu Santo a la trinidad cristiana, representaba en el paganismo y en la mitología egipcia de hace ya más de tres mil años, el poder femenino. Sabemos de varias trinidades femeninas como la de las Moiras y las Furias de la mitología griega, o Hécate y sus tres caras. El catolicismo manejó por mucho tiempo una trinidad que la constituía unas veces Ana, la abuela de María; María, la madre de Dios; y Magdalena, la supuesta amante de Jesús, también evangelista y verdadera piedra del Cristianismo en su versión amorosa, sin nada del dogma judío. En libros de arte histórico encontramos retablos y cuadros religiosos de la Edad Media y el Renacimiento, donde aparece Isabel, la tía de Jesús, en lugar de Magdalena.

[7] Carta de Galileo a Kepler. Según MARTINEZ, Tomás Eloy. *La otra realidad: antología*. Editor y compilador: Cristine Mattos. Fondo de Cultura Económica, 2006. p. 386 (Consulta del Editor)

—No, no existe una trinidad conformada por personajes masculinos como José, su abuelo... del que tampoco sé el nombre, y Jesús —nos aclaró el párroco de Santa Ana, cuando le solicitamos que nos explicara todo esto.

En mi última noche en Montevideo, hice con Laura un viaje astral vinculado entre el pasado y el futuro para acercarnos al maestro Da Vinci y preguntarle por su obra.

Nos acostamos sobre una alfombra mullida, lo suficientemente cómoda para no pasar frío, pero no tanto para quedarnos dormidas. Hicimos antes de entrar en relajación profunda, un recorrido visual por algunas de las obras del maestro. Dibujamos el taller de Milán lo más apegado a lo leído en algunas de sus biografías, para ubicarnos ambas en un punto específico del lugar. Acordamos concentrarnos en contactar al *yo* guía del alma de Leonardo, en el año de mil cuatrocientos ochenta y tres, pero con acceso a recuerdos en espiral hacia el pasado y el futuro.

Ya en el suelo, una al lado de la otra, nos separamos lo suficiente para quedar solo conectadas por los dedos del medio: yo, el izquierdo; ella, el derecho. Una pequeña cadena de plata unía nuestros ombligos a un vaso con un cuarzo rosa y blanco, colocado entre ambas junto a una vela amarilla que iluminaba fotos de Montevideo y de nuestras familias. Con esto creamos un ancla que nos permitiera volver, en caso de perdernos, ya que no contábamos con una tercera persona que nos ayudara.

Con música de flauta a bajo volumen, guie con voz neutral a Laura, junto a mi cuerpo, a entrar en un estado de relajación alfa, que nos permitiera desarrollar un vínculo mental y viajar juntas astralmente. La técnica empieza por los pies y se le pide a cada parte del cuerpo, que con cada inhalación pinte de un color específico cada una de las células, músculos, sangre y huesos del cuerpo. Escogimos el color plateado brillante. Luego, se le pide de nuevo a cada parte del cuerpo que se diluya en agua y finalmente, en viento. Al llegar a ese punto, el que guía se calla para permitir al *yo* superior tomar control.

El Yo de Leonardo nos recibió en Milán, en medio de olores de laboratorio e instrumentos de trabajo, que parecían más los de un herrero que los de un pintor. Nos presentó tres versiones de La Virgen de las Rocas: una que había pintado y dos que aún no, pero como en los viajes astrales unir el pasado y el futuro de una persona en un momento presente es posible, colocamos los tres dibujos, de igual tamaño, uno al lado del otro. En los tres retablos vimos una trinidad pintada en triángulo y compuesta por María a la cabeza, y Juan y Jesús en las puntas. También había un ángel completando el conjunto, aunque no lo integraba realmente.

—En el futuro, algunos dirán que es Jesús y su gemelo, en las puntas, o que Juan usurpa el lugar de Jesús —rio un Leonardo alto y guapo, exquisitamente vestido en verde y naranja.

—Lo que sí muchos entenderán con facilidad —expresó con las manos en la cintura y las piernas abiertas, de pie frente a su obra—, es que la cueva o la composición de las rocas es la alegoría de una matriz terrena y la fortaleza espiritual de María, que también he expresado en su vestimenta azul. El azul, como saben —volteó a vernos muy serio—, representa, en mi tiempo, no solo la voluntad del espíritu, sino la capacidad de dominar las emociones. Lo cual está muy bien expresada en la carta de la emperatriz y la sacerdotisa, pertenecientes a ese juego de cartas tan popular entre la nobleza de toda Europa, el Tarot, y que personalmente inspiró mis varias versiones de San Juan... y el dedo... —rio recio, como recordara una broma interna—. Mejor no nos perdamos... —volvió a concentrarse en la obra como si la viera por primera vez.

»Las cavernas y los úteros femeninos tienen para mí, un gran parentesco. Por mucho tiempo me sentí intimidado e impresionado por los misterios que ambas guardan. En este cuadro, el

primer mensaje, y el más obvio, dejado a la posteridad, es la relación entre la mente femenina creadora de la naturaleza y el mito cristiano, que es en realidad egipcio, védico, y sabe Dios de dónde más... —rio escandalosamente para luego decir serio, con voz de tenor—: La caverna de naturaleza femenina, al igual que la matriz, da luz a la vida, al hombre y a la historia.

»¡Fijaos! —nos indicó el pintor, caminado frente a los tres cuadros, hasta pararse ante la primera versión—. El ángel señala aquí, con el índice, a Jesús, pero en las tres composiciones, María con la palma extendida, en un gesto poderoso que hice resaltar en el cuadro... —guarda silencio el maestro, contemplando con amor la mano que nos ha señalado. Luego, prosigue como reponiéndose de un pequeño trance, según las palabras de Laura—. Ella, la madre del Cristo y el mito, impone su voluntad y protección sobre la cabeza de este otro... —señala al bebé junto a la figura que parece un ángel—. ¿U otra?, ¿es esta una niña? —nos pregunta volteándose por completo hacia nosotras, en un gesto teatral, con una mirada burlona.

—¿¡Qué!? —exclamamos sorprendidas a la vez, lo que provoca en él una carcajada.

—Cuando iniciaba este cuadro, pensaba efectivamente que Jesús era un niño y el otro Juan, inspirado en la leyenda que ambos niños se juntaron en el desierto cuando huían hacia Egipto. Pronto, convencido por una idea de mi gran amigo Tommaso Masini y con información que me recordó madre Caterina en una visita, cambié de idea y decidí contar aquí con una serie de pequeños detalles, la historia que para ellos dos es la verdadera historia tras Jesús Cristo. Soy y seré siempre, un estudioso de la naturaleza terrena y humana. El tema religioso de mis cuadros solo es para mí el motivo de interés de mis clientes, así que a modo de burla cariñosa, confesaré que he enriquecido la historia cristiana colocando en mis composiciones juegos simbióticos, para dar a los que piensan algo qué pensar —estalló de nuevo en una melodiosa carcajada.

—¡Pero dejad que os cuente! —prosiguió Leonardo emocionado—. «Al quedar oculto el sexo de los niños en el dibujo que inicias», me indicó Caterina, mi madre, «uno muy bien podría pensar que es una niña». Paseábamos ella y yo por el campo y

decidimos parar en un convento de benedictinos con hermosos frescos: «Leonardo», me dijo en voz baja para no llamar la atención de los otros, «ese gesto usado por papas y sacerdotes para bendecir, ese que le atribuyen allí a San Pablo, con los dedos índice y del medio levantados, lo interpretamos en mi tierra como: Busca el conocimiento y compártelo, yo te indicaré cómo». Al ver que mi cara no mostraba reacción alguna, expresó con pesar: «Dime que habéis olvidado lo que aprendiste entre los árboles y las siembras: ¿no sabes acaso que los clérigos se robaron esa señal de las señales antiguas para pretender que bendecían a sus borregos cristianos, cuando es otra la intención? El mensaje de esos dos dedos juntos elevados hacia el frente es: Presta atención que te indicaré el camino, es la señal de la que Sabe a la que Aprende» —«del iniciado al alumno», me comunicó Laura mentalmente, como sucede en los sueños.

—Mi madre, de madre sola como yo y sin familia que la respaldara al nacer, fue marcada por la Iglesia como una aberración demoníaca, más duramente señalada por ser mujer. La religión incentivaba la esclavitud y el odio hacia las mujeres, razón que la llevó a despreciar las creencias cristianas desde pequeña. Ambas se veían víctimas de un sistema injusto —aclaró Leonardo, para continuar con su relato.

—Fuera de la Iglesia, continuó Caterina con más libertad: «Leonardo mío, me sorprende que un hombre tan dotado como vos, no haya prestado más atención a que el índice es el camino del fuego, la transformación y los placeres terrenales; y el del medio, o bien llamado dedo del corazón, es el del conocimiento que nace de lo más profundo de cada ser, por lo tanto, es el dedo de los caminantes y buscadores».

—Esa tarde, mi madre me recordó lo que una mujer, que trabajaba en los viñedos de mi abuelo, me había contado de pequeño: cada dedo de la mano se relaciona con un miembro del cuerpo humano y un sentido. El meñique con el oído, el pulgar con la mirada, y ambos con los brazos. El índice con el gusto, el anular con el tacto, y ambos con las piernas. El del medio con el olfato, la cabeza y el tronco —guardó silencio el maestro, pensaba de nuevo. Tomó una barra de metal delgada para dibujar en el suelo y empezó a hablar de nuevo—: Lucia, mi abuela paterna, con quien viví a partir de los cinco años, algunas veces nos dejaba tiempo para pasear juntos en el campo, cuando mi madre lograba escapar de la vida con Accattabrigga, su marido impuesto. El día que les estoy contando, en las afueras del monasterio, mi madre recogió un palo junto al camino, como cuando yo era pequeño y dibujaba en la tierra para mí: montañas, ríos, animales y flores, mientras me contaba hermosas historias. Ese día me sorprendió con una simple estrella de cinco puntas, esas que haces con una sola línea continua, y recitó para mí una lección aprendida y olvidada: «La mente aérea se manifiesta en la concreta tierra, ¡viva, iluminada por la luz!, y nutrida a su vez por el agua, gestan el espíritu individual. Luego, el alma al calor del fuego decide crear, obras de su mano. Razonar nos hace humanos, Leonardo», acabó con una mirada triunfal dirigida al cielo.

»Caterina era una mujer iletrada —continuó un Leonardo aún más reflexivo—, que entendía el mundo a través de las imágenes y los gestos. Su origen y el de su familia materna estaban en el campo. La relación de los campesinos con la tierra es profunda. Luego, en las ciudades, aprendió mi madre de las tejedoras el arte de las agujas y los recuerdos, conocimiento antiguo que según ella, se remontaba al tiempo cuando las personas llegamos de otras estrellas. Me compartió lo que quiso y lo que pudo. Ese día se desahogó del dolor acumulado por años: «Por mi origen, *no podía aspirar a un matrimonio con Sir Piero de Vinci, tu padre», me contó sin poder ocultar la amargura, «pero sí fui buena para ocupar su cama. Como buen hombre, o tal vez porque me amó, Piero decidió hacerse cargo de ti, del bastardo, entregándote a sus padres para que te criaran y te salvaran de una vida en la pobreza. Nunca me preguntó lo que sentía o necesitaba. Por verme mujer e iletrada, tu padre nunca entendió qué yo pensaba, qué sentía. Me veía como un cuerpo, como ven la mayoría de los hombres a las mujeres. Amó mi belleza y mi alegría. Yo le amé entero, adorándole por fijarse en mí, por traerte a mi vida. Dejarte ir fue la más dura de las lecciones, más duro que casarme»*

»Atravesada de dolor, me vio con los ojos secos de lágrimas y siguió: «La vida, Leonardo, ha sido trabajo del que no me quejo y pena que me ha fortalecido. Lucha y pequeños triunfos, pero sobre todo, Leonardo, mi vida, como la de la mayoría de las mujeres, ha sido silencio. Una mujer habla con los ojos y con los gestos, algunas como yo con los dibujos. Nuestras manos tejen y siembran, repitiendo los patrones que encontramos en la tierra y los vientos, porque la voz nos la quitaron hace mucho tiempo». Se rio con una risa cómplice que me hizo reír sin saber por qué y concluyó: «Verte entre duques, me da alegría, pero me la dan más ¡tus dibujos!, trasmitiendo algo de lo que llevas en la sangre, en la memoria que es la mía, la nuestra, la de las mujeres».

El maestro guardó silencio, perdido con los ojos en la distancia. Luego de un momento, continuó dando un profundo suspiro:

—Cuánta sabiduría la de mi madre, que me heredó en la sangre. Tanto para Zoroastro como para Caterina, las mentes creadoras de la puesta en escena del Mesías y el Cristo Jesús, fueron las de María y de Ana, su madre. Al juntar sus recuerdos, mi madre, mi abuela y las otras mujeres, dedujeron que: «El Mesías» impulsado por María Magdalena y el resto de mujeres, nunca debió haber llegado a la cruz, ya que ninguna mujer sacrifica a su hijo amado. Algo en el camino salió mal, pero no recuerda ninguna de ellas qué. Mi madre y su madre, mi abuela, pertenecen a una cofradía de mujeres que se reconocen a sí mismas como tejedoras de recuerdos y viajeras en las sombras. Saben tantas cosas como las que ignoran. Aunque los recuerdos de unas *complementan los de otras, los vacíos son muchos. Así, lo que tenemos en esta trilogía pictórica es a la noble Magdalena, de niña, respaldada por la antigua cofradía, representada en el cuadro por esta ambigua figura vestida de rojo, el color de la pasión humana que mueve el mundo. Con el índice, la pequeña nos señala al niño educado para dejarse guiar por la sabiduría femenina. Magdalena, niña protegida y guiada por la mano materna, le dice entonces con los dos dedos: Te indicaré el camino. ¡Las manos son la clave en este cuadro! Y la belleza, por supuesto —terminó, con una sonrisa de satisfacción.*

—El rostro de la virgen expresa concentración y tranquilidad, en contraste con la mano que trasmite mucha fuerza —dije conmovida al maestro, mientras en mi mente se desarrollaba el significado de la onceaba carta del Tarot, que relaciona a la mujer, la voluntad del espíritu y la fuerza como una misma cosa.

Una silueta en la puerta tapó la luz que entraba, interrumpiéndonos.

—¿Madre? —dijo un Leonardo sorprendido, volteándose para mirar a la figura.

Una mujer alta y de cuerpo enjuto, por algún grado de desnutrición o exceso de trabajo, entró en la habitación, tomó las manos de su hijo y las apretó en un gesto de cariño.

—Viajeras —se dirigió a nosotras, con una expresión de ternura en un rostro que alguna vez fue bello—, vengo a contaros lo que puedo. La abuela-madre sostiene a la hija-madre. Abuela y madre educan y aman al nieto-hijo. En él depositan lo que saben, con la esperanza que su recuerdo sea trasmitido a las masas, en un mundo donde las mujeres han olvidado y por lo tanto, por completo silenciadas. Recordad que es una mujer la que sostiene a otra mujer y juntas sostienen la vida. Mientras los hombres no recuerden el origen femenino de su ser, mientras no acepten el lado profundo y oscuro de su carácter, seguirán destruyendo lo que la Madre crea. Las mujeres deben empoderarse de nuevo, no con el lado masculino del alma, ¡sí, como dueñas de la vida! —señaló a una esquina del estudio, donde un dibujo sobre cartón muestra a una mujer sentada sobre otra, intentando recoger a un niño abrazado a un cordero en el suelo—. Madre y madre inspiran a los hijos a buscar en las proporciones divinas triángulos y estrellas, números y sombras.

Tras ese críptico mensaje y sin despedida, todos nos fundimos en aire oscuro, que nos permitió a Laura y a mí regresar a nuestros cuerpos.

Una hora después de nuestro exitoso viaje astral, intentaba conciliar el sueño, que no llegaba. Con tanta información recientemente recibida, esa madrugada no podía dormir y mientras daba vueltas en la cama, traté de distraerme reviviendo mentalmente mis aventuras en Chile.

Llegué en mayo, sorprendida por el frío del otoño. Como centroamericana era muy ignorante respecto a las estaciones del año y de cómo sobrevivir en ellas. Me salvaron la vida, por así decirlo, Esteban, un flautista mágico con el que compartí cabaña en la falda de los Andes en lo peor del invierno, y Rodax, mi médico superdotado, a quien conocía de previas vidas y que en esta nos reencontramos un día que me recogió en el camino, cuando yo pedía un aventón. Rodax y yo viajamos juntos por Chile para conectarnos a las Pléyades. Al músico lo encontré yo. Alquilamos entre ambos una minúscula, pero hermosa cabaña, en medio de un huerto propiedad de una pareja de lesbianas. Yo me dedicaba a escribir y él a componer con instrumentos de viento. Una noche de panqueques en la que nos emborrachamos de miel y música, entramos en tanto calor, que a pesar que nevaba, salí afuera a bailar en mangas de camisa bajo los copos de nieve. Esteban tocaba la flauta desde la ventana abierta, cada vez más rápido, más alegre, más rápido... Más y más alegre empecé a dar vueltas y vueltas hasta subirme en la mesa de piedra, para facilitar los giros cada vez más violentos. La flauta quedó en un segundo plano como un fondo lejano. Los ojos abiertos en dirección al cielo mezclaban los copos de nieve en una especie de espiral que brillaba como un túnel de estrellas. Me fui perdiendo entre copos y estrellas, porque o mi cuerpo ascendía, o ellas bajaban aplastando la Tierra, pero yo giraba entre ellas y ellas giraban conmigo. De repente, salí sobre las nubes como expulsada, ¡vomitada! hacia arriba de una chimenea que desembocó en un mar a la inversa. Me encontré a cielo abierto, o mejor dicho a espacio abierto, en plena noche estrellada. Mi cuerpo creció al extremo de ser el cielo compuesto en su totalidad de puntos brillantes. ¡Exploté sin dolor! para ser la noche eterna y oscura. No había nada, yo era todo, una risa estalló en el centro y en todo. Risa, por ponerle un nombre, porque era placer puro y sólido. Placer, solo placer, vibrante, vivo, sin lenguaje ni contenido, solo placer. Líquido, etéreo, caliente como el aliento. Y empezaron los recuerdos, no los míos, los más lejanos, los de todos. Animales, plantas, piedras, árboles, estrellas, mujeres, hombres, recuerdos deliciosos, recuerdos violentos, graciosos y terribles, caos en espiral, caos despatarrado, mares de paz, lagunas de silencio, ríos ágiles en movimiento con dirección y decisión. Reí, reí y reí hasta estallar en llanto. Silencio, silencio y me dormí. Desperté sobre la mesa de piedra, con mi cuerpo cubierto de nieve, la cabaña cerrada y a oscuras. El cielo despejado y las estrellas brillantes, sin luna, parecían velarme desde arriba. No me moví, mi cuerpo estaba paralizado, como estrellado, en posición boca arriba de manera extraña, que no sabía por dónde empezar a deshacer. Como cosa rara, no tenía frío ni dolor. Las piernas dobladas en mi espalda soportaban todo el peso de mi cuerpo. Me toqué el rostro mojado por la nieve y las lágrimas. Me empujé hacia un lado para liberar el nudo de mi cuerpo con cuidado y empecé a reír, a reír en voz baja, para no despertar a las lesbianas, ni al músico, ni a los conejos, ni a las semillas bajo la tierra. Los sentía a todos en mi piel, los sabía durmiendo. Creo que hubiera podido saber con qué soñaban, si hubiese prestado un poco más de atención. Oía respirar al planeta, a los árboles y a los pájaros de invierno, en algún lugar no tan cerca. Reí un poco más recio, me sentía viva, más viva que nunca. La memoria de mis células, excitada, aún me seguía diciendo cosas. Me estiré, me paré sobre la mesa y salté con tanto impulso, que por un momento pensé que volaba. Caí silenciosamente como a seis metros cerca de la puerta. Respiré una, dos, tres veces, y me fui a la cama. Justo cuando me estaba durmiendo, Laura me zarandeó en mi cuarto de Montevideo.

–¡Despierta, despiértate! Encontré más cosas que debes saber antes de marcharte…

Totalmente acelerada, empezó a explicarme:

–En la figura del triángulo invertido se interpreta la forma de los ovarios, la matriz y el conducto vaginal –me señaló el dibujo contenido en un libro, que después supe era Rosacruz. Tardé en enfocar, mientras me sentaba en la cama.

–¿Qué hora es? –pregunté atolondrada.

–Como las cuatro de la mañana, pero no podía dormir, así que decidí seguir buscando –respondió Laura como si las cuatro fueran las siete.

–Y como tú no podías dormir, decidiste que yo tampoco durmiera –me reí de mi suerte.

–Amiga, hay en la vida cosas más importantes que el sueño. Te vas hoy y yo estoy picada con todo esto que estamos viviendo.

Resignada respondí:

–De acuerdo, soy toda oídos, pero dame un vaso de agua.

–Creo que el hecho de tomar los católicos, el triángulo como símbolo del Espíritu Santo, fue la manera de imponer el poder patriarcal sobre el femenino –me explicó excitada–, en la Edad Media, en algunas partes de Alemania, Irlanda y hasta en Italia, los símbolos paganos estaban aún vivos en la mente colectiva. No he encontrado ningún documento católico que explique el símbolo *per se* dentro de su credo, solo la fórmula propuesta del concepto de tres seres en uno, por un tal

Gregorio Nacianceno, en el año trescientos ochenta y uno, y luego, datos de rectificación en el año cuatrocientos cincuenta y uno, en Calcedonia. La adopción de la idea de tres personas masculinas en una, representada por un triángulo, es una de las pocas cosas donde lograron ponerse de acuerdo los creadores del Cristianismo oriental y romano. Pero… en *Viaje del alma*, de Sol Magnético, ella cuenta que para la gente de las montañas y los bosques de la Europa primitiva, ese mismo símbolo era la representación del poder femenino y lo mostraban a modo de saludo entre las mujeres que curaban o que sabían, para reconocerse entre ellas. En el dibujo de su manuscrito se ve una mujer uniendo los dos pulgares y los dedos índice y del medio, para formar el triángulo invertido a la altura de su vientre, en señal de tu matriz y la mía se entienden.

—Y ahora caigo en la cuenta que los Jedi de *Star Wars* hacían lo mismo —dije, recordando el gesto de Luke Skywalker en una de las películas—. «Que la fuerza te acompañe».

—Y aquí, en este libro con fantásticas ilustraciones, *La fuga de Atalanta*, de Michael Maier, hay algo sobre la estrella que conocemos como la de David —dijo mi amiga, enseñándome un dibujo del torso de una mujer formando un triángulo y el de un hombre formando el otro—, son dos triángulos sobrepuestos que simbolizan uno al hombre y el otro a la mujer, o sus energías, que viene a ser lo mismo —me aclaró, repasando con el dedo la figura y lo obvio—, en la época de Maier, en Praga, durante el reinado del emperador Rudolf II, la alquimia era bien vista y el símbolo entre sus estudiosos era conocido como el gran sello de Salomón, usado para la brujería, o el trato con los demonios.

—O sea, más malo que bueno, si conecta con los demonios… —dije, sin que me escuchara.

—Sin embargo, egipcios y sumerios usaron mucho antes el mismo símbolo, como señal de protección e invocación mágica: una manera de pactar con «el otro mundo», que podríamos entenderlo como demonios o ángeles, con lo que estaríamos llegando a lo mismo —señaló atando cabos—, por todo lo que he leído hasta ahora, más parece un símbolo universal, similar a la cruz, que trasciende lo religioso.

—¿Y nos explica…? —yo estaba perdida.

—¡Claro, esto no termina! —exclamó Laura, aún más contenta—, en otros textos, el triángulo de pie, o hacia arriba, de la famosa estrella, representa la sabiduría, la divinidad, lo femenino y el deseo de acceder a algo más elevado.

—El deseo, la palabra mejor condenada por la Iglesia —murmuré.

—Y el invertido, lo masculino, que indica que Dios está por encima del hombre —siguió Laura sin oírme—, los dos triángulos juntos forman seis pequeños, que debieran lograr la armonía entre lo femenino y masculino, positivo y negativo.

—Lo cual no ha logrado en lo absoluto —hice ver, ya completamente despabilada. Disparada ahora, mi mente ataba cabos—. Ya que ambos triángulos, artificialmente uno puesto sobre el otro o entrelazados como a la fuerza… en realidad, ¡están en lucha! Y el seis, que igual puede representar lo femenino como a la tierra, también representa la pereza, lo fijo, el amor o la guerra —me expandí—. El seis tiene dos caras y ambas son bastante opuestas. Aquí, lo que vemos son dos trilogías humanas cuerpo, mente y espíritu: una varón y otra hembra, ¿haciendo el amor o la guerra? —concluí admirada, profundizando en mis propias palabras.

—¡Exactamente! —gritó Laura fuera de sí—. Al parecer, el símbolo no trae cosas buenas. Ya en el tiempo de Salomón se le asociaba a lo sobrenatural y a la magia negra, y probablemente esa es la razón de por qué Hitler lo escogió para señalar a los judíos. Jamás hubiera señalado al enemigo con algo bueno. El mensaje tras la estrella que conocemos como la de David, fue usada al parecer por Salomón, su hijo, para hacer magia negra. Si Hitler consultó textos antiguos, habrá descubierto que este símbolo no era, en lo absoluto, positivo en la memoria colectiva. Él quería marcarlos con algo que evocara emociones agresivas, solo con verlo. Los dos triángulos sobrepuestos representan en realidad el enfrentamiento de lo positivo y lo negativo, lo que entendemos por bien y mal, la lucha entre la mujer y el hombre, lo divino y la raza humana, Dios y la Diosa.

—Y los israelitas ignorantes lo adoptaron... ¿cómo símbolo de nación? Lo que describes es un símbolo de guerra —terminé, con la boca abierta.

—Tal vez no tan ignorantes, o tal vez sí —dijo Laura pensativa—, tal vez querían guerra o el símbolo en sí es el que no les permite alcanzar la paz. Debieran cambiarlo al de la *menorah*, que es realmente un símbolo judío único y de connotaciones positivas. Dicen que hasta Colón lo vio reflejado sobre el mar, al navegar por aguas americanas.

Permanecimos ambas meditativas, recordando haber leído que a Colón, por haber descrito la visión en su diario de viaje, lo acusaran de judío y por tanto, de hereje. Hoy, en tiempos modernos, los ufólogos creen ver en la visión del marinero, una mano extraterrestre.

Afuera el sol empezaba aclarar. El barco que me llevaría de Montevideo a Buenos Aires salía a las ocho. Me levanté para dirigirme al baño, Laura me siguió lanzando electricidad como rotor de máquina.

—Te fotocopié algunas cosas que encontré sobre el pentáculo, conocido como el pie del Diablo, la estrella de las brujas o de cinco puntas, pero también relacionado al pentagrama de Da Vinci. Y algunas otras cosas del símbolo del Espíritu Santo. Te reirás como yo de lo enrevesado del mundo, en cuanto al significado de los símbolos.

Defraudada,
el Alma anduvo sin rumbo,
hasta que una noche sin luna escuchó el sonido de una
fiesta.
Se acercó intrigada
descubriendo en el centro de un centenar de musas
danzantes
un enorme macho cabrío color blanco,
quien pese a su fealdad,
seducía con la belleza de su voz y lo contagioso de su
risa…
«Pasa, pasa y pide lo que quieras»,
le dijo al Alma jubiloso,
«¡Si di, engañado por los dioses, el don de la música
 y la clarividencia a otros inmortales!,
a ti por diversión te haré un regalo»
El Alma cohibida y excitada se adentró en el círculo.
«¿Por qué me siento avergonzada?»,
preguntó sorprendida.
Pan, como se llamaba aquel Dios,
estalló en una estruendosa carcajada y contestó:
«Porque represento tus impulsos reprimidos
y despierto en tu interno todos los deseos no vividos.
¡Eres amoral como la naturaleza!
Mi presencia despierta tus instintos…
me agradas por tu valentía»,
dijo al Alma con expresión de simpatía.
«Te regalaré, pequeña, la imaginación creativa».
El Alma se sintió flotar
por un momento se conectó con la conciencia global.
Sin sentir más vergüenza de sus deseos,
entendió que estaban allí para ser vividos y no reprimidos.

Décimo octavo verso
El viaje del alma
Sol Magnético Amarillo

5

Cazando ríos, sumergiendo más que los pies
Embocadura de la Plata

El sol brillaba hermoso sobre el agua. Decidí subir a babor a pesar del viento frío y despedir desde allí a Montevideo. Me emocioné observando la ciudad, que considero de las más bonitas del mundo. A pesar del desvelo, me sentía llena de energía y las preguntas revueltas en mi cabeza vibraban vivas, ansiosas, esperando por respuestas. «Empoderarse», la palabra sonaba más fuerte que todas las demás. ¿Empoderarse de qué? ¿Empoderarse cómo? ¿En qué consiste el poder de los hombres? ¿El de las mujeres? No me atreví a sacar las hojas que me dio Laura, por miedo a perderlas en el viento. Decidí relajarme, disfrutar del paisaje y navegar con la mente el Río de la Plata, que se unía en algún lugar con el Paraná y el Paraguay, pasando el segundo por la ciudad de Asunción, donde dejé diferentes tipos de amores y de amigos. No es de sorprender que los españoles y portugueses se maravillaran, y asustaran, con lo ancho de estos afluentes, que parecen mares. Cargados de vida en el fondo de sus aguas y en las orillas selváticas que quedan, son solo una muestra de la maravillosa y virgen América. Empecé a cantar en voz alta la canción original de Nino Bravo, «América», que el mexicano Luis Miguel le hizo honor con un espectacular video: «Donde brilla el tibio sol/ con un nuevo fulgor/ dorando las arenas/ Donde el aire es limpio aún/ bajo la suave luz de las estrellas/ Donde el fuego se hace amor/ el río es hablador/ y el monte selva/ Hoy encontré un lugar para los dos/ en esta nueva tierra».

A tal punto canté de alto, así de mal como lo hago, que llamé la atención de un grupo de personas junto a mí, que se rieron cómplices de la idea y me respondieron a coro: «América, América/ todo un inmenso jardín/ esto es América/ Cuando Dios hizo el Edén/ pensó en América».

Terminamos todos con una estruendosa carcajada. Saludé a modo de despedida y me dirigí a estribor. Me encanta ir conociendo gente nueva, pero quería pensar.

Caminando por cubierta fui observando las corrientes: una que entraba del mar y otra que salía con el río. «Estoy entre dos mundos», me dije. Uno salado y otro dulce, uno habitado por ballenas y otro por pirañas, uno profundo y extenso, y el otro ¿rápido y con propósito?

—¡El otro! —dije murmurando al agua—, un maravilloso sistema circulatorio de precario equilibrio, como las venas y arterias de un cuerpo humano, alimentando las palpitaciones oceánicas de un corazón acuoso del que dependemos todos.

Mi mente empezó a navegar contra corriente, río arriba como habrán hecho Juan Díaz de Solís, primer capitán español en recorrer las aguas de Río de la Plata; Pedro Mendoza, fundador de Buenos Aires; y Álvaro Núñez Cabeza de Vaca, el primer europeo en descubrir las cataratas del Iguazú, ¡maravilla del mundo!, y que bautizó como Cataratas de Santa María. Al parecer, las percibió como un fenómeno femenino, pero el nombre original dado por los guaraníes: «agua grande», que significa Iguazú en español, persistió junto a la leyenda del origen de la formación de la Garganta del Diablo. Una triste historia de amor que relata cómo el príncipe Tarobá y la hermosa doncella Naipí fueron convertidos, uno en árbol y la otra en una roca enorme, en castigo por su intento de huir del sacrificio al dios serpiente Mboí, que habitaba el río. Naipí sería sacrificada a la serpiente, que una vez al año exigía a los guaraníes la vida de una hermosa virgen. Mboí, en su enojo ante la escapada de los enamorados, hunde la tierra por un lado y la eleva por el otro, formando así la garganta llena de agua que separa al árbol y la roca. Pero como el amor persiste más allá de la muerte, los amantes se reúnen gracias a la aparición de un arcoíris sobre las aguas, fenómeno bastante frecuente.

Cuando Irene, mi amiga paraguaya, me contó la leyenda a gritos cerca de una de las caídas, envueltas ambas en un rocío denso, creí escuchar la risa de la serpiente, burlándose de mi sorpresa por encontrarla en cada historia de vírgenes sacrificadas, amores y paraísos perdidos o reconstruidos. Pero la ignoré, escogiendo disfrutar del deleite del agua cayendo con fuerza y de la belleza del arcoíris formado en el vapor.

Ahora, unos meses después en el barco, era nuevamente sorprendida por la voz de la serpiente. «¿A cientos de kilómetros de la princesa Naipí convertida en piedra?». Pensé que tal vez surcaba las mismas aguas que me mojaron en forma de brisa, al desbordarse hacia la roca-princesa por la Garganta del Diablo, y por eso escuchaba en estribor a la serpiente saludándome como si nada, desde el fondo. Se rio. Se rio de nuevo por mi sorpresa

—Serpiente y sabiduría son sinónimos —dijo antes de alejarse corriente arriba.

Desde la desembocadura de la Plata perseguí a la serpiente y en el afán de darle alcance, me encontré en Asunción. Por lo visto, seguí el Paraguay en lugar del Paraná, que me hubiese llevado al Iguazú. En la ciudad, me apeé del río y recorrí sus calles llenas de frutales, hasta el gigantesco árbol de mango en casa de Juancho. Frente al árbol me ruboricé abrumada por el recuerdo de una noche de sexo, no con Juancho, sino ¡con el mango!, con quien me amé en una noche de embrujo.

Salí a bailar al jardín bajo la luna, como había estado haciendo últimamente, dejándome guiar solo por la música de las esferas. Mi cuerpo se movía despacio doblándose hacia atrás, hacía los lados, extendiendo los brazos que ondulaban como serpientes y alas al vuelo. Dedos y muñecas, con una sensualidad íntima, rozaban el aire excesivamente caliente de la ciudad. Los pies desnudos, enterrados en el suelo lodoso, se iban calentado poco a poco, acrecentando la temperatura de todo mi cuerpo. De pronto, el árbol me pidió que compartiéramos el amor compasivo, el de la tierra, el que otorga porque esa es su naturaleza. No pude resistir el llamado, que me atrajo seductoramente. Me abracé al tronco con brazos y piernas, como no imaginé que fuera posible. Mi vagina bajo la falda entró en contacto con la corteza y se abrió a la energía del árbol, dejándola que me recorriera lento, lamiendo sensualmente mi piel. La savia que sentía en mis venas generaba un calor delicioso, que tocaba cada uno de mis poros abiertos como minúsculos besos depositados en una piel cada vez más ardiente. Perdí la noción del espacio. Mi cuerpo, con un erotismo natural poseído de deseo, se enroscaba con facilidad al árbol. El olor dulce de la fruta colgando de las ramas, seducía mi lengua y mi olfato en un suave toque en crescendo. Sentí al árbol convirtiéndose en un falo erecto, que me asustó por un momento al percibirlo amenazante. El mango me abrazó, tranquilizándome, envolviéndome con su esencia que corría también en mis venas, me cantó al oído la música de sus hojas, me fue excitando de nuevo, calentando mi sangre, hasta que esperé ansiosa que me penetrara el hermoso miembro. Entró con fuerza, mi vagina del susto se contrajo un momento. El falo palpitó una, dos, tres veces. En respuesta, mi vagina se abrió, la matriz dilató. Calor, todo era calor: calor subiendo, bajando, calor adentro, afuera, calor en el aliento, en la sangre, en la cabeza. Empapada en sudor, el calor me asfixiaba al mismo ritmo que el placer crecía en mi cuerpo, me mojaba por dentro en un orgasmo que duró hasta caerme de espaldas sobre la grama también mojada. Levanté las caderas hacia mi amante árbol. Sopló sobre mi cuerpo y la vagina desnuda respiró fuego puro. El orgasmo empezó de nuevo, contrayendo primero todos los músculos de las piernas, luego los de las caderas y el estómago, apretando exquisitamente, luego soltando. Esta vez grité, solté un aullido de placer absoluto, hasta permanecer laxa sobre el suelo, lamiendo en mi piel un sudor erótico, divino.

Me encontré de vuelta en el barco, enfilando hacia Buenos Aires. Reí por lo bajo, recordando vivamente como me revolqué salvajemente en la grama, desbordada de placer y alegría después de la erótica experiencia. Levanté el rostro para husmear el aire salobre de los ríos. Ríos vivos, maestros. El primero lo cacé a los siete años cuando lo descubrí sin querer con unos amigos, aventurándonos al fondo de un valle cercano a donde vivíamos. Me impresionó ver el agua corriendo con prisa de un lado a otro, como si fuera a algún lado. Quise inmediatamente descubrir su propósito, saber de dónde venía y a dónde iba. Solo una amiga aprobó mi propuesta de embarcarnos en la tarea de remontar contra la corriente para encontrar el origen de tanta prisa. Saltamos de roca en roca hasta que empezó a bajar el sol y decidimos volver por miedo a nuestros padres enojados ante nuestra desaparición por tanto tiempo. Ése fue el primero de muchos ríos. A los doce, ya había logrado caminar desde el amanecer hasta el anochecer y acampar para volver al día siguiente, por varios caudales que me entregaron sus secretos a base de saltar de roca en roca sin claudicar. Unas veces hice la cacería en solitario y otras en compañía, y lo que siempre me impresionó, más que recorrer una curva tras otra y caída de agua tras cascada grande, fue la ignorancia de los que viven junto a sus aguas, sin interés o idea de lo que hay más arriba o más abajo. Impávidos, solo ven el líquido correr. El agua sale limpia y enérgica de adentro de la tierra, unas veces gota a gota, y otras, como el río

San Juan de Huehuetenango en Guatemala, en un caudal frío y tormentoso. Sin importar cómo nace el agua, esta avanza en su camino recogiendo un raudal de vivencias. No hay más propósito que avanzar y recorrer cuanto surco encuentre. La corriente quiere probarlo todo: las raíces de los árboles, sus troncos, sus hojas, y cuanto monte o arbusto se le ponga delante. En su hambre por probar, destruye algo, llevándose lo que no debiera en la prisa, pero en la mayoría de los casos, cuando se cansa y baja el ritmo, otorga vida a la vida, permitiendo en sus partes más hondas, el desarrollo de muchos seres que no existirían sin el río.

El primero que cacé, hoy es un desagüe de aguas negras tan pestilentes, que se transforma en corrientes de mal olor viajando, pero en el viento.

Husmeé de nuevo el aire salobre, investigando en su olor si la embocadura de Plata iba más limpia que sucia. Limpia, decidí, hermosa y vibrante. Remonté de nuevo. Esta vez más despacio, corriente arriba. Por tercera vez fui repasando mentalmente las curvas y las corrientes que viví en algunos trayectos. Me detuve al llegar al muelle donde pasé una noche de tormenta eléctrica, a orillas del Paraná, un día, lejos, tierra adentro sobre el lado brasileño. Lucho me advirtió que no me metiera al agua, por la corriente y lo que pudiese acarrear. Por una vez en mi vida hice caso y me limité a caminar por la orilla hasta donde lo permitió la vegetación. El agua del Paraná corría oscura y turbulenta. Siendo uno de los ríos más largos del mundo, solo él sabe lo que recoge en su recorrido por tantos poblados y selvas. Lo toqué con los dedos y sentí ese jalón que da la profundidad pidiéndote que te sumerjas, que te hundas y te dejes llevar por la corriente. Saqué los dedos a toda carrera y busqué un palo, algo más seguro para revolver las aguas sin que me sedujeran. Toqué un suelo lodoso con todo tipo de objetos, que bien podían ser piedras y restos orgánicos como plásticos y metales. No quise saber más. Lo inmenso de todo me abrumaba. Preparé mi bolsa de dormir en el muelle, para quedar sobre el agua y comer. Pero esa noche no dormí. Al llegar la oscuridad, la tormenta se veía aún más esplendida, y allí sola, bordeada de selva y río, me dediqué a ser una espectadora pasiva. Un par de veces me alcanzó el miedo, cuando los truenos parecían dirigirse directamente hacia donde estaba. La electricidad de la tormenta era tan grande, que me llegaba en oleadas a pesar de la distancia. No había luna y las pocas estrellas que lograban brillar de tiempo en tiempo entre las nubes, eran solo un recordatorio de lo lejos que estaba de la gente, de mi familia. Me sentí pequeña, inmensamente pequeña y frágil, abandonada. Me acosté sobre la madera bocabajo e intenté sintonizarme a la corriente. Demasiado rápida, demasiado profunda, corría indiferente a la mujer que yacía sobre ella, buscando asirse a algo que le diera sentido. Me estaba perdiendo y empecé a creer que moriría. ¿Qué pasaría si moría? Ridículamente pensé en las consecuencias del cuerpo abandonado sobre un muelle a orillas del Paraná y las conjeturas que harían al encontrarlo. ¿Y si culpaban a Lucho? Él, que se deshacía en amabilidades conmigo. Solo por eso sería injusto morir allí.

Luego, empecé a pensar en todo lo que no había hecho, en las palabras de amor no dichas, en mi familia tan lejos, en mi madre con la que compartí poco y no le agradecí suficiente por la vida. Y por último, pensé en todas las respuestas que aún no tenía. No estaba convencida de lo que pasaría al morir, aunque había leído a Richard Bach, *El puente hacia el infinito* y *Uno*, tan hermoso, y más específicamente, a Brian Weiss con *Muchas vidas, muchos sabios*. Yo misma había experimentado regresiones espontáneas a otras vidas. «Pero de la teoría a la práctica es una cosa muy distinta», me decía llorando agarrada a la madera, callada, lágrimas saladas deslizándose despacio, más dolorosas que cuando lo hacen rápido…

De pronto, apareció ¡ese! con el que llevaba ya doce años peleando: el Dios, el Único ante el que me negué a arrodillarme a los trece años. Al principio, no me hincaba por considerarme indigna de hacerlo, arrobada por un amor filial sublime donde confundida por las enseñanzas cristianas, me veía pecadora y sucia. La resolución era arrodillarme cuando hubiese penado lo suficiente y solo me faltó flagelarme en ese entonces. Luego, cuando expuesta al dolor y la dura vida que pensé le tocaba vivir a la gran mayoría, la razón fue penetrando el velo de la fe, y la cólera contra la injusticia divina tomó el lugar del amor religioso. La indignación de la hija ante la imagen del padre caído, me mantuvo erecta y confrontadora cada martes de misa. Tuve muchos problemas con las monjas por ese gesto de rebeldía, pero no consiguieron doblarme las piernas ni la espalda.

En mi primera fase, sorprendidas por una adolescente de trece años que se consideraba tan pecadora que no se sentía digna de ver al Señor entrar en su casa, creyeron encontrar indicios de santidad en mi postura y después, de locura. Luego, se asustaron ante una adolescente más madura de catorce, que le exigía a Dios por los niños y las mujeres sin comida, las violadas, abusadas y abandonadas. El origen de mi cambio de postura no tenía relación con una supuesta posesión de mi cuerpo por Satanás, como creyó Sor Clemencia, sino con el periódico que había empezado a leer regularmente, estimulada por mi maestra de literatura, quien decía que encontraríamos allí la diferencia entre la buena y la mala escritura. Pero lo que encontré fue la explicación, el trasfondo del origen de los problemas de los que vivían a mi alrededor: una aldea donde se mezclaba la clase media, la baja y la más baja. Ante mí se fue perfilando un mundo humano convulso y horrendo, una sociedad llena de injusticias y desbalances. Por supuesto, a quien inmediatamente reclamé fue a

Dios el creador, el Omnipresente y Omnipotente. Y luego, a las monjas, a quienes les exigí una explicación por semejante falta de amor y de orden. Quisieron culpar al Diablo y con lógica les respondí, compasivamente, que serían muy tontas de creer en la omnipotencia y omnipresencia de un ser que a todas luces no las tenía consigo, si no podía encarrilar a un solo ángel caído. El escándalo fue mayor. Hubieran llamado hasta a mis abuelos si hubiesen estado vivos. Mi madre, inteligente, me pidió que les llevara la corriente y pretendiendo ser una niña buena, rezara los veinte Padrenuestros que me pusieron como penitencia. Lo hice por mamá, a quien le hubiera causado más problemas de los que ya tenía por mantener sola a ocho hijos en diferentes etapas.

No me arrodillé como querían las monjas y les expliqué con mi mejor cara de culpa, que «no era digna por haber pecado más duramente que nunca». Las monjas suspiraron conmovidas y durmieron con la mente tranquila. Por mi parte, empecé en privado una cruenta batalla: tomé la Biblia y fui analizando palabra por palabra. Mientras más leía, más me horrorizaba de la incongruencia de las historias, y lo cruel e injusto de todas esas guerras y matanzas entre el «pueblo escogido» y sus vecinos, en nombre de un único Dios. Las peores historias eran las de Abraham y sobre todo, cuando viola a su esclava Agar a instancias de Sara su mujer, para que le dé el hijo que ella no pudo, para luego echar a la madre y al hijo al desierto porque les ha nacido un heredero «legítimo». No mejoró mi mala opinión de todos los involucrados, que Dios en un acto «compasivo», salvara a Ismael y Agar mostrándoles el pozo en el desierto, lugar de obligada peregrinación para todos los musulmanes de la actualidad. Agar es, sin duda, una de las primeras súper mamás solteras de las que tenemos noticia históricamente. Ultrajada, maltratada y humillada, encontró dentro de sí misma el valor, la fuerza y la decisión de vivir. Es fácil imaginarla encontrando cobijo en su propia entereza, convirtiéndose con ello en una de las matriarcas de los pueblos nómadas árabes, que fueron politeístas hasta la llegada de Mahoma, quien impuso por la fuerza al controversial Alá, conocido en el Judaísmo como Yahvé, el más celoso y misógino de todos los dioses. Único dios que hoy no existiría sin ella, Agar, dándole forma de líder desde el principio. Por otro lado, si como mujer despechada, no hubiera sembrado odio en los hijos que tuvo, tal vez los descendientes de los famosos medio hermanos hoy vivirían en paz, pero todo eso lo pensé mucho después.

Como adolescente, el otro episodio que encontré simbólico de la vida de Abraham, y de lo retorcido de esa adoración al Único, es la manera cruel que el Innombrable lo tortura al exigirle el sacrificio de su hijo Isaac —Isaac dicen los judíos, Ismael dicen los musulmanes—, que el tonto patriarca estuvo dispuesto a ejecutar. «¡No!, si también la mitología griega está llena de historias de padres sacrificando, en este caso a hijas, a los dioses sedientos de sangre humana», me dije en ese entonces. ¡Y luego dicen que los mayas eran salvajes por hacer sacrificios de niños! Hay que preguntarse quién les habrá puesto la idea en la cabeza. Seguro que hombres, dioses masculinos, que no gestan en sus vientres seres que salen a la luz por túneles abiertos a base de dilatar, con dolor, la pelvis entera… A los quince años, mi rabia contra Dios era inmensa.

Aquella noche en el muelle, tirada bocabajo sobre el Paraná, pensamientos y recuerdos se iban sucediendo a una velocidad vertiginosa, disparados por la presencia en el aire del Omnipresente flotando sobre mi cabeza. Mientras aplastaba mi rostro mojado en lágrimas contra la madera, para no perderme del todo en esa escena surrealista, la adrenalina disparada hizo que me erizara como un puercoespín. La cólera fue calentando la sangre, la rabia se arremolinó en el estómago y la sorpresa de verlo finalmente vivo y con forma, aunque amorfa, pero forma al fin y al cabo, me hizo reaccionar como la mujer que ha crecido despreciada por el padre y en un solo momento de arrojo se para en dos pies y lo confronta. Lancé a la corriente del Paraná cualquier vestigio de miedo. Me puse de pie de un salto y grité:

—¡Maldito impostor, no te tengo miedo! Si me matas, me iré al Infierno con Lucifer y desde allí te haré la guerra.

Una risa retumbó en el aire, haciendo eco con los truenos del lado brasileño. Una voz masculina y baja siseó dentro de mi cabeza y en el aire a mi alrededor:

—¡Hembra! Histérica e inútil.

—A mí no me puedes mangonear, dios de pacotilla. Soy una mujer orgullosa de mi sexo y de mi capacidad —le respondí enojada. Más enfocada pregunté—: ¿Por qué nos odias tanto? ¿Cuál fue la diosa que te despechó para que tengas que esconder el miedo que nos tienes tras un desprecio tan obvio?

—No seas ridícula, no existen más dioses que yo —contestó.

Fue mi turno de reír.

—La palabrita no me afecta. Muchas podrán reaccionar ante el menosprecio que intentas hacerme sentir con tan «ridícula» expresión de baja autoestima femenina. ¡Ridícula! —grité todo lo fuerte que pude—. ¡Ridículo eres!, con tan pobre y humano truco.

Me reí, me reí tocando la felicidad por verlo en un segundo, tan real y tan bajo.

—Ambos sabemos que existen más dioses —continué burlona—, tantos como personas hay en la Tierra. «Como es arriba es abajo», dice el segundo precepto universal. Que los otros dioses más ocupados que tú no nos presten mayor atención, es otra cosa. ¿Por qué el resto de dioses se alejaron?, es lo que estoy tratando de averiguar.

Un trueno sonó suavecito en el fondo y se me ocurrió algo que no había pensado antes:

–¿Es que acaso nos aislaste, pedazo de bestia? ¿Nos escondiste de la mirada amorosa de la Madre...? ¡Pero ella nos está buscando! Lo sé, lo siento en mi esencia.

Silencio, más silencio. Me amedrenté un poco y pensé que me mataría, pero no sentí miedo.

–Las mujeres no saben pensar –siseó de nuevo–, ni entender sus emociones, que son volubles como el fuego.

Se me cayó la mandíbula de la sorpresa, partiendo mi boca en dos. Cualquier vestigio de respeto que me quedaba por ese dios maligno y estúpido, se cayó por mi boca abierta y se lo llevó el Paraná. Ya dije lo que llevan los ríos y este río se acababa de llevar en su corriente, el lenguaje de un pobre macho, en este caso, un dios de baja autoestima que para sentirse un poco mejor, necesita desacreditar a la mujer que tiene enfrente.

–Mientras crecía... de los catorce a los quince y hasta los dieciocho –inicié a contarle, tranquila–, estuve leyendo el Viejo y el Nuevo Testamento, y hasta el Apocalipsis. Tres años tardé en leer el famoso libro, pero mientras avanzaba en la lectura, también avanzaba mi enojo contra ti: un dios machista, misógino, cruel, vengativo, egocéntrico y vanidoso. Al llegar a la mayoría de edad decidí, como mujer madura, dejar de pelear contigo. Concluí que encabezando, como al parecer encabezas, a una gran mayoría de los que orinan de pie, gustas de los conflictos porque has sido herido en tu ego. Te di la espalda y ahora te la puedo dar también, más tranquila que nunca.

Me giré sobre los talones hacia el interior de la selva, hasta quedar de nuevo de cara a Él. «El Único» pendía sobre toda la extensión del agua y sobre bastantes metros de la otra orilla, como un genio gigantesco de la lámpara de Aladino.

–Ahora sé que no me matarás porque implicaría liberar mi alma del cuerpo y con ello llegar a donde tú, probablemente, ya no tienes jurisdicción. Si de algo jamás he dudado es de la inmortalidad del espíritu perpetuamente transformable. Te ignoré, te reté y me dediqué a explorar la esencia femenina, la mía y la externa. Y como buen cobarde, te apareciste aquí, hoy, en el Paraná, en el momento que me creíste vencida. ¿Por qué, si no? –le reclamé segura, volteándome de nuevo hacia él. Continué:

–El miedo me obnubiló, no lo niego… por un momento me rebasó aquí, en el muelle, y me sentí perdida y sola. ¿Qué creíste? ¿Que venías al encuentro de tu pródiga hija? ¿Que me torturarías un poco, como acostumbras y luego, me esclavizarías cómo te gusta?

–Lo que yo quería ya no tiene sentido –me contestó, con una voz profunda que me sorprendió. «Cambio de táctica», me dije, poniéndome en guardia.

–Es cierto, me molestan las mujeres. Son la encarnación de la energía femenina que disfruto maltratar. El género negativo, desgraciadamente necesario y presente en el Universo, es en base, distinto a la polaridad de los opuestos…

Apresurada y en un tonto impulsivo, lo interrumpí. Si lo hubiese dejado hablar más, tal vez me hubiera enterado de muchas cosas.

–Quiero saber cuál es nuestro origen, ¡el verdadero!

Empezó a reír feliz. Mi impaciencia le dio el arma para torturarme.

–¿Por qué habría de responderte, hija rebelde? Porque me diviertes, te diré algo: este es el reino de la luz. ¡Mi reino! Te quejas de lo malo, pero amas la belleza. Por lo menos, eso me debes. Sin luz no habría cierto tipo de belleza, que es mi obra –y desapareció.

Tardé un momento en darme cuenta que se había ido, porque en el fondo, los rayos y truenos arreciaron de tal forma, que por un momento creí que la tormenta se había movido de lugar por encima de mi cabeza. El consecuente silencio fue tan profundo, que cuando los grillos y las ranas reanudaron su canto, entendí que Él se había marchado junto con la tormenta. Di círculos en el muelle como una leona enjaulada. Cuando se reavivaron los rayos y truenos, mi cuerpo por sí solo, corrió disparado para adentrarse entre los árboles completamente a oscuras. Alejándome así, de las enormes explosiones de luz. Después de cien metros y sin aliento, paré para calmarme. El tamaño de la selva, la extensión de la tierra, se me hizo ahora hermosa: un infinito mar de posibilidades para seguir buscando.

—¡La luz ciega! —dije en voz alta—. La belleza de la luz, ciega al corazón y al alma, a lo que es profundo y extenso —expliqué a los árboles. Profundizar en la naturaleza de la luz fue la resolución que tomé antes de regresar al muelle, para estudiar la tormenta y dejar correr las conclusiones en el río.

Ahora, ya más cerca de Buenos Aires, volví a aspirar con una fuerza concentrada en las hermosas ondulaciones del oleaje, intentado encontrar en ella, algo de todo lo que dejamos caer, el «Único» y yo, cientos de kilómetros más arriba, aquella noche. Saltos de brillos y sombras en eses, atravesando el agua, me dijeron que algunas de las palabras se habían quedado por allí desmigadas, tratando de unirse y encontrar sentido. Suspiré feliz, reanudando el tarareo de la canción: «Donde brilla el tibio sol/ con un nuevo fulgor/ dorando las arenas/ Donde el aire es limpio aún/ bajo la suave luz de las estrellas/ Donde el fuego se hace amor/ el río es hablador/ y el monte selva/ Hoy encontré un lugar para los dos/en esta nueva tierra».

La luz cegada por su propio brillo
y en reacción a su miedo,
se enfrentó a la oscuridad que le dio vida.
Esta, ajena a su propia creación,
se contrajo y expandió como es su naturaleza.
En este jale y encoge...
cientos, miles, millones
de pequeñas estrellas fueron explotando
separándose de la masa,
conteniendo en sí todo lo que la masa contiene.
La primera reacción
de cada una de las estrellas
dio origen a su personalidad individual, animal y divina:
Uno, tomó inmediata conciencia de su libertad;
Dos, se sintió solo y busco un espejo;
Tres, producto de la unión vibró de alegría
y organizó la fiesta;
Cuatro, previó para el futuro y sentó las bases;
Cinco, se situó al centro para unificar las puntas;
Seis, hizo una sopa buscando humanizar su esencia;
Siete, coleccionó las llaves, listo para ponerse en camino;
Ocho, midió el tamaño del infinito,
organiza desde entonces a los otros números;
Nueve, guardó el recuerdo del origen divino,
hoy entrega la memoria a quien le encuentre.

Segundo verso
El viaje del alma
Sol Magnético

6

Espirales de risas
en las curvas de Buenos Aires, 1995

–En matemáticas –me explicaba Vimper, frente a sendas tazas de té, dos noches después de mi llegada a su torrecita de Manzanares, en Buenos Aires, en compañía de Carlota, una música guatemalteca con apariencia de duende y tendencia aparecer o desaparecer de mi vida en los momentos menos pensados–, al pentagrama, que en música se conoce como papel pautado en cinco líneas y cuatro espacios para colocar los sistemas y claves que componen la escritura musical, se le asocia al también llamado pentáculo, o pentalfa, o pentagonal, que es en realidad una estrella de cinco puntas dibujada con cinco trazos rectos, o sea, cinco líneas que van de A a B, pero que al unirse forman cinco triángulos, que juntos dibujan un pentágono en su centro y a la vez repite la figura de la estrella en su interior, al unir todos sus ángulos con una sola línea continua. Estas serían las operaciones para las medidas de un pentágono regular:

Ángulos de un pentágono:

•Suma de ángulos interiores de un pentágono

$(5 - 2) \cdot 180° = 540°$

•El valor de un ángulo interior del pentágono regular es

$540° : 5 = 108°$

•El ángulo central del pentágono regular mide

$306° : 5 = 72°$

Y luego, decimos que las diagonales de un pentágono es:

número de diagonales $5 \cdot (5 - 3) : 2 = 5$

¡El mágico cinco! —concluyó Vimper con una sonrisa de triunfo.

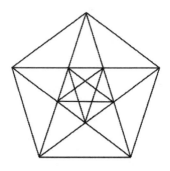

—A ver, déjame entender —dije, tomando una hoja para escribir con lápiz la suma de las siguientes cantidades:

$1+8+0= 9$
$5+4+0= 9$
$1+0+8= 9$
$3+6+0= 9$
$7+2= 9$

—Lo que yo veo, mi amigo —continué-, es que en apariencia todas las cifras involucradas en la descripción del pentágono suman nueve. Lo que me hace pensar que por donde lo veas, aunque te muestra un cinco en el exterior, guarda dentro de sí, de acuerdo a las operaciones que aquí me enseñas, un nueve. Por lo que el cinco será mágico, pero el nueve será divino, ya que tú mismo me explicaste que es el número áureo o número de oro que encuentras en todas las cosas existentes de la naturaleza. Descubierto gracias al pentalfa o pentáculo, que si no recuerdo mal, dijiste que al sumar los cinco segmentos, fáciles de encontrar y ordenados de mayor a menor, y al calcular la relación entre la longitud de uno respecto al otro, se obtiene el número áureo. ¿Qué relación tiene este con el nueve?, que el nombre por sí solo me hace pensar en aire o aura, que vendría a decirnos: ¡hey! presta atención, que lo que proyecta la estrella que forma tu cuerpo humano muestra por sí misma el aura o campo energético del Universo entero.

—Mejor explicado en la música o en la naturaleza misma por ¡un fractal! —exclamó Carlota, emocionada—. Un fractal es un objeto semigeométrico cuya estructura básica, fragmentada o irregular, se repite a diferentes escalas. El término fue propuesto por el matemático Benoît Mandelbrot, hace un par de décadas. La palabra deriva del latín *fractus*, que significa quebrado o fracturado. Muchas estructuras naturales son de tipo fractal. Pero en la geometría tradicional es demasiado irregular para ser descrito en términos tradicionales. Por lo que se dice que hay que encontrarlo a fuerza de prestar atención y observar. Una ramita de árbol es reflejo de una rama mayor, y esta a su vez es reflejo del árbol mismo. Un pequeño pedazo de helecho es reflejo de un pedazo mayor, hasta ver el helecho completo. Y así muchas otras hojas muestran en su forma la planta en su totalidad —Carlota hizo una pausa para tomar aire, ya que hablaba a toda velocidad—. En matemática se define mediante un simple algoritmo recursivo y en la música, uno de los mejores y mayores exponentes de un fractal reflejando un todo fue Beethoven con su «Quinta Sinfonía», en la que los cuatro acordes principales —Carlota reprodujo los acordes a toda voz—: ta, ta, ta, tan… crean la catarsis emocional de enfrentar en la alegría del amor y la tristeza de la soledad, la adversidad de su vida y la de todos en general. Ahora la pregunta sería: ¿el pentágono es un fractal de la estrella o la estrella es un fractal del pentágono? Solo de pensarlo me estoy mareando.

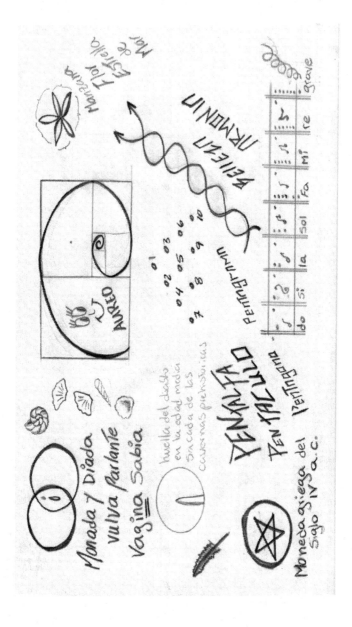

Manzana Flor Estrello y Mas

ARMONIA

YELIEZA

Pentagrama

do	si	la	sol	Fa	mi	re	grave

AUREO

01 02 03 04 05 06 07 08 09 10

Monada y Diada
vulva Parlante
Vagina Sabia

huella del dedo
en la edad media
Sacada de las
cavernas prehistoricas

PEÑALTA
PENTACULO
Pentagono
Pentagrama

Moneda griega del
Siglo IV a.c.

De pensarlo, de imaginar esa estrella infinita repetida dentro de un pentágono, a su vez repetido infinitamente, también nos mareaba a los tres. Guardamos silencio mientras nuestras mentes viajaban en espiral, a toda velocidad por millones de estrellas reproducidas dentro de pentágonos, que seguían reproduciendo a su vez millones de pentágonos en su centro... hasta que Vimper con un manotazo en la mesa y un grito de ¡basta!, nos detuvo a las dos antes que nos diera dolor de cabeza. Porque si mis pupilas estaban girando dentro de mis ojos como las de Carlota, eso explicaba la presión extra en mis paredes craneales. Los tres nos pusimos de pie y de manera cómica empezamos a caminar alrededor de la mesa, chocando entre todos y bufando como boxeadores en un intento de frenar nuestras mentes disparadas en fractales geométricos.

–¿Qué fue todo eso? –alcancé a preguntar, aún con el corazón palpitando a mil.

–Hasta el redescubrimiento de Kepler, del movimiento o ruta elíptica de los planetas, se consideraba al círculo la forma perfecta del Universo –empezó Vimper, sin dejar de caminar, pero esta vez en forma elíptica a un lado de la mesa–. Es cierto que Newton definió y explicó el fenómeno de la gravedad, pero sin los descubrimientos de Kepler jamás lo hubiese logrado. Kepler entendió que la Tierra y el resto de planetas giraban alrededor del Sol, pero no se atrevió a decirlo públicamente, lo que hubiese resultado un apoyo a Galileo, porque entendió el alcance de lo que eso supondría para las creencias religiosas y los entornos personales. Siendo tan cristiano-calvinista como era, tal vez no quiso asumir la responsabilidad de cambiar las creencias que daban sentido a la vida de la mayoría. Pero entonces escribió un libro, *Dioptrica*, casi un manual para que cualquiera con un poco de curiosidad e inteligencia, pudiera construir su propio telescopio e hiciera los descubrimientos por sí mismo. A pesar de que sus conclusiones las logró gracias a la matemática basada en los datos recabados por Tycho Brahe durante más de una década y la profundización intuitiva de los números, sabía que las masas lo entenderían mejor viendo el cielo y las estrellas por sí mismos. También fue, tal vez, su forma de disculparse con Galileo por no apoyarlo cuando debió.

Al igual que Carlota antes, Vimper hablaba ahora a toda velocidad, como queriendo poner sus ideas en orden.

—La elíptica dibuja también el movimiento de los átomos como un fractal energético universal, ¿qué reflejan entonces el pentáculo y el pentágono en conjunto? —preguntó con una pausa como para tomar aire.

—¿La voluntad divina y humana? —me animé a preguntar en un momento de inspiración—, ayer me explicaste cómo el número áureo aparece en la intersección de la envoltura de algunas semillas, las conchas de algunos cefalópodos y los caparazones de moluscos, valga la redundancia de unir cabos sueltos de información, los primeros habitantes de la Tierra y de los que se cree se desarrolló la mayoría de vida en el planeta. ¿No será entonces... que el número áureo que se puede interpretar por distribuciones de forma espiral logarítmica y nace numéricamente del corazón mismo del pentáculo, que se gráfica con facilidad en un espiral infinito, pero de movimiento claramente ascendente, son ambos un reflejo de la voluntad divina y humana? ¿No será que nos dice: la mente siempre en movimiento avanza rítmicamente por sus propias causas y efectos, pendularmente de lo pasivo a lo activo, generando en su oscilación opuestos y complementos en un reflejo simple de cómo son el cielo y los dioses en enfrentamiento por género y ¡quien pueda que lo entienda!? —grité. Porque estaba hablando al igual que mis amigos, a toda velocidad sin prácticamente pausas para tomar aire.

Silencio. Guardamos silencio cada uno de pie y agarrándonos a un mueble que nos impidiera salir volando de lo aéreos y sutiles que nos sentíamos, hasta que hablé conmocionada por las conclusiones que terminaban de cuajar en mi plexo emocional.

—Si no estoy confundida, creo que acabo de reorganizar los siete principios universales del *Kybalión* de Hermes —fui contando con los dedos—. Uno: todo es mente; dos: como es arriba es abajo; tres: todo vibra, justo como lo explica la física; cuatro: hasta la mínima cosa tiene su contrario; cinco: el vaivén de la marea avanza y retrocede sin parar; seis: toda acción tiene reacción; siete: el encuentro de los géneros genera y crea... si logro frenar mi mente por un momento, concluyo también que el Cielo es solo un reflejo de este mundo y de cómo vivimos en él, pero que el Infierno igualmente lo es, cada uno, solo en diferente proporciones, conteniendo uno al otro. Siendo cada uno, uno, y no el otro... ¡Coño! —exclamé frustrada—, ¡no logro aterrizar! Pero veo aquí, dentro de mi cerebro, las conclusiones correctas aunque no las pueda expresar.

—Sentémonos —invitó Vimper soltando con renuencia la tabla de cocina a la que estaba agarrado. Tomó tres copas de vino que colocó en la mesa, antes de descorchar una botella de vino rojo de la que nos sirvió a los tres—. ¡Qué bueno que es el vino argentino para momentos como este! —dijo con un gesto de alegría.

Yo, que en esa entonces era abstemia, di un buen trago al vino argentino sin quejarme. El vino recorrió como fuego, primero mi aparato digestivo y luego, mis venas. Carlota empezó a reír por lo bajo, luego yo y finalmente Vimper, hasta que explotamos en una sonora carcajada a la que no podíamos poner fin. Nos veíamos a la cara unos a otros y la risa explotaba de nuevo, sin que pudiéramos parar. Las lágrimas rodaban por nuestros tres rostros, con amenaza de inundación.

Sentirlas y verlas en la cara de los otros, provocaba nuevas explosiones de hilaridad. Yo me agarraba el estómago, Vimper el corazón y Carlota, de tiempo en tiempo, se mordía las manos en un intento de parar, hasta que Rebeca, la esposa de Vimper, apareció con mala cara en la cocina.

—¿Se puede saber qué diablos pasa aquí? —al ver los vasos con vino, concluyó con una expresión de horror que estábamos borrachos, lo que provocó una carcajada estruendosa de nuestra parte. Su expresión de furia dirigida a su marido, nos cortó la risa de un tajo a los tres.

—¡No estamos borrachos! —exclamó Vimper a la defensiva—. Como puedes ver, no hay botellas vacías y este es apenas el primer trago.

—Perdón que te despertamos —se disculpó Carlota compungida—, pero es difícil explicar por qué nos estábamos riendo. ¡Si me preguntas, ni siquiera sé por qué!, pero gracias por ayudarnos a parar.

Su expresión de confusión era tan clara y sus palabras tan sinceras, que Rebeca la miró con disgusto. Se marchó indicando que lo menos que podíamos hacer era respetar su sueño.

—Regresemos a las matemáticas —dijo Vimper, con los ojos puestos en la espalda de su esposa—, la Galaxia de Bode tiene la forma de una doble espiral logarítmica.

—¡Como el caduceo de Mercurio, que son dos serpientes entrelazándose entre ellas! —interrumpió feliz Carlota—. También representa la iluminación en el budismo.

—Yo creo que llegará a representar muchas más cosas —contestó Vimper—. Si prestamos atención a la ondulación de las ondas y la manera que se enroscan las olas del mar, es fácil imaginar el alcance de dos energías entrelazándose.

—Perdón —interrumpí a los dos—, pero quisiera profundizar en la figura de la estrella —la tenía fija en la frente, entre mis dedos y en las palpitaciones desbocadas de mi corazón.

Tomé de nuevo el papel y el lápiz con el que había escrito las cifras del pentáculo y escribí:

—Pentagonal, o sea, cinco ángulos o esquinas, *pent*-aculo, o sea, cinco extremos arrimados o ajustados. ¿A qué? ¿Al pentágono? Y luego, *pent*-alfa, o sea, ¿cinco principios? ¡Guau! —exclamé emocionada—. ¿Y desde cuándo se sabe todo esto? —pregunté a Vimper, con los ojos desorbitados.

—¡Ah, en eso no se ponen de acuerdo los académicos! —exclamó él con una carcajada, pero Carlota y yo le tomamos cada una la mano más cercana, con expresión de: ¡Detente, Rebeca! Vimper se tragó la risa y dijo:

—...unos dicen que es de origen sumerio, lo que es hoy la actual Persia. Y otros se la atribuyen, sin dudarlo, a Pitágoras y su grupo de marginales, quienes vivieron hace dos mil quinientos años. Personalmente, creo que ellos la dieron a conocer a un nivel, digamos científico-popular, ya que la convirtieron en una especie de logo personal, porque sumerios y probablemente babilonios, la conocieron antes que esta escuela griega. Me parece simple sentido común: ambas culturas son responsables de haber creado sofisticados sistemas de escritura y matemáticas, que sentaron las bases para futuras exploraciones del universo circundante. Estoy convencido que lo que sabemos hoy del mundo antiguo es muy poco, comparado con lo desarrollados que llegaron a ser comunidades de por lo menos diez mil años de antigüedad. Hoy sabemos que comunidades humanas de hace treinta y cinco mil años producían música sofisticada, pintaban cavernas de probable uso ritual y estaban organizados en grupos, que les permitía la cacería de animales superiores a ellos. Eso me dice que sabían contar, seguir las estaciones y apreciar la estética musical... ¿qué más civilizados que eso? ¿Entonces, dónde estarían veinticinco mil años después? La culpa de nuestra ignorancia la tiene el Cristianismo, que se dedicó sistemáticamente a destruir libros, pergaminos y piedras con cualquier tipo de información no cristiana. Y por supuesto, al tiempo mismo que destruye lo que no haya sido dejado a propósito para conservación.

–Si me tomo otro trago de vino, romperé en llanto solo de profundizar un poco en lo que acabas de decir. No puedo separar nunca la destrucción de la Biblioteca de Alejandría de la espantosa muerte que un grupo de cristianos violentos le proporcionó a la fantástica Hipatia –dije, mordiéndome conmovida un labio, intentando contener las lágrimas de tristeza atrapadas en mi garganta en un repentino ataque psicoemocional–, la sabia y bella Hipatia ha sido, desde que la descubrí, una de las diosas con un lugar especial en mi panteón personal de deidades femeninas –solté el discurso de un tirón, conteniendo el aire–. Es cierto, fue una simple mujer de carne y hueso, filósofa y maestra de matemáticas en la escuela de ciencias de la Alejandría del tercer siglo. Vivió como virgen dedicada al estudio, murió como mártir. Por seguir siendo una mujer dueña de sí misma, la señalaron de puta, la quisieron perder en la Historia por considerarla un mal ejemplo para el resto de mujeres. Por el contrario, a su verdugo… el obispo Cirilo, quien estuvo detrás de su muerte, la Iglesia lo convirtió en santo. Pero su trabajo fue tan decisivo para la filosofía y las matemáticas, y su personalidad tan llamativa, que el nombre de Hipatia se coló en algunos escritos posteriores de hombres, que sí pasaron a la Historia. Sentí su magia desde la primera vez que oí su nombre, me costó encontrar información de su vida, pero una vez que encontré el primer hilo fue como ir desenredando una madeja olvidada en el cajón de la costura y su presencia me ha acompañado como una diosa a la que le puedo pedir milagros en momentos de necesidad como este –empujé la silla hacia atrás, me senté en ella en posición de loto, vi a mis amigos con sus expresiones de sorpresa y les pregunté:

–¿Rezan conmigo? –sin perder un momento, Carlota copió mi posición y Vimper, siguiéndonos la corriente, simplemente se colocó más recto sobre su asiento. Empecé:

–Amada Hipatia, sabia de Alejandría, tú que viste con tus ojos los más impresionantes textos de la Antigüedad, te pedimos hoy socorro para completar las piezas de lo que nos hace falta; lo tuyo fueron las ciencias, diste importantes pasos para definir en tu tiempo el fenómeno de la gravedad, supiste experimentar con la masa y la velocidad para intuir que un algo las unía al centro de la Tierra, explicaste a tus alumnos sobre el movimiento de los planetas y aunque destruyeron tus escritos, tu memoria quedó en las piedras. Y nos visitas en sueños. ¡Ayúdanos, oh sabia, que vives hoy en la ciudad de las diosas, a aclarar el propósito del tiempo y la vida humana!

–¡Que así sea! –respondió Carlota.

–¡Que así sea! – coreamos con Vimper, a quien le gustó mi oración.

«¡Madre!», pensé aguantando la risa, «¡qué ridículos nos vemos!», pero luego, mentalmente grité: «¡Soy feliz!». Me encantaban las experiencias locas que estaba viviendo.

El silencio duraba ya un rato cuando Carlota empezó a silbar bajito la «Novena» de Beethoven. Seguimos la melodía haciendo vibrar nuestras cuerdas vocales, hasta que rompió el embrujo diciendo:

–Federico Schiller escribió veintiún estrofas en un poema que habla sobre la persecución de la felicidad, fin último de la humanidad. Beethoven tomó cinco de los veintiún versos y nos trasladó musicalmente la visión cósmica, no de un fin, sino de un camino, con altos y bajos. Ritmos y movimientos monumentales que nos empujan a sentir cómo vibra cada uno de los átomos del cuerpo, del viento y de los planetas... en espectacular y elíptica sinfonía... —mi mirada quedó clavada en los labios de mi amiga, mientras mi mente o mi alma se fueron de viaje. La visión fue clara.

Flotaba en posición embrionaria en el centro de un espacio oscuro donde ondas musicales giraban a mi alrededor, en movimientos elípticos que se cruzaban con perfecta armonía. Sin chocarse, vi ondas rápidas formando una equis vertical externa, otras más lentas formaban una horizontal interna, todas juntas creaban una especie de huevo energético que era yo y la Tierra a la vez. La paz de la inercia chocaba con el impulso del movimiento. En mi centro, donde a la altura del corazón se copiaba el movimiento de la esfera huevo de la que yo era el centro, palpitaba un tambor de madera. Despacio, me abrí de piernas y brazos formando una estrella de cinco puntas. En pleno movimiento absorbí toda la energía que entró por el centro superior de mi cráneo. Viajó con rapidez a mi pie izquierdo, de allí rebotó a la mano derecha, para seguir su camino a la izquierda, bajó luego al pie derecho, hasta subir de nuevo al centro alto del cráneo. Me arqueé hasta formar, como contorsionista, con pies y manos, un círculo arco que era de nuevo un huevo, o como una gota de agua... así floté de regreso a la silla, en casa de Vimper.

Suspiré, pestañé acomodando la visión, vi a mis compañeros de viaje que pestañaban también, al parecer me los había llevado conmigo y habíamos tenido experiencias similares, nos miramos mutuamente con beáticas sonrisas.

—Hora de ir a la cama y de seguir mañana con las brujas —dijo Vimper en voz baja, dejándonos saber que se encontraba completamente confundido.

Soñé toda la noche con figuras geométricas y números que se multiplicaban así mismos, saliendo de las palmas de mis manos en direcciones contrarias.

Al haber ganado ya algunas batallas importantes,
el Alma decidió ponerse de cabeza
y estudiar lo que veía
desde una perspectiva diferente.
Se colgó de un pie
en un tronco sostenido por dos palos,
creando entre los tres una tau,
un phi numérico o un portal.
En el portal crece una enredadera,
da como flor a la llamada Pasionaria;
cinco pétalos sostienen otros cinco,
en el centro
nace un tercer grupo de cinco pétalos amarillos
formando una estrella.
La estrella a su vez sostiene un pistilo en V
y otro que le atraviesa como un falo.
El Alma colgada de cabeza
medita sobre el portal, la flor y la sumisión voluntaria
para un bien mayor y común.
Concluyó:
que el fuego transformador,
la pasión por la vida y el sexo placentero
eran su derecho divino
para alcanzar a través de ellos la sabiduría
¡Entonces!, ¿por qué estaba tan enojado Dios?

Décimo quinto verso
El viaje del alma
Sol Magnético Amarillo

7

Buhardilla de Manzanares,
de brujas y príncipes

Mientras nuestro anfitrión trabajaba, Carlota y yo dimos una mordida a la ciudad llena de cafés, cabarets y teatros de comedia. Disfrutamos con el arte y la música callejera, nos sentamos un rato a admirar la belleza de los argentinos, y comimos un delicioso dulce de batata con alfajores. Nos conseguimos un vasito para el mate, conocido como porongo, alistándonos para la noche de estudio que teníamos por delante. Al gastar más de lo previsto, me puse a narrar un cuento a mitad de la calle Corrientes, al ritmo del violín de Carlota. No nos fue nada mal con las propinas. Evitamos hablar de la búsqueda y llenamos el espacio con anécdotas sexuales, cómo hacemos las mujeres cada vez que deseamos revivir los momentos románticos de nuestras vidas. Le conté a Carlota de Fantasma Suave, mi maestro amante.

—La primera vez que le vi, daba instrucciones de espaldas al pelotón de jóvenes que nos formábamos de cara al sol aun sin nacer en lo alto de una montaña cercana a Santiago —inicié la historia mientras nos acomodábamos en una banca, para pasar el rato—. La noche anterior había podido ver el mar de luces desde una altura que mareaba, cuando llegamos en total oscuridad para montar el campamento del taller de conocimiento y búsqueda, al que me sumé convencida por mi amigo Rodax. Esa mañana, Fantasma Suave, que yo aún no sabía que así se llamaba, caminaba de derecha a izquierda exigiéndonos perfección en los ejercicios de artes marciales, que nos mostraba de espaldas o de perfil. De espaldas a nosotros, decía el nombre de alguien, como: «colocho ponte más recto, tú flaco levanta más la mano…», e imaginé que los conocía. De repente, me sorprendió diciendo: «Yoga Solar mejora tu intención». Me confundió tanto, que me quedé de un palo. Verás, mi sudadera blanca con capucha —expliqué volteando mi espalda hacia Carlota, queriendo mostrarle un letrero que en ese momento no existía–, decía en letras azules: Yoga Solar. Pero yo estaba en la última línea del pelotón de cuatro filas y había sido ¡la última! en llegar a formarme, caminando desde atrás del campamento, cuando él ya estaba allí de espaldas a nosotros dando instrucciones. Una chica había ido a despertarme a la carpa, por lo que él no pudo verme, entonces ¿cómo sabía lo que decía mi sudadera por detrás? Me lo estaba preguntando, cuando se volteó hacia a mí con expresión burlona y un brillo en el ojo, no sé si derecho o izquierdo, que me cortó el aliento.

»¡Sí mi amiga! —moví exageradamente la cabeza en un gesto afirmativo, a una sorprendida Carlota–. Un brillo con la forma de una estrella perfecta en la comisura externa del ojo. Por cierto, eran los ojos dorados más hermosos que he visto en mi vida, de un ámbar intenso que contrastaban con su piel morena. Su gesto burlón se convirtió en uno de fiereza cuando, pese la distancia, nuestras miradas chocaron generando electricidad en el aire. Reaccionó molesto y exigió con voz dura que mejorara la intención de mis movimientos, volteándose para ignorarme.

A Carlota le continué contando muchos detalles de cómo comenzó nuestra relación y las muchas experiencias que tuvimos juntos. Aquí solo repetiré, para mi propia alegría, la vez que hicimos el amor en los Andes. Primero, a plena luz del día y en campo abierto, en un alto que hicimos en el ascenso a una de las laderas de la montaña y luego, bajo las estrellas, donde acampamos por dos noches. Mientras nos uníamos abrazados, desnudos, acostados de lado, mi espalda pegada a su pecho bajo el sol del mediodía, nos sobrevoló una enorme águila. Mi bello amante colocó una mano en el centro de mi pecho, justo sobre el chacra a la altura del corazón, y me susurro al oído:

—El águila es el símbolo del espíritu de nuestra familia de almas: visionarias, independientes, fuertes y libres. Este chacra... —hizo presión sobre mi piel—, es el que guarda la misión y propósito de nuestra encarnación en este tiempo y en esta tierra.

Respondí riendo con un gesto sensual. Llevé la cabeza hacia atrás y abrí mi chacra del cuello como él me había enseñado. Tensándome en arco, empujé su miembro hacia dentro de mi cuerpo, abrí las piernas pasando la izquierda sobre las suyas. Lo abracé llevando el brazo del mismo lado hacia sus nalgas, para pegarlo a mi piel. Con la mano derecha me acaricie el clítoris, mojando previamente el dedo del medio en el jugo que escapaba de mi vagina llena de su pene. Él a su vez, masajeó sensualmente mi vientre y besó mi cuello mientras empujaba en círculos dentro de mí. Ninguno de los dos perdió de vista el águila, que seguía sobrevolándonos en círculos, imitando pensé, el movimiento de su pelvis y el de mi dedo sobre mi clítoris, hasta explotar primero yo y después él. Esa fue la primera vez que logré con un orgasmo llevar la energía sexual hasta los chacras altos y abrir en mis omóplatos una alas de aire que se expanden, desde entonces, en mi espalda, para abrazar con luz a mi amante de turno, cada vez que tengo un buen orgasmo.

Por la noche, mientras nos amábamos de nuevo bajo las estrellas, a carcajadas dentro de la bolsa de dormir, girando como posesos en el vasto pasto, unas veces para quedar él con la vista al cielo y otras yo, oímos el chillido del águila que nos acompañaba en algún lugar cercano, oculta en la oscuridad. A la mañana siguiente, como prueba de su existencia encontré una pluma que me dejó como regalo y con la que inicié mi colección de orgasmos alados.

A Carlota también le describí la última vez que hice el amor con Fantasma Suave, que era la traducción de su nombre.

—Fue en la Serena, bien al norte de Santiago —empecé mi relato—, en una hermosa casa frente al mar, después de sorprenderme con el corazón de plata alado —saqué el colgante bajo mi blusa para mostrárselo—. Fantasma, como me gusta llamarlo ahora, pasó la cadena por mi cabeza para colocar el broche entre mis pechos... me acarició el cuello con los dedos y los ojos fijos en los míos. Me besó despacio respirando mi aliento y haciéndome respirar el suyo; me tomó de la mano para levantarme del columpio donde me sentaba, para llevarme al interior de la casa. Esa noche, bailó para mí imitando el vuelo de diferentes pájaros; haciendo música con su propio cuerpo y garganta, seduciéndome con movimientos, miradas y sonidos. Fue muy primitivo e inmensamente mágico. Sentada en el centro, sobre el piso de madera caliente por el fuego que ardía en una pared de piedra, al otro lado de las enormes ventanas que nos dejaban ver el oleaje, lo vi girar a mi alrededor... de repente, cayó livianamente por detrás de mí, atrapando mi cuerpo contra el piso. Sin apresurarse fue quitándome la ropa, ¡con los dientes! —reí recordando—. Me apretaba con brazos y piernas, para rodar con mi cuerpo dentro del suyo; metía su cabeza con risas entre mis axilas, cuello, rodillas hasta llegar a mi vagina; me hacía rodar de nuevo, me penetraba, me besaba, se alejaba y bailaba otra vez, haciéndome reír. De nuevo me sorprendía ¡volviéndome a sujetar contra el suelo! y enardecer mi cuerpo con su lengua... para hacerme terminar otra vez y de nuevo. Esa noche —terminé desahogándome con Carlota—, dormimos agotados en el suelo, dándonos calor únicamente con nuestros cuerpos y el del fuego, que se fue extinguiendo como un augurio silencioso de nuestra eminente separación.

A manera de consuelo, mi amiga me abrazó y pasó a contarme de sus experiencias con otras mujeres. Me explicó de lo sensible de las pieles femeninas, de la suavidad y el peso de nuestros senos; de los sabores vaginales, todos distintos y buenos; y de las ligeras estructuras óseas. Carlota se relaciona con mujeres pequeñas, de su tamaño, y me confesó haberlas amado a todas, pero nunca con la intensidad que ama la música, que la alimenta en todo momento. Ella se veía a sí misma como un pájaro en perpetuo vuelo, como un colibrí pululando en las flores, bebiendo en unas y llevando a las otras algo de las demás. Siempre probando, siempre avanzando. A mí me amaba platónicamente, deseando mi alma más que mi cuerpo. En algún momento, sin proponérmelo, la había inspirado a sentirse segura con lo que ella era.

–Nunca me cuestionaste, ni rechazaste, luego de que te confesé mi amor. ¡Y funcionó lo de podemos ser amigas! –me aclaró, con un gran carcajada con la que la acompañé un buen rato.

Ese día de paseo por Buenos Aires, fue de confesiones y desahogos.

Por la noche, después de cenar, subimos con Vimper al ático, para no molestar a Rebeca. Una buhardilla en el tercer piso, de techos inclinados, llena de libros y en el centro una mesa japonesa con cojines a los lados. Vimper abrió una de las gruesas carpetas con recortes y fotocopias en diferentes idiomas, que estaban recolectados en protectores de plástico individuales desde hacía muchísimos años. Aprovechando sus viajes como consejero político internacional, había tenido acceso a algunos importantes manuscritos y artículos sueltos de periódicos de todo el mundo, que la mayoría de mortales no tenemos.

Les había contado, la primera noche, lo vivido con Laura en Montevideo y algunas de mis experiencias en Brasil y Paraguay, por lo que estábamos los tres: «a por respuestas racionales a lo irracional».

—De lo primero que tendremos que hablar —empezó Vimper— es del *Malleus Maleficarum*, escrito por los dominicos alemanes Sprenger y Kramer, conocido como *El Martillo de las Brujas*, que fue como te lo mencionaron las mujeres en Chile. Un manual de caza que dio pie a la tortura y asesinato de cientos de miles de mujeres y un número suficiente de hombres y niños, para hacer llorar a cualquiera que se enfrente con los datos. La gran ironía es que muchas de las páginas de este manual de caza para brujas están dedicadas a probar la existencia y el alcance del poder de ciertas mujeres, a quienes se les atribuye desde la capacidad de crear criaturas ajenas a sí mismas, manejar los elementos, incapacitar personas a través de conjuros, hasta la de volar por los aires. El pequeño libro describe una inmensa lista de talentos mágicos de los que se indica: «es una herejía dudar de ellos». Les leo un fragmento:

> …Y aunque estas mujeres dicen cabalgar con Diana o Heroidas, cabalgan en realidad con el Diablo, quien se hace llamar con algunos de esos nombres paganos y arroja un reflejo seductor sobre sus ojos…

—Kramer o Sprenger afirman, antes y después de esta cita textual, que aunque algunas mujeres hacen estos viajes solo bajo el efecto imaginario del Diablo, las verdaderas brujas los realizan físicamente. Por supuesto, igualmente bajo las órdenes del Demonio. Mientras se lee el libro, se interpreta que de alguna manera comprobable los autores saben que las brujas tienen la capacidad de trasladarse físicamente, ya sea cabalgando el viento o de otra forma igualmente mágica. Lo que nos lleva a preguntarnos: ¿qué fue lo que vieron, oyeron o experimentaron este par de misóginos fanáticos para concluir que dudar de la brujería sería el primer paso para permitir su expansión? Estaban tan convencidos del poder sobrenatural de algunas féminas, que llenaron páginas completas para demostrar a los escépticos con escritos de monjes y «sabios» de otros tiempos, que dudar de la existencia de las brujas y sus poderes sería motivo suficiente de muerte. La Inquisición, el brazo castigador del Vaticano, se sirvió en el pasado para eliminar de la faz pública de Europa, las creencias cátaras y a la Orden del Templo… y sus templarios. Los primeros amenazaban su poder sobre las ideas, y los segundos sobre los bienes materiales. Con la eliminación de los cátaros, en el siglo XIII, dejaron claro que no aceptarían que nadie cuestionara su ortodoxia y que eran los dueños absolutos de la verdad. Extinguieron en el fuego de Languedoc, junto a los simples Perfectos, a hombres y mujeres de bien y cualquier posible libertad de culto o pensamiento.

»Declarando a los templarios herejes y quemándolos igualmente en la hoguera, unas decenas de años más tarde, fue el gran golpe maestro para justificar la expropiación de bienes, legalizando con ello el camino de la Iglesia hacia el enriquecimiento ilícito, que volvieron lícito. Entonces, si ya controlaban las ideas y el dinero, ¿qué era lo que esperaban controlar? ¿De qué deseaban apoderarse con la persecución de mujeres en el siglo XV? ¿Qué llegaron a saber, que sabían las mujeres que ellos no sabían? Si confiamos en el viejo refrán de: «Si el río suena es porque piedras lleva», debemos asumir que algo de todo lo confesado bajo tortura por miles de mujeres y algunos hombres, olvidémonos de los niños de ambos sexos por el momento, tiene visos de verdad. Lo que significa que: ¿la magia existe, que volar es posible y que controlar los elementos es cuestión de habilidad…?

—¡Bellísimo! —interrumpió Carlota aplaudiendo emocionada.

—¿Bellísimo? —pregunté indignada.

—Me refiero a lo que se esconde detrás de la historia —se justificó avergonzada.

—No te sientas mal Carlota, comparto tu emoción ante lo que ya entendiste como la punta de la montaña de hielo —dijo Vimper, dándole unas palmaditas en la mano—. Lo cierto es que a simple vista, la persecución de la brujería pareciera tener el fin de destruir la cultura popular y sus antiguos saberes. De los que hoy nadie está seguro cuáles eran, ya que aunque los wicca, o personas como tu amiga Solema, alegan ser los herederos del ancestral conocimiento, la mayoría de practicantes de rituales reconocen experimentar con lo que les dicta el instinto. Pienso que los y las que se declaran oficialmente brujos, son en realidad practicantes de bonitas y románticas ceremonias, acomodados a lo retazos de información que encuentran por aquí o por allá, como cualquier buscador. Aprenden oráculos de adivinación y aunque algunos son realmente buenos rayando en lo paranormal, ¿cómo lo logran?... —Vimper se movió inquieto sobre sus piernas cruzadas para continuar con un tono inseguro nada característico en él—. No pretendo descalificar a nadie... ni negar la veracidad de tu experiencia con Laura en Montevideo, y esas cosas... que nos has contado de tus sueños. Por el contrario —me quiso tranquilizar con una mirada de disculpa y yo le sonreí de regreso, para hacerle sentir que no me sentía atacada por su dudas—, reconozco los esfuerzos de todos. Tendría que ser un cretino para negar la posibilidad de que estas cosas sean reales, después de nuestra extraña experiencia de anoche, que... ¡aún no sé, si me pusieron algo en el té...! —dijo riéndose suavecito y negando con la cabeza para hacer más patentes su confusión—. Pero personalmente creo que la mayoría tienen solo retazos de conocimiento o recuerdos parciales de una gran realidad, justo como yo o como tú, que debemos confrontar para comparar y estudiarlas lo más fríamente. Que es lo que estamos haciendooo... —Vimper seguía desvariando y a Carlota y a mí se nos hacía difícil mantener la seriedad—. ¡Si queremos que el mundo nos crea! ¡Ahhh! —expresó frustrado ante nuestras risitas—. Mejor me concentro en los datos y lo que quería compartirles antes que me contagien de esa absurda risa otra vez.

Estallamos en carcajadas y él no pudo evitar seguirnos, hasta llevarse la pajilla de plata del porongo de mate dulce a los labios para beber con una leve sonrisa y continuar calmado.

—En los registros de procesos de brujería se destaca una mayoría de mujeres acusadas en comparación con las acusaciones a hombres. En los datos dejados por los inquisidores, podemos saber que muchas eran parteras. Pero lo curioso es que en un número enorme de casos, ¡el sexo! juega un lugar protagónico. Es el origen de la persecución en muchas de las historias y ¡de eso quiero hablar más adelante! —Vimper levantó la mano en un gesto de catedrático para no dejarme hablar cuando hice el intento y continuó—: El hecho de que las mujeres fueran el objetivo principal de persecución, quitando el palpable desprecio histórico de hombres contra mujeres, quizá se puede explicar por ser ellas las encargadas de custodiar la sabiduría popular. Antiguamente y en la Edad Media, ellas eran las responsables de presidir las veladas nocturnas, que eran y siguen siendo aun en algunos pueblos campesinos y primitivos, la manera natural de transmisión de la historia y las tradiciones, y cómo se aplica la ley.

Vimper hizo una pausa, conteniendo el aliento con fuerza, cerró los ojos suspirando y susurró:

—Podemos imaginar junto al fuego, solo mujeres, niños y ancianos. Porque todos los hombres se han ido, primero, en la época de las cavernas, de cacería. Luego, durante el apogeo agrícola, a la guerra. Estas eran reuniones en las que se compartía sucesos pasados, se enseñaban costumbres, conceptos morales y conocimiento sobre el mundo natural, que abarcaba desde el conocimiento de plantas y sus usos, hasta el de las estrellas y las fechas más importantes. Lo cierto es que la tradición de sentarse junto al fuego a conversar, danzar, hacer música, enseñar y practicar viejos conocimientos, es posiblemente lo que condenaron los monjes dominicos como satánico y lo denominaron *sabbat* o aquelarre.

Vimper se puso de pie para buscar entre los muchos libros perfectamente ordenados en blancas libreras al fondo de la habitación, mientras nos seguía hablando.

—Para los judíos, el *Sabbat* es el día sagrado en el que Dios descansó, por lo tanto, es también de descanso para ellos. Es el séptimo día, según la tradición, quien los convierte en el pueblo que son, gente apegada a sus costumbres y creencias. El término proviene del hebreo *shabbath*, que quiere decir descanso y de ahí se deriva la palabra sábado. Aunque algunos digan que se deriva de Saturno. Tomándolo del inglés *saturday*, literalmente traducido: día del planeta Saturno, que supone rige ese día desde el tiempo cuando se asignaba a cada giro de la Tierra, una esfera celeste. De allí: lunes relacionado a la Luna, martes a Marte, miércoles a Mercurio, jueves a Júpiter, viernes a Venus, sábado ya lo dijimos y finalmente, domingo al Sol. Esto probablemente, inspirado en lo que los estudiosos del cielo han podido ver, desde siempre, con facilidad y sin ayuda de ningún aparato más que el ojo humano: cinco estrellas moviéndose en el cielo, con una trayectoria posible de analizar, que son los planetas mencionados, más el Sol y la Luna. Lo interesante y se me hace confuso, es que el tiempo no se dividió en semanas de siete días hasta la cristianización del mundo conocido y copiado del sistema judío de un día de descanso, dando por cierta la idea de la creación del mundo por Dios, en esos mismos siete días. Al ser un día sagrado que marca una relación entre Dios y su pueblo elegido, estos deben de abstenerse ese día de realizar cualquier clase de trabajo. Los cristianos, en su pretensión de saber más que el pueblo de quien copiaron la idea, convirtieron ese día de descanso en el domingo, que la traducción exacta del latín significaría «día de Dios o décimo día». Sin embargo, en alemán e inglés, que es *sonnetag* y *sunday* respectivamente, la traducción literal será en ambos idiomas: «Día del Sol», probablemente copiado de las celebraciones paganas que dedicaban efectivamente, un día de diez al Sol. Por lo que sospecho que esa fue otra razón de peso para imponer en los pueblos conquistados con la cruz del pecado... un día cristiano sobre una celebración pagana.

–¡Por favor, por favor! –exclamó Carlota–. Regrésame al *sabbat* de las brujas, antes que me pierda entre tanta información.

Vimper sonrió indulgente y con un gesto de triunfo levantó en el aire un libro, que luego abrió sobre la mesa, por una página marcada.

–A eso voy, a eso voy... tened paciencia –dijo emocionado, mostrándonos una gráfica que nos hizo seguir con el dedo–. Fijaos que el *sabbat* judío no es solo un día de descanso, sino un día de mayor espiritualidad para dedicarlo al Señor. El *sabbat* es tan importante... que el tercero de los Diez Mandamientos, o cinco cuando se pongan de acuerdo, que Dios proclamó y entregó a Moisés dice: «La violación del día debe ser castigado con la muerte».

–¡Guau! –exclamé–. Esa no me la sabía.

–El *sabbat* relacionado con la brujería, y de acuerdo con la religión wicca y las celebraciones paganas europeas, no solo celtas, sino precolombinas americanas, existe una Rueda del Año que marca el ciclo de las estaciones, que consiste en ocho festivales a los que en Europa se les llamó y llama, *sabbat* y algunas veces aquelarres.

–¿Cómo una palabra judía terminó definiendo la supuesta fiesta de brujas? –pregunté más para mí que para los otros–. ¿Y cómo es que yo no lo había notado?

–Olvidándonos de la palabra –se apresuró Vimper–, lo cierto es que estas festividades judías, precristianas europeas o judaísmo remaquillado de Cristianismo y festividades precolombinas americanas, son bastantes similares entre sí. He aquí las fiestas de brujas... —y nos volvió a guiar con el dedo—: Samhain, considerado el primer *sabbat* del año, es celebrado el treinta y uno de octubre durante la Noche Ancestral, conocida también como Noche de los Muertos, y que con el tiempo ha derivado en la celebración actual de Halloween. Esta celebración tiene su origen en la antigua tradición celta donde el Samhain marcaba el fin de las cosechas y, a su vez, el inicio del año nuevo celta. Los judíos celebran, por este tiempo también, su año nuevo, aunque cambia el día en nuestro calendario, año con año. Y en la América precolombina era una fecha relacionada a los antepasados y los otros mundos, aunque tal vez no cayera en la misma fecha... es difícil de saber, con manejos del tiempo tan distintos... aun así, el concepto era y es exactamente el mismo —Vimper dirigió el dedo hacia el siguiente dibujo en la rueda—: ¡Yule!, celebrada el veintiuno de diciembre como el renacimiento del Gran Dios, durante el solsticio de invierno. ¡Huy, sobre esta fecha podemos hablar mil cosas! No por nada los padres de la iglesia católica, romana y apostólica decidieron colocar aquí el nacimiento de Cristo. Es, sin duda, en el hemisferio norte el día más corto de luz en el año y en el sur el más largo. El día de las luces que los judíos celebran como Januka, a veces cae cerca de Navidad, pero no tiene nada que ver con la celebración cristiana —Vimper levantó la vista para ver si le seguíamos.

Señaló un nuevo dibujo:

—Preferiré resumir que Imbolc, celebrado el dos de febrero o Día de la Candelaria. Es uno de los cuatro festivales del fuego, es decir, un *sabbat* mayor para las brujas y gran fiesta para el catolicismo. Ostara u Ostera, celebrado el veintiuno de marzo, durante el equinoccio de primavera, conocido también como el festival de los árboles. Entre estos dos, si no me equivoco, anda el

Pésaj judío y la Pascua cristiana. Y todo ese simbolismo del conejo y el huevo.

»Beltane, celebrado el uno de mayo y considerado también como uno de los cuatro *sabbat* mayores, o bien, festivales de fuego relacionados a la Madre Tierra, los árboles y en general, la energía femenina. Por lo que no sorprende que coincida con las fiestas cristianas marianas o que anuncie el mes de la madre. Litha, celebrado el veintiuno de junio. Lughnasadh, celebrado el uno de agosto durante el festival de las primeras cosechas. Junto al Samhain y al Mabon, es uno de los tres festivales de la cosecha durante el otoño. Mabon, celebrado el veintiuno de septiembre, durante la segunda cosecha en el equinoccio de otoño —al llegar acá, pasó las páginas como buscando algo, mientras siguió hablando concentrado—. Entonces, vemos que los llamados *sabbat* de brujas son, en esencia, celebraciones de las cosechas, tanto en la Europa pre-cristiana, como después del Cristianismo.

Personalmente, afiancé la idea que venía dándome vueltas hacía tiempo: la relación entre cosechas, luna, mujeres menstruando y fiestas de fertilidad. Tomé nota mental de copiar a mano los dibujos de Vimper, mientras me iba al baño.

—¡Ahhh! —decía Carlota cuando volví—, yo he oído mucho del concepto *black sabbath*, traducido como navidad negra o sábado negro. Hasta existe un grupo de rock con ese nombre, al que acusan de satánico por ser un término o nombre de una celebración en la que se adora el nacimiento o llegada de Lucifer —se revolvió el cabello, como hacía cada vez que organizaba sus ideas, o se le complicaba una nota musical al ensayar con su violín—. ¿Es que la celebración tiene relación con lo que dijiste, Vimper, sobre la Navidad y el nacimiento en esas fechas del dios solar? Hasta leí en algún lado que la idea de las brujas de adorar a Satanás, no es otra cosa que el culto a Dionisio o Baco, la música, la alegría y el placer…

—¡Ajá! —saltó Vimper, que había estado pasando las páginas de sus muchos folios de recortes y me pasó una, indicándome que leyera en voz alta. Lo hice caminado de lado a lado:

> Existen cuatro *sabbath*, uno por cada estación. En la época romana, en el solsticio de invierno (Navidad) se celebraba el nacimiento del dios Nirmo. En diferentes tiempos se celebró el nacimiento del dios Sol, bajo la forma del dios Pan y de otras divinidades con cuernos. Dios Sol Niño, también relacionado a la fiesta de la Candelaria (diosa), en febrero, quien renace y vuelve a salir al mundo como virgen…

Levanté la vista del texto y pregunté a mis amigos:
—¿Es esto una alusión a la Rueda de la Fortuna, Perséfone y Deméter? —no esperé respuesta y seguí leyendo el resto del recorte:

> …El viejo dios debe aceptar las consecuencias de la paternidad. Pues, cada nuevo nacimiento nos acerca un poco más a la muerte. En Candelaria, el dios deja a la diosa. Él sabe que su propia fuerza se está apagando y que así no puede retenerla, por lo que le permite volver a la Tierra para que se lleve su fertilidad, o sea su hijo. Esta etapa es crucial para el niño. Tendrá que separarse de su madre a cierta edad, que en términos del ciclo del dios corresponde a los siete años, para iniciarse en los misterios masculinos. Cuando haya aprendido todo lo que sabe el viejo dios, es el momento para que ambos se reúnan en figura humana y luchar. Es la batalla de la luz y la oscuridad, de lo viejo y de lo nuevo. El nuevo dios tiene que demostrar que es

un sucesor y heredero digno de salir a la luz de la conciencia. Y esto año con año.

—O siglos tras siglos, presentándose el ganador con un nuevo nombre, así perpetúe las enseñanzas de su viejo y vencido padre… —dije mirando a los otros.

—Mira —me indicó Vimper, extendiéndome otra hoja plástica con un nuevo recorte, leí:

El nacimiento del dios se produce en una cueva. Recibe la visita de las brujas, acompañadas de íncubos y súcubos (demonios) que les otorgan los dones del «príncipe del mal»: piedras preciosas, azufre y plantas venenosas. Justo como recibió Jesús a los reyes con su regalos. En el culto solsticial pagano se recrean ritos que despiertan a las fuerzas de la naturaleza: se arma el arbolito, se celebran banquetes, se bebe alcohol y se realizan prácticas sexuales. Luego, en la época cristiana se dijo que se celebraba una «misa negra» en la que Satán instruía «toda clase de secretos maléficos», les hace conocer «las plantas venenosas», le enseña «las palabras encantadas», además de realizar los «sortilegios durante las noches de San Juan, las Navidades y durante todos los primeros viernes del mes, para ofender a Dios y en gloria del Diablo…

—¡Todo esto es un chirmol! —exclamé molesta.

—El satanismo es un chirmol de ideas, viejas costumbres, interpretaciones personales —continuó Vimper—, puede ser interpretado como la «adoración del mal». Una religión basada en lo que el Cristianismo rechaza. Lo cierto es que el satanismo existe solo donde existe el Cristianismo y ambas se alimentan de los mismos mitos. Aunque oficialmente en nuestro tiempo, la Navidad es la celebración del nacimiento de Cristo, a excepción de los oficios religiosos, que también tienen mucho de paganos y que practican en la realidad pocos cristianos: el árbol, compartir la comida, las velas... rituales que la mayoría celebra, son la herencia de un ritual solar. Mira terminemos con este —dijo extendiéndome otra hoja, intercambiándomela por la que tenía, para ponerla en su lugar.

—El aquelarre —empecé leyendo:

...viene del euskera *aquelarre*, «aker» que significa macho cabrío; «larre» que es campo. Es el lugar donde las brujas (*sorgiñas* en euskera) celebran sus reuniones y sus rituales. Aunque la palabra viene del euskera, se ha asimilado en castellano y por extensión, se refiere a cualquier reunión de brujas y brujos. En estas celebraciones se solía venerar un macho cabrío negro al que se le ha asociado con el culto a Satán. Uno de los aquelarres más conocidos es el que se celebraba en la cueva de Zugarramurdi (Navarra) y de aquí es de donde le viene al ritual el nombre, del lugar donde se celebraba. Aquelarre es el nombre del campo que está delante de la mencionada cueva. Los aquelarres son reminiscencias de ritos paganos que se celebraban de forma clandestina, al no estar admitidos por las autoridades religiosas de la época.

—Y este textito aquí es una joya —nos mostró Vimper una fotografía en la que se veía un libro abierto del que leyó:

Las diferentes vías de administración de sustancias alucinógenas no eran muy conocidas en la Edad Media europea y menos, su administración. Por lo que se cree que cuando se sabía que una sustancia podía matar por no conocerse la cantidad a usar por vía oral, se aplicaban en forma de ungüento por vía vaginal, rectal o sobre áreas específicas de la piel, como muñecas o detrás de las orejas. También podían vaporizarlas, dando con ello origen a algunas leyendas sobre el carácter sexual de las reuniones de brujas o el uso de calderos para la preparación de pócimas. Según la química, si hay sustancias alucinógenas aplicadas en mucosas como la vaginal, entran en el torrente sanguíneo produciendo el efecto esperado. Estas debieran aplicarse con pinceles que eviten el contacto con la piel de quien la coloca. Posiblemente, de allí la idea que representa a las brujas con un palo entre las piernas.

—Un palo... o muy bien una escoba —dijo Vimper elevando la vista hacia nosotras.

—Siempre creí que lo de la escoba era para dejar a las mujeres-brujas en el ámbito del hogar, o para escenificar que de la casa no solo se barre o saca la basura, sino otras cosas... como energías que se pueden movilizar —dije regresando a mi lugar en la mesa.

—¿Por qué no? —me apoyó Vimper y terminó diciendo—. Yo sé que hay sapos venenosos que al contactarlos, su piel también es alucinógena. Por lo que estos anfibios forman parte de la imaginería vinculada al mundo de la brujería. No sé si lo escrito aquí es cierto, ya que el libro no aclara la fuente y era uno de esos viejos textos que han perdido su carátula —nos aclaró un Vimper muy serio—, pero me parece estar escrito con sentido común... Por otro lado... para las mujeres de la Edad Media, su realidad era lo que recordaban y sabían las abuelas. A pesar de las enseñanzas cristianas sobre el sexo, en los pueblos germanos la sexualidad era tratada con más naturalidad que en otros pueblos europeos, y quizá esto provocara que fuera allí donde empezara y se desarrollara la parte más cruenta del asesinato de mujeres en esta época. Estas mujeres cuando eran capturadas, tenía que denegar del sentimiento mágico, satanizarlo y maldecirlo, además de explicar los misterios que practicaban desde el tiempo de los celtas, bajo tortura física y psicológica, lo cual habrá sido una dolorosa falla en sus espíritus, que las llevó... otra vez digo, tal vez, a confundir sus palabras y mal explicar lo que sabían y hacían —concluyó Vimper.

Bebimos mate, por un momento todos en silencio.

—O tal vez esas primeras mujeres sabias, torturadas, dieron explicaciones cruzadas a propósito —me aventuré a decir—. De lo que sí estoy segura —agregué despacio mientras las ideas cuajaban en mi cabeza—, es que los autores del *Maleficarum* o *Martillo de las brujas*, de ese manual de cacería, solo llegaron a saber una parte de algo, de ese conocimiento, y en su afán de encontrar lo que faltaba, lanzaron a la Iglesia entera contra las mujeres. Luego, sin importar a cuantas torturaron y mataron, nunca encontraron la parte que les faltaba… Además, creo que los siguientes inquisidores, sin saber qué buscaban en realidad, se limitaron a seguir el procedimiento inquisitorial y conseguir confesiones que se ajustaran al manual.

—Que interesante, porque he sacado las mismas conclusiones que tú —dijo Vimper, rebuscando en su portafolio de copias—. Me he preguntado por largo tiempo, ¿qué sabía el papa Inocencio VIII cuando lanzó la persecución de brujas en el sur de Alemania? Y antes que él, ¿qué supieron algunos miembros de la iglesia? Aquí tengo un fragmento del *Canon episcopi*, un documento del siglo X que fue anulado por el papa Inocencio VIII, donde refiere como falsas las creencias populares sobre ciertas personas que adoran al Diablo:

De hecho, una innumerable cantidad de personas, engañadas por esta falsa creencia, considerando estas cosas verdaderas, se desvía de la justa fe y cae en el error del paganismo, porque termina afirmando la existencia de alguna otra divinidad o potencia sobrenatural, además del único Dios. Es por eso que los sacerdotes en sus iglesias deben predicarle al pueblo continuamente para hacerle saber que ese tipo de cosas son enormes mentiras y que estas fantasías son introducidas en las mentes de hombres sin fe, no por el espíritu divino, sino por el espíritu del mal.[8]

»Este documento, a diferencia del *Maleficarum*, negaba la brujería y condenaba a quienes creían en ella, como gente sin fe. Además, el *Canon* afirma que algunos creen y predican sobre otros dioses, y desacredita claramente el supuesto vuelo nocturno de las brujas. Por tanto, este valioso documento ofrece una base histórica a lo que se entiende como *sabbat* de las brujas y lo que se hacía en él… ¡información importantísima! que se obtuvo sin tortura ni coacción.

»También tenemos a Santo Tomás de Aquino que en su libro la *Summa Theologiae* dice y lo leo:

Hay ciertas artes que permiten conocer con anterioridad los sucesos futuros que ocurren necesariamente o con frecuencia, y esto nada tiene que ver con la adivinación. En cambio, para el conocimiento de los otros eventos futuros no hay verdaderas artes ni ciencias que valgan, sino solo ciencias y artes falaces y vanas, introducidas en el mundo por los demonios para engañar a los hombres, como dice San Agustín en el libro XXI De Civ. Dei.[9]

---

[8] FUSTER, María Teresa. *La caza de brujas en la historia moderna.* Temakel, Mito, Arte y Pensamiento [en línea] [Consulta de Editor: 21 de marzo 2016] http://temakel.net/histbrujeria.htm

[9] de AQUINO, Santo Tomás. *Suma Teológica - II-IIae (Secunda secundae)* q. 95 1-2 [en línea] [Consulta de Editor 21 marzo, 2016] http://efrueda.com/wp-content/uploads/2011/12/suma_teologica_2_2.pdf

»Con esta afirmación de Santo Tomás de Aquino, se convierte a los ejecutores de estas prácticas en adoradores de los demonios y por tanto, en merecedores de castigo, por su pacto previo con el supuesto diablo. Pero pregunto, ¿qué supo Aquino en realidad? ¿Quiénes son estos demonios a los que se refiere? ¿Son simples conjeturas de su parte y los adivinadores eran solo personas intuitivas, que predecían realmente el futuro, o era unos charlatanes oportunistas? No lo sé, pero lo que sí sabemos es que los documentos de Aquino y otros como él, dieron pie a las creencias del inquisidor Heinrich Kramer, plasmadas en el *Malleus Maleficarum*. Por eso escribió:

> Es pues, peligrosísimo predicar de este modo defendiendo a las brujas y haciendo que crezca su número... las brujas son creídas cuando niegan creer en los demonios y dicen que no les entregaron su propio cuerpo y alma, y que no ofrecen sus propios hijos ni practican otros horribles ritos, que son enumerados en los dichos discursos sobre las brujas...[10]

—¡Oh! —exclamó ensimismada Carlota, cortando con ello y sin darse cuenta, a un exaltado Vimper que hablaba y pasaba hojas a una velocidad que apenas me permitía seguirlo, por lo que agradecí en silencio a mi distraída amiga, quien continuó despacio—. Yo puedo creer y entender que algunas mujeres prefirieran matar a sus hijas o hijos en lugar de verlos crecer en un mundo donde, al parecer, se sufría de sobremanera. La Iglesia satanizaba el placer en general, ¡con más énfasis en el sexo! La gula, por supuesto, no era tema sino para los ricos, ya que los pobres artesanos y campesinos pasaban hambre cada día de sus vidas. Y luego, están las guerras, que si no estallaban de un lado, lo hacían del

---

[10] Fuster, Ibíd.

otro, y las violaciones a las que las niñas y mujeres que se veían sometidas sin derecho más que a perder la honra... y si recordamos la historia de *Los Miserables* de Víctor Hugo, ¡madre, que a las mujeres les tocaba durísimo! Sin duda, que una mujer valiente y con sentido del futuro mataría a sus hijos antes que dejarlos en ese mundo que solo predecía dolor y tristeza... —calló como empezó, y al no agregar nada más, nos quedamos meditativos.

Vimper volteó un par de páginas, esta vez despacio, y leyó como respuesta:

...dice el diccionario, el vientre es el lugar donde se engendra y cobra vida alguna cosa. En la medida en que yo puedo comprender, nunca hay nada más que vientre. Ante todo y por último, el vientre de la Naturaleza; luego, el vientre materno; y, finalmente, el vientre dentro del cual vivimos y somos, que llamamos mundo. No aceptar el mundo como un vientre es, en gran parte, causa de nuestro dolor. Creemos que la criatura no nacida vive en estado de bienaventuranza; creemos que la muerte es una liberación de los males de la vida; pero todavía nos negamos a considerar la vida en sí como una bienaventuranza y un bien. Y sin embargo, en el mundo que nos rodea, ¿acaso no se engendra y cobra vida todo? Quizá sea nada más que oír de nuestras ilusiones considerar la tumba como un refugio y los nueve meses que preceden al nacimiento como una felicidad. ¿Quién sabe algo acerca de la vida uterina o la vida del más allá? No obstante, ha prendido, y no desaparecerá jamás, la idea de que esos dos estados de inconsciencia significan ausencia de dolor y lucha, y por ende bienaventuranza. Por otra parte, sabemos por experiencia que hay personas vivas y que andan por el mundo en lo que se llama estado de felicidad. ¿Son más inconscientes que los demás o lo son menos? Creo que la mayoría de nosotros coincidiría en que son menos inconscientes. ¿En qué difieren entonces sus vidas de las del tipo corriente de hombre? A mi modo de ver, la diferencia está en su actitud ante el mundo, en el hecho importantísimo de que han aceptado el mundo como vientre y no como tumba. Pues no parecen ni lamentar lo pasado ni temer lo venidero. Viven con un estado intenso de conciencia, pero aparentemente sin miedo.[11]

Al terminar de leer Vimper, el peso del silencio presionó en las paredes, en los muebles, y en nuestro aliento, que se hizo perceptible al profundizar cada uno en las palabras que flotaban a nuestro alrededor, como el líquido amniótico que rodea al feto en el útero materno. Hasta que Carlota rompió el hechizo.

—Bueno, eran mujeres sin fe ni valentía para dejar a sus hijos en el mundo, pero con coraje para vivir ellas en el vientre del mundo —se defendió.

—Si estamos asumiendo que estas mujeres en realidad sacrificaban a sus hijos —dije con énfasis a mis amigos—. ¡Asumiré! que era su manera de manifestar que tenían poder sobre la vida y la muerte, sin miedo para demostrarlo o ponerlo a prueba.

—Estamos entrando en aguas pantanosas —dijo Vimper, levantándose para repasar con la mirada algunos libros sobre la librera—, definir lo bueno y lo malo le ha tomado vidas enteras a estudiosos del pasado y el presente. Intentar entender que hacían y por qué lo hacían hombres y mujeres de ciertas épocas, es querer experimentar el océano sin ser pez. Hagamos una pausa antes de repasar lo que tenemos —nos propuso, enfilando hacia el piso de abajo.

Yo salí al balcón y Carlota se fue al baño.

[11] Traducción del original: Silvia Mansilla Manrique
MILLER, Henry. *The Wisdom of the heart*. Primera edición. New York: New Directions Paperbook, 1941. p.94

—Repasando —dije queriendo ordenar todo, al regresar Vimper a la media hora—, sabemos que las mujeres eran capaces de curar con plantas, minerales y probablemente con conjuros, que podemos entender como oraciones o mantras. Estamos seguros que eran las guardianas de los recuerdos, ya que la tradición, la historia y el conocimiento se trasmitía oralmente, cuando probablemente los hombres estaban de cacería o de guerra. Asumimos que conocían las estrellas y las fases lunares que les permitían entender y probablemente predecir el clima, los fenómenos naturales y los nacimientos. Hay datos de que eran agrónomas, artesanas, tejedoras, ingenieras, médicas, albañiles, administradoras y mucho más. Capaces de levantar ciudades desde cero y de rehacerlas, luego de ser arrasadas por los diferentes enemigos en guerra. ¡Hasta Berlín fue reconstruida por mujeres! Se ha dicho que hacían magia, que si lo deseaban enfermaban a otros de la misma manera que los curaban, que con simples palabras volvían a un hombre impotente y que sabían volar o trasladarse mágicamente a distantes lugares…. Todo gracias a su trato con el Diablo o los demonios. Curiosamente, nadie dijo que sus poderes les permitiera enriquecerse o volverse más jóvenes o bellas… al parecer, en el imaginario colectivo lo que sus tratos con el maligno les permitía: era el pecado de la lujuria, insaciables en el sexo, sus aquelarres eran simples orgías para acostarse con quien quisieran. Si eso fuera cierto, que los *sabbat* eran reuniones para soltar la libido, ¿a dónde las llevaba tal libertad o práctica de sexo descarriado? Aparte del placer físico o emocional, tuvo que haber algo más…

—¡De lo que has dicho!, me ha dejado boquiabierto el hecho que yo no me haya preguntado hasta ahora: ¿por qué veían a estas mujeres con «poderes» como simples almas mezquinas, iracundas, amargadas y estúpidas? Y no las veían capaces de proveerse de lo que todos querían: riqueza, belleza y juventud... ¡que simple! –Vimper pasó aún más frenéticamente sus páginas de recortes– En la gran mayoría de casos que he revisado, se les acusaba de causar daños a otros, a las siembras o al clima, de usar libros o símbolos prohibidos y por supuesto, de tener sexo con el Diablo. Definitivamente, hay algo que no cuadra, no tiene sentido que quisieran probar la existencia de la brujería para llevar a la tortura y la hoguera a un montón de simples mujeres parranderas, ¿qué es lo que NO dicen los textos?

–Y ¿qué si de verdad todo solo tiene que ver con el sexo? –preguntó Carlota tranquilamente–. Tal vez de eso se trata... de entrar en nosotros mismos por la abertura carnal... de por una vez, unir en uno lo que no puede unirse en la realidad física. La polaridad positiva y negativa en la física-química no se tocan, trabajan juntas sí, pero no se mezclan, están aquí esparcidas a nuestro alrededor y contenidas en nuestras células sin mezclarse realmente. Sin embargo, nosotros criaturas vivientes: plantas, animales, o gente, no solo nos unimos siendo de polaridades distintas, sino nos reproducimos logrando mezclar en el producto, en el resultado, dos energías inmezclables. Tal vez de eso quería hablarte Yahvé cuando se te presentó en el Paraná y no le dejaste hablar. El sexo es más que género, es más que reproducción o un coito placentero. El sexo es viajar a otras esferas y no lo digo románticamente, lo digo con la profundidad de la que lo ha experimentado en mi propio autosexo, no esperen que use, ni de chiste, esa horrible palabra mastu algo... como dije, en mis autocomplacencias tengo visiones. Genero energía real, la cual puedo direccionar a donde guste, y siempre, sin importar cuantos orgasmos tenga, me quedo con la sensación de que casi llegué, pero no lo logré. Siento que debí desvanecerme en el aire, que tal vez debió explotar algo en algún lado o abrirse una puerta a otro tiempo.

»Cuando lo hacía con hombres me sentía atropellada y egoísta a la vez, porque me negaba en lo interno a abrir esa otra puerta a la energía de mi centro, que está en mi útero. Así que compartía mi cuerpo, pero no mi esencia, la cual no estaba dispuesta a ceder por no entender del todo lo que implicaba hacerlo. Supe cómo cerrarme y ellos lo sintieron. ¡El sexo!, señor y señora, es… ¡el gran misterio! –concluyó con un gesto teatral.

Vimper y yo nos miramos y empezamos a reír, porque hasta hablar de sexo relaja el cuerpo y el ambiente.

–Definitivamente, el sexo juega un rol importantísimo en todo esto –aclaré aun sonriente–, es una de las cosas que intentamos dilucidar. ¿Qué es lo que ellas sabían y se perdió en las cámara de tortura? O tal vez, lo que nunca se supo en las torturas, porque las verdaderas practicantes tenían el poder suficiente o real para no dejarse atrapar, y las que cayeron, solo poseían retazos de información o experiencias a medias.

–Analicemos los símbolos de nuevo –intervino Vimper, nuevamente serio y concentrado en sus infinitos recortes–, en la alquimia, el caldero es el símbolo de la trasformación, y en la brujería, el corazón o centro mismo de todo lo que ella implica: conjuros, pociones y cocina, reuniones alrededor del fuego, hermandades secretas y el hogar. La paleta de madera es, por consiguiente, una extensión del caldero, que también se puede usar para agitar el aire, al igual como tú habías dicho, la escoba.

–Respecto al vestuario, yo no diría nada –opiné–, la idea del sombrero puntiagudo o el vestido negro son solo un remanente del vestuario normal de la Edad Media, y que se lo hayan adjudicado a estas mujeres en tiempos modernos, es solo una manera de situar la peor época de la cacería en el siglo XVI. Si estas mujeres tuvieron algún tipo de vestuario especial, habrá sido un proceso personal. Sinceramente, creo que lo que sí practicaban era la desnudez en espacios abiertos o cerrados, y de allí otra razón para derivar en la creencia de las bacanales sexuales.

—La música tendrá que haber jugado un papel protagónico en sus vidas. Las mujeres pobres habrán usado las paletas, los calderos y su cuerpos para crearla —explicó Carlota haciendo sonar su cuerpo con las manos, para continuar con una mueca—. ¿Las mujeres ricas?, flautas y tambores. ¡Por supuesto!, todas cantaban e imitaban animales. Las dagas o cuchillos de piedra habrán sustituido las espadas y arcos, al considerarse cazadoras y guerreras. Igualmente, estas habrán sido símbolos de su independencia y de su capacidad para mantenerse por sí mismas. Ritualmente, una daga o espada significa el nivel de poder de quien la usa. Señala su agudeza, control y capacidad de liderazgo…

—Si volaban —interrumpí yo—, fue con alguna forma de levitación o teletransportación. Supe que el ejército de los Estados Unidos investigaba la bilocación física de algunos individuos, para usarlos como espías. Personalmente, puedo viajar con mi mente despierta o en sueños, ya les conté eso. En un par de ocasiones logré ver desde arriba, con otro yo flotando en el aire, mi cuerpo caminando en una calle de Porto Alegre. Pero como siempre, me asusté y no quise repetir la experiencia… Para lo que tenga que ver con magia… o sobre poderes paranormales, hay que tener valor, porque cada vez que lo experimentas es entrar en el reino de lo desconocido y tal vez, en el no retorno. ¡Por eso! es que tengo toda esta necesidad tan grande de saber qué pasó y qué pasa con nosotros los humanos, que hemos mordido las orillas del manto mágico. Pero que ni entendemos cómo lo logramos o cómo llegamos allí… ¿Por qué estás en esto Vimper? ¿Qué esperas lograr, aparte de la satisfacción intelectual de entender y reescribir la historia? —pregunté abruptamente.

—Curiosidad, una enorme y galopante curiosidad, pero si soy sincero… en mí está también el deseo de descubrir que la vida es más de lo que vemos, y que hay un origen y un después de todo esto que conocemos.

—¿No es el poder? —preguntó Carlota, cándida y directa como es ella—. ¿El poder de control sobre tu vida y la de otros? O ¡el poder por sí solo! A mí me parece maravilloso descubrir que puedo caminar sobre el agua, transformarme en un animal o que se cumplan los deseos de mi mente, y todo eso es poderoso...

—A excepción de transformarse en un animal, creo que los seres humanos hemos llegado bien lejos con eso del deseo de nuestras mentes —contestó Vimper—, de alguna manera creo que ya hacemos magia. Creo que la magia que busco es la del conocimiento profundo, ese que se siente y no se sabe... sí, sí quiero poder, quiero el poder del que sabe. Si soy sincero, quiero el poder de resolver con facilidad lo complejo del mundo y de las personas, ¡y sí!, lo confieso, quiero poder controlar a las personas, porque las veo muy perdidas...

Dejé de escuchar a Vimper, repentinamente, la habitación giró a mi alrededor.

Me encontré en una enorme cueva iluminada por antorchas. Una potente voz femenina hablaba desde algún lugar al centro de la caverna... luego de un momento de confusión, entendí que estaba de pie cerca de una pared de piedra, viendo desde un lado a muchas personas, en su mayoría mujeres, sentadas como podían en el suelo rocoso del lugar, atentas a una hermosa mujer que hablaba de pie, iluminada por dos fogatas estratégicamente ubicadas.

—El cinco —decía la bella mujer, moviéndose con elegancia hacia el grupo—, nos ha enseñado con el tiempo, el significado de la pureza, la perfección y la belleza en la Tierra, que los enemigos de estas tres cosas lo han asociado a lo demoníaco e imperfecto. Podemos entender en el cinco, la armonía de nuestros propios cuerpos reflejado en la naturaleza entera. Asociarlo al mal es el comportamiento del mal mismo, que basa su fuerza en el dolor y el miedo... Yahvé ha intentado, desde mucho antes de la llegada de Yeshua conocido como el Cristo, erradicar el conocimiento de otros dioses y diosas muchos más benignos que él; obligó a los

descendientes de Abraham a destruir continuamente los altares de piedra y matar a los que bailaban y se amaban alrededor de ellos; y hoy tenemos una comprobación de estos recuerdos, gracias a la traducción al alemán de la Biblia. Lo que llaman el Viejo Testamento, está lleno de historias de destrucción y dolor. Lo he leído. La Iglesia y su Dios odian el sexo porque nos hace humanos, desprecia el placer porque nos hace felices, y teme al amor porque nos hace libres.

La gente se movió inquieta con gestos de aprobación y entendimiento. Noté que los vestidos largos eran muy variados y la mayoría llevaba capas o chales para cubrirse del frío del ambiente, que era mucho a pesar de los fuegos. El humo se movía en espirales hacia arriba, por una chimenea natural. La mayoría de las personas tenía alguna especie de cuenco humeante, del que bebían de tiempo en tiempo.

—Es mucho el conocimiento perdido —continuó diciendo la mujer—, pero gracias a los números que nos hablan en la música, en lo que vemos y tocamos, hay algunas cosas que aún podemos unir o rescatar sin confusión, como lo hacen los sueños. Sabemos que la luna es la que lleva la cuenta verdadera del tiempo y no seguirla es unirnos a la ceguera colectiva que esparció Yahvé y sus iglesias dentro del mundo. La luna crece y decrece en cuatro fases de nueve, cinco, nueve y cinco días cada una, guiándonos en nuestros sagrados sangrados y en el nacimiento de los niños, pero también nos acerca al número 28, unos de los cinco números perfectos del movimiento espiral. Cuatro elementos, más la luz que habitamos. Siete suman las esferas que vemos en el cielo, más la que nos cobija... —levantó los dedos— Son ocho las que nos ubican como individuos en el Universo: Mercurio, Venus, Marte, Júpiter, Saturno, el Sol, la Luna y la Tierra, dejándonos saber que el todo es perpetuo movimiento. Trece ciclos de luna nos enseñan que la Madre Tierra ha girado alrededor del Sol. El cuatro y el ocho nos guían para vivir los equinoccios entre placeres y ritos. Los momentos más profundos de las estaciones. Las medias estaciones, cada una situada a la mitad de la estación completa —se volteó hacia una de las hogueras donde lanzó algo que generó enormes volutas de humo violeta, que esparcieron un olor dulzón en el aire. Sin voltearse nuevamente, continúo hablando—. Ahora *mismo, la Iglesia que nos persigue matando inocentes, se convulsiona porque un hombre ha vuelto afirmar en público, como lo han hecho otros antes que él, que la Tierra gira alrededor del Sol y que hay más mundos como este.*

Algunas mujeres rieron quedamente y otras más atrevidas, hasta silbaron sobresaltándome. La mujer se volteó riendo, como si le hubieran contando el mejor de los chistes.

—No debiera reírme —paró con una expresión de arrepentimiento—. Seguramente lo matarán o lo encerrarán en algún lugar, donde el pobre se quede sin voz. Le debemos respeto y apoyo. Nosotras, tejedoras, voz de piedra, creadoras de fuegos, hoy sabemos que alguien hace cientos de años escondió dentro de los libros mismos de los judíos, verdaderos dueños del Viejo Testamento, párrafos claros que nos hablan de los dioses y diosas antiguos, que ahora solo nosotras conocemos... ¡Seguiremos esparciendo los símbolos y las señales! para los que las puedan leer, ¡unificándonos en ellas! como lo hacemos en el culto a María, con el cual honramos y amamos en su figura a Ishtar, Astarté, Isis madre de todo lo que existe frente a las propias narices de los iracundos, avaros y lujuriosos obispos y curas... tal vez... algún día, recuperemos del todo nuestros recuerdos y las verdades completas.

Todos en la cueva se pusieron de pie, en un solo movimiento. Un tambor sonó en algún lado, y palmas, flautas y voces contestaron creando con ello una melodía caótica llena de fuerza; se fueron quitando la ropa para danzar desnudos sobre ella; algunas mujeres se abrazaron para imitar bailando, lo que me pareció fuego, agua y viento...

Esta vez, giró la cueva y me encontré de nuevo en el ático de Buenos Aires, sentada entre mis amigos, que me miraban con expresiones que me hubieran hecho reír, si no hubiese tenido prisa por transcribir lo que acaba de experimentar. Sobreponiéndome a la desazón que acompaña una regresión espontánea y mientras escribía a toda prisa, pedí a Vimper que trajera una Biblia y pasara las páginas del Viejo Testamento en busca de nombres de dioses antiguos. Trajo una para él y otra para Carlota. Mi mano se movía ágil sobre el papel, mientras mi mente revivía la única otra vez que había tenido una regresión en público.

Fue en Israel, en una concurrida calle de Jerusalén, durante mi primera visita a la ciudad. Apenas empezaba a enterarme de la existencia de los judíos y su historia. Llegué al país por una de esas vueltas del destino, que me han empujado a extraños caminos en busca de respuestas. Tenía veinte años y nunca había escuchado la palabra reencarnación o regresión, por eso cuando traspasé el umbral del tiempo como una joven turista guatemalteca en la ciudad de Jesús... para ser un chico desesperado huyendo de la muerte, que me alcanzó unos minutos más tarde por la espalda en forma de puñal, fue demasiado para mi ignorancia, que me encontró sentada como una joven guatemalteca completamente perdida y mareada, en una calle llena de gente, a plena luz del día. Gracias a la ayuda de Dani, mi amante judío, evité terminar en algún manicomio del lugar. A raíz de la experiencia, me volví sonámbula y las pesadillas eran tan terroríficas, que Dani buscó ayuda con una mujer de nombre Avivit, que era considerada bruja, la segunda bruja de carne y hueso que conocí en mi vida, aunque ninguna de las dos lo admitiera en voz alta. Por lo que tuve que esperar la llegada de Solema para escucharlo decir en voz alta. Pasé un par de tardes con esa mujer de apariencia repulsiva y una belleza interna maravillosa, repasando la experiencia que no logré ubicar más allá de afirmar que vestía pieles de animal, zapatos de paja y que tenía ojos de color azul intenso, que las estrechas calles de Jerusalén estaban iluminadas con antorchas y olían a orina, y que me mataron por saber algo que no debía. Mi descubrimiento en esa regresión amenazaba el poder o comodidad de algunos, ya que mi intención era decírselo a unas personas de las que no vi en mi propia mente, más que el rostro de tres de ellas: dos mujeres y un hombre. En los segundos eternos en los que moría, lo único claro en mi cabeza es que me iba sin llevarles el mensaje y eso me causaba aún más angustia que morir. Con Avivit aprendí sobre vidas pasadas, oráculos, karma, manos, sueños y símbolos. Fue la primera en hablarme del poder que radica dentro de cada mujer, que no retrocede frente al destino, sino que lo enfrenta como a un caballo salvaje a quien monta y doma. Me contó sobre las mujeres con conocimientos parciales de verdades enormes, me indicó que ambas éramos dos de ellas y que no podía evitar encontrar lo que me correspondía y aportar lo que sabía.

«Así que era cierto», se me aclaraban las ideas mientras seguía escribiendo en la buhardilla de Vimper, lo más rápido que podía, «estas mujeres existieron y probablemente yo era una de ellas». No dije nada de esto a mis amigos, porque mi verdad fuera la que fuera, la presentía turbia. En lugar de sentir que sabía más, sentía que sabía menos... se me presentaba más claro el largo camino que tenía por delante para esclarecer el misterio.

—¡No puedo creerlo! —gritó Vimper, sobresaltándonos a ambas e interrumpiendo mi doble hilo mental—. ¡Aquí tan claro, frente a mis narices! ¿Cómo es que no lo vi antes?

—El conocimiento llega cuando el alumno está preparado y el maestro se presenta cuando el alumno está listo —recitó Carlota impávida—, aclarado el punto, ¿qué encontraste?

Vimper le enseñó los dientes a Carlota, bromeando con ella y leyó:

Reyes 11
Apostasía y dificultades de Salomón.
Pero el rey Salomón amó, además de la hija de Faraón, a muchas mujeres extranjeras; a las de Moab, a las de Amón, a las de Edom, a las de Sidón, y a las heteas; gentes de las cuales Jehová había dicho a los hijos de Israel: No os llegaréis a ellas, ni

ellas se llegarán a vosotros; porque ciertamente harán inclinar vuestros corazones tras sus dioses. A estas, pues, se juntó Salomón con amor.

Y tuvo setecientas mujeres reinas y trescientas concubinas; y sus mujeres desviaron su corazón.

Y cuando Salomón era ya viejo, sus mujeres inclinaron su corazón tras dioses ajenos, y su corazón no era perfecto con Jehová su Dios, como el corazón de su padre David.

Porque Salomón siguió a Astoret, diosa de los sidonios, y a Milcom, ídolo abominable de los amonitas.

E hizo Salomón lo malo ante los ojos de Jehová, y no siguió cumplidamente a Jehová como David su padre.

Entonces edificó Salomón un lugar alto a Quemos, ídolo abominable de Moab, en el monte que está enfrente de Jerusalén, y a Moloc, ídolo abominable de los hijos de Amón.

Así hizo para todas sus mujeres extranjeras, las cuales quemaban incienso y ofrecían sacrificios a sus dioses.[12]

–¡Guuaaaa, increíble! –exclamé–. ¡En plena Biblia! y lo había olvidado. Cuánta razón tienes Carlota, las cosas se entienden cuando se está listo.

–¡Genial! –se balanceó Carlota, tocando un violín imaginario–. Salomón, el más grande sabio seguidor de la Diosa.

–No tanto –nos sorprendió una voz masculina y profunda desde la puerta.

Al volvernos, tanto a Carlota como a mí se nos cayó la quijada de la sorpresa. Un hombre, que bien

---

[12] *La Santa Biblia, Antiguo y Nuevo Testamento.* Antigua versión de Casiodoro de Reina, 1569. Revisada por Cipriano de Valera, 1602. Otras revisiones: 1862, 1909 y 1960. Sociedades Bíblicas Unidas, 1960. 1 Reyes 11, 1-8

pudo ser un príncipe inca, nos sonreía cómodamente recostado contra el marco.

El hombre parado en la puerta era tan alto y bien formado como un atleta de perfectas proporciones; el cabello negro, largo y en capas, enmarcaba un rostro moreno al estilo «melena salvaje». Su nariz grande y aguileña lo hacía masculino, sin restarle belleza. Los ojos almendrados y oscuros, sombreados por unas cejas espesas, lucían amenazadores cuando no estaba sonriendo, pero eso lo descubrí después.

—No tan increíble, quiero decir —nos aclaró, con una sonrisa ensanchada que me pareció el cielo—, si lo que les sorprende es la mención de la gran diosa Astarté, Ishtar, Isis, Ashtart, o cómo gusten llamarle, no lo es tanto, ya que es mencionada varias veces más en el *Viejo Testamento*: 1 Reyes 15, por ejemplo. Si lo que les parece increíble es que Salomón se volviera uno de sus seguidores o adoradores, tampoco me lo parece, ya que no fue el único rey de Judea o Israel que adorara a los otros múltiples dioses, conocidos desde la Antigüedad hasta la Edad Media, razón por la que Yahvé maldijo y castigó infinidad de veces a los descendientes de Abraham. Lo increíble de ese texto que acabas de leer Vimper, es el mensaje cabalista escondido en él.

—Hola Túpac, qué bueno que pudiste venir a mi rescate —creí escuchar una risita maliciosa de parte de Vimper, que ignoré completamente—, pero pasa, que te presento a nuestras visitas de Centroamérica.

Ver moverse a ese hombre de un metro noventa, hizo que el vientre se me contrajera en deseo sexual. ¡Contrólate!, me regañé mentalmente, mientras mi mano desaparecía entre unos dedos largos y elegantes que enviaron electricidad a todo mi cuerpo. Ni siquiera mi lesbiana amiga era inmune al atractivo sexual de aquel hombre, que resultó ser plomero, poeta, investigador y «buscador» como nosotros.

—…cabalista llegado del Perú hace un par de años —decía Vimper, cuando logré aterrizar en la buhardilla, luego de un meteórico viaje sexual imaginario. El «príncipe inca» se acomodó en posición de loto entre Carlota y yo, en el lado opuesto a Vimper, completando así el cuadrado.

—Cabalista es mucho decir, digamos que estudioso de la Cábala, la historia y la maravillosa energía femenina, de la cual soy el más ferviente admirador —dijo guiñándome un ojo.

Enrojecí de la cabeza a los pies y me sentí estúpida. El hijo de puta sabía el efecto que causaba y encima, estaba bendecido con voz de hipnotizador.

—Compórtate Túpac —dijo Vimper, explotando en una estruendosa carcajada, a la que se le sumo Carlota—, te invité para balancear, precisamente, esa energía femenina que tanto te gusta. Este par de señoritas me están volviendo loco, al cambiar de temas como ratones en laberinto, e inducirme a experiencias en las que pongo en duda mi cordura y juicio.

—Bien —interrumpí molesta por saberme blanco de la broma—, yo quiero saber cuál es el mensaje cabalista de este texto, —reté a Túpac, mirándolo fijamente.

Túpac me sonrió complaciente, tomó lápiz y papel donde dibujó un árbol de la vida, acorde a la Cábala.

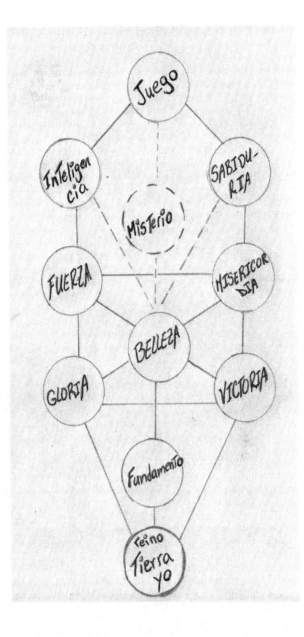

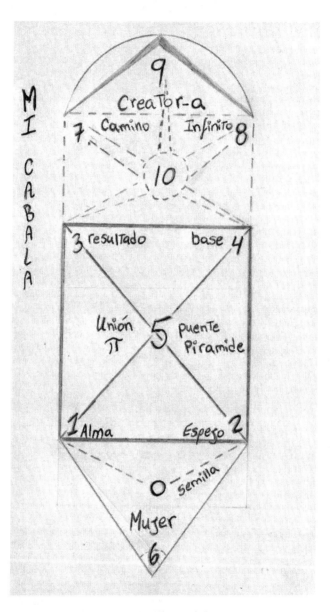

—Dice: setecientas mujeres reinas y trescientas concubinas, además de la hija del faraón. Lo que da un total de mil un unidades, separadas en tres núcleos de 700, 300 y uno. Equivalentes a nun, shin y alef del abecedario hebreo, que podemos traducir de múltiples formas, dependiendo de cómo separemos los valores: persona que se levanta, ¿elevar, izar, trasladar o casar? Podemos escoger, pero quedémonos con los núcleos siete, tres y uno: las siete sefirot (esferas) inferiores, corresponden al estadio de la realización, o mejor entendido como las raíces de la acción, estas corresponden «al qué». Las tres primeras brindan el estadio del pensamiento, las raíces de la planificación, o sea, «el por qué». Y uno correspondería a daat, la esfera del conocimiento externo, por explicarlo de alguna manera, daat es aquella persona fuera del bosque capaz de verlo entero y a la vez, ver cada árbol que lo compone. Lo interesante aquí es cómo se invierten los valores de lo inferior, concubinas aquí superiores y princesas nobles aquí inferiores, pero bueno, eso es otro tema.

Pasó la mirada distraídamente por todos nosotros, para luego contemplar su dibujo, mientras continuaba:

—Ahora, si leemos el texto literalmente, nos preguntamos: ¿no es este el hombre más sabio que ha existido?, como dijo aquí la señorita. Y cuando pensamos que amó a todas sus mujeres y conoció de ellas otros dioses a los que adoró, ¿será por qué esos dioses y diosas valían la pena, más aun que su Yahvé? Tenemos que preguntarnos: ¿qué enseñaban estos dioses de quienes no sabemos nada? ¿Quién era Astarté y que otorgaba a los que la conocían?

En ese momento recordé mi regresión, de la cual la llegada de Túpac me distrajo. Me llevó media hora explicársela a mis amigos.

—Cierta o no, me refiero a la regresión, me parece que tu subconsciente tiene una manera poderosa de organizar la información —concluyó Vimper, luego de interrogarme por largo rato, sin que me molestara. Yo misma había dudado siempre de las cosas extrañas que me habían pasado y me alegraba que alguien tratara de explicarlas por mí.

—Lo cierto —agregó un confundido Vimper, rascándose la cabeza—, es que la traducción de la Biblia por

Lutero al alemán, junto a la imprenta, son probablemente dos de los hechos más significativos para explicar los saltos evolutivos de la masa social. De la noche a la mañana, el vulgo tuvo la oportunidad de cultivarse, informarse y cuestionar. Recordemos que «El Libro» regía tanto la esfera pública, como la privada. Para los que no leían, la traducción de la Biblia se volvió un incentivo para aprender.

—Si no es tu subconsciente hablando y fue una regresión real —señaló Carlota—, lo que viste pasó en algún lugar de Alemania y el tiempo podría ser el de Giordano Bruno o Galileo. Sus enfrentamientos con la Inquisición y los papas de su respectivo momento, fueron tan sonados, que alcanzaron todos los rincones de Europa y hasta del nuevo mundo. Aunque creo recordar que fue Bruno quien habló de múltiples mundos.

—Así es —retomó Vimper—, Giordano escribió sobre infinidad de temas; viajó por toda Europa; fue monje dominico; seguidor de Calvino; catedrático en París, Londres y Praga; explorador de la alquimia y la magia; un tipo muy por delante de su tiempo, quien no se retractó de ninguna de sus ideas. Fue quemado vivo y sin lengua por la Iglesia, para impedirle que hablara. Aquí tengo algunas cosillas del hombre.

Vimper nos mostró un grabado del exmonje y esta vez le indicó a Túpac que leyera:

Aunque esto sea verdad, yo no lo quiero creer, porque no es posible que este infinito sea entendido por mi cabeza ni digerido por mi estómago, aun cuando, por así decirlo, quisiera que fuese tal como dice Filoteo, porque si, por mala suerte, sucediese que yo me cayera de este mundo, encontraría siempre algún lugar.[13]

[13] BRUNO, Giordano. *Sobre el infinito universo y los mundos*. Segunda edición, Traducción, prólogo y notas de Ángel J. Cappelletti. Buenos Aires: Aguilar Argentina (Biblioteca de Iniciación Filosófica), 1981. p. 56

Túpac hizo una pausa y continuó leyendo:

Bastante bien os explicáis, pero no respondéis al nervio de la argumentación, porque yo no postulo un espacio infinito ni la naturaleza tiene un espacio infinito por la dignidad de la dimensión o de la mole corpórea sino por la dignidad de las naturalezas o especies corpóreas, ya que la excelencia infinita se presenta incomparablemente mejor en los individuos innumerables que en los numerables y limitados. Sin embargo, es preciso que de un inaccesible rostro divino haya una efigie infinita, en la cual, como infinitos miembros, se encuentren luego mundos innumerables, como son aquellos. Y a causa de los innumerables grados de perfección que deben explicar en modo corpóreo la incorpórea excelencia divina, deben existir innumerables individuos, que son estos grandes animales (de los cuales uno es esta tierra, divina madre que nos ha engendrado y nos alimenta y que más tarde nos volverá a acoger), y para contener a estos innumerables se necesita un espacio infinito. Por consiguiente, así como ha podido y puede existir y es bueno que exista éste, no es menos bueno que existan, como pueden, existir, innumerables mundos semejantes a éste.[14]

–¡Mi madre! Si parece un trabalenguas –explotó Carlota y a su vez, explotamos todos en risas.

–Más allá del enredo de palabras, es fascinante pensar que este hombre, a fuerza de interiorizar, lograra ordenar el universo infinito y entendiera que a fuerza de tamaño, debían existir otros mundos –aporté aun entre risas, feliz que la reacción de mi amiga me alejara del peligro de la voz dulce y sensual del «inca» sentado a mi lado.

[14] Ibíd. p. 62

–En algún lugar leí que a base de falacias, declaró que el Sol era inmensamente más grande que la Tierra. Me encantó esa primera parte de: «no ser entendido por mi cabeza y digerido por mi estómago», creo que describe lo que nos está pasando –sonrió Carlota, de una manera tan satisfecha al decirlo que no pude evitar sonreír igual–. La mujer que viste dirigiendo al grupo pertenecía, probablemente, a la clase de los artesanos, dígase carpintero, albañil, tejedora o comerciante. No solo cómo la describes: una mujer con carácter, sino porque lee en su idioma, útil de alguna forma para su profesión. Alguien de clase noble leería ¡latín!, si es que lo hacía, y no dependería de una traducción para informarse –terminó mi amiga.

Túpac me observaba atento con ojos profundos y agresivos, sin traslucir lo que pensaba. Me hacía sentir desnuda de alma y por alguna absurda razón, amenazada. Desconcertada, dije lo primero que se me ocurrió, alejándonos de la regresión y su discusión:

–No puedo dejar de notar que en este texto sobre Salomón se habla de cinco razas o pueblos: moabitas, amorreas, edomitas, sidonias e hititas ¿O nos habla de cinco tipos de mujeres? Declarándome ignorante y dejándome llevar por el sonido y la imaginación, diré que las moabitas son las mujeres caseras, centradas en un único objetivo que puede ser el hogar, la estabilidad, el funcionamiento y la producción. Egocéntricas para bien o para mal, dan base a la familia. Las amorreas, por el contrario, se dejan quemar en la hoguera por el bien común, con el propósito de enseñar algo. ¿Qué?, no sé. Las edomitas, ni modo suena a hedonistas y seguro es casualidad, viven para el placer del paladar, la música y el sexo. Mujeres sidonias tienen que ser las que guardan los secretos y los trasmiten a través de ritos. Y las hititas, mujeres guerreras, por supuesto, beduinas indomables, dueñas de las dunas y el desierto, aisladas en sus castillos de arena…

—Creo que estamos hablando babosadas —dijo Vimper, cortando mi perorata, muy exasperado por lo que consideraba especulación—, es hora del vino o la cama.

—De vino —contestó Túpac sonriendo—. Quiero compartirles algunas notas de biología, como una pieza más del rompecabezas que tratan de armar.

Mientras Vimper se volteó para jalar la botella y las copas, Túpac tomó mi mano y jugando con mis dedos empezó a explicar:

—¿El cinco es repetitivo en la naturaleza?

Una electricidad sensual se deslizó por mis dedos para correr sin permiso por mi sangre. Me concentré en los dibujos que hacía en mi palma y evité mirarlo a los ojos que sonreían coquetos.

—Sí —se contestó así mismo—, lo encontramos en la separación natural de los cinco reinos: Mónera el mundo de las bacterias, Protista donde existen las algas y las amebas. Ese oscuro reino de los hongos... que se nutren absorbiendo de otros organismos. El más evolucionado universo de las plantas y finalmente, el hermoso mundo animal donde los humanos compartimos con los mamíferos, los pájaros, los reptiles, los insectos y los anfibios. De unos nos inspiramos, de otros nos asustamos. Algunos los imitamos, pero asumimos que están todos aquí para nuestra conveniencia y servicio. ¡Cinco reinos naturales! Y luego, cinco geográficos: África la más sufrida, Asia la tierra más sensual de todas, Europa siempre guerrera e innovando donde pueda, la santa América social y democrática, y por último, la virginal Oceanía.

»A simple vista se han podido visualizar cinco planetas, identificados en la Antigüedad como las estrellas móviles: Mercurio, Venus, Marte, Saturno y Júpiter. El año también era dividido en cinco estaciones, ya que el invierno lo partían en dos. Mayas, incas y egipcios tenían cinco puntos cardinales porque tomaban el centro como punto de partida. Hasta los elementos son cinco y no cuatro: tierra, agua, fuego, aire y la tangible luz, a través de la cual se puede hasta viajar. Tan tangible que es capaz de generar energía y vida. ¡Somos producto de la luz! En el espacio no hay sonido, solo la luz es capaz de atravesar su densidad. Funcionamos gracias a los cinco sentidos obvios: oler, gustar, tocar, ver y escuchar. Luego, adentrándonos en la psicología, Jung nos heredó cuatro estereotipos femeninos por el que todo hombre debe pasar: la madre Eva, la esposa María, la hija Sofía, la amante Helena… y yo le agregaría esa mujer sin nombre o rostro, que nos confronta y a la que algunos hombres tememos consciente y otros inconscientemente, pero que en algún momento de nuestra vida deberemos encontrar y entregarle cuentas, para si somos inteligentes, transformar lo factiblemente transformable en el ser humano: el alma… Y he de allí, el odio que algunos hombres sienten y expresan por las mujeres, porque se sienten incapaces ante tremenda hazaña y a la vez celosos de saber que la mujeres pueden transformarse por sí solas sin la ayuda de nadie —Túpac soltó mi mano y me dejó sin aliento, porque más allá de la reacción física de mi cuerpo al suyo, acababa de dibujar sobre mi mano, uniendo unas puntas de dedos y puntos de palma, la misma estrella que había visto a la vieja de mi sueño dibujar sobre la mano de Eyia.

Después, me pasó una copa de vino, deshaciendo la magia que había creado con sus palabras, para con gesto elegante tomar su copa y elevarla al frente en gesto de brindis, paseando su mirada de pantera por todos nosotros mientras exclamaba:

—¡Por las mujeres, las más hermosas maestras de la Tierra! —al llevar los labios a la copa cruzó conmigo una mirada promesa de pasión y sexo. Sin pudor ni miedo se la devolví diciendo sí con la mirada mientras sorbía de mi copa.

Segunda parte

aquellas, Las Santas	esa, La Puta
comprometidas	oportunista
guerreras y compasi-vas	trabajadora y empática

Mujer Eros

Sinónimos de Acción

cuarto dedo: anular	segundo dedo: índice
segundo elemento: tie-rra	quinto elemento: fuego
anillo de madera	anillo de bronce
valiente América	sensual y sabia Asia
la piel y sensitivo tacto	el gusto y el aliento

El palacio de piedra
se alza imponente en lo alto de un risco.
Nadie impide al Alma
llegar hasta el trono
donde se sienta con arrogancia el emperador.
«¿Vienes a prestarme tus servicios?»,
 pregunta al Alma.
«¿Servicios?»,
cuestionó ella.
«¡Avanzar y conquistar la Tierra!»,
grita el emperador,
«¡Dominarla y dirigirla es el objetivo!
Tus servicios serán los de un guerrero
y estarás bajo mi orden».
«¡Pero no soy un guerrero!»,
exclamó el Alma preocupada.
«Todos somos guerreros,
crecemos en la confrontación
y nos medimos en el conflicto»,
contestó el emperador condescendiente
para luego gritar:
«¡es así cómo alcanzamos el éxito!».
El Alma se quedó siete años en servicio.

Séptimo verso
El viaje del alma
Sol Magnético Amarillo

8

*En una barca a la deriva
en aguas del Titicaca, 1997*

Habían pasado dos años y la promesa de pasión y sexo que nos hicimos en silencio Túpac y yo en Buenos Aires, estaba a punto de cumplirse. En unos días nos reuniríamos en su ciudad natal, Cusco, a la que él llegaría después de volar a Lima por avión desde Argentina. Mientras tanto yo, que venía desde Cochabamba en bus, disfrutaba de un día de descanso sobre las aguas del Titicaca, en un bote de madera, que después de remar lo más lejos que pude de la orilla, lo dejé libre sobre la corriente, mientras acostada en el fondo y de piernas abiertas, asoleaba mi vagina. Lo aprendí de Solema, que me enseñó a respirar con la matriz, para limpiarla de larvas energéticas masculinas y llenarla de viento y luz, con propósitos específicos como fuerza, salud y sabiduría. Más específicos aún: conseguir el trabajo que quiero, atraer ese hombre que me gusta, o simplemente, como hacía yo en ese momento, llenarme por dentro de paz, alegría y de la profundidad del lago. Mientras el sol de las primeras horas de la mañana acariciaba mi vientre y senos desnudos y entibiaba la parte más interna de mi cuerpo, mi mente divagaba haciendo un recuento de las experiencias vividas los dos últimos años.

Después de unos meses en Buenos Aires, donde no conseguí trabajo porque la crisis económica iniciaba, partí hacia Asunción Paraguay, donde Juancho me acogió de nuevo, ofreciéndome esta vez trabajo para crear desde cero, un magazín que sirviera a todas las personas relacionadas con el funcionamiento y la aplicación de la ley. Incluso, serviría a los presos, que aprenderían sobre sus derechos y obligaciones.

Siendo Juancho un abogado influyente dentro de la Fiscalía General, se relacionaba con todas las personas importantes de Paraguay, las que movían, en público y en secreto, las cuerdas que regían al país. Sin estar afiliado a alguno de los dos partidos que se dividían el poder político, él ejercía su poder sobre ambos.

—Mi influencia consiste —me explicó una tarde en un restaurante pequeño, cerca del Palacio de Justicia y donde acostumbraba estar después del trabajo—, en que no le debo nada a nadie... y es así porque lo que necesito y me hace feliz es simple y poco... —decía entre bocado y bocado, devorando una gran hamburguesa, como solo he visto hacerlo a él.

—Y por supuesto, mi amor por la justicia y su aplicación... me gusta levantarme cada mañana pensando que ganaré pequeñas y grandes batallas...

«No lo dudo», pensé sonriente, mientras lo observaba comer como si se le fuera la vida en ello.

—...y de las pérdidas aprenderé... algo —enorme bocado, mastica, mastica, servilleta, toma la hamburguesa de nuevo, habla—, me visualizo como un general al mando de un pelotón al que debo trasmitirle mis valores... —bocado, mastica, mastica—, ...y al cual exigirle compromiso, lealtad, eficiencia... —bocado, mastica, mastica—, ...¡Ah, qué bueno está esto! Me comería otra, pero creo que caería en el pecado de la gula —dijo guiñándome un ojo y mostrando una enorme sonrisa de lado a lado, que hacía brillar sus pupilas, su pelo y ese halo que le vi algunas veces, y que tienen las personas verdaderamente buenas y felices.

A Juancho le conocí en Santiago de Chile, en el Palacio de la Moneda, en una actividad sobre «Justicia en América Latina», a la que logré colarme con mi carné vencido de prensa internacional. El lugar estaba repleto de diplomáticos latinos y europeos yendo de una conferencia a otra, con ese aire de importancia de los que se saben o se creen actores principales del mundo. A Juancho lo vi desde el principio. Sobresalía no solo por su gran tamaño, sino por esa aura de hombre feliz a la que me refería y que hace a la gente de mente corta y trajes caros, subestimar el carácter e influencia de quien consideran simple e inferior.

El hombretón que se convirtió en mi mentor y amigo, navegaba con bandera de bobo y era aceptado fácilmente por cualquiera, sin importar quien fuera. Estuve observándolo los tres días que duró el evento. Me acerqué el último día, para presentarme. Reaccionó como lo hacen siempre la mayoría de los hombres ante las mujeres profesionales y atractivas, con una mezcla de condescendencia y tanteando el terreno para medir posibilidades. Le tomó cinco minutos decidir que no valía la pena flirtear conmigo y después de una hora de charla sobre el continente y nuestras personas, con un café en mano, me invitó a quedarme en su casa de Asunción. Ofrecimiento que tomé unos meses después, cuando me quedé allí por sesenta días, en el noventa y cinco, y casi un año en el noventa y seis.

Su alma buena le hizo adoptarme como hija, proporcionándome no solo lo necesario para vivir, sino conocimiento para crecer. Juancho fue sombra y luz en mi vida. Sombra porque me protegió y mostró un tipo de hombre con excepcional sentido del humor, honesto y generoso, que yo creía que no existía. Excelente padre de familia, cuidaba de su exmujer por ser la madre de sus hijos. Cuando me llevó a conocer a su familia, a casa de ellos, pensé que habría problemas porque yo era una mujer joven viviendo con Juancho. ¡Pero no!, Juancho me introdujo como su último vagabundo recogido.

—¡Cómo manda el compromiso social! —y anunció, sin pena ni gloria, que me estaría quedando en su casa por un tiempo. Exesposa e hijos me acribillaron a preguntas, tal y como dicta la curiosidad. Luego de satisfechos, nunca más me volvieron a prestar atención.

Y Juancho fue luz, porque compartió conmigo lo que era: un hombre poderoso capaz de mangonear a quien quisiera, pero que consciente y responsable de su poder, lo utilizaba para ayudar y desarrollar a los demás, prestando su inteligencia y talento a quien lo necesitara. Jamás coqueteó conmigo después de los primeros cinco minutos de nuestro primer encuentro. No intentó tocarme, ni me trató como una mujer disponible. Cuando aparecieron hombres a mi alrededor, opinó como un hombre mayor aconsejando a su joven hija y luego, me dio todo el espacio para vivir relaciones con sus propios resultados. Entré y salí de su casa, que fue la mía, como si fuese a quedarme allí por siempre. Lo único que le di a cambio fue compañía y mi conocimiento profesional periodístico para la creación del magazín legal, que me benefició a la vez, y como alguna vez me dijo:

—La visión fresca de una mente viajera y la fe de un alma no corrompida.

Él no creía en nada sobrenatural, las pocas veces que quise compartirle algunas de las cosas raras que me habían sucedido en la vida, cambió educadamente de tema. Por el contrario, no se aburría de escucharme cuando me preguntaba sobre la sociedad guatemalteca y lo que había visto y aprendido en Europa, Israel y el resto de países por donde había pasado. Le seguí el gusto y me limitaba a hablar con él de política, economía y sociología. Algunas veces versábamos en psicología femenina y masculina, y en esas ocasiones terminábamos destornillándonos de la risa por las diferentes apreciaciones de ambos.

—Te diré el secreto de lo que quieren las mujeres —me decía una noche, sentados en su sala, escuchando boleros.

—Las mujeres, sin importar que edad tengan, lo que quieren y necesitan de los hombres de su vida, llámese este padre, esposo o amante, es atención. ¡Tan simple como eso! Las mujeres requieren atención de quienes les rodean y una reafirmación constante de que son bellas, interesantes y amadas.

—No creo que sea tan simple como eso —contestaba yo sonriente y condescendiente ante una postura que consideraba machista—, en tal caso, los hombres quieren lo mismo y esperan de sus mujeres e hijos: admiración y saberse necesitados… parte del problema moderno entre las relaciones de hombres y mujeres… ¡creo yo!, es que precisamente las mujeres ya no nos conformamos con vernos en el espejo y competir por la atención masculina. ¡Queremos!, y puedo hablar con voz propia, ponernos a prueba y conquistar el mundo de las artes, las ciencias y las humanidades, de la misma forma que lo han venido haciendo los hombres.

—Pero creo jovencita, que esa competencia está destruyendo lo más bello de las mujeres, que es esa sensibilidad de añorar ser rescatadas. Quitándonos con ello, a los hombres, la oportunidad de jugar a ser héroes. ¡Y la intuición!... las mujeres han perdido la intuición de navegar a ciegas, envueltas en fe, pensando que hay siempre la esperanza de que algo mágico suceda. Volviéndolas así, en unas pragmáticas aburridas.

No pude más que estallar en una carcajada dulce.

—Sin dudarlo, eres un romántico que rescató a esta damisela, sin siquiera pedir nada a cambio. Como un Quijote haciendo simplemente lo correcto.

—Ah, ¿pero ves?, eso es lo que gano. Una imagen benigna que favorece mi imagen cristiana, o… —sonrió malicioso—, la fama de Don Juan, capaz de conquistar bellas jovencitas por el camino. Lo veas cómo lo veas, siempre salgo ganando. Y en lo privado, pues me entretengo con charlas enriquecedoras como esta.

—Saber que obtienes algo a cambio y que no estoy solo aprovechándome de tu nobleza, me dejará dormir más tranquila —sonreí cómplice—. Regresando al tema, no creo que las mujeres estemos compitiendo. Esa es la manera de pensar masculina. Lo veo más como el paso natural de personas, que por casualidad son mujeres, que desean usar su inteligencia y capacidades innatas y aprendidas... una necesidad de descubrir quiénes somos, más allá de nuestro sexo.

«¿Sonó a la defensiva?», sacudí la cabeza para alejar el pensamiento.

—En ese caso, tal vez es tiempo para los hombres, de descubrir su sensibilidad y poner a prueba su intuición... —Juancho levantó su copa en gesto de brindis.

La vida de este hombre fantástico era regida por lo visible del mundo y la naturaleza humana dirigida por una sociedad organizada. Lo único que parecía escapar a la cómoda postura de un académico de la ley, era su admiración por los santos de la iglesia, la cual basaba en una lógica racional sustentada en el contexto del tiempo en el que vivieron esos hombres y mujeres, que según su propia percepción: «habían colaborado a formar la sociedad y al hombre».

Juancho era un pragmático más espiritual de lo que a él le hubiera gustado aceptar nunca. Un materialista amante de la música, el arte y la buena comida, que se conformaba con lo suficiente para sí mismo y regalaba el resto a quien estuviera al alcance de su mano.

La casa de Juancho en Asunción era relativamente pequeña, con grandes ventanales, construida en medio de un inmenso jardín con hermosos árboles frutales, entre los que sobresalía mi mango amante del año anterior. Tenía una modesta colección de libros, entre los que destacaba una hermosa enciclopedia de historia del arte, con espectaculares fotografías de cuadros, retablos y escultura religiosa; así como biografías completas de santos famosos, que me estaban ayudando en mi búsqueda.

Un domingo, acostada sobre el piso de azulejos, sobreviviendo al calor de mediodía bajo el ventilador y extrañando, cosa extraña, a la gente que había amado y a la que aun amaba; Sintiéndome miserable por encontrarme perdida en un país que no era el mío, sin familia ni referentes conocidos. Preguntándome: ¿qué hago aquí? Olvidada por completo mi búsqueda y mis encuentros, me sorprendió un libro que salió disparado del estante, golpeando casi mi cabeza, y que lo logré esquivar por reflejo al hacerme a un lado. Sobresaltada me senté.

—¿Qué fue eso? —casi grité al silencio de la casa.

Solo el movimiento del ventilador en el techo contestó indiferente. Me puse de pie y me acerqué a la repisa, que medía un metro ochenta desde el piso, para observarla desde abajo primero y luego, encaramada sobre el sillón y a cierta distancia. Decepcionada de no encontrar una explicación al fenómeno, me volteé para tomar el libro proyectil.

—*La Virgen María y lo extraordinario de su vida* —leí en voz alta el título del libro, del cual no recuerdo quien lo escribió, aunque sí recuerdo que lo abrí en abanico, para detenerme en una página que decía: «Múltiples apariciones de la Virgen, en diferentes partes del mundo».

Levanté la vista al techo y pregunté al aire:

—¿No experimenté suficiente con la Virgen? —y me refería a mi tiempo de colegio con las monjas y mi adoración por la madre de Cristo.

Sin creer que ese era el mensaje del Cielo, regresé de nuevo a la librera para leer los títulos junto al espacio vacío:

—*El Señor de los Anillos* I, II y III… ¿ajá?… —proseguí—. *El Hobbit, El Silmarillión,* ¿ok…? —me di ánimos en voz alta— ¿Qué tenemos aquí? —recordé que mi madre me había llevado una vez de niña al cine, a ver una espantosa caricatura con el mismo nombre. Agarré el primero, *La Comunidad del Anillo,* de J.R.R. Tolkien.

—Bonito nombre para un escritor —dije al libro, sopesándolo en la mano y esperé que me dijera algo por sí solo. Como no pasó nada, lo volteé para leer en voz alta una frase que me llamó la atención en la contraportada: «...Allí para destruir el Anillo de Poder que gobierna a todos...». Al girarlo de nuevo en mi mano, un papel se deslizó desde dentro de las páginas y al recogerlo, me fijé que la letra no era la de Juancho. Leí en voz alta:

Nueve eran los Señores de las Tinieblas, los cuales poseían cada uno un anillo, ¿cuáles eran los poderes que otorgaban cada uno de ellos a sus dueños? Yo diré que el ascenso a las nueve esferas fuera del mundo, las cuales son regidas por ángeles, arcángeles, serafines, querubines, triunfos, tronos, etcétera. Pero solo un anillo, ¡el décimo!, aparte de los nueve, contenía todos los poderes y su dueño en lugar de ser rey, era esclavo.

En una esquina alejada del resto del texto y entre signos de interrogación decía: «¿Cábala?».

Un escalofrío me recorrió todo el cuerpo, señal que me indicaba que debía prestar atención. El papel no estaba firmado. Me acosté de nuevo en el piso e inicié la lectura. Pronto me di cuenta que debía empezar por *El Hobbit*. Leí los cinco libros en una semana. Unos pocos días después de terminada la saga, partí para Bolivia.

Resultó que la dueña de la nota sin firma era una antigua amiga de Juancho, que vivía en algún lugar de Cochabamba y que en un intento de convencerlo de lo extenso de los mundos, le había regalado la colección completa de Tolkien, la cual Juancho nunca había leído.

De regreso en el Titicaca, algo bajo mi lancha se movió, trayéndome al presente. Me senté para espiar la profundidad del agua. Dicen las leyendas que a 280 metros de profundidad, el Titicaca alberga antiguas ciudades donde habitaron pobladores tan buenos, que no conocían el mal, pero que al ascender a uno de sus cerros para apropiarse del fuego sagrado, el Dios Viracocha los castigó inundando la cuenca con sus lágrimas. Convirtiéndolo así en uno de los lagos más grandes del mundo. «Por apropiarse sin permiso del fuego, castigó Zeus a la raza humana también, pero a quien peor castigó fue a Prometeo, culpable de entregar el secreto del fuego a los hombres», le conté al lago. Zeus lo encadenó de cabeza a una roca de la montaña e hizo que un águila bajara cada día a comerle el hígado, que volvía a crecer cada noche. «El hígado era asociado a la fe y a la esperanza», me quedé un rato observando mi reflejo en la superficie, con la mente de regreso a Paraguay y a la casa se Juancho.

Fueron muchas las experiencias que viví en esa ciudad desordenada, donde ricos y pobres vivían unos al lado de otros, sin murallas ni portones. Sin centros comerciales ni grandes edificios, sus pobladores felices hablaban el guaraní y las frutas quedaban aplastadas en las calles porque no había quien se las comiera. Había más pobreza en el campo, pero aun allí la placidez era lo que regía el día y la vida. Llegué a pensar que la tranquilidad y la paz eran producto del calor y el murmullo constante de los ríos. Fuera lo que fuera, seguiré pensando hasta el día que me muera, que el Paraguay que conocí, caliente como el Infierno, era lo más cercano al Paraíso.

Aburrida de mi reflejo en el agua del Titicaca, me desnudé por completo y me arrojé para nadar sin testigos, cómo me gusta hacer cuando puedo. El frío me abrazó apretando mi piel contra los huesos. Mil agujas se clavaron en mis poros, por lo que pateé con más fuerza para llegar primero más hondo y luego, desesperada por aire, para alcanzar la superficie. Limpié mi mente del pasado y del futuro, quedándome solo en el momento. Volví a sumergirme una y otra vez, al ritmo que permitían mis pulmones. Sintiéndome un pez primero y un feto después. Sentí más que pensé, el tamaño enorme del lago donde me encontraba. Un poco después nadaba bajo las aguas frías del Atitlán de mi tierra, para trasladarme de un aletazo a las azules y menos frías aguas del cráter del volcán de Ipala, al oriente de mi país. Era como si esos tres úteros acuosos estuviesen conectados y yo me movía libre entre ellos. Hasta que empezaron a congelárseme los pensamientos de lo mucho que me había enfriado. Nadé de regreso al bote y sin dificultad me dejé caer en su fondo, para frotarme la piel y calentarme al sol, llena de alegría a pesar del castañeo de mis dientes.

Me vestí a prisa, remé un poco para obligar a mi cuerpo a entrar en calor y después de un rato, volví hacer un alto para beber té caliente del termo que llevaba y comer algo del pan y el queso. Levanté el rostro hacia el sol y me carcajeé sola por un rato. Por alguna razón, imágenes de las bailarinas que vi en una calle de Santa Cruz, Bolivia, con sus largas trenzas y vistosos sombreros, me acompañaron por un momento sobre el agua al ritmo de su pintoresco baile. Criollas, mestizas e indígenas enseñaban las piernas y entre movimientos sexis llenos de inocencia, las vi alebrestar a viejos y jóvenes, sin distinción. Las bailarinas se convirtieron de repente en juguetonas sirenas, que salían y entraban del agua saludándome con alegría. «Demasiado sol», pensé, «después de todo estoy a tres mil ochocientos diez metros sobre el nivel del mar».

Dicen que el lago estuvo poblado de Umantuus, seres mitad humano y mitad peces, que compartían sabiduría con los primeros pobladores de la isla del Sol y la isla de la Luna, en algún lugar cercano a dónde me encontraba a la deriva. Las largas trenzas de las bailarinas primero, y ahora sirenas, se abrían en hermosas y salvajes cabelleras como soles negros flotantes al aire, alrededor de sus bronceados y hermosos rostros de barbillas puntiagudas y rasgados ojos.

Las bailarinas-sirenas empezaron a desfilar frente a mi lancha, acompañadas de examantes que me saludaban con diferentes gestos. Hasta que se quedó, para sentarse a mi lado en el bote, Pablo, mi no-amante español con quien compartí un poco en Asunción. Había llegado directo de Washington, en representación del BID[15], con un maletín de propuestas que solo convenían al banco. Juancho me pidió que lo entretuviera y que cuestionara cada una de sus propuestas. A modo de broma y en serio, dijo a Pablo:

—Cuando ella, la guatemalteca, entienda hasta la última coma de lo que pretendes y me lo pueda explicar para explicárselo a los paraguayos que deben tomar las decisiones, nos vamos a sentar todos a discutir lo que es conveniente.

Ese fue el Paraguay que disfruté: nada protocolario, y donde se hacían las cosas a su ritmo y estilo.

Al italiano que acompañaba a Pablo le tocó como guía impuesta, Irene, mi exótica y despampanante amiga rubia, estudiante de leyes, que fungía como asistente de Juancho. El plan era que los visitantes debían viajar por el Paraguay para conocerlo bien y saber con quienes negociarían.

—Sin el viaje de tres días, no habrá mesa de negocio alguna —fue lo último que dijo Juancho a los economistas, antes de estrecharles las manos con una gran sonrisa y desaparecer en su despacho.

A regañadientes, los dos europeos se subieron con nosotras al auto, rumbo a las cataratas del Iguazú. Yo iba feliz por regresar al escenario de Taroba el árbol príncipe y Naipí la roca princesa. Con suerte volvería a escuchar a Mboí, el dios serpiente responsable de separar a los amantes por toda la eternidad, quien fugazmente me alcanzó en la desembocadura del río La Plata. Fue Irene quien en mi visita anterior me había

[15] Banco Interamericano de Desarrollo. (*N. del E.*)

contado la leyenda, cuando visitamos la garganta del Demonio, como acostumbraban llamar los lugareños al precipicio que produce la impresionante caída de agua. Como Irene era una pragmática, que al igual que Juancho afirmaba creer solo en lo que veía a su alrededor, evité contarle mi encuentro con Mboí y sus misteriosas palabras.

Los intentos por ser amable con mi malhumorado compañero de viaje en el asiento trasero del auto, murieron media hora después de empezar el viaje. Por el contrario, Irene parecía fluir con Giorgio en el asiento de adelante, hasta que mis sospechas de que creyeran que éramos una especie de compañía pagada, se confirmaron cuando Irene indignada paró el auto a un lado del camino, para advertirle a su acompañante que si volvía una vez más a ponerle la mano sobre el muslo, lo bajaría del auto para que regresara caminando. Yo no pude evitar reírme a carcajadas y aproveché para explicarles a los dos importantes representantes de Washington, que en Paraguay las cosas se hacían de forma distinta, y que sus amigables y relajados habitantes jamás harían negocios con alguien a quien no consideraran de la familia. Y que la razón del viaje no era para ablandarlos con sexo, sino para que realmente conocieran el país que los jesuitas poblaron alguna vez con monasterios y su sed de poder y conocimiento.

Al fin, Pablo pareció relajarse un poco, pero no fue hasta la noche, en medio de un concierto de grillos en el jardín del hotel donde pernoctamos, que empezamos a ser amigos, cuando conversamos sobre el cielo y sus constelaciones. Le fui señalando, en la oscuridad, las estrellas que conocía, hasta que una estrella fugaz dejó a un Pablo sorprendidísimo, por ser la primera que veía en su vida.

—¡No te creo! —decía yo más sorprendida que él, por su reacción de asombro—, que no hayas visto hasta hoy una estrella fugaz, ¿pero es qué nunca antes habías observado el cielo?

—Claro que lo había observado, no sé, en una noche de fiesta, camino a casa por la noche mientras conducía, pero siempre pensé que para ver un estrella fugaz se necesitaba un telescopio… ¡qué sé yo!, estar en algún lugar especial.

—No me la creo, no me la creo —decía yo caminando sobre la grama, de un lado a otro, porque jamás se me había ocurrido que existiera alguien que no hubiese visto una estrella fugaz en su vida. Mi mente giraba dando todo tipo de explicaciones a la ceguera universal de no haberse percatado de la más obvia señal del cielo.

—Entonces, tampoco has visto a los satélites parpadeando en la estratosfera —más que una pregunta era una afirmación— ni la Vía Láctea cuando en luna negra se ve tan clara, que casi podríamos caminar en ella.

El sorprendido y sonriente Pablo se limitó a negar con la cabeza a cada una de mis palabras.

—¿Ni a Venus cuando es la última estrella en apagarse por la mañana? ¡Ni a Marte!, cuando resalta tan fácilmente por lo rojo de su brillo.

—¿Pero por qué te impresiona tanto que no haya visto nada de eso? —me preguntó finalmente, riendo confundido por mi extremada reacción.

—Porque el cielo a mí me ha hablado toda la vida… porque es lo que me da la perspectiva de quiénes somos, de nuestra pequeñez y grandiosidad en comparación al resto del Universo, porque la contemplación del cielo es lo que ha permitido al hombre… a la raza como tal, entender su entorno y avanzar en el descubrimiento de sí mismo como individuo, y del espacio que habitamos.

—¿No crees que estas exagerando un poco?

Fue su mirada de español arrogante, esa expresión de «si yo no lo he comprendido, no puede ser importante», la que me abrió, por explicarlo de alguna manera, una abertura en uno de los velos que nos mantienen ignorantes. En este caso mi velo respecto al mundo y la gente que lo habita. Vi sus títulos universitarios, su carrera internacional dentro de uno de los bancos más importantes del mundo, su credencial de extranjero trabajando en la capital del Imperio, de macho blanco sintiéndose dueño del mundo por su abultado salario o por saberse responsable de préstamos, deudas y créditos a países como el mío. Pablo era la representación del «¡emperador sin reino!», mirando con complacencia desde su trono yanqui y vestido de Armani, a sus manejables vasallos. Quedé quieta, observándolo, hasta que se movió inquieto en su silla. No pude evitar sonreír con compasión, en un instante eterno de sabiduría comprendí lo hondo de su pobreza y la tristeza del alma con una misión mezquina. Pablo no era un hombre malo, solo era un hombre ciego. Para tranquilizarlo, me reí alto y me senté a su lado, para decirle con tono alegre cómo me sentía

—Deberíamos celebrar de alguna manera, el avistamiento de tu primera estrella.

Impulsiva, le tomé del brazo para levantarnos juntos. La reacción de su cuerpo al mío fue de reconocimiento masculino, y el del mío, de un recuerdo perdido: tenía una misión con este hombre a mi lado. Nos quedemos de pie un momento, mi mano aun en su brazo, cada uno estudiando al otro, remidiéndonos. Pablo era guapo, pero no mi tipo de hombre. Su carácter comedido y su postura estudiada eran para mí, motivo de risa interna, pero el Universo me estaba pidiendo que lo sacudiera un poco. Me puse de puntillas para rozar sus labios con un beso. Su primera reacción fue la de inclinarse hacia mí para devolverlo. Pero, la segunda, inmediata, fue la de retroceder con el horror dibujado en la cara.

—Soy un hombre casado que hizo votos de fidelidad y respeto —dijo mostrándome su anillo.

No pude menos, una vez superada la sorpresa que me duró tres segundos, estallar en una carcajada, que tuve que tragarme al ver su expresión de ofendido.

–Lo siento –alcancé a decir–, de verdad lo siento. Solo me reí por la sorpresa y la expresión de tu cara. Me encanta saber que existen hombres dispuestos a cumplir sus votos. No me malinterpretes por favor.

–Tú tampoco a mí, no creas que no me gustas, pero no podría regresar junto a mi mujer y saber que le he mentido. Tendría que contárselo todo –se metió las manos en los bolsillos del pantalón–, yo viajo mucho, y cada vez que me fuera, ella debiera preguntarse con quien me encontraría, con quien la engañaría la siguiente vez.

–Un hombre comprometido con su palabra y con la mujer que ama… no puedo más que admirarte, está claro que este anillo significa algo importante para ti –dije tomando su mano y haciendo girar el anillo en su dedo–. El beso fue un impulso, discúlpame, igual debemos celebrar tu primera estrella.

Con Pablo llegué a dormir hasta en la misma cama y aparte de un segundo beso, esa vez iniciado por él, nuestro contacto físico no pasó de caricias amistosas y un montón de pequeñeces compartidas. Nos reímos, bailamos bajo la brisa generada por las cascadas, caminamos entre árboles y plantas, hablamos y hablamos. Pablo era una de esas personas cegadas por los brillos del Tío Sam. Soñaba con una casa mayor de la que tenía y un auto nuevo cada año. Los números eran para él, números, de los que vivía todos los días y organizaban el mundo a su alrededor. Cuando le enseñé el significado emocional de cada uno y de cómo influían en nuestra vida en forma de vibración sonora, asignando a cada letra un valor, le agarró tanto gusto al jueguito, que se pasó transformando los nombres de todas sus personas conocidas mientras regresábamos a Asunción, después de que visitamos un par de haciendas de ganado e hiciéramos un alto en un pequeño poblado del Chaco para comer. Al inicio hice como ejemplo su nombre:

Pablo
$7+1+2+3+6 = 19 = 1+9= 10 = 1+0 = 1$
Líder, individualista, original y solitario

Expliqué resumiendo, y no pude dejar de pensar en ese otro Pablo, que era el verdadero padre del judeocristianismo, quien arrastró la vieja ley talmúdica para unirla insensiblemente al mensaje fresco del carismático Cristo. Boicoteando con ello el intento de Jesús por liberar a los judíos del peso rígido de creencias basadas en el miedo a Dios y el reino del temor. Entonces, no solo revolvió el mensaje, sino que sentó las bases para un dogma machista, lejos de la vida afrontada y resuelta por la alegría, única emoción fácil de identificar y entender.

Pablo fue mi escuela particular de capitalismo avanzado. Era una contradicción entre valores individuales y la incapacidad absoluta de entender el impacto de cada uno de nosotros en el grupo y la necesidad del bien común. Nuestra aventura emocional duró poco más de una semana. El tiempo que trabajó con los paraguayos.

—Entonces, ¿cómo estás? —pregunté a mi imaginario compañero de viaje en el Titicaca.

—Feliz de verte —contestó—, pero un poco preocupado. Pienso que te alejaste demasiado de la orilla y no estoy seguro que puedas encontrar el pequeño muelle de donde partiste.

—No te preocupes, tengo toda el día para encontrarlo. Lo único que puede pasar es que termine con el cuerpo tan adolorido, que mañana sufriré cargando la mochila, pero gracias por venir a hacerme compañía.

—Ah, pero, ¿es que ves?, por eso es que estoy aquí… soy tu único amigo razonable que debe hacerte notar lo irresponsable de tu parte. Perderte así, sin guía, dentro de esta aguas.

Paré por un momento de remar, para atizar con la mirada a mi alrededor.

—¿Es que acaso estoy perdida? La costa se ve ahí a lo lejos.

—Tú misma me enseñaste que las cosas no son como se ven y dentro de poco el sol quemará tan fuerte, que tendrás que mojarte constantemente para refrescar y luego, seguro te quemas.

—¿Estás aquí para atormentarme, Pablo?

—Nooo, solo para pedirte prudencia.

—Un poco tarde, ¿no crees? Sobre todo cuando mi única opción es remar con constancia, para alcanzar el muelle tarde o temprano.

Entonces, apareció Fantasma Suave, acostado de lado a lado en la lancha, colgando las piernas por encima del borde, en dirección al agua.

—No hagas caso a este medido burócrata. Recuerda lo que aprendiste en los Andes, caminando en la nieve con sandalias, ¡con sandalias, por Dios! —su sonara carcajada se regó sobre el agua de tal forma, que no pude dejar de reír con él.

—Un paso a la vez, uno delante de otro, cargando la piedra que nos hiciste llevar —contesté sonriente, relajándome al remar.

—¡Cómo te quejaste! Creí que no lo ibas a lograr. ¿Puedes creerlo español, que caminó cuatro horas en la nieve con calcetas y sandalias? Creí que imitaba a Cristo o algo por el estilo. Luego, resultó que no sabía que habría nieve y que en los Andes hace frío. Pero su mente resultó ser tan fuerte, que ni la hipotermia la alcanzó. ¡No!, si lo que le molestaba era que la hiciéramos cargar la piedra en los brazos —volvió a reír, esta vez esparciendo la carcajada por el aire.

—La verdad —alargué las palabras— es que era tan ignorante, ¡qué ni sabía! que podía darme hipotermia —me reí con él, haciendo que mis notas de alegría alcanzaran las suyas—. Mi propia ignorancia me salvó... por otro lado, no le encontraba sentido a la piedra, hasta que se convirtió en reto con cara de lo que cargamos en la vida. En mi caso, el miedo al fracaso y esa división que he experimentado de ser una persona simple, con el anhelo silencioso de ser una servidora social o heroína del mundo. Y la otra, esa mujer llena de ambiciones de poder y deseo de controlar a otros como una dictadora de un régimen totalitario. Mi división interna mientras cargaba la piedra se me mostró, al nivel de entender que una parte de mí busca manifestarse como un gestor del mundo, unas veces famosa y otras anónima. Uno de mis lados se aclaraba, mientras la roca se me hacía más pesada. El izquierdo desea poder y fama, mientras que el derecho servir a la Madre Tierra y a la Diosa, como parte del despertar de la conciencia colectiva. Lo segundo, desde la posición que se me asigne, por quien corresponda, lo haría con pasión y humildad. Y nunca me lo explicaste, Fantasma, porque no pudiste o no quisiste, por qué la roca se quebrara por sí sola en mis manos, al llegar de regreso al campamento.

—Porque no me corresponde querida, darte respuestas que debes encontrar por ti misma, pero no olvidaré jamás cómo nos sorprendió a todos ver esa gran piedra dividirse en dos, como un pastel en tus manos. Ahí fue cuando empezaste a temblar, no sé si de miedo o de frío.

—De ambos, pienso. Han pasado tres años y aún no termino de entender el mensaje… ¿Debo escoger un solo camino? ¿El del servicio sin ambición alguna, el del poder para servir desde arriba? Pero ¿cómo evitar que el poder destruya mis buenas intenciones y me convierta tan solo en un dictador cualquiera? ¿O que no alcance servir a nadie porque no tengo el poder suficiente?, ¿será el gran fracaso de mi vida?

—Bueno, ahora tendrá que salvarte la concentración de remar con ritmo sin parar para alcanzar la orilla —me guiñó un ojo coqueto.

Atisbé el horizonte y me sorprendió lo lejos que se veía la tierra. «No es momento de entrar en pánico», me regañé, «¿por qué nos asustan este tipo de experiencias? Lo peor que puede pasar es que tenga que pasar la noche remando. ¡Concéntrate!, una vuelta de remo a la vez».

Una hora después, lo que me agobiaba era el calor. Debía parar de tiempo en tiempo, para enfriarme con el agua del lago. Los fantasmas se sucedían unos a otros, para acompañarme cuando la desesperación y el cansancio no me ganaban la partida. Mientras remaba, me encontré con mis primeros alumnos. Con quince años y de la mano de las monjas del colegio, empecé a visitar escuelas en áreas marginales, para jugar con los niños y enseñarles el catecismo. La primera vez tuve que salir varias veces del aula, para evitar las lágrimas impulsadas por la compasión que me inspiraban los pequeños. Mis lágrimas amenazaban con desbordarse frente a ellos. Su pobreza era tan palpable, que el dolor de intuir lo que habían afrontado a tan corta edad, era demasiado para mi joven e idealista corazón. En ese tiempo, visité hospitales con niños y madres en terribles estados de desnutrición. Orfanatos donde bebés y niños de todas las edades se hacinaban en diminutos patios de juego. Nuestra labor era entretenerlos, abrazarlos y acompañarlos por la hora y media que duraban nuestras visitas. Las niñas violadas y embarazadas me llenaban de indignación y cólera contra la falta de justicia de los hombres y de Dios. Me preguntaba si debía hacerme monja, sin importar mi desprecio hacia el que ya empezaba a llamar con despecho: «El Único». Creía que el servicio era el único camino para calmar el dolor que me atravesaba y una forma directa de confrontar al responsable de tanto dolor.

Remo, vuelta, remo, vuelta. «No tuve tiempo para novios, ni ropa o maquillaje. Quería salvar mujeres y niños del dolor y el abandono». Empuja, respira, rema. «Doña Perpetua, nuestra vecina, madre de once hijos, los mantenía a ellos y a todos los otros niños del vecindario a base de vender comida». Rema, empuja, respira, empuja. «Siempre al lado de su comal, algunos encontraban alimento físico y otros como yo, emocional. Jamás la escuché quejarse, jamás la vi sentada descansando. Se levantaba a las cuatro de la mañana para prender el fuego y junto a sus hijas empezar las tareas diarias de una casa, que terminaban a las once de la noche». Me tiré al agua, dejando la cabeza seca, empujé nadando un rato la lanchita, seguí creando imágenes pensamiento. «Las mujeres campesinas del mundo entero sirven siempre. Primero, a sus padres, luego, a sus maridos, a sus hijos, a sus nietos, sus hijas les sirven a ellas y el círculo continúa como una historia sin fin». Ignoré el frío y seguí empujando, pataleando con ritmo. «Rosa mi maestra de tres grados primarios, viajaba cada día dos horas por la mañana y dos por la tarde, para pasar con nosotros, sus alumnos, cinco maravillosas horas. Con total compromiso nos enseñaba lo que sabía. Que difícil se lo hacíamos a veces, pero sin perder jamás su vocación, no faltó un día durante los tres años que enriqueció nuestras vidas». Empuja, nada, empuja, respira. «Sandra empezó como ayudante de enfermera visitando mujeres en las montañas, se convirtió en comadrona y decidió no casarse para que ningún marido le impidiera ir de pueblo en pueblo. Familia tras familia a la cual apoyar con sus conocimientos de higiene, nutrición y economía». Se me aclaró el recuerdo: «Es como tirar agua en el océano», me dijo una vez Sandra, «no por eso me daré por vencida, algo hará el agua más dulce».

Me subí de nuevo al bote, me vestí y seguí remando.

—No veas la orilla —me regañé en voz alta—, concéntrate en el camino… respira, respira, rema, rema, respira. El miedo solo roba energía —me repetí como un mantra, cuando empezaron las olas.

Canté a todas las diosas conocidas Ishtar, Astarté, Isis, Yemayá, en un canto inventado: «Copakawana te llamabas aquí/ antes de que te/ como Virgen de la Candelaria/ Copakawana que vives aun/ en tu santuario de tierra y agua/ Copakawana vientre bello y profundo/ Madre y hermana/ de las terrenas gentes de esta tierra/ Copakawana relacionada/ con Venus y Afrodita/ dueña de mares y lagos/ hoy mil veces reproducida/ en la imagen de María…».

El sol empezaba a ponerse cuando toqué orilla. El niño recibió la cuerda y la amarró al muelle.

—Pensamos que se había perdido —dijo con carita de alivio—, que suerte tuvo que la Virgencita la trajera de regreso.

No pude más que sonreír y arrastrarme fuera del bote para acostarme de espaldas sobre las tablas.

—Mi tata pensaba en pedir una lancha con motor pa' salir a buscarla, voy corriendo avisarle que regresó.

Fue lo último que escuché antes de quedarme dormida o desmayada. No sé cuánto tiempo estuve inconsciente, si tres minutos o una hora, lo experimenté como un *knock out* absoluto. Me despertó la mano suave del niño, quien me ayudó a regresar a mi habitación de la posada, con el apoyo de su hermana, quien quería ver de cerca a la extranjera que la Virgen había salvado por milagro, luego de doce horas dentro del lago. Todo, mientras el padre me vigilaba entre molesto y aliviado por mi regreso.

Recibió el Sol al Alma con todo su calor,
deslumbrándola solo por un momento,
ya que el Alma sabe ahora su propósito y su misión.
El Sol y señor del mundo la invita a festejar.
Él, el más bello de todos los astros,
el más brillante de todos los dioses,
conocido y adorado con infinidad de nombres.
Sienta al Alma a su mesa para conversar de igual a igual,
en el pecho y la frente del Alma,
brilla la luz de la iluminación.

«El camino fue largo»,
le cuenta el Alma al amante
buscado y encontrado.
Conquistador y cazador,
el seductor Sol canta más que hablar.
«Hermosa», dice al Alma,
«veo que has vencido el miedo,
sabes hoy
que el mal nace del dolor
y el bien del compasivo amor,
la naturaleza de la vida es dar
y la elección de hombres y dioses crear».

Alma y Sol se juntaron en un erótico abrazo
de besos sin dueño ni esclava,
el Alma por un vaivén de tiempo fue Sol
y el Sol a su vez Alma.
Tan bello fue el encuentro,
tanto saciaron su sed
que rebasadas,
se esparcieron las emociones por la tierra,
los volcanes y el mar.

El Alma partió con tres regalos:
la belleza de los números,
la armonía de la música
y una idea de lo extenso de la verdad.

El Sol por su parte hizo una yesca más,
para llevar bien, la cuenta de sus amantes.

Vigésimo segundo verso
El viaje del alma
Sol Magnético Amarillo

9

A la mesa de la Puta
Guatemala, 2010

Bruce se llevó la copa a los labios y observó a la mujer moverse con gracia alrededor de la mesa. Desde el otro lado de la enorme estancia, decorada en espacios para conversar, jugar, bailar y comer, con chimeneas que daban un calor agradable a algunas áreas, pensaba en cómo ella sería capaz de hacerle caminar de rodillas, si quisiera. Y él sabía que ella lo sabía. La manera sutil de ejercer su poder era la base del mismo. Su belleza, el gancho para que los hombres se acercaran, era superada por una inteligencia que sorprendía y un sentido del humor que seducía. Pero una vez en la cama, la manera en que abría las piernas y se rendía, lograba que un hombre se volviera su esclavo.

—A regañadientes, ¡seguro! —masculló entre dientes. «Ya que un hombre no gusta ser cazado, así sea por la mujer que le apasiona», concluyó mentalmente.

Él intentaba ser inteligente y le daba a ella todo el espacio para que viviera la vida como quisiera, «¡que era a lo grande!», pensó sonriendo para sus adentros. Eso le permitía a él no ahogarse en el sabor de su sexo. Hoy, seguro no llevaba ropa interior y lo estaría torturando, seduciendo toda la noche. Abriéndole las piernas subrepticiamente cuando otros no se dieran cuenta, aunque la casa estuviera repleta de invitados. Se levantó decido a tomarla, ahora.

Shika más que ver, supo que el hombre alto caminaba en dirección a ella y sonrió deleitada, movió algunos platos y copas a un lado para hacer espacio, se volteó despacio para hacerle frente, se encaramó a la mesa arremangando hasta las rodillas la delicada tela del vestido y se sacó los zapatos para colocar las puntas de los pies sobre cada silla, ubicadas a los lados.

—¿Deseaba algo el señor? ¿Un aperitivo tal vez, antes de la cena? —preguntó juguetona, recostada sobre los brazos, con una sonrisa franca y sin una sola mueca seductora. Bruce se colocó entre sus piernas y hundió el rostro en el cuello. La olió, succionó una porción de piel. Ella arqueó la espalda empujando los pechos adelante, que se apretaron tentadores al cuerpo de él. Las caderas, a la orilla de la mesa, se movieron invitadoras y las piernas se abrieron más. Bruce se arrodilló entre ellas, empujó el vestido hacia atrás y tomó el sexo entero con la boca. La vagina húmeda exhaló aire caliente, junto a un olor dulzón que llenó sentidos y pulmones, trasmitiéndole una energía que le atravesó por completo. Su sexo erecto, vibró de tensión. No se apresuró, como ella le había enseñado. Se quedó quieto por un momento, solo sintiendo, oliendo, hasta que insertó la lengua en la vagina todo lo que pudo. Giró la lengua, saboreó el conducto, chupó. Lamió hacia arriba, hasta tomar el clítoris con cuidado. Introdujo los dedos deseosos en la cueva húmeda, que soltó más jugos al igual que aliento. Dedos y lengua se movieron juntos, unos adentro de ella y la lengua afuera, acariciando el pequeño montículo. Ella explotó, lo jaló del cabello hacia arriba y mientras lo besaba bebiendo sus propios jugos y sabores, le abrió y bajó el pantalón con las manos trémulas. Humedeció la izquierda en su propio sexo y tomó el de él. Lo masajeó un momento y luego, lo condujo dentro de ella. Cayó hacia atrás en la mesa. La espalda arqueada y las piernas abiertas. Bruce se regodeó en ella, en su sexo expuesto, brazos en cruz entre copas y platos, le palpó todo el cuerpo. Movió el escote del vestido a un lado para tomar un pecho con la mano, mientras con la otra la jalaba entera hacia delante. Las piernas de ella sobre las sillas, hacían la otra parte. Desesperado tomó ambas caderas con las manos para moverla a su gusto. Ella se entregó. Su interior le daba la bienvenida a lo más profundo de sí misma, la matriz se abría y le succionaba. La vagina se contraía respirando con él adentro, hasta que lo llevó a lo inmenso de la energía no contenida. Bruce gruñó de placer y despacio se dobló sobre ella. Satisfecho murmuró en su oído:

—Y yo que te llevaba al dormitorio —ella rio en diferentes tonos, ronroneando a la vez, disfrutando aún de las palpitaciones de él dentro de ella.

—Pensé que la mesa nos daría algo de que reírnos, si la conversación de esta noche no vale la pena.

—¿Y María no se escandalizará? —Shika volvió a reír—. Si es lista, aprenderá algo.

Un rato más tarde, once personas más degustaban vinos y queso, acomodadas en los sillones, mientras Shika, de pie, les explicaba el tema del día.

—Estuve analizando, ¿cómo afecta nacer donde naces y los aparentes caprichos del destino? Lo que nos heredan padre y madre, y el hecho de ser, tal vez, un mero accidente de su encuentro, un producto de dos, que no es exactamente una suma.

Todos se rieron.

—Ni una multiplicación, ¡qué curioso! Nunca lo había pensado —expresó una elegante morena, que se tomaba muy en serio todos los temas. Shika le sonrió y continuó:

—Les escribí un pequeño cuento… y acompañándose de una guitarra, empezó a leer:

Gotas en la Nada

Una vez, sentada frente al Océano Pacífico, imaginé que separaba por un metro de distancia, cada una de las gotas que lo componen, sin que se evaporaran.

Jugué a ver sobre mi cabeza las millones de gotas girando en torno a mi persona, sosteniéndolas en un equilibrio gravitacional poderoso, y les pregunté:

—¿Aún sois el mar?

Unas contestaron con un aire de superioridad:

—¡Qué pregunta!, ¡ni los dudes! —y prosiguieron aireadas—, aunque nos hayas separado de la fuente, aun contenemos todo lo que el agua contiene, por lo tanto, somos el océano.

Otras, desesperadas y asustadas ante la pérdida de unidad, suplicaron:

—Dejadnos regresar y ser el océano de nuevo.

Otras me gritaron emocionadas:

—Que gran experiencia esto del espacio y del tiempo — danzaron embriagadas por la libertad, olvidándose rápidamente de todo lo que no fuera encontrar la velocidad apropiada.

Presté atención a las gotas, que sumaron millones, que no oyeron mi pregunta, las que no percibieron siquiera que el mar abierto y separado por el viento, era en realidad su origen. Las observé maravillada ante sus múltiples reacciones: primero, parecieron tener un ataque de amnesia, ya que no recordaban nada antes de su individualidad como gotas; segundo, reconocieron sus dimensiones y asimilaron el ambiente que les rodeaba; tercero, vi surgir las necesidades de hambre, frío, calor, protección, posesión, etcétera, impulsadas por un instinto básico de sobrevivencia.

En una gran mayoría, el miedo surgió desde adentro de sus formas transparentes, como un monstruo que autodestruyó a algunas. Y otras, en el proceso de dominarlo, se atrevieron hasta atacar a las más lentas. Unas astutas se aprovechaban del despiste o la debilidad de otras, y así iban, desarrollando un juego de quita y da, toma y deja.

Entonces, pregunté a las pocas que aun flotaban conscientes.

—¿Cómo es posible que conteniendo todas lo mismo, originarias de una misma fuente, seáis tan distintas y reaccionéis de tan diferente manera?

—Es lo que entendéis como libertad de pensamiento o libre albedrío.

Alcanzó a contestarme UNA, antes de desaparecer tragada por la nada.

Shika, mujer Eros

El grupo aplaudió y ella agradeció. Luego, poniendo la guitarra a un lado, continuó:

—La formulación del ego es mucho más que la formulación del yo. En él están implícitos nuestros dones, nuestras elecciones y nuestros golpes de suerte; ya sean ganados y desarrollados por la capacidad intrínseca de la mente y del alma, u otorgados y repartidos por una mano invisible. Pero ¿bajo qué criterio? En resumen diré que, el budismo explica que las diferencias o privilegios son producto de la causa y el efecto. ¿Eres bueno?, recibes en esta o la próxima vida, buenas o malas recompensas. El círculo kármico incluye experimentar la vida en el reino animal, vegetal o mineral, y de allí, el respeto por todas las formas de vida. Diferentes filosofías enseñan que eres tú quien ha escogido ser bello o feo, rico o pobre, víctima o victimario, para acumular una cierta cantidad de experiencia hasta lograr los puntos necesarios para no volver a la Tierra. Tristemente, muchos creen que la vida en la Tierra es espantosa, a pesar que sus vidas no sean malas.

—Pero y ¿quién diablos quiere ser un gusano? —exclamó Bruce, con una sonrisa que dirigió a todos.

—¡Yo! —gritó emocionada, una chica con pinta de universitaria—. ¡Yo!... perdón, pero me encantan los gusanos.

Todos rieron hasta que Shika retomó seria:

—Te cambiaré la pregunta, Bruce, ¿quién quiere ser una niña bosnia o serbia de doce años, violada por veinte hombres de la raza contraria? O ¿por qué escogería alguien nacer esclavo en cualquier siglo? Lo cierto es que la vida humana tiene tantos matices y nuestra capacidad de generar alegría o dolor es tan grande, que son muchos los mundos que convergen en un solo planeta. Por lo tanto, para mí la pregunta es: ¿cuáles son las reglas del juego y quién y por qué las crea?

Bruce le miró con esa sonrisa torcida y franca, de quien se ríe siempre de la vida y contestó:

—Un cristiano dirá que eso es un misterio que solo Dios puede responder; la biología, que el más fuerte se impone; y yo diré que las crea cualquiera que tenga ideas para inventar propuestas —se carcajeó.

—Lo cierto —interrumpió una mujer empresaria que había empezado de cero y ahora le iba bastante bien—, es que el judeo-cristianismo atribuye todo sufrimiento a nuestra alma pecadora y te exige hacerlo con estoicismo para ganar con éxito la próxima vida y/o el regreso al Paraíso. Y hay que recordar que el judeo-cristianismo y sus primos musulmanes, echan la culpa del pecado y el sufrimiento a Eva, en general, a nosotras las mujeres. ¡Vaya y que no los han hecho pagar bien caro!

–Ni judíos, ni cristianos, reconocen que Eva libró a todos de caminar desnudos y sin zapatos, de ser vegetarianos y vivir en cuevas para no impactar el balance ecológico del jardín, ¡por nada menos que una eternidad! –agregó con tono irónico, la ecologista del grupo.

–¡Ah! claro, seamos sinceros –dijo Bruce, siempre sonriendo–, a muy pocos les gustaría vivir en el Paraíso divino sin camas, ni electricidad, ni celulares y televisores, comiendo carne cruda, si es que tenían permiso de matar animales, porque el fuego, está claro, no lo conocían…

–¿Personalmente? Adoro el mito de Eva porque describe la capacidad femenina para discernir entre una vida corta con conocimiento a una vida eterna de idiotez – Shika contestó provocativa.

–¡Oh! A mí me gusta Eva, simplemente por su sexo –rio Bruce escandalosamente– ¡Vamos!, reconocer nuestro sexo y nuestras preferencias es un gran paso. Mirad cómo sufren los que no lo tiene claro. Los invito a todos que empecemos por conocer nuestro cuerpo y las sutilezas de nuestro género, sea el que sea…

–La energía masculina de naturaleza superficial y agresiva –lo interrumpió una mujer en fase feminista–, es mucho más simple de entender que la compleja profundidad y supuestamente pasiva naturaleza femenina, así como sus apetitos –concluyó, con una mirada reprobatoria hacia Bruce.

Shika rio interrumpiendo:

–Te están escarmentando Bruce. Pero retomando la historia de la expulsión del Jardín, agregaré que el mito nos muestra también el liderazgo de Eva, su capacidad de seducción y sobre todo, su valor de enfrentarse a lo desconocido. Ella no sabía qué encontraría una vez comida la fruta, sin embargo, se arriesgó y prefirió lo nuevo por conocer a lo aburrido de los días vividos en monotonía. Que diferente a lo que aprendieron luego las mujeres, que les dijeron y ellas se lo creyeron y repitieron…

La aprendiz de feminista cortó a Shika en tono burlón:

—Aguanta a tus políticos, aguanta a los que inventan las guerras, aguanta a los que fijan la actividad del mercado… pero sobre todo, aguanta a tu pareja, no vaya a ser que te quedes sola. Y hazle creer que es el rey de la casa, aunque en la calle sea un pordiosero, alias mujeriego, y en casa un ogro que te hace daño.

Todos callaron, cada uno mirándola con diferente expresión. De repente, la mujer, allí, en público, se desahogó contándoles de un tirón la historia de cientos de mujeres y la suya que aun dolía. Bruce levantó la copa y mirándola con ojos cómplices exclamó:

—¡Salud!, por las que despertaron del sueño y empezaron por preguntarse: ¿y quién diablos decidió que así fueran las cosas?, y encontraron nuevas respuestas.

—¡Salud! —corearon todos.

Un conocido banquero agregó:

—Históricamente se reconoce que las mujeres organizadas en grupo inventaron y desarrollaron la agricultura, arquitectura e ingeniería del hogar y las ciudades; levantaron una y mil veces los pueblo asolados por las guerras, se sobrepusieron a las violaciones y criaron a los niños implantados en sus vientres tras experiencias de horror; obtuvieron de la tierra lo necesario para tejer y ejercer la carpintería, porque los hombres de cazadores pasaron a soldados.

—Entonces —dijo Bruce, levantándose para servir más vino en las copas vacías—, yo quiero saber: ¿por qué unos nacemos hombres y otras mujeres?

—¿Por qué algunos deciden nacer con un cuerpo de un sexo y con alma del otro? —exclamó Shika, pensando en su querida amiga Sol.

—¿Son estas versiones de hermafroditas, el futuro de nuestra raza? —preguntó la wiccana.

—¿Son las almas en cuerpos de hombres, superiores a las almas en cuerpos de mujeres, o viceversa? —insistió la feminista.

La mayor del grupo, una escritora con apariencia de gran dama, habló:

—Si creemos en la reencarnación, podemos aceptar que experimentamos antes de ahora la energía contraria a la que conocemos hoy, incluso, en la forma de animales o plantas. Si no creemos en la reencarnación o en la existencia del alma, podemos reconocer de todas formas, que en cada uno de nosotros, hombre o mujer, reside la posibilidad del todo y de la nada. Las fuerzas antagónicas que nos habitan se alimentan del otro sexo y ahí está la idea o necesidad, de que los otros «nos complementan». Existir en forma de animal, planta o persona, nos permite diferentes experiencias de vida. Si a eso le sumamos, que ser macho o hembra de la especie que sea, el campo de acción será más específico y la experiencia particular acorde al género

—La *cheetah* hembra —tomó la palabra la universitaria desgarbada—, y siempre solitaria, debe defender a sus crías hasta de los machos de su especie. Mientras que la *cheetah* macho avanza a escondidas, atacando solo o en compañía de otros machos, para sobrevivir en la sabana. Por las características de su especie, tanto a macho como a hembra les toca duro, pero para ellas es diez veces más complicado.

—Pero ¿y entonces? —insistió Bruce, entre burlón y serio—, ¿cuál es el origen de las diferencias y la suerte con la que algunos nacen?

—¡La verdad! —exclamó Shika con un gesto teatral—, es que cada uno de nosotros solo conocerá ¡la absoluta verdad! a todas las preguntas, cuando experimentemos en carne propia o después de muertos. ¡O!, en una visión esotérica, cuando descendamos a las profundidades oscuras del abismo del alma, del mundo que es también nuestra alma —hizo una pausa sonriendo para agregar—. Para quedar bien con los ateos, diremos, nuestro propio vacío. Pero sobre todo, que sobrevivamos al proceso, cómo se sobrevive a los orgasmos…

en mi experiencia, el enfrentamiento y el caos son necesarios para la existencia. De ambos surge toda la vida, por lo tanto podemos afirmar, que lo único real es el camino de la búsqueda, Bruce… y los pequeños y grandes descubrimientos –terminó poniéndose de pie–, y por supuesto, ¡disfrutar a niveles obscenos del proceso!

–¡Y que vivan las putas! –gritó Bruce.

Los dos estallaron en carcajadas y el resto tras ellos. Después de todo, el camino de la Puta, de la Mujer Eros asumida, bien vivido y ejercido, es el más placentero. Ese era el secreto de ambos.

Ya sentados todos a la mesa, repleta de exquisitos platillos vegetarianos presentados elegantemente, el tema varió a los sentidos. La ecologista, generalmente tímida, contaba entusiasmada el funcionamiento de los sentidos en los animales.

–El olfato es la clave y la base para la sobrevivencia de muchas especies. Sin el olfato, las crías y las madres no podrían reconocerse entre ellas. Al crecer, el mismo sentido es quien les alerta sobre el peligro o les indica el camino para encontrar agua y comida. ¿Cómo los olores viajan en el viento y quedan registrados o guardados en la Tierra por tanto tiempo? Es un misterio perteneciente al mundo de las bacterias. Para explicarlo de alguna manera, hablemos de los perfumes, que para fijar o mezclar olores, usan el orín de animales, como por ejemplo el orín de búfala, con cientos de bacterias.

–Por cierto –interrumpió la dama escritora, limpiándose la boca con una servilleta de tela–, es interesante preguntarnos: ¿a que olía el mundo y sobre todo, a que olíamos todos nosotros antes de los perfumes y la interminable lista de jabones, champús, cremas, detergentes, desodorantes, etcéteras?

–Creo que oleríamos a caca y sexo –contestó Shika tranquilamente, comiendo con los dedos–, la boca cuando no se limpia, tiene el olor apestoso de los restos, y no digamos las nalgas. Pero sobre todos los olores... en un ambiente sin perfumes, el más fuerte sería el vaginal. Cuando está menstruando, huele a los diferentes tipos de sangre: fresca, rancia y verdaderamente vieja. Cuando no sangra, huele agria, dulce o salada, dependiendo de la dieta. Y después de un coito, huele a la mezcla de los fluidos expulsados durante el orgasmo femenino y el semen masculino. Van a decirme que estoy loca, pero creo que las leyendas que hablan de dragones... o mejor dicho, que el origen del dragón, ese ser mitológico que lanza fuego por sus fauces y suelta volutas de azufre, es una analogía de la vagina femenina.

—¿Qué? —exclamaron al unísono un par de voces.

—¡No se me exalten! —se defendió Shika, al ver las diferentes expresiones—, déjenme terminar por favor. En una gran mayoría de religiones, culturas y leyendas, encontramos siempre una serpiente como símbolo de sabiduría y/o maldad. Pero más interesante aun, encontramos igualmente en cantidad de creencias, que hay una serpiente emplumada o un hombre emplumado, nunca una mujer. Sin embargo, son las mujeres las que dominan, aplastan o negocian con el mismo animal. Me refiero a la serpiente, no al hombre emplumado —todos rieron—. Lo cierto es que hasta San Jorge necesitó de la doncella para amarrar y dominar al dragón de su historia. Es cierto que él se enfrentó a la supuesta bestia para liberar a la chica... pero sin ella no lo habría logrado. Ya que mientras el sostenía al dragón con la lanza, era ella quien le ponía la soga al cuello y luego, le hacía caminar dócilmente.

—¿Pero que tiene que ver todo esto con la vagina? —preguntó el banquero circunspecto.

—Bien, si a la mujer se le relaciona con la serpiente, que a su vez simboliza algo tan complejo como el mal o el conocimiento, ¿por qué no inventar que la mujer lo que tiene entre las piernas es un animal que expulsa fuego en representación de la sangre, y volutas de azufre en representación de su múltiples olores? Aquí todos sabemos que la matriz respira y que lo hace con más ganas cuando la mujer tiene un propósito entre cejas.

—¡Ah claro!, para un misógino no sería complicado inventar semejante historia —exclamó la feminista, acomodándose en la silla.

—¡Oh! Yo pensaría que lo pudo haber inventado una mujer. Una que quería relacionar su propio poder femenino con la estrella o constelación de Draco. Buen punto, Shika —habló la wiccana, haciendo sonar sus múltiples pulseras, porque le encantaban las historias—, si lo pensamos… es fácil visualizar unas piernas dobladas representando unas fauces de animal y a la vagina completamente dilatada como un túnel o garganta, expulsando aliento azufrado, para permitir a la fuerza expresarse hacia fuera en lugar de hacia adentro, cómo regularmente lo hace. O en otra alegoría, inventar que allí adentro, en lo más profundo de la cueva, habita una serpiente alada que escupe fuego. Es de lo más simple —aceleró emocionada—, tal vez sea esa la explicación del odio, el temor y la atracción de los hombres por los dragones y las vaginas. Casualidad no será que en estos tiempos modernos, cuando la mujer misma empieza a recordar su poder y su origen… surge la atracción por parte de una gran mayoría, por la literatura fantástica de doncellas, dragones y héroes. Hermosa analogía, Shika.

Guardaron silencio, meditando, hasta que Bruce lo rompió:

—¿Cómo diablos pasamos de hablar de los sentidos, específicamente el olfato, a los dragones? ¿Qué me perdí? —explotó en una carcajada, mostrando su confusión.

—Te perdiste —le contestó la empresaria, satisfecha con sus pensamientos—, relacionar el hecho que los dragones ejercen una mística y extraña atracción, porque combinan temor y veneración exactamente como el sexo femenino, y me refiero a la vulva. Y que ambos respiran y expulsan fuego: uno literalmente y la otra metafóricamente. Shika nos plantea que todas esas viejas leyendas de caballeros cazando dragones o rescatando doncellas, sinónimo de vírgenes, de los supuestos dragones, pueden significar la conquista del hombre sobre la mujer y su poder transformador de fuego. Es fácil imaginar cómo en el pasado, ver a una mujer sangrar y no morir en el proceso, habrá sido cosa de miedo, y claro, una vez que empezaba a sangrar, era capaz de transformarse hasta el punto de gestar otras vidas...

—Shika nos plantea una analogía del caballero macho luchando contra un poder femenino que no entiende. Pero sabe... debe ser conquistado y/o doblegado, para empoderarse él ante sí y los demás —el músico agregó con tono triste, hablando al aire, sin importarle que nadie le prestara atención.

—¡Mata al dragón, sinónimo de fuerza femenina, y aprópiate de la virgen! Esa habrá sido la consigna. O sea, despójala de lo más profundo de ella misma y deja solo el hermoso molde de una mujer inalcanzable que ha sido alcanzada. ¡Guaaaaao! No hay nada cómo explicar algo para terminar de entenderlo —completó la empresaria, quien sonrió más satisfecha de sí misma que nunca.

—¿Podría explicarme alguien ahora lo del olor y el olfato? —preguntó Bruce, fingiendo una cara de ofendido.

La bióloga contestó:

—La relación es que podríamos pensar que si el aliento es el origen de la vida, ya que sin él no vivimos más que unos segundos, el olfato es el primero de los sentidos. Y en un mundo donde los olores que produce el sexo de una mujer, de donde además nace la vida, son los más fáciles de identificar... un hombre cualquiera querrá poseer lo que viene de allí. Pero como no puede, lo sataniza y lo mata. Y tal vez, alguna mujer queriendo contar a sus hijas el origen de la lucha entre los hombres y las mujeres, se inventó la historia de los dragones guardianes de cuevas y de vírgenes encerradas en torres. Interesante –la joven se dijo a sí misma.

–Impresiona también como el símbolo del dragón se ha mantenido vivo, de alguna manera, en la conciencia colectiva –el banquero intervino emocionado–. En la Edad Media lo encontramos en varios estandartes de familias famosas y el más reconocido de todos: ¡el dragón negro de los Sforza!, que ondeó alto en representación de poder y control; y paradójicamente, también en nombre de la libertad de pensamiento. Los Sforza, al igual que los Médicis, patrocinaron en su momento, reuniones como las que tenemos ahora en tu casa, Shika.

–Lo sé –contestó la aludida, con un gesto sensual de la mano–, pero yo me inspiro en las reuniones organizadas por las grandes cortesanas. Ya sabéis que ellas, más allá de las orgías en las que les tocaba participar, eran exageradamente cultas y las responsables verdaderas de muchos adelantos sociales, artísticos y científicos. Sin el espacio sin restricciones que eran sus mansiones y sus camas, el intercambio libre de ideas cultas y artísticas que proporcionó el Renacimiento, no se hubiese permitido ni allí, ni en los siglos posteriores. Si la Iglesia se abrió por unos lados, se cerró por otros. Hasta me atrevería a decir que la Revolución Francesa se gestó en la cama, o por lo menos en bata –Shika rio de su propia broma–. Quedándonos con los Sforza, mi favorita es Caterina, hija bastarda. Una mujer tan culta que fue administradora, negociante, política, guerrera, estratega, alquimista y científica, además de madre, por supuesto. Dejó a la posteridad un recetario para la creación de cremas de belleza, ungüentos y cocciones medicinales, por lo que fue acusada de bruja por la Iglesia, en un intento de desacreditarla ante sus seguidores, que en la Italia del mil seiscientos eran muchos. Cuando en realidad la mujer fue ¡una gran puta!, ya saben bajo el contexto que yo lo defino. Una mujer...

—...que tiene poder sobre su placer y su sexo y lo ejerce —interrumpió Bruce mirándola directo a los ojos con una sonrisa complacida—. Una mujer tan a gusto con su condición, que disfruta de la comida, la bebida, la buena ropa, la música y el arte, pero también del acto sexual en sí, con el que saca provecho para desarrollar su fuerza y la capacidad de ejercerla sobre los otros...

—Una mujer... tan femenina —agregó en tono soñador el músico, quien agregaba siempre poesía a esas reuniones de intercambio de ideas—, que es bella más allá de lo físico, porque su atractivo radica en su sensualidad y en la manera que comparte el placer erótico con otros. Por supuesto, va más allá del sexo, Bruce —se dirigió al aludido—, la mujer que sabe usar los cinco sentidos aporta belleza al mundo, no solo en la cama de algunos.

—¡Ah! Pero... —dijo la wiccana, acomodando las piernas bajo su larga y colorida falda—. Recordemos que hay tres tipos de putas: las que ejercen su poder erótico y sensual para manipular a otros consciente o inconsciente; las pobres putas de a pie, para llamarlas de alguna forma, esclavas del poder que no perciben y que otros utilizan bebiendo de ellas, dejándoles algo o nada. Y en el otro extremo, las que son conscientes de lo que guardan entre las piernas, más que una vagina y una matriz capaz de proporcionarles lo que les venga en gana, sin aprovecharse de ello... bueno, solo de vez en cuando —algunos soltaron una carcajada. Bruce incluido que dijo:

—Conozco algunas.

—No nos pongamos personales por favor —habló la escritora, conteniendo una sonrisa—, a mí me gusta el fenómeno de la puta masiva: Shakira, Madonna, JLo, Cher, para decir algunas de mis favoritas. Capaces de seducir a masas enteras y de proporcionar una experiencia lúdica completa a quienes les admiramos. Magas y malabaristas de los sentidos. Soy capaz de oler el sudor limpio de Shakira cuando la veo bailar con esa fuerza de hembra en perpetua brama… o de imaginar a la López en la cama, entregada, exigente, llegando más allá de puros orgasmos.

—Eh, regresando al tema de olores, sentidos y específicamente olfato —expresó apresurada la ecologista—, el otro día reflexionaba sobre la casualidad o causalidad de que brama en español defina el estado femenino de las hembras. Dos puntos: capaz de concebir y gestar vida… y en una alegoría popular, entre comillas: «mujer caliente lista para el sexo». ¡Pero!… *Brahma* en sánscrito, esta misma palabra fonéticamente hablando, significa, de nuevo dos puntos: aliento de vida o más específicamente, dios creador. ¿No les parece fascinante que una misma palabra en dos idiomas tan diferentes, defina ideas que se complementan? Ya que la brama femenina de todas las especies se anuncia en el aire con un olor que los animales, a excepción del macho humano, son capaces de identificar conscientemente y seguir su rastro en el viento por kilómetros, hasta encontrar a la que está lanzando el mensaje de, dos puntos por tercera vez: mi vagina está respirando el aliento de la Madre divina, que anuncia que estoy lista para concebir vida, al igual que ella la concibe o que el creador gesta.

—¡Momento! —Bruce se puso de pie para alcanzar un poco más de la *crème brûlée*, que estaba en medio de la larga mesa. La conversación se había alargado tanto que habían llegado a los postres—. Si los hombres no somos capaces de identificar los olores de la «brama-aliento» femenina en el aire, es por todos esos perfumes de las cremas, los champús, desodorantes y hasta las pastas de dientes, de los que se habló hace un momento. Personalmente me gustan los olores crudos que exudan las mujeres, y por el otro lado, creo que es una pena que no podamos identificar el olor, porque si bien una mujer está más dispuesta en su momento de ovulación, también es más peligroso... porque puedes sin quererlo concebir un hijo. Por suerte para la raza humana, las mujeres fueron capaces de librarse de esa condición que limita a las hembras de otras especies a aparearse solamente cuando están listas para gestar vida. ¿Cómo lo hicieron? No tengo ni idea, pero estoy feliz del hecho.

—Tal vez no fueron las mujeres quienes lo lograron —se involucró la feminista—, sino los hombres quienes las forzaron. Ya que son ustedes los machos quienes en realidad son capaces de tener sexo a toda hora y en todo lugar. Y convencieron, u obligaron, a las mujeres a hacerlo también.

—¡Poder! Poder es la clave —dijo el banquero emocionado—. Las mujeres se liberaron del celo para ejercer poder con su sexo sobre el macho, que como bien dices, está siempre dispuesto, por no decir caliente. ¡Poder!, tanto en la palabra como en el concepto es donde debemos profundizar ahora ... puedo, puedes, podemos... hasta conjugarla es divertido...

—¡Por favor! Por favor, no avancen más cambiando de temas. Yo quiero terminar de entender lo de los sentidos, si no les importa —tranquilamente intervino la guapa morena, quien hasta ese momento se había limitado a escuchar y disfrutar de la comida distribuida por toda la mesa, en pequeñas porciones que se podían servir y comer con delicadeza.

—Si me permiten —la ecologista se aclaró la voz—, el olfato nos relaciona con otras personas o nos aleja. Al parecer, es el gran responsable de la «excitación a primer olor», para ser exactos, es así cómo debiéramos decir cuando alguien nos atrae. El olor define el espacio de las personas, aunque no sean conscientes de ello. Tristemente, la mayoría de nosotros no sabemos utilizar este sentido y nos guiamos por los ojos.

—¿Puede haber personas que no tengan olor? —preguntó Shika, interesada.

—Seguro que las hay —respondió la ecologista—, tal vez son esas personas que caen bien a la mayoría de la gente. Sin olor, los otros no las perciben como peligrosas y al no generar prejuicios, se relacionan más libremente. Por el contrario, hombres alfas de fuerte olor tienden a generar reacciones extremas de atracción-odio entre su sexo, por atraer precisamente, más rápido al contrario. Por su lado, es el olor de las hembras alfas las que sin importar que tan atractivas o no sean, siempre atraen al otro sexo. La importancia de todo esto es que las personas hemos olvidado cómo oler y olernos. Entender las consecuencias de la falta de olfato es entender la deshumanización o la humanización. Ya que no oler a los otros nos puede hacer más pacíficos, pero también más indiferentes, o llevarnos a relaciones artificiales.

—Creo que es hora de irnos —habló Sor Juana, con voz calma. Ese día no había dicho una sola palabra más allá de bendecir la comida y agradecer por el placer de tan exquisito menú—. Solo deseo, antes de marcharnos, agregar mi parte a la conversación de hoy. Las pruebas indican que los fetos escuchan desde el vientre materno debido al medio acuoso en el que se encuentran. Sin embargo, al salir a la superficie o fuera del vientre, el sentido que le une a la madre es el olfato y he allí el daño que causan a los pequeños al separarlos tan bruscamente de la mujer que les dio vida. El olfato es, sin duda, el sentido que nos permite crear o rechazar vínculos. Pero con la profusión de los perfumes, como ya lo dijeron, nuestras relaciones se vuelven complejas por no reconocer el olor de los que pertenecen a nuestro grupo o familia. La nariz debiera advertirnos del nerviosismo, la felicidad o la agresividad del que tenemos cerca, ya que cada emoción trasmite olores diferentes y he allí la frase: «huele a beatitud» —y se puso de pie, lista para marcharse—. Quiero agradecerte de nuevo

Shika, por este espacio intelectual que has creado para todos nosotros. Y como desde el principio me diste la única responsabilidad de medir el tiempo, digo que hoy se nos ha acabado.

Media hora más tarde, Shika terminaba de quitar las últimas cosas de la mesa, con la ayuda de Bruce. Tras dejar la mesa limpia, tomó los brazos del hombre para envolverse a sí misma entre ellos. Bruce inclinó la cabeza, empujándola juguetón por la nuca. Con certeza masculina barrió el pelo a un lado, para depositar pequeños besos en la piel desnuda. Los dedos enredados en el cabello jugaban con la cabeza, moviéndola hacia diferentes lados. Con el otro brazo la abrazó con fuerza, las nalgas femeninas reconocieron el miembro erecto y se frotaron sensuales contra él.

—Levántate el vestido, mujer, y déjame sentirte —expresó él con voz ronca.

Mientras ella obedecía, empezó hablar:

—Dicen las páginas de la historia que después de violar César Borgia por primera vez a Caterina Sforza, esta le dijo al oído riéndose: «¿Eso fue todo? Esperaba más…», él inmediatamente se separó de ella para ponerse de pie, sintiéndose humillado. Puedo oír sus palabras Bruce, la veo a ella sobre la paja que le dieron por colchón en las mazmorras, con el vestido roto, las piernas abiertas, las manos atadas a la espalda, levantando las caderas para dirigir con un gesto triunfante, la vagina chorreando de semen hacia él.

Bruce tomó con la mano la vulva completa e introdujo con delicadeza el dedo del medio en ella. La otra mano en el pecho, la acarició suave pero con decisión, apretándola aún más contra su cuerpo.

—«El dragón que habita en mi interior acaba de comerse al toro que usas por escudo y ahora ¡escupe sus restos!», habrá dicho Caterina al famoso hijo del Papa

Alejandro VI –continuó Shika narrando, con un tono cada vez más excitado–. «Como hombre eres poca cosa, mira César donde acabas de estar y no has podido llevarte nada, solo te has vaciado adentro. El poder lo tengo yo porque es a mí a quien deseas», César furioso la volvió a tomar. La mantuvo prisionera por más de un año. Siempre violándola, jamás doblegándola… –Shika suspiró con fuerza.

Bruce la dobló sobre la mesa y la penetró de un golpe desde atrás. Ella soltó un grito conteniendo el aliento. Él le abrió más las piernas con las suyas, la empujó hasta hacer que tocara la mesa con la cara. Adentro, adentro, más adentro de ella y no era suficiente.

–¡La acusaron de bruja, Bruce! –gritó Shika desde abajo, agarrada a la mesa–. Pero ella fue más fuerte. Sus muchos amigos y admiradores la apoyaron hasta liberarla. Ni el frío, ni el hambre, ni la suciedad o el abuso vivido en la cárcel, le quitaron el poder de ser siempre ella, siempre valiente, siempre una digna representante de Eros.

Bruce terminó con un grito ronco. Tres segundos pasaron, la levantó hasta abrazarla de nuevo, sin salirse de ella. Tomó una oreja delicadamente con los dientes y murmuró:

–Como tú amor, como tú. Y lo de la estrella tendrás que explicármelo otro día. Que no termino de entender su relación con los sentidos, el poder y la mujer. Ahora solo déjame llevarte a la cama, resarcirte de este atropello y dormir contigo entre los brazos, el sueño de los justos.

En medio de un campo de flores
encontró el Alma a la emperatriz caminando desnuda,
arropada solo por largos cabellos negros.
Su potente risa viaja con el viento,
metiéndose en el cuerpo ajeno sin permiso,
dando vida a lo que la rodea.
El Alma impresionada se arrodilla ante ella.
«Levántate y lee el libro de las leyes humanas,
¡mira!,
tendrás hambre y sed, frío y calor.
Tus deseos serán muchos,
satisfacerlos será una constante elección.
Sufrirás si olvidas tu voluntad, que no es la fuerza
bruta.
La felicidad ¡es! como la naturaleza».
«¿Quién soy?»,
pregunta el Alma.
«Eso solo lo sabrás después de cada camino
y decisión tomada».
Se fue cantando,
volando con una bandada de pájaros.
«Olvidé darle el beso», pensó el Alma.

Sexto verso
El viaje del alma
Sol Magnético Amarillo

10

Una cara de muchos nombres
Sagrado Monte de Copacabana, 1997

Esa noche desperté alerta, probablemente en la madrugada, en medio de una oscuridad tan completa, que no había diferencia entre ver con los ojos cerrados o abiertos. Me tomó un segundo darme cuenta que no estaba sola en la habitación. Una presencia que no era espiritual, ni humana, me acompañaba. El miedo, que acostumbra a paralizar en estos casos, me duró poco más que una respiración profunda. La presencia sin ser amigable tenía cierta autoridad que me obligó a seguirla en una serie de emociones e imágenes, que hizo correr dentro de mi cabeza: «...La roca que cargaste subiendo el Morado no se partió, ¡se dividió!, como igualmente está el Todo. Una realidad de dos mitades que no se tocan, la una gestada por la otra...». Mi visión se llenaba de espirales de estrellas. «...Lo positivo y lo negativo convergen en un mundo donde entre ambas, a fuerza de chocar, se sostienen y se multiplican. Albergadas en cuerpos vivos de conciencia propia se unen para crear nueva energía que se almacena en específicas formas: planetas, plantas o animales...». Dentro de su pensamiento el mío: «los seres humanos son animales...».

–¿Quién eres? –logré preguntar a la criatura, en medio de imágenes de gente cantando, haciendo el amor o deporte. Las imágenes se sucedían caóticas a un ritmo que lanzaba mi *yo* consciente contra los laterales de un ring imaginario donde sus elásticos bordes me retenían por un segundo, para volverme hacer atravesar el centro y llevarme a chocar de nuevo contra un espacio lleno de seres-emociones ocupados en sus ordinarias y extraordinarias vidas. Sin responderme directamente, terminé por entender que era uno de los habitantes del desierto que existen mayormente donde no hay árboles, sino piedras.

—¡Creo que están relacionadas a las piedras! —escuché mi propia voz, en medio del oscuro silencio y a retazos «ella» dentro de mi cuerpo. Su pensamiento era mi pensamiento: «...Sobrevivir al lago te hace merecedora de respuestas a algunas de tus elucubraciones desarrolladas durante la odisea...». El «ser» me provocaba sueños vívidos sobre sentidos exageradamente despiertos, a la vez que una parte de mi cerebro permanecía dormido. «...Como el árbol florea y da fruto, así lo hace la mujer...». Esta vez las imágenes eran de campesinas, «...la que se entrega sin dolor, ni espera, desarrolla el don de la siembra; allí donde pasa deja semilla que tarde o temprano florecerá...». Vi mujeres amamantando y también tejiendo, «... la comprometida mujer cosecha triunfos que nadie aplaude, el todo se beneficia constantemente de su trabajo y la bendice...».

Curiosamente, mi parte adormilada fue la que permaneció consciente de la cama, el cuerpo, la habitación, la ventana y el resto de realidad material que me rodeaba. La otra parte se fortalecía mientras la conversación, por llamarla de alguna manera, se desenvolvía. Yo flotaba, por escoger una palabra que lo describa, entre sensaciones placenteras que no tienen que ver con el placer, sino con la satisfacción del tiempo y el momento presente, la temperatura perfecta, la comodidad de un cuerpo en extraordinaria forma y estado. Mientras la criatura continuaba induciendo en algún lado de mi psique, imágenes y respuestas: «...No soy un ángel, tampoco estoy hecha de un elemento que conozcas… el éter, tal vez, si logras entenderlo. ¡Sí!, somos habitantes de la Tierra. Nuestros recuerdos prueban que llegamos después de la humana…».

—¡¿Cómo así?! —escuché mi propio grito, yo insistía en hablar en voz alta.

«Estamos, creemos, ligadas a lo humano por la memoria. Si tal vez fuimos creadas o hijas de la mente humana, ahora desligadas de la raza, tenemos poco contacto con los hombres y las mujeres, en excepciones como contigo. ¡Existimos! Eso hay para saber…», en algún momento me habré quedado dormida.

A la mañana siguiente, pese a mi aventura del día anterior y la visita de la misteriosa criatura que me acompañó una buena parte de la noche, desperté a las ocho completamente descansada y para mi sorpresa, sin dolor físico, a excepción de las manos y parte de los antebrazos que se quejaban por el esfuerzo prolongado de remar.

¡Estaba famélica! y me vestí con prisa, saboreando ya mi futuro desayuno, que había encargado para las nueve desde el día anterior, a una indígena que tenía un lugarcito desde donde podía admirar el lago y la iglesia de la «María Negra». La mujer indígena me había encantado con su traje típico de falda amplia y delantal; sus gruesas trenzas enrolladas alrededor de la cabeza eran como una corona, que me recordaban los halos de las santas en las iglesias. Pero lo que me había llamado la atención es que era la primera boliviana indígena que me sonreía abiertamente y parecía verdaderamente feliz. Durante todo el tiempo que pasé en Bolivia me sorprendió la sobriedad, seriedad y a veces depresión de la población indígena boliviana, por lo menos así es cómo lo percibí. Rara vez les vi sonreír y a excepción de los desfiles donde las muchachas bailaban y eran un poco más expresivas, nunca vi en Bolivia verdaderas expresiones de alegría o pasión por algo. A los indígenas de mi país, Guatemala, también les ha tocado, como a cualquiera que trabaja la tierra y es visto solo como mano de obra, una vida dura que se sumó a la experiencia de la guerra. Pero siempre sonríen. Dentro de sus sencillas y a veces pobres viviendas, no falta la alegría por la vida. He compartido con ellos, más de una vez, tortillas y frijoles al lado del comal donde la familia se reúne a conversar, por tanto puedo afirmarlo.

La mujer indígena resultó llamarse María como otras millones de mujeres de religión cristiana. Al llegar a su puesto, mis papas cocidas con especies y hierbas estaban listas. La dieta boliviana, como toda la suramericana, incluye mucha carne, por lo que generalmente debía pedir con antelación comida a almas caritativas que se animaban a prepararme platos fuera de lo usual. Hablando con María, me contó que había tenido seis hijos y que la venta de comida la había heredado de su madre, quien a su vez la había heredado de la suya. De vez en cuando la ayudaba una de sus hijas, que estudiaba una carrera que ella no entendía y orgullosa me explicó que había mandado a todos sus hijos a la escuela y que los tres últimos estaban en la universidad, uno se graduaría de doctor ese año. Solo la más grande estaba casada y le había dado ya dos nietos. María había pasado toda su vida sirviendo comida en ese pequeño chiringuito.

—¿Cómo ha hecho para no aburrirse haciendo todos los días lo mismo desde que era tan pequeña? —no pude evitar preguntar, mientras me contaba su vida.

La respuesta me sorprendió:

—Todas las personas, ¡sin excepción!, experimentan absoluto tedio alguna vez en su vida, sin importar cuan ricos o exitosos sean... llega alguna mañana que salir de la cama cuesta, que encontrar sentido a la vida pareciera francamente imposible. Las vidas perfectas se desmoronan más de alguna vez ante una enfermedad repentina, una desilusión amorosa o cualquier otro detalle que rompa la comodidad de días ordenados. Por otro lado, hasta el más pobre o la mujer más golpeada tiene días buenos con placeres o alegrías insospechadas en su rutina, ¡a veces bien dura!... trayendo con ello un momento de descanso o una brisa de esperanza —me sonrió con esa sonrisa amplia que ilumina los rostros de las personas verdaderamente sinceras y continuó—. Yo vivo de esos momentos, pero también de toda la gente que le doy comida. En el intercambio les alimento y me vuelvo parte de sus vidas, ¡soy útil y necesaria! Y eso me hace absolutamente feliz. Y creo que la gente lo siente porque jamás me han faltado clientes.

Salí de las manos de María satisfecha de cuerpo y alma para ir a sentarme a la iglesia, cerca de esa otra María de madera arropada en sofisticado vestuario, en medio de su altar de plata. Mientras me dejaba seducir por el aire de iglesia antigua llena de plegarias, aroma de velas y santidad, mi cuerpo se fue relajando cómo pasa siempre que estoy en lugares sacros. Si los sacerdotes supieran que uso sus bancas llenas de historias humanas y sus bellos templos para meditaciones paganas: tal vez no me dejaran entrar. Y si todos supieran que esos espacios-cueva adornados con obras de arte, unas sangrientas y otras más bonitas, son excelentes lugares para profundizar: las iglesias estarían llenas de personas vaciando sus mentes, todo el tiempo. Primero, de toda idea imagen u emoción, para luego irse llenando poco a poco con pensamientos aclaratorios sobre conceptos intelectuales, teológicos y de la vida en general.

Respiro profundo una y otra vez llenando mi tórax con aire perfumado. Inflo mi estómago. Empujo el aire hacia atrás y hacia abajo, empujando así mis genitales. Me siento a gusto. Empiezo por repasar mentalmente lo que sé de esta iglesia y de la imagen frente a mí.

El montículo sobre el que fue construida la iglesia de Copacabana era ya un lugar de veneración o encuentro con la madre del lago, llamada Copacatí, antes de que el Este llegara a estas tierras, porque América es, sin dudarlo, el Oeste de Europa.

En Chile aprendí de los mapuches que la madre del mundo, Mama Quilla, igual que Madre Luna o Madre del Firmamento, es una imagen más de la madre que nos parió a todos, incluida Pacha Mama la Madre Tierra; Mama Waira, diosa del viento; y Mama Cocha diosa del mar y en general de todas las aguas.

Me levanté y con respeto fui hacia el quemador de velas más cercano a la imagen de la «María Negra», para prender las nueve velas que llevaba en nombre de las nueve madres del mundo: la primera, que dio vida a las tres y estas a su vez a las cuatro, «la novena madre nadie sabe quién es o cómo explicarla», retumbaron las primeras palabras en mi mente, mientras repetía en voz baja las siguientes palabras hacía tiempo aprendidas:

—Es así como las que amamos y seguimos a la creadora primeriza recordamos y explicamos la proliferación de las gentes… —murmuré para no molestar a nadie.

Mientras avanzaba en mi oración iba encendiendo las velas: la primera vela, negra; las tres siguientes blancas; y luego, una verde por la raza negra, una amarilla por la amarilla, una morada por la blanca, una roja por la roja y una vela azul por la raza azul.

—Una madre del todo. Luego, tres madres; madres de los objetivos del mundo: imaginación, autoridad y amor. La primera crea, inventa y sueña constantemente. La segunda dirige, castiga y premia, balanceándose unas veces hacia un lado o al otro. La tercera comunica, une y florece. Las tres ocupan un espacio por sí mismas en el espacio del todo. Entre las tres dieron origen a las madres de cada raza: negra, amarilla, blanca y roja. La negra se relaciona con la tierra y tiene como ella, fuerza. La segunda se relaciona con el viento y tiene como ella, inteligencia y razonamiento selectivo. La tercera se relaciona con el agua y tiene como ella, profundidad. La cuarta se relaciona con el fuego y tiene como ella, pasión… –inspiré profundo e hice una pausa antes de colocar la última vela, cerré los ojos para ver de nuevo la fina mano colocando la vela azul y recordar sus palabras: «…Ves cómo primero tenemos un punto que queda solo y al centro. Al colocar las siguientes tres a su alrededor formamos un triángulo… ahora ponemos cuatro velas, una en cada esquina formando un cuadrado y al finalizar, separándola un poco del resto, sobre la punta misma del triángulo imaginando un arco, colocamos la última… y donde habían cuatro se volvieron cinco, quienes guardan el misterio…». Recordé la figura enseñada y aprendida, revisé la que estaba creando discretamente frente a la Virgen y concluí con otro murmullo, que cualquiera pudiera tomar por una oración:

–Debe, debiera de haber una quinta raza que es, o será, la azul, relacionada al oscuro éter, y como ella tiene o tendrá: voluntad… ¿cuál es su origen?, aun no lo sabemos.

En ese entonces, yo no sabía cuál madre iba primero y quién segundo, o si las tres eran simultáneas, o una más importante que las otras. Tampoco entendía muy bien este enredo de colores y posiciones respecto a las siguientes cuatro madres, así como tampoco tenía idea quién era la raza azul o su propósito. Debería esperar años hasta conocer a Shika, para resolver completamente el misterio. La oración y el ritual me los enseñó Marcela, una chica argentina con una abuela mapuche

–Ahora es seguidora de extraterrestres canalizados a través de meditaciones grupales –me explicó Marcela entonces, refiriéndose a su abuela, entre historia e historia. A Marcela la conocí después de tres días de caminata entre viñedos, en algún lugar de Mendoza.

Cruzaba los Andes desde Santiago para renovar mi visa chilena, cuando desesperada de estar encerrada en el bus tanto tiempo y cuando llevábamos tres cuartos de horas atravesando viñedos en crecimiento, le pedí al chófer que me dejara en medio del camino. Luego, supe que esa no era la ruta tradicional, pero por estar en reparación la carretera, nos habían desviado. Me bajé fascinada por la extensión interminable de la tierra y el paisaje verde de aire limpio. Las tres noches que pasé a la intemperie a un lado del camino fueron de hermosos e infinitos cielos estrellados. No sé cuánto caminé, ya que disfruté cada paso. Al tercer día, cuando ya no tenía agua, apareció de la nada, luego de una cerrada curva del camino, una cabaña blanca, de techos bajos y con un corredor al frente donde se sentaba en una mecedora, trenzándose el largo cabello, una joven y guapa morena. Las dos nos petrificamos observándonos una a la otra en la distancia, por lo que pareció un tiempo interminable. Hasta que ambas, levantando la mano, dijimos al mismo tiempo:

—Hola —juntas soltamos una risa cómplice, interrumpida y continuada por innumerables preguntas de parte de una y de la otra, mientras yo me acercaba a toda prisa.

Con Marcela conocí en bicicleta las afueras de la ciudad de Mendoza. Me presentó un par de antiguos árboles. Únicos sobrevivientes del monocultivo de la uva, a la orilla de un pequeño río. Me compartió, a la sombra de la pareja, palabras y rituales: «...de los que no entiendo mayor cosa...», fueron sus propias palabras, pero que le gustaban mucho más que las enseñanzas cristianas de la sociedad argentina. Marcela en su simpleza y alegría fue una gran maestra. Aunque yo tampoco entendí mucho de los rituales, empecé a copiarlos y agregarles o quitarles cosas cada vez que los realizaba. No vi nunca en el tiempo que pasé en su casa, ningún otro ser humano, ni siquiera en el casco del viñedo donde me llevó a ver la producción de vino. No fue sino hasta años después, que noté la ausencia de vida humana en mi tiempo con ella. No aparecieron nunca los padres ni la abuela mapuche, con quienes se suponía vivía, ya que mi amiga no habrá tenido más de diecisiete años. Tampoco recuerdo que comimos, si es que lo hicimos, a excepción del picnic bajo los árboles. La falta de hechos es confuso, porque generalmente recuerdo hasta mínimos detalles de las cosas que marco como importantes en mi mente.

Volvía a observar las velas frente a mí y percibí en primer lugar, como siempre, la forma de un ser humano, como un quiebra palitos, en movimiento. La segunda, aunque depende de cómo se juntan los puntos, fue la de un cuadrado con un triángulo adentro, que a su vez tiene un punto en el centro, todo coronado por un semicírculo. Y la tercera forma, la que desarrollé despacio, uniendo las líneas de la velas en mi mente: la famosa estrella de cinco puntas.

Eso no me lo enseñó Marcela, fue un descubrimiento propio, cuando un día dibujaba las posiciones de las velas en mi diario de viaje. Pero sí fue Marcela la que me contó donde estaba esta iglesia. «Porque la imagen de la Virgen que ahora contemplo fue hecha por un mapuche hace más de trescientos años», me expliqué mentalmente, mientras volvía a inspirar con fuerza para empujar el aire por todo mi estómago, llenándome por dentro del aroma de las velas a las que les había puesto canela y naranja, cuando las hice con Viviana en Cochabamba.

Admiraba mi pequeña obra con una sonrisa beatica en mi rostro, uniendo en mi visión amigas y maestras, cuando fui interrumpida por una mujer de quien tomé noticia cuando se colocó a mi lado, casi tocándome, para preguntarme en voz baja, con una expresión entre curiosa y suspicaz:

—¿Qué es lo que hizo allí?, ¿por qué coloca velas de colores?

—¡Oh, es muy simple! —le contesté, beatificando aún más mi mirada—, la negra es María la madre de Cristo, las tres blancas son Santa Ana la madre de María, Santa Isabel su prima y madre de Juan, y María Magdalena, la Santa a la que Jesús se le apareció al haber resucitado. Luego, pongo la vela amarilla por Fátima, la roja por

Guadalupe, la verde por Sara, la morada por Lourdes y finalmente, la azul por la Candelaria, aquí presente.

La pequeña mujer, de unos cincuenta años y figura delgada, se quedó en silencio observando las velas y luego, con una sonrisa cómplice que me confundió, dijo:

—¡Ah, qué bonito, ya veo! Empezaré a hacer lo mismo —se dio la vuelta y se fue.

La observé marcharse, entre sorprendida y aprensiva. «Ya no queman en este siglo», me dije para tranquilizarme, «lo más que pueden hacer es expulsarme de la iglesia», volví a inspirar profundo para regresar a mi figura.

—María virgen, siempre aislada —dije a la vela negra, sin poder evitar sonreír de nuevo—, Magdalena la puta, Isabel la santa y Ana, ¡seguro que fuiste bruja! Sois, sin dudarlo, mi trinidad favorita —les lancé un beso y completamente relajada me fui a sentar a la primera banca, para poder ver a esa Candelaria negra. La que se le apareció en sueños al inca Francisco Tito Yupanqui, nieto de Huayna Cápac, príncipe a la llegada de los españoles al Perú y Bolivia. La primera figura de Tito dicen que fue una tosca figura en madera, que el párroco del momento aceptó en el altar como una ofrenda sincera de una mente simple. Pero el siguiente padre, más terreno y menos espiritual, retiró la imagen aduciendo que no era lo suficientemente buena para representar a María. Tito empezó entonces un arduo peregrinaje por escuelas y ciudades para aprender a esculpir al estilo europeo, lográndolo tras años de trabajo. Sin darse por vencido, esculpió una figura tan al gusto del párroco, que este hizo una gran fiesta para entronizar la figura, el mismo dos de febrero cuando los católicos celebran la María de Candelaria y los paganos el regreso de Perséfone a la superficie terrena, la sacerdotisa del Inframundo. Dicen que Tito vistió con lajas de plata su escultura, pero al estilo indígena, y que estas se ve aún bajo el ropaje colonial con que visten hoy a la figura.

–Por eso es importante que la visites –me explicó Marcela–, no solo el lugar donde se encuentra es sagrado desde hace siglos, sino que los curas sabiéndolo o sin saberlo, entregaron la imagen al pueblo en un fecha santa para las mujeres unidas a la Madre del todo y de todas. Dice la mamá (refiriéndose a su abuela) que Tito fue guiado en sueños por Pacha Mama misma y por eso todas las mujeres que podemos, debemos allí prenderle velas y quemar incienso, para unificarnos en la sabiduría de la mujer antigua.

«Bueno, mi amiga, ¡está hecho!», dije enviándole un mensaje telepático a Marcela. Entonces, sin querer, empezaron a desfilar en mi mente infinidad de otras mujeres: mi propia madre, hermanas, primas, amigas, rostros famosos y anónimos que he visto a lo largo de la vida… hasta llegar a Viviana, a quien había dejado apenas unas semanas atrás en su natal Cochabamba. Recuperada un poco del fuerte atropello de todas estas féminas, repentinamente asaltando mi mente, logré exclamar:

–Lo entendí, lo entendí, ¡que estamos unidas todas por algún químico jodido! –alarmada miré a mí alrededor, porque lo había expresado en voz alta. Por suerte, no había nadie, así que me acomodé tranquila en la banca y me dispuse a meditar, con el corazón apaciguado.

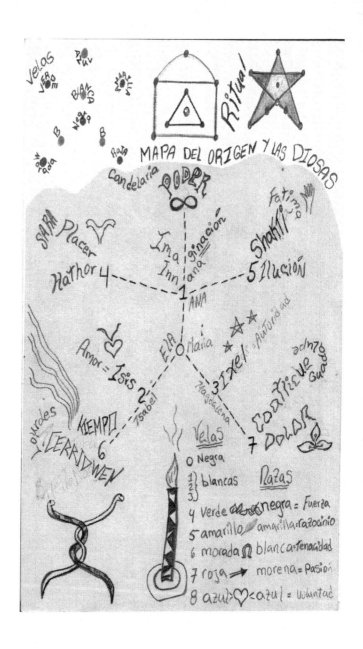

MAPA DEL ORIGEN Y LAS DIOSAS

Ritual

Velas
Azul
Verde
Rojo
BLANCA
AMARILLA
Negra
B
B
Rosada
Roja

Candelaria   PODER
∞

SARA Placer   Imaginación   Fatima
Innana   Shakti

Hathor 4 - - - - - - - 1 - - - - - - - 5 Ilusión
                        ANA

              Ella   O María   Ixtel Autoridad

Amor = Isis 2'   Magdalena   Coatlicue Guadalupe
Isabel   7 DOLOR

Orácles
Y CERRIDWEN   KTEMPT
              6

Velas
0 Negra
1) blancas
2)   Razas
3)
4 verde negra = Fuerza
5 amarillo amarilla=razoūinio
6 morada blanca=tenacidad
7 roja morena= Pasión
8 azul azul = Voluntad

232

Cuando partí de casa de Juancho, en dirección a Bolivia, en busca de Viviana, no sabía si la encontraría. Una vez rota la relación con la mujer, con quien compartió cama por un tiempo, Juancho rompió el vínculo. Como buen hombre, sabía poco de su examante, quien se quedaba en su casa cuando visitaba por trabajos de investigación, la Asunción.

—Que vivía en Cochabamba, estoy seguro —sonrió antes de que yo partiera.

Así que luego de aterrizar en la ciudad de Santa Cruz, directo desde Asunción, vi poco del lugar y me dirigí por bus a Cochabamba. Descubrí que la ciudad está llena de descendientes europeos, llegados allí hace más de un siglo. De la ciudad no tengo mucho que decir, mal organizada y un poco caótica en ese entonces, no encontré en ella nada más relevante que la gente, extraordinaria de verdad. Llena de pensadores y artistas, se respiraba en Cochabamba una vanguardia que no tenía nada que ver con el progreso material. Me llevó un mes más o menos encontrar a Viviana. No porque fuera difícil, sino porque me distraje con un grupo de gente que encontré, intentando ingresar a una comunidad formada por un líder llamado Xanadú, quien desde cero había creado un pueblo completamente ecológico y dedicado al desarrollo de una nueva forma de vida, según decían. Eran vegetarianos y vivían de una agricultura próspera e innovadora. A la reunión que asistí para oír hablar a Xanadú y sus líderes, en un salón con unas doscientas personas, no dijeron mucho que me impresionara. Pero él tenía algún tipo de energía mágica que atraía y lo hacía especial. De raza indígena, probablemente, usaba el cabello liso y largo, y una barba tipo candado bien cuidada. Xanadú no daba citas, ni concedía entrevistas, fue lo que me dijeron. Me pareció extraño para alguien tan naturalmente mediático. Para ingresar a su comunidad uno debía aplicar y luego, esperar una entrevista de uno de sus principales, para ser examinado en personalidad y propósitos. Debo confesar que no me aceptaron, sin más explicación dijeron que yo no era afín al grupo.

Pero entre todas estas vueltas conocí dos hombres. Hertz, un tataranieto de noruegos, bello como un vikingo y con quien disfruté de un breve romance que concluí por tener más interés él que yo en una relación, porque a mí solo me aportaba buen sexo y hermosos momentos de ternura. Lo que me enseñó que las mujeres podemos ser tan despiadadas como los hombres, cuando usamos al otro para fines puramente físicos. Y Daniel, uno de los más finos y perfectos especímenes masculinos que he conocido en mi vida. Moreno claro, de facciones casi femeninas, cabello color bronce que caía a un lado de su cara, estatura media y cuerpo atlético, que impresionaba primero por su físico y luego, por su voz, siendo la carta de presentación para una personalidad flemática y sanguínea a la vez. Estudiante de Filosofía y deportista extremo, me rechazó tan sutilmente cómo pudo.

—Si me acostara con cada mujer que me busca, nunca saldría de la cama. Además, tengo novia en La Paz, con quien me veo unas cuantas veces al año. Le prometí fidelidad. Mírame con ojos de amiga o imagina que soy gay —concluyó con una carcajada sexy como música.

Así que por un tiempo salía con Daniel para hablar de la vida, la ciencia y la historia, mientras explorábamos a pie o en moto las montañas aledañas a Cochabamba; y por la noche me desquitaba sexualmente con Hertz. Lo cual se podría pensar como tener el mundo en las manos, hasta que la sabia Viviana me hizo ver que no era justo para el vikingo, quien empezaba a mostrar señales de enamoramiento. A la novia de Daniel no la vi jamás y solo salió a relucir un par de veces, en medio de la latente atracción entre él y yo.

Una tarde que subimos en moto a su montaña favorita, a ver el atardecer, estábamos sentados, él a horcajadas sobre la máquina y yo recostada entre el timón y su cuerpo, con los dos pies entrelazados sobre la tierra y los brazos cruzados sobre el pecho. Intentaba siempre protegerme físicamente de la atracción que experimentaba, cerrando mi cuerpo lo mejor posible. El sol empezaba a bajar y el horizonte tenía ese tono naranja y oro de los atardeceres hermosos, y hablábamos, como siempre, del sentido de la vida y nuestro amor por el planeta. De repente, su energía cambió a un estadio que yo aún no la había experimentado.

—Si solo se tratará de aprender un oficio, trabajar, crear, producir y reproducir, ¿para que tendríamos el talento de la música, el arte y el amor? —preguntó él, tocándome el cabello. Entre Daniel y yo nos hacíamos muchas preguntas, pero no las contestábamos. Fue algo tácito desde el principio: hablar cómo cuando se está solo y disfrutar de la compañía del otro, con la comodidad de la empatía sin palabras.

—¡Fíjate! La grandeza de la naturaleza está palpable aquí, en cada hoja y cada color del sol pintado sobre la montaña y el cielo, ¿pero saben ellos que estamos nosotros aquí? O ajenos a todo, más que a sí mismos, más profundo aún, sin nada de conciencia como para notar su propia existencia: están allí porque están. Entonces, quedamos nosotros abandonados ante esta magnífica fuerza creadora, como testigos, participando tal cual espectadores sin ningún propósito aparente a nuestra capacidad de conmovernos ante la belleza. ¿O?, nos fundimos junto a la belleza para experimentar su conciencia y descubrir que el sol, que los árboles y las hojas, y hasta los colores del cielo, están vivos y tienen voz propia, y que con su ser y su existencia, lo que pretenden es hacernos a nosotros, pequeños e insignificantes mortales, parte de su grandeza y conciencia.

Lo miré unos segundos en silencio, sosteniéndole la mirada.

—¡Que ego el tuyo para creer que ellos existen para ti, que tienen conciencia propia para poder decir: hey, allí está Daniel, brillemos nosotros los colores, mezclémonos en una forma nueva y hermosa, para subyugarlo con nuestra belleza y hacerlo más humano!

Me sonrió, con esa risa sexy de estrella de cine.

—¿Por qué no? —me preguntó coqueto y con evidente burla en los ojos—. ¿Por qué no puedo pensar que el cielo, la montaña, el bosque y el río existen para mí y... para ti... y hacernos así humanos...? —calló y el silencio nos atrapó a ambos en un momento único, donde yo me hice mujer y él, hombre. Luego, murmuró tan bajo que casi no lo oí:

—...Lo que me hace humano ahora es tu belleza —me jaló con una mano para acercarme a su cuerpo, su rostro quedó apenas a un centímetro del mío, pude sentir su aliento en mi piel y vi brillar el sol en sus pupilas. Nuestras miradas fijas mirando adentro, adentro el uno del otro. Ni él ni yo nos movimos por lo que pareció un segundo o una hora. Me sentí frágil, atrapada. Intenté retroceder, pero él me sostuvo. Subió la mano derecha hasta mi nuca, introdujo sus dedos en mi cabello para acariciar la piel de mi cabeza, la excitación corrió como lava por todo mi sistema nervioso, hasta quedarme sin aliento.

—¡Cazador cazado! —dijo una voz, que no sé si fue suya o mía.

Él sonrió con ternura, no como quién ha ganado la partida. Le sonreí de regreso, no como quien la ha perdido, y me abracé a su cuerpo enterrando mi rostro en su cuello. Me acarició la espalda sin atraparme en sus brazos, sino sosteniéndome, fortaleciéndome para dejarme ir.

Ese día bajamos la montaña en silencio, con la luz de la moto apagada, para experimentar mejor el tamaño del bosque. Abrazada a su espalda, yo intentaba entender qué había pasado. Él me había mostrado al macho y yo como hembra, con la cola entre las patas, no había sabido hacerle frente. El poder de Daniel esa noche se había mostrado enorme y si me hubiese tomado, yo habría sufrido.

Solo otro día, de todos los que pase con él y el último en realidad, estuvimos cerca de besarnos. Esa vez fui yo la que avancé y luego, retrocedí. Fue una noche en su apartamento. Varios amigos nos habíamos reunido para hacer música y como siempre, me dejé llevar bailando solo para mí y sin querer para todos. Luego de un par de horas, ya cansados, nos acostamos en el sofá-cama lleno de almohadones, para ver una película. Él se acostó conmigo, abrazándome, como hicimos muchas veces. Poco a poco, el resto de amigos se fueron yendo hasta dejarnos solos. Bailar siempre saca el lado sexy de mi ser. Por lo que conscientemente empecé a mover sutilmente mi cuerpo, hasta sentir cómo iba respondiendo el suyo. Esta era mi oportunidad de venganza, pensé. Así que me levanté para colocarme a medias sobre su cuerpo. Atrapando entre ambas manos su cabeza, sentí su erección contra mis caderas. Me froté en suaves círculos contra su cuerpo, sin apartar mi mirada de la suya. Vi crecer el deseo. Contuvo el aliento. Doblé los brazos para acercar mi estómago y pecho al suyo. Él subió mi falda para adentrar su mano sobre la piel de mi nalga. Me agaché un poco más, pensando en besarlo, y a la vez, él levantó el rostro esperando mi beso. ¡Dios mío, que bello era! La nariz recta en perfecta armonía con unos ojos grandes, poblados de espesas y arqueadas pestañas. Labios llenos, entreabiertos ahora, dejándome ver unos seductores dientes en línea. Yo ardía en deseos y sentía el suyo creciendo. Puso la otra mano sobre mi cintura, apretándome con ambas contra su pelvis y su latente erección. ¿Qué me hizo parar? No lo sabré nunca. Dudé y ese momento de pausa le permitió recuperar su autocontrol, empujándome rápidamente hasta invertir las posiciones. Nos miramos ambos sorprendidos y para relajar la tensión, compartimos una risa cómplice un poco forzada. Lo empujé con la cadera para escapar desde abajo y nerviosa ponerme de pie. Él me dejó ir, al llegar a la puerta y voltear para despedirme, lo vi inclinado con los codos sobre las rodillas, sosteniéndose la cabeza con ambas manos. Fue la última vez que lo vi. Daniel y yo estábamos destinados a encontrarnos, desearnos, pero nunca tenernos. Así son los caminos de los que buscamos. Entendemos qué es el deseo que nos mantiene en pie y nos permite continuar buscando. No estaba lista para el poder del amor. Viviana y su caótico mundo me ayudaron a dejarle. Él no me busco, ni yo a él.

De regreso a la iglesia de Copacabana, me arrodillé para dar las gracias al Universo por tantas bendiciones recibidas. Y es que la vida ha sido maravillosa siempre conmigo.

—Viviana —dije en voz baja—, gracias hermana por todo lo que me enseñaste.

Encontré a Viviana cuando comencé a mencionar su nombre. Resultó ser una activista social y defensora de las mujeres. Una de esas santas sin hábito ni capa, que ayudan a cualquiera porque se les hace tan natural como respirar. Su casa, un caserón heredado de otras generaciones, era un refugio para mujeres solas o con hijos, golpeadas o perdidas. Como caminante, encajé perfectamente. Me puso a dar clases de inglés y de yoga, que en el noventa y seis era aún cosa rara, a cambio yo recibía casa, comida y algo de dinero.

Viviana es una mujer grande, de amplio pecho y enorme busto.

—Es para amamantar al mundo —decía orgullosa.

Abogada de profesión, cobraba también cuotas a sus amantes de turno, que le duraban años, para mantener su no oficial centro en funcionamiento. En ese entonces, era un comerciante turco, con quien había gestado sin querer un hijo. Un bebé llamado Tarik, hermoso, amado y consentido por las múltiples mujeres con quienes compartía casa. Tarik tenía tres hermanas adolescentes, de quienes Viviana me puso a cargo.

—Como no tengo tiempo para andar con ellas y acompañarlas del todo en este proceso del crecimiento, me caes como anillo al dedo —me dijo, a los pocos días de llegar a su casa—. ¡Enséñales lo que puedas! —me encargó, luego de escuchar mi historia.

Así que parte del día, iba yo a donde fueran mis tres jóvenes pupilas, de quienes he de confesar, aprendí yo más de ellas, que a la inversa. Bellas, inteligentes y curiosas, me enseñaron sobre cine, música e historia. Eran como su madre, seguidoras del Che Guevara, que habiendo muerto en tierra boliviana, su mito permanecía más vivo que en cualquier otra parte del mundo. A diferencia de muchos que lo ven solo como un héroe, las hijas de Viviana, guiadas por su madre, analizan al hombre de carne y hueso.

—Si no hubiese tomado las armas, no sabríamos mayor cosa de él y se hubiese perdido en el anonimato de otros muchos santos. Santos y santas que enamorados del próximo, dedican su vida a la ayuda del más necesitado, sin que nadie se entere —me explicaba Ernesta, la mayor de las hermanas, que era una chica rubia de dieciséis años, en una tarde de café—. Las armas lo llevaron al frente, al triunfo, y le perdieron… la revolución lleva de regreso al mismo lugar del que partiste un día para la lucha.

—Evolución es una mejor palabra —dijo Ricarda corazón de leona, la más joven de las hermanas, de catorce años—. La evolución avanza y nunca retrocede… tampoco se curva para regresar de donde empezó, como pasa con la revolución.

–Es una lástima que con la bulla de sus guerras perdidas y ganadas, solo sepa la gente del Che, que fue un
combatiente y no un médico comprometido, un maestro convencido y un viajero, como tú, que realmente
vivió la vida –agregó Ernesta, moviendo su batido.

La conversación había empezado cuando ellas me
preguntaron la razón de mi búsqueda. Y yo, simplifi-
cando la respuesta porque pensé que no la entenderían,
subestimando a las adolescentes como tendemos a hacer los más viejos con los más jóvenes, les resumí que
viajaba para conocer Suramérica y descubrir el mundo
y la vida.

Martina, la hermana del medio, nos interrumpió
nerviosa para preguntar cómo se veía. Acababa de entrar al restaurante el chico que le gustaba. De las tres,
era la más normal: una adolescente enamorada de la
música y la apariencia.

–Guapa –le contesté, porque sus hermanas solo gi-
raron los ojos dentro de las cuencas, mostrando con
ello su fastidio.

–Fue un padre ausente, eso sí, la lucha le llevó lejos
de sus mujeres y sus hijos –siguió Ernesta, ignorando a
Martina–, dice mamá que una persona comprometida
con el mundo no debiera tener hijos, ya que se queda
sin tiempo ni energía para ellos. Pero que ella nos parió
en la Tierra porque la vida vale la pena ser vivida, y que
espera de nosotras, solo eso, que la disfrutemos y hagamos algo con ella.

Me pregunté por enésima vez qué significaba para
estas niñas, vivir en medio de los recogidos de su madre y su desordenado mundo.

–Mamá nos ama Ernesta… me dijo un día, que nos
amaba desde antes de que llegáramos a su vida –vi con
admiración a Ricarda, cuanta sabiduría llevaba por dentro esta pequeña–. Aunque nos grite y a veces se mues-
tre frustrada –continuó la niña–, nos ama profundamente, no lo dudes nunca.

—Eso es cierto —intervino Martina y uno hubiese pensado que solo tenía ojos para su chico—. Mamá nos ama y estoy segura de que sufre cuando los momentos se nos escapan entre gritos y peleas, en lugar de disfrutarlos entre charlas, juegos y besos.

Observé con renovado interés a la adolescente, que regresaba a tener ojos para la mesa del fondo.

Una anciana me regresó de golpe a Copacabana, cuando se arrodilló al final de mi banca. Rezaba en voz alta, con un rosario en la mano: «...Santa María, madre de Dios, ruega por nosotros los pecadores, ahora de la hora de nuestra muerte... no nos dejes caer en la tentación y líbranos de todo mal...». La escuché por un rato, con el corazón oprimido, como me pasa siempre cuando observo a estas mujeres tan sufridas, que aguantaron palo, hambre, frío, trabajo duro, y nunca han perdido la fe que Dios y la Virgen les respondan un día.

Supe que la mujer no rezaba por ella. Lo relajado de su cuerpo me decía que estaba bien consigo misma, pero la angustia de su mirada hablaba de la preocupación por un ser querido. Y allí, mi eterna pregunta sin respuesta: ¿por qué nací con tanto y otros nacieron con tan poco? ¿Qué nos hace especial a mí y a otros, que la vida nos regala tanto?

—Sufre con conciencia —me dijo Viviana, uno de los días que la acompañé al hospital, para tomar declaraciones y fotografías a una mujer golpeada por el marido—, tu sufrimiento no vale nada sin comprometerte de corazón con el prójimo. Te va a sonar a cosa religiosa, pero he llegado a la conclusión que el sufrimiento es necesario. Para algunas personas pareciera el único camino para encontrar sentido a la vida... y para los que lo detestamos: ¡una oportunidad para volvernos héroes! Ellas sufren y nosotras nos entregamos con alegría.

—¡No puedo creer lo que dices! —respondí indignada—. Me estás diciendo, ¿que están allí los pobres tirados, la niñas atacadas, los enfermos abandonados, para que nosotras podamos mostrar nuestra bondad y ser magnánimas con el prójimo?, para palmearnos unas a otras… —ante su mirada de ¿qué otra explicación nos queda?, concluí casi enojada—. ¿Quién decide entonces, quién debe ser rescatado y quién el salvador?

—Pensé que de eso se trata tu búsqueda —contestó tranquilamente, para agregar con más entusiasmo y buen humor—: de quién reparte los papeles de esta obra maestra llamada vida nuestra. ¿Quién es el productor, director y escritor? Mientras tú o alguien más no lo descubra… yo actuaré mi papel lo mejor que pueda. ¡Soy Santa Viviana! Madre de las desprotegidas y sus hijos, acogedora de las abandonadas y sin casa… y de las vagabundas aparecidas de la nada —terminó, guiñándome un ojo.

Como no contesté, caminamos un poco más en silencio, hasta que habló, más como para sí misma:

—¿Y sabes por qué? Porque puedo, simplemente porque puedo y quiero, ¡ese es mi poder!

Volví a mirar a la anciana al final de la banca y por un momento en silencio recé con ella. Rápido me levanté y me despedí de la iglesia. A mí me interesaba la magia y lo inexplicable del poder humano, el sufrimiento del prójimo me agobiaba.

Para mi sorpresa, en la placita frente a la iglesia me esperaba la mujer que encontré junto a las velas. Cuando educadamente me invitó a tomar un café, pensé: «¡Qué fastidio!». En un impulso compasivo me dije: «será un acto de caridad regalarle algo de mi tiempo a una mujer, que probablemente se siente sola». La soberbia de mi acto me fue perdonado. Con creces reaprendí la lección de que todos tienen algo que enseñar y yo mucho que aprender.

Sofía resultó ser antropóloga y catedrática en activo de una universidad en Lima. Soltera y sin hijos.

–¡Me encanta mi carrera! –una afirmación que le escuché decir muchas veces.

La conversación frente a la playa del lago, en un sencillo restaurante con buena vista, empezó con curvas. Hasta que ambas, educadamente, cuestionamos, con prudencia por nuestras mutuas vidas. Sofía abordó el tema que le interesaba.

–Eso que me contaste allá adentro, sobre las Marías, me pareció muy interesante, ¿eres muy católica entonces? –me preguntó con un tono inocente, que no me engañó en absoluto, así que decidí confesar.

–Lo fui. Fui una verdadera creyente llena de fe y reverencia por los dogmas católicos y cristianos, hasta que sin encontrarle sentido a la Biblia, que leí completa durante mi adolescencia, decidí mejor buscar respuestas a las preguntas...

Desconcertándome, mi interlocutora estalló en una carcajada, que después de un rato no pude más que acompañarla, contagiada de una risa que amenazaba botarla de la silla. Luego de un buen rato que ambas nos reíamos como locas, yo simplemente siguiéndola, logró calmarse y secándose las lágrimas con las puntas de los dedos, exclamó:

–¡Lo adiviné solo con verte! Haces, sin dudarlo, el camino de la loba solitaria –hizo una pausa, para sacar un cuaderno de notas que puso abierto frente a mí. Para mi sorpresa, tenía allí dibujados a la caminante, el hogar con el arco del mundo, cómo bauticé la figura desde mi accidental descubrimiento, y la estrella. Muda de sorpresa, solo alcancé a mirarla mientras ella aclaraba con voz calma:

–Ahora podrás explicarme la verdad del ritual que hacías allá dentro y el significado de estos símbolos.

–¿Cómo pudiste descifrarlos tan rápido?

–Eso fue sencillo, una vez que hice los puntos siguiendo los colores de las velas –respondió ufana.

—¡Eso con las figuras geométricas!, pero y ¿la estrella?

—¡Ah!, para ver esa figura por todos lados, tengo mis propias razones, pero explícame tú primero.

Así que le conté sobre Marcela y su abuela mapuche, y lo que me había explicado sobre las tres madres y sus fuerzas creadoras del mundo.

—¿Autoridad, imaginación y amor? Que interesante, se parece al mito griego de París escogiendo entre Hera ofreciéndole el cetro para gobernar la Tierra, Atenea ofreciéndole una espada y la agudeza mental que ella simboliza, y finalmente Afrodita ofreciéndole el amor junto a la mujer más bella de la Tierra —y volvió a estallar en una gran carcajada—. ¡Y por supuesto, París escogió el amor y a la mujer!, que en realidad pertenecía a otro, con lo que hizo estallar la guerra contra Troya. Nuestros hombres siempre tan listos —suspiró—, y las mujeres creyendo que eso es romántico, pero bueno, eso es otro tema.

Ese día hablamos de muchas cosas. Fue allí cerca de la isla del Sol y la Luna, en el antiguo monte de adoración a las madres del mundo, donde escuché por primera vez de biogenética.

—Ya hace muchos años se empezó a saber en los círculos académicos, sobre los avances en la investigación celular y el ADN. Pero hace pocos de la relevancia de las mujeres como portadoras de mayor material genético que los varones. Hay dos tipos de ADN, el nuclear trasmitido por padres y madres al nuevo ser y el ADN mitocondrial, trasmitido solo por las madres a sus hijos de ambos sexos. El nuclear aporta características físicas, heredadas a veces de generaciones atrás, como el color de los ojos o el cabello. Mientras que el mitocondrial es el que guarda las fórmulas básicas del manejo del oxígeno y el funcionamiento, por decirlo de una manera simple, de todas las células del cuerpo. ¡Fíjate!, las células de tu estómago, por ejemplo, saben que deben producir jugo gástrico para disolver los alimentos porque el ADN mitocondrial dejó un *post-it*, colgado hace siglos en el pizarrón del salón de máquinas de cada cuerpo animal, que dice: ¡oye célula!, no olvides el jugo para que sean separadas las proteínas de los minerales y enviar cada cosa a donde corresponda.

Ante mi cara de sorpresa combinada con «¿estoy entendiendo?», prosiguió Sofía, sin pausa:

—¡Pero no se queda allí! Gracias a las mutaciones periódicas que sufre el ADN mitocondrial, diferenciadas por siglos de tiempo, ahora se intuye que las mitocondrias también permiten seguir la línea genética de un individuo a través de cientos de miles de años, eso sí, solo la línea materna. Los hombres, aunque están llenos del ADN mitocondrial de su madre, necesario para la distribución del oxígeno en el cuerpo y su propia memoria genética, sus espermatozoides solo contienen la cantidad suficiente para empujar al pequeño renacuajo cargado de cromosomas, en su carrera por llegar primero hasta el óvulo y fecundarlo. Una vez allí, alcanzada su meta, se queda literalmente sin aire y sin mitocondrias para trasmitir a su prole.

—¿A ver, déjame ver si estoy entendiendo? Hay en el cuerpo de todo animal: perro, mono, delfín u hombre, unas células llamadas ADN…

—Y en las plantas también. El ADN es en realidad una especie de pasta gelatinosa, o es así cómo lo entiendo porque recuerda que soy antropóloga y no química, cargada de unas sustancias conocidas como ácidos, cuatro para ser exactos, que son las bases de los mapas o manuales de instrucciones de todos los seres vivos. Estas cuatro sustancias ordenadas y organizadas en secuencias, dan las órdenes a las proteínas, por ejemplo, que son como las obreras y ejecutivas de todo cuerpo vivo.

Sofía, al ver la figura que realicé en la iglesia y escuchar mi explicación sobre el orden de la Marías, no pudo evitar relacionar colores y formas a lo que sabía sobre el ADN y el Genoma Humano, y esa era la razón por la que me había abordado.

—Fueron como campanas eléctricas, pidiéndome relacionar ambos temas —me explicó ilusionada.

Desgraciadamente, yo no sabía en ese entonces mayor cosa sobre química, y menos sobre genética o anatomía. Acepté el reto de iniciar mi propia investigación, prender las antenas de la intuición y si descubría algo, se lo compartiría al llegar a su casa a Lima, dónde me invitó a quedarme una vez que terminara mi tiempo en Cusco.

En una cueva
en el centro
de lo más profundo de la noche,
habitan tres mujeres
conocidas como las Moiras,
explicó el Árbol de la Vida al Alma,
al que encontró en un claro del bosque verde, verde.
«Una joven apasionada, una madura y bella,
la tercera vieja y sabia,
tejen con sus hilos de tiempo y aliento el destino de las
almas.
Solo ellas saben cómo lo hacen,
solo ellas conocen el origen y todos los caminos.
Son hijas del poder más antiguo que existe…
La noche.
Dioses y diosas acatan sus preceptos.
Solo Apolo con su belleza logró una vez emborrachar-
las…»,
narraba el Árbol con voz cansina.
«¿Habrá así, nacido la luz?»,
interrumpió el cuervo de ojos grandes
que visita al Árbol de la Vida de tiempo en tiempo.
Ninguno de los tres contestó.
Dijo el Alma al Árbol después de meditar un momento:
«Ellas tejen el destino inexorable,
nosotras, las almas,
decidimos cómo experimentarlo»,
y se despidió dándole las gracias.

Décimo tercer verso
El viaje del alma
Sol Magnético Amarillo

11

El regreso del Pájaro Serpiente
Palenque, Tikal y el Mirador, 2010

—Para los mayas, hasta el Dios Sol debía viajar por la oscuridad del Inframundo y fortalecerse en él —explicó Antonio, llevando a Shika de la mano entre los puestos de comida, a la entrada del Parque Arqueológico de Palenque, en Chiapas.

El viaje en moto resultó infinitamente placentero. Desayunaron en el mercado de Chichicastenango, con multicolores puestos de artesanías a la vista. Pararon por café en medio de impresionantes montañas, unos kilómetros después del bullicioso y caótico Huehuetenango. En la frontera probaron pan local y tardaron conversando con los niños que se les acercaron. En las Lagunas de Colores, del lado mexicano, encontraron un pasaje solitario donde nadaron desnudos por una hora e hicieron el amor dentro de la bolsa de dormir, para recuperarse del agua fría. En San Cristóbal las Casas tuvieron una romántica cena con buen vino. Luego, en el hotel, una hermosa y antigua casa del siglo XVII, hicieron el amor hasta quedarse dormidos, abrazados. Se levantaron de madrugada para desayunar comida típicamente mexicana, picante hasta el punto de hacer llorar, en los puestos indígenas del camino.

—¿Y donde está el Inframundo? —preguntó interesada la mujer.

—Arqueológicamente es imposible de probar, siquiera, su existencia —contestó riendo el arqueólogo—. El mito narrado por el *Popol Vuh* pareciera situar la entrada de Xibalbá en las cuevas de Candelaria o las grutas del Rey Marcos, ambas situadas en Alta Verapaz. Lo cierto es que en la mitología maya es recurrente el encuentro de dioses, reyes y héroes con el Inframundo. Así como una serie de animales mensajeros entre mundos...

—Y lo que tú no puedes decir en voz alta, señor académico y científico, es lo parecido de ese mito con la mitología griega. Lo que te hace pensar que el origen del mito debe estar basado en un lugar físico real y una experiencia verdadera —Shika le dio un caderazo sacándolo del camino—. Así que no me has traído por el sexo, sino para que yo diga lo que tú no te atreves a poner en palabras, porque conoces mi bocaza.

Antonio riéndose, la tomó de la nuca para enredar los dedos en el cabello y acercarla con ligera brusquedad a su rostro.

—¡Qué lista que es usted señora!, pero su bocaza, como usted la llama, la quiero también trabajando en mi guerrero, el cual deberá despertar para la batalla y la satisfacción.

Sin amedrentarse, la experimentada prostituta se puso erecta, acercó su rostro y cuerpo al del hombre y colocando la mano sobre el miembro masculino, dijo acariciándolo con tono retante:

—¿Quiere que lo despierte ahora, señor? Podemos caminar entre esos árboles y encontrar un lugar tranquilo donde mi bocaza estará feliz de satisfacerlo plenamente.

Habían pasado por el hotel cercano al sitio, para cambiar la vestimenta de cuero por ligeras ropas de algodón, apropiadas para la caminata en el caluroso aire de la selva. Los pantalones cortos y flojos de él, permitieron a ella abrazar con la mano el miembro ahora erecto. Con la mano libre, él la tomó por la cintura para apretarle la pelvis contra la suya y así evitar que los otros turistas vieran lo que estaba pasando. Se agachó para morderle suavemente la curva del cuello.

—Vales cada centavo que se te paga, ¡por Dios! Avancemos primero que quiero escucharte, después, pondré esa boca tuya a trabajar en mi cuerpo.

Shika soltó el pene para abrazarlo por el cuello. Arqueando la espalda apretó su sexo contra él y le sonrió con dulzura.

—Es un gusto saber que mis servicios son apreciados. Estoy aquí para cumplir sus deseos, caballero —ambos explotaron en una carcajada.

—¡Quién te creyera! —la abrazó marcando distancia para hacerla caminar a su lado, luego de recoger el sombrero caído al tomarla por el cabello.

—Primero, pasaremos mirando los edificios funerarios, que al igual que los faraones egipcios, construyeron como monumentos inmortales a sus dirigentes más importantes.

—Leí que aquí está enterrada la que llaman la Reina Roja —dijo Shika, reacomodando su cabello dentro del sombrero.

—En el museo del sitio hay objetos originales y copias que encontraron en su tumba. Algunas tan únicas como una concha marina grande como dos manos abiertas juntas. En algún momento, hace más de mil años, cuando la pusieron como parte del ajuar fúnebre, fue de un rojo intenso. Color que los mayas asociaban a la sangre, símbolo de la vida. También habían figurillas talladas en piedra relacionadas a la feminidad.

—Me haces pensar en Venus y sus símbolos —incluyó Shika.

—A pesar de que las mujeres gobernantes y las diosas poderosas no son extrañas dentro de la historia maya, la Reina Roja ocupa un lugar especial. Nos recuerda no solo a Venus por sus símbolos, sino a Ishtar, la diosa babilónica, la egipcia Isis y hasta a las famosas reinas faraónicas Cleopatra y Nefertiti. Al parecer, su pirámide permaneció abierta para rituales, probablemente para sacerdotes y nobles, por tiempo indeterminado. A diferencia de la de Pakal «el Grande», que fue inmediatamente sellada con escombros y escondida de la vista después de su entierro… una sellada para la eternidad y ¿la otra? ¿Un centro de inspiración o meditación? Sellada por la selva, luego de la desaparición de los Palenques…

—Cómo desaparecieron los habitantes del resto de las otras grandes urbes mayas —afirmó acelerada la mujer—. ¡Vamos!, confiésame que tú también crees que los mayas fueron extraterrestres, que dejaron sus ciudades como señales de la vida más allá de la Tierra.

Antonio rio nervioso, reacomodándose los anteojos oscuros.

—No niego que he llegado a jugar con la idea. Porque aunque mis colegas se esfuerzan por atribuir el abandono de las ciudades a la guerra y la destrucción masiva del frágil ecosistema de la selva, no tiene mucho sentido pensar que lograron mantener un equilibrio con su entorno por más de mil quinientos años, para que en una o dos generaciones-tiempo acabaran con él. O que llegaran a exterminarse entre ellos, al punto que los sobrevivientes prefirieron abandonar su hogar para buscar un sitio a cientos de kilómetros de sus lugares de origen, donde vivir y reconstruir sus vidas y ciudades. Pero por favor, no lo repitas… perdería toda mi credibilidad como investigador, si alguien supiera que he llegado siquiera a planteármelo.

—No me des herramientas para el chantaje —se burló Shika—, pero no estoy de acuerdo con la rigidez académica que impide a los científicos plantearse las más locas hipótesis. Lo más que puede pasar es que el estudio mismo demuestre que están equivocadas.

—Mientras ese momento llega, admiraremos su monumental obra —señaló Antonio a las enormes pirámides que tenían frente a ellos.

Al salir del sendero entre los árboles, en un amplio terreno despejado, se admiraban por todos lados enormes pirámides y edificios, donde sobresalía una torre alta al centro de uno de los complejos arquitectónicos.

–¡Guau!, es mucho más grande de lo que imaginé –emocionada Shika corrió a plantarse frente a la escalinata del templo XIII, «última morada de la mujer relacionada al gran estadista y uno de los más longevos monarcas mayas K´inich Jaanab´ Pakal, Gran Sol Escudo», Shika repasaba mentalmente y a toda velocidad, lo que había leído al recibir la invitación de Antonio: «El 11 de abril de 1994, Fanny López, una arqueóloga mexicana, descubre la puerta que conduce al corredor de las tres recámaras. Siete días después, el 18, descubre la tumba. El 16 de mayo, ya en el mes de la Diosa, se revela el sarcófago monolítico. El 31 del mismo mes logran entrar a la cámara funeraria. Finalmente, el día uno de julio, mes sexto, de un año cinco, abren el sello cerrado por trece siglos y veintidós años exactos, si la fecha del entierro fue realmente en el 672 de nuestra era».

Cuando Antonio la alcanzó para colocarse a su lado, disparó en voz alta:

–Entonces, ¿quién es para ti la Reina Roja? ¿La madre de Pakal, «Tz´ak-bu» su esposa o la tal llamada Reina Araña? –el hombre la miró incrédulo, riendo.

–¡Pero si hiciste los deberes!, dime mejor que es lo que tú sabes.

–¡Primero!, que a Fanny López, la arqueóloga que descubrió esta tumba, le quitaron el crédito dándole reconocimiento público al jefe de la expedición, de quien no me tomé la molestia de aprenderme su nombre. Segundo, la mujer aquí enterrada... ¿madre o esposa de Pakal? O, ¿debiéramos decir Pakal, esposo o hijo de la mujer que mereció una pirámide de tres recámaras?... no fue originaria de Palenque, y se sabe por los estudios de ADN y composición de sus huesos. Tres, ¡que esta mujer! cubierta de joyas de pies a cabeza, y de cinabrio, un mineral con alto contenido de mercurio, no dejó otra firma más que el rojo intenso con que fueron cubiertos ella y sus ofrendas. Y cuarto, decidió regresar al camino de la deslumbrante luz desde la profundidad del cosmos, donde permaneció por trece siglos, en el mes de la Madre Gaia. O mejor interpretado, puso la puerta del Más Allá frente a quien quiera atravesarla y penetrar en la materia oscura, en un momento en que la raza del homo sapiens se debate entre autodestruirse o dar el salto a una humanidad amable con la vida y consigo mismo.

Antonio hizo el gesto de quitarse el sombrero ante ella, ya que no llevaba más que lentes, a lo que Shika respondió con una gentil inclinación de cabeza.

—Miremos que dice la Red al respecto —tomó a Shika con una mano, para empezar a subir las gradas del templo, y con la otra sacó del bolsillo trasero de sus bermudas, un moderno teléfono donde tecleó con la velocidad del experto. Al llegar a la cima, se apartaron a un lado de la puerta de entrada, con las espaldas contra la piedra, para poder admirar desde esa altura, la compleja estructura del palacio real y permitir a Antonio encontrar en la Red algo respecto al tema.

—¡Gotcha!, aquí la última parte de un artículo de la revista Muy Interesante, un medio a veces amarillista para mi gusto, pero le atinan con buenas investigaciones —leyó:

La mujer hallada en la tumba no nació en Palenque
Esto deja como candidata a la esposa del gobernante, quien murió en 672. Al extraerse isótopos estables de estroncio de los dientes de la Reina Roja y compararse con el perfil geológico de Palenque se descubrió que ambos perfiles son diferentes. Esto hace suponer que la mujer vino de fuera de Palenque, lo cual concuerda con la biografía de Tzakbu Ajaw. También concuerda el número de hijos que tuvo, según las inscripciones halladas en

la tumba de Pakal, con el avanzado estado de osteoporosis del cuerpo y la edad que tenía al morir, unos 60 años. Una excelente reconstrucción facial hecha por la asesora del FBI Karen Taylor, quizá la mejor artista forense del mundo, sacó a relucir el asombroso parecido de la Reina Roja con los frescos que retratan a Tzakbu Ajaw en el templo de Pakal, que además la describen como un personaje influyente en cuestiones políticas. Es sabido que los frescos mayas son casi los únicos que retratan a los personajes cómo fueron en la vida real, en lugar de simplemente pintar una cara. Ahora que la Reina Roja tiene un rostro y quizá un nombre, Tiessler necesita confirmar su identidad sin lugar a dudas. «Para identificarla del todo necesitamos ADN de cualquiera de sus hijos. Pero ninguno de estos han sido encontrados aún. Esperamos que en el futuro, si se localizan estos restos, los avances en arqueología e identificación nos permitan cerrar el capítulo».[16]

—Otra mujer que deberá ser reconocida por alguno de los hombres de su vida —suspiró Shika—, al menos no será por el marido, sino por un ser creado por ella. Le deseo suerte a la bioarqueóloga Vera Tiessler, que junto a Fanny, son enlaces hacia las notables mujeres ancestrales —saludó con el famoso gesto nazi, hacia el palacio.

—Vaya, así que también sabes de mi colega Vera. ¿Entramos? —solidario sonrió Antonio.

—Con suerte, sé de toda mujer que valga la pena saber —sonrió de regreso Shika.

Dentro de un corredor de techo triangular que daba acceso a tres puertas, en la habitación del centro, la

[16] POSADA-SWAFFORD, Ángela. *El Misterio de la Reina Roja.* Muy Historia [en línea]. [Consulta de Editor: 28 marzo 2016] http://www.muyhistoria.es/edad-media/articulo/el-misterio-de-la-reina-roja

tumba sarcófago estaba vacía. Los huesos de la monarca, su ajuar fúnebre y los esqueletos de un niño decapitado y otra mujer, permanecían en México DF para su estudio. La humedad del lugar era intensa, haciendo sudar aún sin moverse.

—A cada lado del sarcófago se encontró a los acompañantes a la otra vida de la reina: una mujer a quién sacaron el corazón y un niño de entre ocho y once años, a quien cortaron la cabeza. Los mayas creían que al morir de muerte natural, debías viajar primero al Inframundo o Xibalbá, pero si eras sacrificado con honor, viajabas directo al mundo de los dioses donde podrías escoger, rápidamente, como querías renacer a otra experiencia de vida.

Permanecieron un rato en el recinto, colocando las manos en las piedras de la pared, empapándose de la sensación de antigüedad y misterio que trasmiten las mismas, hasta que Antonio tomó a Shika de la mano para salir del recinto. Mientras él hablaba, dirigía a la mujer hacia abajo y luego, por el sendero en dirección a las siguientes edificaciones.

—Dentro de las elecciones favoritas, o como un privilegio, estaba renacer como árbol. En el templo de las inscripciones, aquí mismo, se encontraron glifos que presentan a antepasados de Pakal reencarnados en una variedad de árboles frutales. Su propia lápida funeraria lo representa como la gran ceiba en su estado omnipresente, al mostrarnos gráficamente los tres niveles del Cosmos: la residencia de las deidades, el mundo que habitamos y el inframundo, un lugar subacuático donde acontece la muerte. En la piedra quedó tallado para la eternidad, el momento que Pakal va al encuentro de la Serpiente Bicéfala… Palenque y Tikal fueron ciudades hermanas y sus habitantes se llamaban a sí mismos, los descendientes de la Gran Serpiente, que hoy pensamos se refiere al Mirador: el Reino Kan o de la Serpiente, en español.

Antonio guio a Shika por el gran palacio, deteniéndose en algunos lugares para señalar detalles arquitectónicos, glifos o la pared tallada que señala la coronación de Pakal por su madre, a la vez que tomaban fotos de todo. Avanzaron por la gran sala de reuniones hasta llegar a los niveles más altos, para admirar mejor la torre astronómica, erróneamente techada por los restauradores. Luego, recorrieron los senderos atascados de turistas hasta llegar al grupo de las tres pirámides, que fueron construidas de cara a los recorridos del sol y la luna, la tercera en honor al Gran Árbol, y que entre las tres forman una enorme plazoleta al centro. Subieron los nueve niveles, sin perder el aliento, de la pirámide dedicada al Gran Árbol de la Vida. En la cúspide, se sentaron en uno de sus lados, lo más alejado posible del resto de visitantes, para beber agua y admirar las enormes construcciones. Inspirado, Antonio recitó para Shika, algunos de los textos provenientes de la gran Teotihuacán:

…cuando aún era de noche, cuando aún no había luz, cuando aún no amanecía, dicen que se juntaron, se llamaron unos a otros los dioses, allá en Teotihuacán. Dijeron, se dijeron entre sí:
-¡Venid, oh, dioses! ¿Quién tomará sobre sí, quién llevará a cuestas, quién alumbrará, quién hará amanecer?[17]

–Son palabras del Memorial de Bernardino, tan parecidas a las del *Popol Vuh* que nadie puede dejar de notar que toda esta región tiene un origen común, pese las distancias y las guerras. Su cosmovisión, las ideas que les situaban en el Universo y daban sentido a su día a día, eran las mismas. De acuerdo a los curas, que se

[17] LEON-PORTILLA, Miguel De, *Teotihuacán a los aztecas: antología de fuentes e interpretaciones históricas.* Tercera edición. México DF: Universidad Nacional Autónoma de México, 1995. p. 57

dieron a la tarea de investigar un poco sobre el origen de quienes habían convertido por la fuerza, y de la inercia misma de aceptar dioses como hoy aceptamos productos de consumo, sabemos que los nahuas, primos hermanos de los mayas, pensaban que Teotihuacán fue construida por una raza de gigantes que poblaron el mundo durante la era anterior a los humanos. De igual forma a cómo lo creyeron los primeros pobladores de India y las culturas del Medio Oriente.

—Así que unos y otros construyeron espectaculares templos, donde el alma al morir podía trascender para alcanzar niveles divinos y convertirse en dioses como los antiguos gigantes —concluyó la mujer, que tomaba fotos recostada sobre el hombro de Antonio, quien rio a manera de respuesta y luego de una silencio prolongado, recitó:

> Cuando morimos, no en verdad morimos, porque vivimos, resucitamos, porque seguimos viviendo, despertamos. Esto nos hace felices.[18]

—Acá falta un pedazo del texto —explicó Antonio—. Decía: «...Se hizo allí Dios». Quiere decir que allí se murió.

—¿También del Memorial? —preguntó Shika.

—Sí, del Memorial. Pero ideas similares se encuentra aquí, en Tikal, en el Mirador, en Quiriguá y cada ciudad maya donde quedan estelas o murales para ser leídos o interpretados. Tanto el *Popol Vuh* como el mismo *Rabinal Achí* narran estos viajes realizados por los héroes hacia la muerte y la resurrección.

—¿Es cierto que el *Rabinal Achí* es uno de los pocos relatos orales preservados en el mundo?

—Más que eso —contestó Antonio—, es uno de los pocos relatos que reúnen tradición, folclor, historia y

18 Ibíd. p. 63

mitología viva, que se cree retrocede en el tiempo por más de seiscientos años. Lo más probable es que lo único no precristiano de la representación sean los trajes, más acordes al tiempo de la Conquista y su posterior colonización. ¿No sé si has visto la representación en vivo…? –Shika negó con la cabeza, por lo que Antonio prosiguió–. ¡Es espectacular! Toman las principales calles del pueblo para dramatizar, entre danzas y diálogos, el viaje del héroe caído, los obstáculos vencidos y su encuentro con el amor que trascenderá la vida. Es una historia más de muerte y resucitación; de dioses y humanos en disputa; del amor sublime y apasionado entre una princesa y un príncipe. Ven, avancemos antes que nos cierren el sitio.

Bajaron las gradas casi corriendo, sorprendiendo a más de algún turista desprevenido.

Cuando caminaban entre las restos dejados por los palenqueanos «comunes», donde cocinaron, durmieron y probablemente trabajaron la artesanía y los textiles de uso diario, Shika arrastró a Antonio entre los árboles, hasta un lugar discreto. Le abrió con la mano, entre besos en la boca y el pecho, el zíper de sus bermudas, para masajear el miembro, que ya erecto tomó con la boca. Lo hizo todo tan rápido, que Antonio no pudo más que besarla de regreso y luego, sostenerse contra el árbol a sus espaldas. Por una fracción de minuto, aún consciente del entorno, Antonio registró el lugar rezando no encontrar a nadie. Sin pensarlo más, se entregó al placer que le proporcionaba la mujer a sus pies. Olvidó quién era, que tenía familia y un trabajo serio y estable. Olvidó todo menos el olor a selva, el sudor cada vez más copioso en su espalda y el amor que sentía viniendo de la boca y las manos de Shika, quien en ese momento giraba la lengua en la punta de su pene, mientras con una mano masajeaba en medio de los testículos y con la otra, uno de sus pezones.

Shika se concentraba en succionar y poner toda su intención en satisfacer al hombre que tenía entre manos y boca. El vacío que precede a la eyaculación no se hizo esperar, por lo que acortó los movimientos a la punta del miembro, para terminar de estimular el pene con movimientos rápidos de la mano. ¡Él explotó! Ella se lo tragó, generando por unos segundos un vacío explosivo dentro de sí misma, al nivel del tercer ojo. Sin soltar el miembro con la mano, se puso de pie para colocar la otra en el corazón del hombre.

—Te honro con amor —dijo sonriéndole con dulzura.

—Te agradezco con amor —contestó él y la jaló de la nuca, para abrazarla por un segundo contra su pecho.

Por la noche, luego de copular entre risas, él dormía y a su lado ella revisaba Facebook. No pudo evitar meterse en el perfil de él para ver las fotos de su mujer y sus hijas, ahora madres de bebés de meses. «¿Cuánto hacía que conocía su historia, cuánto hacía que lo amaba en secreto? ¡Años!». Se respondió sonriendo. «Años de conocerlo y amarlo en la distancia y en silencio. Años de escribirle cartas nunca entregadas, de saludarlo mentalmente por la mañana al despertar y de desearlo antes de irse a la cama. Años de quedarse años sin verlo y conformarse luego, con unos meses de encuentros fortuitos y viajes como este, contados con los dedos de la mano». Sin una pizca de celos o de envidia, Shika vio los rostros felices de las mujeres. Por el contrario, lo hizo sintiéndose feliz, como si fuera casi de la familia. Las conocía a través de lo que él le había contado y de lo que otros le habían dicho. Hasta se las había encontrado un par de veces, en lugares públicos, y les había hablado sin que ellas tuvieran idea de quién era ella: una de las amantes favoritas y constantes de su padre.

«Y es que es así cómo funciona el mundo», le explicó a los rostros de las fotografías, «ustedes se casan, forman familias, aguantan a sus maridos en casa, sus borracheras, sus enfados, sus metidas de pata. Por otro lado reciben su protección, sus besos mañaneros, comparten sus sueños y construyen con miras al futuro. Pero es con mujeres como yo con quien ellos se sueltan, se sienten vivos y se enamoran de la vida. A ustedes las aman, pero también les mienten, comparten lo cotidiano, pero no saben de su locura interna. A nosotras nos desean y nos entregan lo más íntimo de sí mismos; sus verdades absolutas, como sus miedos». Suspiró y observó al hombre dormido junto a ella, era bello. Profundamente bello a sus ojos, este era uno de los muchos hombres que le había entregado el Universo para amar sin preguntas ni requerimientos. «Para la Madre y para mí, este es especial, más amado que los otros. Él está en contacto con su lado femenino, sensible a las mujeres y la Diosa, trabaja por el prójimo y para sí mismo», se rio Shika en silencio.

Las fotos mostraban rostros sonrientes y felices, pero ella sabía cuánto Anabella, la perfecta esposa de Antonio, había sufrido a lo largo de los años. Manteniéndose firme en la pareja, logró la unidad de la familia. «¿A qué precio?», le preguntó a la foto, «¿cuál fue el precio que pagaste por años de sacrificarte para apoyarlo a él y a tus hijas? Ahora ellas lograron los matrimonios que soñaste, se casaron con hombres guapos y de buenas familias. Pero te tengo la mala noticia que uno de ellos no tarda en serle infiel a tu niña, sino es que ya lo fue, para continuar esos círculos hipócritas en el que os gusta habitar. Tu yerno es tan infiel como cualquiera, lo vi en su ojos cuando lo conocí, con un poquito que yo hubiera empujado, abríamos acabado en la cama, sin importar que le llevo veinte años». Se reacomodó en la cama. «Quiero que lo sepan todas… que su felicidad se debe a mi silencio y el de otras mujeres como yo, que las vemos desde lejos, o no tan lejos, y guardamos la compostura para no echarles a perder el sueño. ¿Sabes dónde está tu marido ahora, Anabella?, ¿sabes con quién duerme? Me bastaría con escribirte aquí unas cuantas líneas, tomarle una foto y enviártela. ¡No!, si tu matrimonio no acabará por eso. Solo le agregará amargura y rencor para los años venideros. Yo me quedaría con una tajada de lo mismo, que a ti te correería: los celos y la envidia. ¡Porque tú, acomodada virgen, y yo, declarada puta!, somos las dos caras de una misma moneda». Sonrió a la mujer de la foto, en la imagen abrazada por el mismo hombre que dormía a su lado en ese momento.

Curiosa siguió abriendo y cerrando fotos. Leyó lo que cada una escribió o publicó, conociéndolas mejor a través de sus palabras e ideas. A los ojos de cualquiera, eran mujeres simples, embebidas en lo doméstico, concentradas en sus roles de madres y esposas. Luchando por ser vistas como las «señoras»: la más guapa, la mejor vestida, la que tiene las mejores vacaciones en centros de esquí o de buceo. «Sois las mujeres que crían a sus hijos en colegios caros, con gustos caros, que al graduarse de sus universidades extranjeras y sofisticadas, esperan ganar salarios de millonarios para mantener ese tren de vida en el que crecieron. Así que sin un solo cargo de conciencia, explotarán al trabajador y a la tierra. Sus hijos, 'señoras', sin dudarlo mucho caerán, tarde o temprano, en negocios ilícitos, perfectamente justificables, que alimentan la corrupción de todos los sistemas del mundo». Shika en la conversación mental que sostenía con ellas, explicaba tranquila, a las mujeres de la vida de Antonio, la manera que ella veía las cosas. Sin darse cuenta al principio de lo extraño de la situación, que las redes sociales permiten hoy en día. Y es que las redes unen a muchas personas en el planeta, pero también convierten a unos y a otros en voyeristas de la vida del resto. Al notar lo que estaba haciendo, se avergonzó de sí misma y apagó el aparato de un solo dedazo. Se levantó para salir a la terraza abierta y observar las estrellas.

—Lo siento, por un momento me dejé envolver por los viejos y aprendidos prejuicios —se puso a bailar con el cielo, haciendo oscilar el cuerpo de un lado a otro, copió las eses insinuantes de la culebra. Se sostuvo sobre una pierna al estilo de una garza en el estanque y girando el torso de lado a lado, imitó con las manos y dedos, los movimientos de una bailarina hindú. Después de media hora de danzar con el viento y las estrellas, se sintió lo suficientemente equilibrada para volver a la cama y dar al hombre y a sí misma, algo del amor universal.

Al día siguiente volvieron a cruzar la frontera guatemalteca, esta vez atravesando los ríos Usumacinta y Pasión por lancha, para llegar, al caer la noche, a la isla de Flores, antiguo bastión de los itzaes, últimos sobrevivientes de la colonización cristiana y europea.

La urbe de la isla, a un costado dentro del lago Petén Itzá, es un entretejido de pequeños callejones con románticos restaurantes y hoteles. Encontraron uno particularmente bonito, con música en vivo y vista al lago, donde ella y Antonio bebieron una jarra de sangría y bailaron descalzos. De regreso en la cama, Shika sentó a Antonio contra la cabecera y colgándose del lazo del mosquitero, lo montó a horcajadas para penetrarlo a su ritmo. El lazo, sosteniendo su cuerpo, le permitía arquearse y las rodillas sobre la cama, a cada lado de Antonio, se deslizaban hacia los lados, abriéndose de piernas con talento de bailarina. Antonio la tomó por las caderas para afianzarla a su cuerpo, ayudándola con el bamboleo de atrás hacia delante, lento y suave, como sabía le gustaba a ella.

—Moldea mi cuerpo con tus manos —le instruyó Shika, con voz ronca—, dale forma a mis senos, talla mi cintura, palpa los músculos de mis brazos y mis hombros, recrea mis formas en tus palmas, Antonio…

El cuerpo ejercitado y fibroso de Shika, en esa posición era un festín para su vista. La piel que ahora brillaba con una suave película de sudor, ofrecía hermosos contrastes de valles y curvas. Antonio recorrió, primero con las manos abiertas, torso, cintura y senos. Se alargó para sentir hombros y nuca. La tomó por las axilas y experimentó a moverla como una muñeca de trapo; la obligó acercarse a su cuerpo para tomar los senos con la boca y ella respondió con deliciosos gemidos, presionó su pubis expuesto con más fuerza contra su pelvis. Shika se sostuvo con un solo brazo, mientras que con la mano libre masajeaba por turnos el pene entrando y saliendo de su cuerpo y su propio clítoris, no tardó en venirse y traer consigo el orgasmo de él. Ambos cayeron desplomados sobre sus espaldas, ella arqueada sobre su talones y las piernas de él, Antonio contra la pared. Unidos genitalmente, los latidos empezaban por el sexo y se extendían por toda la columna, para terminar en la sienes. Shika respiró inflando el vientre con fuerza para hacer llegar la presión hasta el pene, al inspirar apretaba el miembro prolongando con ello el placer para ambos. En silencio deshicieron el nudo, Antonio gateó sobre ella para acostarse encima por un segundo y luego, la abrazó por la espalda. Durmieron aproximadamente un par de horas, cuando la alarma sonó anunciando las tres de la mañana. Sonámbulos, se vistieron para irse al parque de Tikal, donde tenían previsto ver el amanecer desde el Templo IV.

—Delicioso el desayuno que nos preparó el hotel —sonrió feliz la Puta, mientras se servía más té del termo. Sentados a la orilla de la pirámide, podían admirar hasta donde llegaba la vista, el manto selvático extendido como un mar. El color verde oscuro de las copas de los árboles empezaba a brillar en diferentes tonos mientras ascendía el sol. El naranja intenso del cielo daba un tono cálido, allí por donde se iba extendiendo, y el corazón de la mujer cantaba conforme se abstraía en los sonidos de la selva que iba despertando. Satisfecha el hambre, el placer del tiempo compartido con Antonio, los olores frescos de la mañana, el calor de la taza en sus manos, entretejían sus sentidos alertándolos a la magia aun latente de la muerte y la vida, unidas en cada una de las piedras del antiguo templo. Con cada inspiración que daba, se hacía consciente de la necesidad de conocimiento que impulsó la construcción de tan monumentales estructuras, un conocimiento que les llevó a ostentar poder real y ficticio ante sus iguales e inferiores, haciendo que sacerdotes y nobles se perdieran embriagados por los olores del *Yo Puedo*.

Antonio absorto en su propia taza y la llegada de la espectacular mañana, era ajeno a las respiraciones cada vez más profundas de Shika, quien estaba un poco atrás a su derecha y aspiraba el paisaje por sus fosas nasales. Sentada en posición de loto, con la columna recta y la cabeza erguida, libre de ropa interior, su vagina se abría a los colores, olores y vientos frente a ella, bajo la manta suave del pantalón típico. Las inhalaciones llegaban ya a la matriz de su centro, generando contracciones naturales en el área pélvica. La energía empezó a fluir de adentro hacia fuera, extendiéndose como tentáculos, no tan invisibles, que aspiraban a su vez, como poros dilatados sobre un manto de piel que era la selva y la mujer, unidas por los sentidos de la vida. La energía alrededor de Shika se tornó en electricidad. El voltaje alcanzó al desprevenido Antonio, que experimentó una pequeña descarga que le erizó la piel y lo hizo voltearse sobresaltado hacia ella. Impresionado, contuvo el aliento. La luz naranja del horizonte parecía haberse concentrado sobre el cuerpo erecto de la mujer sentada, quien se balanceaba en casi imperceptibles eses de izquierda a derecha. Ondas de calor como las que emana la tierra del mediodía del desierto, fluían de ella,

¡vivas como las de una hoguera! Antonio no pudo retroceder cómo le pedía el instinto, porque otra parte de él se vio impulsada a levantar el brazo para tocarla. Su mano fría rompió el hechizo trayendo de un sopapo a Shika de vuelta, y empezó a temblar como un cuerpo que experimenta hipotermia. El té de la taza, que sostenía con ambas manos al frente de su pecho, se derramó a gotas sobre sus muslos, haciéndola perder aún más el control de sí misma. Ambos, asustados, hablaron al mismo tiempo.

–¿Qué hacías? –preguntó él.

–¿Qué hiciste? –preguntó ella–, ¿por qué me has golpeado?

–¡Pero si apenas te he tocado! Parecías a punto de encenderte como un fuego… ¡no!, mejor dicho, parecía como que salía luz roja-naranja de todo tu cuerpo... ¡o tal vez!... ¿la absorbías? ¡No me explico! ¿Qué estabas haciendo por el amor de Dios? – frustrado se puso de pie para alejarse un poco.

–Solo meditaba –balbuceó confundida Shika, que intentaba entender qué le pasaba. Su cuerpo no dejaba de temblar, se sentía como si hubiera caído sin paracaídas desde una altura imposible de calcular. El vacío en su interior era como un hoyo sin fondo, un agujero negro que la atravesaba de pecho a espalda, sin que sintiera ni el uno ni la otra. Era consciente de sus manos que apretaban la taza, haciéndose casi daño. Trató de calmarse respirando lo más despacio que pudo. Antonio viéndola tan perdida, se arrodilló a su lado para abrazarla en un acto compasivo, que los atravesó físicamente a ambos cuando cerró los brazos alrededor de ella.

Las lágrimas empezaron a fluir por los ojos de ambos, conmovidos con las sensaciones expandidas de absoluta belleza. Instintivamente, Antonio buscó los labios de Shika, se sentó para abrazarla con piernas y brazos, y llevarla al centro de su centro. La experiencia los dejó sumidos en un silencio, donde todo lo demás hablaba. Hablaban los árboles, los insectos y las piedras. Sobre todo, las piedras que hablaban de las manos que las habían tallado y de las mentes que les dieron propósitos. Tuvieron que llegar algunos turistas para sacar a la pareja de lo íntimo del momento. Ninguno de los dos buscaba palabras para explicar lo acontecido, solo estaban felices de tener la certeza absoluta de que la realidad cotidiana era una de muchas realidades. Ambos experimentaron la serpiente subiendo por los escalones enterrados del templo IV, ambos la sintieron ondularse con los segundos que no cuentan el tiempo, sino que dan testimonio de las palpitaciones de un universo vasto en perpetuo movimiento. La matriz de Shika, acompasada al ritmo de las palpitaciones de la Tierra, se expandió y contrajo como la materia oscura de lo que está hecho el Todo. Si Antonio no la hubiera parado, tal vez se hubiese quemado, explotado o trascendido. Al abrazarla, la ancló a la materia densa de los cuerpos, dando volumen al resto que les rodeaba, fue capaz de conectarse y absorber a través de ella, los niveles sensibles y sublimes alcanzados por su propia materia disuelta en los olores, colores y sonidos del Éter.

Ese día casi no hablaron. Regresaron al hotel y se apostaron en el balcón que daba al lago y en dirección a la selva. Cada uno sumido en su propia experiencia intentaban, a su manera, extenderla. Shika no dejaba de danzar con casi imperceptibles movimientos: ondulaba los dedos, las muñecas, los tobillos y las caderas. Balanceaba la cabeza y la columna, hacía girar las caderas y la cintura. Reía tanto, a bajo volumen, con la vista perdida en el cielo, que parecía idiota. Por su parte, Antonio escribía frenéticamente intentando dar explicación científica y lógica a lo vivido en la cúspide de la pirámide. Sin lograr aclararse, la imagen de la serpiente y todo lo que sabía sobre el símbolo y su mitología, se mezclaban en un calidoscopio de ideas que lo mareaban. Algo palpitaba tras sus paredes craneales, de una manera tan real que era casi como un golpeteo que lo llevaba a jalarse el pelo con desesperación. Hasta que Shika puso fin a la locura, llevando de la mano a Antonio para zambullirse en el agua del lago, con ropa y todo. Para entonces, el sol empezaba a ocultarse bajo las colinas.

Llegar hasta el Mirador a caballo les tomó dos días. Sensibles cómo estaban, la noche en la selva fue de ruidos y experiencias místicas, que Antonio empezaba a dudar de su cordura. Para Shika, el Mirador fue revelador. Encontró en las paredes de estuco, imágenes vistas en sus sueños, montones de veces. El pájaro Itzamye, de los baños públicos donde se purificaban habitantes y visitantes a la entrada de la ciudad, le era tan conocido como la pirámide de los dólares gringos.

—Es un pájaro que nace en el agua, camina en la tierra y vuela en el viento —explicó a un confundido Antonio—, está relacionado con la serpiente… maravilla, maravilla que aquí va con los gemelos Ixbalanqué e Ixmukané, guiándolos por el Inframundo —decía Shika, recorriendo el mural con pasos lentos.

—No sé de dónde sacas lo del pájaro, lo cierto es que estos relieves de más de un metro de altura por varios metros de largo y más de mil años de antigüedad, cuentan escenas del *Popol Vuh*… dando con ello certeza a la historia oral recogida en el siglo XIX.

Shika estalló en carcajada, tomando a Antonio por la quijada con ambas manos, exclamó:

—¿Intentando caminar en terreno seguro? Antonio, este es el sitio más espectacular que hemos visto, gracias por traerme. La selva aquí está viva, los animales están alertas, las piedras cantan, ¡todas sin excepción! Los datos históricos saltan gritando aun para los sordos y la magia es tan latente, como latente la sabiduría y la ciudad bajo estas montañas de tierra y selva que aun han de descubrir los arqueólogos. Ese espectacular conjunto de pirámides que es La Danta, lleno de números y cálculos matemáticos, dicen algo hasta al más lento. Tú mismo me lo dijiste: ¡este es el corazón del

Reino Kan!, el reino de la serpiente… despertando para todos nosotros, despertando en su justo tiempo y lugar… como la antigua constelación de Serpens Caput y Serpens Cauda, cabeza y cola de serpiente señaladas al mundo por Ptolomeo hace más de dos mil años y ahora rescatada por la astronomía para completar las trece constelaciones… a las que la astrología debe terminar de unificar para completar el rompecabezas que es el mapa celeste, que con certeza nos afecta de alguna manera. ¿Hemos caminado sin cabeza o sin cola? Es lo que ahora debemos determinar. Lo cierto Antonio, es que la serpiente ha despertado invitando a los que gusten a danzar con ella en el espiral ascendente del placer. La puerta a la hiperpercepción está abierta, ¿a dónde nos lleva? No tengo idea, pero ambos, ¡y los sabes!, gravitamos hace apenas dos días en su eje exterior. ¡Yo estoy lista!, así muera en el intento.

Un día atraída por la sed,
caminó el Alma hacia el sonido de una cascada.
Junto al agua estaban tres mujeres, de pie, discutiendo.
Una, vestida con armadura
volteó, ofreciéndole la espada, dijo:
«te doy la sabiduría del mundo
para que no vuelvas jamás a tener una duda».
La segunda mujer, vestida con una túnica de seda,
dio un paso al frente
ofreciéndole un cetro con piedras preciosas,
dijo: «te ofrezco el poder para que hagas con él lo que
gustes».
La tercera, salió detrás de las otras dos, desnuda,
ofreciéndole una copa donde beber,
dijo abriendo los brazos:
«te regalo el amor
para que nunca más vuelvas a estar sola».
El Alma escogió el amor
y desde entonces
busca el conocimiento para entenderlo
y el poder para poseerlo.

Noveno verso
El viaje del alma
Sol Magnético Amarillo

12

Como siempre, desperté fascinada y lista para salir a explorar Cusco. Una ciudad que había visto brevemente en un viaje anterior y de la cual me enamoré. Cusco tiene ese aire místico de las ciudades con mucho que contar. No solo las calles y callejones del centro histórico están llenas de vida, oculta bajo lo que llamo la punta del *iceberg*, sino los barrios aledaños. Con una mezcla racial de indígenas, ladinos y extranjeros, en Cusco pululan pensadores, artistas y espirituales de la Nueva Era.

–¡Amo el Perú! –dije a modo de saludo matutino a Brenda, mi anfitriona y dueña de casa. Túpac estaba atrasado y llegaría a la noche.

–¡Buenos días igual! Me alegra saberlo –contestó feliz–, porque muchos peruanos lo desprecian. Ya sabes cómo es eso, la gente quejándose, pero no participa.

Brenda era una orgullosa funcionaria de gobierno con un salario modesto, quien viajaba constantemente a las poblaciones cercanas a revisar escuelas.

–Voy saliendo, así que quedas en casa, dile a mi primo que será un gusto encontrarlo a mi regreso.

Túpac y yo tendríamos la casa para nosotros solos por una semana. Me preparé un enorme té y con la taza en mano, aun en pijama y descalza, subí los tres pisos de la angosta torrecita que era la casa de Brenda, para admirar el paisaje desde la terraza en el cuarto nivel. La vivienda estaba en un barrio sencillo, de casas y torres apiladas unas contra otras con poco o nada de planificación urbana, pero tenía su encanto. Estaba sobre la ladera de una colina con buena vista hacia el resto de la ciudad y los picos de montañas aledaños. La terraza era el techo entero de la vivienda, circundada solo por una baranda de metal. La mañana estaba hermosa y aunque fresca, no fría. Me acerqué a la orilla de la izquierda donde podía ver sin que las casas vecinas me estorbaran.

La Catedral se alzaba imponente en el centro. Se dice que la ciudad de Cusco está construida sobre la antigua ciudad inca y que utilizaron las mismas piedras de los edificios originales para rehacerla. Los españoles hicieron un gran trabajo apropiándose de todo y los indígenas uno mejor, aun, perdiéndolo. Al igual que en Guatemala que a la llegada de los castellanos, los quiché y los kakchiqueles estaban enfrentados entre ellos permitiendo así la fácil conquista del territorio, los incas estaban envueltos en enfrentamientos fratricidas. Dicen las crónicas que Atahualpa estando preso en manos de Pizarro, mandó a matar a su hermano Huáscar, quien pretendía apropiarse del trono. Si se hubiesen unido quiché con kakchiqueles, e incas con incas, ¡qué distinta fuera la historia! Pero claro, los individuos atrapados en su corto período de tiempo solo pueden ver su época, y regidos por sus egoístas intereses particulares no logran ver cómo con sus acciones infantiles destruyen su entorno y su herencia.

—«Pero es así cómo se reescribe el mundo… unas épocas terminan para dar paso a nuevas» —una voz profunda y hermosa había hablado desde mi derecha y espalda.

Al admirar el paisaje me había acercado a la casa vecina, separada de mi terraza por una franja de aire de un metro de distancia. Me volteé con una sonrisa de bienvenida a quien había contestado mis pensamientos. Pero me petrifique de susto. El aire se atoró en mis pulmones y mi mente bloqueada fue capaz de registrar:

«gigantesca águila atrapándome con sus ojos amarillos», que extendió las alas y vino acortando con su vuelo, en cuestión de segundos, los siete metros que nos separaban desde el fondo del cuarto donde se encontraba, pero algo jaló de ella desde atrás, haciéndola proferir un grito de dolor mientras lograba con dificultad agarrarse al filo de su terraza.

«¡Atrapada!» –gritó adolorida y vencida. Esta vez entendí que las palabras resonaban telepáticamente.

La majestuosa ave levantó la cabeza hacia mí y la humillación que leí en sus ojos me atravesó entera. Olvidando el ataque previo, junté las manos frente a ambas y la saludé al estilo hindú: llevando las puntas de los dedos primero a la frente y luego al pecho, expresé emocionalmente:

«Mi ser sagrado saluda con respeto lo sagrado de tu ser».

Esta vez fue ella quien se sorprendió. «¡Me escuchas!» –exclamó.

–«Te escucho» –contesté.

Permanecimos en silencio un par de minutos, reconociéndonos. El instinto me previno de hablar y en un gesto sencillo bajé la cabeza y la mirada para indicar que estaba a su servicio.

–«Levanta la cara, veo que te guía el espíritu de mi especie y que perteneces a la familia del viento».

–«Es la primera vez que se me confirma tan claramente…» –le sonreí inmensamente feliz. Pero la alegría duró lo que tardé en descubrir el anillo de hierro en su pata, adherido a una cadena que se veía pesada.

–«¡Estas encadenada!» –exclamé, volviendo a sentir el dolor de su dolor.

–«Encadenada por el hierro y el amor» –respondió.

–«¿Por amor?» –alcancé a preguntar completamente choqueada, porque podía leer su frustración, pero también su capitulación a la situación en la que se encontraba.

El silencio volvió a crecer entre nosotras, esta vez para entendernos con conceptos. Vi su añoranza por los cielos abiertos y los picos de las montañas, vi cómo y cuándo fue cazada. Herida en un ala se derrumbó sobre la tierra, dispuesta a morir. Pero sus captores se la entregaron a un muchacho, quien pagó por ella con todos sus ahorros. Al principio, demasiado débil para pelear, el muchacho la regresó de la muerte a base de sopas y agua. Durmió noches enteras junto a ella para calentarla con su cuerpo. El águila atrapada entre la vida y la muerte, viajó en el tiempo para descubrir que su alma y la del muchacho habían estado juntas hacía mucho tiempo.

—«¿Entonces, el espíritu, la energía individual, toma diferentes formas, en diferentes tiempos?» —pregunté y afirmé a la vez.

—«La energía unificada, recogida, individualizada en un ego, puede ser contenida o manifestada, como gustes expresarlo, en un cuerpo que puede ser una roca, una planta, un árbol o cualquier tipo de animal. Este ser, ese ego, experimenta entonces las experiencias que le permite el cuerpo que lo contiene. Por muy corto tiempo, por ejemplo, en el cuerpo de una planta o un insecto. Y por mucho más tiempo en el de un árbol. Los árboles son cada uno muy diferentes unos de los otros. Algunos se aíslan y se relacionan solo con el viento y con la tierra. Otros por el contrario, se relacionan con las aves que les visitan, los insectos que los habitan o los humanos que les plantan».

—«¿Cómo es que sabes todo esto?».

—«Antes de ser atrapada, mi conciencia giraba alrededor de los elementos, la belleza, la libertad y la muerte. Como sabes, mato para comer. Vivía en lo extenso de la tierra. La pequeñez del resto se me hacía ajena. Ahora que vivo entre hombres y me siento unida a Yai, sus sueños y su aprendizaje son míos, vivo aquí encadenada y lo único que puede crecer es mi experiencia mental. Lo único que puedo hacer es observar y escuchar de una nueva manera, y aprender... eres el primer humano con quien puedo compartir la frecuencia de mi mente y conversar con imágenes y emociones».

—«Bueno, eres el primer pájaro con quien lo hago. Me comunico con facilidad con los árboles, no con todos, algunos simplemente me ignoran, con otros hasta he hecho el amor...» —confesé sin querer, ruborizándome.

—«No necesito los detalles» —exclamó mi nueva amiga, con algo cercano a lo que pude entender como un sarcasmo.

Le conté de mi experiencia con las vacas y las abejas, que me llevaron astralmente dentro de su colmena y a recoger polen de algunas flores. Pero nunca nadie, ni siquiera los árboles, me habían confirmado con certeza que la energía humana proviene directamente de otras experiencias descarnadas de cuerpos tan diversos.

—«Se puede volver a una gran diversidad de formas, una vez se ha tenido cuerpo de mujer u hombre. La experiencia en cuerpo humano no es ni la más sublime, ni la de más alta conciencia. Esas son las ballenas que se alimentan de plancton y que funcionan como una especie de impulso latente para la elevación del pensamiento de todo el planeta, incluida la Tierra misma. Pero eso solo te lo podrán confirmar ellas, yo aquí como si fuera una antena, recojo las ondas que pasan cerca, a veces a retazos y por partes, otras de una forma más completa».

—«¿Qué puedo hacer por ti?» —dije con el corazón apretado—, «estoy segura que hay organizaciones a las que puedo hablar para liberarte, estoy segura que ha de ser ilegal cazar o mantener en cautiverio a las águilas de los Alpes».

—«No quiero que hagas nada, me he comprometido con mi muchacho, estoy aquí para que ambos aprendamos algo, si un día me libera, seré inmensamente feliz porque significa que verdaderamente me ama. El amor más grande es el que nos da el espacio suficiente para vivir diferentes caminos y aun en la distancia y la diferencia, saber que se está unificado amándose».

—«No entiendo el amor como una forma de sacrificio, y eso es lo que tú haces» —le contesté molesta.

—«Yo tampoco lo había entendido. Hasta hoy, cuando tú me das la oportunidad de liberarme. ¡Poder escoger! La elección me hace poderosa… ¡porque he escogido quedarme!. Antes, sin poder elegir, era un sacrificio, atenuado su peso y su dolor, gracias a mi pasión por él. Pero hoy ¡que puedo escoger!, lo veo, lo siento como un camino. Hasta un águila necesita aterrizar y desplomarse para entender mejor la vida… La cadena y la falta de libertad física no son las que me atrapan. Es la alegría de estar cerca de una parte de mi alma que habita en el cuerpo de este hombre. El muchacho cree que la única forma de tenerme es poseyéndome. Sin darse cuenta que cuando mi espíritu y el suyo sean uno, estaremos unidos siempre. Ahora veo que tengo cosas que enseñarle, pero más importante aún, cosas que aun debo yo aprender». Extendió sus alas, agitándolas despacio como acariciando el viento. Estiró el cuello, elevando el pico hacia el cielo hizo uno de los sonidos más bellos que he escuchado jamás. Perturbador y poderoso fue el canto.

—«Ahora vete, mi muchacho no tarda en subir para alimentarme. No quiero que te vea y sepa que sabes que estoy aquí. Tampoco deseo que le expliques que podemos comunicarnos. Él y yo tenemos mucho que aprender».

—«¿Puedo venir a verte mañana?».

—«No, tú debes concentrarte ahora en tu propia historia. Puedo ver cosas que se te acercan, solo ven antes de partir de Cusco definitivamente».

Esa misma tarde redescubrí mi poder de elección. A Fantasma Suave lo dejé físicamente en Chile para continuar mi camino, pero como dijo el águila: por compartir ambos una parte de un mismo espíritu, él me ha acompañado siempre, y por amarlo como lo he amado, me he enriquecido doblemente con cada nueva experiencia vivida. Él me dio el poder de la profundidad. Con Daniel, en Bolivia, entendí que se puede tener, sin haber tenido jamás. Gracias a eso se volvió parte de la fuerza de mi psique. Tomé por mi propia mano el poder de sentirme a gusto conmigo y poseerme entera. En el momento que a Túpac le abrí la puerta de la casa de su prima, supe que él me poseería y yo podía elegir morir en el proceso.

El magnífico macho: alto, delgado, de músculos marcados, con manos de pianista y cabello salvaje, me sonreía con esa expresión masculina que grita; «me siento a gusto con el mundo y soy dueño de una parte de él». Una expresión que se puede interpretar como: «serás mía en cuanto chasquee los dedos».

–¡Al fin juntos de nuevo! –dijo mientras dejaba caer la mochila y me tomaba entre sus brazos, elevándome del suelo–. ¡Qué bueno verte, linda! –enterró su cara en mi cuello para aspirar despacio y con fuerza–, hueles delicioso.

El comentario liberó mi tensión, haciéndome reír en una carcajada suave:

–Claro, si seré tu postre de esta noche.

–¡Oh no!, el plato principal dentro de tres días… hoy y mañana solo serán besos –sin dejar tiempo para contestar, me apretó contra el marco de la puerta. Se abrió de piernas para compensar las diferentes estaturas y aplastar contra la madera mis caderas con las suyas. Con una mano abrazó mi cintura y con la otra sostuvo mi nuca. Atrapó mi boca, entrelazó nuestras lenguas en un toque eléctrico, para terminar con un pequeño mordisco a mi labio inferior. El impacto químico a mi sistema nervioso fue como mercurio derretido en las venas. El beso fue corto, lleno, sin soltar mi cuerpo separó su rostro del mío, lo suficiente para verme a los ojos.

—¿Sientes mi erección? Eso es lo que me haces, ¿qué te hago yo? —frotó suavecito su sexo contra el mío. Mis ojos y el hecho de tragar saliva con sonrisa de boba, contestaron por mí sin emitir palabra. Mi vagina palpitaba mojada y lista. Solo tenía energía para la vibrante sensación. Con una masculina carcajada de triunfo contestó a mi silencio. Me dio un dulce beso en la frente, me apretó con más ganas contra su cuerpo, hasta que se volteó para recoger su mochila mientras yo quedaba allí, sosteniéndome lo mejor que podía al marco de la puerta.

—¡Esto será fantástico! La energía sexual entre ambos se puede palpar como una sólida pared de plastilina, lista para calentarse y moldearse a nuestro antojo —se colocó la mochila en un solo hombro y con el otro brazo me arrastró por la cintura hacia dentro de la casa. Con un pie cerró la puerta, yo seguía sin decir nada.

Esa noche nos amamos a besos. Me pidió que le acompañara en un viaje sexual y amoroso donde experimentar nuevas cosas. Dije ¡sí!, sin saber qué me estaba pidiendo.

—Hay que prepararse —contestó antes de quedarnos dormidos.

Durante tres días no comimos más que frutas y verduras crudas o simplemente cocidas en agua. Realmente comimos poco y bebimos mucho té de diferentes hierbas, que él fue preparando. Caminamos unos veinte kilómetros cada día. Incursionamos en las calles de Cusco jugando a leer señales. Y sobre las enormes piedras de los restos de la ciudad original, dejadas por los españoles en las afueras de la ciudad moderna, me contó la más extraordinaria historia de una guatemalteca, una compatriota, una mujer como no sabía que existían.

—Estaba comiendo en una banca de un parque cerca de Palermo, en Buenos Aires, cuando Shika se acercó a preguntarme si podía sentarse conmigo. Me sorprendió porque aparte de muy guapa, iba muy bien vestida al estilo de los anuncios de revista de modas: con pantalón, zapatos, chaqueta y sombrero blancos. Inmediatamente, luego de interrogarme sobre mi vida, me preguntó a quemarropa si me gustaría hacer el amor con ella. «Déjame explicarte», dijo, «soy de profesión prostituta… de las finas, como notas. Estoy aquí con uno de mis clientes, quien es un político muy rico y conocido de mi país, vino en un viaje de trabajo y como comprenderás, lo acompaño por la noche. En el día estoy libre y me hospedo en un hotel distinto al de él. El sexo es mi asunto». Me aclaró. «Y estoy tratando de experimentar con algo que debo poner a prueba, no te voy a cobrar, es más, puede ser que ¡hasta te pague!».

—¿Así como así te lo espetó de un solo? —no pude evitar interrumpir.

—Shika habla siempre tranquila y sonriente, como quién está completamente feliz con el momento y consigo misma, sin importar cuál sea el tema. Todo en ella es fino y de buen gusto. Sabía mucho sobre esoterismo, política, religión, ciencia y todo lo que se te pueda ocurrir. Yo acababa de llegar a Buenos Aires, no tenía muchos conocidos y menos amigos, así que en cuanto supe que lo que esperaba de mí no involucraba drogas de ningún tipo, ni nada que fuera ilegal, acepté gustoso. Al llegar a su hotel, uno de cinco estrellas, lo primero que hizo fue revisarme de pies a cabeza para asegurarse que no tuviera hongos, ni bichos de ningún tipo. Lo segundo fue bañarme de una forma erótica y dulce en la tina, ella se quedó en ropa interior y playera. Todo el tiempo me decía cosas como: que buen trasero y que lindas piernas, ¡guaao que espalda la tuya!, me encanta tu pene. Yo empezaba a sentirme como un muñeco comprado y usado, hasta que ella, percatándose de mi malestar y muerta de la risa se explicó: «¡vamos, tómatelo con sentido del humor!, mira que mis clientes tendrán mucha plata, pero nada de lo que tú tienes». Para resumirte, te diré que lo que te propongo hacer y si aceptas, haremos —Túpac aclarando la voz, tomó mis manos queriendo calmar mi incomodidad—… me lo enseñó ella, o lo descubrimos Shika y yo juntos en esa primera vez que se quedó una semana y la segunda cuatro días. Al final de toda la experiencia, me hizo prometerle que me convertiría en un complacedor de mujeres. En otras palabras, un prostituto concentrado en el placer femenino —hizo una pausa para sonreír de oreja a oreja y permitir que la información me calara—. Shika me enseñó el poder del sexo realmente compartido y de cómo este ha sido arrebatado a las mujeres… por lo que es tiempo de devolvérselos. «Hazlas felices, ¡libéralas! y cobra por ello», fue lo último que me dijo cuándo la dejé en el aeropuerto.

—Pues si me piensas cobrar, no puedo pagarte más que con un cuento —dije medio en broma, por si eso era lo que me estaba pidiendo.

Túpac se rio malicioso y contestó:

—¡Por el contrario!, soy yo quien piensa pagarte para que seas mi alumna bien portada, como yo fui el de Shika.

—¿Quieres convertirme en prostituta? —se me salieron los ojos de las órbitas. Que él cobrara por sexo no me sorprendió, porque era sexy cada poro de su piel y vivía demasiado bien para ser tan solo un plomero. La propuesta de convertirme en trabajadora del sexo ya me había pasado más de alguna vez por la cabeza, propuestas no me habían faltado, pero no tenía el valor para hacerlo.

—Lo que quieres ser… solo lo puedes decidir tú. Pero debes saber que hacer el amor y/o tener sexo, puede ser a veces un acto de caridad de un ser a otro, un acto de poder y control, o uno de entrega, donde el que da y otorga se vuelve en realidad poderoso. No ante el otro o los otros, sino ante sí mismo, desarrollando ciertas cualidades que le hacen estar por encima de cualquier cosa. Es, para explicarlo mejor, un acto liberador con un propósito específico: elevar el nivel de energía del mundo.

—¿Y todo eso te lo enseñó mi compatriota? No me lo puedo creer, con lo mojigata que es la sociedad guatemalteca.

—Por eso es que se da bien la prostitución en Guatemala, me explicó Shika.

Confundida, quise aclarar las cosas:

—A ver, déjame entender, eres prostituto, cobras por tener relaciones con las mujeres y ahora ¿quieres enseñarme…?

—A cómo usar el sexo para empoderarte a ti misma de ti misma. No a ser prostituta, eso lo decidirás tú más adelante —rio burlándose de mis temores.

Esa noche me enseñó a masturbarme en diferentes posturas de yoga, a respirar con la vagina y a dirigir el orgasmo a diferentes chacras de mi cuerpo, con propósitos específicos. Me procuré a mí misma bajo su dirección, al menos veinte mega orgasmos que me dejaron laxa y alerta como una cuerda de guitarra. No sería hasta el día siguiente, que él y yo nos uniríamos en coito. Que resultó ser una de los mejores viajes de mi vida, planificado como una aventura de turismo por Europa.

Empezó por bañarme y como no había tina, nos metimos ambos bajo la ducha con gorra de baño.

—Esto no se supone ser erótico —me explicó Túpac, mientras enjabonaba mis pies de rodillas en el suelo—, sino una manera de reconocer el cuerpo del otro, como una exploración del terreno, y si decidieras volverte sexo-servidora de profesión, es una forma discreta de revisar la salud de tu cliente, por lo menos en lo externo

—me guiñó un ojo desde el suelo—. La vagina no se enjabona nunca, pero el pene, testículos y ano, asegúrate de hacerlo muy bien —con una mano en el mío y la otra en mi pecho acariciándome suave con el jabón, me parecía una experiencia bastante erótica. Más cuando se inclinó para besarme en los labios, a la vez que introducía con jabón un dedo en mi ano, contuve el aliento y me puse tensa. El dedo lo dejó quieto, pero la mano sobre mis senos se movió desenvuelta sobre mi piel.

—La verdadera parte excitable del busto femenino es la copa entera, el pezón puede ser hipersensible o insensible en absoluto —explicó a la vez que masajeaba con toda la mano, primero un pecho y luego, el otro—, solo esta pequeña parte donde se unen pezón y piel, la orilla de la aureola para ser más específico, reacciona realmente al estímulo de la lengua. Eso te lo haré más tarde —dijo con una sonrisa sexy que me hizo sonreírle igual—. Si el pezón fuera excitable, las mujeres no podrían dar de mamar a sus bebés. Pellizcarlos es solo un estímulo doloroso, que algunos confunden como agradable para las mujeres —esta vez fui yo quien reí y dije:

—Hablas como si fueras mujer y los hubieras experimentado —Túpac se limitó a sonreír de vuelta.

Lo siguiente, luego de secarnos a fondo, fue el masaje. Túpac había puesto junto a la ventana un colchón con sábanas limpias y calientes ahora por el sol de media tarde. El sol y el calor de las sábanas fueron como un abrazo de bienvenida. Empezó masajeando mi espalda.

—Todas las personas debieran aprender a automasajearse y masajear a sus parejas, hijos y amigos. El secreto está en concentrarse verdaderamente en el otro, y en la piel y el músculo que tocas —decía Túpac, mientras extendía sus movimientos por nalgas y piernas. Untándose las manos con aceite de naranja, al llegar a los pies, me hizo voltearme para empezar a subir por las piernas de nuevo, luego caderas, estómago, pecho, brazos, manos y finalmente, rostro y cabeza. Estaba tan relajada, que me sorprendió al abrir de golpe mis piernas, explayándolas completas. Sentándose en medio, ante mi sorpresa, empezó a masajear el área de mi vagina y entrepiernas. Sonriendo dijo:

—Ahora quiero que acompases la respiración de la vagina con la de tus pulmones... entra el aire por la nariz y la expulsas o empujas por la vagina, luego, entra el aire por la vagina y la expulsas por la nariz, como lo practicamos ayer mientras te masturbabas.

Levantó mis caderas, dejando mi cuerpo sostenido sobre pies, hombros y cabeza. Con una mano me sostenía por las nalgas y con la otra masajeaba mi estómago en movimientos cada vez más eróticos. Su boca sobre mi vagina, sin tocarla, respiraba al compás de mis propias respiraciones. El aire de su aliento llegaba hasta mi matriz, que como un globo se inflaba y desinflaba.

—Esta es la fuente de la vida —empezó su oración—, la matriz creada y formada a imagen y forma de la matriz primaria de donde nacieron los planetas, los mares, las montañas, los ríos, los bosques y en general, toda la vida.

Mis ojos antes relajados, se abrieron de golpe. Todo mi cuerpo se electrizó como despertando de un sueño, reconociendo las palabras como un eco de canto antiguo. Vino a mi mente también, el cuento de Kepler que leí con Laura en Montevideo. Túpac siguió hablando sobre mi vagina, ajeno al impacto de sus palabras.

—Esta es la cueva donde se junta la carne con el alma. Este es el túnel de donde sale el loco animal y se maravilla ante el mundo. Esta es la copa donde se acerca el sediento para beber de ella. Este es el Santo Grial que buscamos todos para unificarnos en él. El varón tiene dos formas de entrar: como un intruso conquistador o como un conquistador invitado. La mujer que invita se rinde, se entrega, da de beber al sediento, acoge al perdido y lo lleva de vuelta al encuentro con el principio...

Quise decir algo. Túpac me había explicado que diría algunas oraciones rituales durante nuestro encuentro. Pero cada una de sus palabras habían sido como un interruptor de luz que iba encendiendo diferentes focos en mi cerebro. Mientras se accionaban los sonidos con mensajes específicos, me alejaba de toda emoción erótica. El deseo sexual regresó de un puñetazo cuando sentí su lengua en mi vagina. Tomó la vulva con toda su boca. Con enorme delicadeza aprisionó el clítoris entre sus labios, para besarlo cómo se besa de boca a boca. La electricidad salió disparada desde mi cabeza, se expandió a la velocidad de la luz. Sobre mi piel, un calor suave que se fue convirtiendo en vapor. Pasaba de acariciar el clítoris en círculos a penetrar con la lengua la vagina. En un momento, encerró el Monte de Venus con el clítoris al centro, con los labios de la boca pegados a mi piel como una especie de ventosa que afloja y aprieta. Entre ambos movimientos, por pausas, aleteaba con la punta de la lengua sobre el minúsculo pene, con diferentes niveles de presión. El calor en mis muslos internos empezó a crecer como cuando hierve el agua. La sensación se extendió a mi estómago y vientre. Túpac masajeaba con una mano mi *derrière* –la parte de la cintura arriba de las nalgas– y a la vez que me sostenía, obligaba a mi cuerpo a arquearse, generando presión en los músculos de nalgas, cintura, espalda baja y pantorrillas. Los músculos cada vez más tensos, empezaron a contraerse con una sensación entre levemente dolorosa y exquisitamente placentera. La otra mano la tenía entre mis pechos, sobre el chacra de la misión, presionando con el dedo del medio sobre él, como antes había hecho Fantasma Suave, a quien por un momento traje dentro de la ecuación. En el segundo antes del orgasmo, yo debía inspirar con fuerza por vagina y fosas nasales, y sostener el aire hasta que la energía sexual terminara de subir hasta ese chacra. El momento llegó, la sensación de vacío se aproximaba a toda velocidad, ¡inspiré! y con ello fui solo cuerpo consciente de cada músculo, vena y célula, para luego ser nada.

De forma alejada percibí cómo Túpac terminaba de levantar mis caderas con todo y piernas, para cargarme sobre sus hombros, acercando con ello mi vagina a su garganta, e iniciaba el canto: OMMMM MAAAA NNNN NEEEEE PAAAADDDD MEEEE JUUUMMMMM, que extendió las vibraciones de mi orgasmo por toda la habitación, como las ondas provocadas por un roca al ser arrojada en el agua, y allí fue una parte de mí con ellas. El aire atorado en mi pecho empujaba hacia arriba. Como si Túpac lo hubiera sabido, masajeó con dos dedos, exprimiéndolo. La energía-aire se disparó: una parte hacia mi cabeza y la otra salió expulsada por mi vagina, rebotando en la garganta del príncipe cantor, quien seguía repitiendo el mantra, llevando de vuelta una parte del sonido-vibración dentro de mi cuerpo. La matriz palpitaba como un tambor.

Si lo tengo que explicar metafóricamente, diré: primero fui como helado en su boca: lamido, distribuido, revuelto, chupado y tragado, aplicado a labios internos y externos, Monte de Venus, clítoris, cavidad vaginal y vagina, ¡no se dejó nada! Luego, como una tubería tapada que debe ser inyectada y aspirada, aplicó la presión suavemente sobre el Monte de Venus y clítoris. Tercero, mi cuerpo fue flauta: soplado y tocado en los botones correctos, para generar la música adecuada en una combinación de clítoris y chacras. Finalmente, un micrófono, amplificador de sonido, con una caja de resonancia incorporada: vagina sobre chacra de la garganta.

No sé cuánto duró, pero pasada la explosión, me desinflé. Mi cuerpo se desarticuló como un títere al que el titiritero suelta las pitas que le sostienen. Un segundo después, debía estirarme como un gato o como cuando uno despierta. Descubrí que había nudos energéticos atorados en diferentes partes de mi cuerpo. Túpac me observaba y se reía satisfecho, completamente orgulloso de sí mismo.

—Sí, ríete, la verdad yo debiera estarte aplaudiendo... ¡por la madre y todas sus caras! ¿Cómo diablos aprendió esto Shika?

—Primero, lo intuyó, luego, lo practicó en solitario, después, con otra mujer y finalmente, lo puso a prueba conmigo. Verás, masturbándote puedes lograr mucho, pero luego un hombre u otra mujer debe literalmente hacerte sonar. Podrías hacer esta primera parte con otra mujer, pero no lo que viene a continuación... en la que te penetraré y te haré literalmente mía... —llegado ese punto, su sonrisa se extendió y sus ojos volvieron a tener esa mirada de depredador que vi cuando le conocí en la buhardilla de Buenos Aires. No pude evitar estremecerme.

—Explícame la oración —cambié de tema.

—La oración le vino a Shika dentro de una meditación, masturbándose. En realidad, tú y yo debiéramos estar meditando ahora. Tú te quedas acostada de piernas abiertas respirando por la vagina, con ambas manos sobre tu vientre, formando un triángulo con dedos pulgares e índices, para terminar de llevar la energía consciente a todas tus células, energía inteligente es lo que logra todo esto —y se rio de nuevo, satisfecho de sí mismo.

—Pero está claro que la energía no está viajando libremente por todo tu cuerpo, esa necesidad de estirarte es la forma en la que tu *yo* superior intenta desbloquearse. Por lo que te doy un momento para recuperarte y te volveré a sonar de nuevo... —su sonrisa brilló como anticipando el momento, no pude más que reírme con él.

—Okey, no voy a quejarme... a ver, termina de explicarme lo de la meditación.

—En el momento que te suelto, luego del orgasmo, quédate acostada boca arriba con las manos sobre el vientre, formando el triángulo con los dedos sobre el círculo de tu matriz, sigue respirando por la vagina y pulmones, concentrándote en dejar viajar la energía libremente por todo tu cuerpo. Cuando estés lista, extiende los brazos en simetría con las piernas, formando la estrella. Ya sabes, la figura del Hombre de Vitrubio, de Da Vinci, y arquea tu espalda para sostenerte por un segundo sobre coronilla y coxis. Shika le llama la posición del arco listo para la flecha. Hasta ese momento, cuando te abras para mí en la posición de la estrella arqueada, yo permaneceré en la posición del samurái, sentado sobre mis talones con las rodillas abiertas tocando la cara interna de tus muslos, haciendo contacto. En ese momento susurraré una nueva oración, compartiremos el aliento y luego, te penetraré para intentar terminar juntos. Si no lo logramos, yo terminaré, en el momento de mi orgasmo debes intentar aspirarme física, espiritual y emocionalmente para subir esa trinidad vital por tu espalda. Específicamente por tu espina dorsal hasta tu coronilla y luego, al tercer ojo. Allí debiera explotar una luz. Esa luz llévala de regreso: coronilla, espina, hasta empujarla por mi propio coxis, columna vertebral, mi coronilla, hasta mi tercer ojo. Si lo logras, a los dos nos saldrán alas en los omóplatos. Literalmente alas. Sentirás cómo se despliegan…

La mandíbula se me desprendió para expresar:

—¿Qué? ¡Yo he experimentado alas antes! —le conté a Túpac de mis experiencias pasadas.

—Haz estado robando energía y llenándote de larvas. Al no empujar, regresar tu lucidez hacia tu pareja, te quedas con ella. Sin compartirla, la energía se te estanca. Claro, él, ellos, se han beneficiado como quien se salpica de una fuente en un día de calor, sin realmente nadar dentro de ella. Y a la vez, se han quedado bebiendo de tu energía beneficiándose de ti. Es un milagro que hayas podido dejar a este Fantasma Suave de quién hablas.

Tuve un chispazo pasajero de: «¡ups!, efectivamente, lo llevo conmigo a todos lados».

Volvimos a repasar teóricamente el ejercicio, luego de entender que yo debería de ser capaz de hacer tres o cuatro cosas a la vez: respirar vaginalmente, aspirar el orgasmo, subirlo, regresarlo y desplegarlo, me pareció demasiado.

—¿Y que estarás haciendo tú todo ese tiempo? —reclamé.

—Disfrutando mi orgasmo, por supuesto —explotó en una carcajada burlona—. Estaré empujando mi energía dentro de ti para absorberte, apropiarme de ti y lo que llevas dentro. Y a la vez colonizarte, ¡es lo que los hombres sabemos hacer! —ante mi expresión agregó—, ¡Aaahhh!, empiezas a entenderlo. Sí señorita, los hombres ansiamos estar dentro de una mujer para satisfacer nuestra necesidad de energía primigenia, existente en todo y al alcance en las matrices femeninas. Para beber del cáliz que nos dio vida a todo y todos —mi cabeza registraba a toda velocidad la información, él prosiguió—: Taisha Abelar en su libro *Donde cruzan los brujos*, explica muy bien esto de las larvas y el robo de energía por unos a otras, y enseña diferentes ejercicios de cómo autolimpiarse.

»Shika intuyó que no podía ser tan malo, que debía de haber una forma de usar la energía sexual en beneficio de hombres y mujeres. Experimentó y práctico hasta descubrir sus alas y la habilidad de apropiarse de la energía masculina. A mí fue al primero que logró empujarle la energía de regreso y desplegarme las alas, pero fue porque ambos estábamos anuentes y conscientes del proceso y qué buscábamos. Mientras no se hace de esta forma, unos y otros nos conquistamos, robamos, atropellamos y vaciamos mutuamente, dependiendo de quién es más fuerte. ¡Allí está el origen de las codependencias!

»Puedes imaginar que los hombres hasta hace poco habían sido los únicos conquistadores. Como buenos Drácula, llevan siglos bebiendo la energía femenina y dando poco a cambio. Gracias a la llegada del condón, las mujeres empezaron a librarse de embarazos no deseados, pero también a protegerse, sin saberlo, de esclavizarse a los hombres que depositan sus fluidos dentro de ellas. Especies de anclas, conexiones invisibles que les permiten alimentarse de las mujeres que poseen. Taisha les llama larvas energéticas. Según Shika, las mujeres pudieron iniciar el camino a su liberación e independencia cuando mentalmente se dieron permiso de exigir condones y libertad sexual, pero esto también llevó al rompimiento de los vínculos. Sin la posibilidad de hacer conexiones físicas más allá del coito, hombres y mujeres navegan ahora independientemente. Para Shika, el tiempo de reunificarnos ha llegado. Nada lo explica mejor que el Sida...

Túpac hizo una pausa para reírse, ponerse de pie e ir por un par de vasos con agua. Yo, meditativa, no dije una sola palabra. Sentada desnuda sobre el colchón, el sol calentaba mi espalda. Al regresar, se sentó a mi lado y me dio el vaso del que bebí abstraída. Me besó deliciosamente en la boca y se recostó sobre el vidrio, dejando una pierna doblada sobre el colchón y la otra con la rodilla a la altura de su pecho, para seguir hablando.

—El Sida nos ha enseñado lo conectados que estamos y nos hace conscientes de las cadenas que se forman al acostarnos unos con otros. Ahora sabemos que cuando tenemos sexo con alguien, también lo tenemos con todos con quienes esa persona se ha acostado. «Es como una hermosa telaraña que tejemos entre todos, unificándonos en sus redes», me dijo Shika cuando me explicó por qué quería que lo hiciéramos sin condón. Ella lo usa siempre con sus clientes. Aunque por lo que llegué a entender, sus llamados clientes eran en realidad amantes fijos con quienes compartía relaciones largas, pero a los que esquilaba económicamente sin un ápice de culpa. Conmigo necesitaba hacerlo de piel a piel, como ella lo llama, para llenarse de mis fluidos, beber uno del otro, transformar la energía y devolverla a la fuente del mundo para la elevación de la conciencia...

y ahora yo te pido lo mismo —sonrió con esa dulzura que hace a una mujer enamorarse de un hombre.

Lo del condón ya lo habíamos hablado. Como soy exageradamente regular, un embarazo no me preocupaba, estaba a tres días de mi regla, un margen completamente seguro. Me limité a observarlo y se veía hermoso. Su piel morena clara brillaba sedosa donde el sol pegaba, su cabello revuelto se veía sexy e invitaba acariciarlo. Su cuerpo, sin una gota de grasa, mostraba unos músculos torneados y un abdomen plano. El pene erecto era como él: largo, delgado y bello. Espontánea, me incliné sobre mi pierna para acostarme sobre la suya doblada y tomarlo dentro de mi boca. Túpac dio un respingo, sorprendido por mi gesto. Esta vez fui yo quien se rio con la boca llena. Lo besé con el mismo amor que lo hizo conmigo, lamí su miembro saboreándolo por completo, lo llevé hasta mi garganta, succioné. Envolví el miembro con la mano para acariciarlo de arriba abajo y me concentré en la punta. Sus gemidos eran música para mis oídos, hasta que me tomó por los hombros. Me dio la vuelta en un movimiento fluido, para dejarme sentada entre sus piernas, con mi espalda pegada a su pecho. Con un brazo me apretó por la cintura contra su cuerpo y con la mano libre barrió mi largo cabello de la espalda, para alcanzar mi cuello con sus labios.

—Demasiada bella, demasiado rico lo que me haces. No quiero terminar en tu boca, quiero que me des permiso de hacerlo dentro… confiando, entregándote a mí.

Sus murmullos acompañados de besos sobre la piel de mi nuca y oreja, me rindieron. Le tomó un minuto sentirlo. Se puso en cuatro arrastrando mi cuerpo bajo el suyo, a besos recorrió mis pechos, los que acunó con la mano, mientras bajaba con su lengua sobre la piel de mi estómago hasta llegar a mi vagina. Se detuvo un momento antes de poner sus dientes, con cuidado, en el Monte de Venus, a la vez que penetraba la vagina con el pulgar y con el índice el ano. No pude más que dar un grito y tragármelo. Inmediatamente, entre dedos, boca y la otra mano, me cargó dejándome casi de cabeza. Instintivamente me agarré a su hombro con una pierna y me sostuve del colchón con los brazos. Su pulgar daba pequeños toques hacia arriba, a mi pared vaginal, el índice generaba presión constante a mi pared rectal, mientras que su lengua trabajaba sobre mi clítoris. Las sensaciones eran tan espectaculares, que no quería que la experiencia terminara nunca. Mis piernas se abrían más, mi cuerpo, con ideas propias, se empujaba hacia él. El orgasmo estaba allí y yo no quería terminar, enloquecía, era instinto puro. Mi cuerpo vibraba cada vez más a prisa, sin poder evitarlo, hasta que exploté en ¡fragmentos musicales! Toda yo, por adentro y por fuera, temblaba en ondas. Túpac me soltó para que me moviera en eses cómo pedía mi cuerpo, sobre la sábana, libre.

Un minuto después, me abrazó por detrás. Se levantó sobre un codo para alcanzar el vaso con agua, que terminó de beber. Alcanzó el mío, bebió un poco más y luego, me dio el resto. Me levanté también sobre un codo para beber. En cuanto terminé y puse el vaso en el suelo, colocó una mano bajo mi pecho izquierdo, besó mi hombro y con un movimiento rápido empujó mi cuerpo sobre la cama. Se inclinó para besarme en los labios, con una fuerza que no había mostrado hasta ese momento. Ahora se trataba de él y no de mí. Con una rodilla separó mis piernas y de un golpe me penetró. A la vez, los dos tragamos aire. Empujó su cuerpo adentro y afuera, en movimientos largos, tres veces. Se recostó sobre el codo izquierdo para apartarse de mi rostro y pecho, y se quedó quieto.

–Eres exquisita –con la mano derecha acomodó mi cabello tras la oreja, luego sobre mi muslo–. No cierres los ojos, mírame mientras me muevo –se movió, empujando más, hacia adentro. Explorando mientras abría cada vez más mi pierna. Arrastró la mano hasta la pantorrilla y de un jalón la colocó en su cintura. Esta vez se movió de nuevo adentro y afuera, adentro y afuera... la sensación me obligaba a arquearme y cerrar los ojos. Paró.

—No los cierres aun, mírame, reconóceme —me sonrió dulce, le sonreí también. Se inclinó para besarme, balanceando su peso sobre los codos—. Respira por la boca, respira conmigo, no hay nada más íntimo que intercambiar el aliento... aspira conmigo, expira a la vez que yo.

El aire fue dibujándose como una burbuja a nuestra alrededor, era perturbador, me estaba drogando, sentía como mis pulmones se inflaban al ritmo de los suyos. Cada vez boqueaba con más fuerza, mi vagina se apretaba y distendía al ritmo de mi aliento. Nuestros labios estaban separados solo por unos centímetros. Quería besarlo, pero cada vez que me acercaba para tomarlo, él se alejaba y al yo retroceder, se acercaba de nuevo.

Túpac empezó a presionar su pelvis contra mi vulva y luego, a restregarse contra mi piel vaginal con pequeños, casi imperceptibles, giros. Sin proponérmelo, empecé a hacer lo mismo. Forzando la abertura de mis piernas hasta donde daban, pero con los pies enredados tras sus rodillas, mi cuerpo presionaba para arquearse bajo su peso. Finalmente, me besó sediento, a la vez que yo bebía de él. Su lengua me atacaba y su pene, ahora entrando y saliendo, me embestía con fuerza y ritmo, dejándome atrás. Uno, dos... diez, once... paró. Se levantó de nuevo sobre los codos, pausa, respiró controlándose, sus ojos en los míos:

—Vengo a beber de la fuente. Con respeto deseo beber de tu copa, estoy sediento, tú tienes el cáliz, invítame a beber, por favor, no quiero tomarlo por la fuerza.

Su mirada llena de respeto y nublada por el deseo, era un paisaje sublime. Entonces, sonreí de oreja a oreja, la comprensión me pegó como un rayo y contesté.

—Entra, bebe. Complaciente me abro ante ti. Soy tuya para que sacies la necesidad que te trae a mi cuerpo. Me rindo feliz... —su sonrisa fue hermosa. Me besó, esta vez con ternura, tomándome, haciéndome completamente suya, sin darme tiempo ni espacio para retroceder. Él era macho y yo hembra. Él me tomaba y yo me entregaba. Esa primera vez, el orgasmo creció dentro de mí junto al suyo y aunque yo no terminé, su orgasmo me lo tragué. Inspiré con fuerza, obligando a la energía expulsada junto al semen, a subir por mi columna. Chocó con tal fuerza en mi coronilla, en lo alto y al centro de mi cráneo, que cuando la luz explotó, seguida por una oscuridad interminable e infinita, primero en mi mente limitada y luego en mi ego expandido, no pude enviársela de regreso. Me quedé perdida allí por un largo y eterno momento, flotando, hasta que fui consciente del peso de su cuerpo derrumbado sobre el mío. Su pene y mi vagina palpitaban al unísono, en una experiencia tan placentera, que fue como despertar de un delicioso sueño para entrar en una realidad pesada en olores, sonidos y colores exuberantes. Las sensaciones, interminables, eran como un tren con los vagones llenos de maravillas, sucediéndose unos a otros. Su cabeza enterrada en mi hombro, me permitía ver los últimos rayos del sol, que al colarse por la ventana formaban hermosos y pequeños arcoíris de luz sobrevolando nuestros cuerpos.

Mis brazos se apretaron a su espalda en un abrazo cariñoso de gracias. Acaricié su piel, maravillándome ante la sensación bajo mis palmas de sus músculos y huesos. Su risa cosquilleó en mi cuello:

—Me vaciaste completo y exhaustivamente, ¡vaya talento el tuyo! —se levantó sobre los brazos y con una sonrisa exclamó—: ¡Eres un monstruo! —atiné a sonreír feliz, a modo de disculpa, y él prosiguió—. Dame un rato para recuperarme y tendrás que devolverme algo de todo eso que te llevaste.

Hicimos el amor durante tres días, hasta que aprendí a empujar la energía de regreso hasta su chacra del tercer ojo. Redescubrí de una forma consciente, las alas nacientes bajo los omóplatos. Las experiencias anteriores fueron meros accidentes y con Túpac llegué a agitarlas y sostenerlas a voluntad, por un corto tiempo, junto a las suyas, provocadas por mí. ¡Me sentí poderosa! Una sola vez logré con mis alas envolvernos a ambos, las entrelacé con las suyas en su espalda. Los dos experimentamos la sensación maravillosa de ser una especie de capullo, capaz de extraordinarias cosas, pero nos quedamos cortos, solo logramos intuir cuán lejos se puede llegar. Nuestro idilio duró dos semanas, hasta que él debió regresar a su trabajo de plomero y prostituto a Buenos Aires. Y yo me cargué la mochila a la espalda para recorrer a pie siguiendo la línea de la costa desde Arequipa hasta Lima. Antes de partir fui a despedirme del águila, como habíamos acordado.

«El compromiso de la pareja es lo que sueñan muchos. Pero es al fin y al cabo, un vínculo pequeño y egoísta, un mundo de dos donde no entra nadie más, por lo que con el tiempo se vuelve esclavizante, medítalo. El compromiso con el prójimo es para pocos, conlleva talento de santidad. La responsabilidad por el resto es el peso más difícil de cargar, debe llevarse con naturalidad y sin postura. El compromiso consigo mismo es solo para algunos, donde se debe ser fiel a los propios principios, que para bien o para mal terminan siendo los que mueven al mundo, y el que te permite verdaderamente recrear todos los otros compromisos».

Un cangrejo pasó corriendo a los pies del Alma,
sacándola del cómodo ensueño en que se encontraba.
Feliz como una niña en un día de campo,
lo siguió jugando,
el cangrejo salió del agua y así hizo el Alma,
para su sorpresa se encontró con Hécate,
la diosa luna, conocida con infinidad de nombres.
El poder de la magia más antiguo del mundo
fluía real y libre por sus cabellos y vestido de plata.
«¡Bienvenida al cielo!»,
dijo la luna
con la más brillante y seductora de las sonrisas.
El Alma se encogió por un momento
podía leer en el aura de la luna
la historia entera de todos los mundos,
supo que podía enloquecer con tanto saber.
«Respira»,
dijo la luna,
la visión paró.
Llevó al Alma de la mano a su jardín personal
de perfumadas flores,
árboles cargados de fruta y musicales arroyos.
«De mí nace el arte, la religión, la imaginación
y la magia.
Debo confesar que cuando estoy molesta,
también la locura y la malicia.
Amada como he sido por la historia,
guardo los secretos de todos los tiempos.
Olvidadas están mi edad y mi principio…».
El Alma comió de algunos frutos,
jugueteó en los arroyos y se adornó con flores de plata,
partió con un mapa para emerger del subconsciente
al consciente.

Vigésimo primer verso
El viaje del alma
Sol Magnético Amarillo

13

Eclipse lunar del 12 de diciembre de 2010
Isla de Gaia, Las Lisas, Guatemala

Shika se levantó de madrugada, antes que naciera el sol, y en cuanto salió de la habitación que compartía con Bruce junto al corredor de la cabaña que daba al mar, apareció Mercedes llegando con puntualidad a la hora acordada.

—Buenos días, hoy será un hermoso día, ¿ves aquella estrella? —señaló Shika—, es en realidad el planeta Venus, conocido por los antiguos como la estrella de la mañana, aunque es también la primera en aparecer por la noche —se rio mientras caminaba decidida hacia la orilla del agua, sin esperar a que Mercedes respondiera. La chica apresuró el paso, siguiendo a la mujer mayor con admiración y recelo.

Shika se concentró en la sensación de la arena bajo sus plantas, primero seca y luego húmeda, conforme se acercaba al agua. Dejó caer sus zapatos y la botella con el té a una distancia prudente, para ir a remojar los pies en las pequeñas olas de la playa. Los miles de cangrejos desaparecían y reaparecían conforme el agua avanzaba y se retiraba, provocando burbujeantes agujeros hasta donde alcanzaba la vista. Shika observó por un momento el agua arremolinándose alrededor de sus tobillos, luego, sin previo aviso, levantó los brazos al cielo y lanzó un grito, que a Mercedes le pareció de guerra y le erizó el vello de la nuca.

—¡Mira Mercedes, que viva está la Tierra! Siente lo extenso del mar, en línea recta llegaríamos hasta la Antártica, uno de los poco lugares medio vírgenes del planeta, o sea, poco explorados, por estar hecho de enormes tundras de hielo. Hacía el este por donde saldrá el sol, en línea casi recta sobre la playa encontraríamos las Filipinas y para que sepas, eso está en Asia. La tierra de la seda, los fideos, la pólvora y la escritura fina.

Mercedes era una joven de origen sencillo, tremendamente lista y bastante bonita, lo suficiente para atraer hombres a los cuales poder cobrarles por su compañía. Sabiendo de Shika por su tía María, quien trabajaba como doméstica para la prostituta de carrera, tomó valor para preguntarle si la podía entrenar en el oficio. La única condición que Shika le puso fue que debía terminar sus estudios y que su primera experiencia sexual fuera por placer y no por dinero.

—Los hombres deben ser siempre un medio, nunca un fin —fue la primera lección impartida por Shika.

—Debes desarrollar la curiosidad, piensa por lo menos en diez preguntas que me harás cada día. No importa si son sobre los gusanos que se comen la fruta o el porqué del color de mi vestido —fue la segunda lección.

Sobre su mesa de noche, Shika puso varios libros que debía leer, pero para Mercedes, leer y preguntar era la parte difícil. Seguir a la mujer era verdaderamente fascinante. Shika parecía siempre irradiar una energía inagotable. En la misma medida se reía y explotaba con arranques de mal humor. Cantaba y gritaba sin razón aparente y la mayor parte del tiempo parecía hablar para sí misma, pero en realidad le hablaba a todo: las piedras, los animales, los árboles, los carros, muebles, espejos. Mercedes se trasladó a vivir a la casa de Shika, donde ayudaba a la tía con las labores domésticas y a veces, acompañaba a la maestra en los viajes que hacía con Bruce, su cliente más estable, ¡tanto!, que parecían pareja.

—¿Qué más hay en Asia? —preguntó Mercedes, sabiendo que Shika esperaba una pregunta.

–Tanto hay en Asia, que nunca terminaríamos de hablar de ella –rio mientras regresaba a tomar la botella para empezar la caminata en dirección hacia la salida del sol–. En Asia está la gigantesca China, donde las mujeres han sido desde siempre esclavas domésticas y sexuales de los hombres y de otras mujeres. Basan su valor en su capacidad o habilidad para satisfacer a los hombres… las mujeres chinas se volvieron expertas en el arte de la seducción, la delicadeza y la feminidad, únicas armas para sobrevivir en un mundo misógino y machista. En Asia también ¡está la India!, responsable del yoga, el kundalini, o sea, la iluminación, y el *Kama sutra* ¡que es el manual de sexo más antiguo de la Tierra! Y luego, en Asia está Japón con sus estúpidas matanzas de ballenas y delfines. Un lugar donde las mujeres debían vendarse durante el embarazo para no disgustar a sus maridos con su apariencia y poder seguir complaciéndolos en la cama. Pero Japón también nos dio a las geishas, en camino a la extinción en estos tiempos, fueron artistas talentosas educadas en el arte de la conversación, la música, los modales elegantes y el disfraz. Empresarias exitosas que manejaban en sus centros de operaciones: comida, baño, alojamiento y placer físico. Trabajaban concentradas para la hora de su retiro. Cuaaannnndo –cantó– algunas se casaban, se convertían en maestras y otras en hortelanas.

–¿Qué es hortelana?, y ¿cómo así disfraz? –se apresuró a preguntar Mercedes, verdaderamente interesada.

–Hortelana es la persona, en este caso una mujer, que atiende su huerta u hortaliza de verduras y también flores. ¡Disfraz! porque las geishas se disfrazan, o lo hacían bajo un maquillaje denso, que deja el rostro con la apariencia de una muñeca de porcelana. Al verse todas iguales se despersonalizan, primero ante ellas mismas y luego, ante el cliente. Al sonreír no enseñan los dientes y… ¿sabes?, creo que no besan –Shika guardó silencio por un momento para decir–. Al regresar a casa recuérdame que investiguemos si las geishas besan en la boca. Lo cierto es que tenían un código de comportamiento muy estricto, que los clientes debían respetar también. Ahora creo que son una mera atracción turística. No se sabe del todo si cobraban por sexo ¡per se!, pero por compañía, definitivamente lo hacían. Y acostumbraban a tener una especie de patrón o protector que pagaba la mayoría de sus cuentas, quien era realmente un amante estable, respetable y casado.

El sol empezaba a perfilarse en el horizonte, pintando con ello el cielo de brillantes naranjas y amarillos.

—¿A dónde vamos? —suspiró Mercedes, para quien ya el mar era impresionante desde cualquier ángulo y, sobre todo, atemorizante porque no sabía nadar.

—A la barra donde se junta el mar con el canal. Allí la corriente es suave en la orilla, sin oleaje que te asuste, y podrás entrar al agua. Ahora guarda silencio y medita en lo que ves y sientes. ¡Respira profundo!, percibe con todos tus sentidos el olor, el sabor, la forma y la sensación del mar. ¡Escúchalo!, en el océano cantan las ballenas, los delfines y Yemayá, quien es la diosa de las aguas y de la profundidad. La diosa de la sensualidad, el erotismo y el sexo. Conocida también como Venus o Artemisa.

Mercedes iba a hacer una pregunta, Shika con un gesto la mandó a hacer silencio y aceleró el paso, rápidamente dejando a la joven atrás. Cuando la alcanzó en la barra, casi una hora después, el sol ya había iniciado su curva de ascenso en el cielo y Shika nadaba desnuda aguas adentro, jugando a dejarse arrastrar por la corriente y luego, salir de ella con potentes brazadas.

—¡Vamos! —le gritó en cuanto la vio—, ¡métete al agua que está deliciosa y en la orilla está bajito!

Un poco después salió a acostarse al sol, a gusto con su desnudez. Mercedes salió del agua para sentarse a su lado.

—Mira qué lugar tan bello, Mercedes, que suerte tenemos de estar aquí y poder disfrutar de toda esta belleza. Con tu permiso haré el amor conmigo y la naturaleza. Puedes ver o irte al otro lado de la curva, donde yo no te moleste.

—Si no le importa prefiero ver y que me explique —con valor respondió la joven, sobreponiéndose a su embarazo.

—¡Es simple! Levantaré mis caderas en dirección Asia y su sabiduría antigua. Empujando mi pelvis lo más arriba y al frente que me permitan los músculos, haré que huesos y músculos a la vez… se aprieten —explicó Shika, señalando el muslo interno y los glúteos.

«Pese que ya no es una mujer joven, tiene un cuerpo hermoso», pensó Mercedes.

—Luego, masajearé con el dedo del medio, previamente humedecido, mi clítoris —mientras hablaba lo iba haciendo—. El dedo debe estar húmedo con tu jugo vaginal o con tu saliva, para no lastimar la delicada piel de tu vulva. Mientras me estimulo, acompaso la respiración de mi vagina con la de mis pulmones. Si inhalo por la nariz, exhalo por la vagina. Al exhalar por la nariz, inhalo por la vagina. Mi concentración la pongo en el chacra que deseo, ¡el de las emociones!, por ejemplo, aquí debajo del ombligo —marcó con la izquierda, tres dedos debajo del ombligo para señalar el lugar exacto, sin dejar de estimularse con la derecha—. Para limpiar mi energía y emociones… en el momento del orgasmo llevaré el impulso hasta aquí, para impulsar las astas de mi chacra, cómo se mueven las de un molino de aire —Shika se sentó para ver a Mercedes y terminar de explicar con más comodidad—. Si quiero voluntad y fuerza llevaré mi orgasmo hasta el plexo solar —se señaló el esternón—, si quiero comunicarme mejor o tener visión, llevaré la energía sexual hasta la garganta o el tercer ojo.

Se volvió acostar sobre la arena, abriendo las piernas y levantando las caderas.

—Mientras me estimulo, no pienso en hombres o sexo, pienso en mí, en lo que sueño, en lo que soy. Hoy aquí, pienso en el mar, en las ballenas, para que mi placer sexual, mi erotismo antes del orgasmo, que puedo prolongar tanto tiempo como quiera, me lleve a nadar con ellas. Cuando explote, atraparé su esencia y la traeré a mi matriz.

Shika se dejó ir. Mercedes observó fascinada como los músculos se iban contrayendo. Conforme aleteaba con el dedo sobre su clítoris, su cuerpo se tensaba. Su rostro permanecía apacible y en él nada más se movían las aletas de la nariz. Sin aviso, se arqueó tanto que quedó sostenida sobre las puntas de los pies y la coronilla de la cabeza. De sus labios escapó una especie de siseo, que se prolongó tanto como su cuerpo permaneció tenso, hasta caer desinflada. Y empezó a reír. Un momento después se paró de un salto y corrió al agua.

—Si estuviera sola, me escondería entre esos matorrales y me provocaría veintiocho orgasmos: ¡uno por cada día de la luna! Y lo haría al ritmo de uno por minuto —dijo antes de sumergirse como delfín dentro del agua. Salió inmediatamente para ponerse el bikini seco sobre el cuerpo mojado.

—Ven, es la hora de buscar tesoros. ¡Vamos a ver que nos regala la Madre!

Se colocaron los zapatos porque el sol ya había calentado la arena volcánica, bebieron la mitad de la botella que cada una llevaba. Shika pidió a Mercedes buscar su propio camino entre las dunas y las enredaderas de plantas, y que prestara atención a cualquier cosa que le gustará. A medio camino entre la barra y el hotel, Shika ya había recogido un ala completa con todas sus plumas, que algún pájaro grande y blanco había dejado como herencia. Una colección de tenazas petrificadas de cangrejo, perfectamente blancas y en buen estado. Tres bolas duras, fruto de algún árbol local, más grandes que una pelota de softball, perfectamente redondas y con todas sus pequeñas semillas dentro, que hacían música de maracas. Una flor morada y seca de cinco pétalos, con un pentágono nítidamente hecho en su centro. Mientras que Mercedes llevaba dos tenazas de cangrejo y una concha de mar del tamaño de su palma, más pequeña que las tres que había recogido Shika el día anterior cuando llegaron a la playa. Ya iban caminando juntas cuando la mujer Eros levantó del suelo un pedazo de madera, que a simple vista tenía la forma de un dragón.

—¡Guaaaa! —exclamó con un grito—. ¡Mira esto Mercedes!, es un cetro de poder —cayó de rodillas, levantando con ambas manos lo que efectivamente parecía un cetro coronado por una cabeza curva con apariencia de águila-serpiente—. ¡Gracias Madre del Universo que me bendices con un regalo tan hermoso! ¡Gracias Madre Tierra que me señalas el camino con tanta claridad, dejándome saber que no estoy errando! ¡Gracias Yemayá, diosa de las aguas, por traer a mi camino una muestra de tu grandeza! —con la cabeza gacha y los brazos extendidos al frente y en lo alto, permaneció un momento, hasta bajar la pieza para llevarla a su labios orando en silencio. Al levantarse dijo a Mercedes, riendo—: ¿Cómo no actuar con dramatismo cuando el momento lo vale? Huele, ¡es sándalo! Llegó aquí desde Asia, flotando en el océano —la chica olió fascinada el aroma dulzón de la madera, la cual sintió el impulso de besar.

—Tómalo —ofreció Shika—, siente la fuerza que tiene.

Una pequeña corriente le atravesó la mano y subió hasta el hombro, la sorprendida Mercedes dejó caer la madera. Shika estalló en una alegre carcajada, se agachó a recogerla junto a su bolsa de tesoros y reanudó el paso con más vigor que antes, jugando a mover el aire con la extraordinaria pieza de madera.

Al regresar al hotel, Bruce, un hombretón enorme de mediana edad y nacionalidad holandesa, con una cerveza en la mano estaba sentado a una mesa en el restaurante frente al mar, haciendo la digestión de su desayuno tardío.

—Muero de hambre —dijo Shika, mientras le daba un beso y se sentaba a su lado. Mercedes discretamente se fue a sentar junto a otra joven que había conocido el día anterior.

—¿Y qué encontraste? —preguntó condescendiente Bruce.

—Si no tratas con respeto mis regalos, no te los mostraré... peroooo esta vez me siento tan ufana con lo encontrado, que sé... ¡que hasta tú te maravillarás!

Le enseñó primero las tenazas, luego, una hermosa pluma mitad blanca, mitad negra como un yin y yang chino. Frente al ala completa, Bruce exclamó:

—Parece estar petrificada con las plumas perfectas y extendidas, como... si el mismo pájaro la hubiese dejado caer completa en pleno vuelo —le encantaron las tres bolas-huevos con sus semillitas dentro. Cuando Shika le mostró el cetro se le cayó la mandíbula de la sorpresa—. ¿Qué es esto? —lo tomó entre sus manazas y no paró de darle vuelta, observando la cola de delfín que salía a un costado de la pieza, la cola de sirena que era el mango del que se agarraba, la serpiente de boca abierta que afianzaba la mano al cetro y la cabeza de águila-serpiente emplumada que la coronaba. Llegaron a contar entre Bruce, Shika y Robert, otro huésped del hotel que se sumó a admirar las múltiples formas de la madera, nueve figuras en las que estaban todos de acuerdo. Luego, cada uno miraba otras distintas que el resto no lograba identificar.

Para Shika fue un día hermoso:

—Uno de los mejores de mi vida —la mujer Eros no da importancia que ayer dijo lo mismo del día vivido.

Por la tarde hizo el amor con Bruce, procurándose ambos el suficiente placer y empatía como para hacer una siesta, uno en brazos del otro, en preparación a la vigilia programada para la noche, y no perderse un solo momento del eclipse lunar anunciado para ese día.

Después de cenar, Shika advirtió a todos que se iría a la playa a ver el eclipse en solitario y agradecía de antemano que nadie se acercara a su espacio hasta pasado el eclipse en su totalidad. La advertencia sorprendió a los concurrentes, quienes ya habían armado una pequeña fiesta. Robert se quejó, resentido por verse privado de tan hermosa y culta compañía y Shika rio ante los esfuerzos de Bruce por marcar territorio, pero evitando alentar los intereses del otro. La tensión entre los dos hombres creció, conforme Robert no cesaba de bromear mal intencionado.

—Es medianoche. Me voy en busca de mi espacio —anunció Shika poniéndose de pie. Al ver las diferentes expresiones en los rostro de sus interlocutores agregó—: dejaré que los hombres disfruten, sin mí como espectador, de sus tendencias suicidas y salvajes de las que vienen haciendo gala desde la época de las cavernas, o que se sensibilicen ante la belleza de la noche y lo que promete, disfrutando de la camarería de la que también el sexo masculino es tan capaz.

Sin esperar respuesta, recogió la canasta con sus recientes regalos y se marchó a la playa. Una vez allí, caminó lo suficiente para alejarse de cualquier luz artificial. La luna llena brillaba esplendorosa en un cielo por contraste muy oscuro. Una vez seleccionado el espacio, se dejó caer sobre la arena, enterrando las manos para apretarla con los puños. Al sacar la izquierda y abrir la mano, sorprendida encontró una «espina del Diablo» trabada alrededor del dedo del medio, que era llamada así por los lugareños, primero, porque la espina de dos cuernos con dos pulgadas de largo parecen tener la cara de un carnero o lobo, según quien la vea, con cachos u orejas muy filudos. Segundo, porque el palo donde crece alberga unas hormigas rojas que producen picaduras que queman como el Infierno.

Shika observó admirada la espina, que parecía mirarla desde la sombra con cara de lobo, lo que provocó un escalofrío a su propia espina dorsal. «Si la cabeza de la semilla no hubiera abrazado con sus puntas afiladas los lados del dedo, sobresaliendo las puntas del otro lado de la mano, me hubiese infligido infinito daño», Shika volvió a cerrar el puño para apretar la pequeña cara a su palma. Sabía, por haber abierto «espinas del Diablo» en su niñez, que esta guardaba en su centro unas delicadas y trasparentes alas de mariposa, con un círculo al centro. El delicado centro era la semilla capaz de generar un arbusto enorme, casi como un árbol, que produce en su adultez unos penachos rojos y las temidas «espinas del Diablo» con la promesa de vida dentro de ellas, para perpetuar el círculo de la existencia. Recordó que le encantaba romper la estructura externa para revelar el delicado y potente contenido. La semilla, un círculo amarillo pálido rodeado por una membrana marcada por diminutas venas que semejaban los hilos de una tela de araña, volaba con el viento para germinar lejos del árbol madre. Romper la cáscara para verlas volar era un goce infinito. Shika volvió apretar la espina en su puño y agradeció, esta vez a Hécate, la «diosa oscura», por su regalo.

—Hécate —murmuró—, tres veces diosa de tres caras. Tres veces madre. ¡Hécate!, joven, madura y vieja que guardas la sabiduría del mundo.

Saludando a la diosa supo que debía dibujar tres círculos. Al momento de apoyar la palma derecha para ponerse de pie, sintió bajo sus dedos un palo largo y duro, que empuñó como un lápiz.

—Oookeeey —alargó las letras, levantando la vista al cielo—, los dibujo con este palo.

Caminó tres veces en círculo, inclinada sobre la arena dibujando con su recién descubierta varita, unas líneas continuas. Un espiral de tres curvas lo suficientemente grande para acostarse ella en su interior, con las piernas y los brazos extendidos, con la idea de formar con su cuerpo el pentagrama de cinco puntas. Inspirada, dibujó un triángulo sobre el lugar donde colocaría la cabeza.

—Norte —pronunció al hacerlo. Hizo un segundo triángulo para la mano derecha, donde colocó dentro su cetro de madera y sus nueve imágenes.

—Oeste —murmuró.

Dibujó un tercer triángulo para la mano izquierda, allí puso uno de los enormes huevos de madera proveniente del manglar, con sus cientos de pequeñas semillas dentro.

—Este —besó la semilla con forma de luna llena. Finalmente, dibujó en dirección al sur, una media luna que coincidiría con el medio arco de sus piernas abiertas, y se puso a aullar como loba en colina, tres veces.

—¡Auuuuuuuuuuuuu, au-u-u-u-u-, auuuuuuuuuuuuuu!

Los tres triángulos apuntaban hacia ella, si las puntas se hubiesen tocado habrían creado una flor de lis u orquídea de tres pétalos. Colocó la «espina del Diablo», al acostarse sobre la arena bocarriba, bajo la llamada costilla de Adán. «Que en mí es más flotante que en ninguna», rio para sus adentros.

Unió ambas manos sobre su vientre, formando con los pulgares y los índices un triángulo que enmarcara su matriz. Con cada respiración profunda inflaba la caja pélvica, empujando con fuerza el aire hasta su vagina y ano, mientras en el cielo la luna se iba tornando roja.

Relajada, observaba la bóveda celeste junto a su interior silencioso.

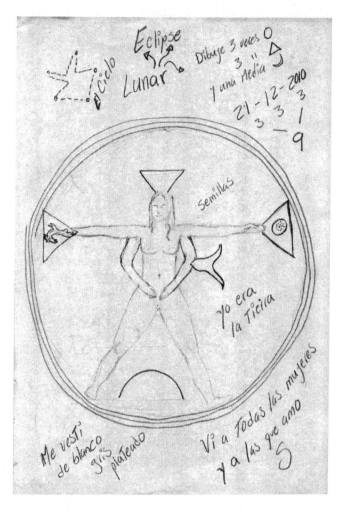

Dentro de la Luna apareció, sin Shika buscarlo, el rostro de Susana, su amiga y maestra más querida de la primera infancia. Luego, Claudia, Karla, Ivonne… Lourdes, Vivian, Sonia, Cecilia… Alejandra, de su adolescencia. Fanny, Lisbeth, Patricia, Natalia, Arnell… de sus veintes. Sin asustarse, siguió respirando profundo y observando. Lento se fueron sucediendo los rostros, personalidades que la acompañaron durante la vida. Mientras el eclipse avanzaba, cubriendo la sombra de la Tierra a la Luna, se generaba la figura de luna menguante y la aceleración de la llegada e ida de los rostros. Caras y recuerdos se sucedían veloces, pero con suficiente tiempo para asimilar y generar en su vientre emociones olvidadas. Lágrimas de alegría empezaron a rodar hacia sus orejas, humedeciéndole el cabello esparcido sobre la arena. Al quedar la Luna completamente abrazada por la sombra de la Tierra, algunas amigas empezaron a repetirse, mezclándose con rostros de personajes de libros o películas, y luego, con mujeres conocidas: escritoras, políticas, cantantes. El desfile se hacía cada vez más vertiginoso. Empezó a escuchar: «Luna, Tierra y Sol se han unido en una trilogía geométrica….», hablaban cientos de voces. Ecos lejanos que llegaban a Shika desde distintas direcciones. «Es un matrimonio cósmico… y la Iglesia, queriéndonos vender el paquete de hombre + hombre + pájaro jajaja…»… «¡luna sabiduría antigua!», cantaban, «¡tierra sabiduría fértil! Sol energía viril todoooooos producto de la nigredo». La voz de un niño: «mamá es hermosa la luna». Una voz frustrada: «¡Joder!, que el lente no da más…». Risas, música… Shika empezaba a marearse, cuando de un frenazo paró y se encontró a sí misma flotando en el espacio.

Ahora no solo veía las formas de las estrellas: esos puntos brillantes con picos de luz más tenue, sino la de los planetas cerca de ella. Cada uno gravitando en su órbita. De Marte podía apreciar fácilmente su atmósfera roja, y más lejos, los anillos de gases de Neptuno o Urano. Se movió ajustando el ángulo de su visión, para quedar de frente a la Luna, sintiendo por la espalda el calor del Sol. Entendió que ella era la Tierra esférica y perfecta, con entrañas palpitantes y vivas, ¡fecunda!, llena de vida. Se supo Ella sola y satisfecha flotando ante la enormidad del Cosmos, descubriendo aun el propósito de su existencia, sabiéndose parte de un cuerpo más grande, una partícula de un todo. Se preguntó por qué no podía escuchar a las otras esferas con quienes se sentía tan conectada. Un segundo de tristeza la conmovió haciéndola vibrar. En respuesta, las otras esferas vibraron en su frecuencia.

La Tierra se sacudió bajando y subiendo su onda vibratoria, alargándola o cortándola por intervalos, el Universo le contestaba.

Shika dejó de ser la Tierra para ser ella. Esta vez flotaba en posición embrionaria en medio de una nada oscura y densa «...a la nigredo es imposible acceder con cuerpo humano...», decía una voz y la segunda contestaba: «te equivocas, puedes acceder a ella con un mero acto de voluntad, pero probablemente no entiendas ni un cuarto de lo que encuentres en ella...». Luego, Shika flotaba de piernas y brazos abiertos en aguas cálidas y cristalinas, con ella flotaban otras mujeres y niñas, y todas reían felices.

Pestañeó una, dos, tres, cuatro y cinco veces. La Luna flotaba frente a ella, la sombra de la Tierra en movimiento creaba ahora el arco de una luna creciente. La visión de una sombra femenina, contrastada con la Luna, en la cúspide de una pirámide maya, se presentó muy clara. La mujer hacía sonar en dirección al cielo una concha de caracol de mar. Conforme el sonido crecía, el punto de visión se movió dejando ver a un lado del contraluz, que no le permitía a Shika distinguir a la intérprete, a Michelle Obama sonriendo complacida en dirección a la caracola.

La visión terminó haciendo a Shika consciente de la arena fría bajo su cuerpo y lo entumecido de sus músculos. Al sentarse de golpe, sintió la arena rodar sobre su ropa. Por un momento colocó ambos codos sobre las rodillas para masajearse la cabeza con ambas manos. Empezó a reír, a reír como una posesa. Se puso de pie de un salto y empezó a bailar con los brazos extendidos al cielo. Giró, giró y giró. La enorme camisa blanca de Bruce que se había puesto sobre la ropa para abrigarse, flotaba como una capa sobre su pantalón y playera grises. Giró hasta caer completamente mareada, riendo a carcajadas, cuando la sorprendió la voz de Robert.

—¿Estás bien? Decidí venir a ver cómo estabas. No regresaste y... todos los demás están completamente borrachos.

—¡No avances o machucarás mi círculo! —Shika le indicó con un dedo la línea del suelo, visible ahora que el eclipse había pasado y la luna volvía a brillar con toda su fuerza.

—Lo siento —dijo Robert sentándose en el suelo a buena distancia del círculo. Shika se sentó también para conversar un rato.

El hombre era un exmarine del Ejército de Estados Unidos que peleó en la Guerra de Golfo y ahora era escritor de cuentos para niños. Robert estuvo un buen rato señalando las estrellas y constelaciones visibles a la mujer Eros. «De no estar Bruce por acá, me acostaría con este hombre por placer», pensó Shika mientras le oía hablar. Pero el acuerdo que tenía con el holandés, aunque no incluía fidelidad en su ausencia, por servicios de compañía y sexo pagados por mes, exigía respeto tácito a su territorialidad masculina sobre su cuerpo en su presencia.

—Aléjate un poco para que pueda abrir el círculo —pidió al exsoldado.

Al regresar al restaurante, se habían ido todos a la cama. El lugar estaba en completo silencio. Shika deseó a Robert buenas noches antes de irse a la cabaña que compartía con Bruce. Se felicitó por su buen comportamiento.

Tres días después de vuelta en su casa de la Antigua, encontró esperándola en la sala al hombre señalado como uno de los más ricos del continente americano en la posición veinticuatro de la lista, quien era además, su primer cliente como prostituta oficial hacía ya bastantes años.

—¡Carlos, pero qué honor! Tenía años de no verte.

—Cierto —dijo el hombre poniéndose de pie para saludarla con un beso—, un gusto ver que por ti no pasan los años. Sigues tan hermosa como te recuerdo.

—Eso es verdaderamente un cumplido viniendo de tu parte. Sabemos que te gustan las mujeres jóvenes, sin importar que les lleves cuarenta años –Shika se rio burlona. No pudo evitar la pulla para molestarlo.

–¡Ah!, ya sabes que para mí es un juego descubrir el precio de cada mujer. ¡Y desde el momento que puedo pagarlo se vuelve un gana-gana placentero! –ambos compartieron una risa sincera, ya que Shika reconocía que además de pagar bien, Carlos era un hombre del que siempre se podía aprender algo. Por suerte para ella, lo conoció cuando aún no era tan viejo. Al igual que él, ella prefería que sus parejas estuvieran por lo menos en buen estado físico. «¿Qué podía hacerse?», se preguntó, «¡nadie es perfecto!».

–¿Y qué te trae por aquí?

–La curiosidad, escuché que estas entrenando chicas en el oficio, ¡me pareció sorprendente!

–No te creas que me he convertido en una chula o *madame* que promueve los servicios de otras mujeres. Soy más bien una maestra sexual. Enseño a otras a disfrutar y adorar su cuerpo, y compartirlo con alegría con quien les dé la gana, ¡así sean estos los maridos! –ante el levantamiento de cejas de su interlocutor, Shika se echó a reír y se defendió–. ¡En serio! Me he vuelto más esotérica de lo que me conociste y probablemente más descarada –ambos rieron–, la cosa ha ido creciendo de boca en boca y sin necesidad de anunciarme tengo cada día más adeptos que gustan de escucharme… te voy a enseñar lo que me acaban de regalar las diosas.

Dos piezas impresionaron a Carlos: un enorme hueso de alguna criatura marina, que al verlo de un lado parecían las alas extendidas de un ángel y del otro una corona que se ajustaría perfectamente a la cabeza si se le colocaran diademas. Y la pieza de madera en la que logró ver, sin que Shika se las indicara, las mismas nueve figuras que vieron los demás en la playa, cuando la compartió en el restaurante.

Después de una hora, un café y varias anécdotas compartidas, Carlos entendió que Shika no le entregaría una virgen de alto nivel para ser iniciada. Se marchó cómo había venido, sin dejar en Shika más que un montón de interrogantes. «¿Cómo podía un hombre tan inteligente ser tan corto de visión en cuanto a las mujeres?, ¿tan capaz y a la vez tan inútil para arreglar el mundo?, ¿tan poderoso y no repartir felicidad como hada de cuento?». Hubo un tiempo que lo despreció profundamente por saber sus movidas económicas y políticas, para seguir corruptamente enriqueciéndose, hasta que Shika entendió cuando le explicó un día a su amiga Sol:

—¡Hasta el asesino! tiene un papel que representar en esta obra de teatro que es la vida. He decidido cómodamente ser espectadora. Estoy decidida a no involucrarme, ni sufrir con lo que veo y sé. Estoy aprendiendo a detectar los hilos invisibles que mueven la rueda del destino, para poner a ciertas personas en el lugar y momentos oportunos, o aparentemente equivocados…

Con los recuerdos disparados, analizando sus decisiones y acciones pasadas, salió al jardín con su canasta de regalos. Pensó en Sol y se preguntó dónde andaría. Pidió a gritos una taza de té con leche de soya y miel. Mientras llegaba su bebida, desplegó frente a ella, sobre la mesa de piedra, las hermosas piezas de arte hechas por la naturaleza.

—Espectadora, ¡una espectadora! Tal vez ya he sido solo una espectadora demasiado tiempo —dijo a las piezas y a las flores que la rodeaban. Colocó sobre su palma abierta el centro de una caracola de mar, que al perder el grueso de su casa dejó al descubierto la forma de una maravillosa nota musical. Si su conocimiento no la engañaba, la forma sobre su mano, representaba la nota *Si*, tan lapidada y maldecida por la Iglesia Católica en la Edad Media. Llegaron hasta prohibir interpretarla a los músicos.

—IIIIIIIIIIIiiiiiiiiiiiIIIIIIIIIIIiiiiiiii —forzó sus cuerdas vocales para interpretar un agudo y nada melodioso *Si*, porque Shika cantante no era.

–Y todo porque cuando suena, no solo unes el resto de notas, sino que te permite ascender en la escala y tocar en quien te escucha, una cuerda dentro de su propio cuerpo –habló a una sorprendida Mercedes, que llegaba con una taza humeante. Con una sonrisa y alzándose de hombros, Mercedes la dejó a un lado de la mesa con un gesto de «no entiendo lo que hablas».

Con un gracias mecánico, Shika cambió la caracola por la taza. Con la bebida entre ambas manos se puso de pie para beberla a sorbitos, mientras conversaba en voz alta con sus plantas.

–Tal vez es tiempo de que suba yo a escena e interprete mi papel de profeta y mesías –las flores con su formas y brillantes colores contestaron: «¿Por qué no?».

–¿Y si estoy equivocada y es mi ego quien habla? Si caigo víctima de mi propio poder… –interrumpieron las plantas: «¿Acaso tienes poder?».

–¡Tengo! –contestó Shika sin dudarlo–, pero también tengo miedo de la avaricia y de mi maldad. «Si permaneces consciente de ellas, será difícil que caigas presa de egoístas intenciones», dijo el rosal silvestre.

–También tengo miedo que mi poder sea ilusorio, una mentira de mi ego –se sinceró la mujer.

«Intentándolo lo sabrás», contestaron con simpleza las plantas.

Unos días después, Shika en compañía de su amigo Elías el pintor, buscaba información en libros e Internet, que les ayudara a comprender, o completar, la experiencia vivida durante el eclipse. Encontraron tres escritos interesantes. El primero fue un comentario de un lector a un artículo publicado por el Periódico Guatemala, el mismo día del eclipse:

La experiencia de preobservar el eclipse lunar se remonta a las profecías del Chilam Balam de Cumayel: «Se tegnira la luna con lágrimas de sangre». El color rojo simbolizaba a la esquina hacia el punto cardinal este; así, veamos un par de ejemplos interesantes: el primero, que las primeras 7 familias mayas eran aludidas cual «estrellas rojas», es decir, provenientes de allá, allende del gran océano. (La palabra maya «yulio» significaba paralelamente, estrella y alma, así la de un Ah Bobat o sacerdote-profeta, al pasar al más allá, se tornaba en una estrella. -Pues «se regocijaron las estrellas de la Aurora preexistente», según el Libro de Job). Y el segundo, «cuando advenga el substituto tras la ceiba-roja, el Segnor ya estará a la distancia de un grito, de una jornada», también según el libro de profecías de referencia. -Esto es a semejanza del Árbol de la Vida (Eterna), cuyo fruto es más deleitable que todos los demás, y cuya representación aparece hasta en los bajorrelieves, ya no digamos los códices como el de Magiablechi, que lo asocia con el sacrificio personal de Kukulkán, quien prometió volver a retomar su trono.[19]

—Impresionante —dijo Shika al terminar de leer—, siete familias, ¿siete estrellas o planetas? Seguro es una referencia a cómo nos agrupamos bajo la influencia de los siete planetas descubiertos...

—Mercurio guía a los intelectuales, Marte empuja a los agresivos, Venus inspira a los idealistas, Júpiter contagia a los optimistas... —recitaba desapasionadamente Elías mientras pasaba las páginas de un libro de alquimia.

—Que alma y estrella ¿sean sinónimos?, ¿quién me podrá confirmar esto? Tendré que echar un vistazo a mi lista de clientes... —murmuraba Shika a su vez—,

---

[19] Bibliografía no encontrada. (*N. del E.*)

ceiba roja en representación del tiempo, ¿tiempo activo, terreno, violento?

—Sin el impulso agresivo y activo de Marte, dragón rojo o planeta rojo, la raza no hubiese sobrevivido. Pese a la violencia que generamos contra el medio y nosotros mismos, esa misma agresividad es quien nos lleva a enfrentar los obstáculos y aferrarnos, pese... la tortura o sufrimiento, a la vida... —continuaba Elías sin levantar la vista de las páginas que volteaba.

Un espectador cualquiera se hubiese preguntado a quién se dirigía la una o el otro. Aunque sentados cerca, daban la impresión de hablar más para sí mismos, en fragmentos en voz alta. Sin embargo, al prestar atención se comprendía que el uno continuaba el texto de la otra y viceversa. Elías y Shika tenían años de ser amigos. Ella había servido de modelo e inspiración al pintor y él era una especie de maestro y guía para su necesidad de conocimiento místico y artístico. Ambos compartían la pasión por la música, la cual coleccionaban en la misma medida que los libros, llenando paredes enteras. Su relación se basaba en la admiración mutua y la afinidad de intelectos pares.

—Y Kukulkán, igual, serpiente emplumada —continuaba la Puta—, pudiera ser alguien de signo Escorpio o bajo la influencia de Plutón, que como el resto de planetas lentos regula las fuerzas secretas y antiguas... manifestadas en actos creativos y formas específicas como edificios estéticos, acueductos o la misma tecnología cibernética... ¿Y qué de esa constelación de la que te hablé?

—La constelación de Serpes se relaciona con el mito de Ofiuco. La serpiente es el animal que revela los secretos al serpentario u hombre responsable de estos animales, a quien la serpiente le enseña a resucitar a los difuntos. Como siempre, la encontramos con este doble significado contradictorio, buena y mala, pareciera salvar y destruir... —recitaba Elías, sin esperar respuesta.

—Hasta que los astrólogos no la incluyan entre Escorpio y Sagitario, o entre Piscis y Aries, no estaré segura de cómo utilizarla. Pero me alegra saber que está allí zigzagueando, deslizándose de lo oscuro a lo claro y de regreso.

Elías se limitó a encogerse de hombros y continuó:

—El presidente del mundo es signo Leo, la dama Capricornio, nada que ver con Plutón. Sin embargo, sus hijas, la mayor es Aries donde Plutón tiene su base, y la menor es Géminis donde Plutón se exalta. Ellas podrían ser la clave, pero me queda muy rebuscado

—¡Vamos Elías! No negarás que la dama negra del siglo XXI y la nigredo concuerdan a como tú y yo hemos reinterpretado el poder de la primera fase alquímica. El eclipse lunar del 21 del 12 del 2010 será histórico, marca mis palabras. Ya saldrá gente diciendo por aquí y por allá lo que vivieron… o nos daremos cuenta con el tiempo lo que ese eclipse señaló en la historia humana —por respuesta, Elías le sonrió y regresó a su libro. Mientras Shika siguió abriendo y cerrando textos en la computadora.

—¡Oye esto! Aquí, en el blog de una tal Iris —y leyó en voz alta—:

La duración de un eclipse lunar es variable. Todo depende de la exacta geometría que se proyecte entre los tres cuerpos: la Tierra, la Luna y el Sol. Como máximo, un eclipse de Luna ha llegado a durar siete minutos y cuarenta segundos. Anaxágoras en el año 450 a. C. llegó a la conclusión de que la Tierra era redonda al observar la secuencia que producía un eclipse. El filósofo griego «simplemente» concluyó que si la sombra de la Tierra sobre la Luna en un eclipse aparece curvada, es porque la Tierra tiene forma esférica.[20]

[20] Bibliografía no encontrada. *(N. del E.)*

—Cinco, diez mil años antes de Cristo, la gente sabía que la tierra era redonda y que el Sol era el centro de la Galaxia —intervino Elías con su característico tono sin expresión— ¡Oh sorpresa! Dos mil años de ceguera lo que aportó el judeo-cristianismo a la Tierra... bueno, algo como mil seiscientos años para ser más justos con los culpables jerarcas de la Iglesia Católica. Es como si nos moviéramos en círculos, llegando ahora en el dos mil a descubrir o entender lo que los antiguos supieron en su tiempo.

—Y las mágicas experiencias combinadas con textos crípticos son la clave para descifrar lo que intuimos y que los científicos actuales no terminan de aterrizar. Por eso mi queridísimo amigo, concéntrate, ya que necesitamos tu profunda alma artística para lograr unir las piezas —tomó un marcador y se acercó a escribir sobre la pizarra—. Son tres cabezas de dragón formando aquí una trilogía, muy acorde al eclipse del veintiuno. A ver: día 21, que al sumar el dos más el uno, te da tres. Más 12, del doceavo mes, igual tres. Más año 2010, de nuevo tres. Al sumar los tres obtenemos un divino nueve —envolvió cada cifra en un círculo—. ¡Y mira esa espectacular pieza! que me regaló la Tierra. Todos que la han visto, concuerdan que la cabeza, muy bien puede ser un dragón, un caballo de mar, la cabeza de un águila o una serpiente con penacho... tú sabes que el caballo de mar es solo otra forma del ser que manifiesta tres animales en uno, como la esfinge egipcia, como Hécate y todo lo que viví ese día. ¡Tres, tres! Por todos lados.

—¡Sé dónde está! —gritó exaltado de repente Elías, sorprendiendo a Shika. Emocionado se acercó a la gigantesca librera de ocho metros de largo por tres de alto, tomó un libro que sacudió por las pastas dejando caer varios papeles, para revelar el tercer texto significativo del día.

—El libro donde leí ¡lo de la nigredo! No era mío, por lo que copié a mano lo que me pareció más interesante —explicó mientras se agachaba a recoger los papeles y los llevaba a la mesa antigua de caoba, que acogía pilas de fotografías y papeles dispersos. Leyó:

En la Primera Parábola titulada «De la Tierra Negra en la cual radican los siete planetas» leemos: «Mirando de lejos vi una gran nube que ennegrecería toda la tierra. Ella había recubierto y agotado mi alma, pues las aguas entraron en ella...»[21]

—Recuerda que en lenguaje esotérico, el agua es sinónimo de sabiduría emocional. Por eso cuando sueñas con ella en cualquiera de sus formas o contenidos, debes prestar atención si está turbia, clara, calmada, con oleaje, etcétera. En tu visión, la viste cristalina y flotando en ella, ¡a gusto!, destinada a asumir la obra alquímica —y Elías siguió leyendo—:

Pero el proceso que libera a la Sabiduría de la oscuridad supone, como ya se dijo, un reiterado proceso de purificación. Los siete metales, asimilados a las siete estrellas del Apocalipsis y a los siete planetas deben ser purificados nueve veces.[22]

—Mientras flotabas como Tierra viste los siete planetas mencionados tanto por el *Chilam Balam*, como por los textos alquímicos, y siete son los chacras principales del cuerpo, ¡nuestro cuerpo! que es el mapa a escala de nuestra Galaxia, la que a su vez es un mapa a escala del resto del Universo.

[21] NANTE, Bernardo. *Aurora Consurgens o El nacimiento de la Aurora. Una lectura junguiana.* Artículo publicado en la revista El Hilo de Ariadna, N° 2, Bs. As, 2007.
[22] Ibíd.

Interrumpió Shika emocionada, al entender por dónde iba la cosa:

—…Pero la Tierra es un octavo planeta, un observador externo que a la vez está dentro de lo mismo que observa…

—¡Ah y mira cómo se pone de bueno! —y Elías leyó:

En la Segunda Parábola titulada «Sobre el diluvio de las aguas y la muerte que la mujer ha introducido y expulsado» se torna evidente el carácter femenino de la nigredo pues allí se advierte que la sabiduría misma equivale a la mujer portadora de muerte. Se trata de una asimilación entre lo femenino más alto (ej. Virgen María) y lo más bajo (Eva). Es, en definitiva, la misma la mujer que trae y que ahuyenta a la muerte. Esto equivale simbólicamente, a la Sophía Proúnikos, la Sabiduría Impetuosa y hasta Prostituta, perdida en lo más abyecto de la materia, para ser salvada y así salvar.[23]

—¡Esa soy yo! —se rio estrepitosamente Shika—. Ser salvada como una doncella en desgracia, porque sin mi existencia no habría ni heroísmo ni héroes. ¡Por Dios, que cursi! Parafraseémoslo mejor así: ¡salvada! porque solo el que busca y se embarra encuentra —más seria—, ella está adentro y está afuera. La mujer negra, La Dama, representante de lo más oscuro y poderoso de la Madre, está dentro del Sistema, pero también está afuera. Ella es el octavo planeta y la Tierra. Hécate tuvo dos hijas y un hijo. Hacen una perfecta trilogía tal cual: Sol, Luna y Tierra.

—Por otro lado, la mujer portadora de muerte… —contestó Elías—. ¡El orgasmo! también llamado pequeña muerte, o el óvulo vivo y luego desechado…

—…Atravesamos las mujeres ciclos de vida y muerte cada mes de nuestras vida…

[23] Ibíd.

–¡O! la transformación de la oruga en mariposa, el gusano debe desaparecer para alcanzar las alas y volar…

Continuó Shika con los ojos vidriosos de placer por el camino que habían tomado:

–La impecable virgen y la transformadora puta. Una pone las bases y la segunda indica el camino… la primera trabaja en silencio, la puta baila sobre la mesa –y estalló en una carcajada tan estruendosa que sobresaltó a Elías–, y si no es ella quien despierte el poder de la nigredo, será otra mujer como ella.

Elías se limitó a verla con ojos cómplices y continúo leyendo:

En la Tercera Parábola: «Sobre la puerta de bronce y el cerrojo de hierro del cautiverio de Babilonia», se confirma lo anterior; la Sabiduría de Dios es la 'humedad corruptora' o la mujer portadora de muerte. Pero ella permanece atrapada en la materia y aún no se salva, pues no se advierte que está siendo «proyectada» sobre la misma. Es claro que la imaginación creadora pone en movimiento las imágenes viles; aquellas que en razón de su oscuridad ocultan la meta. Por ello mismo, aquí se registra el paso de lo psíquico a lo espiritual.[24]

–Que en términos junguianos supone una confrontación espiritual con los contenidos del inconsciente –se extendió Shika caminando por la sala–. Eva toma la manzana y con eso conoce lo que es bueno y lo que es malo, debe morir a lo que era y aun así, seguir siendo ella. Las mujeres debemos asumir lo que deseamos: ¿hijos, casa y marido? y ¿a cuál precio?, ¿o llevar la riendas del mundo?, ordenarlo a nuestro gusto. La virgen atrapada por lo que ella misma proyectó al resto, debe ser

[24] Ibíd.

modelo de virtud y silencio. Solo la puta puede liberarla. Roto el molde y la imagen, ella es libre para ejercer su poder y ser señalada abiertamente. La puta/Eva, entonces, debe seducir y enganchar al auditorio a su sensualidad y sus designios… ¡cómo para que no nos tengan miedo!

Llena de conocimiento
y sintiéndose completa
el Alma decidió que debía enseñar lo aprendido,
se volvió maestra,
cruzo fronteras y ríos.
Participó en la construcción de templos y obeliscos.
Mientras enseñaba
se dio cuenta que aprendía,
pero también:
desesperada por la ignorancia o estupidez de los demás,
¡Imponía!
Tanto impuso…
que en un examen de conciencia
llegó a cuestionar su verdad y sus principios.
Inquieto su interior, soñaba.
La empujaba a recordar sus orígenes nada claros.
¿Dónde buscar?, fue la pregunta.
Se armó de valor,
rompió con lo aprendido,
atravesó portales.
Sorprendida descubrió mundos más extensos.

Octavo verso
El viaje del alma
Sol Magnético Amarillo

14

Maestra, maestros y ángeles
Desesperante Lima, 1997

Sofía resultó ser una asceta, dueña de una sencilla casa en medio de un sencillo barrio, lejos del centro de Lima. Me recibió con una enigmática frase en el momento de abrir la puerta:

—¡Bienvenida a la cueva! Esta es mi propia matriz inventada, donde me nutro física y espiritualmente —cambió rápidamente a algo usual—. ¿Cómo estás?, y ¿qué tal el viaje?

—Bien, estoy bien… ¡sobre el viaje hay mucho que contar! —exclamé con una risa casi histérica.

En aquella época de mi vida nada era normal, pasaba de una situación compleja a otra llena de intensidad, sin tiempo para digerir lo que vivía. Las palabras de recibimiento de Sofía me descontrolaron. Estaba cansada. Las dos semanas recorriendo la costa peruana fueron muy exigentes física y emocionalmente, necesitaba descansar. Sofía lo entendió al vuelo, abrió los brazos y con una sonrisa maternal expresó en tono neutral:

—Ven extranjera, pasa y descansa.

No pude más que echarme a reír, pero esta vez feliz. Di un paso al frente y me dejé envolver. La casa de Sofía estaba casi vacía, a excepción de un aparato de música junto a la pared y una tarima baja de madera en la sala-comedor, no había nada. Las paredes estaban pintadas de colores alegres. Una sola estaba cubierta con una ecléctica colección de cuadros. En la cocina, al fondo, decorada con colores también brillantes, sobresalían unas flores sobre la mesa. Parecían muy vivas en medio del vacío. La pequeña habitación, donde pasaría casi dos meses, tenía una cama y un roperito para poner mis cosas. La habitación de Sofía no tenía mucho más, con excepción de fotos y cuadros en una pared. Su ropero contenía tres trajes formales de lino: chaqueta, chaleco, blusa y pantalón, para ir a trabajar. Un conjunto era blanco, otro negro y uno azul. Dos juegos de falda, blusa y chal tipo étnico/*hippie* multicolor, para fines de semana. Un vestido negro elegante y clásico para cócteles y museos, que le quedaba como un guante, haciéndola lucir su figurilla de Venus. Dos gabardinas, una roja y otra negra. Dos pijamas, un conjunto deportivo, un traje de baño, cuatro conjuntos de ropa interior, cinco pares de zapatos: tenis, sandalias planas, botas para los días de frío, dos pares negros de tacón: unos sexis y otros formales, cinco pares de calcetas. Su vestuario exiguo y de excelente calidad, describía perfectamente la persona que Sofía era. En su casa no había una sola cosa superflua. Tenía cuatro juegos de ropa para cama, dos para cada una, dos *sets* de toallas, uno para ella y uno para el invitado de turno. En la cocina todo estaba dividido igualmente en dos partes: ella y el otro. Además del equipo de música, la secadora y el refrigerador, no había ningún otro aparato eléctrico en la vivienda. Se bañaba con agua fría y lavaba la ropa a mano.

—La secadora de ropa es verdaderamente necesaria en una ciudad donde solo brilla el sol de vez en cuando —me explicó ante mi sorpresa de encontrar el aparato en una esquina del patio trasero, bajo techo.

Sofía en su casa dividía el tiempo perfectamente cronometrado, sin que hubiese reloj en algún lado, entre dormir, bailar, limpiar, asearse, cocinar y comer. Trabajaba ocho horas conscientes, sin distraerse un momento. Su vida nocturna se desarrollaba entre invitaciones a cafés, museos, discotecas, cine, teatro y casas de amigos. Su salario de catedrática y escritora de investigación lo utilizaba para viajar, y ¡esa era su vida!

–¿Hombre... hombres? –no pude evitar preguntar.

–¡Van y vienen! Algunos se quedan por un tiempo, otros por unas horas –rio al explicarme–. Llegué a la edad donde a veces me toca pagar los tragos.

Al igual que cuando viví con las monjas yoguis en Brasil, nos levantábamos temprano a bailar, hacer yoga, que yo le estaba enseñando, meditar, cocinar y comer. Era una excelente cocinera. Tenía un calentador de carbón para dar carácter a la cocina por las mañanas. Las flores en la mesa jamás faltaban. Ella salía de su casa a las nueve y volvía solo doce horas después. Pude haber aprovechado Lima de mejor manera. La vida cultural y nocturna de la ciudad es rica y activa. Los intelectuales, artistas, políticos y pensadores de toda índole son fáciles de conocer en el Perú, ya que los hay por todos lados. Los peruanos, en general, son gente maravillosa. Pero yo estaba desesperada por regresar a casa y solo vi de Lima lo detestable: el tráfico, el clima y la suciedad.

–Demasiado tiempo fuera –expliqué a Jai, el aprendiz de monje yogui de Ananda Marga, a quien me uní para ayudarle a vender incienso en la calle y cocinar. Llevábamos dos noches por semana, sopa caliente a los indigentes y prostitutas callejeras que pululaban en uno de los parques cercanos al centro. Jai era brasileño, tenía veintitrés años, y uno de haber ingresado a la organización hinduista. Sin prisa por decidir, podía pasar varios años en servicio voluntario para descubrir si más adelante hacía votos definitivos para el grupo humanitario sin fines de lucro. En su compañía recuperé paz y pudimos explorar sentados en los bancos de Miraflores, el significado del mensaje del águila y el extraño ser que me visitó en Copacabana. Experiencias que pertenecían al campo de la reencarnación y el viaje del alma.

–¿Por qué dudar que el ser individual, que el ego consciente del *yo*, pueda tomar un recipiente físico cualquiera para vivir una experiencia terrena? –cuestionaba Jai cuando discerníamos sobre la conciencia y el ego.

Al igual que yo, creía que es arrogancia humana pensar que el cuerpo de un hombre o de una mujer, es superior al de un caballo, una oruga o un chimpancé. En la rueda kármica desarrollada por el hinduismo, se piensa que antes de ser humano se fue perro. Asumen que la humanidad es el eslabón más alto de encarnación con el cual se puede llegar a la Iluminación y salir así del ciclo kármico de dar y recibir, levantarse y caer. El varón por encima de la mujer.

–Hay gente que se comporta peor que animales –decía mi amigo, sin una pizca de emoción en la voz–. Hombres o mujeres rastreros, depredadores, usurpadores, violentos y ¡ufff, la lista es interminable! Vas al África y te encuentras con un mundo, una realidad, que se pensaría que uno cambió de planeta y no solo de continente –Jai era hijo de diplomáticos y antes de tomar un camino individual, espiritual, vivió con su familia en diferentes partes del mundo–. Uno lee los periódicos y se encuentra con noticias protagonizadas, tras bambalinas uno que lo sabe, por estos grandes nombres y apellidos que se dedican desde sus elegantes oficinas, a saquear el planeta de recursos, en un claro reflejo de su nula inteligencia.

Hablaba sin enojo, sin decepción ni dolor. Se expresaba como un espectador interesado y no involucrado, que no combinaba del todo con su apariencia de niño rico. Su buena cuna no se disimulaba por su traje de acharia: chaqueta naranja y falda blanca, que llamaba la atención de la mayoría de transeúntes. Ambos éramos partidarios de creer que la Tierra, nuestro hermoso planeta azul, es una oportunidad maravillosa para expresar y contemplar belleza. Un lugar para amar, aprender, llorar, crear, dar... Ni él ni yo veíamos la vida como un castigo. Muchos de los que están en un camino, o búsqueda espiritual, lo hacen con la esperanza de iluminarse y no volver nunca más a la Tierra y a la vida y el sufrimiento que esta implica para una gran mayoría. Mi búsqueda, es cierto, empezó primero impulsada por enojo contra la injusticia y la necesidad de resolver mis múltiples rarezas. Luego, seguí por curiosidad. Conforme avanzaba se volvió un camino, prácticamente un estilo de vida. Y ahora, donde me encontraba en ese momento, parecía que me había subido en un resbaladero que descendía, o ascendía sin contradecir el acto mecánico de resbalar a toda velocidad por realidades paralelas, cada vez más increíbles y alejadas de la razón, la ciencia conocida o mi propia capacidad mental y limitada. Quería volver a mi país y a mi familia. Pensaba que al dejar Suramérica regresaría a un mundo racional, más fácil de manejar. Sin notar siquiera que había abierto una puerta o cruzado una línea en algún lugar de los senderos transitados, con un letrero que no leí y que seguramente decía: «no hay vuelta atrás». Así de confundida estaba en Lima.

Un día, en la vacía casa de Sofía, después de una agitada mañana buscando un barco en el puerto del Callao, que me llevara hasta Panamá a cambio de trabajo, me arrojé sobre la tarima de madera con la «Quinta Sinfonía» de Beethoven de fondo. Por primera vez desde mi llegada a Lima, estaba dispuesta a repasar despacio mi viaje por la costa peruana, que se convirtió en mi Vía Crucis personal. Realmente, no es que me haya pasado algo malo. ¡Quiero decir!, nadie me violó, robó o maltrató físicamente. Pero pasé frío, hambre, dolor y para mi vergüenza, miedo. Viajé en bus desde Cusco hasta Arequipa y de la ciudad salí a pie. ¡Grave error! Me costó unas tres horas dejar edificios y viviendas atrás, bajo un sol que quemaba, en medio de calles llenas de hombres un poco agresivos. Cuando al fin me encontré ante un espacio abierto, estaba agotada y la mochila me pesaba como nunca lo había hecho. Hice una pausa y luego intenté retomar el ritmo. Caminé otra hora, hasta que decidí hacer un alto para pedir un aventón. Pasaron pocos vehículos y ninguno me llevó. Resignada seguí caminando, hasta que decidí buscar un espacio donde pasar la noche. El lugar era bastante desierto, sin muchos árboles o vegetación. Encontré acomodo junto a una roca. El silencio y la soledad crecieron como un monstruo escondido al acecho esperando a atacar. Empecé a imaginar un montón de cosas horribles: que algunos de los hombres me habían seguido para violarme entre todos; que moriría congelada; que algún ente maligno se presentaría para atormentarme físicamente.

En la seguridad de la casa de Sofía me cuestioné de dónde nacen todos esos pensamientos terribles sobre males que acabarán con nosotras. Los peores y más recurrentes son los de golpes y dolorosos abusos sexuales. «¿Acaso son recuerdos de experiencias vividas?, ¿fantasías?, ¿verdaderas alarmas de protección para la auto-sobrevivencia?», me preguntaba conmocionada por el horror de las imágenes. Yo era una mujer con experiencia sexual, ¿por qué el terror a tener sexo con extraños? Podía entender el asco, que me contagiaran una enfermedad, que me embarazara, la vergüenza… ¿pero el miedo al dolor, la humillación? No me preocupaba que me mataran a golpes, «sé que pelearía, hasta que en algún momento dejara de respirar, y a partir de allí al encuentro con el otro lado», me decía para consolarme. Pero me aterrorizaba que me torturaran sexualmente, que me abrieran de piernas impotentes, que metieran en mi cuerpo cosas más allá de un falo, que no era de ninguna manera una perspectiva agradable. Debía admitirlo: temía por mi condición de mujer, por la fragilidad de mi útero y mi debilidad física.

—En la violencia sexual hay un nivel de humillación que llega a niveles psíquicos que nunca se olvidan —me explicó una vez Sol, cuando platicábamos de su trabajo con mujeres—. Hasta para los hombres es una de las situaciones más difíciles de superar. Pareciera que a través del sexo se alcanza a tocar un espacio tan íntimo del alma, de la mente, de esa materia inexplicable que pareciera habitarnos. Y que al contacto violento e impuesto de otro ser, esa parte nuestra sin nombre, se rasga de manera casi incurable. La víctima tiende a recordar los dolorosos momentos en las situaciones más inesperadas, agravando con eso el trauma —mi amiga era una terapeuta sexual con mucha experiencia. ¡Cómo la extrañé en ese momento, allí sola sobre la tarima! Me moví incómoda sobre el suelo, queriendo expulsar en el plano físico lo que me molestaba en el mental. Me sentía fatal. Sofía entró sorpresivamente y al verme casi gritó.

—¡Vamos desembucha! Es hora que me cuentes qué te pasó en el camino a Lima, haré el mejor de los tés, mientras te figuras como me contarás el cuento.

No pude más que suspirar y guiñarle un ojo a la Madre del mundo, quien como siempre, me enviaba salvavidas cuando era necesario. Bajé el volumen de la música y me fui a la cocina para empezar mi narración. Decidida a desahogarme.

—Te lo resumiré de esta manera: en la noche tenía pesadillas horribles sobre abusos sexuales, tan reales que te juro que ¡creo que los viví!… siempre me veía tomada por un grupo de hombres, quienes me golpeaban tan fuerte que quedaba lo suficientemente atontada, sin posibilidad de poder defenderme… pero no del todo para evitar el terror de sentirme desgarrada cuando me penetraban con horrible violencia, uno detrás de otro. Por delante y por detrás. Me despertaba hecha un ovillo, empapada en sudor, y con real y verdadero dolor físico. Despierta, persistía la sensación de verlos jugar con mi vagina, moviendo sus asquerosos dedos dentro de mí, diciendo frases obscenas.

—Creo que una gran mayoría de mujeres ha tenido, más de alguna vez, pesadillas de ese tipo —Sofía me tomó la mano para darme ánimo—. No hay nada de malo que temas por tu integridad física. ¿Ves cómo lo explica la palabra?: ¡íntegro! Algo unido, nada desgarrado —me dejó para preparar el té, mientras seguía hablando—. Debemos admitir que en esa primera experiencia, buena o mala, las mujeres somos físicamente abiertas y verdaderamente desgarradas, unas con poco o menos dolor, otras con mucho. La pornografía y la poca educación sexual no ayudan. Muchos hombres y mujeres creen que el sexo violento es la mejor forma de mostrarse pasión unos a otros. Ya sabes, esa embestida que nos dan algunos creyendo que ese es el camino, cuando en realidad las mujeres somos delicadas y sensibles en nuestras partes. Eso no quiere decir que de vez en cuando no nos guste ser tomadas con un poco de fuerza. Pero ni todo el tiempo, ni con más de la que podamos tolerar —hizo una pausa—. ¡Más que fuerza!, creo que lo que deseamos o buscamos algunas veces es ser tomadas con decisión. Sentir que estamos en sus manos y que ese hombre sabe y puede hacerse cargo. Sin embargo, las mujeres aguantan el chiqui, chiqui, chiqui… fuerte, hasta doloroso, y se callan por temor o amor al hombre con quien están.

—Shika habló a Túpac de rendirse… —recordé algo de lo conversado con mi amante instructor—, le explicó que las mujeres para evitar sentirse sucias, usadas, o no apreciadas y amadas, deben rendirse a su amante: como el árbol se rinde al viento. Entender que en la naturaleza sexual una se abre y el otro entra; que una se entrega y el otro toma; que él se vacía y ella se llena. Pero no lo entendí muy bien, no sé si es porque Túpac es hombre y no entendió del todo lo que Shika quiso decir.

—Deberás encontrar a esa Shika cuando regreses a Guatemala, por todo lo que me contaste de Túpac... como que ella tiene aún mucho que enseñarte y de paso, me escribes... para ponerme al día aunque sea a los sesenta —y estallamos las dos en una sonora carcajada, que me relajó por completo.

—Ahora regresa a contarme de tu viaje por la costa, antes que terminemos hablando de hombres. ¡Que aburrido! —dijo Sofía, con una falsa y exagerada expresión que nos hizo reír de nuevo.

—En el día me achicharré, pasé sed y por algún motivo, nadie me daba jalón. ¡Es más!, fueron muy pocos los autos que vi, como si no hubiera estado en una carretera principal. La mochila me pesaba tanto, que llegué a hacer altos para revisar mi equipaje. Pesar y sopesar cada objeto que traía e ir abandonándolos en el camino. No me preguntes exactamente si todas en un mismo día o distribuidas durante el tiempo que me tardé en llegar. Por la razón más extraña, solo recuerdo los momentos allí en medio del paisaje seco y solitario. Unas veces frente al mar y otras más alto, en algún risco. Una sola vez bajo la sombra de un árbol, donde por cierto me quedé a dormir.

—¿Qué me tratas de decir?, ¿qué lo viviste como un sueño? —preguntó Sofía, mientras se movía dentro de la cocina para preparar luego de la infusión, algo que comer.

—No un sueño, más bien una subrealidad, una realidad paralela.

—¿Qué dejaste en el camino?, ¿algo que valiera la pena?

—Eso es relativo —contesté encogiéndome de hombros, mientras me reacomodaba sobre la silla—. Lo primero que dejé fue una hermosa y única caja de música, destinada al hombre del que alguna vez me enamoraré.

—¿Qué? —exclamó mi sorprendida amiga.

—Así es, una hermosa caja labrada con un serie de símbolos hechos por mí misma hace un par de años. Pensé que comprar la caja, decorarla y escribir una carta para mi hipotética y tal vez futura pareja, era un acto de fe. Una manera simple de afirmar que él estaba allí, en algún lado, pensando en mí como yo pensaba en él... de vez en cuando me gustaba abrir la caja y escuchar El Danubio azul, que sonaba mientras una bailarina giraba en su centro de terciopelo. La melodía me hacía soñar en los hermosos bosques y la fluidez del río que la inspiró. Pero también relacionaba la música, sin base ni motivo, con la historia romántica entre Chopin y Aurore Dupin... ya sabes, la famosa y mejor conocida como George Sand. Esa mujer intrépida que rompió el estereotipo femenino de su tiempo y de todos los otros tiempos. Fue adúltera sin esconderse. Escritora talentosa, que dejó por escrito lo que sintió e interesantes propuestas filosóficas y metafísicas...

—Ah sí, aquella novela sobre un monje fantasma, ¿cierto? —interrumpió mi amiga.

—¡Exacto! —exclamé feliz de encontrar alguien que la hubiese leído— *Spiridion* se llama el libro y el fantasma. En resumen, se trata de esa búsqueda interminable que hacemos algunos por el conocimiento. Ya cerca del año 2000, pareciera estar completamente trillada... pero regresando a la caja, para terminar de contarte, cuando veía a la pequeña bailarina, imaginaba sin razón, ya que el Danubio es de Strauss, noches de piano que Aurore y Federico habrán compartido, ambos embebidos en la experiencia de la música sublime y la belleza etérea, cosas que ya no puedes vivir hoy con nadie. Aurore era noble de cuna y fue quien, rompiendo todas las reglas, enamoró a un Chopin mucho más joven que ella. ¡Y más bello también! Ya que ella no era precisamente una dama agraciada. Él se resistió al principio y luego, se dejó guiar por esa mujer que influyó buenamente en su carrera... —Sofía chasqueó los dedos frente a mi rostro, para cortar de tajo mi pausa, que me tenía en un salón del siglo XIX, junto a Aurore y Chopin.

—La caja, háblame sobre la caja —me dijo sonriendo.

—Mi hermosa caja, la que dejé con el temor supersticioso de no encontrar nunca mi alma gemela —me reí y suspiré—, el hombre. El único que nació para mí y para el cual yo nací, como cuentan las fantasías de amor... —no pude evitar la ironía en la voz—. En la caja guardaba fragmentos de La dama de las camelias, uno de mis libros favoritos, donde dice Marguerite: «...nosotras, criaturas del azar, tenemos deseos fantásticos y amores inconcebibles. Nos entregamos lo mismo para una cosa que para otra. Hay quien se arruinaría sin obtener nada de nosotras, y hay otros que nos consiguen con un ramo de flores. Nuestro corazón tiene caprichos; ésa es su única distracción y su única excusa. Yo me he entregado a ti con más rapidez que a ningún hombre, te lo juro. ¿Por qué? Porque al verme escupir sangre me cogiste la mano, porque lloraste, porque eres la única criatura humana que se ha dignado compadecerme».[25]

—Ese simple párrafo —continué emocionada— dice tanto de lo que las mujeres han vivido en el tiempo, de sus opciones; del papel que han jugado el amor y los hombres en sus vidas; de las mujeres que han podido escoger, unas sin siquiera notarlo. Hoy cuando en teoría, «liberadas» para escoger lo que queramos: dinero, profesión, fama, sexo, independencia... seguimos esperando ese hombre especial... Pero, te sigo contando. Todo ese día mientras caminaba, lo pasé entonces, reviviendo el amor de Margarita por Armando. Para decidirme a dejar la caja, de una vez por todas a la caída del sol, medité sobre las razones del porqué amamos a algunos y nada a otros. De si los hombres aman o po-

[25] DUMAS, Alexandre (hijo), *La dama de las Camelias*. Barcelona: Tasso, 1856. p. 144 (Consulta de Editor)

seen; el papel que juega la atracción física en las relaciones, y de cómo la belleza pareciera ser el atributo básico y más importante para ser amadas por un hombre. ¿Están las feas, o poco agraciadas, destinadas a no ser amadas nunca?, ¿aman los hombres realmente…? Pese al amor que Armando tenía por Margarita, la abandonó en el último momento porque su ego, celos y juicios eran mayores que su amor… –Sofía volvió a chasquear los dedos frente a mi rostro, trayéndome de vuelta a la cocina.

–Tu té, te he servido otro. No te enrolles, ¿qué más dejaste en el camino?

–Mi vestido de gitana verde con manchas negras de jaguar –contesté entrecerrando los ojos para volverlo a ver–. Tenía tanta tela y era tan pesado, que decidí era el tiempo de dejarlo, literalmente, en el camino. Con el vestido dejé el libro de *Carazamba*… –ante la mirada de ¿qué libro es ese?, le expliqué a Sofía sin que me preguntara–: Es la historia de una indígena de mi tierra, que es tan atractiva que a manos de varios hombres sufre violación, abuso, encierro y mucho más, hasta que descubre el poder de su belleza. Aprende a través del sexo a manipular a los que la desean, haciendo que algunos se enfrenten entre ellos y hasta se maten. En la historia, ella huye por la selva con el hombre de quien se ha encaprichado y que la rechaza. Contada así parece una tragedia… pero en realidad, es una historia fascinante donde selva y mujer son protagonistas. Ambas fuertes, misteriosas, bellas y completamente salvajes… la primera, porque así es su naturaleza, la segunda porque fue la manera que encontró de sobrevivir.

–Tendré que conseguirme una copia –interrumpió Sofía.

–Antes de dejar el vestido a un lado del camino, dentro de una bolsa plástica con todo y el libro a la espera de que alguien los encontrará… olí la tela, lo abracé como se abraza a un amigo, lo bailé, me cubrí un momento con él mientras leía en voz alta, páginas de *Carazamba*, que abría al azar. Dejar el vestido fue difícil... el libro lo puedo volver a conseguir. Ese vestido era para mí, un símbolo de poder que reforzaba la imagen de la mujer que pretendo ser. Mientras leía y repasaba la historia que Rodríguez Macal escribió inspirado por la selva y el espíritu rebelado de la mujer, percibí que debía dejar la imagen, la postura, e interiorizar tanto el vestido como la historia, para llevarlos en mi interior. Volverlos una parte indivisible de mi psique: jaguar, danza, mujer y selva eran una misma cosa y todas parte de mí misma.

Sofía me observó sin decir una sola palabra, como acostumbramos hacer las mujeres para invitar al interlocutor a seguir hablando.

—Un poco después decidí dejar una serie de fotos impresas sobre madera, que me regaló una amiga en agradecimiento por haberle servido de modelo. En las fotos me veía como nunca me he visto. Desde la imagen, me devolvía la mirada una mujer bella en la que no me reconocía a mí misma. Estuve mirando las fotos por largo rato, y aunque eran hermosas, tanto por la técnica, la composición y la mujer en ellas, era una historia que no tenía nada que ver conmigo. Dejarlas fue finalmente la decisión de entender que lo externo y los envoltorios no son mi camino. La añoranza que experimenté al verlas, fue como el recuerdo de una vida vivida y abandonada, pero que no se extraña. Con las fotos dejé el libro *El retrato de Dorian Grey*, como un chiste para mí misma. Como había que aligerar aún más peso, dejé también mi ejemplar de *Fausto*, de Goethe.

—¡Por Dios!, ¿pero cuántos libros cargabas contigo?

—¡Varios! —exclamé riéndome, burlándome de mi propia locura—. En la siguiente parada abandoné *Mujercitas*, *Siddhartha*, *Juan Salvador Gaviota*, *El Principito* y una biografía de Cleopatra, me quedé con una copia resumida del Corán, como único libro de lectura.

—¡Vaya elección la tuya! —dijo riendo Sofía.

—Es que los otros me los sé casi de memoria… domestícame —comencé recitando—, dijo el zorro al Principito, ¿qué es domesticar preguntó el niño?, significa que me enseñes a extrañarte y que te conviertas en un ser único para mí… ¿Ves el trigo? Ahora el color de sus aspas me recordarán el color de tu cabello y cuando vea trigo, te estaré viendo a ti… el Principito comprendió que podían existir miles de zorros, todos parecidos entre ellos, pero ninguno sería especial, porque ningún niño le había domesticado como él había hecho con el suyo… entonces, entendió la importancia de su rosa, que le había domesticado a él, enseñándole, así, una de las caras del amor…

—No, ¡no es así! Te lo estás inventando —exclamó mi amiga, muerta de la risa, levantándose a servir más té.

—¿Dime que no es esa la esencia de ese capítulo? —me reí retándola—. De igual forma podemos resumir el libro de Hesse, *Siddhartha*, cuando el príncipe casi matándose, en su vida de asceta, escucha al pescador enseñar a su hijo que: para tocar la cítara «la cuerda no debe estar tan floja para que no suene, ni tan apretada para que no se rompa…» sino, ¡debe ser templada con amor y alegría como al alma!... y allí en ese momento, a mi parecer, se convierte en buda.

—Buena forma de resumir. ¿Qué más dejaste por el camino?

—Mi daga —respondí con un poco de melancolía—, me la dio Victoria, la primera bruja blanca y fluida que conocí. Viví con ella en Estados Unidos cuando estudiaba inglés y trabajaba limpiando casas para juntar dinero para irme de viaje por Europa. Ella y su marido prácticamente me adoptaron, eran una pareja mayor, *hippies* sobrevivientes de los años sesenta. Su casa era una cueva de Aladino. Se dedicaban a comprar y revender cosas usadas, tenían desde un espejo persa hasta un elefante enjoyado de la India. Victoria me regaló dos herramientas básicas de las brujas: mi primer mazo de cartomancia y un antiguo abresobres que funcionaba perfectamente a modo de Athame o daga ceremonial. Era increíblemente pesada, de un color amarillo gastado, tan largo el mango como la lámina de doble filo, y la atravesaba en cruz una hermosa pieza labrada. Parecía una espada pequeña…

–¡Lo que describes parece un objeto de arte antiguo, de mucho valor! –exclamó Sofía, sobresaltándome.

–Sí lo es y la otorgué en el camino. ¡Verás! Cuando Victoria me regaló ambas cosas, no me explicó… porque no sabía o porque creyó que yo debía descubrir su significado mientras avanzaba, que el mazo es la puerta de entrada al mundo de la magia y lo paranormal. La necesidad de un conocimiento más profundo y antiguo del mundo. El Tarot es la puerta de entrada y la de salida del viaje paralelo que hace toda alma, una y otra vez, hasta aprender la lección alistándose para pasar a otros planos. En cuanto a la daga, una con fin ceremonial a la cual llamarás Athame, debe ser usada con sabiduría para cortar hierbas, flores o frutas, que usarás en tus pociones, o para sembrar y cortar energías en el plano espiritual… y nunca para o con violencia. Desgraciadamente, me tocó dos veces defenderme con ella: una vez de un hombre que le dio por masturbarse a mi lado en una estación del metro en Londres y otra para huir en Bruselas de una hindú que intentó raptarme, probablemente para trata de blancas. En ambas ocasiones la usé como un arma física. Puedes decir que fue válido que yo atacara… pero en el camino espiritual usas solamente el poder de tu voluntad y tu fuerza mental para escapar de esas desagradables oportunidades que se te presentan para ejercer la fortaleza interna… y he allí la vergüenza que siento del terror que viví reproduciendo esas pesadillas sobre violaciones, dejándome llevar por el miedo, en lugar de ejercer mi voluntad y mi fuerza creadora de una realidad a mi medida. El instrumento ritual debe ser usado sagradamente, con propósitos que trabajan en los planos invisibles y que tarde o temprano se manifiestan en los visibles. Diciéndolo con simpleza: contaminé mi Athame ritual, por lo que debía entregarlo, perderlo para liberarme del miedo y quedar entre comillas, indefensa en el plano físico para crecer en el mental. Había planeado llevarla de regreso a Guatemala y darla a alguna de mis sobrinas. Al traspasarlo a otra, recuperaría su pureza y podría ser utilizado para las cosas del viento, que es el propósito de toda daga ritual: con ella cortas el pan, separas el agua, agitas el viento y atizas el fuego… con ella bailas y enamoras. Sol, mi amiga, otra de las brujas que conocí, pero esta vez en Guatemala luego de regresar de Europa, me lo explicó. Aun así, yo me aferré al instrumento, por su belleza… y por Victoria me dije: un recuerdo de la mujer que me enseñó tanto. Pero en el camino de la costa, entre todos mi miedos y pesadillas a ser atacada por hombres y tomada por la fuerza, entendí que la veía verdaderamente como un arma capaz de permitir que me llevara a alguien por delante, en la lucha de defender mi cuerpo del ataque. La veía como un instrumento físico y no como una herramienta espiritual para desarrollar mi voluntad. No había otra más que entregarla… para liberarme del miedo, debía dejar lo que me protegía, algo así como desnudarse para quitarse la vergüenza con la ropa. Hasta que te encuentras desnuda y a gusto, es cuando puedes de verdad disfrutar de tu cuerpo y el de otros. De igual forma, hasta que te sientes a gusto en el mundo y contigo misma, te revistes de fe, y con total libertad y abiertamente encaras el destino y lo que te aguarde. Te lanzas al vacío sabiendo que lo único que te protege es tu inocencia y tu confianza en lo que te rodea. Interiorizas que hasta las experiencias relativamente malas que puedas encontrar, son parte de tu propia fortaleza, y te preguntas, ¿qué es lo peor que me puede pasar? Y descubres cuando respondes sin apegos ni dramas, que no hay nada tan malo de lo que no te puedas recuperar, que hasta la muerte es solo un paso entre planos. El sufrimiento, el dolor, la soledad, el apego, son peores cuando los enfrentas con temor, se alargan cuando en lugar de abrazarlos como maestros, los eludes con terror.

Sofía rodeó la mesa para abrazarme, a manera de estoy contigo.

—Fuiste muy valiente al desnudarte así frente a la vida y confiar en medio de la nada, en el todo y nada tangible bien universal.

Intente reírme con una risa alegre, pero resultó ser una triste.

—Mientras iba dejando cosas en el camino, me sentía cada vez más liviana, y de cierta forma fuerte y feliz... pero las pesadillas no me dejaban... caminando, de repente apareció frente a mí un pueblo salido de la nada. Me senté en una roca al lado del camino, desde la cual podía observar una tienda donde atendía una mujer que me recordó a la María de Cochabamba. Supe que era hora de dejar la daga. Me acerqué a su tienda, donde los parroquianos guardaron silencio en el momento en que entré cargada con mi mochila. «Quisiera hacerle un regalo», le dije a la mujer, que se limitó a sonreírme de regreso. «Mi mochila pesa mucho y estoy queriendo aligerar su peso, ¿aceptaría un poco de ropa y este cuchillo antiguo? Es un regalo. No debe pagarme nada». Ella sopesó la daga de mano en mano. «Es muy hermoso», dijo a los otros, que permanecieron callados. «Yo acepto el cuchillo, si usted acepta un pasaje de bus para Lima. Iba a tomarlo ahora en un momento, pero decidí que me iré hasta la otra semana». No supe qué contestar, me debí sentir feliz de saber que no tendría que caminar más, ni pasar otra noche a la intemperie, acompañada por visiones horribles, pero la fuerza de la magia que estaba sucediendo a mi alrededor, me dejó en silencio. La mujer me dio algo de comer sin aceptar que le pagara, el bus llegó, me subí, acomodé mi mochila en la parrilla, me senté y me dormí inmediatamente. Desperté a oscuras, sintiéndome densa… es como si hubiese dejado un peso para tomar otro y este que cargo ahora no lo entiendo del todo. No es la aprensión y la tristeza de haber perdido mi arma, mi Athame, me siento más segura que nunca… tal vez, es haber perdido el recuerdo de mi amiga y la que debió haber sido mi daga ceremonial, no sé, no termino de entenderlo…

—Creo —empezó Sofía haciéndonos sentar de nuevo—, que diste un paso dentro del abismo de la noche antigua. De alguna manera te lanzaste al espacio ilimitado del que sabemos muy poco. Ahora lo único que te sostiene es la fe instintiva de saberte protegida. Creo que vas a ciegas. Como un bebé dando sus primeros pasos y que debes por lo tanto, afinar tus otros sentidos. La gente, mi amiga, levanta muros alrededor de su casas para protegerse del mal del mundo, sin darse cuenta que ellos lo generan desde el centro de sus mismas fortalezas. La gente pone cortinas en su ventanas para que los vecinos no vean dentro, sin notar que ellos tampoco pueden ver hacia fuera, cegándose a lo interesante y extenso del mundo. La gente gasta mucho dinero en sofisticados vestuarios y lujosos autos para impresionar al resto, sin reconocer que son ellos los que viven impresionados por el resto. En su afán de ser importantes se aíslan de la verdadera riqueza del mundo, que es la diversidad y la posibilidad de sentirte feliz donde estás. Y luego, viven desconfiados de los que se les acercan, creyendo que todos esperan algo de ellos, olvidando esa parte hermosa de la vida: dar y ser generosos.

Sofía se calló mientras encendía una vela. Sin darme cuenta había oscurecido afuera. Continuó:

—La generosidad es un don que poseen los verdaderamente poderosos. Cuando das sin preguntarte porqué; sin temor a hacer el tonto o que te vean la cara; sin miedo a perder o dar más de lo que puedes o tienes… eres generoso con tu tiempo y con tu cuerpo, con tu alegría y con tu amor, con tus cosas y tu dinero, entonces sabes que has llegado a donde jamás te faltará nada... tienes todo a manos llenas... tan llena estás que rebozas por todos lados y los demás se benefician de tu abundancia. Cuando se es generoso en la pobreza, relativa, se es más poderoso que cuando das y entregas, porque crees que te sobra... tú has debido vaciarte para poder empezar a llenarte de nuevo.

Al día siguiente, mientras caminaba por uno de los callejones del Callao al encuentro de un yate privado que tal vez me llevara a Panamá, me crucé con un hombrecito que tarareaba feliz mientras caminaba.

—¡Buenos días! —exclamé dejándome contagiar de su alegría.

—Buenos días —contestó él con una enorme sonrisa.

Media hora después, el dueño y capitán del yate, un inglés muy amable, me desilusionaba diciendo que con gusto me llevaba, pero a Chile que era hacia dónde se dirigían. Por muy feliz que fui en Chile, ya quería regresar a casa. Salí arrastrando los pies, completamente desinflada, cuando un auto nuevo deportivo radiante se paró a mi lado. De adentro salió el mismo hombrecito con quien me había cruzado hacía una hora.

—¿Por qué tan triste? —me preguntó con el mismo tono con que me deseó los buenos días.

—Quiero ir a Panamá —le expliqué— y no consigo un barco que me lleve.

—Ven mañana a mi oficina. Veremos cómo puedo ayudarte, —me entregó una tarjeta personal con su nombre y el de una empresa de carga.

Aprensiva estaba parada, a la mañana del otro día, frente a un edificio de cuatro pisos, en el medio de un barrio que no parecía muy bueno. Respiré profundo y me dije que no pasaría nada malo. Sofía sabía dónde estaba. «No seas ridícula», me regañé molesta, «el hombre parecía una buena persona».

Roberto resultó no solo bueno, sino divertido. Me dio la bienvenida, en cuanto una elegante secretaria me pasó a su oficina, que era un caos en movimiento del que entraban y salían personas con diferentes temas y comentarios. Mientras resolvía aquí y allá, atinó a preguntarme:

—¿A dónde dijiste que querías ir?

—A Panamá —respondí un poco amedrentada, al ver que me prestaba atención en medio de aquel pandemonio.

—¡Ah sí!, mi esposa y yo partimos mañana para Europa, a celebrar veinticinco años de casados, ¿quién lo diría, no es cierto? —se reía y todos con él. Hacía chistes y comentarios, y de repente recordó que yo estaba en su oficina, sentada en un silla frente a su escritorio:

—¿De dónde dijiste que eras?

—De Guatemala —respondí, cada vez más contagiada de la alegría de toda aquella gente que entraba y salía hablando y haciendo chistes. Sin preocuparme más por mi viaje.

—¿Y por qué quieres ir a Panamá? —preguntaba un rato después.

—Tengo allá un amigo y pienso recorrer Centroamérica a pie y a jalón hasta Guatemala.

Otras preguntas. Otras respuestas y de repente:

—Federico, Federico —empezó a gritar hasta que entró un hombretón, que aún no había visto, todo acelerado—. Encárgate de esta niña, hazle un pasaje para Panamá y llévala almorzar con los de la oficina mientras todo queda listo —se dirigió a mí con un dedo—. Este es mi hermano —una enorme carcajada soltó el tal Federico—, aunque no lo parece.

Seguí a Federico para darle mis datos. Luego, me llevó a almorzar, como dijo su hermano, a un cafetín cercano del edificio, junto a otras chicas y chicos que trabajaban en la empresa. Prácticamente me ignoraron, no de una manera grosera, simplemente como si no me vieran porque estaban muy ocupados con sus historias personales.

Dos horas más tarde estaba sentada en un bus estacionado, esperando a que se llenara, con un pasaje para Panamá en el bolsillo y preguntándome qué hubiera pasado si le hubiese dicho que quería ir a la India. En ese momento me acordé que no tenía un solo dólar para pagar los impuestos de salida del Perú, ni los de entrada en Panamá, entonces me fijé que un hombre parado en la acera, a unos metros de la ventana de mi asiento, con apariencia de delincuente, me miraba fijamente. Le sostuve la mirada un momento, hasta que incómoda le sonreí para romper el hielo. A pesar de que yo lo miraba de frente, él no dejó de observarme con descaro. Mi sonrisa no lo inmutó y sin desviar los ojos de mí, ni un momento, no se movió hasta que arrancó el bus. Yo empezaba a suspirar tranquila, pensando que dejaba al mirón en la acera, cuando este dio un brinco para correr a mi lado y lanzarme por la ventana abierta, una bolsa de plástico mientras gritaba:

–¡Es para su viaje!

Una vez pasada la sorpresa, abrí con recelo la bolsa y descubrí dentro unos cien dólares en cambio.

–¡Ángeles! ¡Simplemente ángeles! –explicó Jai, cuando le conté–. Los ángeles son reales y nos cuidan, pide y se te dará, dice el antiguo adagio… ¡haz pedido y se te ha dado!, ¿qué más quieres?

Tres días más tarde, salía por la puerta grande directo hacia Panamá.

El Alma despertó flotando en el espacio
de un océano pacífico y revuelto.
Vio sin inmutarse a la estrella flotando hacia ella,
su inmenso cabello era un río de bellos sueños,
su canto una vibración constante
que hormigueaba en lo interno.
Emociones vivas y fuertes,
desconocidas y profundas,
se agitaron en el Alma.
La fe y la esperanza,
dos emociones sin fundamento ni explicación,
se acurrucaron en sus entrañas.
La vida tan confusa y milagrosa,
tan ordinaria y mágica,
fluía elegante de las cinco extremidades de la estrella.
Conectándose,
las cinco puntas pintaban con movimientos sensuales,
explosiones de sonidos
que serpenteaban en espirales de colores,
generando experiencias absolutas de belleza.
«Que golpe de suerte»,
pensó el Alma gozosa,
«haberme encontrado con la estrella».
Desde lo profundo del oscuro éter,
una risa cómplice acarició al eco.

Vigésimo verso
El viaje del alma
Sol Magnético Amarillo

15

Fuego de comadres
Tecpán, Chimaltenango
Noche de Año Nuevo, 2010

Shika ajustó el sonido del aparato donde se escuchaba la voz de Franco Ricci interpretando, como tenor, «Te voglio bene assai», pero como no podía cantar ópera, rapeaba a la par de Ricci, el primer párrafo «Te quiero tanto», de Tiziano Ferro, con exagerados y ridículos pasos de baile, mientras se dirigía a su caballete de trabajo: «Una è troppo poco... due sono tante/ quante principesse nel castello mi hai nascosto/ voglio bene... te lo dicevo anche se non spesso/ ti voglio bene... me ne accorgevo prima più di adesso/ tre sono poche... quattro sono troppe/ ti voglio bene assai... assaiiii»

—¿Pero qué haces? —preguntó Aura, la chamana, riéndose desde la puerta, sorprendiendo tanto a Shika, que casi se cayó al perder el equilibrio.

—Preparándome para pintar —contestó riéndose—. ¿Cómo entraste?

—Dejaste, como de costumbre, la puerta abierta. Vine a revisar que tengas todo para la cocinada de esta tarde. ¿Qué cantabas?

—Solo falta la masa, señora mía, que deberás traer tú por la tarde —Shika apuntó a Aura con el pincel—. Esta vez traje hasta leña. La conseguí certificada de bosque renovable. ¡Eso sí!, Josefina dijo que traía la Jamaica fermentada. Te traduzco lo que cantaba —y se puso a bailar de nuevo grotescamente, haciendo a reír a carcajadas a las dos: «Una es demasiado poco… dos son muchas/ ¿Cuántas princesas en el castillo he escondido?/ Te amo… te dije, aunque no a menudo/ Te amo... primero me di cuenta, más que ahora/ Tres son pocas.. cuatro son demasiados/ Te amo muy bien».

—Muy enredada esa letra —indicó Aura mientras se acercaba al lienzo—. ¿Flores?

—¡Cómo siempre! Tal vez no llegue a ser ni la mitad de buena como O'Keeffe, pero me siento cerca del alma femenina al intentar interpretar la mano de la Madre.

—Prefiero vivirla. ¿Quién es O'Keeffe? —Aura se sentó al lado de la mesa con las flores.

—¡Georgia O'Keeffe!, una de mis maestras y heroínas —ante la expresión de sorpresa de la chamana, continuó con menos vehemencia—. Fue una artista de los Estados Unidos, revolucionaria y sensible. Primero escandalizó por su arte relacionado a la sensualidad femenina y luego, por su capacidad de trasmitir la fuerza, oculta para la mayoría, de la naturaleza.

Shika le entregó a Aura un libro, del que pasó las páginas en silencio, mientras la Puta se movía al ritmo de la ópera, mezclando pinturas.

«Cuanto he aprendido aquí con esta», pensaba Aura al pasar las páginas de cuadros, que le hacían ver las cosas naturales de forma distinta. Le había agarrado cariño a la mujer, que consideraba loca y que conocía hacía poco más de un año. Al principio creyó que era una de esas extranjeras de las que se saca provecho, pero pronto entendió que era otra como ellas, con las que se comparten cosas. No fue difícil que le contara su historia, cuando después de conocerla superó el choque de su confesión sin tapujos, donde le reveló que era prostituta de profesión.

—¿Cómo? —se rio Aura aquel día de la confesión, creyendo que era una broma, sin saber cómo responder.

—Sip, ¡esa soy yo! La mujer que cobra por sexo y compañía a los hombres. Y Tecpán es mi lugar de retiro. Quiero que seamos amigas. Así que desde el principio: ¡la verdad!, para que sepas con quién andas o con quién no quieres andar... —hizo una pausa, dando espacio a Aura para decir algo.

—Bueno, si tal vez me cuentas tu historia para poder entender... —Shika estalló en una estruendosa carcajada, que hizo dudar a Aura, por primera vez, de la cordura de la mujer.

—¡Sabía que eras de mi grupo! —exclamó Shika y Aura la miró con aire ofendido.

—Me refiero a que no temes preguntar y esperas a saber para emitir juicio.

Se conocieron en los altares de las ruinas de Iximché. Aura estaba a medio camino en la construcción de un fuego sagrado, cuando Shika llegó para sentarse a una distancia prudente, limitándose a observar. A diferencia de otros extranjeros, ni preguntó, ni tomó fotos, ni se fue al mirar por un rato. Cuando estaban limpiando, luego de tres horas de trabajo, se acercó para ofrecer ayuda. Aura no podía creer que fuera guatemalteca.

—¡Demasiado alta, demasiado bonita y fina! —Aura ponía en voz alta, ideas racistas heredadas de la Conquista.

—Hablas del empaque... pues soy guatemalteca como esta tierra y este aire —contestó Shika imitando los movimientos del son—. El país se lleva en el corazón y en los actos —la chamana rio y la siguió mirando como una extranjera.

Aura no podía creer que Shika quisiera vivir en habitaciones de adobe con techos de teja, cuando la mujer le mostró la propiedad en la periferia de Tecpán, que había tomado en renta. Era un terreno de buen tamaño, circulado por una pared también de adobe, y dentro habían tres construcciones separadas por varios metros, formando una especie de triángulo con un amplio patio al centro. Una de las construcciones hacía de cocina, con un buen pollo[26] para echar fuego. Otra era una bodega y la tercera eran dos cuartos unidos por un corredor al frente, donde uno era un cuarto para dormir y otro para rezar junto a los santos de piedra y madera. Por baño había una letrina en una de las esquinas del terreno y al lado de la pila, junto a la cocina, un retículo improvisado para bañarse con un poco de privacidad.

—Solo construiré un baño al lado de la habitación más grande, con una tina para inmersiones calientes. El cabello me lo lavaré en la pila —no dejaba de reír como una niña pequeña, mostrando sus juguetes nuevos—. Encalaré las paredes y pondré piso de madera. Mejoraré el pollo para que eche el fuego hacia fuera del cuarto. Esta parte de aquí la haré alacena, una estufa de gas junto a la ventana, que pintaré de azul y le pondré vidrios. La bodega será un cuarto de huéspedes, ya que los santos tendrán que compartir el espacio para que sea también mi estudio.

Y lo había hecho en menos de un año, pensó Aura, había convertido el lugar en una de los más acogedores que ella conocía. Tras la cocina había sembrado dos huertas, una abierta bajo el sol y la lluvia, la otra bajo un invernadero de madera y plástico, construido con sus propias manos. De sus huertas venían todo tipo de verduras que volvía escabeches para la venta, más moras, fresas y frambuesas, y en un mes habrían hasta uvas. Los palos de higos, granadas y limones darían pronto fruto, las enredaderas de Turingia y rosas silvestres ya cubrían los techos, atrayendo colibríes con sus perfumadas flores. Un día, mucho más adelante, el terreno daría también aguacates, duraznos y mangos. Los muebles de madera rústica estaban pintados en colores vivos y por todos lados habían acogedores cojines con

---

[26] Pollo: (En Guatemala) fogón *(N.del E.)*

textiles típicos. A Aura y a todos los que la visitaban, les encantaba el lugar, donde siempre había música y algo delicioso para comer y beber. Hasta había puesto columpios para los visitantes con niños.

—¿Y quién más vendrá esta tarde? —preguntó Aura, sin dejar de admirar las fotos de los cuadros de O'Keeffe, en las páginas que pasaba.

—Solo Isabella, que se quedará a dormir. Vamos a empezar el año juntas.

La italiana no terminaba de caerle bien a Aura, que a diferencia de Shika, daba siempre la impresión de mirar al resto bajo su aristocrática nariz. La prostituta le había explicado a Aura que Isabella era hija de condes, familiares de príncipes, y por eso su padre había sido embajador de Italia en Guatemala, por muchos años. Casada con un guatemalteco, se quedó en el país para formar una familia. Ahora, divorciada y con los hijos adolescentes, no le quedaba de otra que esperar unos años a que sus hijos fueran mayores para regresar a su lugar de origen.

—Te dejo pintar y te veo a la tarde. Avisaré a José que no se olvide de la Jamaica.

—Anda, pasa por la cocina para llevarte unas galletas que horneé esta mañana, me quedaron buenísimas —Shika abrazó a Aura con cariño y volvió a su pintura.

«En serio que están buenas las galletas», pensó Aura mientras las comía camino al molino. «Que talentosa es esta mujer que nunca para». Repasó mentalmente lo que hacía tiempo Shika le contó de su vida.

—Es una historia común —relató mientras agujereaban la tierra para sembrar semillas—, empieza como toda historia de mujeres con un padre ausente, y en mi caso, una madre cachureca miedosa hasta de su sombra. El que me engendró sin quererlo, fue un mexicano guapo que pasó por este país y sedujo a la virginal hija del poderoso hombre que le había contratado. Seducida la virgen, huyó el galán ante el matrimonio que le quiso imponer el patriarca —Shika hizo una pausa para secarse el sudor y beber agua—. Con la vergüenza de la bastarda a cuestas, o sea yo, se volvieron feligreses activos de la iglesia de San Judas Tadeo. Tíos, tías, abuelos y hasta mi madre, me vieron siempre como una mancha. Decidida a hacerme querer, fui alumna extraordinaria, deportista, pianista, bailarina de ballet. Saqué una licenciatura en Letras en tiempo récord. Luego, becada, un Master en Economía Internacional en España. El viaje a Europa fue liberador y revelador en cuanto a la mujer, el sexo, la política y yo misma. Al regresar a Guatemala, me tocó trabajar entre los hombres, mírame los dedos —hizo Shika un cómico gesto de entre comillas—, «más poderosos del país». Los que regían la política y la economía. Burócratas o agentes del Estado, ¡todos!, salvo pocas excepciones, coqueteaban conmigo y una gran cantidad intentaron llevarme a la cama. Llegué a preguntarme si era algo que les enseñaban en la escuela como asignatura obligatoria. Demuestra cuán macho eres, la cantidad de mujeres con las que te acuestes —recordó Aura que le había hecho la broma antes—. ¡Sip!, a veces era divertido verme tan solicitada, pero otras era como un acoso donde me sentía presa... hasta que llegó Carlos y me enseñó que todos tenemos un precio, y que ese precio puede ser tan alto cómo lo queramos y logremos fijar. Me retó a fijar el mío y ser capaz de negociarlo. Al principio me lo tomé a broma, pero en el proceso casi muero. Me enamoré de él y en respuesta, me trató como a la puta que él veía. Carlos es de los que dividen las mujeres en dos grupos, las que son para casarse y con las que se juega. Luego de tres días de duelo, decidí que jamás volvería a ser ni presa, ni víctima, y me propuse aprender a negociar mi precio de mejor forma, fijándolo bien alto. Se volvió un juego de poder. Un pulso entre ellos y yo. Las mujeres normales se casan y sus padres negocian sus precios basado en la pureza de la chica y su buen comportamiento. Eso fue lo más difícil, ¿ves?, aprender a negociar por mí misma y cobrar a mi conveniencia.

»Al principio era una cosa solapada, donde me volvía una especie de amante temporal, mientras la pasión y el interés duraran. Fingía estúpidos roles para no quedar como la vulgar puta. Era muy desgastante, me tocaba manipular, fingir y sobre todo, calcular cómo en un complicado juego de ajedrez. Finalmente, cuando me declaré oficialmente puta, libre de usar mi cuerpo como me diera la gana, libre de ejercer mi sexualidad cómo y con quién quisiera, fue mucho más fácil. Ya que cuando se me acercaba un hombre, yo declaraba ¡soy puta!, no tiene que enamorarme, ni traerme flores, ni hacerme regalos que no te pida. Me gustas y mi tarifa es: tanto por fin de semana, tanto por noche de cena, baile y sexo. Después que entendían que no era una broma, intentaban regatear —Shika se rio estruendosamente, mientras le daba con fuerza al azadón—. Imagínate, regateando por sexo y atención. Y por supuesto, el derecho a lucirme como de su propiedad. Los hombres son verdaderamente, bastante inocentes. Algunos decían: yo no pago por sexo, ¡perfecto!, contestaba yo, ¡qué bueno que estamos de acuerdo! Tú no pagas y yo no me acuesto sin un precio claro y justo para ambos. Podemos ser amigos y desarrollar una hermosa historia de amistad. ¡Todos terminaron pagando! Algunos hasta se engancharon. Otros pretendían sentirse culpables por lo que no me podían ofrecer: matrimonio los casados, estabilidad los solteros, creyendo que lo que yo quería era que me libraran de mi pobre vida de puta —se rio con más ganas.

—¿Pero y el asco?, ¿no te daban asco algunos hombres? —Aura no pudo evitar preguntar.

—Cuando eres una buena puta, los amas a todos. ¡Ese es nuestro gran talento! Por eso la tarifa varía, no en proporción a cuánto te gusta tu cliente o no te gusta, sino cuán rico es o no lo es. Yo siempre pude escoger y decir no cuando no quise, eso es parte de tu gran poder. Un par de veces me equivoqué escogiendo y paré en la cama con hombres que me horrorizaron realmente —hizo una mueca de asco tan cómica, que Aura se rio, pese que le horrorizaba el tema.

Tan sumida iba Aura en el recuerdo de la conversación que tuvo en el huerto con Shika, que no se dio cuenta que había llegado al molino donde había dejado su maíz para hacer la masa. Llamó a Josefina para recordarle la hora de la reunión. Y decidió que hoy volvería a preguntar más sobre el tema a Shika. Lo pensó antes de concentrarse en sus mandados.

Unas horas más tarde, la primera en llegar a casa de la prostituta fue Isabella, con su maleta de marca en mano y su elegante vestuario.

—Traje quesos y buen vino —habló en italiano, besando a Shika en ambas mejillas, luego de estacionar su auto—. ¿Cuándo llegan tus amigas, las *stregas*?

—Ya te expliqué que nos les gusta ser llamadas brujas y menos si se enteran que tu palabra italiana tiene también connotación de puta —contestó Shika en castellano, tomando las botellas para examinarlas—. Ni siquiera gustan de la palabra chamanas porque tiene la misma connotación negativa en la mente colectiva.

—Es una pena... es tan bonita la palabra: bruja, *strega*, chamana. Da igual en qué idioma, ¡tiene poder el concepto!

—¡Hola! ¿Se puede? Llegamos —se escuchó desde la puerta peatonal de la calle.

—¡Qué bien! —se emocionó Shika—. Podemos empezar con el experimento.

A raíz que las hierbas del huerto se reproducían más rápido de lo que se podían consumir sin que se arruinaran, Shika pidió a sus comadres inventar recetas para hacer nuevas formas de tamal. Mientras mezclaban la masa con una parte de maíz con perejil y chile despepitado, otra con albahaca, ajo y tomate y una tercera parte con culantro y chile pimiento, para luego envolverlas en hojas de árbol de plátano o mazorca; bebían Jamaica con canela fermentada y se reían de todo tipo de cosas. Isabella licuó algunas hierbas para inventar nuevas conservas y aderezos, siendo el más rico y raro el de culantro con fresas. Empezar con alimentos nuevos, era una de las proposiciones de Shika para iniciar el año.

—¡Explíquenme! —pidió Isabella, con el tono un poco alto por efecto de la bebida, a las dos mujeres kakchiqueles—. ¿Cómo es que se salieron de lo cristiano para entrar en lo mágico? Sé que a los chamanes, y perdón que use esa palabra pero no sé cuál otra usar, los cristianos, católicos o evangélicos los ven como brujos que pactan con el Diablo.

—Bueno que pactemos con el Diablo, así tan exagerado, no lo creo —se rio josefina—, pero sí es confuso para la gente. En mi caso, si no hubiera sido por mi abuela, yo nunca hubiera dado el paso. Vieron que soy maestra y era muy devota de la Virgen del Rosario, pero empecé a tener sueños donde la Virgen me hablaba, pidiéndome que le quitara los velos. El sueño no era tan malo, pero me empezó a generar una angustia que no me dejaba dormir, ni comer. Mi abuela, que me conocía bien, me sacó a cucharadas lo que me estaba pasando, que en realidad no era mucho. Pero la angustia sin ninguna razón aparente, me apretaba el corazón. «¡Ay mija! Usted está teniendo un llamado», dijo la Nana y me mandó hablar con el Aj´ik, que es como nos gusta ser llamados a los que trabajamos en la memoria y el fuego —hizo una inclinación de cabeza significativa a Isabella, para que tomara nota—. Debes servir a las voces que te llaman y poner a disposición de todos nosotros lo que recuerdas, veas y escuches… me habló el

Aj´ik con mucha sabiduría y ese mismo día empecé mi entrenamiento, para ver si era aceptada por el fuego sagrado. El Aj´ik empezó por contarme de los símbolos y nuestros antepasados.

–A mí me pasó algo parecido –continuó Aura–. Yo soñaba que una mujer con montes en la mano, me hacía señas para que la siguiera, y yo que también era devota de la Virgen y lo sigo siendo –aclaró la mujer con seriedad–, pensaba que era ella. Pero en el sueño a veces aparecía de su mano mi marido muerto en tiempo de guerra diciéndome: «no te confundas y ve a visitar a mi tata». Al fin agarré valor y fui a ver a mi suegro. Al que los vecinos, cabal, tachaban de brujo por practicar viejos rituales. Yo tenía muchos años de no verlo. Desde que se llevaron a Mario, casi ni nos volvimos a hablar. Pero el día que llegué, la sorprendida fui yo porque dijo que me estaba esperando. Allí mismo me enseñó una caja con puros e inciensos y me empezó a explicar para qué servían. Me costó mucho tiempo entender que María y la abuela Ixmukané si no son la misma, tienen mucho en común. Que Jesús y Quetzalcóatl pudieran ser hermanos. Y que el cielo y la tierra son una manifestación divina sin importar el nombre del Dios que los creó. Que las energías se tejen, que los malos pensamientos se entierran y que el fuego sagrado nos habla y enseña.

–¡Salud por eso! –Shika levantó la copa hacia las llamas del pollo, donde se cocían los tamales y tamalitos. El resto de mujeres la imitó levantando las copas.

–¡Salud –contestó Isabella–, que ha de ser bien complicado compaginar las dos cosas. Tendrá que llegar un momento cuando decidirán sin son cristianos o mayas –agregó con su habitual falta de tacto y su forma directa de hablar.

–Yo creo más que las dos creencias se complementan –refunfuñó Aura.

–No, si se sigue el dogma judeo-cristiano que no acepta la existencia de ningún otro dios que no sea

Yahvé —siguió Isabella insistente—. Allí es donde los evangélicos les ganan el pulso a los católicos al decir que María y todos los santos están de más. Creo que ustedes los mayas deben de terminar de dar el paso y separar tajantemente lo cristiano de lo que recuerdan, para profundizar con seriedad en la sabiduría perdida sobre el cosmos, el origen y los muchos dioses. Más ahora que estamos tan cerca del Baktun y el cambio de Era.

—Bueno, como no lo podremos descubrir hoy y tenemos dos años para eso —contestó Aura amable pero cortante—, yo quisiera Shika, que nos hablaras del poder de la prostituta como un día me estuviste explicando.

—Te refieres al poder de la Puta —giró Shika, con la copa en alto—, y es que hasta nos enseñan que es mala palabra. ¿Y cómo mala?, pregunto yo. Malo lo que decidimos que es malo. Y es que cuando te quieren insultar te dicen hijo de puta, así tu madre sea una santa. Pero la palabra duele, por alguna razón duele, y la gente se enfurece cuando alguien osa señalarte de esa manera. ¡Peor aún!, cuando tú quieres ofender, dañar, a quien tienes en frente, le dices hijo de puta y si es mujer, le dices puta. Y resulta que la pobre puta que es tu madre... es solo una mujer que esclava de su miedo, ignorancia o inutilidad; utiliza y/o deja a otros usar su cuerpo para ganar su sustento y el de sus hijos, doblegándose ante el marido, haciéndose llamar señora de tal. Una puta de ese tipo debiera darnos lástima... despertar en nosotros compasión y deseo de ayudarla y protegerla. Cuando nos dicen hijo o hija de puta, recordamos, subconscientemente tal vez, a nuestra pobre madre en manos del esposo o patriarca que es su dueño. Ella, esclava, debe acatar todas sus órdenes, incluso las de sufrir en la cama o darle carta blanca para maltratarnos por ser sus hijos. La pobre puta esclava fue históricamente la mujer casada, los padres las negociaron siempre al mejor postor. La mujer actual que se casa para tener un hombre que la cuide, alimente y proteja con su nombre de macho, es tan puta como yo. Ellas firman un contrato para su mantenimiento a largo plazo. Yo cobro cómo y cuándo quiero y luego, soy libre de hacer lo que me da la gana. Ellas en su estatus de mujer casadas, se sienten seguras pensando que las letras de los contratos las protegen hasta que la muerte los separe. Y piensan también, que las firmas en papel las hacen honorables, por tener sexo autorizado por las leyes inventadas por los mismos hombres. Por mi parte, la única seguridad que tengo es la de mi propia fortaleza, la de mi inteligencia y voluntad, para llegar hasta donde me proponga. Disfruto de los amantes que quiera y cuando quiero. No estoy forzada a decir «sí» a un marido ansioso, aunque lo que tengo ganas es de dormir o estar un momento con los hijos. No estoy preocupada de ¿en qué momento se irá con otra?, de si me miente o no lo hace. No me preocupo de si me ama o me desprecia. Yo sé que el hombre me desea, ¡tanto!, que está dispuesto a pagar el precio por solo un fragmento de mi tiempo, soy el objeto de deseo.

—¡Pero un objeto! —saltó josefina—. ¡Una cosa! ¿Cómo puede gustarte eso?

—¿Y es que tiene el varón la capacidad de conocer a la mujer que tiene enfrente? —se sentó Shika en el sofá, lugar favorito de todas—. ¿Así haya vivido con ella veinte años? Las mujeres nos vemos a nosotras mismas de una manera, los hombres aunque nos amen, nos ven de otra distinta a como nosotras nos entendemos. Las mujeres casadas, luego de haber luchado por años para que ellos las comprendan, terminan acomodándose a lo que ellos son capaces de darles. Yo me conozco a mí misma, se quién soy y qué quiero, no necesito de un testigo o un espejo para que me lo diga. ¡Amo y me amo! Vivo cómoda sin la aprobación del resto, porque me siento a gusto conmigo. Me voy a la cama con mis logros intactos o rotos, y despierto con mis sueños vivos. ¡Claro que soy egoísta! No lo niego, me gusta mi tiempo y mi espacio. Si necesito compañía, la busco. La vida que elegí, Josefina, no es para cualquiera. Es para alguien que está a cargo del timón de su vida, y perdóname que te lo diga... veo más que la mayoría, por la simple razón de estar fuera y poder observar al resto desde un puesto más alto. Mi soledad escogida.

—Pero cuando te señalan con el dedo, cuando te cierran una puerta en la cara por la reputación que te cargas, ¿acaso eso no te duele? Si tuvieras hijos, los mirarían de menos —intervino Aura.

—¡Ahhhhh!, pero es que no tener hijos fue para mí también una elección consciente, ¿por qué tener uno si puedes amar cientos? Cuantos se pongan a tu alcance. Tu súper gran poder Aura, es elegir el tipo de vida que deseas sin que te afecte cuando te señalen con el dedo. Cuando sabes quién eres y por qué haces lo que haces, implementas en tu día a día, tus propias reglas y límites. Lo que te rige, a partir del momento que te has salido del comal o de la olla, declarándote oficialmente inmoral en cuanto a la sociedad y su historia... es y será tu propia conciencia. Descubrí que era divertido jugar y encontrar: ¡no mi precio!, sino el de ellos. Yo no hago promesas, ellos generalmente las rompen. Yo no me comprometo con nadie, ellos se comprometen y no cumplen. ¿Te das cuenta que por eso deben firmar contratos? Que igual luego rompen. Las mujeres podemos ser llamadas putas por muchas razones, desde la manera de vestirnos hasta en la forma en que ascendemos profesionalmente. La mayoría, a diferencia de mí, su único pecado es ser extrovertidas, llamativas, capaces de ir un poquito más allá que la mayoría y mira cómo les pagan: ¡las encasillas y señalan! Otras, convertidas en amantes por amor o conveniencia, son señaladas como culpables de interferir en la vida de los casados. Cuando no fueron ellas las que hicieron promesas ni compromisos. Ellas están simplemente viviendo su vida, relacionándose con el hombre que las buscó o les cruzó el destino. Pero aun así las culpan y las castigan en mayor medida que a ellos.

—Pero es que ellas debieran evitarlos sin son casados —se quejó Josefina.

—¿Por qué?, ¿por qué lo dice la Iglesia, la ley, la gente? ¿Y qué pasa si tú eres atea, si la ley para ti significa pagar impuestos y respetar las reglas del tránsito? —Shika estiró las piernas sobre el sofá—. Aquí llegamos a ese punto, donde una mayoría o minoría intenta imponer al resto su forma de ver la vida. Y tú debes cuestionarte: ¿cómo viven los demás es como yo quiero vivir? La mujer que se convierte en amante esperando ser la futura esposa, se engaña a sí misma porque está corrompiendo lo mismo que desea, ¿pero es por eso puta? ¡Para nada! Esa es una pobre ilusa mintiéndose a sí misma y al mundo. La puta sabe su precio y lo cobra. La puta sabe que ofrece un servicio que disfruta ejerciéndolo. La puta hace al hombre mejor marido, le enseña cómo amar bien a su mujer. Porque te diré algo, los hombres infieles, ¡lo son!, no porque no amen a sus esposas, sino porque esa es la naturaleza del ser humano: ¡amar! Amar por quien se sienten atraídos.

—Ahora me dirás que los hombres se enamoran de las putas —reclamó Aura sincera.

A lo que Isabella y Shika respondieron con una enorme carcajada, fue la italiana quien continuó:

—Claro que se enamoran de algunas. La puta, esa mujer libre que acepta compartir tiempo, amor y su cuerpo con hombres casados o solteros, incentivándose el uno a la otra, y viceversa, sin vislumbrar en lo absoluto un futuro juntos. Limitándose a disfrutar el aquí y ahora porque él es varón y ella hembra. Es generalmente una mujer inteligente e interesante, con una vida propia. Que atrae, a su vez, hombres inteligentes que no se conforman con sexo-servidoras, muy distintas de las mujeres intelectuales, artistas, profesionales exitosas, señaladas y marginadas como putas, por marcar el ritmo del compás que tocan. Por otro lado, mi amiga aquí presente, suele en voz alta burlarse y ridiculizar a los hombres, pero en realidad no te imaginas cuánto los respeta y ama.

Shika sonrió como quien se ha comido al ratón.

—La verdad es que detesta explicarse y gusta de romper las reglas sociales. Pero porque ella ama, los hombres también la aman. Algunos por cortos períodos y otros por más largos.

—No por eso —interrumpió apresurada la Puta—, aman menos a sus esposas o a otras mujeres que los acompañan más oficialmente, y con quienes intentan llevar una vida ordenada. Por experiencia sé que se puede amar a más de una persona a la vez… y con tan atento público, daré un discurso —cambió la copa por una zanahoria, se paró sobre una de las sillas, fingió hacer una prueba de sonido, pretendiendo que la zanahoria era un micrófono—: uno, dos, tres probando, ¿se escucha? —las demás rieron e Isabella aplaudió—. Gracias, gracias, en vista a las muchas preguntas, diré: la puta es fuego y transformación, es libertad. Ella se equivoca, aprende y continúa. Ella es poderosa porque se conoce y no engaña a nadie… ¡menos a sí misma! La puta consigue lo que quiere, a base de lo que es y tiene —señalando su cuerpo dio un giro, agitando las caderas y haciéndolas reír de nuevo—. Su conciencia está limpia porque no se esconde tras contratos, ni nombres. Ella no es de nadie. Se arriesga… se entrega, a veces pierde y otras gana. Y eso a los hombres les gusta, por lo que quieren compartir, aunque sea una vez en su vida, con una puta verdadera. Si la gente fuera más culta, sabría en realidad que somos las representantes de Eros y nuestro verdadero nombre es Erótica. La mujer que hace el camino de la vida a través del placer, experimentando con los cinco sentidos.

—¡Salud! —levantó la copa Isabella—. ¡Que discurso, mi amiga! Siempre me impresiona tu labia.

Shika se echó a reír, doblándose a manera de saludo, antes de volver al suelo. Las kakchiqueles se limitaron a mirarse entre sí, preguntándose cada una en silencio, si entendían o estaban de acuerdo.

—Y es que hay tantas razones para ser llamada puta —agregó la italiana—. Por ejemplo, por postura política o porque reclamas tus derechos. Si te vistes de manera sexy o eres sexy, automáticamente quedas descartada para el matrimonio. Tienes que ser recatada, cubrirte el cuerpo y el cabello, quedarte en casa y no salir sola, porque si alguien te viola, te manosea o te insulta, es tu culpa por mostrarte y hacerte una vida. Eva fue puta por seducir a Adán y convencerlo. Una mujer que piensa por sí misma y desobedece: ¡es puta!, y por eso nos han castigado inmensamente.

—No a mí —dijo Shika sonriendo, a la vez que sacaba uno de los tamalitos—. A mí nadie me castiga porque soy dueña de mí misma. Los demás dirán, desde sus pequeños o grandes mundos, lo que quieran, ¡yo no lo tomaré personal! —las abarcó sonriendo a cada una y gritó payasamente—. ¡Enarbolo la palabra puta en nombre de las víctimas de abuso!, que por ser mujeres fueron llamadas putas y por eso violentadas. ¡Señoras, esto está listo!

Tanto Aura como Josefina, se dijeron, cada una a su manera, que Shika, esa que conocían, era una mujer buena, aunque le gustara ser puta.

Pasada la media noche, luego de ver los fuegos artificiales que llenaron el cielo de colores y escuchar por un buen rato la marimba en el parque central de Tecpán, Shika e Isabella se deslizaban silenciosas por los bosques aledaños a las ruinas de Iximché, para subir sin permiso y a escondidas, a los restos de la pirámide favorita de la Puta. Donde creció, hará ya por lo menos cien años, un hermoso árbol.

Hasta estar en la cima y acomodadas sobre sus bolsas de dormir, se atrevieron, luego de abrir uno de los termos con té, a conversar en murmullos para no molestar a los fantasmas ni a las plantas.

—Nunca te había escuchado hablar como hoy —recibió Isabella la taza de manos de su amiga.

—Es que hace años que no explicaba a nadie mi proceder —se justificó—, pero si quiero vivir aquí hasta el resto de mis días y tener amigas verdaderas, les debo a ellas la razón de mi historia. Además, quiero intentar ser aceptada por el fuego sagrado y las necesito como mis maestras.

—¡Me sorprendes! Creí que no necesitabas a nadie —se burló Isabella.

—Y no lo hago. Otra cosa es que lo quiera. Como todo en la vida es una decisión, ya he escogido. Me caen bien estas mujeres, que sin haber llegado más lejos que Xela o la capital, agrandan su visión y realidad mucho más que algunas que han viajado por el mundo.

El comentario fue una punzada para Isabella, que se negaba a dejar sus creencias machistas y católicas. Pese a que la italiana podía ser tildada de puta por su comportamiento liberal, se aferraba a las raíces de su educación para no sentirse del todo sin rumbo. Le gustaba de vez en cuando llamarse a sí misma pecadora.

Isabella era, sin dudarlo, una de las personas más auténticas que Shika conociera en su vida. Sin necesidad de impresionar a nadie, vivía cómoda en su piel. La Puta la amaba profundamente, y por esa razón le había pedido que empezaran viendo juntas el amanecer del nuevo año.

—¡Cuéntame!, ahora que te abriste a hablar del tema, ¿cómo lo lograste? Me refiero a dar ese salto entre las dudas de quién eres y de lo qué quieres ser. Que te lo empiezas preguntando cuando eres joven, ¡tú, yo, todas!, y algunas no llegamos jamás a decirlo en voz alta.

Shika permaneció en silencio por un buen rato, repasando los momentos decisivos de su vida.

—Es curioso, pero creo que sé exactamente cuándo y cuál fue ese momento. Sin familia, ni padre, tuve desde niña tres amigas: una vecina y otras dos compañeras de colegio con las que crecí como hermanas. En nuestros veinte años, ellas hicieron lo que hace todo el mundo, se casaron y tuvieron hijos. Dentro de lo que cabe, sus matrimonios eran mejores que los de la mayoría. Sin embargo, sus maridos, cada uno en su momento, quisieron acostarse conmigo. Uno intentó meterse en mi cama mientras yo estaba en su casa, mientras mi amiga estaba en la cama que compartían. El otro me pidió directamente convertirme en su amante y llenarme de lujos. El tercero, de una manera más convencional, estuvo flirteando conmigo por un año y como no terminaba de darse por enterado de mis discretos rechazos, tuve que crear una barrera entre ambos, alejándome con ello de mi amiga. Un día, luego de una fuerte pelea de ellas contra mí por estar en desacuerdo con mi forma de vivir, me di cuenta que era mi momento de dar marcha atrás o continuar sin nadie. Recuerdo perfectamente el momento. Fue después de colgar el teléfono inalámbrico, sentada dentro del auto en el garaje de mi casa, luego de estar discutiendo con una de ellas. Me amenazó con denunciarme en la universidad donde daba clases y en la oficina de gobierno para la que trabajaba, por ser prostituta. Hacía poco tiempo de lo de Carlos y yo aún aprendía a negociar. Esa mañana sentí miedo, miedo de ver las enormes murallas que se levantaban a mi alrededor, aislándome de todo. De la posible y tal vez futura confrontación legal, social y hasta monetaria, en la que me podría enfrascar al nadar contra corriente. Yo podía contarles de sus maridos y de cómo al creerme puta, aunque en aquel entonces no lo era oficialmente, habían intentado tener algo conmigo. Así no me creyeran, sembraría el gusano de la discordia. Claro, a la que culparían sería a mí. Las podía oír y señalarme aún más fuerte con el dedo. Yo podía intentar ponerles un espejo ante sus matrimonios y relaciones con sus hijos, pero ¿con qué propósito?, me pregunté. Ellas necesitan de sus mentiras y dramas sentimentales. Hacerlo sería de mi parte, un simple acto mezquino, un acto de venganza a su ceguera y su estupidez. ¿Qué derecho tenía yo de sacarlas de sus cómodas zonas de vida mediocre? Era mi ego y mi arrogancia quienes hablaban. Imaginaba las escenas: yo contando, ellas acusándome.

»Mi cabeza dentro del auto era un caos, cuando de la nada apareció al lado de mi puerta, Elsa, a quien yo le había prestado dinero para terminar de construir su casa. Una de las muchas mujeres a las que ayudaba y daba cobijo en mi cocina, para simplemente tomar un café en la comodidad de un sofá y silencio, o para huir de maridos abusivos. «¿Cómo le va doña Shika? ¡Qué bueno verla! ¿Se fijó en el centro de mesa que le dejé el otro día?», me dijo así, toda contenta como siempre ella andaba. Pero vi algo más importante en sus ojos, la admiración con la que me veía y detrás de ella el cariño. «¡Cierto Elsa!, pero si esta hermoso. Me contó María que lo tejiste tú misma», le contesté, luego de lo que a ella le habrá parecido una pausa muy larga. Y allí quedó para mí, zanjada la cosa –Shika se levantó a buscar un chal de la mochila, para echárselo sobre los hombros–. Supe que podía ser lapidada, mandada a prisión, empobrecida, aislada, pero que yo sería siempre feliz en cualquier lado. Y sabría sacar provecho de cualquier situación o lugar que me tocara. Estoy, y estaré, siempre arropada por el amor de las personas que he amado, hombres o mujeres. Hombres a los que cobré y mujeres a las que entregué parte de mi botín de batalla.

–Qué bonito –dijo Isabella tomándole una mano–, que bonito suena lo que dices… *ti voglio bene* mi amiga.

—Y yo te amo a ti —Shika le apretó la mano, sonriendo de regreso.

La larga mirada se rompió al estallar ambas en una carcajada

—¡Parecemos lesbianas! —se rio la italiana.

—Para cualquiera que nos viera, parecería una escena romántica —hipeó de la risa Shika.

—¿Y por qué nos da miedo? —preguntó la primera

—Porque somos bien machas —contestó la segunda.

Ambas volvieron a estallar en otra carcajada.

—Ahora recuerdo — Isabella sacó un papel doblado del bolsillo de su pantalón de lino—, mira lo que me contestó Leslie por Facebook, respecto a la pregunta que me hiciste de los estereotipos femeninos de Jung —y leyó bajo la luz del celular:

> Pues en efecto, Jung definió el desarrollo del ánima en la psique masculina en etapas, las cuales asoció al culto de Eros. La primera etapa es Eva (la madre), Helena (la seducción), María (el compromiso) y Sofía (la sabiduría) y no son estereotipos, la Sombra aquí no tiene nada que ver. Se trata de etapas ideales por las que pasa el arquetipo del ánima, desde el momento en que es reconocida por la psique masculina hasta que es integrado (el arquetipo) como parte de la personalidad. Idealmente, porque debería ir pasando por las etapas conforme el desarrollo psicológico va sucediendo, sin embargo, esto no es siempre así y por ello los hombres se «fijan» al ánima en una de estas etapas. Ejemplo, el hombre mayor fijado en la etapa Helena, solo piensa, ve y valora a las mujeres sexualmente, y de allí su relación con ellas se proyectará así. (El animus también pasa por 4 etapas equivalentes para la psique femenina) No sé si me explico, cualquier duda que te surja, trataré de responder en la brevedad posible.

–Mmmm, cuatro etapas por las que pasa el hombre… me parece que falta una –dijo la Puta, repasando con los dedos–, allí están la madre, la amante, la esposa y la vieja, llámese abuela, sinónimo de maestra, o su propia compañera envejecida, que es quien le enseña. Yo agregaré a Iris la inocencia, la mujer con la que el hombre descubre lo más puro de sí mismo. Su necesidad de proteger y ser, en general, un mejor hombre por querer mejorar el mundo… esa mujer puede ser la hija o la novia adolescente, con quien se enamora del mundo y gesta sus ideales…

Isabella interrumpió el argumento con una carcajada:

–¿No digo, pues? Tú siempre sacas de los hombres la mejor parte, porque en realidad los ves mejores de lo que son. Podrías haber dicho que la etapa que falta es la de Artemisa y su etapa guerrera, esa que los impulsa a querer conquistar y poseer mujeres, empresas o ciudades… llevándose por delante quien les pegue la gana, sin un solo cargo de conciencia.

Shika se rio también, pero luego de un momento agregó:

–Tienes razón, Iris y Artemisa son conceptos opuestos y a la vez no indispensables en la etapa de desarrollo de un hombre, uno pudiera encontrarse con Iris y escoger su camino, otros preferirán a la guerrera y alcanzar la cima.

Después de la conversación se durmieron por un par de horas, para despertar con los primeros rayos que anunciaban la llegada del sol aun tras la montaña.

El cielo amaneció hermoso. Nubes de distintas formas pintadas de colores daban al azul del fondo una profundidad que invitaba a la meditación. Ambas amigas bebieron agua y se pusieron de pie para hacer varios saludos al gran astro, para luego iniciar al unísono, un baile invento de Shika que combinaba movimientos de

tai-chi y yoga, con formas que imitaban animales y pájaros. Al terminar, se mezclaron con los lugareños que
llegaban temprano para participar en los fuegos sagrados. Encontraron a sus dos amigas listas para iniciar,
las cuatro juntas, el nuevo año gregoriano. Con la vista
puesta en cambiar de calendario y ajustarse mejor al lunar y al tic tac maya, Shika tomó nota de cada detalle
de lo que oía y veía. Estudiar números y calendarios era
uno de los propósitos de la Puta para ese año, en el cual
estaba decidida a aprender más de lo que pudieron haber sabido los mayas y las otras culturas, respecto al
tiempo y el espacio. Una estrella brillaba aun fuerte en
el cielo, pese la llegada del astro que ya se veía. Shika se
la señaló a Isabella y le murmuró al oído:

—Es Venus... es la diosa anunciando su regreso
—Isabella asintió, sonriéndole a la estrella.

Recordando sus tiempos de guerrera y maestra,
el Alma decidió atravesar los siete mares.
Sus múltiples intereses,
como dos caballos desbocados,
le jalaban de un lado al otro…
Las dos partes que la componían,
la pasiva y la activa,
luchaba entre sí por el control de su ser.
A pesar de la lucha interna,
los éxitos se fueron sumando.
Conquistó valles y subió montañas.
Su nombre fue conocido en lugares
donde no había estado.
Encontró más gente de la que podía recordar.
Amó y fue amada muchas veces…
¡Jamás de la misma forma!
Donde pasó,
recibió,
donde estuvo,
dejó
y en cuanto hizo,
sembró…
Pero seguía insatisfecha.

Décimo verso
El viaje del alma
Sol Magnético Amarillo

16

Espectacular Centroamérica
Cada cabeza es un mundo, 1997

Con un solo pie fuera del avión supe, pese a la modernidad del aeropuerto panameño, que estaba en suelo centroamericano, porque este istmo tocado por un mar y un océano es sin dudarlo, una tierra bendecida. Los cielos azules no faltan un solo día. Aunque llueva como diluvio, tarde o temprano, las nubes se abren para que lo invisible pueda saludar desde la inmensidad de un arriba interminable, a los mortales centroamericanos que pese a la pobreza, violencia o caos político, no dejan un día de sonreír o sentirse felices de estar vivos. Mi gente y yo somos mayormente positivos. Tan conformista y acomodado es el centroamericano, que no es consciente de su participación en la corrupción del sistema. Ni siquiera toma medidas para erradicar la corrupción que campea en todos los estratos, tanto los públicos, como los privados. Centroamérica está llena de historia, belleza, naturaleza y recursos abundantes, ¡los que se quieran! «Y por eso hay tanta gente pobre que se reproduce como hierba, sin aparente propósito y por cualquier lado», me dije antes de salir del aeropuerto a encontrarme de lleno con esos contrastes tan rudos de pobreza y riqueza andando de la mano. En Centroamérica no es como en Suramérica, donde o los extremos no se tocan tan fácilmente, o unos y otros pelean de frente. Aquí los pobres son pobres y los ricos súper ricos, y unos y otros se ven todos los días a gusto. Cada uno con su papel de explotador y explotado. Porque en realidad, ninguno de los dos profundiza en su papel de martillo y clavo. No se concientiza en cómo se repite ese abuso en todos los estratos y niveles: de rico a rico, de rico a medio rico, medio rico a pobre, de pobre a más pobre, o como se vayan cruzando.

Respiré, fascinada de ese aire caliente y limpio a mar abierto y selva cercana, de árboles por siempre cargados y flores perfumadas. Alguien cerca tocaba tambores … y como si fuera una vagabunda con problemas mentales, me puse a bailar y cantar a media acera. «¡Ujaaaa! sé que de fiesta Panamá está,/ como siempre está la gente centroamericana,/ y es que aquí hasta el idioma cambia/ cantamos cuando hablamos/ y chistes sacamos de los peores desastres/ ¡Alto!, para, deja…/ de canturrear al ritmo de los tambores/ que tienes aun un largo trecho para llegar a casa,/ que si en Panamá estás,/ esto no es hogar ni Guatemala».

La gente no pudo más que observarme, mientras me esquivaban con maletas en mano, unos con ojos desaprobatorios, otros con mirada de interrogación y más de alguno se atrevió a decir algo como:

—No sé qué te pasa, pero se ve divertido…

—¡Eh, yo también quiero algo de eso!

Ya en mil novecientos noventa y siete, Panamá City era una sofisticada urbe de incipientes rascacielos. Hacia allí me dirigí a buscar a mi amigo.

A Raúl lo conocí en Colombia, cuando ambos trabajábamos en el ámbito de la moda y aunque yo había dejado el área hacía mucho tiempo, él aún vivía de eso. Era un hombre cosmopolita, que conocía a todo el que fuera alguien en su país y a muchos otros más allá de sus fronteras. Me recibió con la alegría de siempre, pero como en ese entonces andaba a punto de casarse, me entregó en calidad de bulto y para evitar malentendidos, a su amigo Marcos para que me atendiera.

Marcos era ingeniero, guapo, exitoso, machista y sexy. Un buen centroamericano de clase alta e ideas claras, que entendía que mujer sola cenando con él es igual a mujer disponible para llevar a la cama. Le seguí el juego y decidí pagar la cena con sexo y de paso servirme un poco con la experiencia de un buen cuerpo a mano. Hay que admitirlo, el hombre era más que un *buen cuero*. Hablamos poco, lo necesario para llegar a la cama donde los dos queríamos estar. Una vez zanjeado el asunto de que yo no me había acostado nunca con Raúl, ese código no hablado entre hombres de no acostarse con las examantes significativas de sus amigos que no incluye no acostarse con las amigas significativas de sus amigos, Marcos no tuvo ni un solo cargo de conciencia para atacar de lleno. Representé tan bien mi papel de hembra seducida, que no tardamos en encender un apasionado fuego.

Fue un romance de tres días, con buena comida en restaurantes donde mis *jeans* no ofendieran a nadie, música bien bailada como solo lo saben hacer los caribeños, y sexo del bueno. Nada de magia, nada de cosas extremas, todo muy terreno, simple y vulgar. Sexo tierno aderezado con romance, que fue una bocanada de modernidad, lujo, tecnología, moda y apariencia.

—¿Por qué querer más? —me pregunté acurrucada contra su abdomen.

Dormí abrazada por músculos desarrollados en el gimnasio, respirando perfume caro entre sábanas de buen conquistador, feliz por ser hembra cazada. Tres días más tarde me sentí lista para continuar mi camino de búsqueda y encuentro.

Nos despedimos con un beso lento, saboreándonos mutuamente, sabiendo que no nos volveríamos a ver. Esta vez con mi mochila más liviana, salí en bus hasta las afueras de Panamá City con rumbo a la frontera tica. Una vez en la carretera, en medio de la vegetación abundante y con el mar en el horizonte, caminé inmensamente feliz, unos veinte kilómetros hasta hacer un alto y disfrutar de mi almuerzo, en medio de un paisaje rico en matices y sonidos. El verde brillaba en todos los tonos posibles, desde lo más claro y chinto[27], hasta lo más oscuro y elegante. Así de feliz estaba disfrutando mi pan con queso y jugo de naranja, a la sombra de una palmera, cuando de la nada tuve otra visión:

Eyia corría a toda prisa entre una vegetación que le rayaba la piel de la cara y el torso que llevaba desnudo porque hacía calor. Su respiración agitada y las lágrimas que corrían por su rostro, hubieran dicho a cualquier espectador que la joven sufría. Finalmente, salió a campo abierto donde el ruido del torrente del río opacaba cualquier otro sonido. De unos cuantos y certeros brincos escaló una agrupación de rocas a la orilla del agua para llegar a la cima. Allí empezó a aullar como un animal herido. Conforme se fue calmando, los aullidos se fueron tornando en un tipo de música y su cuerpo a balancearse con un ritmo lento, casi imperceptible. Hasta que agotada se dejó caer sobre la piedra, permaneciendo en silencio por un buen rato, viviendo el duelo. Su abuela había muerto. Eyia se sentó para hablarle al viento:

—No me dijiste que doliera tanto, abuela. No me dijiste que entender... que no te volveré a oír, ni a tocar tu piel, ni tenerte cerca para que respondas algunas de mis múltiples preguntas, doliera tanto. ¡Duele tanto que siento que yo misma moriré!

Silencio. De repente y de la nada, oyó Eyia dentro de su cabeza la voz de su amada Aya: «niña querida, sufrir es tan importante como estar feliz. Sentir dolor es lo que te permite encontrar en ti lo que falta. Pero no te asientes en el dolor, ni en el sufrimiento, eso es cosa de mártires que se ahogan en su ego». Eyia abrió los ojos de golpe, girando la cabeza de lado a lado, primero con prisa y luego más despacio. Se fijó en los verdes, en los brillantes y en los oscuros, en los bichos volando por miles sobre el agua y entre las plantas. Fue consciente de la abundancia de la tierra. Abrió la mano frente a ella y repasó la forma de la estrella. Hasta que empezó a reír a carcajadas como posesa.

Regresé a mi presente con un sobresalto que arrojó mi pan al suelo. Lo recogí apresurada, limpiándolo para llevármelo a la boca en un acto mecánico. Mientras las

---

[27] Chinto: (En Guatemala) color brillante *(N.del E.)*

imágenes pasaban a toda velocidad por mi cabeza, repasando la visión.

—¿Acaso soy una reencarnación de Eyia? —me pregunté fascinada y en voz alta.

Nunca antes había logrado relacionar un momento de mi presente a algo tan personal de lo que veía en las visiones. Pero esta vez, Eyia y yo habíamos compartido el dolor, visto los mismos verdes y percibido las mismas sensaciones al observarlos. Ahora mismo podía ver los brillos y verlos de la misma forma que los vio Eyia, percibiendo la abundancia y recordando las palabras hacía tiempo dichas por Aya, resonando en mi propia cabeza: «El verde es el color de la luz y de lo que nos ciega, porque no podemos ver más allá ni del verde multiplicado en la tierra, ni de la luz y su brillo. En su belleza hay un límite... para ir más lejos hay que percibir y no ver... alejarnos del fuego, escondernos del sol, entrar en la cueva para permanecer a oscuras». Las repetí como una pequeña oración, hasta que cuajara su significado en mi cerebro.

Cerré los ojos, permitiéndome sentir la belleza de todo lo que me rodeaba, jamás volvería a ser mártir en esta vida. Se sufre por temor y amor al *yo*. Yo no era nadie, era todos, y como todos podía caminar a gusto por el mundo. Terminé mi comida totalmente consciente de cada bocado, cargué mi mochila e hice un alto al primer auto que pasó.

El primero en llevarme fue un alegre vendedor de pescado, que bajó el volumen del radio para conversar conmigo. Una vez resumida mi historia, me resumió la suya:

—¡Ah!, yo amo lo que hago. Voy todos los días a la costa. Espero que salgan mis amigos del mar para tomar un café con ellos y comprarles el pescado. Paso saludando a las mujeres que venden por allí cerca. Con suerte me robo algún beso, ¡ya sabe! —dijo con una mirada y risa pícaras, sin separar los ojos del camino—, uno de esos de piquín sin ningún pecado. Con mis hieleras llenas, me vengo para la montaña a vender a los clientes usuales y a los que voy encontrando. Gano lo suficiente para comprarles a mi mujer y a mis hijas un vestido nuevo de vez en cuando. Tenemos la casita donde sembramos algunas plantas... ¡comemos bien! —dijo sobándose la panza con una gran sonrisa de hombre satisfecho—. Nuestros gustos son sencillos y en general, la pasamos cómodos todos juntos. Me gusta recoger vagabundos como usted, para que me cuenten de otros lugares y quitarme las ganas, no necesito ver con mis ojos, lo que otros me pueden contar —reía feliz con enormes carcajadas, que hacía saltar de arriba abajo su abultado estómago.

Me dejó bastante cerca de la frontera, preocupado de dónde iba dormir, cuando le expliqué que viendo el buen clima, me iba a quedar a la intemperie.

—Con usted caminan los ángeles, pero los diablos andan por allí, buscando quien se las paga. Mire que el origen del mal es el dolor y luego, la venganza. Yo por eso, mi dolor y mi alegría los comparto... y a los políticos y empresarios ladrones los perdono. ¡Allá cada quien con su conciencia!

—Es usted un hombre sabio —le contesté, feliz de haberlo encontrado.

—Sabio lo dudo, ¡honrado sin dudarlo! Compro y vendo el pescado a un precio justo. Entonces, nunca me falta quien me lo saque del mar y quien guste llevarlo a su mesa —con las dos manos tomó la mía, donde colocó un billete de cinco dólares—. ¡Vaya con Dios, jovencita, y que encuentre lo que está buscando!

—No puedo aceptar su dinero —exclamé mientras intentaba darle el billete de vuelta—, debiera ser yo la que le pagara.

—¡Tonterías, claro que puede! —dijo riéndose a todo pulmón—. Primero, es un regalo y con los regalos se pone tan feliz el que da como el que recibe. Segundo, es un gracias por todo eso que me contó de allá abajo.

¡Y una bendición!, para que un día se gane la vida contando cuentos.

Me quedé un largo rato a un lado del camino, observando el otro camino que ascendía hacia la montaña, por donde había partido el vendedor de pescado. Dos caminos, el camino que me llevaba hacia la frontera y el que me hubiera devuelto a Panamá City. Y es que la vida son esas bifurcaciones que se presentan y que tomamos sin saber qué es lo que dejamos o encontráremos en el otro lado. No pude dejar de ver el billete de cinco dólares y reírme de la ironía del gesto. Marcos que tiene mucho dinero, no me regaló un céntimo. No es que tuviese que hacerlo. Si mi moral me lo hubiese permitido, yo lo tendría que haber pedido, como pedir ayuda cuando se necesita, pero eso me hubiese hecho sentir una cualquiera.

—¡Qué ridículo! —exclamé al camino—. Lo peor que hubiese pasado es que me dijera que no y la consecuente idea mental de sentirme humillada.

Volví a mirar el billete en la mano. El pescador, a quien probablemente no le sobra el dinero, me quiso hacer un regalo útil. En su generosidad hizo un acto poderoso, me los dio porque quiso y pudo.

Ya en el lado de Costa Rica, corrí con dos días de buen clima, que pude hacer a pie disfrutando del paisaje y de la gente que fui encontrado. Compré comida en las casas de campesinos a la orilla del camino. En ninguna faltaba el común gallo pinto, una masa de frijol con arroz, y con suerte encontraba alguna fruta colgando de los árboles. El tercer día me tocó tomar un bus a la capital. Al llegar empezando la noche y sin mucho dónde escoger, tuve que quedarme en un posada donde dormí sentada y completamente vestida, por asco a las cucarachas que caminaban campantes por todo el lugar. Me despertaba a ratos para observarlas y pedirles por favor que no se me acercaran. En ese entonces aún no había encontrado la belleza del bicho y me repugnaba su apariencia. Al día siguiente me fui a la embajada de Guatemala para ponerme al día con el acontecer de mi país y de paso pedir que me regalaran una llamada a mi familia, con quienes no me había comunicado en muchos meses. La capital tica en ese entonces, era como un pueblón donde las direcciones eran algo así: de la tienda amarilla de Don Cheyo, cuatro bloques hasta la toma de agua, de allí cien metros a la derecha, la casa azul con bandera. Muy pintoresco. En San José se caminaba con tranquilidad saludando a los que uno se cruzaba por la calle.

El embajador muy ocupado y sin nada que hacer, me recibió sorprendido con mi petición de que me regalara una llamada para hablar a casa. Se le hacía difícil creer que hubiera viajado tanto tiempo sola.

—Porque en general, las guatemaltecas son muy predecibles y nada arriesgadas —fueron más o menos sus palabras—. Ya sabe, buscan casarse, formar una familia, todo seguro y ordenado.

Me recordó de alguna manera, a dos de los personajes de *El Principito*: el rey en su pequeño planeta ordenando al Sol que saliera, y al economista en el suyo contando estrellas. No termino de decidir si la realidad copia a la ficción o si la ficción se parece a la realidad. Pero en mis innumerables viajes, encuentro constantemente personas escapadas de algún libro.

Luego de hablar con mi familia y explicarles que seguía con vida, pero que me había quedado sin dinero y por eso no había llamado desde Cochabamba, se sintieron más tranquilos, aunque no tanto cuando les conté que iba atravesando Centroamérica a jalón.

El embajador me despidió con cien dólares de regalo, que no le pedí, deseándome que llegara sana y salva de regreso a nuestro hermosa patria. Decidí guárdalos para una emergencia y continué a pie por dos días. Después, un joven vaquero me llevó en su *pickup*, venía de San José e iba a su finca, justo cerca de la frontera.

—¡Bárbaro que su familia la dejará ir así nomás y solita! —decía negando con la cabeza, todo agitado y sufriendo—. ¿Pero cómo una mujer que tiene que ser cuidada y protegida, va por el mundo sin un plan y durmiendo en los caminos? —yo lo observaba y le sonreía.

—¿Es que es prostituta? —se atrevió a preguntar al fin, después de un largo rato y otras muchas preguntas, unas más divertidas que otras.

—¿Te refieres a que cobro por sexo? —pregunté de lo más tranquila.

—¿Usted cobra? —volvió a preguntar, con tal cara de susto que no pude evitar echarme a reír.

—No, no cobro —no quise explicarle que yo hacía sexo gratis, porque aunque el fuera bonito, no se me antojaba con él—, ni tampoco soy prostituta —aclaré, para que en su mente machista quedará claro que no tenía sexo con cualquiera.

La verdad es que el joven me daba ternura. Era fácil ver cómo se debatía entre hacer lo que había aprendido: proteger a las mujeres, y lo que quería: pedirme algo que ni él sabía que era. Al final de la tarde llegamos a unos kilómetros de la frontera, ya demasiado tarde para cruzar.

—Le voy a pagar un cuarto y no le voy a pedir nada a cambio… soy un hombre educado que no puede dejar a una mujer en la calle —dijo tomando el timón con fuerza, como para controlar sus propios instintos.

—Bien —le contesté—, te dejaré ser un caballero y lo agradeceré como una dama en apuros. Además, aprendí de un vendedor de pescado que quien regala es tan feliz como quien recibe.

Alberto encontró una pensión de camino, de esas donde puedes estacionar el auto frente a la habitación. El lugar era limpio, los dos entramos al cuarto, él detrás de mí dejó la puerta abierta. Unos pasos adentro, giraba nervioso el sombrero entre ambas manos, viéndome sin saber qué decir. Por alguna razón no me asustaba, ni me sentía intimidada. Era más alto que yo y a todas luces más fuerte, pero la nobleza de su persona brillaba.

—¿Quieres sentarte, conversar otro rato? —dije mientras me sentaba en la silla, dejándole a él la cama.

—La verdad es que no sé qué me pasa, nunca había recogido a nadie en el camino. Siento como que hay algo aquí que está bien y algo que está mal, pero no logro distinguir... —de repente yo sí lo entendí, no era que él se sintiera atraído hacia mí como mujer y no supiera cómo manejarlo, es que mi simple existencia estaba rompiendo sus paradigmas, la estructura de su mundo organizado.

—¿No será solo que hoy descubriste que hay formas distintas de vivir la vida? —pregunté tanteando.

Alberto levantó rápidamente la cabeza con tal expresión de alivio, que me tuve que tragar la risa.

—¡Ah, puede ser eso! El que usted ande en la calle no quiere decir que sea una mujer mala... quiero decir de vida alegre... disculpe de verdad, disculpe... no sé qué estoy diciendo.

—¿Qué creías, que el mundo se divide entre mujeres honestas y deshonestas?, ¿qué crees, que hay mujeres para casarse y otras para pasar un rato? —la sequedad en mi voz me sorprendió hasta mí. El pobre se congeló por un momento, para ponerse de pie, y al segundo siguiente volverse a sentar, hecho un manojo de nervios.

—Creo que mejor me voy, me esperan en la casa... gracias por su tiempo —y ahí estallé de risa.

—Alberto por favor, si alguien tiene que darte las gracias soy yo, mira que me salvaste de dormir bajo la lluvia... que se ve claro que ya viene —y como si el cielo estuviera de acuerdo, empezó a llover.

Él se paró en el dintel de la puerta, sorprendido mirando el cielo y luego a mí, como si yo hubiese hecho caer el agua.

—¡Pues verdad! —alcanzó a decir, antes de que me pusiera de pie y le tomara una mano.

—Mira, el mundo no es ni blanco ni gris, las mujeres no somos ni buenas ni malas, somos personas con sueños, fortalezas y flaquezas, como lo son los hombres. El mundo no gira alrededor del sexo, ¡aunque pareciera! —no pude evitar reírme y contradecirme—, que sí es importante y poderoso. Pero eso no quiere decir que es el único tipo de relación que pueda existir entre hombres y mujeres… hoy te has portado como un caballero, amable, amigable y noble, y por eso te doy las gracias… ahora vete que es tarde. Fue lindo conocerte.

Me observó por un largo rato, asimilando, sin que ninguno de los dos se moviera. ¡Tomando decisiones!, asumí. Hasta que se inclinó para besarme en la mejilla y desearme buenas noches, con una sonrisa no muy convencida.

Al día siguiente, cruzar la frontera fue tan fácil como dar un paso detrás de otro. Pero aunque son países pequeños y con mucho en común, las diferencias del istmo pueden ser abismales. Costa Rica no tiene ejército y ha logrado políticas ambientales que están entre las mejores del mundo. Mientras que Nicaragua tiene un pasado bélico y una presencia militar, que en mil novecientos noventa y siete, no terminaba de salir del gobierno. Aunque había dado un paso importante al nombrar una parte de su selva Patrimonio del Mundo, la depredación era terrible y a pasos agigantados. Para mí, Nicaragua era tierra de escritores, poetas y cantantes, con Gioconda Belli entre mis ¡favoritas! No pude dejar de ver los árboles con suspicacia, preguntándome cuántos de ellos albergarían el espíritu de un antiguo guerrero nica. Como Itzá, el personaje de Belli que llegó a reexistir en un árbol de naranjas. Con gusto empecé a saludar en voz alta:

—¡Buenos días hermoso Pochote… pero qué maravilla sus hojas, bello Guayacán… pero si eres impresionante sabia ceiba!

Y corrí abrazarla en recuerdo a las ceibas de mi niñez. No me dijo nada, como nunca me lo ha dicho ninguna de las que me he encontrado en la vida, solo me impresionan con su presencia y su canto. Sin desanimarme, saludaba a todos los árboles que lograba reconocer. Hasta que al mediodía hice un alto junto a un ficus, con el suelo lo suficientemente limpio para hacer una siesta bajo sus frondosas ramas. Me dejé ir dentro del sueño:

Las arenas doradas se arrastraban flotantes sobre las dunas de mantequilla, la luz tibia de las cinco de la tarde brillaba, generando espejismos de movimientos imparables, unas veces rápidos y otras más lentos.

«El desierto está tocando su melodía secreta, en la que solo él sabe a quién otorga y quita vida… caprichosamente», pensó Lamed, avanzando despacio para permitirles a los caballos recuperarse de la cabalgata previa. Él podía escuchar la canción y entenderla, porque nació en esas mismas arenas donde esperaba un día también morir. Su rostro completamente cubierto, no permitía saber a los hombres que lo acompañaban que estaba sonriendo. Y es que él tenía muchas razones por las cuales sonreír. No había nada en la vida que lo atara, ni lo detuviera. Amaba la inmensidad de esas arenas sin un ápice del miedo que inspiraban a la mayoría de gente que las atraviesa. Sin pertenecer ya a una tribu específica, trabajaba para quien pudiera pagar sus servicios de guía, guardia o asesino. Su buena apariencia y destreza le abrían las puertas de chozas, tiendas y piernas. Nunca había tenido que tomar a una mujer por la fuerza. «¿Por qué hacerlo, si era más divertido seducirlas?». Así fueran sus cautivas y le pertenecieran en cuerpo y alma, él gustaba ver cómo se entregaban enamoradas por su encanto.

Unas veces le tomaba una noche, otras tres días. Algunas, ariscas al principio, se volvían una vez seducidas, las mejores amantes. Las que llegaban con miedo a sus brazos eran las que quedaban más destrozadas, una vez que seducidas y rendidas, él las confiaba a su suerte. Porque él las dejaba siempre a todas. A unas como esclavas al servicio de una familia. A otras casadas con hombres que las tomaban como segundas o terceras esposas. Todo dependía de que tan pronto les encontrara acomodo. Luego, estaban las esclavas o esposas de otros, que lograban escaparse un rato cuando él estaba cerca, para pasar un momento en sus brazos. En esos casos, él sabía que se arriesgaba estúpidamente. «¿Pero no era acaso igual de bueno morir por un beso que por una espada? La vida es una aventura», y esta vez se rio en voz alta, por lo que empezó a cantar acompañando al desierto, como acostumbran las personas que lo recorren. Un momento después lo siguieron sus hombres.

Avanzaron hasta que salió la primera estrella e hicieron un alto para dar de beber a los caballos y ellos beber té preparado al calor de la fogata.

—Los hombres de las arenas hablan poco y cantan más —dijo el comerciante en piedras, que les había contratado para llevarlo de un lado al otro del desierto. Nadie contestó, no había necesidad, cada uno bebía consigo mismo, a gusto en su propio silencio. Pero las palabras del hombre trajeron a la memoria de Lamed el rostro de una mujer que dijo las mismas palabras hacía unas veinte lunas. A veces pasaba que sus caras, el olor de sus cuerpos o la manera en que respondían, se quedaban por algunos ciclos en su memoria, hasta que el tiempo las borraba. «Pero la mujer sin nombre se quedó ya demasiado», se dijo molesto, sin poder evitar repasar de nuevo los momentos en su piel y su voz al oído.

Ella fue el pago de una tribu nómada de las afueras de las arenas, que lo contrató para tomar por la fuerza otra tribu que había empezado a llevar a sus ovejas a los pastos de la primera. La mujer era muy joven. Aún no había conocido hombre, eso lo supo Lamed después. Sin embargo, cuando él entró en la tienda alfombrada que le habían otorgado mientras permaneciera con ellos como guardia y mercenario, ella ni se ocultó o mostró señas de temor. Permaneció sentada, muy recta, observándolo con ojos tan penetrantes que lo hicieron sentir incómodo.

—¿Cómo te llamas? —preguntó él para ser cortés.

Ella tardó un momento en responder:

—Llámame mujer, porque no te interesa mi nombre ni quién soy, no te interesa si tuve padres o hijos, si tuve hermanas o hermanos, los hombres de las arenas hablan poco y cantan más.

Lamed se sorprendió por la frialdad de la joven y hasta le molestó su falta de reacción. Con cierta malicia, de la cual era ajeno, en cuanto a las mujeres, se fue desvistiendo hasta quedar desnudo con una erección frente a ella. La joven se limitó a tragar saliva, con un poco de aprensión en el rostro, pero ni desvió la mirada ni se movió. Lo que hizo que él se sintiera incómodo. Por lo que se volteó, primero para lavarse y luego, para alcanzar unos higos, dátiles y queso, que le ofreció a ella en silencio. Ella tomó unos higos con delicadeza y los comió despacio, sin apartar los ojos de él. Lamed se ató una túnica a la cintura y se cruzó de piernas para sentarse frente a ella. Extendió un brazo para atrapar su muñeca y llevar a su boca el higo a medio comer que tenía ella, al terminarlo, chupó de sus dedos la miel que quedó en ellos. Su única reacción fue contener el aliento, por un momento. En cuanto Lamed soltó su mano, ella tomó otro higo que mordió y luego, ofreció el resto a él. Esta vez, cuando él quiso chupar sus dedos, ella apartó la mano sin brusquedad para chupárselos con naturalidad ella misma. En su mirada no había reto ni invitación. Lamed tomó un higo que mordió y le ofreció el resto a ella. Al terminarlo, ella chupó a la vez dos de sus dedos y luego, uno solo.

—¿Cómo te llamas? —volvió a preguntar él.

—Mujer —contestó ella y le sonrió.

Esta vez fue Lamed quien sostuvo el aliento. Era hermosa, pero al sonreír era completamente seductora, sobre todo porque su sonrisa era inocente, la sonrisa de una niña que no sabía a qué jugaba. Su erección no se hizo esperar, ella no dejó de sonreír sin desviar los ojos de los suyos, ajena al tormento del hombre. Lamed se puso de pie de un salto, trajo agua para ofrecerle a ella desde su altura, obligándola a levantarse. Era alta para ser mujer y con cuerpo más de niña que de adulta. Al llegar a él, tomó el vaso levantando la vista hacia sus ojos, pese su estatura. Lamed le sacaba una cabeza. Le quitó el vaso, bebió el resto y lo *dejó caer a la vez que le daba un jalón para colocarla de espaldas a él. ¡Le molestaba lo intenso de su mirada! Le soltó el grueso y largo cabello negro, que llevaba atado a la espalda en una trenza. Al terminar masajeó su cabeza, sintiéndola estremecerse bajo sus dedos. ¡Sí, eso es lo que deseaba de ella! Movió el cabello a un lado para tomarle la nuca con los labios. Involuntariamente, ella se arqueó pegándose a su cuerpo. Lo que provocó que él la abrazara por la cintura, apretándola contra su erección. Ella se tensó, sin intentar apartarse de su cuerpo.*

—Eres hermosa Mujer, hermosa como la luna —Lamed murmuró en su oído, a la vez que daba pequeños besos y mordiscos, primero a la oreja y luego al cuello. La mano libre la posó sobre un seno, que acarició con cuidado, estudiando su reacción,

—Tócame —le pidió con un tono dulce.

Ella más que tocarlo, se agarró a sus piernas, sosteniéndose y a la vez queriendo controlarlo. Él subió la mano con la que acariciaba los senos, para tomarle el rostro, que llevó hacia atrás, accedió a su boca, besándola de lleno en los labios. Fue un asalto lento. Primero, posó su boca por unos segundos sobre la de ella, luego, succionó sus labios con los suyos. La volteó para poder tomarle el rostro con ambas manos. Besó los ojos, las sienes.

—Separa los labios —le ordenó. Empujó su legua dentro, tomó un labio y luego el otro, y entonces la soltó. Ella se tambaleó hacia atrás, esta vez fue el turno de Lamed de sonreírle. Ella se llevó una mano al pecho y por una fracción de segundo sus ojos expresaron miedo.

—¿Cómo te llamas? —preguntó Lamed por tercera vez.

Ella entrecerró los ojos, dio un paso atrás y contestó:

—Tomaste mi familia y mi gente. Tomaste mi vida. Tomarás mi cuerpo. Tal vez mi alma, pero no mi nombre —con dos movimientos se quitó la túnica y la babucha, quedando completamente desnuda frente a él. Levantó la barbilla retándolo.

Él la circuló despacio, sin tocarla. ¡Era perfecta! La barbilla la delató cuando empezó a temblar involuntariamente. Lamed recogió su ropa y arrojándosela dijo:

—Vístete y duerme, no te tomaré esta noche cuando estás a punto de desfallecer. Te quiero despierta y dispuesta. No pienso quebrarte el espíritu, como no lo hago tampoco con mis caballos.

Por tres días, Lamed mismo la bañó y la alimentó de su mano. La llevó a montar en su caballo. Cuando la luna estuvo llena, la acostó junto a su cuerpo desnudo, besándole cada centímetro de piel mientras le cantaba. Cuando la penetró no quiso terminar nunca. Ella era perfecta por dentro y por fuera, ella era la copa de la cual bebía y en la cual se saciaba. La tuvo consigo un ciclo entero más de lo que tuvo cualquier otra mujer. Cuando la quiso dejar casada, ella le pidió con su estilo centrado y frío, que no lo hiciera.

—Prefiero ser esclava, que un día puede volver a ser vendida y comprada —la complació vendiéndola a una familia grande. Al entregarla ni lloró, ni gritó, ni bajó la mirada. Clavó sus ojos en los suyos, penetrándolo con la mirada.

«Y ahora esa mirada me persigue, debí haberle sacado el nombre a golpes» le dijo a la luna...

Lamed murió en la arena cómo quería, más viejo de lo que pensó, y lo ultimó que cruzó su cabeza, luego de ser atravesado por una espada, fue: «nunca supe cómo se llamaba la mujer guerrera», que era como la llamó toda su vida...

Yo no quería despertar bajo el ficus. Quería seguir siendo Lamed y cabalgar a toda velocidad por el desierto. Quería saber si había buscado a la mujer guerrera. Entender lo profundo de su individualidad y egoísmo. ¡No, no era egoísmo!, era falta de empatía o tal vez empatía absoluta. Lamed estaba más allá del bien y del mal. Mis pensamientos conscientes se mezclaban con las imágenes inconscientes del sueño. Sentía mi cuerpo acurrucándose sobre la bolsa de dormir, reacomodándose para no despertar del todo. Recogía más datos del hombre que fui alguna vez, capaz de cortar en dos un cuello, sin inmutarme, y tomar una virgen con toda la paciencia necesaria para dejarle el alma intacta. Lamed era aguerrido, jamás retrocedía ni se arrepentía, no miraba atrás, con excepción de la mujer sin nombre. Cuando en mi duermevela quise concentrarme en ella, la visión cambió completamente:

Una mano de mujer se abría ante mí, mostrándome el anillo en forma de espiral, con dos piedras: una roja y otra azul, que usaba hacia adentro en el dedo del corazón. La mano decorada con una estrella de cinco puntas y símbolos de todo tipo a lo largo de dedos y palma, vibraba sutilmente con vida propia. De entre los símbolos reconocí el caldero, la espada, un árbol, algunas runas… intentaba leerlas cuando apareció un dedo índice con una larga uña decorada al estilo oriental. Esa otra mano de la que solo miraba índice y uña, me señalaba algunos de los símbolos, hasta detenerse sobre un sol dibujado en la yema del pulgar. «¡Apaga la luz, apaga la luz!», gritaba una voz en mi cabeza…

Hasta que la realidad pudo más y desperté a los brillantes rayos de sol, que alumbraban el campo al mediodía. Mientras intentaba quitarme la somnolencia en un riachuelo cercano, fragmentos de las visiones regresaban con claridad.

—Demasiada información —dije al agua cristalina—, demasiada para digerirla de una sola vez.

Dos días después, dentro de tierra nicaragüense, compartía la palangana de un camión con un grupo de guapos mormones de Utah, que andaban de vacaciones. Eso quería decir que vestían *jeans* y playeras, sin Biblias ni maletines en la mano. Me arremetieron a preguntas y yo a ellos. Luego de que se negaran a hablar sobre sus creencias y de la historia que John Smith fue un extraterrestre que le diera el libro guía, argumentando: «Estando de vacaciones nos dedicamos hablar de otros temas», entramos sin querer en el campo del coqueteo.

—Sois hombres mucho más normales de lo que se ven vestidos de negro y blanco con corbatas aburridas —no pude evitar burlarme un poco.

Y para mi sorpresa, el más desenvuelto y atractivo del grupo la tomó al vuelo:

—Más normales de lo que imaginas, vamos a la escuela, la universidad y coqueteamos con chicas que encontramos por el camino… ya sabes, para pasar un buen rato.

—¡No puede ser! —me reí—. ¿Y qué harías si te digo que sí?, ¿no tienes acaso prohibido el sexo fuera del matrimonio?

—¡Ah!, pero puedo siempre declararme pecador y si me gustas mucho, te convencería para que te conviertas y permanecer juntos —dijo guiñándome un ojo.

—Y si estamos en esas, ¿qué hay de si te convierto yo al paganismo?

—La única forma será probando primero cuánto nos gustamos y luego, quién convence a quién —respondió muy ufano.

—¡Pero andas de suerte!, porque no tengo ganas de convertir a nadie —dije burlona.

—Es una pena, a mí me hubiera gustado intentarlo —dijo con una sonrisa tan sincera, que por un momento me confundió.

El resto del grupo hizo como que no oía, desviando la mirada para cualquier otro lado.

—¿Coqueteas conmigo porque soy lo único que has encontrado en el camino, porque crees que soy fácil y disponible, o porque de verdad me encuentras atractiva? —no pude evitar cuestionar.

—Porque me gustas, claro, ¡que baja autoestima la tuya!

—¡Qué estupidez de mi parte siquiera preguntar! —el sarcasmo en mi voz le hizo cambiar de tema.

Media hora después, ellos se bajaron con efusivos adioses. «¿Por qué no puedo disfrutar de un simple coqueteo sin ponerme a la defensiva?». Me alcé de hombros. Me relajé.

Acomodada entre costales de granos, en la palangana del camión, observaba las copas de los árboles que dejaban pasar rayos de sol, a intervalos. Con los ojos entrecerrados, las copas tomaban interesantes formas abstractas que me fueron adormeciendo. Al principio, en esa vigilia que se da antes de caer profundamente dormido, tuve uno de esos sueños locos en los que las imágenes cambian tan rápido, que no te da tiempo de entender lo que ves. Las imágenes de hombres a caballo, unas veces en desiertos y otras en verdes campos, se sucedían en fragmentos breves como en una película en blanco y negro. Unas veces los hombres iban vestidos a la usanza beduina y otras con armaduras de metal. Las imágenes se intercalaban con mujeres a la orilla de un río, una fuente, o a la sombra de un árbol o una casa. Unas vestían de azul oscuro y otras de rojo también oscuro, casi café. Solo el color de sus túnicas resaltaba sobre un fondo difuso. De repente, todo se detuvo, la mente encontró el recuerdo que buscaba a toda velocidad en el mar de mi subconsciente.

Desde una posición omnisciente vi el rostro de un hombre rubio de intensos ojos azules, que contempla desde el alto de una colina la ciudad blanca a unos kilómetros de distancia. Su caballo se siente inquieto y cansado bajo el peso de su cuerpo y armadura, que brilla con los últimos rayos del sol de la tarde. En los ojos del hombre se percibe tristeza combinada con determinación. Sabe que la ciudad debe ser conquistada y destruida.

«¿Quién soy para cuestionar los designios de Dios?», piensa. El caballo se mueve inquieto, el caballero mecánicamente sostiene la rienda sin jalarla y reacomoda su cuerpo al movimiento del animal. La base de su lanza descansa en el suelo. El estandarte verde y dorado amarrado a su punta, ondea al viento que sopla desde el océano tras la ciudad. El caballero de barba y bigote poblado, divide su atención entre la ciudad que tiene al frente y los hombres que le rodean, a quienes debe guiar a la guerra y al botín. Sabe que están deseosos de hacerse con su parte y tomar todo lo que encuentren a su paso: la vida de hombres y bestias,

los cuerpos de mujeres y niños que usarán, unos para su inmediato placer, otros para la venta de esclavos. El botín material será acumulado y distribuido por rangos al final de la contienda.

Suspira, su mente viaja dentro de los muros de la ciudad para ver a los amantes haciendo el amor por última vez. A la mujer dando a luz un niño que solo conocerá estos momentos de vida. Una hija que ayuda a su madre a preparar la cena y que será el último recuerdo que tendrá de ella. Los ojos azules ven al escribano anotando en el libro que será quemado y al pintor que dejará un cuadro inconcluso. El caballero, viejo comparado con la edad de los hombres más longevos de su tiempo, se estira presionando ciertos músculos contra el metal de la armadura, para concentrarse en la dimensión de su traje y su papel.

«Estos son los designios de Dios», oigo su voz resonando dentro su cabeza, «que sea mi mano y la de mis hombres, las que acaben con la vida de esos herejes viviendo en pecado».

No importa que esté cansado, ni cuántos rostros llenos de terror haya visto morir bajo su espada, suspira de nuevo recordando la última mujer que tomó por la fuerza bajo la euforia de la guerra. La que regresa cada vez que va a empezar una batalla. La que se apuñaló a sí misma mientras él estaba dentro de su cuerpo. Su mirada no era de miedo, ni de odio, no había en ella rastro de asco o reto. Le llevó muchos años entender que era una mirada alerta, esperando grabar en su memoria el rostro de su atacante. Una vez que la hubo golpeado y tirado al suelo, luego de levantarle la falda y aplastarla con su peso... mientras la ensartaba con su miembro erecto, ella sacó de algún lado un cuchillo y logró clavárselo en medio de las cejas, con la misma presteza que pudo clavárselo a él. La sangre manó inmediata, salpicándolo. La cabeza y rostro de la mujer se cubrieron de rojo. En medio de la sangre, abrió los ojos para fijarlos en los suyos. Él podía sentir su pene palpitando al ritmo del corazón aún vivo. Dentro del calor vaginal, pese al acto de violencia, se sentía como el hogar. La mirada era de quien partía de este mundo, de la persona que conquista la muerte y se forja un destino propio. Eyaculó con un orgasmo explosivo, sin cerrar los ojos porque no pudo despegar su mirada de la de ella. No supo cuánto tiempo quedó sobre y dentro del cuerpo, viéndola respirar su último aliento.

El soldado violador se separó de la mujer inerte. Abatido, se sostuvo contra una pared, observando la muerte abierta de piernas. Sangrando por vagina y frente. Los brazos también abiertos. La blusa desgarrada dejaba al aire unos senos llenos, de los que manaba leche. Ahora notaba que la mujer que había forzado era hermosa y joven. La mirada fija en el vacío era verde y la cabellera revuelta y espesa formaba alrededor de su cabeza un halo. Sin poderlo detener, un sollozo escapó de su garganta. Intentando distraerse, se puso a revolver la casa. Era una vivienda sencilla, no había mucho que buscar ni encontrar. Entró con la idea de una mujer en la cabeza y no por botín, que sería mejor buscarlo en las casas altas de la ciudad amurallada que había caído a manos de los Cruzados, en camino a Tierra Santa. Después de revolver un poco, descubrió bajo unas tablas cubiertas con ceniza en el suelo, los cuerpos de una niña pequeña, otra de unos ocho años y una bebé de meses, que probablemente ella apuñaló antes o después de esconderlas.

«¿Quién era aquella a la que tomé y se quitó la vida bajo mi peso?», se dijo una y mil veces, «hubiera hecho bien en quemarla, seguro que era una bruja», se decía algunas veces, agobiado por el recuerdo de la mirada, o simplemente para atenuar la culpa. Nunca dejó de preguntarse «¿qué tipo de mujer es la que mata de propia mano a su carne, que prefiere la muerte que la lucha?». Lo cierto es que fue ella la que ganó la batalla entre ambos, él jamás la olvidó y perseguido por su fantasma, no volvió a violar a una mujer en su vida.

«La expresión de sus ojos va aquí conmigo», se dijo, absorto en la contemplación de la ciudad que debía ser tomada, violada y aniquilada para la gloria de Dios.

«Mi caballero, mi soldado de ojos azules soy yo en otra vida», murmuró una voz que era la mía. Podía ver al hombre desde afuera y desde adentro, cómo se ve uno a sí mismo.

La visión o sueño cambió bruscamente a la imagen de un mar medio tranquilo.

Sin verme, miraba desde la playa, seguramente sentada sobre la arena, esperando la caída del sol, concentrada en el ir y venir de las olas, mientras el tiempo pasaba sin importancia. Desde el agua emergió una hermosa cabeza de mujer, con largos cabellos castaños flotando a su alrededor. Emergió el torso y el resto del cuerpo desnudo, flotando sobre una enorme concha rosa. A diferencia del cuadro de Botticelli, la concha de mi Venus de mar estaba a la inversa y como un pequeño navío con la proa levantada, se acercaba lentamente a la orilla. Mientras observaba el cabello de la Diosa, ahora seco, bailar estirado alrededor de su cabeza, en forma de estrella con rayos de sol y de luna. Sus ojos, negro abismo, me inspiraban terror, apenas amortiguado por su sonrisa dulce, que parecía dejar por el camino sonidos que se hacían visibles en forma de pequeñas ráfagas de viento. Su canto, su voz me enamoraba, llenando paulatinamente mi corazón de una sensación de beatitud.

Al llegar la concha a la arena, esta se inclinó como una cuchara de la que descendió Venus. Acercándose, me ofreció una copa entre azul y rosa que sostenía entre ambas manos: «Bebe, que lo que aquí hay es tu sangre y la mía, y la de quien esté pronta a beber».

Sin haber bebido de la copa que me ofreció la Diosa, regresé o desperté con un sobresalto. El camión se había detenido y el amable chófer parado a un lado, me decía:

—Llegamos seño, esta usté en León.

«Bien», pensé, «encontraré a Sol y ella podrá ayudarme a tomar decisiones».

Tercera parte

Yo, La Mártir	Ella, La Virgen
el ego	el recipiente
el pulgar	el meñique
tercer elemento	cuarto elemento
la luz	el agua
anillo de oro	anillo de plata
deslumbrante verde	profundo azul
fértil y salvaje África	vasta y hermosa
	Oceanía
el ojo, la visión	el oído, escucharte

Embriagada de felicidad,
el Alma no se dio cuenta
que se adentraba en un laberinto de espejismos,
las murallas cubiertas de vidrios
se levantaban enormes a ambos lados del camino.
En los espejos se reproducían imágenes tristes
de la vida ordinaria,
esas responsables del vacío
y dolor humano:
novios ante el altar recitando sus votos,
familias sentadas a la mesa sin nada que decirse,
hombres engañando a otros hombres,
mujeres estigmatizando a otras mujeres.
Personas de todas las edades dándose la espalda:
se engañaban, robaban
y esclavizaban mutuamente.
El Alma supo
que no había otra salida más que destruir lo que veía,
debía romper los tabúes y las estructuras,
desarmar los sistemas y tirar lo aprendido.
Lo que veía era el pasado con tristes resultados…
¡debía adentrarse en lo desconocido!
Fue tal su congoja, que invocó sin conciencia al rayo
que viene de lo más profundo de los mares,
del vientre mismo de la tierra.
Hizo caer las torres y los muros,
el viento barrió hasta los cimientos,
hasta quedar la Nada y el Todo limpios
como una nueva página en blanco.

Décimo noveno verso
El viaje del alma
Sol Magnético Amarillo

17

La Princesa Virgen
Loreta de Andrapaniagua, enero 2013

El estilista, al terminar de colocar los últimos cabellos sueltos del moño que sostiene la corona a la cabeza de la princesa, anuncia feliz:

—¡Perfecta, como aparece su alteza cada día! —la princesa le sonrió a través del enorme espejo frente al que se sentaba, sin que emoción alguna se mostrara en su mirada—. Se ve hermosa princesa, el rojo es definitivamente su color.

—Gracias Armando, me dejáis sola por favor.

El aludido hizo un gesto discreto a la mujer y al joven que le acompañaban, para indicarles que recogieran las maletas y salieran. Al llegar a la puerta, en una coreografía estudiada, los tres se voltearon para hacer una reverencia de despedida. La princesa, con la mirada fija en el espejo, no la vio. Tras la puerta, Armando dijo al oído del joven:

—Cada vez está más despistada, no creo que sea saludable.

Dentro, en la sala privada, Loreta se observó al espejo con ojo crítico, volteó despacio el rostro de un lado a otro para admirarse. «Sí, perfecta», pensó, «hermosa, una mujer hermosa que enamoró a un príncipe, ¡mi príncipe!, tan perfecto que puso el mundo a mis pies. Un mundo que creí que conquistaría por mí misma, un mundo que por algún tiempo definí conforme a ideas y valores progresistas», levantó el brazo en un saludo elegante, «habito un mundo antiguo basado en reglas y códigos de los cuales soy su garante», inclinó el torso barriendo el brazo en un movimiento lento de arriba para abajo. Se puso de pie para caminar sin ver, como hacía últimamente. Su *yo* profundo asentado en su mundo interior, era la única otra habitante permanente de su soledad. Esa voz que era suya y no lo era, había llegado al nivel de no mantenerse quieta y rezagada, ni siquiera en público, mientras su *yo* externo participaba de conversaciones políticamente correctas. Esa otra omnisciente, no dejaba de opinar o expresarse. Cuando Loreta guardaba silencio en medio de la gente, hasta en compañía de su espectacular marido, ¡esa! que la habitaba tomaba vuelo para hablarle tan recio, que ella se maravillaba de que los otros, incluido su esposo mientras hacían el amor, no la oyeran. Por un tiempo intentó luchar con la voz porque la asustaba. Para ser sincera, ¡le aterraban! sus comentarios sin censura y extremistas, en ocasiones hasta graciosos, que la obligaban a toser o morderse un labio para evitar reírse en presencia de los demás. Poco a poco empezó a quererla, a prestarle atención, hasta entender que el espacio vacío que habitaba dentro de sí misma era lo verdaderamente real, lo más sincero de sí. El inconsciente era un mundo seguro donde de vez en cuando aparecían otras mujeres, que como ella, eran la imagen de ideales y conceptos que solo podían persistir mientras se mantuvieran calladas.

La primera no invitada a estos aquelarres de princesas y nobles fue Diana, quien sorprendió a Loreta en la ducha. Apareció sentada con elegancia sobre la grada de baldosa llena de plantas que adornan la bañera. Ambas estaban desnudas y Diana chapoteó descalza en el agua que se arremolinaba también a los pies de Loreta, para dejar caer a quemarropa, mejor dicho a quemapiel: «En la realidad de toda mujer aparecen de la nada, vistazos de esa otra realidad mayor que perturba por completo lo ordenado de nuestra aparente tranquila vida, llenando la existencia de vacíos molestos que nos obligan a desordenar lo cotidiano», recitó la inglesa con un tono que Loreta reconoció como una de las voces que de tiempo en tiempo aparecían en su cómoda bóveda solitaria, donde ella coexistía con su propia voz interna. «¡Aaahhh la bóveda crece!», advirtió la rubia, «por lo que queda espacio para voces que no son ni la tuya ni la mía».

«¡Lee mi pensamiento!», se sobresaltó Loreta al pensarlo. A lo que la extinta princesa respondió con una potente carcajada como no se le oyó nunca en vida: «soy parte de tus pensamientos, ¿si tú me creas o existo? ¡y te encuentro!, no tiene relevancia. Lo que la tiene es que estamos en esto juntas. Somos parte de los valores caducos que sostienen las razones por las que tantas mujeres son castigadas cada día. El lujo en el que habitas y yo habité, son producto de la avaricia, la arrogancia, la gula, el egoísmo y la vanidad de nuestra raza. La belleza está bien, el arte está bien, pero cuando quien lo experimenta no lo comparte… ¡entonces, es porque no lo entiende! Ese, esa, circunfería el espacio externo de arte y belleza, asimilándolos intelectualmente sin dejarse transformar por ellos. Si la persona se dejase envolver, sumergiéndose en la intensidad de lo sublime, desearía sin dudarlo, compartir la experiencia con las masas, quienes son los individuos que sostienen la pirámide donde tu habitas, yo habité y habitan otros pocos. Para el homo sapiens ciego a la belleza, ajeno a su experiencia, la vida se le vuelve un acto violento que alcanza a todos, incluso a la naturaleza, que es la primera gestora del arte y la belleza misma».

La Dama desapareció, Loreta se balanceó mareada por un momento. «¿Me estoy volviendo loca?», se preguntó ensimismada, tres tonos más abajo del ensimismamiento acostumbrado. El incidente ni siquiera la sorprendió, es como si lo hubiera estado esperando desde el día que pisó como princesa los primeros palacios y antiguas edificaciones con tradición histórica, su cuerpo se estremeció rozado por los fantasmas.

Se paró de nuevo frente al espejo y preguntó a su imagen: «¿Quién me acompañara hoy?, vamos a un bautizo real donde estará lo más encumbrado de las testas coronadas de Europa». «Que te acompañe María, la hija de la Católica, que no pudo vivir jamás sin su Iglesia», dijo una voz con sorna, a lo que la propia María respondió: «¡ni pensarlo, es un rito anglicano, culpable de la caída de mi padre y la maldición por la que yo no pude tener un heredero... de no haber sido por esa bruja!...», una carcajada interrumpió a la hija de Castilla y Aragón, que aun riendo declaró: «en ese caso, he de ser yo quien te acompañe: ¡la reina bruja, madre de la reina virgen!, y responsable directa del nacimiento del imperio isleño británico». Loreta sonrió al espejo: «Ana sí, siempre es divertido escucharte». Loreta suspiro profundo, se pasó ambas manos por su diminuto talle, levantó la barbilla y salió decidida a deslumbrar al mundo.

En medio de la espectacular Catedral de Winchester, Ana no se calló ni un momento. Empezó por relatar la historia de la iglesia, explicando con tono de reproche a Loreta que se había talado la antigua selva de Hempage para crear con la madera, una balsa sobre el pantano, que sostuviera la catedral completa. «Ochocientos años duró esa madera», le contó Loreta a su vez a Ana. «¡Y es que no podía ser de otra manera!, pero claro, la quisieron construir sobre agua porque aunque la dedicaron a Pedro, Pablo y luego a San Swithun, es un lugar que guarda entre sus paredes, parte del antiguo poder de la noche oscura», dijo Ana, moviéndose inquieta en el pasillo junto a los asientos de Loreta y su príncipe. Zapateaba el piso como queriendo comprobar lo estable de la losa, husmeaba entre las otras princesas haciendo señas a Loreta para indicar cual bóveda interna estaba en silencio o plagada de voces como la suya. Ante la muñeca del Japón exclamó: «¡estaría muerta, sino fuera porque tiene un senado romano en pleno dentro de su cabeza!».

Aburrida de ir por aquí y por allá, Ana se acomodó finalmente a un lado de la andrapaniaguense y murmuró a su oído: «El Santo Grial es la santa copa de la que todos ansiamos beber y esa no es otra que la matriz de cualquier simple mujer, ¡vamos, la de todas las mujeres!...». Loreta no se sorprendió por las palabras, pero le hizo gracia que la mujer de seis dedos intentara mostrarse discreta después de todo el alboroto previo. «Por suerte, ni unos ni otros pueden verla,» se tranquilizó, «bueno, tal vez la japonesa si llegara a sacar un poco los ojos de allí adentro donde los tiene perdidos», levantó en un gesto mental los hombros. «El parir», continuó Ana, «es sin duda, una de las experiencias espectaculares a las que solo las hembras tenemos acceso. ¡Una experiencia universal! Una mujer cualquiera, reina, campesina o prostituta, se iguala a la madre primera cuando todo su cuerpo se concentra para dar a luz un egoser...». «No fue ese mi caso», cortó apresurada Loreta, «con la medicina actual, ella, esas, aquellas, nosotras hemos perdido la oportunidad de experimentar la potencia y el poder de traer por nosotras mismas un ser a la luz». La maternidad era uno de los temas sensibles de la princesa. Dar un heredero a la corona fue una de las razones por las que su príncipe la eligió y en la que ella había fallado al gestar hijas en lugar del ansiado varón y futuro rey.

«Cada mujer que pare, deja de ser ella para ser otra», acotó Ana indiferente al dolor de Loreta, de cierta forma porque ella también había fallado. Si hubiese parido un varón en lugar de Elizabeth, o después de ella un pequeño heredero, Enrique tal vez le hubiera perdonado la vida. «Ha sido así por siglos para las princesas y reinas», interrumpió de la nada Juana la Loca, «solo valemos por nuestra capacidad de dar los hijos adecuados. No hacerlo significó para muchas la muerte. ¡Igual!, las que los tuvimos no nos salvamos de ser linchadas, una vez que no fuéramos más necesarias. Entre mi padre y mi propio hijo me aniquilaron social y mentalmente, para tomar el poder que me correspondía. Si al menos me hubiesen dejado vivir a mi antojo, una vez apartada del poder que ellos ansiaban y a mí me era indiferente, ¡pero no!, tenían terror de lo que yo representaba para ellos, que solo podían verme con ojos masculinos».

Retomó Ana: «muerte es lo que implica dar vida a alguien más. Sin morir un poquito la madre en el momento del parto, no puede vivir el o la que llega…». «Esa es la ley de la vida», dijo un coro de voces femeninas, «es el precio que pagamos las mujeres por procrear. Lo viejo debe dar lugar a lo nuevo, la madre deja de ser ella para ser ellos», silencio donde se habría escuchado la caída de una pluma, de pronto de nuevo un coro: «la mayoría lo hacemos gustosas», «no todas», respondían otras voces, «no todas». «¡Callaos!», exclamó aireada la reina Victoria, apareciendo imponente como siempre, «¿no veis que estamos en un lugar sacro?». «¿Sacro?», rieron algunas.

Sobre el murmullo se elevó una voz tranquila: «¿Puedo opinar?», era la intelectual Cristina de Suecia, de la que nunca sabremos si abdicó su corona por desenfado a lo religioso, deseo por ser libre, pasión al desarrollo de las ideas o por amor a un hombre. Algo increíble en quien escribió:

> Tengo una antipatía tan grande al matrimonio, que si el rey del universo quisiera poner a mis pies su cetro y su corona, aunque fuera además muy galante, y tuviera muy buen aspecto, rehusaría casarme con él.[28]

[28] MOLINA, Natacha. *Cristina de Suecia*. Primera edición. Edición conmemorativa del 75° aniversario. Colección grandes personajes. Madrid: Editorial Labor, 1991. p. 19

Aunque Cristina fuera una mujer del siglo XVII, miraba el amor y al matrimonio como una forma de esclavitud de los que ella debía librarse.

Loreta notó que se esperaba que diera la palabra: «¡Por supuesto opina!, que en mi inconsciente al parecer habitan todas». «Un inconsciente delicioso…», empezó la sueca, con esa ambigüedad en cuanto a palabras y géneros que mantuvo toda su vida, «donde al parecer es todo posible. Me he enterado husmeando por allí, tras paredes y muros, que se encuentra aquí enterrada una escritora llamada Jane Austen, quien pese haberse apegado a los valores de su tiempo, intentó subrepticiamente con su pluma despertar en la mujer preguntas en cuanto a su rol y lo que se esperaba de ella…». «Valores que impuse con moral, ¡y castigué con la cárcel!», interrumpió Victoria con altivez, refiriéndose a una gran cantidad de niñas y mujeres presas durante su reinado, acusadas de adulterio, prostitución o conducta inmoral, víctimas del sistema que las forzaba a la pesadilla de la explotación de su propia carne.

«Y es que la historia del hombre es de miedo, cuando se sabe que de los niños hemos hecho mano de obra, alimento para adultos y juego sexual, haciéndoles pasar por la tortura para alcanzar una triste muerte», contestó Loreta, con vestigios de su antigua vida y a la vez con timidez, ya sintiéndose una invitada en su propia mente. «¡Tonterías!», reclamó Victoria, «los niños y sobre todo las niñas, deben entender desde pequeños qué lugar ocupan en el mundo y lo que se espera de ellos». «De mí se esperaba que fuera varón», dijo Cristina bostezando, «razón, tal vez, por la que sentí aversión a las de mi propio sexo por bastante tiempo. Despreciando todo lo que era propio de ellas».

Loreta recitó para el resto dentro de la asamblea, que era su mente: «Uno de los personajes masculinos de Austen en la novela *Orgullo y Prejuicio* dice:

Me asombra (…) que las jóvenes tengan tanta paciencia para aprender tanto, y lleguen a ser tan perfectas como lo son todas. (…) Todas pintan, forran biombos y hacen bolsitas de malla. No conozco a ninguna que no sepa hacer todas estas cosas, y nunca he oído hablar de una damita por primera vez sin que se me informara de que era perfecta. (…) Una mujer debe tener un conocimiento profundo de música, canto, dibujo, baile y lenguas modernas. Y además de todo esto, debe poseer un algo especial en su aire y manera de andar, en el tono de su voz, en su trato y modo de expresarse; pues de lo contrario no merecería el calificativo más que a medias.[29]

«¿Y para qué?, ¿para qué servían todos esos talentos? Para cazar un hombre con quien establecer una familia, porque las mujeres no podían ni publicar, ni pintar, ni hablar en público sobre ideas que no fueran las esperadas de ella», agregó Diana, quien fue interrumpida de nuevo por Victoria. «Lo dijo Jacobo Rousseau: la mujer debe ser educada para cumplir con sus cometidos de esposa, madre y obedecer a su marido. Lo dijo Darwin, que las hembras de toda especie, incluida la mujer, es un animal con el único cometido de empollar y gestar a los hijos. Lo dijeron Platón y Diderot, Voltaire y Confucio, ¡lo dijeron todos los grandes pensadores y artistas del genio humano cada uno a su manera!, que las mujeres somos precursoras de la debilidad, la estupidez y el vicio. Hasta los grandes músicos y pintores obligaron a sus mujeres a mantenerse en el plano doméstico y vivir por y para ellos… ».

[29] AUSTEN, Jane. *Orgullo y prejuicio*. Paradimage Reediciones, 2015. p. 40 y 41. (Consulta del Editor)

«¡Vieja hipócrita!», explotó Diana, no pudiendo callar más, «menciona nombres que en su tiempo despreció por contradecir en pensamiento a la Biblia… cuando usted no tuvo empacho en contradecirla al gobernar como mujer con nombre propio, ¡en lo absoluto obediente a su marido! Dejando la subyugación para las pobres de mente y alma, pero sobre todo pobres de recursos». «¡Sí!, por eso me aparecí en este inconsciente que ya parece un mar embravecido», explicó Cristina a la Bolena, con la atención de quien disecciona a una rana, «la bulla que hacéis las mujeres al hablar, llega más allá de los confines del tiempo y los muertos».

«¡Lástima entonces!», retomó la rubia, «que sea solo aquí en la cabeza de Loreta. ¡Ella!, al igual que otras muchas mujeres, escoge permanecer como esas imágenes de palo y plata de las vírgenes que hay en toda iglesia. Mujeres que al igual que María en todas sus versiones católicas, son vírgenes de mente y hacen su camino a través de la impecabilidad de sus actos, sus palabras y sus sueños… fiel a una idea y perfeccionistas en los detalles se alzan ante todos como un ideal a seguir… el precio que pagan por su éxito es la soledad y esta locura silenciosa en la que habitan. La virgen, al llegar a la cima y ser colocada en el altar de la madre inmaculada, esposa complaciente y ama de casa perfecta, se encuentra a sí misma sola, sin nadie con quien compartir o estar. El resto la admira desde lejos y ella, aislada, solo puede fortalecerse en su silencio y la riqueza o pobreza de su propia mente».

Loreta no pude evitar estremecerse. Su príncipe se inclinó para murmurarle al oído:

−¿Frío? No tarda en terminar −por respuesta, ella le sonrió complaciente.

Tres días después, de vuelta en su Andrapaniagua nativa, Loreta leía los periódicos, cómo debía hacer cada mañana para mantenerse al día. Cuando una nota de Culturales llamó su atención:

Perspectiva de una prostituta sobre nuestra sociedad, este es el título del libro escrito por quien se llama a sí misma Shika, La Puta. Independientemente de haber ejercido por años libremente el oficio de sexo-servidora, tiene dos títulos universitarios: Relaciones Internacionales e Historia. Ofrece talleres y seminarios sobre la mujer, la sexualidad y la sociedad. Hoy en la librería Trajeres estará firmando libros y compartiendo con lectores y curiosos.

Shika, en el ensayo escrito, afirma tomar ideas antiguas para confrontar a las féminas con conceptos como los siguientes: «…apoderada de los silencios y las propuestas de su alma, la mujer se adueña de su cuerpo. Entiende que es las única que puede, desde el aspecto individual, decidir sobre su útero, vagina y clítoris… Cuando las mujeres pierden el miedo a verse por dentro y por fuera con ojos propios y no ajenos, llaman las cosas por su nombre y se quitan lo velos: los visibles y los invisibles… adentrada en su útero: una bóveda infinita. Despiertan a sus recuerdos y lo ilimitado de nuestras posibilidades para amar, crear y ser felices…».

«Tenemos que ir», gritaron repartidas por la bóveda de su inconsciente, una serie de voces que al parecer estaban acomodas dentro de ella para quedarse. «¡Una prostituta!, ¿pero qué sociedad es esta que no las castiga, sino las deja mostrar sus vergüenzas en público?», sobresalió, como siempre, la voz de Victoria por sobre la de otras. Loreta involuntariamente apretó las piernas, provocando con ello un silencio interno que la sorprendió. Al aflojarlas, de su vulva emergió un suspiro que traía consigo una sola voz resoluta: «Vamos».

Con una discreta peluca castaña y gruesas gafas de lectora, con *jeans* y sudadera, Loreta se apostó en las sillas del medio, desde donde podía ver a la mujer que, según los datos de su biografía, tendría más de cincuenta años. Su carisma y belleza eran palpables desde donde ella se encontraba. «La elegancia de su vestuario y movimientos, así como el dinamismo que trasmite, tendrían que ser natos y no aprendidos», analizaba Loreta. Impresionada por el aura de control que trasmitía la escritora desde el podio, donde hablaba con uno de esos micrófonos de solapa. Hacía pasar de una en una a las mujeres que pedían su firma en el libro ya leído.

—¿Nombre? —Shika preguntaba con un movimiento del lapicero.

—Paloma.

—Paloma, un ave mensajera. Vuela, se eleva, va donde gusta, pero también es domesticable. ¡Paloma! Un símbolo de tantas cosas. Aprópiense de su nombre y las palabras. Empiecen por entender el significado del sonido con que las llaman desde niñas. Si no les gusta o creen que no va con la persona que son o quieren ser, ¡tomen uno nuevo! En la mayoría de las culturas existía la posibilidad, para los hombres, de tomar un nuevo apelativo al llegar a la pubertad y convertirse en cazadores o guerreros.

—¿Nombre?

—Antonia.

—Un nombre masculino, romano, fuerte, Antonio. Como Antonia tendrás que ser feliz, conquistar, ser llamativa. Muchos nombres femeninos son productos de hombres famosos: Carla, Francisca, Claudia, Josefa, Josefina, Manuela, Luisa, Juana. Y otros nombres femeninos productos de ideas: Soledad, Encarna, Inmaculada, Concepción, Pilar, Rosario.

—¿Nombre?

—Mercedes.

—A Su Merced, ¡tremenda palabra esa! Estoy a su disposición, a sus órdenes, a su voluntad. Se espera de ti Mercedes, que des protección. Pero también puedes ser tú una acechadora que no deja a otros en paz...

Toda la sala rio.

—Si está bien con ustedes, terminaré de firmar luego. ¡Platiquemos un rato!, que es lo que sabemos hacer mejor las mujeres. Caballeros, me dirigiré, ignorándolos con cariño, a las mujeres de la sala responsables de los lenguajes del mundo. ¡E allí el concepto! de idioma materno. Nosotras en un día somos capaces de hablar más de 20,000 palabras. ¡Pregúntese alguien cuántas pensamos! Mientras los hombres apenas llegan a decir 7,000, casi todas relacionadas a cuestiones prácticas de la profesión que practican. Según estudios, las mujeres tenemos mayor contenido de una proteína llamada FoxP2. ¡Véngame a decir alguien de dónde sacaron el nombre!, que si lo pronuncio en inglés «pi tu», no puedo dejar de notar la similitud con el Pi matemático, responsable de la armonía numérica del mundo. Lo cierto es que esta proteína almacenada en el cerebro, en el área relacionada al lenguaje, es la responsable de explicar por qué las niñas aprendemos a hablar primero y luego, por qué hablamos más. Razón por la que algunos «grandes pensadores» nos acusaron de parlanchinas sin sentido, incongruentes, superfluas y chismosas, ya que como sabemos... somos capaces de reportar desde el vestuario de los concurrentes de una actividad hasta la comida, y de paso, repetir lo que se habló con comas y sañas... ¡perdón! Quise decir señales —la sala entera rio—. Por todas estas mismas razones se legisló en nuestra contra, argumentando que con tantos defectos no seríamos capaces de heredar propiedades, administrarlas y menos, hablar en público. Pero bien, esa es otra historia.

»Dice la Biblia y otro montón de culturas, que Dios es verbo, o sea, palabra. Las mismas culturas y la Biblia concuerdan que el mundo, los mundos y nosotros mismos, fuimos creados a través de palabras. Alejándonos de las ideas religiosas, las mujeres, sin dudarlo, empezaron hace unos 200,000 años a inventar sonidos con los cuales PODER advertir a sus pequeños: ¡hora de comer!, ¡aséate!, ¡deja de pegar a tu hermana! –Shika hacía las cómicas expresiones de una madre desesperada–. ¡Te amo!... diría una primera madre a su retoño. Cantar a sus hijos para tranquilizarlos y hacerles sentir amados, tendrá que haber sido un paso natural. ¡Cantar fue primero! Aun hoy, las campesinas y las trabajadoras de los «países en desarrollo» cargan en sus espaldas durante tres años a sus vástagos y les arrullan con sonidos melodiosos. Única forma, que en un pasado de nómadas, los niños sobrevivieran. No tenemos ni que imaginar el vínculo creado entre cachorro y madre. Entonces, surge en mi psique la pregunta: ¿en qué momento ese niño parido y alimentado por una mujer, creció para convertirse de adulto en juez, verdugo y jefe de otra mujer?... señoras, aceptemos que en algún momento de la historia, un grupo de madres, o todas las madres, olvidaron educar a sus pequeños a respetar, amar y proteger a las mujeres de su entorno... o tal vez lo hicieron... de una manera tan violenta, que los niños al crecer se rebelaron y decidieron invertir los papeles. Todo es posible en esa historia no escrita y que intuimos. Porque a raíz que nace la palabra escrita, las mujeres fuimos condenadas y señaladas. Conforme se desarrollaban las letras, ¿la Diosa? satanizada.

Shika empezó a caminar de un lado al otro de la tarima, enumerando en silencio con los dedos y luego, murmurando para sí misma. «¡Qué bien maneja a la audiencia!», se repitió Loreta.

–Inventamos los sonidos, las palabras, el lenguaje hablado, probablemente los números. Las mujeres contábamos junto a la luna, los días de un sangrado al otro, los meses para que naciera un niño, las estaciones para entender el tiempo. Nombramos las cosas, los animales y los dioses, porque mientras los hijos crecían

debíamos enseñarlos. Y así llevamos nuestros mundos internos a lo externo, para contar alrededor del fuego, una vez dominado, lo que soñábamos, lo que veíamos dentro de nuestras cabezas, y mientras dormíamos...
—la Puta bajó del pequeño escenario para caminar por el pasillo, hablando directamente a los ojos de quienes hacía contacto.

—Si hoy hablamos más que los hombres, pensamos más que ellos... ¿por qué los vacíos siguen creciendo y nos sentimos solas? Tal vez, ¿porque no nos sentimos aceptadas ni por nosotras mismas?, ¿porque en algún lugar del camino olvidamos quiénes éramos y qué queríamos? Asumimos que solas no valíamos, que solas no podíamos, que necesitábamos de alguien... como dice el paisano Ricardo Arjona, «un testigo» que certificara que existimos. Nos dejamos convencer que debíamos dejar por escrito nuestros compromisos. Repudiamos nuestros deseos y nos convencimos, como dice la Biblia y otras religiones, que somos malas, precursoras del pecado y la perdición de los hombres. Terminamos aceptando apagar nuestros fuegos, encerrarnos, dominar el deseo y subyugarlo a un único hombre: el marido —Shika hizo un alto junto a la línea donde estaba la princesa y mirando a Loreta a los ojos enfatizó:

—Nos callaron y nos ordenaron caminar en silencio tres pasos detrás de nuestro dueño, para preservar los valores de la modestia y la obediencia —Loreta bien entrenada, contuvo el escalofrío que quiso recorrer su cuerpo. Shika se movió hacia la siguiente fila:

—Dijeron que debíamos parir con dolor, como castigo por haber comido de la fruta del conocimiento. Y se estigmatizó en hombres y mujeres la curiosidad como un defecto. Aun hoy, en *bestsellers* como *Los hombres son de Marte y las mujeres son de Venus*, se aconseja a las mujeres no aconsejar a sus parejas para no lastimar su frágiles egos. Infinidad de libros leídos solo por mujeres y contados hombres, listan innumerables reglas para poder convivir con el sexo opuesto. Las mujeres se acomodan a ellas lo mejor que pueden y aun así las cosas no funcionan… y las relaciones terminan… o las mujeres aguantan –regresó corriendo a la tarima.

–¡Mujeres!, estudiemos la historia del mundo para entendernos. ¿Por qué soy puta? Porque quise y pude. Escogí ese camino para liberarme del miedo al rechazo, del miedo a la soledad, porque quería poder, control… y luego, descubrí que me liberé del miedo a mis propios deseos. Reconstruí mis alas, me arriesgue, probé… ¿me he caído, me he quemado? ¡Claro! Pero también he llegado tan lejos como viajar en el tiempo y el espacio, gracias al calor y la energía de un orgasmo masculino reproduciéndose como eco en mi matriz. Gracias a mis propios y múltiples orgasmos, ¡veintiocho en media hora! Soy tan feliz como quiero serlo y tan desdichada como se me ocurra –sonrió a la concurrencia, con una satisfacción y alegría, que Loreta se preguntó si alguien en la sala dudaría de sus palabras. La princesa se reacomodó en la silla, recruzando las piernas de derecha a izquierda.

–Pero yo no doy cursos, ni charlas de superación. ¡Gusto! de abrir mesas de discusión. Pensemos, los hombres han pagado con dinero o bienes por nuestro cuerpo y compañía desde que existe la escritura, por eso lo sabemos. Quizá desde antes… ¿tal vez alguna dijo hace tiempo? Me das de comer y yo te atiendo, te chupo la verga y me coges come te dé la gana –hizo una pausa, para acompañar el respingo que dio la mitad de la sala, al oír las vulgares palabras. Y continuó despacio, con una mirada maliciosa–: Las mujeres que no supieron valorarse ni negociar, aceptaron mal trato y un pedazo de carne a cambio de abrir las piernas. Las que con coraje se valoraron en su justo precio y se vendieron caro, llegaron a ser reinas, consejeras, artistas y lo más importante, dueñas de su destino. Existieron en la Grecia antigua y en Roma, sacerdotisas y/o prostitutas sagradas responsables de iniciar a los hombres en la espiritualidad del sexo y el conocimiento de la Diosa responsable del amor y la vida. Otras diosas estaban a cargo de la tierra, la sabiduría, la salud, la fertilidad y la abundancia. Las grandes ciudades tuvieron sus nombres, Atenas y Roma –la Puta hizo con los dedos la señal del entre paréntesis–: los dioses masculinos eran responsables de la guerra y las artes, principalmente la música. Recordemos lo que Demóstenes, el filósofo, afirma:

> Tenemos las hetairas para el placer; las concubinas para el uso diario y las esposas de nuestra misma clase para criar a los hijos y cuidar la casa.[30]

»La concubina, una pobre esclava cualquiera, era usada cómo se usa un mueble. Pero las hetairas eran mujeres cultivadas y educadas desde la infancia, para acompañar a los hombres en todo tipo de actividades: deportiva, académica, artística y política… y por supuesto, para complacerlos en la cama. Pero de igual a igual. Ellas daban tanto placer como recibían. Y se le pagaba por ello un precio, libre de fijar, que llevó algunas a la riqueza absoluta. Estas mujeres tenían permiso de disfrutar y experimentar del cuerpo, ¡el propio y el ajeno! Algo para lo que no tenían permiso las esposas, las que debían ser impecables en su conducta diaria, en sus palabras, en su vestuario y por supuesto, en el manejo de la casa y los hijos –aquí Loreta no pudo controlar el escalofrío que sacudió su cuerpo. Shika seguía hablando, ajena o tal vez no, a las emociones y pensamientos que despertaba–. ¡Vírgenes entronizadas!, obligadas a permanecer inmutables en mente y alma, no podían experimentar la vida más allá del ámbito doméstico y desde la perspectiva de padres, hermanos y

---

[30] Frase adjudicada a Demóstenes, presuntamente pronunciada durante el juicio contra Neera, una prostituta de Corinto, celebrado entre el 343 y el 340 a.C. en Atenas. (*N. del E.*)

maridos. Las hetairas por el contrario, podían hacerlo todo: enamorarse, tener varios amantes e influir con ellos en el mundo que manejaban. Como fue el caso de la famosa Aspasia de Mileto, amante favorita del estadista Pericles y luego, su pareja oficial. Llegó a gobernar Atenas al lado del hombre que amaba. Cuán irreverente habrá sido esta mujer de extraordinaria inteligencia y belleza, que rechazó la vida segura de una esposa, que era el único destino de las mujeres nobles como ella, para llevar «la vida loca» de una mujer que podía mostrarse en público y discutir junto a los hombres de ciencia, arte o filosofía. ¡Hasta confrontó a los dioses!, razón por la cual casi la matan… –bajó la voz–. Lo cierto es que mientras más libres eran unas mujeres, más controladas eran las otras. Quiero compartirles algunas ironías de la historia –Shika pidió que se apagaran las luces, para presentar una lista de títulos con imágenes afines en la pantalla:

- El profundo y sabio Confucio declara que la mujer no tiene alma, razón por la que en China se devaluó su precio por debajo de animales, muebles y joyas. Útiles solo para procrear, placer sexual o trabajo.
- Kannon, la diosa de la sabiduría, quedó como un símbolo decorativo en los altares.
- En el mundo griego, a excepción de Pitágoras y algún otro nombre, la mujer es un ser molesto sin ningún talento, ni uso mayor que el de una incubadora.
- La ciudad de Atenas está construida en honor y bajo las directrices de Atenea y fue salvada varias veces por la Diosa, bajo ruegos de sus pobladores.
- Propulsores de la democracia y el orden, en la constitución romana: quedan delimitadas las obli-

gaciones femeninas y su falta de derechos. Sin embargo, una de sus múltiples diosas, Higia, esculpida en templos y amuletos, da salud y protección a los romanos.

• Hipatia y la quema de la biblioteca de Alejandría marcan el principio de la persecución de las ideas y el asesinato de las mujeres sabias por parte del Cristianismo. Desde Irlanda, Francia e Inglaterra, se levanta la diosa Brígida y se convierte en la Santa Brida, otorgando sabiduría y protección a quien la invoca.

• Aristóteles escribió en el *De generatione animalium*, que la mujer era como un hombre mutilado o incompleto. En la Edad Media este pensamiento derivó en la frase «Femina est mas occasionatus», que marcó una corriente de pensamiento misógino del clero, llevándolos a discutir en el Sínodo de Macon, si la mujer tenía alma o no, o debía incluirse en la «denominación hombre». En respuesta, por toda Europa se levantan monumentales catedrales a las múltiples formas de la María, con Chartres a la cabeza y su místico laberinto.

• La Revolución Francesa la ganan las mujeres, luego quedan supeditadas por ley (los derechos universales del hombre son solo para el varón) a la voluntad masculina. Matan en el proceso a todas las líderes de la Revolución, acusadas de traición a la patria. Pero es la imagen de una mística Marianne, quien se eleva como símbolo patrio y de los valores revolucionarios. Así como en el escudo parisino hay alusiones a Isis.

• No es hasta el siglo XX, que las mujeres dejan de ser ciudadanos invisibles y empiezan a tener acceso al voto. Y las diosas resurgen de entre las piedras para contar sus historias.

• En Guatemala, no es hasta 1996 que se abole una ley que pone en prisión a la mujer adúltera, que no solo pierde sus hijos ante al marido, sino todos sus bienes. Mientras que los hombres, salvo excepciones, tienen segundos hogares y varias queridas. Las ciudades mayas empiezan a arrojar nuevo conocimiento de una cultura seguidora de la sabia serpiente.

• Hasta hace poco en el país más poderoso del mundo, Estados Unidos, de cien gobernadores solo habían ocho mujeres. Tres eran ultraconservadoras. Una de ellas, Michele Bachmann, llegó afirmar que el mundo tiene cinco mil años y que venimos de Adán y Eva. En contraparte, la religión wiccana (culto a la naturaleza y la tierra) crece en adeptos y es reconocida hasta por el ejército, como una religión oficial.

• El Vaticano sigue siendo un mundo de hombres que pretende regir las mentes y los cuerpos femeninos. Pero es el culto mariano quien sostiene a los feligreses.

• El Vaticano certifica las monarquías y oligarquías, a su vez, estas dan poder al Vaticano. Juntos son el rostro que sostiene las diferencias de clases e imponen los valores morales a la sociedad en pleno, para permitir la explotación y el control de los individuos. Pero sobre todo, el de la mujeres. Entonces llega Francisco, sencillo, sincero y representando los valores de la Tierra.

Al terminar de leer, mientras se encendían las luces, Shika decía:

—No tenemos tiempo para desarrollar toda esta información que se les entregara a la salida en hojas impresas. Las invito a investigar y profundizar por su cuenta.

Loreta suspiró por dentro, el último enunciado: «El Vaticano certifica monarquías y oligarquías», presentado por la prostituta, despertó en caótica asamblea a todas las voces que llevaba adentro. «Como se atreve esa cualquiera a decir que estamos confundidos en nuestros valores, ella que cobra por sexo», «esa que vende su cuerpo», y como si Shika les hubiera oído, contestó en voz alta a la audiencia:

—¡Sí, vendo mi cuerpo! ¡El mío! Cobro a los hombres por pasar tiempo conmigo, en una transacción libre que incluye cuánto tiempo, qué vamos a hacer, cómo me voy a vestir o dónde vamos a dormir. Fijamos un precio que nos conviene a ambos, a unos cobro mucho y a otros poco. Me otorgo un valor que fijo acorde a mis talentos. Ahora soy una mujer madura que no puede cobrar por juventud, pero soy una mujer sabia y puedo cobrar por conocimiento —y aquí se rio con una risa hermosa que contagió a la mayoría de concurrentes—. Las mujeres se divorcian y cobran a los hombres por la maternidad y lo que les corresponde por el tiempo compartido. Se casaron esperando obtener seguridad, amor, atención, etcétera, a cambio de servicios similares, ¿si eso no es una transacción?, no sé qué lo es —hizo una pausa, esperando el comentario de alguna. Siguió—: Mi mensaje es simple, las mujeres tenemos unas matrices profundas y poderosas capaces de generar energía, salud, amor, belleza y placer… y más. Son bóvedas sagradas, cuevas portales, entradas a niveles profundos de emociones, que el ser humano no tiene otra forma de alcanzar.

«Gracias a mi útero, Enrique VIII separó su reino del poder papal», saltó Ana sobre el conglomerado de princesas y nobles dentro de la mente de Loreta, «dando así, fuerza al protestantismo y a una nueva forma de pensar. Fui una estratega política capaz, que consiguió un trono para sí misma y mi familia, disminuí el poder político de España al separar a Catalina, hija de los reyes católicos, del trono inglés, iniciando con esto los cimientos para el futuro imperio que llegó a consolidar mi hija Elizabeth». «Una ramera es lo que fuiste, una puta que se metió con un hombre casado», gritó histérica María, la nieta de la Reina Católica, «¡y tu hija igual! Por fuera muy virgen, pero por dentro era una mujerzuela que llevaba a la cama al que se le antojara».

«La Reina Virgen, ¿casualidad o causalidad?», se preguntó Loreta en medio del caos de voces airadas, «es que comparto el signo de Virgo con ella. Elizabeth, una mujer impecable de gestos estudiados y palabras cuidadosamente hilvanadas para dar en el blanco de su enemigos»… «O de aquellos a quien manipulaba para alcanzar sus objetivos, siempre claros en no perder el poder y dirigir al reino del cual se veía dueña y responsable por orden divino y materno…», dijo alguien más, probablemente María Estuardo de Escocia.

«¡Baaah!», oyó Loreta a la sueca Cristina, «Ana murió como mártir, víctima de los caprichos sexuales de su marido y de las manipulaciones políticas de hombres deseosos de poder. Cómo murió María Antonieta, una Hamburgo a la que no dejaron gobernar los franceses, ¡y allí el resultado!». «¿Y qué tiene que ver esa otra ramera aquí en nuestra discusión?», exigió una Victoria, muy despectiva. «Y eso precisamente», continuó una Diana muy tranquila, «vivió como virgen, la acusaron de prostituta por dedicarse a las bellas artes y murió como mártir de la más noble y alta clase que representaba. Su familia prefirió sacrificarla en la guillotina, como antes la sacrificó en el altar del matrimonio». «Y es que eso fueron y son las mujeres de la nobleza y la alta burguesía, peones de cambio en su guerras políticas, imágenes para alimentar la idea de la virgen terrena», contestó Juana a Diana, quien siguió hablando sin escuchar a la loca. «Ejercí el rol de la virgen perfecta, esposa, madre abnegada, mujer inalcanzable, a quien ni yo reconocía. Experimenté el rol de la mártir aguantando en silencio y soledad el rechazo del marido, me auto infringí sufrimiento físico hasta sentir pena de mí misma. Tomé el anillo de la santa, comprometida con el prójimo y el vecino ofrecí ejemplo de compasión y trabajo bien ejecutado. Finalmente, en un acto de valentía, me atreví a probar el anillo de la puta, me permití el placer de la comida, el lujo y el sexo, hasta que por accidente morí...», la bóveda entera guardó silencio, una pluma pudo haber caído y escucharse. Diana recorrió el espacio, con la mirada inocente de quien está en paz consigo misma.

«Alguien tuvo miedo de que llegaras a dominar el anillo de Eros, la sabiduría del fuego, que es lo que dominan las llamadas putas, y regresaras al camino de las mujeres que saben. Sabiduría es lo que dominan las llamadas brujas. De haber tenido tiempo, probablemente hubieras completado el camino de la estrella. Habrías podido llegar a ser la mujer más perfecta y poderosa del planeta, escapaste de la torre, destruiste los cimientos...», habló Catalina la Grande, apareciendo por primera vez dentro de Loreta. «¿Quién te mató?, es la pregunta. Si fue un acto humano o divino, solo lo sabremos hasta el final, donde y cuando otra mujer del plano público internacional esté cerca de obtener los cinco anillos y complete la estrella. Ahora hay una página en blanco esperando por una nueva historia para ser contada».

Esto ya era demasiado para Loreta, pidió permiso para salir del lugar a toda prisa. Dejó a Shika en la plataforma y se lanzó a la calle, porque todas las voces en su cabeza apuntaban a ella casi gritando: «¡Tú Loreta, tú puedes! Después de ser la virgen abnegada logrando no hacer sombra a tu marido... tú que caminaste por los senderos del conocimiento, tú que seduces a unos y te ves rechazada por otros, como la mayoría de mujeres Eros señaladas como putas. Tú que has vivido también en agonía, experimentando la martirización del ego, definiendo quién eres. Lánzate ahora al camino del prójimo para alcanzar el santo anillo y completar el camino».

Atormentada, Loreta avanzó sin darse cuenta hasta la antigua Catedral del Mar, regida por una María Marina. Calló las voces lo mejor que pudo, concentrándose en las imágenes que la rodeaban. Esta vez fue la voz de su maestra de arte la que resonó dentro de su cabeza, cuando en una visita con la clase del liceo visitaron una iglesia parecida a esta. Loreta se relajó. Su tiempo de estudiante le traía buenos recuerdos. Con la voz de la maestra llegaron también emociones agradables, ella disfrutaba aprendiendo, disfrutó de la compañía de sus compañeros de escuela, algunos idealistas como ella. La voz de la maestra llegó clara hasta su presente diciendo: «Recorrer las iglesias católicas, tanto antiguas como modernas, es descubrir, en la mayoría de los casos, un libro abierto de esoterismo y tradiciones paganas. O sea, ideas y creencias precristianas que sobrevivieron a la conquista de la cruz. Porque los artesanos, o los mismos religiosos a cargo de la construcción de los templos, tenían dentro de sí tan afianzadas las creencias antiguas, que consciente o inconscientemente, las plasmaron tangiblemente dentro de la nueva religión…».

«O mejor aún», dijo entusiasta Javier, un compañero de curso que hacía chiflar a todos con sus historias de ovnis, «que la verdadera explicación del origen de la vida y los porqués de quiénes somos y a dónde vamos, están tan vivos, ¡con vida propia!, en las leyendas y tradiciones antiguas que sobrevivieron por sí mismos dentro del seno de la Iglesia, sin que nadie en realidad lo notara. Claro está, a excepción de los que tienen ojos que miran».

Loreta fue con Javier a tomar un café después del paseo. A la joven le gustaba el chico, pero ella creía que

él no tenía ojos más que para los misterios de la vida.
Igual le encantaba escucharle.

—El famosos seis, seis, seis, al que le dicen el número
de la Bestia —decía Javier garabateando en su omnipresente cuaderno que llevaba a todos lados—, no es otro
que el número del tiempo. ¡Fíjate!, sesenta segundos
tiene un minuto, sesenta minutos hacen un hora y veinticuatro horas hacen un día. Los sumas de esta forma y
he aquí lo que tienes:

$$60 = 6 + 0 = 6$$
$$60 = 6 + 0 = 6$$
$$24 = 2 + 4 = 6$$

—Los segundos se cuentan conforme los latidos del
corazón tun, tun, tun, tun. Cada tamborazo dura un segundo. La pregunta es, ¿cómo y cuándo alguien decidió
que sesenta latidos de corazón hacían el minuto? Te
digo cómo —y es que Javier podía hablar sin parar, recordó Loreta sonriendo como una mujer—. Alguien se
puso a probar cuántos latidos da el corazón sin aire y
el promedio obtenido fueron esos sesenta segundos
que forman un minuto…

—Que bien pensado, pero ¿y las horas, cómo llegaron a los sesenta minutos de la hora? —preguntó Loreta
sinceramente emocionada, mientras la cara de Javier se
entristeció.

—Ah, eso no lo he figurado aún. Creo que usando la
idea de los fractales, proyectaron de los 60 latidos a un
60 mayor. Pero dame tiempo, tal vez tú me quieras ayudar a encontrar la respuesta —y así empezó la relación
entre ambos.

Ese mismo día se fueron a caminar a la playa y sentados en un banco viendo las olas, compartieron el primer beso. Nervioso, él pasó un brazo por sus hombros,
ella más segura se apretó contra su cuerpo. Recostó la
cabeza sobre el hueco de su brazo y allí fue fácil para él
inclinar la cabeza y posar sus labios sobre los de ella. Se

quedaron quietos, ninguno se movía. Loreta se hacía más y más consciente de la respiración, primero de ella, luego de él, después la de ambos. Finalmente, se animó a tomarle el rostro con una mano, para sostenerlo mientras abría la boca para tomar la de él dentro de la suya, fue lo único que él necesitó para tomar la delantera. Atrapó con suavidad sus labios, los exploró despacio con su lengua. Sin saber cuánto estuvieron probándose, Loreta y Javier aprendieron ese día a besar. Fue la primera vez para los dos. Juntos tuvieron muchas primeras veces, porque hasta que no se encontraron, los dos habían estado más interesados en los estudios. El amor había tardado en llegar.

Recorrieron iglesias, museos y bibliotecas, apasionados el uno por el otro, y los dos por el descubrimiento.

—¿Por qué si los romanos respetaron siempre todas las religiones y permitieron a unos y otros adorar con libertad a sus dioses personales, persiguieron a los cristianos y luego convertidos, persiguieron todas las otras religiones? —preguntó Loreta, un día a Javier, aquí en esta misma iglesia donde hoy estaba.

—Ni idea —respondió él—. Lo cierto es que una vez que fue religión oficial, el Cristianismo empezó la destrucción de miles de lugares sagrados en todas partes del mundo. Y frente a las narices de todos... los mismos y viejos dioses del Olimpo de origen romano y griego, fueron poco a poco sustituidos por santos cristianos. Las antiguas creencias relacionadas a la Diosa o Madre de todas las cosas se empieza a mezclar con las imágenes y roles de las figuras femeninas presentadas alrededor de la vida del Cristo/héroe. Al principio en Ana, la madre de María y abuela de Jesús; la tía Isabel, madre de Juan, complementa el círculo familiar de mujeres encargadas de la sobrevivencia familiar y la transmisión de los valores. Estas tres mujeres que forman una primera trinidad femenina, en copia o inspiradas en las tres Moiras griegas encargadas del destino de los hombres/héroes: una joven y virgen, la segunda de edad mediana y madre, una tercera anciana y sabia. Quienes desde su cueva subterránea tejen en la rueca del destino, el hilo que ellas mismas cortarán al llegar el momento de la muerte de cada individuo.

Reconfortada con los recuerdos, Loreta decidió regresar a su palacio caminando por la playa. Ya frente al agua, decidió meter los pies. Se quitó los zapatos y con ellos en la mano, caminó embebida en la sensación del agua y el color del cielo.

—Retomando la idea de la conversión de dioses paganos a santos —decía unos años después su maestro de semiótica—, encontramos por un lado la multiplicación de la madre María fragmentada en María Auxiliadora, del Rosario, del Corazón de Jesús, etcétera, con diversas atribuciones. ¡Y distribuidas! tan estratégicamente en el calendario, que no deja de cubrir ninguna de las antiguas deidades: Ishtar, Isis, Inanna, Diana, Atenea, Venus, hasta Lilith. Desde las estacionales: primavera, verano, otoño y primavera, hasta las que auxilian en el parto, en el camino, en la vejez, etcétera.

»Por el otro lado, encontramos en las atribuciones de los santos un desfile de objetos mágicos, esotéricos, en el que podemos entretenernos largo rato intentando dilucidar cuáles son meros objetos de la vida normal de cada día, cómo sería el báculo del mago, que bien puede ser tan solo el bastón del pastor o del anciano, y que aparece en la mano de infinidad de santos. O concentrarnos en los objetos como los de santa Odilia. La Santa aparece retratada con un libro en la mano, con dos ojos tan abiertos y peculiares en la portada, que por sí solos nos podrían abstraer por horas, sino fuera porque sobre el libro se para un gallo muy gallardo. Los teólogos cristianos dicen que la imagen representa a la Biblia sagrada trayendo la buena nueva, sostenida por la que en un principio fue una mujer ciega. Pero podría interpretarse de esta otra manera. Desglosemos primero los símbolos. El gallo, que desde la China, pasando por Europa y hasta América, representa en todas las culturas un nuevo principio y un amanecer. En el esoterismo es un líder, una señal para que quien la mire, sepa que la rebelión está cerca. El gallo no se doblega y protegerá al gallinero del zorro, con su propia vida. Parado sobre un libro con ojos, implicará al tiempo que todo lo mira, un libro sabio. Un libro que la mujer ofrece al espectador como esperando que alguien lo tome. Lo que pareciera que la estampa de Odilia nos cuenta es: en las manos de una mujer líder radica una verdad indiferente al tiempo, accesible a toda persona que quiera abrir el libro.

Javier se inclinó hacia Loreta y le susurró al oído, mientras el maestro aun hablaba:

—Mensaje similar aporta la carta número dos del Tarot, que representa a la sacerdotisa. Ambos mensajes, el de Odilia y el de la sacerdotisa, reafirman que la verdad femenina y antigua se abre al que la busca o encuentra. Pero ella no sale a buscar a nadie, uno debe encontrarla.

Sin percatarse, Loreta se había adentrado en el agua más de lo previsto, mojándose hasta las rodillas. Despertando de pronto como de un trance, corrió buscando la arena seca. Le tomó un momento decidir regresar con prisa a casa, a su hogar, a su palacio donde la esperaba su príncipe, para amarla y vivir para siempre felices.

Bajo la ducha, logró callar las voces el tiempo suficiente para repasar su decisión: «ella era una princesa, una mujer escogida por el destino para vivir la comodidad de un hermoso abrazo masculino que la protegiera y le ofreciera el mundo. Ella no había inventado las reglas. Ella solo estaba decidida a seguirlas y para eso era muy buena. El destino de las otras mujeres no era cosa de ella, el destino del mundo no era nada en lo que ella quisiera interferir. Ella, Loreta de Andrapaniagua, podía ser desde la distancia, ejemplo para otras mujeres que quisieran seguir el camino de la impecabilidad de la imagen, de las buenas palabras y de una vida llevada internamente. No había precio para el lujo y la seguridad que le ofrecía llevar esta doble vida: una de perfecta apariencia hacia fuera y otra de caótica y rica vida interna. Su inconsciente era aún mayor que la realidad del consciente. Su bóveda era mayor que la masa oscura expandible. Ella no necesitaba saber. Ella quería ser adorada, necesitada sin pedirlo. Ella no tenía más preguntas. Solo deseaba amar, ahogarse en las emociones, bucear en el azul profundo. Ella no temía a lo extenso del océano. Ella no necesitaba seducir a nadie, el mundo podía derrumbarse, ella, sería siempre Ella».

«Como lo decidimos tantas mujeres en el pasado», corearon las voces.

El Alma se vio
como un instrumento
que debía ser afinado y templado.
Deseó generar arte para medirse a sí misma,
entregar el talento de su pasión y música a los demás.
Mezcló en el laboratorio alquímico de la naturaleza
a fuerza de voluntad,
el bien y el mal,
lo oscuro y lo claro,
el agua y el fuego,
lo femenino y lo masculino.
Del bien y el mal
obtuvo tres emociones extraordinarias:
la compasión, la bondad y el compromiso.
De lo claro y lo oscuro
obtuvo dos hermosos regalos:
el amanecer con sus colores brillantes y fríos,
y el malva cálido del atardecer.
Del agua y el fuego
obtuvo un saludable vapor
que abraza, calienta y limpia.
De lo masculino y femenino
buscó un ser integro,
humano…
no pudo mezclarlos.
Lo masculino resultó en XY,
por fuera se mostró como Y
en lo interno renegó de su X.
Lo femenino no aceptó la Y,
femenina desde el principio,
fue, siempre mujer…

Décimo séptimo verso
El viaje del alma
Sol Magnético Amarillo

18

El camino del alma
¿Cuerpo equivocado?
México DF, marzo, 2013

Luego de abandonar la aduana, Sol se dirigió con paso decidido a recoger la maleta empacada en Chicago. No fueron pocos los que voltearon a ver a la atractiva mujer de un metro setenta y cinco, quien concentrada en la carta que llevaba en su bolsa de mano, y que aún no se atrevía a abrir, ignoró por completo la atención que despertaba y de la que normalmente disfrutaba. La muerte prematura de su padre abrió antiguas heridas, con un dolor que creía enterrado. Ver a su hermana y los sobrinos criados por ella, también fue doloroso. «¿Podría abrirse alguna vez al amor de otro ser humano?», sabía que el problema estaba en ella. El miedo al rechazo de su primera infancia y luego en la adolescencia, fueron tan decisivos que se volvió una maestra en ocultar emociones. A tal nivel, que logró engañarse a sí misma.

Amar, salvo excepciones, era algo que hacía únicamente sobre un escenario. Solo allí se permitía expresar lo que llevaba dentro. El amor, la pasión, los sueños, la alegría, el dolor y la compasión cobraban con su voz y su cuerpo, niveles que la dejaban satisfecha, al experimentar un tiovivo emocional que la transportaba más allá de la atmósfera conocida. El vacío consecuente después de cada presentación, solo volvía a ser llenado al subir a otro escenario para repetir la experiencia de ser ella, de ser otras, de ser todas las mujeres de la Tierra.

Cuando quiso inclinarse a recoger su elegante maleta azul, una mano masculina se adelantó.

—Por favor, permítame ayudarla —el hombre alto y bien vestido, a la mitad de sus cuarenta, le sonrió mientras abría la perilla de jalado para entregarle a Sol la maleta lista.

—Gracias —ella sonrió mecánicamente de regreso.

—Me llamo Jorge —se presentó el hombre, extendiendo la mano con el gesto confiado de quien se sabe atractivo—, y si no lo considera un abuso, me encantaría invitarla a cenar.

—Me llamo Sol y esta noche estaré cantando en El Péndulo… en el Zócalo… —sacó una de sus tarjetas personales con la dirección y la hora de sus presentaciones, que le entregó con una sonrisa educada—. Será un gusto aceptar la invitación a un trago.

—Claro —se rio él leyendo la tarjeta—, con esa apariencia no podía ser usted menos que una artista.

«La apariencia», pensó Sol, «puede engañar de tantas formas». Podía sentir la amargura de esas palabras en la boca del estómago. Se limitó a medio sonreír mientras tomaba la maleta para irse.

—Gracias Jorge, un placer.

Las miradas siguieron su estilizada figura enfundada en un vestido ajustado y corto. La larga cabellera ondulada hasta la cintura y su andar desenvuelto, logrado a base de entrenamiento, eran la carta de presentación de una mujer exitosa.

Dos horas después, tirada sobre la cama de su apartamento con vista a la catedral metropolitana, en pleno corazón del distrito central mexicano, Sol repasaba las últimas palabras de su padre. Susurradas en su oído dos días antes de morir:

—La amo, hija de mi corazón, me voy en paz. Ruego a Dios que pueda vivir de igual forma lo que le quede de vida.

«¿Fue esa su forma de recordarle las golpizas, las humillaciones y los castigos?». Se preguntó choqueada aun por el «la amo, hija de mi corazón». Pensaba: «¿es que se burlaba de ella hasta en el momento de su muerte?».

Sol nació con genitales masculinos. Bajo las amplias o ajustadas faldas que usaba sobre los escenarios, se escondían un pene y un par de testículos que solo le habían traído, desde el día que tomó conciencia entre la diferencia de sus emociones y su apariencia, vergüenza y dolor. Bajo el maquillaje profesional, la piel no del todo femenina, mostró antes del costoso tratamiento hormonal, los troncos capilares de una barba poco espesa que la hizo llorar más de una vez. En el dos mil tres fue que tuvo acceso a tratamientos médicos profesionales que la ayudaran con la carga de un cuerpo con sexo de hombre. En Guatemala, donde nació como Luis Francisco, no había ni conocimientos médicos ni psicológicos que la ayudaran a ella y a su familia, a entender el complejo ser que era mientras crecía. Solo la Iglesia hablaba al respecto, condenándola al martirio desde el momento mismo que de niña, casi una bebé, empezó a mostrar su inclinación femenina. En la adolescencia fue señalada como un ser antinatural, candidata segura al Infierno. La familia entera sufrió con ella, su padre porque quería enderezarla como pudiera, la madre porque no se decidía a defenderla, y las hermanas por vivir en aquel doloroso diario existir donde el hermano era hermana. Ella, sola, habitaba un mundo sensible, profundo e inexplicable, donde se sentía femenina con un pene y unos testículos colgando de un cuerpo que ni entendía, ni quería. Más allá de ellos y lo rasposo de las mejillas, era una hermosa mujer de largas piernas, torneados glúteos, delgada cintura y pecho plano que disimulaba cuando podía en la adolescencia, con blusas a lo Frida Kahlo. El cabello que dejó crecer en cuanto se graduó de psicóloga y pudo mantenerse económicamente a sí misma, más la bisutería con la que se adornaba, terminaron de darle el toque exótico de una gitana alta y delgada, de edad indefinida, que atraía todo tipo de miradas en la calle o a donde fuera. En la universidad empezó a escribir sus propias letras y guiones teatrales, que a veces montaba como monólogos, en secreto de su familia, y otras se hacía acompañar de músicos, bailarines o actores que les permitía a todos ganar unos centavos. En el título profesional de psicólogo clínico aparecía como hombre, prestancia que mantuvo por años en la clínica por la que desfilaban todo tipo de pacientes. Mientras en casa hacía de madre y padre para tres sobrinos dejados a su cuidado por su hermana, quien se había ido a los Estados Unidos para enviar remesas que ayudaran a pagar la educación de los niños. En su doble vida y como parte de su imagen de gitana, aprendió rápidamente la tradición del Tarot, herramienta que le sirvió, en secreto como siempre, para diagnosticar a sus pacientes de forma eficiente. Luego, decidió usar mejor la baraja como fuente de poemas y cuentos, que quedaban bien sobre el escenario. En la vida de Sol se contaban solo un par de hombres. Amores fracasados que le dejaron malos recuerdos.

Llegado el momento y libre de la responsabilidad de los sobrinos, a quienes la madre mandó a buscar una vez legalizados los papeles en el país del norte, Sol decidió probar suerte en un país distinto para vivir absolutamente como mujer. Se fue a Nicaragua primero y a México después. Sintiéndose mujer se negaba a llevar relaciones homosexuales donde era vista como fenómeno o como hombre disfrazado. Parte de su doloroso proceso fue aceptar la soledad y la falta de cariño físico. Ausencias que llenaba con el aplauso y la aceptación del público. No era fácil para ella rechazar los intentos de enamoramiento de admiradores que la creían mujer con cuerpo de mujer. Prefería alejarlos antes de afrontar la humillación del rechazo o la violencia de algunos, enfurecidos al creer que se les había tomado el pelo. Como probablemente pasaría con el atractivo hombre del aeropuerto.

—¡Basta! —gritó al vacío de su habitación, que era un eco del que crecía en ese momento en su interior.

Llevaba años de sentirse cómoda con ella misma. Llevaba años de sentirse a gusto con la vida que se había forjado. Era buena actriz, buena música y cantante de pequeños antros donde la gente salía sorprendida de su talento. Nunca quiso fama ni ser millonaria. Gustaba del arte porque lo amaba, gustaba de los pequeños lugares que le daban el dinero suficiente para pagar una renta decente, disfrutar de buena comida y sofisticada ropa. Amaba crear canciones y cuentos que compartía con sus colegas artistas. Su pasado se había quedado en Guatemala y ahora parecía alcanzarla.

Rostros conocidos empezaban a desfilar por su mente, provocando con ello un vaivén de emociones que solo se permitía bajo las luces de sus lugares de trabajo. Amó, amaba a Shika con un amor lésbico que casi llegó a lo físico, y amaba a Ana Ilse de quien se sintió siempre aceptada. Con ambas compartía la maravilla por los misterios de la vida y la profundidad del alma femenina. Pensar en ellas le traía algo de la paz perdida, «que curioso que esas dos no se conozcan», rio mientras se servía agua para acercarse a la ventana. Desde allí podía ver los trabajos arqueológicos que se hacían en los restos de la antigua ciudad azteca. Levantándose por sí mismos desde el fondo de la tierra, «como un día se levantarán los muertos», cruzó la frase por su mente. «Divago», se regañó.

Se acercó a su bolso sobre la mesa y decidida sacó la carta que le dejó su padre. Al romper con prisa el sobre, cayeron de adentro varios papeles. Se agachó a recogerlos. Uno era una carta escrita a mano, el otro una vieja foto de familia y el tercero un cheque de un banco americano, a su nombre y por 60,000 mil dólares.

—¡Mierda! —exclamó en voz alta—. ¿Qué hizo al viejo dejarme tanto dinero? Tiene que ser para hacerle una fiesta después de muerto —dijo con un dejo de dolor imposible de ocultar.

Aturdida se sentó a la mesa para leer, pero con solo leer el título tuvo que hacer la primera pausa: «Amada Sol:»

—¡¿Amada Sol?!, ¿no Luis, no Francisco?, ¿amada? —dijo con tono casi histérico. Siguió leyendo:

¿Cómo explicar en unas líneas lo que usted trajo a mi vida? ¿Lo que provoqué en la suya? Cuanto lo siento hija, que me haya llevado tantos años entender que independientemente del sexo, el aspecto físico, el envoltorio de unos u otros, dentro de ellos o ellas lo que hay es un alma, un ser complejo como lo es todo lo que no entendemos. De bebé tenía ya la apariencia hermosa de un ser sublime, que me confundía y alteraba, pero sus genitales me decían que era hombre como yo. Tenía la obligación de hacerle macho como lo hizo mi padre conmigo. Mientras crecía, me culpaba del fracaso de verla cada vez más femenina, y como sabe, la emprendí con golpes y luego con mutismo.

Por años, lo que me sostuvo fue la cólera. Que difícil tuvo que ser para su madre vivir conmigo. Luego, mientras el bueno para nada del padre de sus sobrinos golpeaba a Camila, física y verbalmente, yo creía estúpidamente que eran cosas que debían arreglarse entre hombre y mujer. Para mi sorpresa, quien salió en su defensa fue usted. No solo lo echó a él de la casa de ambos, sino que la ayudó a encontrar un nuevo camino aquí en Chicago, (donde ahora, en un acto de amor me recibió para morir en familia). La vida me dio hijas que no merezco, hijas a las que no supe ayudar a crecer, ni cuidar, ni amar.

Hace años que fui juntando el dinero para que pueda convertirse en lo que por dentro es. Leí Sol, leí mucho sobre lo que le pasa, no crea que entiendo, no crea que la comprendo, pero sé que mi obligación de padre es ayudarla a lograr lo que sueña y alcanzar lo que es. He dividido el dinero entre usted y sus hermanas, les dejo menos a ellas porque presiento que su camino es más largo.

De lejos empecé a amarle, su madre me dejaba por aquí y por allá, las cosas que escribió y así fui descubriendo su alma. Hija, me conmovió al punto de enseñarme lo que es la belleza. Si no la busqué, si no le escribí hasta ahora, es por vergüenza y por miedo a que me dijera en la cara lo mucho que seguramente me odia. Cuando fui descubriendo el tamaño de mi ceguera, yo mismo me odié por mucho tiempo. Espero que me perdone por todo el daño que le hice, espero que no sea tarde y que pueda hacer de su cuerpo lo que necesita. Espero que encuentre una familia mejor que la nuestra y que le dé el amor que ni su madre ni yo supimos darle.

Su padre

Las lágrimas que habían empezado a deslizarse por sus mejillas sin que se diera cuenta, mientras hacía pequeñas pausas para asimilar el contenido del mensaje, se volvieron surcos que mojaban su blusa. El dique que había sostenido el dolor se quebró en dos sin anunciarse, provocándole un golpe físico que le sacó el aire. La intensidad de las emociones la aplastaron bajo un peso que la tiró al suelo. En el piso se hizo un ovillo, intentando contener los sollozos que salían de su pecho en avalanchas dolorosas. El llanto se convirtió en aullidos. Se arrastró hasta el baño como pudo, cerró la puerta y se metió vestida bajo la ducha, sentada en el piso se abrazó las rodillas para balancearse de atrás para delante, mientras el agua lavaba sus lágrimas y amortiguaba sus gemidos. La temperatura se elevó hasta hacerse insoportable, la reguló, se desvistió y de pie siguió llorando hasta que el agua se puso tan fría que tuvo que salir para envolverse en toallas.

Así se arrojó en la cama, mientras las imágenes y el dolor seguían corriendo de adentro hacia fuera, como vaciándose de inservibles y apestosas cosas acumuladas. En medio de la neblina mental logró llamar a El Péndulo para avisar que estaba enferma y no llegaría. Lloró, lloró por horas hasta quedarse dormida. Al despertar, rayos de luna llena se deslizaban por los ventanales del apartamento de un solo ambiente. «La luz de luna se distingue de la luz de los faroles callejeros», la incongruencia del pensamiento la hizo reír involuntariamente, para descubrir que la garganta seca, la nariz congestionada y los músculos tensos dolían como pequeños cuchillos atravesándola por todos lados. Se puso de pie con dificultad, el mareo la hizo tambalearse. Se concentró para llegar al mostrador de la cocina, sonarse y beber agua. Una vez más calmada, quiso regresar a la cama, pero al cruzarse frente al espejo, no pudo evitar detenerse un momento para ver lo que ya sabía. Colgando entre sus piernas estaba ese pene tan ajeno a ella, como eran ajenas las dos bolas bajo él. En contraste directo se elevaban en su pecho dos pequeños y bien formados senos, se los había hecho con sus primeras ganancias al llegar a México, pero, la operación de extirpación era tan cara y complicada, que había sido siempre la excusa para no hacerla. Lo cierto es que tenía miedo a redescubrir quién y qué era, miedo a perder la voz, miedo a perder la fuerza, miedo a que salieran mal las cosas. Miedo a tener que intentar a amar a un hombre al que tendría que engañar respecto a su vida y su origen. «Y ahora, la persona menos pensada ponía la operación a su alcance, ¡que ironía! Con la intención de mostrarle su amor y su aceptación, la ponía a ella de vuelta en el camino de los qué, quiénes y cómo», pensó y sintió de nuevo las lágrimas punzando por salir.

Abrazó su cuerpo desnudo, intentando recordar un solo abrazo del hombre que le dio la vida. Entonces, recordó que venía una foto en el sobre y al buscarla descubrió que eran dos. En una foto aparecía ella de unos dos o tres años, abrazada por sus padres. Su madre pegaba su mejilla a la suya y su padre las abrazaba a las dos, dándole a ella un beso en la coronilla y sonriendo a la cámara con los ojos. En la otra foto, ella de pie y pelo corto, tendría unos ochos años, vestida con pantalón y camisa vaquera, su padre aparecía sentado a su lado con una mano sobre su hombro. Era la mirada orgullosa de un hombre por su herencia. Ese día ella había ganado su primer concurso de canto. Las lágrimas se soltaron. «¿Por qué necesitamos tanto el amor y la aceptación de nuestros padres?», se preguntó entre molesta y agradecida porque finalmente el suyo confesara que después de todo, no solo la aceptaba, sino la amaba al punto de juntar, probablemente a lo largo de años, los recursos para que ella pudiera llegar a ser quién sentía ser.

Caminó al teléfono, decidida para llamar a Shika. La Puta contestaba a cualquier hora, mientras no estuviera con un cliente. Ya se daba por vencida cuando escuchó la voz medio dormida.

–¡Sol! Espero que sea un asunto de vida o muerte para que me llames a esta hora –Sol no pudo evitar reírse de lo atinado del comentario.

–Siempre tan sensible. Se trata de ambos, necesito que vengas a verme –ya seria, agregó–: Te necesito amiga, finalmente me quebré.

El silencio duró un minuto hasta que se oyó la voz de Shika:

–Voy saliendo para el aeropuerto.

«La mártir enreda en su sufrimiento al que está cerca, volviéndolo como ella, en víctima y victimario de su tragedia personal y hace del dolor su forma de expresión. Viva en el dedo pulgar, la mártir representa al ego, el *yo*. La que se lo toma todo personal.

El concepto que la persona tiene de sí misma nace con este dedo, que apuntando hacia adentro nos señala como individuos separados del resto.

En el otro extremo de la mano, y prácticamente con el aparente papel decorativo, coexiste el dedo meñique donde colocamos el anillo de la virgen. Sin ego visible, la virgen se acomoda a la imagen que le asignen los padres, los maestros, los jefes, las parejas o los hijos. Ellas no pelean, congenian. Ellas no piden, otorgan. Ellas son la imagen del ideal social de una mujer que encaja perfectamente donde se le coloque. Nadie sabe cuáles son sus sueños personales, al fin y al cabo personifican los de otros. Inmaculadas e impecables las han puesto sobre el altar». —Esto es lo que dice la puta sobre la mártir y la virgen —dijo Shika cerrando de un golpe su ensayo publicado, que había leído a Sol—. O sea, ¡yo! La autoridad moral sobre todas las cosas —y se rio a carcajadas levantando la copa con vino rojo, desde el sillón de la sala de su amiga donde se había acomodado desde su llegada la noche anterior.

—¿Cómo puedes beber vino tan temprano? —preguntó Sol, riendo frente a la estufa donde preparaba el desayuno. Había faltado de nuevo a El Péndulo. Una semana y dos días era mucho tiempo para ella, pero el dueño comprensivo le dijo que se tomara su tiempo.

—¡Porque estamos celebrando! Y el hecho de que no hayamos dormido… parece que estamos aun de parranda.

—¿Celebrando?

—Celebrando que tu papá no murió ciego, sino amando. Que reconoció errores e intentó enmendarlos. Y que tienes el dinero para decidir sin excusas, si te haces o no una vagina. Celebrando que al final te reconoces como esa mujer que sufre porque se toma a sí misma infinitamente con demasiada seriedad. ¿Sol, no te das cuenta que eres la prueba de la manifestación de la Diosa? Que dentro de ti eres absolutamente mujer, ¡que con pene y lo que quieras!, sientes como mujer y te expresas como mujer. ¡Joder, si lloraste como nena tres horas en mis brazos! ¡Sufriste, claro! Porque fuiste como todos y todas, víctima del sistema y los prejuicios. Pero eres, mi amada amiga, la primera que debes dejarlos ir. Si un hombre se siente atraído por ti, ¿no crees que debes darle la oportunidad de decidir por el mismo si se quiere quedar o irse? En tu rechazo tienes dos caminos: sufres o te ríes y te vas a dar un masaje, o a caminar por el parque.

—¡Eso son tres caminos! Te estoy escuchando… —gritó a la defensiva, esquivando el cojín que la Puta le lanzó con mala puntería—. Comeremos, dormiremos y esta noche bailaré y cantaré para ti y para mí, y por la Diosa…

—¡Olé! —se puso Shika de pie de un salto—. Mientras comemos te contaré la historia de Guadalupe. Mediana, delgada, en general, de un físico elegante que la hace atractiva. Nació y fue educada para llevar la vida de una inmaculada virgen. Fue una niña tranquila y obediente, que encajaba perfectamente en el colegio de monjas donde mantuvo la imagen de una niña perfecta. Se casó como era de esperarse, disculpa la redundancia, virgen, después de graduarse de la universidad, con un novio de profesión prometedora —Shika se movía por la sala, narrando teatralmente, dando diferentes entonaciones a cada oración—. Su flamante marido consiguió trabajo en el Salvador, país vecino de Guatemala. ¡Por supuesto!, Lupe como la llamaremos a partir de este momento, no dudó ni un momento en dejar su propio trabajo para seguirlo y completar su imagen de esposa perfecta con el de madre perfecta. Virgen no es la que se abstiene de sexo, sino de ideas propias. Alguien las inventa y ellas se ajustan al papel al pie de la letra. ¡Hay prostitutas que son en realidad muy virginales! –hizo un gesto mudo, indicando ¡yo no!, que hizo reír a Sol–. Desgraciadamente para Lupe y para uno de esos finales de «y vivieron felices para siempre», Pedro el marido, no cumplió con el papel de mantener a la amante alejada de la esposa, única manera en la actualidad de conservar ambas. ¡Antes y no tan atrás!, las mujeres casadas por la Iglesia asumían con tolerancia las necesidades del marido fuera de la casa. Otras no tan tolerantes, gritaban, rompían platos e insultaban, pero igual se hacía lo que él mandaba. Algunas sentenciadas esposas hasta criaron a los hijos de la otra sentenciada, ¡señalada eso sí!, como «la cualquiera» o la puta –se alzó de hombros–. En la modernidad, la pobre Lupe enfrentada con el descaro de Pedro, no le quedó más que aceptar la existencia de la otra mujer y echar a su marido de casa, convirtiéndose de virgen modelo a mártir despechada. ¿La cachas? –preguntó a Sol, quien indicó con un gesto de cabeza que continuara.

–Lupe, todavía con la imagen de la virgen en su alma, se negó a darle a Pedro el divorcio, asumiendo como dice su religión, que lo que «une Dios, no lo separa el hombre». Desgraciadamente para ella, la ley, después de cinco años de separación, le dará a Pedro el divorcio. Lo que la convertirá en unos años en una verdadera mártir. Hasta ahora Lupe ha vivido de lo que Pedro le da y que durará hasta que el menor de sus hijos alcance la mayoría de edad. Para ella es impensable buscar un trabajo que la alejará de los niños y la casa, así como tener una pareja. Lupe no tiene ni idea de lo que hará el día que Pedro le deje de pasar pensión por los niños, y en una mezcla entre virgen y mártirrrrrr… ¡Virgen! porque aparte de lo obvio, que físicamente se ha mantenido al margen del sexo y el amor… continúa terca en su imagen de ama de casa y madre de familia, respaldada por un hombre que debe actuar, si no, como marido, por lo menos como padre proveedor. ¡Y mártir! porque se asume indispensable para la existencia de sus hijos. Dedicada en cuerpo y alma a la casa y a los vástagos, su vida gira en torno al papel de madre, lo que muchos dirán que es admirable, pero como la sociedad y la realidad no están diseñadas para que Lupe busque una manera de ganarse la vida después de los cincuenta, el verdadero sufrimiento empezará con el primer: «Te dediqué la vida, cómo puedes pensar ahora en irte con esa y dejarme desamparada, ¡yo que soy tu madre!». Avejentada, solterona y sin dinero, tendrá que vivir de la caridad de su familia o de sus hijos. A menos, claro está, que se transforme en una santa al trasladarse a un orfanatorio donde se haga cargo de otro montón de niños.

»Ahora presta atención, que aquí viene la cátedra —dijo Shika poniéndose muy recta—. Señores presidentes y algunas presidentas, nuestros sistemas sociales no tiene los mecanismos ni los fondos, ¡a excepción! de algunos países europeos, para mantener a la mujer que cría. Ni una pensión de jubilación como madre y doméstica, tampoco hay carreras que preparen a la mujer como madre y educadora. Dirán que existe el magisterio o la psicología, pero debéis notar, presidentes del mundo y las coladas presidentas, que hacer malabares con la casa, las compras, los pagos, los vaivenes propios de toda personalidad, más los de los hijos, los maridos, los amantes y los de la comunidad en que se vive, además de una larga lista de otros factores que se conjugan para volver cada día un reto la existencia… es de pensárselo bien. Por lo que sorprende que aun hayan mujeres que opten por la maternidad y la casa, sin que tenga un incentivo a corto y largo plazo… empezando por el reconocimiento a la importancia de su labor —hizo una pausa para tomar aires.

—Seamos sinceros —continuó—, ¿no sería más sensato prohibir la maternidad y paternidad de los que no tienen ni los recursos emocionales, físicos y materiales para ser padres? Imaginemos un mundo donde habría que calificar para traer otro ser humano al planeta. Un mundo donde la madre no depende de la pareja o el padre, para desarrollar su vocación de criadora. ¡Aclaremos! porque no todos tenemos ni la vocación ni la capacidad. El padre estará allí, a la par de la madre, el hijo o la hija, porque fue difícil convertirse en padre y amar al retoño. O no estará porque desde el principio se sabía que tenía la elección de evadir el compromiso de la crianza y la madre la asumirá sola... como de todas maneras lo han hecho siempre, ¡con excepciones!, y no me incluyo porque no soy madre. Oigo a muchos pegar de gritos cuando hago estos comentarios, pero la realidad es que la reproducción viene de la necesidad de la sobrevivencia. Antes y aún hoy, en algunos lugares, la única forma de llegar a adulto es tener una prole de hijos obedientes que le alimenten y cuiden. En los países machistas, la única función femenina es tener hijos, y al extremo se llega en algunos países musulmanes, donde la única forma para que una mujer pueda alcanzar algún valor es procrear un hijo varón y aun así sigue siendo un objeto desechable para su dueño, que tiene la libertad hasta de matarla si se siente por alguna razón ofendido en su honor.

»Si queremos verdaderamente alejarnos de nuestros instintos más primitivos y lograr una sociedad humana, tenemos que profundizar en cómo mejorar la reproducción de nuestra raza. No hablo de experimentos genéticos, ni de abortar al feto que viene defectuoso, sino de que las mujeres y hombres califiquen como capaces para hacerse cargo de otra vida que viene con su propia agenda. Hablo de una sociedad de seres amorosamente responsables de otros, ¡aun si no tienen su sangre! De una sociedad donde los niños y los jóvenes tienen todo el tiempo del mundo para convertirse en adultos y luego como adultos, tienen todo el tiempo del mundo para desarrollarse como seres extraordinarios. Los bebés, las personas necesitamos inmensidad de tiempo y atención para alcanzar nuestro verdadero potencial, así como espacio para expandir la mente. Hoy son muy pocos los que reciben lo uno o lo otro, las mujeres están agotadas por todo lo que se espera de ellas. Nos estamos reproduciendo más rápido de lo que aguanta el planeta y nuestras propias estructuras sociales –Shika hizo una pausa, mientras se dirigió al balcón.

–Entender a la mártir es la clave y principio para cambiar todo esto –siguió diciendo en el mismo tono–. Educada en los viejos dogmas de baja vibración, se asume indispensable hasta para recibir los golpes del marido, el despecho de los hijos o los abusos en el trabajo. Cree, porque así se lo enseñaron, que el mundo es un «valle de lágrimas» y crece en el tormento de cada día. La ortodoxia religiosa le repite a la mujer, hasta que lo vuelve parte de sí misma, que quien sufre en esta tierra se ganará el Cielo y que la mujer que sirve y aguanta, es una mujer buena. La historia cristiana está llena de mártires que abrazaron la pobreza y el martirio en nombre de la fe, dejando como ejemplo para las mujeres modernas un patrón imposible de seguir. En realidad, la mártir representa el *yo* en toda su gloriosa extensión, ni buena ni mala –Shika gritó la última frase, llamando la atención de los transeúntes y comenzó a dirigirse a esas personas que desde la calle, alzaban la cabeza para escucharla en el tercer nivel–. Los juicios en relación al bien y el mal, dependen siempre del entorno en que crecimos… Os pido que amplíen vuestro criterio a la posibilidad de contemplar un universo donde los extremos existen para ser estudiados. La mártir, señores, es la mujer que se pregunta constantemente: ¿quién es, qué hace, por qué le pasa lo que le pasa? Y se queda allí, estancada, sufriendo con las respuestas… sin aceptarse.

Riendo, Sol jaló a Shika hacia dentro, donde las dos cayeron muertas de la risa en el sillón. Allí, tiradas abrazadas, Sol comenzó:

—Si la joven Juana de Arco no hubiese sido condenada y quemada como bruja, habría sido fácil borrar de la historia su inicio de simple campesina ignorante hasta capitana en comando de las tropas reales francesas. En este caso, su martirio permitió que su papel de guerrera exitosa trascendiera... luego, se dieron cuenta que era un mal ejemplo para las otras mujeres. Peor aún que fuera la voz de Dios quien la guiara personalmente. Podía crear la idea equivocada de las preferencias divinas por las débiles y pecadoras mujeres. Por lo que la elevaron al nivel de santa y virgen sin mancha ni pecado. Aunque haya ido en contra del Cuarto Mandamiento —se sofocó Sol con la risa al hablar.

—Ese de «no matarás», pero Juana cumplió con lo de «ojo por ojo y diente por diente». No es culpa de la iletrada guerrera que la Biblia esté llena de contradicciones... —ambas explotaron en un gran carcajada.

—¡Ay Shika, eres la loca más lúcida que conozco!

—Y tú la única mujer que me escucha. ¿Comemos? Tengo sueño.

El Péndulo estaba lleno esa noche. Era un lugar que combinaba literatura, comida, teatro y música. Sol era parte de un grupo que incluía todo eso, más danza, canto y magia. Era un *show* donde se improvisaba de todo, desde chistes o concursos, para lograr una noche inolvidable.

Las luces cambiaron a un tono naranja místico y el humo invadió la parte baja del escenario. Sol apareció al centro, tocando una flauta dulce. Su vestido blanco ajustado de la cadera a los hombros, se abría a la altura de los muslos en una serie de pétalos de tela que flotaban conforme ella se movía. Una estructura liviana de

metal plateado la envolvía en círculos espirales sostenidos desde su cintura. Fogonazos de luces aparecían
cuando los focos de colores pegaban en sus aros. Su
cabellera atizada desde la raíz, conformaba un halo estilo «melena de estrella». Shika sabía que para lograr el
efecto, su amiga se colocaba en el medio de la cabeza
una diadema con largos palillos a los que enredaba me-
chones de cabello. Prepararse para cada *show*, a Sol le
llevaba tres largas horas.

La diva colgó la flauta en lo que imitaba un árbol y
habló con los brazos extendidos en forma de Y: «Un
día no muy lejano, sabremos todos viajar en el tiempo,
volar en el espacio y convertir lo ordinario en extraordinario con la habilidad del mago».

Tres músicos: un tamborero, una guitarrista y un
violinista, se sentaron en la orilla del escenario desde
donde Sol bajó para mezclarse con la gente, mientras
ellos animaban con música de fondo. Tomó la mano
de la mujer que estaba más cerca, para recorrer con una
larga uña decorada la palma de la mano de la nerviosa
señora, iluminadas ambas por una luz seguidora. Los
músicos creaban un preámbulo místico a las palabras
de la artista, que empezaron con el mismo tono:

—Observa tu mano y nota cómo se curva el dedo
pulgar hacia dentro de tu cuerpo, separado del resto de
los dedos... ¡Es él!... el gordito y chaparro, que te
otorga el poder del homo sapiens... —esta última frase,
dicha con un tono trágico-cómico, hizo reír a toda la
sala, que esperaba una frase dramática. Sol giró sobre
sí misma y continuó recitando de una manera graciosa,
acompañada por la música—: ...capaz de manipular herramientas, lápices y delicadas agujas, que nos dan la
habilidad de trasformar nuestro entorno. En la naturaleza, el único otro animal con pulgar es el chimpancé
... que lo utiliza, al igual que las personas, para conseguir lo que busca... —vuelve a tomar la mano de la mujer, la música se relaja y esta vez con tono imponente
dice—: todo empieza con una idea lanzada al viento, que

toma forma en la materia de la tierra. Aquí, en forma de mujer —hace poner de pie a la dama—, delimitada por la luz, la idea toma un cuerpo. Contenido de agua y emociones, que el fuego a baja o alta intensidad contorna hasta devolverlo con o sin libertad al viento... ¿Hay en todo esto una mano divina?

Los músicos inician la canción «Vivo por ella» y Sol empieza a cantar. La mayoría del público suspira, mientras ella se desplaza cantando entre ellos: «Vivo por ella sin saber,/ si la encontré o me ha encontrado./ Ya no recuerdo cómo fue,/ pero al final me ha conquistado./ Vivo por ella que me da/ toda mi fuerza de verdad./ Vivo por ella y no me pesa...».

La música hace una pausa para que Sol relate su primer cuento, que va intercalando con la música y el canto:

El león
que salió de la cueva en la ladera de la montaña,
era enorme,
el más grande nunca visto.
El Alma paralizada,
supo rápidamente y por instinto,
que no podría vencerle por la fuerza,
ya que el león era la fuerza misma.

Canta: «Es la musa que me invita»...

Habla:

Entendió que enfrentarlo era su destino...

Canta: «En mi piano a veces triste/ la muerte no existe/ si ella está aquí»...

Habla:

Por un momento tuvo mucho miedo,
desesperada busca a su alrededor
un arma con que defenderse.

Canta: «Vivo por ella que me da/ fuerza, valor y realidad/ para sentirme viva»...

Habla:

Viendo al Alma directo a la pupila de los ojos,
¡el León!
dio un paso al frente tranquilo y seguro.
Entonces, el Alma lo supo,
¡debía dominar al león con la fuerza de su plexo!
Canta: «Vivo por ella y nadie más»…
Habla:
No enfrentarlo,
sino convertirse en él
por un acto de simple voluntad.
Canta: «Puede vivir dentro de mí,/ Ella me da la vida, la vida»…
Habla:
Decidida
dio ella un paso al frente,
no viendo a la fuerza con forma de león,
sino sintiéndola en la forma de sí misma.
Canta: «Sí está junto a mí/Sí está junto a mí»…
Habla:
El Alma dominó a la fuerza.
Sin fuerza,
solo manifestando su voluntad en ella,
sintiéndola.
Canta: «Cada día una conquista/ la protagonista/ es ella también./ Vivo por ella que me da/ noches de amor y libertad./ Si hubiese otra vida,/ la vivo por ella también»…
Habla:
Con voluntad,
sin fuerza bruta,
manifestó lo que llevo dentro
Canta: «Ella se llama música./ Vivo por ella créeme,/ por ella también»…
Al terminar la última nota, el público explotó en emocionado aplauso. Inmediatamente, Sol se acercó a un hombre y lo invitó a tomar una carta del Tarot, que

luego interpretó de manera cómica, haciendo reír a todos. Repitió el acto con un par más de comensales y después subió nuevamente al escenario, donde junto a los músicos cantó canciones conocidas como «Gracias a la vida», algunas del dúo Calle Trece y otras originales del grupo. Renato, el tamborista, era el encargado de los trucos mágicos. Al finalizar, Sol se levantó y narró el siguiente relato: El toro enamorado:

Cuenta la historia que en un pastizal sin límites, estaba un toro vagabundo, recién escapado del cautiverio de los hombres. Había sido, como todo toro, criado y encarcelado con el propósito de perpetuar la especie y luchar en batallas a muerte por deseos de poder de los que no estaba ni enterado. Sus ojos, como los de todos los otros toros, habían sido encasquetados para que viera siempre en una sola dirección. Intentaron domesticarlo para que actuara como los otros... ¡¡Aaahh!! Pero prestad atención, que dije intentaron, porque nuestro toro valiente guardaba dentro de él una especie de soplo, un deseo no satisfecho, una pregunta no formulada, una caricia no recibida... que él mismo ignoraba cómo debían ser saciadas. La simple inquietud de presentirlas le había hecho romper las cadenas que le ataban a una vida cotidiana, que no era para los de su estirpe.

¡Toro! estaba destinado a vagabundear por nuevos pastos, a caer en grietas para enfrentarse a las criaturas que las habitaban, a subir montañas para ver desde las cimas las distancias del mundo. Pero sobre todo, este toro de noble porte, estaba destinado a enamorarse y conocer el amor en todos sus estados.

Una noche de luna llena que se acercó a beber al riachuelo, vio entre las aguas cantarinas la imagen más perfecta y hermosa que hubiera visto en su vida. La circunferencia plateada que lo veía desde el fondo del agua despertó en su corazón todos los deseos olvidados. Se sintió vivo y lleno, su cuerpo tomó ritmo propio, desconocido y erótico. Su voz, normalmente callada, cantó himnos de alegría. Toro fue en busca de la hechicera para que le dijera cómo alcanzar a la luna... y poseerla.

La mujer le dijo que debería pasar cinco pruebas: encontrar una flor, una fruta, una persona, un animal y una cosa, y todas tenían que ser de color blanco absoluto. Luego, debía llevárselas para hacer el embrujo. Toro caminó, primero desesperado, pensando que no encontraría nada de lo exigido por la maga... para su sorpresa, descubrió que había infinidad de flores blancas. Prestó atención a las formas y finalmente se decidió por una orquídea de tres pétalos. De las frutas descubrió que una gran mayoría eran blancas por dentro, así que escogió una guayaba con infinidad de semillas. Preguntó a una hermosa cabra blanca si lo acompañaría donde la hechicera, quien prometió no hacer daño a nadie. Fue la cabra quien le sugirió a Toro, pedir a Xia la niña albina de ojos rosados, que los acompañara también. Cuando Xia escuchó la historia del toro enamorado, lloró emocionada y declaró estar feliz de poder ayudar. Escoger la cosa fue más complicado, Toro se debatía entre un pañuelo, una piedra o sal marina. Al fin decidió recolectar sal. Cuando llegó donde la hechicera, esta le hizo una simple pregunta: «¿qué encontraste?», y sin pensarlo, Toro dijo: «el mundo es vasto y muy variado. El mundo es hermoso y hay en él cientos de seres y cosas dignas de amar». «¿Aún deseas poseer a la luna?. «No», contestó Toro, «puedo amarla dentro de mí y llevarla allí donde yo vaya».

De vuelta al camerino, Sol y Shika comentaban entre risas las metidas de pata y los éxitos de la noche, cuando entró uno de los meseros con flores blancas para Sol y una nota escrita en la parte de atrás de un portavaso, que decía:

No sé si eres la luna o la hechicera. Por casualidad, (o tal vez no), escogí flores blancas, que he traído en las últimas tres noches y hoy fui recompensado. Dijiste que me acompañarías a tomar un trago, te estoy esperando en la barra.
Jorge el del aeropuerto

—¡Ajá! Conque Jorge... no me contaste nada —reclamó una Shika emocionada.

Sol había olvidado por completo el incidente. Olió las hermosas rosas y se volteó hacia el espejo para terminar de retirar el exceso de maquillaje y reacomodar su cabello de una forma más normal.

—Podrás conocerlo ahora, porque lo único que sé de él es el nombre —ante la ceja levantada de Shika, aclaró—: me abordó en la cinta del equipaje y lo que recuerdo es que es bien parecido y como sabemos ahora, ¡perseverante! —Shika se rio, pero Sol no pudo evitar el nudo en el estómago que se le hacía cada vez que un hombre interesante se le acercaba y ella sabía de antemano que debía rechazar.

Shika intuyéndolo exclamó:

—Vamos amiga, date una oportunidad, a ti y al perseverante para que decida por sí mismo si puede amar tu alma en un cuerpo no del todo entendible.

—¿No del todo entendible? ¡Una abominación es lo que es!

Shika levantó a su amiga de la butaca para tomarla en sus brazos, y la apretó fuerte contra su propio cuerpo.

—Es solo un cuerpo que contiene tu esencia, Sol, es hora de que empieces a vivir lo que predicas. Y manifiestes en lo externo, de una forma cercana a otro cuerpo, lo que llevas dentro… lo que todos vimos esta noche sobre el escenario.

Quince minutos después, Sol hacía las presentaciones. El gusto de Jorge por las mujeres y el de las mujeres por Jorge, creció al punto de llevar la charla de la barra de El Péndulo a uno de esos cafés abiertos para desayunos. Se habían contado sus vidas y conversado sobre arte, música, política e historia, hasta llegar a los temas filosóficos.

—Escuchamos canciones, vemos películas y leemos en textos esotéricos que debemos vencer a la oscuridad y caminar hacia la luz —decía Shika mientras Jorge pasaba la mirada de ella a Sol, constantemente—. Concebimos la noche y la oscuridad como un estadio negativo y maldito lleno de criaturas malas dispuestas a robarnos el alma o convertirnos en esclavos del mal. En nuestra moderna vida vivimos rodeados de lámparas callejeras y de sala que iluminan objetos y calles para que podamos ver con facilidad y nos podamos sentir seguros.

—Sé lo que sigue —se rio Sol para explicar a Jorge—, verás, esto es parte de nuestro discurso favorito… prendemos velas en la intimidad de la sala para representar la energía del fuego y caminamos con linternas en la mano cuando vamos al mar, la selva o la montaña. Al encender pequeños o grandes haces de luz, en realidad lo que hacemos es limitar nuestra visión a lo que se expande más allá de donde ilumina el foco que nos alumbra, deslumbra y ciega. Si te infundes el valor de apagar tu linterna en medio del bosque, verás cómo poco a poco puedes ver y percibir, no solo el camino donde te encuentras, sino la vida y la misteriosa fuerza que palpita ilimitadamente a tu alrededor.

—A ver si entiendo —dijo Jorge levantando su café con ambas manos, gesto que hizo a ambas mujeres intercambiar una mirada—. Lo que proponen es que las personas creamos o pensemos, ¿que la oscuridad es buena y profunda y que la luz nos ciega a la profundidad de la noche y lo que ella enseña?

Las dos aplaudieron riendo.

—Eres rápido —exclamó Shika y continuó—: dice la leyenda que Jesús se retiró 40 noches al desierto, para vencer a los demonios. En el proceso de vencer sus miedos y sumergirse en su propia oscuridad, accedió a su aspecto divino, desarrollando su habilidad para hacer milagros y entregarse a la muerte, sabiendo que es solo un paso en el camino evolutivo del espíritu. En la historia de *El Señor de los Anillos*, vemos como Gandalf con valentía y por el bien del resto, se deja caer al fondo del abismo para vencer a los demonios que lo habitan y luego, resurgir como un gran mago lleno de poder, capaz de defender la vida de los que aún deben aprender…

—En la película *Matrix* —continuó Sol, haciendo sin poder evitarlo, un gesto coqueto al hombre sentado frente a ella, que le rozaba las piernas bajo la mesa, permitiéndose más de lo que normalmente se permitía—, Neo entiende finalmente, que la única forma de vencer a su enemigo es convertirse en lo mismo a lo que se está enfrentando. En el acto de entregarse y morir, renace para cumplir la profecía de crear un nuevo mundo. Entendiendo al final, el chiste de que todo está por empezar otra vez. Harry Potter también toca fondo al trascender del plano de los vivos a una especie de limbo, donde se le da la oportunidad de escoger y retornar para vencer su propio lado oscuro y en el proceso hacerse con todo el poder, volviéndose el legítimo propietario de la varita invencible y la capa de invisibilidad que lo libra de la muerte.

—Podríamos seguir enumerando incontables ejemplos de héroes y heroínas —siguió Shika, pretendiendo ignorar lo que ocurría entre los otros dos—, como Perséfone y Psique, que deben descender al submundo. La primera lo hace cada invierno para mantener el equilibrio en la Tierra, y el segundo para transformarse en un ser divino, capaz de habitar entre los dioses. La mitología griega, egipcia, maya y azteca, entre otras, están llenas de ejemplos de cómo la oscuridad y la luz en su aparente antagonismo, no hacen otra cosa que complementarse. ¡Y! que es necesario morir a lo conocido para renacer a lo nuevo y desconocido… para juntar los dos lados de un todo. Para ser oscuridad y luz… y como la última carta del Tarot, ser hombre y mujer dentro de un mismo cuerpo… permitido solo algunos seres especiales —terminó Shika, con un tono que implicaba mucho más de lo que pretendía.

Sol se apresuró a interferir y de su bolsa sacó a toda prisa, un mazo donde buscaba nerviosa mientras hablaba, el último de los arcanos mayores.

—A lo que se refiere Shika es a la carta veintiuno del Tarot. El/la hermafrodita aparece al centro del uroboros místico, indicando que una vez «El Ser», hombre o mujer, se vuelva uno en sí mismo templando sus dos partes antagónicas, será capaz de romper el ciclo kármico de tener que seguir mordiéndose la cola o perseguir una quimera —la mujer encontró la carta que buscaba y se la entregó a Jorge para su apreciación.

Sol siguió hablando:

—Al huevo alquímico o uroboros, lo rodean los símbolos que representan los cuatro signos fijos del Zodíaco y que son precristianos. Así la Iglesia se haya apropiado de ellos para hacer encajar a los cuatro evangelistas en la memoria colectiva: un toro en representación de Tauro y en las iglesias a manera de decoración, en representación de Pablo de Tarso; un águila en representación de Escorpio y en las iglesias, de Lucas, el griego; un león representa a Leo y en las iglesias a Marcos, el sirio, conocido también como el zelote o guerrillero; y finalmente, una mujer en representación de acuario o Juan…

—¿El hijo adoptivo de María? —interrumpió Shika—. Personalmente, antes de descubrir la relación esotérica de los Evangelistas con los signos fijos, he creído por largo tiempo a Juan una mujer disfrazada. Su personalidad y hasta su supuesto Evangelio, pareciera describir a una mujer. ¿Una transexual tal vez? —Sol se atragantó con el té con leche que bebía, de lo que Jorge no se percató por estar observando fijamente la carta.

—Bueno —dijo el hombre—, me parece que falta algo. Decías Sol, que la imagen representa la unión de los géneros positivo y negativo, templando ambos en un mismo cuerpo. Pero los mayas y los egipcios van más lejos, ambas culturas plantean que la elevación solo se alcanza al unir las tres partes de un todo y allí el origen de la esfinge: garras de águila, cuerpo de león y cabeza de mujer… Interesante que solo falte el toro de este dibujo –habló Jorge más para sí mismo–, en los mayas tenemos a Quetzalcóatl: serpiente, hombre y águila… de nuevo nos falta el toro. ¡Hm!, lo que queda claro es que todo este simbolismo pareciera decirnos que somos seres de tres partes: alma, mente y cuerpo, pero también algo como hombre, mujer yyy… –alargó la letra pensando–. ¿El resultado intermedio? Un ser andrógeno más allá de dos mitades divididas –Jorge levantó la vista hacia los dos rostros femeninos, que lo miraban con la boca abierta.

–¿Qué?, ¿qué dije? –preguntó confundido.

–Jorge, soy transexual, más bien, soy eso que describes… ya que tengo mis partes masculinas.

Esta vez eran Jorge y Shika quienes miraban a Sol con la boca abierta. El primero en recuperarse fue Jorge.

–¡Bromeas! Estamos hablando de este tema y quieres hacer un chiste.

–No es ningún chiste, soy una mujer que nació con pene y testículos.

–¿Y qué soy yo entonces?, ¿gay? –quiso bromear, pero la mirada seria de ambas le hizo tragarse el resto de palabras.

–Es cierto Jorge. Si ves su pasaporte verás que su nombre real es Luis Francisco, los genitales confundieron a sus padres y la inscribieron como de sexo masculino –explico Shika, levantando ambas manos en un gesto de «cosas que pasan»

–No soy un hombre que le gustan los hombres, soy una mujer luchando por vivir como mujer –Sol, la mártir, apretó la mano de su amiga en busca de soporte, y la Puta la cobijó entre las dos suyas.

El silencio podía cortarse con cuchillos sobre la mesa. Hasta que lo rompió Jorge:

–Necesito pensar esto… entenderlo. ¿Estás segura? –su expresión era tan cómica, que Shika no pudo evitar reírse.

—Lo siento —dijo disimulando la sonrisa—, pero te lo estás tomando muy bien.

—¿Muy bien? Ni sé cómo me lo estoy tomando… tendrás que haberte dado cuenta que me gustas, que me siento totalmente atraído por ti. No puedo concebir que bajo la ropa tengas lo yo que tengo. ¡Es más!, lo que me provoca al verte con esa cara, es tomarte en mis brazos y consolarte.

Como si Jorge hubiera abierto una llave, las lágrimas empezaron a correr desde los ojos de Sol, sin que se moviera un solo músculo de su cara o su cuerpo. El miedo la tenía petrificada. Jorge se levantó de un salto y con un movimiento un poco brusco quitó a Shika de la silla para tomar su lugar.

—Venga no llores —la abrazó llevándole la cabeza a su pecho—, no sé si entiendo, no sé qué eres, pero me sensibilizas completo, mi, miiii, mi energía, mi yo, mi no sé qué… reacciona ante ti. Te vi un momento en el aeropuerto y no te pude sacar de mi cabeza, luego, te esperé dos noches en El Péndulo oyendo hablar de tu talento. Y esta noche te oí, te vi y me dije: yo quiero estar con esa mujer… esa mujer que siento que conozco de antes… ¡olvídate del sexo!

Shika, de pie a un lado de la mesa, lloraba como Sol, pero a diferencia de la artista, ella lo hacía de forma ruidosa, entre risas y sollozos se tapaba la boca en un intento de no interrumpir a la pareja.

Decidida
el Alma se lanzó a compartir con otras almas
que encontró en el camino:
el fuego, la pasión y el sexo.
Dio y recibió placer,
descubriendo que el orgasmo
es la muerte momentánea del ego.
Con cada explosión de placer
regresaba a la fuente,
empezando con ello a juntar los pedazos
de la historia perdida.
Entendió que la muerte era dejar el pasado,
apartarse de su yo antiguo
y perder, siempre perder algo de sí misma.
Perderse a pedazos
para descubrir que nacían nuevos ojos,
nuevos pies y manos.
«¡Morir es revivir de otro manera!»,
dijo a quien quisiera escucharle.
No pudo, sin embargo,
evitar el dolor del fuego que quema,
de la pasión que consume,
ni del sexo que ofusca la razón.
Las tres unidas: sexo, pasión y fuego,
son un paquete pesado.
Si se sobrevive a la triada,
es pagar el precio de entrada al submundo.
Es dar una moneda de oro a Cerbero
el perro de tres cabezas,
guardián del río de la vida.
Para retornar completa y transformada.

Décimo sexto verso
El viaje del alma
Sol Magnético Amarillo

19

Encendiendo hogueras, maravillosos hombres
Playas de Monte Rico, junio, 2013

Shika no podía dejar de observar al montañés a su lado, que por el momento manejaba en silencio. Todo en el lombardo era enorme. Sonrío discreta, recordando las exclamaciones de Caperucita al lobo del cuento: «pero, ¡qué orejas tan grandes tienes!». Y el italiano diría: «es que me gusta escuchar a la gente…»… «¡y esa nariz tuya!»… «es para distinguir bien una mujer de otra…»… «¡tu boca grande y gruesa!»… «es para dar placer a las que escojo…»… «pero ¿y tus manos?»… «con estas moldeo senos, cinturas y nalgas, ¡y las adoro!, como lo hago con las harinas de la Tierra»… «¡tus cejas espesas asustan!»… «son para evitar las sombras que pudiesen distraerme de la belleza del mundo…»… «y es que Marzio era profundo», se dijo la prostituta, mientras pensaba que le recordaba a Túpac, su inca de Buenos Aires. Lo que no terminaba de entender era cómo facciones tan grandes y disímiles formaban tanta belleza.

Todos los sentidos de este hombre eran extra sensibles, lo que lo volvían un cocinero extraordinario. Definitivamente, ella podría enamorarse de un ser como este, pero no podía, no debía. Enamorarse ahora la alejaría del camino que estaba siguiendo, «porque el amor siempre distrae», intentaba convencerse. «Como si uno pudiera decidir en estas cosas», le respondería Isabella, para terminar ambas muertas de risa.

Olvidando la reserva, Shika envolvió con los dedos algunos de los rubios y largos cabellos de Marzio, volando alrededor de la gorra. Distraído, él sonrió sin mirarla. Iba concentrado en sus propios pensamientos: «si le cuento lo que hice anoche, se enojará conmigo, igual es bien raro…», pensó aun confundido por el recuerdo.

El día anterior, Marzio compró a un cazador furtivo, un tepezcuintle originario de los bosques americanos, para probar su carne. Cuando le llevaron el animal, limpio de pelo como lo había pedido, se sorprendió a sí mismo hablándole al cuerpo:

—Siento que te hayan matado, pero caíste en buenas manos… yo apreciaré tu carne y descubriré tus secretos.

Conmovido, busco en Internet la historia de la hembra muerta sobre su mostrador de cocina. Descubrió que los tepezcuintles hacen sus madrigueras bajo la tierra, entre las raíces de los árboles; y se alimentan solo de frutos, hierbas y nueces. Son nocturnos, monógamos y tímidos. «Esperemos que esta no haya dejado un viudo», respingó impresionado con la línea mental que estaba siguiendo.

Marzio decidió llevar a cabo un pequeño ritual, nacido de las ideas de la prostituta. Abrió su mejor botella de vino, mientras hablaba al animalito del que sobresalían unos hermosos ojos castaños y unos simétricos dientes por la boca entreabierta. Empezó por abrirlo en canal para sacarle los órganos, escogiendo comerse el hígado primero y luego el corazón. Sabiendo que el animal era vegetariano, pensó que el hígado debía comerse medio crudo, así que lo aderezó apenas con aceite y vinagre. El intenso y limpio sabor se expandió desde sus papilas gustativas hasta el glande, produciéndole un placer inesperado. Supo que había acertado al cocerlo al mínimo, por lo que hizo lo mismo con el corazón. La sangre fresca contrajo por un momento sus mandíbulas, pero el sabor de un ser saludable lo hizo sentirse lleno de vida.

Por un momento, el sentimiento de culpa lo asaltó como no lo había hecho desde que sin querer, cuando era pastor en su adolescencia, torturó a muerte a una perra que le mandaron a dormir por estar ya muy enferma. Limpió el sabor y el recuerdo con vino y se concentró en hornear un pedazo de la pata. La carne resultó verdaderamente buena. Congeló el cuerpo restante para cocinarlo en compañía de otros italianos que pudieran disfrutar del festín que ofrecía «esta hija del bosque»... «¿Pero qué eran esas palabras?», volvió a cuestionarse. Ahora, en dirección al puerto y al lado de la sensible Shika, el sentido de culpa lo atacó de nuevo y no se decidía a contárselo a la mujer vegetariana, a quien ya contemplaba como una verdadera amiga.

—No te gustará lo que hice anoche —empezó animado.

—¡Te volviste acostar con las pobres putas de a centavo! —contestó ella, burlándose.

—Nooooo... compré un tepezcuintle a un hombre que a veces lleva al restaurante animales salvajes y me comí casi crudos el hígado y el corazón —ante los ojos muy abiertos de la mujer, le contó lo mejor que pudo, la extraña historia de su ritual improvisado y el respeto con que trató el cuerpo del roedor—. ¡Nunca antes sentí el espíritu de un animal cómo lo sentí anoche! —terminó, aliviado de compartir la historia.

—No es raro entonces, que decidieras comerte el hígado y el corazón —explicó Shika sonriente, al sentir por dentro que él se abría a los mágicos hilos invisibles que conectan los propósitos del mundo—. El primero guarda la voluntad del cuerpo y la fuerza del espíritu, el segundo las palpitaciones que conectan toda la vida...

—¡Te lo estas inventando! —explotó él con una carcajada.

—No, la historia del titán Prometeo trata precisamente de eso... —ante las cejas levantadas del italiano, Shika se apresuró a narrar—. Cuenta la mitología griega y romana que mientras los múltiples dioses estaban en guerra, las gentes creadas, salvajes e ignorantes, sufrían de frío y hambre entre los enfrentamientos de unos y otros. Prometeo conmovido por hombres y mujeres, entregó el secreto del fuego, previamente robado de la morada divina, a la raza humana a la que consideraba digna de amarse. Zeus, rey de los cielos y la tierra, enfurecido decidió castigar tanto a los humanos como al ladrón. A los primeros nos mandó el Diluvio y al segundo, lo encadenó por el tobillo y de cabeza a una roca, para que todos los días un águila bajara del cielo a comerle el hígado, destruyendo así la voluntad y la esperanza de Prometeo y de los humanos.

»Al ser Prometeo un dios, era inmortal, por lo que cada noche el hígado, junto a la voluntad y la esperanza, volvía a crecerle. La tortura debía durar por toda la eternidad, pero treinta años después, Hércules, uno de los muchos semidioses engendrados por el mismo Zeus con mujeres humanas, mató al águila y liberó al dios, convirtiéndose ambos en héroes. Independientemente que te hayas comido la voluntad del tepezcuintle, aplaudo que lo hayas hecho con respeto y espero que sus latidos te conecten de mejor forma a cada acción de la vida —terminó dándole unos golpecitos en el pecho, ante lo que ambos rieron en un gesto cómplice.

—Si el fuego nos lo dieron los dioses o lo descubrimos los humanos, no tengo idea —gritó Marzio a la italiana, sobre el sonido del motor y el viento—. Lo que sé es que sin él viviríamos como los animales, comiendo carne cruda. Y sin poder manipular los metales estaríamos todavía en cuevas. Particularmente, soy amante del calor y del fuego, de mi tiempo de pastor recuerdo el frío que pasaba y luego, lo rico que era calentarse al lado de una buena hoguera. De mi tiempo de panadero, los hornos siempre calientes me hacían experimentar mi cuerpo y el tiempo de otras formas. Ahora como cocinero, conozco la llama chiquita, la fuerte, la constante y la que quema. Mira que me encanta sentir cómo suda mi cuerpo, cómo exhalo por los poros y me conecto con la comida que preparo... no se lo digas a nadie, pero estoy convencido que el éxito de mis platos es el sudor que emano y cae a gotas escapadas dentro de las ollas.

—Como en el libro de Laura Esquivel, *Como agua para chocolate* —exclamó Shika—, donde la protagonista trasmite a los comensales sus emociones, logrando que mueran de risa o de llanto. Entonces, no es tu belleza lo que nos atrae, ¡sino tus vapores! —los dos hipearon de risa. Hasta la perra en el asiento trasero del *jeep* pareció contagiarse, porque agitó la cola con fuerza mientras movía la cabeza de lado a lado. Shika la acarició para incluirla del todo, mientras pensaba que el gusto por la comida del lombardo, seguramente era la razón que le permitía al hombre experimentar con tanta fuerza.

—¿Sabes?, también me recuerdas el libro de Coelho, ese de *El alquimista*. ¡Marzio!, tú eres el alquimista de carne y hueso. Hasta encaja la historia de limpiar copas en el primer restaurante que trabajaste aquí en Guatemala. Y si lo pienso un poco más... eso que dices de tu relación con las llamas, tiene que ver con el libro de Katherine Neville, *El fuego*, como para que no nos enredes a todos en tu magia. Si no eres un personaje sacado de un solo libro, ¡sino de varios! Pobre tu judío gay, no tiene una sola oportunidad para escapar de tu encanto.

—¡Mira, que no es mi judío! Y de alquimia no entiendo ni la palabra —Marzio sonrió, pero no a Shika, sino a la vida. El montañés no sonreía nunca a nadie, sonría siempre en general, para el entorno.

—Vi cómo intentaba tomarte el otro día por la cintura, pero que yo lo viera, lo hizo tomarte por el codo.

En estos tiempos anda suelta, tocando a quien se atraviese, una energía vital que atrae, atrapa, y así como enciende, también castiga —lo miró ella, con una sonrisa de regaño—. No es bueno utilizar a nadie.

—Mejor explícame qué es lo que harás hoy con todas esas mujeres y ¿por qué no puedo quedarme?

—Haremos ejercicios y meditaciones que las ayuden a despertar eso que tú tienes naturalmente, e invocaremos al fuego dentro de sus cuerpos, para manifestarlo en los planos materiales. Y no puedes quedarte porque es una actividad solo para mujeres.

Al llegar a la enorme villa prestada al grupo por Maura, la exitosa empresaria, visita frecuente de las reuniones intelectuales de la prostituta, Marzio ayudó a Shika a bajar los víveres que cocinarían entre ambos de una vez, para las comidas. El resto lo traería cada una de las invitadas.

La enorme casa estaba rodeada de un jardín con frondosos árboles y exóticas flores. Aparte del edificio principal del rancho, a un lado de la piscina había otro más pequeño frente al mar, «donde podré llevar a cabo algunos de los ejercicios», tomó nota Shika observando el sitio. Estaba feliz, sería la primera vez que entre varias mujeres obrarían orgasmos comunales con propósitos específicos. Todo debía estar perfecto, razón por la que había pedido ayuda al italiano para la preparación de una serie de platos fríos que acompañaran cada actividad. A las once, la comida estaba lista. Se dieron juntos un chapuzón en las aguas bravas del océano Pacífico y Marzio partió con la promesa del resumen de la historia. Al verlo irse junto a su perra, con los largos cabellos sueltos brillando al viento, Shika no pudo dejar de pensar que era un hombre perfecto para llevar a cabo un matrimonio sagrado con alguna mujer verdaderamente lista para despertar en ella y él, el poder de la unificación del espíritu tras un renovado ritual del *hieros gamos*.

—Pensé que yo era prostituta, una digna hija de Eros, y ahora resulta que soy bruja, una caminante que vive del viento —dijo riendo a un colibrí que sobrevoló frente a ella, antes de irse a una flor cercana.

Alrededor de una hoguera habían esa noche, ocho mujeres cómodamente sentadas y listas para compartir las historias románticas de su vida. Con la comida circulaba el vino rojo, blanco y rosado, así como un burbujeante y frío *champagne*.

Después del almuerzo y antes de esa comida, Shika las llevó por la playa para una larga caminata donde jugaron a ser animales, hicieron rondas tomadas de las manos, bailaron y finalmente, corrieron jugando a las atrapadas. La prostituta las hizo entrar desnudas al mar y luego, compartieron en la piscina de la misma forma. Ahora bañadas, maquilladas, perfumadas y ataviadas con hermosos trajes de playa, Shika las hacía decorar con temperas un leño, con los mejores momentos de su vida, que luego agregarían a la hoguera por turnos.

Avanzada la pintura, Shika se levantó pidiendo atención y silencio, invitó a todas a poner las copas en dirección al fuego y comenzó:

—Brindemos amigas y hermanas, por los maravillosos hombres de nuestras vidas: los que nos robaron el aliento al besarnos, los que nos dieron toques eléctricos al tocarnos, los que nos dejaron temblando de placer y risa. Los que nos llevaron desayuno a la cama o nos sorprendieron con flores en el momento menos pensado. Brindemos por las miradas compartidas, las sonrisas robadas, los suspiros que nos inspiraron los maravillosos momentos compartidos con esos, ¡sí!, ¡maravillosos hombres! que estuvieron en nuestra vida una noche, dos meses o tantos años, que casi los mataron... —las miradas escépticas y los gestos burlones se relajaron con la última frase y algunas hasta rieron–. Sé que todas tenemos historias traumáticas, tristes, desesperadas, decepcionantes, ¡lo que gusten! Pero llegaron allí porque en algún momento, por un segundo o muchos años, experimentaron algo de la lista que mencioné antes. Nos encanta quejarnos, hablar de lo malo que son los varones, lo estúpido de su eterno comportamiento infantil... pero los amamos y todas sin dudarlo, hemos tenido más de algún maravilloso momento. Cierren los ojos por favor, y recuerden un beso, uno solo por el que brindaremos...

–Tal vez ese que les dio una mujer –fue Isabella quien hizo reír a todas. Con los ojos abiertos y las caras sonrientes, levantaron las ochos copas para brindar.

–¡Por los maravillosos hombres! y las mujeres con las que compartimos un maravilloso momento.

–Por los maravillosos momentos –corearon todas, y entre risas y comentarios se volvieron a sentar.

–El ejercicio de esta noche será simple –retomó Shika–, cada una contará al resto, sus momentos más románticos. Los que las estremecieron de mejor forma. Y si son sinceras, probablemente los vivieron con los mismos hombres que antes o después, las hicieron sufrir o enojar. Pueden, si quieren para desahogarse, contar lo más rápido que puedan, qué fue lo que salió mal, para quedarnos con buen sabor en la boca. Primero lo malo y luego lo mejor. Al terminar de contar, van colocando su leño dentro del fuego con la intención de mandar al viento el aliento de lo que quieren volver a vivir. Tal vez no suceda con un hombre al lado. Será sin dudarlo, cuando contengan la respiración ante la belleza de la noche o el mar; cuando beban con ambas manos un tazón caliente de algo sabroso y sientan que es un momento perfecto; cuando caminen sintiéndose libres y capaces de ir a donde sueñan; cuando nos concentremos en lo hermoso de nuestras vidas, logramos, por fuerza de voluntad, que regrese.

–Yo empiezo –dijo Maura, la dueña de casa, reacomodándose en su butaca de cuero–. Mientras fui a la universidad becada en Estados Unidos, me enamoré y paré viviendo con un inglés de familia noble. Lo malo es que nos llevábamos muy bien en todos los ámbitos mientras estuviéramos solos, porque en público yo representaba para James: ¡una vergüenza! por venir de un país bananero, por ser latina, pobre e inculta. Porque para un europeo, lo que sabemos los latinos nunca es suficiente. Finalmente me dejó, convencido de que yo no era lo que él buscaba –envalentonada dirigió la copa hacia al fuego–. Tuve infinidad de momentos buenos con él, caminamos cómo dice la canción, bajo la lluvia besándonos y bailando. Hicimos el amor en el piso de la cocina, en el sofá y de madrugada en la cama. Pero lo que mejor recuerdo es el calor de su brazo alrededor de mi cintura, mientras ambos acostados en la cama compartíamos un libro nuevo, y sorprendido por mis inteligentes comentarios, terminaba besando primero mi hombro y luego mi cuello, para decir a mi oído: I love you cherry, I love you –Maura dio un trago a su copa, lo que imitó el resto, tomó con una mano el leño y la otra la elevó al cielo–. Porque mi vida esté llena de te amos, que si no los oigo de la boca de algún fulano, que los oiga en el viento.

–¡Sí!, que los oigamos en el viento –coreó Georgina, la eléctrica bióloga siempre contenta.

–¡Que los oigamos en el viento! –repitieron las demás riendo.

–¡Voy yo! –habló Lulú, con voz baja pero decidida–. Tuve esta intensa relación con Carlos. ¿Te acuerdas Cata de lo enamorada que estuve? –Catalina era la wiccana de credo, amiga de todas en el círculo y asistente perpetua junto a Maura, Lulú, Marcela y Georgina, a las actividades organizadas por Shika–. Después de mi exmarido, es probablemente el hombre que más he amado. Con Carlos, por la combinación de nuestros temperamentos, cada día era una historia distinta. ¡Entonces!, quedé embarazada y como todas saben, no tengo ni he tenido hijos. Carlos me convenció para que abortara, no es que yo no estuviera convencida de que no podía ni quería un hijo, pero la forma en que él desapareció inmediatamente después del aborto, dejándome sola para lidiar con las hormonas y las emociones, fue horrible. El dolor era tan intenso, que me quedaba sin aire… –imitando a Maura, levantó la copa hacia el fuego a la vez que se ponía de rodillas sobre su cojín–. Cosas buenas hubieron muchas, pero hay dos cosas que recuerdo. Cuando empezaba a cortejarme, llegamos por separado a aquella discoteca, Artisti, donde yo me deshacía bailando. El mesero llegó con una margarita y una nota que decía: «llevó media hora viéndote y creo que no he visto nada más hermoso». Estaba sentado en el bar, al otro lado de la sala, donde se quedó otros minutos observándome. Caminó hacia mí sin despegar la mirada y allí nos dimos el primer beso. Me derretí en sus brazos, bailamos pegados el resto de la noche. El otro fue… –hizo una pausa para quitarse nerviosa el pelo de la cara, riendo avergonzada–, cuando haciendo el amor en el sofá de mi casa, me puso prácticamente de cabeza para hacerme el sexo oral más intenso que he vivido… lamía, chupaba, me penetraba con la lengua como si tuviera todo el tiempo del mundo. Él sentado, me tenía agarrada por la cintura con la espalda pegada a su pecho y mis piernas colgando sobre sus hombros… terminé y con el orgasmo en pleno me penetró, aplastándome del todo para volver a terminar juntos. ¡Por los orgasmos intensos, con hombres o en solitario! –y arrojó su leño al fuego

–Con hombres o en solitario –rieron las demás–, o con mujeres, ¿por qué no? –exclamó Maura, sorprendiendo al resto.

–Mi turno –tomó la palabra Marcela, la escritora y la mayor del grupo–. Tuve una pareja, la primera luego de mi divorcio, con quien estuve tres años. Un médico estable, tranquilo, pero muy activo, a quien reencontré en un bar luego de años de no verle. Acababa, al igual que yo, de terminar el proceso de un divorcio complicado. Esa noche junto a la barra nos reímos de todo y todos, cuando me acompañó al auto, me besó con uno de esos... hmmmm, que te recorren todo el cuerpo. A ambos nos sorprendió la intensidad del beso, que se convirtió en el inicio de nuestra relación. Llegamos algunas veces hasta tener sexo, siete veces en una misma noche –hizo una mueca de «qué tiempos esos».

–¡Guaaaaa! –exclamaron varias.

–¡Sí!, a pesar de nuestras mutuas y absorbentes profesiones, porque en ese entonces yo trabajaba para una empresa como relacionista, más nuestros diferentes hijos, la relación era de esas donde sales a teatros, discotecas, vas al mar, al lago, lees, armas rompecabezas, cocinas, viajas y de repente... ¡sin previo aviso te dejan caer de lo alto del precipicio!... terminó conmigo el mismo día que me despidieron del trabajo. Yo dependía únicamente de mi salario, ya que el padre de mis hijos estaba desaparecido. Estaba tan sorprendida con el despido y el golpe bajo que significaba para mi «yo profesional», que por la cabeza ni se me pasó lo complicado de mi situación financiera. Pero al parecer a él sí, ya que cuando lo llamé llorando para contarle, dijo: «te veo en la casa», o sea, en la mía. En cuanto llegó, me jaló del brazo, me hizo caminar a su lado y soltó de golpe: «quiero que terminemos la relación, ya no te encuentro atractiva, ni te deseo». Como comprenderán, me quedé de una pieza. Sentí cómo la sangre dejaba de circular. Mis piernas no se movieron. Mi garganta se secó y mis ojos quedaron fijos en un árbol a unos metros. «Buena suerte», lo escuché decir. Cuando logré moverme, se había ido. En un mismo día me quedé sin trabajo y sin pareja. Pero no era eso lo que me dolía, fueron sus palabras, ese «ni te deseo» quedó grabado en mí por mucho tiempo –calló con la vista fija perdida en las llamas, como si estuviera escuchando aun las palabras. Suspiró, sonrió primero para sí y luego, recorriendo los rostros fijos en ella–. Amé muchísimo a ese hombre. Tengo de mi relación con él una larga lista de recuerdos para escoger. Estábamos una vez en una boda, cuando pusieron esa canción de Juanes, «A Dios le pido», de mutuo acuerdo nos pusimos de pie para bailarla. Abrazados nos cantábamos el uno al otro: «un segundo más de vida para darte/ y mi corazón entero entregarte/ un segundo más de vida pido»… La canción habrá durado tres minutos, el amor que sentí me durará una vida –con una hermosa sonrisa, Marcela levantó el leño y lo puso con cuidado en la hoguera–. Por los maravillosos hombres que nos inspiran y no dejamos de amar.

–Por lo que nos inspiran –levantó Shika la copa.

–Por lo que nos inspiran –repitieron las demás, no tan convencidas

–Hombres con los que no se pueda contar hay muchos –empezó Georgina con un mohín simpático–. Pretendo quedarme con un solo recuerdo… ¡ese! cuando nos despertamos con el deseo encima en la forma de un hombre que nos ama. Hablo de esa sensación plena de unas manos que nos buscan en la oscuridad, queriendo saciar su hambre con nuestro cuerpo. Una boca recorriendo mi piel a besos para traerme del mundo de los sueños a un momento soñado. Porque probablemente yo estaba soñando con sexo –sonrió de oreja a oreja y luego gritó imitando un cantante de ópera desafinado–, ¡aaaahhhhh! Quiero recordar su peso aplastándome con cuidado de dejarme el espacio suficiente para ajustar mi cuerpo al suyo… empuja, ¡entra! Buscando aplacarse, buscando saciarse y saciarme con la fuerza natural que su cuerpo emana, ¡empuja y termina! Y a mí me importa un coño no terminar porque lo que me gusta es sentir cómo se vacía en mi cuerpo, su instinto despierto, alerta, y su pene palpitando en mí –agitando la cabeza hacia un lado para sacudir el cabello al estilo de anuncio de champú, levantó la copa y terminó–: por los maravillosos orgasmos que les provocamos y de cómo nos llenan...

–Por los maravillosos orgasmos –corearon todas, compartiendo miradas de todo tipo.

Isabella agregó:

–¡De ellos! –las demás la siguieron, alzándose de hombros–: ¡Los de ellos!

–Como tú contaste el final, yo contaré el principio –continuó Isabella–. Ese momento cuando estás en la cama, acabada por un día de trabajo complicado y tu marido, al igual que tú, parece estar muerto. Te metes bajo las colchas, agradecida de que el día termine y con el único propósito de dormirte. Dándole la espalda, volteas por cortesía la cabeza hacia él para darle el beso de las buenas noches. Por cortesía igual, él inclina la cabeza, pero en el momento que los labios se tocan, algo mágico pasa. Su aliento se cruza con el tuyo, una electricidad recorre ambos cuerpos. Mi cuerpo femenino con vida propia se voltea hacia el suyo buscando. Despiertos y alertas ambos, nos arrancamos la ropa cómo se pueda y en menos de lo que canta un gallo, su cuerpo se entierra en el mío y como si se nos fuera la vida en ello, terminamos amándonos cómo lo hemos venido haciendo en los últimos diez años. Me abrazo a su cuerpo como un náufrago que ha encontrado puerto. Él abrazado al mío me dice sin palabras cuán importante soy en su vida... –sonriendo, Isabella se pone de pie, saluda al fuego con una reverencia de ballet y concluye arrojando su leño al fuego–: por el sexo y el amor inesperados, reencontrados con el mismo hombre de años.

–Por el amor reencontrado –se pusieron todas de acuerdo para brindar.

–Para completar un poco de lo que cada una ha contado –inició Catalina–, yo hablaré del amor nunca saciado. Tuve un hombre con el que nunca experimenté, a menos que yo misma me los provocará, un orgasmo. Para él era algo horrible, sentía... creía que el sexo no funcionaba entre ambos. Sin embargo, desde el momento mismo que tomó mi mano sobre una mesa en un restaurante, la energía, el fuego que me trasmitió, me dura hasta este mismo momento que se los cuento y lo invoco con el pensamiento. Tocar ese hombre para mí era tocar el cielo, que me abrazara era llegar al hogar. Éramos relativamente jóvenes los dos, llegando a nuestros cuarentas. Sí, búrlense –dijo riendo a Georgina y Alejandra, las veinteañeras del grupo–... por lo que loqueamos bastante, algo de drogas, alcohol, *rock and roll* y sexo donde se nos ocurriera. Pero yo no terminaba, él tenía orgasmos, a mi parecer, deliciosos, aunque no sé realmente si lo eran. Para acortarles la historia, yo no terminaba porque me quedaba colgada de la copa del árbol. Subida en la cúspide de la ola, no me bajaba nunca de la maravillosa sensación de expansión que me provocaba unirme en coito con su cuerpo, con su energía, con su fuego que era como este... y ¡que hasta hoy! me calienta y alienta. Me dejó por otra –rio Catalina, indicando con el cuerpo que eso era lo normal–, yo me fui con otro. Pero el lugar que me hizo tocar Alfredo, la puerta que abrió para mí, quedó abierta para siempre. El placer que siento al apretar las piernas ahora mismo, es el orgasmo que empecé con él y que probablemente termine cuando muera... señoras y señoritas, ¡brindo por el sexo alquímico!... –de pie arrojó el leño al fuego y luego, levantó la copa–: por los hombres que con sus sonrisas, palabras, miradas y caricias, nos permiten surfear las olas del placer y despiertan en nuestros cuerpos sensaciones maravillosas para el resto de nuestras vidas.

–Por los que nos permiten surfear las olas del placer –resumió Shika y el resto repitió.

Alejandra, la única mujer de las ocho que había estado tomando notas toda la noche como la eterna estudiante que era, les hizo señas de que esperaran un momento mientras terminaba de escribir. Levantándose, empezó a caminar alrededor del fuego como haciendo un conjuro y leyó:

—¡Si en cuanto a haber experimentado el mágico amor se trata!, yo puedo morir en paz cualquier día de los que me restan de vida... ¡porque he amado y he sido amada! No con esos grandes amores que escriben epopeyas, sino con los pequeños amores que se viven a través de momentos, convertidos en leños... como los de esta hoguera que te hacen sonreír de la nada. Amor que te ilusiona cuando no hay viento que hinche tus velas y te da la certeza de la magia que nos queda por experimentar, allí, escondida en las curvas menos pensadas de la vida. Bailé en una pista donde inspiré deseos y sueños, bailé para seducir el alma del hombre que previamente había seducido la mía. Bailé para llevarme el recuerdo de la música, sin saber que sembraba magia de la que abre diques y siembra bosques futuros. Reí enamorada al asentarme en el aquí y ahora de una cena con velas, ¡y vista! a una ciudad amontonada bajo mi alegría de una noche sin luna. Besé un hombre sin pasado ni futuro. ¡Compartí con un hombre! en un balcón desde el cual contamos los volcanes del horizonte y los de nuestros *yo* internos: la totalidad que no puede ser explicada. Ni él quiso retenerme, ni yo intenté cortar el destino a donde él iba y donde yo estaba. Y entre ambos creamos un vínculo, que aun hoy, después de muchos años, los rasgos de su rostro y el toque de sus dedos en mi piel son algo profundo que no tiene nada que ver con lo obvio. El recuerdo del cruce de nuestros caminos... es para mí un puerto seguro y me da valor para seguir dejando ir lo que llega, no para quedarse, sino para vivirse... —sin esperar respuesta, tiró su leño al fuego—. Amigas, al compartir hoy sus historias, me han dado leños para mi propio fuego. No me había dado cuenta de lo afortunada que he sido y de lo mucho que me falta por vivir. Brindo entonces, por las maravillosas mujeres que aman, que se abren y se entregan.

—Por las maravillosas mujeres —se pararon todas al unísono riendo y chocando las copas.

Al día siguiente, con apenas el sol naciendo, las ocho estaban listas, pero esta vez alrededor de un espiral dibujado en el suelo por Shika, vestidas solo con holgadas faldas, cada una mostraba sus senos en diferentes niveles de comodidad.

—Empoderarse significa que una mujer se sienta capaz de beber del amor donde lo encuentre, sin temor a perderlo, o que la acusen de promiscua o puta. Sin temor a equivocarse, a herir y ser herida. Amar por corto tiempo es a veces amar una vida entera. Hay decenas de relaciones no destinadas a permanecer físicamente juntas, pero sí a permanecer en la mente y en el alma. La mujer debe entender que ejercer su poder es asumir la total responsabilidad de un hijo que ella ha decidido traer al mundo, si el hombre no lo quiere y ella no desea abortar, deberá unirse a otras mujeres para procrear en manada. Una manada femenina que apoye en lo económico, lo legal, lo emocional y lo práctico, para dar lo necesario a los vástagos humanos.

»Empoderarse significa escoger permanecer con un hombre, no porque está obligada por las reglas, ni el pago de la hipoteca o la carga compartida. Escoge quedarse porque quiere aprender a amar en todas las diferentes etapas que una relación ofrece, porque está a cargo de la decisión que toma y lo que implica. Todo es válido, señoras, no hay ni malos ni buenos, hay aciertos de los que se aprende y errores de los que se aprende más. Hoy trabajaremos tres objetivos: el ocho, ese símbolo infinito sin principio ni fin aparente, que nos tiene a todos orbitando en este mundo material y concreto que habitamos.

—El ocho es el número del poder mismo —continuó Catalina, dibujando el símbolo en el pizarrón puesto entre ella y Shika, repasándolo varias veces—, ese PUEDO al que aspiramos —lo escribió con letras mayúsculas—, puedo tomarme una taza de café, puedo pintar un cuadro, puedo tener el trabajo que amo y el hombre que busco. Consciente o inconscientemente, lo que queremos es PODER... poder hacer, poder tener, poder saber... para lograrlo tenemos que despertar el fuego interno.

—¡Ese! es nuestro segundo objetivo de hoy —retomó Shika—, ¡el fuego! es, de todos los elementos, el único que podemos verdaderamente manipular los humanos. Son varias las mitologías que cuentan cómo algún dios nos entregó el secreto de la llama, acercándonos así a nuestro aspecto divino. La creación, la creatividad, el talento, la pasión y el amor, están todas relacionadas al fuego mental o espiritual. Algunos lo llamarán decisión, voluntad, disciplina.

—Y tienen razón —enfatizó Georgina—, los segundos son la base de los primeros —todas compartieron gestos afirmativos.

—Así llegamos a nuestro tercer objetivo... la meditación rúnica —explicó Catalina, retomando el marcador para escribir mientras leía en voz alta:

> Perth = iniciación
> Dagaz = progreso
> Fehu = riqueza
> Isa = quietud
> Eiwaz = poder descubierto = empoderarse

Y como quien se hubiese comido al ratón y al gato, Shika se puso de pie diciendo:

—Y todo lo haremos a través de mi tema favorito: ¡operarse a sí misma! Quiero que os veáis como las diosas que sois, una máquina perfecta capaz de navegar sobre mar y viento. Un ser íntegro con todo lo que necesita para proyectar en el mundo circundante lo que intuye, ve y puede. Sabemos amigas, que tenemos entre los huesos de la pelvis un maravillosos vacío que gesta y articula, un canal navegable y una rosa abierta de pétalos sensibles, que guarda en su proa un timón de mando... ¡joder, que me estoy volviendo poeta!

—¡Ya quisieras! —contestó Marcela, quien siempre se burlaba de la prosa y la antipoesía de la mujer Eros. Todas rieron compartiendo la broma.

—¡Bahhh! Siendo concretas, nos obraremos ¡cada una en su espacio! —aclaró Shika, con ambas manos alzadas a la defensiva—. Cinco deliciosos orgasmos concentradas en estas runas aquí escritas. Dirigiendo la energía resultante a este espiral que hemos dibujado al centro...

—Antes de empezar —dijo Catalina, repartiendo yesos a cada una—, dibujen, por favor, debajo de sus colchonetas, un número ocho que abarque desde su rodillas hasta su coronilla. Concéntrese cada una mientras lo dibujan, en la energía fluida de una línea continua doblándose y abriéndose como quien juega en el mar: entrando a la profundidad, saliendo a la superficie y de nuevo adentro y afuera, a la izquierda a la derecha, adentro, afuera, derecha, izquierda... lo haremos ocho veces... empiecen en el centro y vuelvan a terminar allí. El centro de su ocho debe coincidir con el centro de sus ombligos. Sin pintar, practiquen primero a hacerlo con los dedos y cuando se sientan listas, lo dibujan.

La primera en terminar fue Catalina y la última Maura, quien siempre en busca de la perfección, se tomaba su tiempo.

—Respecto a las runas —explicó Catalina—, cuenta una leyenda que Odín, el rey de los dioses nórdicos, fue quien descubrió las runas y enseñó a la humanidad su lectura.

—Pero explica —pidió Alejandra—, que para los escandinavos el concepto de dios o dioses, en realidad era el concepto de poderes específicos, conocidos bajo la palabra *regin*, igual poderes en todo sentido.

—Gracias —afirmó Catalina con la cabeza y continuó—. Un día, Odín decidió viajar en busca de la sabiduría. Montado en su caballo de ocho patas, Sleipnir, y acompañado de sus cuervos Hugin (pensamiento) y Munin (memoria). Fue al lugar en que vivían las Nornas, tres diosas que tejían en su telar el destino de los dioses y de los hombres, y que enseñaron al dios los secretos del pasado más antiguo y del más lejano futuro.

—Igual que en la mitología griega, solo que allí se llaman la Moiras, las encargadas del destino... tomen nota que hay una doble trilogía. Encontramos en esta historia la del caballo, cuerpo o carro; pensamiento, mente y memoria igual espíritu. Sigue por favor —pidió Alejandra, luego de haber compartido.

—Después de ver a las Nornas, Odin viajó hasta la morada del gigante Mimir, guardián del pozo de la sabiduría, para pedirle que le dejara beber de sus aguas. Mimir le contestó que la sabiduría solo puede obtenerse mediante sacrificio y dolor, y que si Odín quería ser sabio, antes tendría que arrancarse su ojo izquierdo y lanzarlo al pozo. Tal era el deseo del dios de adquirir conocimiento, que no dudó en hacerlo. Entonces, Mimir le mostró los misterios de este mundo, pero Odín estaba ansioso de sabiduría y esto no le bastó. Fue entonces hasta Yggdrasil, el árbol del mundo, un gigantesco fresno desde donde los dioses cabalgaban todos los días para repartir sus frutos a la humanidad. Para conseguir la sabiduría de Yggdrasil, la más alta de todas, Odín hubo de permanecer nueve días y nueve noches colgado del fresno sagrado, entre el cielo y la tierra. A medida que transcurrían esos días y noches, Odín se iba volviendo más sabio. Finalmente, descubrió los símbolos de los valores de la vida: las runas. Estaban en el fondo del manantial sobre el que estaba colgado de cabeza, amarrado como Prometeo por un anillo al tobillo y el otro cruzado sobre la rodilla para darle equilibrio. Odín regresó a su palacio y enseñó a los otros dioses a leer las runas. También enseñó a leerlas a un grupo escogido de mujeres. Los signos rúnicos se convirtieron en la escritura sagrada de los pueblos nórdicos. Una manera de comunicarse entre mundos.

Al terminar Catalina de leer la historia, fue la prostituta quien continuó la charla:

—Dicen que Prometeo ajustó el anillo del tobillo del que estuvo colgado, al del dedo índice para guardarlo como una alianza entre dioses y humanos, y un recordatorio de su sacrificio —extendió Shika—. Una señal para Zeus de que había perdonado a los humanos por haber accedido al poder del fuego y sus secretos. Dice el Cristianismo que Dios hizo el mundo en 6 días y luego descansó, completando así siete. ¿Lucifer se rebeló ante Dios antes o después de la creación del mundo? Si fue antes, ¿qué es el Infierno o submundo en llamas al que le condenó, o mejor dicho le expulsó? ¿Acaso no posee y gobierna Dios en su omnipresencia el todo absoluto? Entonces, si fue después, ¿cómo se le pude presentar a Eva en forma de serpiente, o fue esa actuación parte del acto de rebeldía? Sea como sea, ya que estas preguntas se han planteado en debates teológicos de los que hay libros escritos, lo dejaremos a un lado y solo tomaremos nota, como diría Alejandra, que en ambas historias hay una árbol del conocimiento y en la tres un castigo/sacrificio por acceder a «Él». Solo que en la historia vikinga, el castigo o sacrificio se lleva a cabo antes de obtener sabiduría y es una elección personal...

—Ya que hablas de Lucifer, Shika —continuó Alejandra—, hay que saber que para los vikingos o la mitología nórdica, no hay maldad contra bondad, es el orden contra el caos lo que representan por un lado los dioses y en el otro los gigantes y los monstruos, en los que se incluye a los elementos.

—Saliéndonos del tema de las runas —para hablar, Marcela se reacomodó sobre su colchoneta—, ¿por qué una serpiente y no un oso, lagartija, jirafa o mono? La serpiente en los vedas hindúes calculados en 25,000 años de antigüedad, es símbolo de la iluminación. Y más recientemente, mucho antes del pacto de Dios con Moisés, en las creencias egipcias, la serpiente era símbolo de sabiduría y exaltación divina. De este lado del mundo y sin relación aparente con egipcios o hindúes, para aztecas y mayas, Quetzalcóatl la serpiente emplumada, es la manifestación del hombre elevado a Dios, en otras palabras, el hombre iluminado. Y un ejemplo más: el uroboros, proviene del griego, y es como la serpiente mordiéndose la cola, que completa o cierra un círculo, símbolo esotérico de difícil origen, ya sea persa, árabe, egipcio, nórdico, celta o hinduista, para la mayoría simboliza el ciclo sin fin, una analogía de que lo que termina vuelve a empezar o el huevo que da origen al mundo. Un poco como este ocho que hemos dibujado bajo nuestros cuerpos, con la diferencia de que el uroboros carga con el estigma de tener que volver a empezar, si no logra salir el individuo, del huevo que le aprisiona y le da vida. Es como no ser capaz de romper el cascarón para echar a volar.

—¡Alto, alto! —casi gritó Catalina, riendo—. No nos perdamos y regresemos a las runas. Este tema lo retomaremos antes o después, ¿si la serpiente nos libera o no nos permite salir de su círculo mágico...? Es algo que no debe tomarse a la ligera. Nosotras buscamos alcanzar el conocimiento a través del placer, la otra cara del sufrimiento. Aquí, la mujer Eros lo ha logrado en gran medida —señaló a Shika, quien se dobló en un saludo teatral ante las mujeres, que aplaudieron entusiastas. Cata agregó—: entonces Shika, tú explicas el ejercicio y la postura, y yo el significado rúnico –repartió hojas impresas con el poema Rúnatal[31], de Odín, de 2,200 años de antigüedad, a cada una, y las invitó a todas a leer en voz alta:

Sé yo colgaba del aireado árbol,
balanceándome por nueve largas noches,
herido por el filo de mi propia espada,
sangrando por Odin
hice de mí mismo un sacrifico a mi Ser.
Atado al árbol,
cuyas raíces ningún hombre sabe
a dónde se dirigen.
Nadie me dio pan.
Nadie me dio vino.
Colgado hacia lo más hondo
de lo más profundo
Yo ojeaba
hasta que las runas aparecieron ante mí,
con un grito electrizante las tomé.
Entonces mareado y exhausto caí.

Gané bienestar y sabiduría, también
crecí y me alegre en mi crecimiento:
de palabra a palabra
se me dirigió hacia la palabra.
Y de un acto a otro
aprendí los cantares
como ningún sabio o hijo
del hombre lo hizo antes.
A las runas he dominado,
Y si alguna vez caen en tus manos,
¡Agárralas, sostenlas, úsalas
mientras escuchas sus canticos!

[31] *Rúnatal o Rúnatáls páttr Óðins* son las estrofas 138 a 165, del *Hávamál*. (N. del E.)

Gloria a ti, si logras retenerlas.[32]

Al terminar de leer al unísono, Shika acostándose para escenificar la posición, explicó:

—Con la primera runa llevaremos el orgasmo hacia adentro, procurando aspirarlo todo el camino hasta la coronilla —la falda de delicado algodón, desplegada y pegada al cuerpo entre las piernas, dejaban ver las formas de la Puta—. La postura la llamo de la rana o carreta. Rana porque visualizo mis piernas como ancas largas y flexibles, que me llevan a nadar en la laguna de la alegría y el placer; carreta porque operarse ¡es trabajo!, pero sobre todo, porque pretendo acarrear hacia mi *yo* interno algo concreto.

»Con la plantas bien plantadas y dirigidas energéticamente al centro de la Tierra, abrimos las piernas y levantamos las caderas lo más que podamos. Nos sostienen los hombros y la cabeza, ya, que la otra mano con la palma extendida, levanta el coxis hacia arriba. Si lo sienten más cómodo, pueden apoyarse en ese codo y empujar el cuerpo desde la mitad de la espalda —inspiró profundamente mientras empujaba la pelvis hacia delante, forzando la apertura de las piernas—. El movimiento es como el de una hamaca. Recuerden que estos ejercicios no son del todo sexuales, así que obvien pensar en hombres o coitos —todas rieron—. No es broma —dijo la mujer Eros muy seria, cortando las risas de tajo—, no deben haber gemidos ni sonidos eróticos, si quieren hacer algún ruido, pueden reírse o generar eses:

---

[32] Versión de la autora.
Traducciones del original en: BELLOWS, H.A. *Hovamol The Ballad of the High One* (Traducción y comentarios en inglés) [en línea] (Consulta: 21 de abril, 2016) http://www.sacred-texts.com/neu/poe/poe04.htm
COE (Círculo Odinista Español). *Hávamál* (El discurso del Altísimo) [en línea] (Consulta: 21 de abril, 2016) http://wotan.es/?page_id=580

sssssssssss... dejando salir el aire entre los dientes apretados y los labios abiertos. O emes: mmmmmmmmmm, en todos los tonos que quieran desde la garganta. En caso extremo, ies: iiiiiiiiiii pujando con el estómago mientras corre el orgasmo, iiiiiiiiii... –esta vez, hasta Shika estalló en carcajada ante su sufrido i–. El único dedo que usaremos es el del medio y el giro va completo alrededor del clítoris. Así que procuren que esté bien mojado. Aprovechen a saborear su propio sabor, olfatéense... en sus manos tendrán dos cosas esenciales de sí mismas: su olor y su sabor. Si no les gusta, aparte de que pudieran tener algún tipo de infección, es algo que tendremos que discutir a profundidad en una futura reunión. Cata...

–La runa Perth es la iniciación relacionada al árbol de manzanas. Imaginaremos que mordemos el fruto, que nos envuelve en su olor y sabor para llegar a saber. Nuestra vulva es ese fruto lleno de conocimiento y misterio que Perth nos indica a adentrarnos. Perth también es la runa relacionada al pájaro místico, un fénix o águila, que nos pide desplegar las alas para ver desde las alturas. Mientras nos amamos girando el dedo alrededor de nuestro timón personal, como bien le llamó Shika, pensaremos en el fruto que somos capaces de producir como saludables árboles de profundas raíces. Sientan sus pies hundiéndose hacia el centro de la Tierra y unas largas raíces alimentándose desde el centro de la fuente. Esta es la iniciación a un viaje personal, inspiren con los pulmones y con la vagina. Puede ser que algunas saquen aire por la matriz cuando entre por los pulmones y luego, entre por la matriz cuando sale de los pulmones. O puede ser que rítmicamente salga el aire por la nariz y vagina y luego, entre a la vez por la nariz y vagina. Independientemente del ritmo que logren cuando la matriz inspire, o sea, cuando absorba el aire, deben ir jalando hacia arriba, junto con el aire, las imágenes que vayan teniendo... piensen en el mar, en el bosque, en flores… si aparecen personas, absórbanlas también, teniendo cuidado de hacerlo con el propósito de amarlas y no de esclavizarlas o empoderarse sobre ellas.

»Cuando el orgasmo se acerque y los músculos de todo el cuerpo se vayan tensando, empezando por muslos y área pélvica, asegúrense que el orgasmo entre con una inspiración larga y profunda. Se quedan sosteniendo el aire hasta que el orgasmo explote en la coronilla. Ayuden a subir la energía inspirada y aspirada, apretando y aflojando los músculos del pecho y el estómago. Al soltar el aire y liberar el orgasmo, hagan cómo dijo Shika, sonidos con propósito. Diríjanlo, junto con el aire y energía que escapará por la vagina, como abono al camino que inician. La muerte ritual para nacer frescas y novedosas. Una renovación psíquica que las lleve al encuentro de la resolución de sus propios misterios. Recuerden, toda energía extra, mándenla al centro de esta espiral alrededor de la que nos encontramos. Si durante algún ejercicio, alguien siente que se pierde, que se va… pida ayuda a gritos o se concentra en el espiral como una forma de anclarse al aquí y ahora.

—Quien quiera quitarse la falda es libre de hacerlo —dijo Shika dando el ejemplo—. Al acomodarse en la postura, visualicen la forma de la runa y repitan para sí mismas: estoy entrando en mi camino iniciático, estoy lista para probar mi propio fruto, lista para extender las alas, lista para ver. Tal vez lleguemos en diferentes momentos al orgasmo, tal vez juntas… independientemente, al terminar centren lo que les quede de atención a la espiral, ¡porque esta señoras, es nuestra mesa en común!

Alejandra, Cata y Marcela se desnudaron también. El resto con las faldas cubriéndoles la mitad del cuerpo,

introdujeron la mano, con el dedo previamente humedecido en las bocas, bajo el elástico para alcanzar el objetivo.

Para Maura, hacerlo en silencio fue lo más difícil.
Alejandra se perdía por estar repasando las instrucciones. Lulú, girando las caderas en círculos como quien
baila, llegó al orgasmo antes que todas. Empujaba y giraba, levantaba y bajaba, al mojarse muy rápido, no necesitó de saliva después de la primera vez para masajearse. Introducirse el dedo rítmicamente con las respiraciones, le producía un placer que la distraía de la meditación de Perth y sus significados. Debía por consiguiente, obligarse a parar por una respiración y regresar
a las visualizaciones de pájaros y frutos prohibidos, aun
así terminó pronto.

Georgina no podía dejar de ver al resto desde su
posición en el suelo. Estaba fascinada con la experiencia y no dejaba de pensar en lo lejos que había llegado
desde sus orígenes mojigatos y rígidamente cristianos.
Cuando Lulú melódicamente emitió diversos sonidos
de emes, Georgina apresurada y avergonzada se concentró en su propio proceso. Luego, Cata le diría que
debía quitarse la culpa, ya que ver era otra forma de
participar.

—Sentir deseo por las compañera y amigas es un
forma saludable de expresar amor. Uno puede ofre-
cerlo a la otra y la otra es libre de aceptarlo o rechazarlo.
Sin culpa ni vergüenza, la que lo ofrece debe sentirse
feliz de poder expresarlo y la que lo rechaza, feliz de
saber que despierta amor y deseo en alguien.

—¡Ah no, pero yo no deseé a nadie! —se defendió
Georgina, sintiéndose mortificada—. Solo tuve curiosidad y emoción de estar participando en grupo, en algo
por lo que mi madre y toda la comunidad me mandaría
directo al Infierno —todas rieron y Shika terminó:

—¡Tranquila amiga! Te aseguro que todas espiamos
un poco y a mí puedes verme todo lo que quieras —le

guiñó un ojo bromista, por lo que Georgina en respuesta le arrojó una toalla y luego, en un gesto de rendición, se limitó a girar los ojos dentro de las órbitas.

—¡Christian Grey te nalguearía por eso! —exclamó Isabella pícara a Georgina, a quien el ejercicio le había costado mucho, por sentir que terminaba de cruzar la última línea de la decencia. Aceptándose finalmente como un ser por completo amoral.

—¡Ah, qué libro tan terrible ese! —se quejó Maura—. ¿Qué tipo de mujer tiene orgasmos porque el hombre se lo manda? ¡Por favor!

—¡Deja los orgasmos! Ese cliché de la Cenicienta rescatada y virgen, que rescata a su vez a la bestia-macho de su vacío emocional —interpuso Alejandra—. No culpo a la escritora, la felicito por ser capaz de poner a leer al planeta entero. Pero me entristece saber que las mujeres anhelen aun ese seudoromance nacido de relaciones dependientes y enfermizas.

—¡Ajá! —llamó la atención Cata—. Avancemos entonces, a la siguiente runa y posición. Si iniciamos hoy un camino, si logramos cruzar el umbral que Perth nos ofrece, llegamos ahora a Dagaz: el progreso. El amanecer de un nuevo día. Se le asocia con la energía solar, la luz y el poder creativo. ¿Hemos iniciado un camino? Ahora hay que avanzar y trabajar, mantenernos en movimiento e ir cambiando, cómo lo requiere el sendero que hemos tomado y decidido. Dagaz es el movimiento perpetuo bendecido por la fuente primigenia ¡He allí el ocho!, para entender esta runa que indica bendición y avance.

—La posición para obrarnos es entonces la del ocho o reloj de arena —se acostó Shika para mostrar la posición—. Fíjense cómo junto bien las plantas de los pies, a imitación de un saludo budista con las manos. Ambos pies deben ir bien encajados. Aunque no logremos pegar las rodillas al suelo, sí asegúrense de traer los talones lo más cerca posible hacia la vagina, para formar un rombo con las piernas. Luego, a imitación de la asana del pez en yoga, arqueamos la espalda para sostenernos sobre coxis y coronilla. Esta vez nos manejaremos con la mano izquierda y usaremos tanto el dedo índice como el del medio. Acaricien toda la vulva, viajando a lo largo de ella en ochos, recorran labios… luego, alrededor del clítoris y así en un movimiento continuo. Acaricien la proa y la popa de la cubierta de la nave que es la vulva femenina. Para ayudarse a llegar, contraigan periódicamente nalgas y pelvis, empujándose como vayan necesitando hacia delante y hacia arriba. La necesidad las hará levantar las nalgas y quedar flotando sobre la coronilla y el filo de los pies. Siéntanse libres de introducir dedos en la cabina y de presionar como requieran la superficie del timón. Para navegar el mar no hay reglas, solo instinto que fluye con las mareas, las corrientes y las olas de nuestro profundo océano ilimitado. La mano derecha, junto al brazo, la doblo bajo mi espalda para formar un segundo medio rombo y como palanca para ayudarme a arquear de mejor forma mi espalda. La respiración aquí va acompasada con los giros. La energía que aspiro al alcanzar la cúspide de la eterna ola, la enrosco como serpiente en eses dentro de mi vientre y caja pélvica, mientras contengo el aire. Al expirar o soltar el aire, recuerden escupir la energía hacia el centro de nuestra espiral grupal, donde estamos formando un loto o mandala energética para toda la Tierra.

El ejercicio no fue tan fácil como el primero, ya que Dagaz es energía perpetua, auto arrancándose a sí misma constantemente. Y se necesita práctica para recorrer la vulva con la mano izquierda, si se es diestra.

Isabella fue la primera en llegar. Sus eses melódicas ayudaron al resto a entrar en un flujo meditativo más rítmico. Cata y Shika lograron surfear juntas la cúspide de la ola, lo que aportó al círculo una energía extra. Esta vez Georgina mantuvo los ojos tan cerrados, que se sumergió en un abismo oscuro del que regresó medio desplumada, pero maravillada con la experiencia. Maura se pedorreó involuntariamente de lo fuerte de su orgasmo y por supuesto, el grito que se le escapó no tenía nada de melodioso.

—Querer retenerlo al apretar los dientes fue el culpable de los pedos —se defendió—, pero el océano sobre el que hice *windsurfing* es un lugar al que planeo regresar.

Todas concordaron que las visiones fueron hermosas y profundas. Alejandra fue el sol, Lulú las luces del atardecer, Marcela los reflejos sobre el agua. Emocionadas, apresuraron a Cata a explicar la siguiente runa.

—Fehu es la riqueza. Simboliza la vaca y el ganado, por lo que quien la manifiesta usa una corona o casco con cuernos. Es la runa del liderazgo, implica dominar la honradez y la habilidad de actuar siempre con valores universales. La vaca y sus cuernos es un ser sagrado en varias culturas, un símbolo de vida, fertilidad y nutrición para la persona y la comunidad. Sus cuernos son mágicos, en ellos se bebe la hidromiel que otorga el talento de la música y el arte.

—Si tuviéramos una pared para sostenernos, si fuéramos muy fuertes, o si poseyéramos el talento de una contorsionista china, nos sostendríamos sobre una mano para dejar nuestras piernas a modo de cuernos elevados al cielo y obrarnos con la mano libre —explicó Shika, de pie ante el grupo—. O cómo contó Lulú anoche, este es un ejercicio que al hacerlo en compañía... las piernas se abrazan alrededor de los hombros del otro, u otra. El cuerpo vertical y la cabeza colgando hacia abajo, igual que en la paradilla al ponernos de cabeza, es nuestro compañera o compañero de viaje el encargado o encargada de llevar la barca a puerto, al manejar con la lengua el timón del velero que es nuestro cuerpo... en solitario lo haremos de pie —con las manos invitó a todas a levantarse—. Enterraremos los pies al suelo, con las piernas abiertas y las rodillas dobladas. Imaginamos que ellas son un par de cuernos llenos de divina bebida, en la que nos saciaremos. Inclinando el torso hacia atrás, arqueándolo como mejor puedan, apuntamos con la vagina hacia el centro del círculo para traer desde el centro de nuestra mandala colectiva, energía que entrará por nuestro sexo y subirá hasta el plexo solar, para explotar en rayos de estrella a todo nuestro alrededor. Lo que buscamos al traer la energía hasta nuestro centro, al medio del esternón, es manifestar en los planos reales la riqueza intelectual, material y espiritual abundante en la fuente, en el cáliz o copa universal del cual nosotras tenemos una versión personal en nuestras matrices. La mano izquierda la elevaremos al cielo como quien ora y con la derecha nos obramos con los dedos del medio y anular. Giren, toquen y presionen como más gusten, hagan el proceso lo más placentero que quieran y visualicen con cada inspiración todo tipo de abundancia. El orgasmo exprésenlo cantándolo hasta con una aaaaa, si así lo sienten. Pero lo mejor será con una tremenda carcajada. Yo generalmente me caigo al suelo y tirada me agitó en eses como si fuera una serpiente, mientras me expreso riéndome.

Ya en el ejercicio, Isabella descubrió que debía hamaquearse; Lulú que mientras más abría las piernas, mejor le iba; Maura que podía arquearse como no sabía que podía y que la presión del arco sobre las nalgas era exquisita; Marcela que girando las caderas, el placer le subía en oleadas; Alejandra se cayó en pleno viaje y muerta de la risa se levantó para empezar de nuevo; Shika mantuvo los ojos abiertos todo el tiempo, disfrutando del placer de las demás; Georgina se fue tan lejos, que tuvo que quedarse en posición fetal un buen tiempo y la sonrisa dibujada en su rostro dejó saber a las otras que estaba bien; Cata experimentó y vio una descarga eléctrica que rebotó del centro hacia ella y de ella hacia el centro, y que volvió a rebotar en el resto a la vez. El silencio tácito que siguió a la experiencia, hizo descender sobre el grupo una energía palpable que parecía abrazarlas a todas. Sentadas o acostadas sobre sus colchonetas, cada una disfrutaba de la sensación de bienestar.

—¿Listas? —retomó Catalina después de un rato—. Lo que nos toca ahora es precisamente Isa, la runa de la pausa. Implica quedarnos quietas para terminar de entender y procesar todo lo que ha sucedido hasta ahora. La riqueza obtenida debe ser absorbida para darle buen uso.

—Completamente rectas sobre la superficie, las piernas cerradas, con los pies en punta en dirección al centro de la espiral —se acostó Shika boca arriba—, giramos en círculos sobre el Monte de Venus, con los cuatro dedos. El canal vaginal es el que apretaremos hacia fuera y hacia dentro, la pelvis sube y baja, empuja y empuja. No tocamos el clítoris, solo lo aireamos. Asumo que practicaron esta posición muchas veces, ya que es la más difícil de lograr... —todas afirmaron con la cabeza—. Como si fuera una flecha arrojada por el arco de nuestro cuerpo, dispararemos el orgasmo al centro de la Tierra, para darle de vuelta algo de todo lo que ella nos otorga. El secreto está en concentrarse en el vacío de nuestro centro-matriz y permanecer allí. Mientras en nuestro cuerpo crece el placer y el deseo de la creación, que debe ser expulsada y dirigida. Estos orgasmos son generalmente bien fuertes. Una vez que llegue el orgasmo, distribuyan la energía por su cuerpo ondulando la columna, extiendan los brazos por sobre la cabeza y estírense en línea recta lo más que puedan, para luego relajar por completo todo el cuerpo y permanecer en paz el tiempo que necesiten.

Después de tres orgasmos, todas estaban más que sensibles. Al aletear como helicópteros sobre la piel, moviéndola en círculos como conjunto, las palpitaciones vaginales iban tensando gradualmente los músculos alrededor de la vulva y el Monte de Venus. El vacío en el canal vaginal crecía y con ello el deseo de permanecer allí y a la vez querer llevar al cuerpo a una satisfacción inmediata. Los orgasmos se desataron en cadena, primero Isabella, a su lado Alejandra, Lulú, Maura, Marcela, Shika, Cata y finalmente Georgina. Fue una ola que levantó a unas y presionó contra el suelo a otras. ¿Cuánto tiempo les llevó llegar a la explosión? Ninguna tenía conciencia de ello. Pero todas coincidieron en que la energía orgásmica entró en sus cuerpos abriéndose camino como viento golpeando una puerta inesperadamente, para luego girar en su caja pélvica como un remolino, levantando a su paso lo que encuentra y finalmente, energía expulsada como cuando se dispara una pistola de agua. Hasta Cata y Shika estaban sorprendidas con el resultado. Aunque se estiraron, relajarse fue imposible, la runa Isa en lugar de traer una tranquila pausa, exigió comprensión inmediata.

—Pareciera que el dragón de fuego está tomando vida entre nosotras, derritiendo todo resto de hielo —exclamó Shika. Afirmación que puso nerviosa a más de alguna, por sonar a brujería.

Cata se apresuró a explicar:

—Eiwaz, nuestra última runa, es el poder descubierto. Empoderarse del calor del fuego lento para con paciencia pasar todo obstáculo. Con Eiwaz encenderemos nuestras propias hogueras.

—De rodillas y las piernas tan abiertas como queramos, nos arquearemos para tomarnos con la mano derecha el tobillo derecho. Con la mano entera, con un dedo o con dos, cómo sientan, despertaremos el orgasmo para aspirarlo y llevarlo hasta la garganta. Este es un orgasmo que lo jalamos del centro de la Tierra y explota como un rayo disparado por nuestro chacra de la comunicación, o sea, el de la garganta —concluyó Shika, todavía distraída con el resultado del orgasmo Isico—. Intentaremos terminar al mismo tiempo… dirigiré con palabras el ritmo.

A estas alturas, estaban ya todas desnudas y más de una tenía la piel brillosa por el sudor. La energía circundante estaba cargada de sensaciones furtivas. Las carnes antes flojas de algunas, se ajustaban de mejor forma a los huesos. Y las curvas llenas se apreciaban hermosas. Decididas, las ocho mujeres se arrodillaron, apuntando sus úteros a la espiral, para jalar desde el centro la energía unificada y encender dentro de sus cuerpos el poder del fuego colectivo.

—Vamos —empezó la mujer Eros—, respiremos profundo, fuerte, inhalemos, sintamos lo suave de nuestra piel, lo delicado de los labios vaginales y lo fuerte y erecto que es nuestro clítoris. Mojemos nuestros dedos, saboreemos nuestro jugo, sintamos el olor... suave, giremos con presión sobre ese timón que nos lleva, nos trae. Aspiren con fuerza por la boca, pujen, arqueen su espalda, empujen la pelvis hacia la tierra, ábranse, penétrense, conozcan su cuerpo, reconozcan su deseo... visualicen el fuego de los volcanes, esa lava caliente. Vamos, respiremos más rápido... aha, aha, aha, aha... abran bien la boca, boqueen con fuerza el aire desde el estómago, contraigan la vagina y luego pujen, contraigan y pujen, contraigan y pujen... vamos hermanas, jalemos, aspiremos.

Los músculos se fueron tensando, la mente hiperventilada producía pequeñas explosiones de luces tras los ojos cerrados, las manos derechas apretaban los tobillos, las espaldas arqueadas por sí mismas generaban presión a los músculos del *derrière*. Los muslos endurecidos empujaban el placer en pequeñas oleadas. Shika explotó primero, Cata después y el resto con pequeños segundos de diferencia, casi lograron explotar al unísono. La energía las atravesaba con fuerza, empalándolas por la vagina para salir disparada por las gargantas. Una a una fueron cayendo al suelo, para permanecer allí despatarradas, abiertas, goteando sus propios jugos por las *ioni* dilatas, impregnando el aire de olores salubres, agrios y dulces. Algunas fueron jalando las faldas en la medida que tomaban conciencia de su desnudez y el poder de sus cuerpos al aire. Shika se levantó, abrazó a Cata, palmeó en la espalda a Isabella, pasó la mano sobre la cabeza de Alejandra, caminó sin volverse a mirar, hacia el mar, y paso a paso se sumergió entre las olas.

Dos horas después, mientras desayunaban-almorzaban, antes de regresar a la ciudad, concluían los temas.

—Mensajera de Dios o del Diablo —decía Marcela—, la serpiente es mensajera de muerte y de vida, que son la misma cosa, pero sobre todo de conocimiento. La mujer intuye, tiene la corazonada, sabe que la serpiente dice la verdad: el árbol, su fruto, la igualará a los dioses. El árbol es finalmente un portal. Odin se cuelga del árbol y espera que este le entregue lo que sabe. Los mayas tienen este sagrado árbol de raíces profundas, un portal para trascender la muerte. Externamente, hay árboles para aprender, para desarrollarse... tengo cincuenta y cinco años y hoy fue cuando supe que en mí existía toda la madera para prender mi propia hoguera, que ahora mismo me hace sentir poderosa... ¡amigas! —levantó su vaso con jugo—, brindo por un descubrimiento tardío, pero del todo maravilloso.

«Solo volverás al mundo
 y sus caminos,
cuando hayas discernido
la relación entre tus actos
y el efecto de tus palabras»,
fue lo último que escuchó el Alma
antes de despertar
en medio de un desierto de arena dorada.
No había allí ni noche ni día,
ni tiempo,
ni sonido que le permitiera ubicarse.
Para iluminarse
solo tenía una pequeña lámpara,
que no le permitía ver más allá de su círculo de luz.
Pensó que debía morir.
Con el deseo de la muerte en la lengua
entendió que el YO
una vez separado de la fuente,
era inmortal.
Olvidó dar el beso a la madre
por pensar solo en sí misma.
Al entender…
apagó la luz.
Poniéndose a girar con conciencia
giró, giró y giró riendo nueve veces,
para atravesar los portales del tiempo
y poder continuar el camino.

Décimo segundo verso
El viaje del alma
Sol Magnético Amarillo

20

Señales entre volcanes y pájaros
Sacatepequez, septiembre, 2013

«He de confesar que la ansiedad me alcanza. Tengo un hoyo en el corazón», amanecí pensando, una fría mañana de septiembre. «Solo porque me he entrenado a no dejarme sorprender por el miedo, ni a tomar decisiones en su nombre, es que no salgo corriendo para esconderme de los acontecimientos precipitados a mi alrededor», en la cama, mis pensamientos se sucedían congruentes. «El Festival de Mabon acaba de pasar hace unos días e independientemente que decidiera no celebrarlo, la energía que representa: la madurez que indica la llegada del otoño en el hemisferio norte, me está empujando a dar un paso al frente para actuar en concordancia con todo lo aprendido y enterrado hace más de quince años... Allá en León, Nicaragua, cuando en 1997 me di una pausa de quince días para nutrirme de mi mágica Sol, quien había evolucionado hasta ser capaz de dejar atrás un viejo *yo*, para crearse uno nuevo», me di vuelta buscando acurrucarme bajo las colchas. «Qué difícil es definirse en una búsqueda donde lo que sobran son preguntas en lugar de respuestas. Ni Sol ni yo hemos podido hacer el camino simple de la fe, donde todo queda en manos de Dios y se reza para que se compadezca del sufrimiento diario», ahuequé la almohada, intentado distraerme de mis propios pensamientos. «En 1997, pese a lo encontrado en libros y experiencias de otros, yo empezaba a dudar de mi cordura. Creía estar haciendo el camino del delirio. Así que decidí apartarme del camino de la búsqueda. Me prometí a mí misma, frente a Sol, que al regresar a Guatemala intentaría ser normal».

—Y lo logré dentro de lo que cabe —dije a una mosca parada en mi visión sobre la almohada—. Creí nunca más tener que lidiar con magia, dioses y guerras energéticas, mucho más grandes que mi pequeña *yo* humana —la mosca se elevó indiferente a mi dilema.

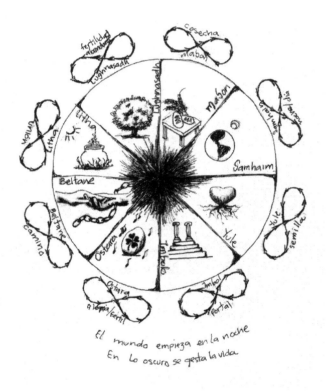

El mundo empieza en la noche
En lo oscuro se gesta la vida

«Mabon significa que la luz y la oscuridad están en equilibrio, cosa que sucede dos veces al año», regresé a mi repaso mental, negándome a dejar el calor de la cama. «Este Mabon en particular, llega a mi vida en un momento de madurez física e intelectual, que no me permite divagar más sobre mis hallazgos y experiencias.

A pesar de que tengo días de no poder ver la luna, porque las noches lluviosas o neblinosas de mi montaña me lo han impedido, el mundo entero ha estado publicando fotos de su belleza en los medios a los que tengo acceso. Dicen que al final de junio, ya en el signo de Cáncer, la Luna estuvo más cerca de la Tierra que nunca. Sin verla, la siento abrazando el frágil planeta azul con toda su magia, cantando al oído de los más escépticos, la necesidad de abrirse a la posibilidad de que somos más que simples seres de cinco sentidos limitados. La oigo vibrar dentro de mí. Ilusa, hace años intenté huir de su mandato, de su petición de amor a favor de la fuerza creadora».

«Sufro. Me estuve embotando de series gringas abigarradas de crímenes, cadáveres y ansia por un lujo que enceguece a algunos y embrutece a otros. Quise acostarme agotada con la pretensión de no soñar, de no ir a ninguno de mis lugares habituales cuando dejo este cuerpo que uso, y el otro, o los otros, parte a vivir cosas que de todas maneras tienen relación con esta que soy en esta vida. En estos años me he hecho de siete hijas en mi núcleo más cercano y de otras tantas en las periferias. Decidí convertirme en madre y vivir la gestación, creación y formación como objetivos absolutos de mi vida, y aunque lo logré por algunos años, las circunstancias del mundo y las coyunturas sociales me han obligado a involucrarme en otros campos, abandonando sin quererlo, a mis cachorras y manada».

—¡Mis hijas!, mis maravillosas y múltiples hijas, ¿qué les depara la vida si yo muero? —pregunto en voz alta a la fascinante formación de nubes acumuladas sobre vistazos de celeste brillante en el cielo de mi tierra.

Por un momento me concentro en los enormes cipreses balanceándose elegantes junto al viento, *chanteando* como monjes de claustro. Vuelvo a sentirme frustrada por la incapacidad de mis cuerdas vocales de reproducir el sonido que oigo y tanto amo. Me volteo resentida para quedar bocabajo en la cama, con la cabeza apuntando hacia la librera, mis ojos empiezan a viajar erráticos sobre los títulos de los libros en los estantes, que encuadra mi escritorio y que alcanzo a ver con un solo ojo: *La guerrilla fue mi camino* de Julio César Macías, «cuan latentes aun los problemas que provocan la guerra», pienso mientras miles de imágenes fragmentadas se deslizan dentro de mi cabeza. Sigo leyendo: *Leonor de Aquitania* de Pamela Kaufman... «mujeres extraordinarias y disciplinadas», me digo haciéndome internamente un gesto de desprecio, *Oscuras Intenciones* de Beverly Bird, «tal vez debiera distraerme con romance y sexo y seguir dejando pasar el tiempo, así lo haya leído tres veces...», me regaño mentalmente. *La evolución de Calpurnia Tate* de Jacqueline Kelly, suspiro: «¡que libro más bello! *El tesoro de la sombra* de Alejandro Jodorowsky, «¡Bah!, hay mucho más en *Albina y los hombres-perro* si tengo que escoger uno del Jodo-jodo-rowwsssssky», y me río intentando eludir el flashazo de la Albina de mi propia vida. *La ruta prohibida*... Javier Sierra, extiendo el brazo para tomar el libro, pero como estoy en una posición extraña, el hombro se me traba y se me cae el libro. Al inclinarme sobre el borde de la cama, me petrifica la imagen que se muestra por triplicado ante mis ojos. En miniatura están las tres versiones de la Virgen de las Rocas, de Leonardo. La mano, de la tercera versión, pareciera salir del cuadro para decirme «¡vamos, vamos hija! No es momento para darte por vencida». Recojo el libro y me siento en la cama, maravillada de encontrarme con los cuadros que vi primero en sueños, hacía ya dieciocho años, y luego, hacía unos cuantos menos, en impresiones. Había olvidado que Javier Sierra hablaba de mis cuadros en su libro. Recuerdo que si paso las páginas, encontraré algo de Teresa de Ávila y los experimentos de bilocación que ha hecho el gobierno de Estados Unidos. También que hay algo de la pirámide invertida encontrada en Cerdaña y de las ruinas de Teotihuacán en México; de la búsqueda del Santo Grial por Hitler, pero no me acordaba que él hablaba de la Virgen de las Rocas.

Mi primer impulso es sentarme a leer el libro de nuevo y ver qué es lo que Javier Sierra tiene que decir sobre mi Virgen y sus niños, cuando la mano del cuadro parece tomar vida y con un gesto simple me dice «¡alto y anda!». Sin pensarlo más, bajo al primer piso para buscar mi compuescrito, que en un impulso al final del 2010, escribí de un tirón reviviendo mi viaje por Suramérica, mientras estaba de visita en la finca de mi hermano. La memoria se me dispara generando un tráfico atropellado de recuerdos sobrepuestos empujando por salir todos a la vez. «¡Es tiempo!», me digo, «de terminar de contar la historia que quise que concluyera en León, Nicaragua, cuando me reuní con Sol Magnético, luego de años de no verla».

Al llegar a la antigua ciudad colonial en ese 1997, encontré en casa de Sol una carta de Sofía, escrita a mano y enviada por correo especial, esperando por mí. Así que frente a la librera, en el piso de abajo de mi casa, saltando sobre un pie y otro, en un intento de evitar el frío del piso, rebusqué en lugar del compuescrito, mi propia carpeta de recortes, como aprendí de Vimper en Buenos Aires, para releer el mensaje de la arqueóloga, por más de quince años guardado. Al ver y tocar la carta, se despiertan en mi sistema no solo recuerdos, sino sensaciones. Sofía murió hace unos años, al parecer de un paro cardíaco. «Justo como ella hubiese querido hacerlo», pensé mientras otras voces coleteaban en mi interior. Victoria, Magdalena, Rosario, Debie, Ellen, todas muertas, a excepción de Victoria y Sofía, por razones relacionadas a hombres y falta de aceptación de su *yo* femenino...

Obligo a la tristeza y el dolor a permanecer donde las tengo arrinconadas. Releo la carta:

Lima, octubre de 1997
Mi querida amiga:

Fue de verdad un gusto tenerte conmigo y refrescarme de esa necesidad tuya por respuestas a lo que todos alguna vez nos preguntamos. Definitivamente, tu vida está tocada por la magia, como alguna vez la estuvo la mía, ¿en qué momento perdí la conexión con los milagros diarios? No lo sé, gracias por traerlos de vuelta. Había olvidado que al igual que tú, me pregunté sobre el origen de nuestra especie y la razón de la vida como la conocemos, ¿cómo es posible que lo haya olvidado? Lo cierto es que las respuestas se han empezado a manifestar frente a mi nariz. Tal vez, las preguntas una vez formuladas encuentran por sí solas las respuestas... y por eso te escribo. Un día después que te marcharas, recibí una carta de un amigo de una universidad de los Estados Unidos relatándome algo sobre la polémica que se ha dado por los rápidos avances obtenidos en el estudio de la genética y el ADN. Al parecer, la feminidad es efectivamente superior a la masculinidad, no solo por la capacidad de la hembra de toda especie a superar de mejor forma las desgracias, vivir más y tener mejor resistencia al dolor, sino porque es la universalidad femenina —¡o sea!, nosotras- la que hereda a las células la memoria para el funcionamiento de todo organismo vivo. Ha saltado de la palestra del estudio científico a la plataforma política y religiosa un pequeño corpúsculo, una micróbica molécula llamada mitocondria, responsable de la respiración celular y de la capacidad funcional de todo ser viviente. Logro deducir al quitar toda jerga científica, que las mitocondrias fueron y de alguna manera aun lo son, una especie de parásito hospedado en las células: lo que les permite operar desde adentro como un director de orquesta, la totalidad del cuerpo.

¡Una bacteria huésped capaz de autoreproducirse! Para ser más exacta: que fue capaz de autoreproducirse. Lo que lleva a plantear la posibilidad de la fecundación de un óvulo por otro óvulo. ¿Te das cuenta de lo que eso significa?, ¡qué las mujeres podríamos erradicar de la Tierra el sexo masculino!, ¡vaya poder el nuestro! Una vez que entendí el alcance de la información, la comparé con el fin del siglo XV y el principio del XVII, marcados: uno por el descubrimiento de América y el otro, por el Sol como centro del sistema planetario. ¡Qué te lo he resumido en dos frases! ¡Olé! Ambos acontecimientos obligaron al mundo conocido a replantear la estructura del universo externo, regresando a lo que ya se sabía antes de la implantación del judeocristianismo y el Islam y sus mitos fantásticos. Ambos acontecimientos desataron guerras fratricidas y la persecución, y posterior aplastamiento de cualquiera que pensara distinto. Pero bueno, todo eso tú ya lo sabes. No te extrañes por lo tanto, que se dispare una nueva cacería de brujas y la opresión de las masas para el control de la información. Abre bien los ojos linda, que será a la gente como tú a la que intentarán llevarse por delante.

Te quiero mucho,
tu Sofía

Leí primero en voz baja para escuchar la voz de mi amiga y luego en voz alta, para que me permearan mejor las ideas que empezaban a palpitar en cada una de mis células y es que lo primero que pensé fue en todas esas noticias concernientes al chico estadounidense Snowden, perseguido por el FBI por difundir información secreta en los medios. Y el otro prófugo, Julian Assange, también linchado política y personalmente por poner al alcance de todos, los famosos WikiLeaks. Desde los avionazos del once de septiembre en el dos mil uno, noticias como estas distraían a las masas de otros temas igualmente importantes, como la lucha por los derechos de las farmacéuticas a apropiarse de los descubrimientos médicos y bacteriológicos, el poder de las compañías petroleras para impedir el biodiesel a base de hemp (una de las muchas posibilidades que ofrece la polifacética planta de la marihuana), o cualquiera de las otras fuentes energéticas ya desarrolladas en el pasado y probadas por Nikola Tesla. Lo que disminuiría no solo la contaminación del aire por la industria, sino de la tierra y el agua por pesticidas asesinos que están terminando con las abejas. La ignorancia y el miedo esparcido como espuma desde la caída de los edificios, empuja a los muchos a cerrar las fronteras a los flujos migratorios que le han dado forma a la historia individual y de tribus desde el descubrimiento del fuego. A pesar de los avances en el estudio del ADN, las personas parecen no prestar atención, o entender lo poco que trasciende a los medios no científicos, el alcance de estos descubrimientos. Información que debiera estar revolucionando el concepto que tenemos de nosotros mismos, de nuestros orígenes y nuestro destino.

Varios prominentes científicos involucrados en el estudio del Genoma Humano han estado publicando libros desde el fin del siglo pasado.

—Libros que debieran estarse discutiendo en aulas de secundaria y universitarias, en cafés y en fiestas… pero no, la gente se concentra en los actos de violencia o agresión cotidianos, producto de una sobrepoblación sin espacios verdes y ciega a las necesidades sutiles del alma. Deslumbrados por las estrellas de la música y el cine, les interesa saber quién se droga o con quién se acuestan —dije en tono frustrado a la carta de Sofía, con la esperanza de que me escuchara allí donde estuviera.

Luego, corrí escaleras arriba para ponerme zapatos y echarme un chal sobre los hombros, para volver veloz, con la carta de Sofía en la mano, a buscar entre mis libros. Paso la vista por la librera hasta encontrar el título que busco: *Las siete hijas de Eva*, de Bryan Sykes, es la fascinante historia del descubrimiento del ADN mitocondrial, sustancia a la que se refería Sofía en su carta, y de cómo este nos permite rastrear la mujer de la que probablemente descendemos y que vivió hace cientos de miles de años.

—Tú desciendes tal vez —continué hablando a la carta de Sofía—, de la gemela de Xenia, una de las siete mujeres explicadas por Sykes, como las madres de Europa. La gemela al parecer, se vino a América y el uno por ciento de los nativos americanos descienden de ella —pasé las páginas de libro releyendo fragmentos subrayados, siempre dirigiéndome al espíritu de mi amiga en voz alta:

—Cómo te extraño Sofía, no tengo aquí a nadie con quien compartir mis descubrimientos y mis dudas, nadie que como yo haga el camino de la búsqueda y el conocimiento... y ahora esta energía latente que se me echa encima, sin dejarme oportunidad siquiera de retroceder o de huir.

Tomo el libro que estaba al lado, *¿Cómo habla Dios?*, de Francis Collins, para distraerme. Al abrirlo al azar, leo un párrafo subrayado por mí, hace tiempo:

...el físico, Freeman Dyson, tras revisar esta serie de «casualidades numérica», concluye: «cuanto más examino el universo y los detalles de su arquitectura, más pruebas encuentro de que el universo debe de haber sabido en cierta forma que nosotros llegaríamos.»[33]

[33] Traducción del original: Silvia Mansilla Manrique
COLLINS, Francis S. *The Language of God: A Scientist Presents Evidence for Belief.* Primera edición. New York: Free Press. Simon and Schuster, 2006. p. 75-76

Me rio, me rio en voz alta hasta llegar casi al nivel de carcajada histérica. En el patio trasero de mi mente se resume a toda velocidad, el objetivo de este exasesor de Bill Clinton al escribir el libro: demostrar cómo la ciencia al avanzar en sus descubrimientos, logra con datos y procesos entendibles para la mente humana, probar la existencia de Dios, sin embargo, en una de sus conclusiones Collins afirma que:

> No se puede usar la ciencia para tratar de desacredita a las grandes religiones monoteístas del mundo, que descansan en siglos de historia, filosofía moral y la poderosa evidencia que ofrece el altruismo humano.[34]

Lo que olvida el genetista es que la historia escrita ha sido terriblemente manipulada, que se han destruido sistemáticamente creencias opuestas al Yahvé fundador de estas tres creencias, impidiendo con ello el desarrollo de filosofías distintas y que el altruismo humano planteado por estas tres religiones organizadas ha creado terribles guerras y enfrentamientos sangrientos. Sin embargo, su libro me gustó porque aunque propone el cese del enfrenamiento entre religión y ciencia desde el púlpito de la fe, lo hace con un corazón sincero desarrollado desde el servicio al prójimo. Pero nada de eso era el motivo de mi risa, sino las palabras de Freeman que venían a reconfirmarme la validez de otro libro recién descubierto, *Los números sagrados, y el origen de la civilización*, de Richard Heath. Mi mente de bruja, tan duramente negada por mí misma en los últimos años, es capaz de generar las conexiones neuronales universales, como me gusta llamarlas, entre el contenido de ambos libros y otros recientemente leídos, y

---

[34] Ibíd. p. 169

en parte responsables de la crisis existencial en la que me encontraba.

—¡Ay Sol! ¿Dónde estás? Es ahora cuando necesito de la mártir experta —digo fingiendo la risa.

«La mártir camina en el reconocimiento de su ego, lo que es siempre un proceso doloroso», resonó la voz de mi amiga, explicándome su vida unos días después de juntarnos en León. Con los recuerdos disparados me acerqué a la ventana con el libro de Collins en la mano. Y es que Sol nació mujer dentro de un cuerpo de hombre, «sufres por no saber quién eres, sufres por querer ser lo que crees. ¡Y sigues sufriendo! al descubrir lo qué eres y no encajar en lo que los demás asumen deberías ser...», siguió resonando su voz en mi cabeza mientras oteaba el horizonte.

Luis, su nombre legal ante el mundo binario de dos géneros, cuando empezó con el travestismo serio y sin retorno, se hizo llamar primero Luisa y luego, Sol Magnético, que encaja mejor con su rol de artista de escenario itinerante, donde rara vez dudan de su apariencia femenina. Cuando llegué a León, Sol llevaba meses trabajando de antro en antro, donde se había forjado una reputación de mujer esquiva y solitaria fuera del escenario, mientras que impresionaba dentro de él con su talento. Su apartamento estaba en el tercer nivel de un bloque de edificios de ladrillos, donde los vecinos la dejaban en paz, a diferencia de Guatemala donde era señalada como un «puto hueco» o una «loca callejera», por saberlo legalmente hombre.

Con Sol tuvimos hermosos días compartidos en esa Nicaragua consciente de las cenizas de la guerra. Por las tardes, antes de sus presentaciones, hacíamos un alto para beber té en las mecedoras del balcón de su apartamento y filosofar un poco.

—A la mayoría de la gente le lleva el período adolescente definir quiénes son o qué quieren ser. ¡Claro!, hay mujeres que hacen del sufrimiento una profesión —dijo Sol con un golpe de abanico, que dio a la frase un tono teatral—. Estas mártires profesionales no tienen ninguna otra forma de entender el mundo que no sea a través del sufrimiento, por lo que intentan contagiarlo a quienes conviven con ellas. Reciben los golpes físicos y psicológicos como explicación normal a su condición de mujeres y además, culpables del pecado del mundo. En otros casos descubren que el sufrimiento es un arma válida de manipulación, se vuelven con ello enfermas perennes, madres abnegadas que tarde o temprano pasan facturas de sus sacrificios a sus indiferentes hijos, ya permeados de las infinitas quejas maternas, o aprendices de mártires por no haber podido escapar de sus egolátricas madres. Depresivas mujeres que no encuentran significado a la vida, si no es en la queja y el dolor —terminó con otro cierre teatral del abanico.

Nuestro tiempo en León fue de revisión de qué y quiénes éramos. Ella decidió partir a México, lista para un lugar grande, y yo la de encajonar mis dudas y cuestionamientos de la realidad circundante, decidí regresar a Guatemala a retomar mi profesión de periodista y buscar un padre que me ayudara a engendrar las hijas que venía soñando hacía ya unos años.

—¡Mis hijas! —digo a las flores del jardín sembrado por mí misma en mi montaña circundada de volcanes—. ¿Qué será de ellas si termino de saltar dentro del abismo?

Hace años que dejé de meditar por haber llegado a un gigantesco espacio vacío, y a la vez lleno de profunda materia oscura. En el viaje espiritual avanzaba rauda entre espacios conocidos. Imágenes diurnas multicolores y grises experiencias nocturnas. Meditando viajaba sobre y a través de miles de experiencias imágenes para de pronto y sin previo aviso, frenar en precario equilibrio sobre una frágil orilla, donde me detenía para percibir la extensión interminable de un poder imposible de entender o describir, a menos que me lanzara de cabeza dentro de sus fauces, que tal vez no me permitieran regresar a la vida que soy y conozco. El lugar irreal y real a la vez era tan atrayente como repelente.

Desde que llegué por primera vez a la orilla de esa matriz palpitante, de ese mar oscuro, me han faltado las palabras para autoexplicarme lo que allí presiento, veo y no termino de entender. Creo que solo Stephen Hawking sería capaz, tal vez, de interpretar ese lugar al que llego y que encaja someramente con lo que logro entender de sus conceptos de materia oscura, agujeros negros y energía oscura.

«La experiencia meditativa desarrollada con mi cuerpo sutil astral, solo la puedo comparar con la aventura vivida con mis hijas en los cayos de Belice», pensé recordando la experiencia. Nos acercamos con un barco pesquero a la orilla del canal marino que utilizan los enormes buques trasatlánticos para atravesar de Europa a América. Nos lanzamos al agua con los esnórquel, unos cien metros a distancia del gigantesco abismo, con un fondo visible a treinta metros bajo nuestras pataletas. Íbamos tan concentradas en el fondo cercano, que cuando la enorme profundidad azulada nos engulló, el miedo del vacío indefinido nos petrificó por el minuto que necesitó la corriente para llevarnos hacia adentro de su fastuosidad invisible. A cada lado de mi cuerpo sentí las manos de dos de mis hijas, buscando la seguridad que acostumbro a darles. La tercera, con el golpe de adrenalina provocado por el ataque de pánico, fue capaz de dar la vuelta y nadar a todo pulmón de regreso al barco. Mi mente en blanco reaccionó al sentir la pequeña mano de mi hija menor apretando mi antebrazo, la obligación materna de la protección me hizo inspirar profundo y calmar mi estupefacto cuerpo, busqué las manos de ambas indicándoles que sacáramos la cabeza. Una vez fuera del agua localizamos el barco, que en la distancia nos dio el objetivo suficiente para saber a dónde dirigirnos. Les pedí que disfrutáramos del azul oscuro bajo nuestros pies y que nos abriéramos a la posibilidad de ver la vida marina saliendo desde la oscuridad. Inyectadas con mi calma y entusiasmo, volvimos a meter las caretas bajo el agua y la vida no tardó en premiarnos con una barracuda saliendo de la barrera oscura, nadando hacia nosotras con indiferencia.

Unos segundos después visualizamos las sombras de unos delfines que parecían indicarnos la dirección a seguir y la fuerza para nadar en la corriente. En cuanto entramos en el espacio claro de la arena cercana, en un fondo tangible, los delfines volvieron a hacerse presentes. Era una pareja de adultos con un pequeño nadando entre ambos, apenas unos diez metros bajo nosotras. Fue tal la emoción que electrificamos el agua a nuestro alrededor, provocándonos un ataque de risa que nos obligó a sacar de nuevo las cabezas y quitarnos el equipo para poder respirar hipeando.

—¡Delfines, delfines! —gritábamos las tres medio ahogándonos por la alegría, en el preciso momento que mi hija mayor con uno de los pescadores se acercaba en la lancha para recogernos. La noticia la hizo arrojarse al agua por el instinto romántico de querer alcanzar al unicornio de los mares y como si la pareja con su pequeño lo entendieran, nadaron sobre la superficie un momento junto a nosotras, para desaparecer de nuevo en la cavidad oscura del fondo del mar.

Mi mente perdida en el recuerdo de la mágica experiencia, hizo girar las trasparentes páginas llenas de recortes y páginas impresas de la carpeta, que distraída había vuelto a tomar en las manos al regresar frente a la librera. Las letras azules saltaron desde el fondo blanco de la hoja:

Dios dice haz lo que quieras, pero toma la decisión incorrecta y serás torturado por toda la eternidad en el Infierno. Esto, señor, no es libre albedrío. Sería semejante a un hombre que le dice a su novia: haz lo que desees, pero si eliges dejarme te seguiré el rastro y te volaré los sesos. Cuando un hombre dice esto, lo llamamos un psicópata, y pedimos a gritos que sea encarcelado o ejecutado. Cuando Dios dice esto mismo, lo llamamos «amor» y construimos iglesias en su honor. William C. Easttom II

Inmediatamente después venía un título que incluía el nombre del científico Stephen Hawking, invocado unos momentos antes, sonreí alzando un hombro:

En el actual estado de avance de la ciencia y de la tecnología, ya no tiene sentido la creencia en seres superiores como dioses, ángeles, diablos, etc. Que se basan en textos de hasta más de 20 siglos atrás. Las explicaciones del origen del mundo, como las del Génesis en la Biblia, ya no son posibles sostenerlas razonadamente. Los conceptos creacionistas sobre el origen del universo, de la Tierra y del ser humano, son concepciones añejas incompatibles con el estado actual de conocimientos. Y sin embargo, existen muchas personas, que defienden estas pseudo teorías sobre la creación, y para darle a esta tesis un tinte científico lo definen como un diseño inteligente, como algo planeado por un eterno creador. Para apoyar esta tesis, muchos pseudo científicos con títulos de doctores de universidades desconocidas, usan argumentos científicos, adaptados por ellos. Unos de los más usados argumentos de las ciencias naturales que siempre vuelven a usar son, por ejemplo, las leyes

de la termodinámica, la datación por medio de isótopos, el carbono 14, la irreductibilidad de sistemas
complejos. Pare esto el ejemplo clásico, la parábola
del reloj suizo que alguien encuentra en la playa o
también la trampa para ratones. Muchos científicos
discuten con estos pseudo ilustrados, yo creo que
esto es un error, ya que esto les da legitimidad y
ellos se ubican a la par de aquellos. Es lo mismo si
un neurocirujano se pone a discutir los argumentos
de un médico brujo de alguna tribu selvática. Ex-
pongo todo esto porque pienso, que es necesaria
una nueva iluminación. Los grupos que defienden
al creacionismo están tomando vuelo. Las enseñanzas de estos fundamentalistas, puede llegar a ser peligrosas, ya que nos puede volver a llevar al oscu-
rantismo del Medioevo. En el siglo pasado hemos
visto como un solo hombre, con su fanatismo racial, ha logrado envolver a medio mundo en la más
terrible de las guerras. Algo similar puede pasar con
el fundamentalismo creacionista, basta con que
aparezca un hombre con el carisma de Hitler y lo-
gre convencer a millones de incautos ingenuos.[35]

—O talibanes y saudíes organizados violando, matando y encerrando niñas y mujeres bajo coloridas u
obscuras burkas —expreso al aire, mientras un escalofrío de terror sube por mi espina dorsal hasta erizar los
vellos de mi nuca, al pensar en esos millones de musulmanes siguiendo un profeta pedófilo que violó, usó y
confundió a una niña de nueve años con el consenti-
miento de sus padres—. ¿Qué se puede esperar de hombres y mujeres que aprueban y permiten el abuso de
pequeñas?

[35] GUNDELACH, Albrecht. *Prólogo*. Una ventana abierta [en lí-
nea]. [Consulta de Editor: 27 de abril de 2016] http://pa-
chane.blogspot.com

«Rostros de ojitos desencajados por el dolor y el peso que provocan lujuriosos hombres sobre ellas aparecen en mi línea de visión estrujándome el estómago. Oigo sus llantos que debieran ser consolados por amorosas manos maternas y en su lugar encuentran sucias bocas rapaces succionando sus pechos planos, y falos violentos rompiendo a empujones sus inmaduros vientres», sacudo la cabeza en un intento de alejar las dolorosas imágenes de mi cabeza.

Las experiencias paranormales han regresado a mi vida sin invitación ni aviso y la fuerza con la que se manifiestan a mi alrededor me deja poco margen para ignorarlas. Por más que me guste el blog del señor Albrecht, mi experiencia de vida me dice que los dioses, los ángeles, espíritus animales y demás fauna de criaturas maravillosas, y no tanto, son tan reales como los libros que sostengo en la mano y el aire que respiro. Y que la teoría creacionista es solo la prueba de un dios violento y manipulador pretendiendo ganar la guerra empujada por su melomanía.

El *knock knock* de las diosas a mi puerta retornaron con la muerte de Marta, en marzo, cuando me visitó desesperada en forma de fantasma y luego, unas semanas después vino a la ventana de mi sala un colibrí. Primero voló frente al vidrio, por un momento me asusté pensando que se estrellaría cómo lo hacen otros pájaros de distancias largas. Pronto me di cuenta que sobrevolaba específicamente para llamar mi atención, lo supe así de fácil cómo si me estuviera diciendo: «¡ven, apresúrate!, que tengo algo que decirte». Cuando me moví para observarlo de cerca, hizo lo impensable que podría hacer uno de esos extraordinarios pájaros siempre en movimiento, siempre indiferentes a quienes les observamos con admiración. Ellos concentrados en las flores de las que obtienen miel, no se percatan de la magia que aportan a los que seguimos las señales, pero este, al parecer, lo tenía más que claro.

Mi visitante se paró en el alfeizar alto de mi ventana, con su minúscula cara pegada al vidrio superior. Me paralicé en el acto, pensando que tal vez estaría cansada la que ahora sabía era una hembra por tamaño y color. «Si me muevo tal vez la asusto, evitando con eso que descanse, si es lo que busca en la ventana», pensé. Ni ella ni yo nos movimos por un buen rato, «tal vez se está muriendo», y la idea me entristeció, pero también me alegró que decidiera venir a morir cerca para que pudiera quedarme con sus plumas, que para mí significaban tanto. «¿Es una ofrenda, una señal de protección?», le pregunté en silencio y a distancia. Como el tiempo corría y ella no se iba, ni se veía cansada o herida, decidí acercar una silla para subirme en ella y quedar directamente de frente a su minúscula y maravillosa figura. Su carita giraba de un lado a otro para acercar primero un ojo y luego el otro, como quien duda de lo que hace. ¡Atisbaba a través del vidrio!, entendí de golpe. Antes, sorprendida de verla en una actitud tan atípica y extraña, no me fijé que me miraba directo. Un segundo de contacto bastó para sentir de lleno la fuerza y profundidad de su ser. Retrocedió con sus patitas hasta tener espacio suficiente para verme de frente con ambas pupilas doradas a la vez. Era naranja con verde y brillos cafés como la Tierra. Me enganché a su mirada: «¿qué quieres decirme?», le pregunté con la mente. «¿Tienes acaso un mensaje para mí?». Ella intentaba hablarme, pero yo no la entendía.

Permanecimos viéndonos como unos quince minutos hasta que me cansé de la angustia que me causaba escucharla sin entender. Ella hablaba y por momentos, al igual que yo, desesperaba. «¿Hay algún peligro eminente?, ¿algún desastre?». Finalmente le di las gracias por venir, me disculpé por no entender, le expliqué que estaría atenta para captar el mensaje entregado. Llamé por la noche a un amigo Aj`ik (chamán maya) para contarle la experiencia y preguntarle si se le ocurría algo.

–Bueno, lo más simple será que te concentres en el simbolismo del colibrí, que es también tu nahual. Representa al viento, la fuerza de la mente y las ideas, la flexibilidad y el cambio.

Por unos días repasé la experiencia una y otra vez en mi mente, conté a todos los que pude, pidiendo apoyo con la interpretación de la experiencia.

–Tú entiendes de colores, me extraña que no agarres por allí –me dijo una amiga que conozco desde siempre.

–Naranja es espiritual: propagación del mensaje y la creación de relaciones en fecundas y diferentes direcciones. Verde y café: fértiles, abundantes y muy terráqueos –le contesté, para luego sumirnos ambas en un silencio meditativo, bebiendo a sorbitos nuestros respectivos tés.

La vida continuó como continúa siempre cuando la convertimos en una rutina de trabajo, casa, familia, amigos, amante, bulla y redes sociales. Un día cualquiera, mi amiga me envió una foto de un hermoso colibrí con los mismos colores de mi visitante, sostenido por unos dedos humanos para acercarlo a la cámara. Primero vi la belleza, luego los dedos y por último me pregunté: «¿atrapada?». La imagen de la foto regresaba de día en día a mi mente, hasta que la colibrí volvió a mi ventana. Esta vez voló por un momento haciendo círculos frente al vidrio y luego, se fue tan rápido como llegó. Corrí hacia el periódico y lo abrí en dos al azar. «Primer Año del Baktun es Iq», decía el titular de una pequeña nota en una esquina de la página, de esas que se ponen en los periódicos a última hora para llenar espacios.

«Aunque el Baktun, la cuenta de cinco mil ciento veinticinco años se calcula y cree concluyó el veintiuno de diciembre del 2012, fue entre este febrero y marzo del 2013 cuando conjuntamente al año chino empezó el nuevo año maya, marcado por Iq, el glifo que representa a la mente creadora y el aliento de vida... la sexualidad juega también un papel importante en este símbolo, que se piensa es la mente y la imaginación creativa...».

Allí, frente a mis ojos estaba el mensaje que estaba buscando. El nuevo ciclo era de conciencia, de evolución de ideas y apertura. «¡El mundo entero es una idea!», resonaron las palabras inspiradas por el *Kybalión*. La magia y la mujer volvían a ser protagonistas de mi vida y el mundo. Era una invitación a retomar mi búsqueda y concluir la historia que se venía escribiendo hacía dieciocho años.

No podía posponer por más tiempo la visita a Shika, quien sin ella saberlo, había jugado un papel importante en mi pasado y mi presente, la mujer que en voz baja y alta denominaban «la puta». En Guatemala, señalar a alguien con ese apelativo no es difícil, como tampoco lo es el de bruja. Solo habían pasado dos años desde que la esposa del presidente, una mujer con pantalones y coraje, fuera llamada hasta en los titulares de prensa: «La Bruja del Gobierno». No, a Shika le dicen «la puta» porque ella misma se denomina así cuando anuncia en la Red o de boca en boca, sus talleres sobre sexualidad espiritual, y firma: «¡La Puta Shika!», un juego de palabras que se convierte en un broma para quienes la saben leer.

Era septiembre y yo aún no había visitado a Shika, la prostituta no sabía que yo existía. Abracé mi colección de recortes entre los pliegues de mi chal y me encaminé al jardín de atrás, pasando antes por la cocina para prepararme un té.

En marzo, fue el espíritu de Iq encarnado en la forma de un pájaro, quien me pidió que regresara al juego. Antes de Mabon, de nuevo encarnado en la forma de un ave, el espíritu de Iq me pedía que no pospusiera. Esta vez llegó en la forma de una hembra nocturna. Una pájara negra con un anillo blanco al cuello, que llaman popularmente «la dama de la noche», me esperaba a la entrada de una cañada que guarda al fondo y tras una cortina de agua, una gruta recién descubierta en compañía de mis hijas y que aún no habíamos explorado. Íbamos en camino hacia ella, cuando la catarata apareció después de remontar a pie dentro del agua y sobre piedras, unos tres kilómetros del cauce de uno de los muchos ríos relacionados al volcán de fuego, cuando la primera en ver el pájaro fue Cecilia.

–¡Hay un pájaro herido del otro lado del río! –me gritó porque yo iba a unos diez metros atrás–. ¿Me cruzo para agarrarlo?

–¡No creo que se deje! Solo la vas asustar más, es mejor dejarlo tranquilo –contesté, sabiendo que es muy difícil salvar pájaros heridos.

La comitiva de once adolescentes femeninas continuó avanzando dentro del agua, pegadas a la orilla para evitar la violenta corriente. Cuando alcancé la roca más alta sobre el nivel del agua, les pedí a gritos que se detuvieran para poder sacar la cámara del empaque plástico y tomar algunas fotos a la entrada de la cañada que contiene la catarata y la gruta. Entonces, mis hijas excitadas empezaron a gritarme:

–¡No te muevas, no te muevas! El pájaro cruzó el río y está detrás de ti.

Sorprendida, me moví despacio para encontrar al pequeño justo a un lado de mis pies. Desde mi altura empecé a hablarle.

–¿Qué quieres hermoso, te sientes mal?

Me agaché a recogerle y se subió de inmediato a mi dedo. Sus oscuros ojos me llenaron de ternura. El ala derecha tenía algunas plumas torcidas y otras a la mitad. Era una hembra joven.

—Si quieres que te saque de aquí, agárrate a mi cabeza —la puse sobre mi coronilla, donde se agarró con fuerza, pero en cuanto intenté meterme de nuevo al río, voló asustada cayendo dentro del agua. Por un momento pensé que se ahogaría, pero milagrosamente logró remontar a la orilla contraria, entre nadando y aleteando con ambas alas.

—Quédate allí y vive tu destino —le grité, pensando que sobreviviría si podía aletear. Para mi sorpresa, se lanzó de nuevo a la corriente logrando llegar a mí de nuevo. Está vez la agarré con la palma y la acomodé entre mis senos bajo la blusa. Sintiéndola trémula y frágil, decidí abortar la exploración a la gruta, por segunda vez.

Volvimos unos cien metros sobre nuestros pasos para encontrar un lugar seguro donde cruzar la corriente y escalar la pared para regresar al camino. Ya en la cima, «la joven dama» escapó de mi blusa y se colgó en el borde de la tela, a modo de prendedor vivo, para regresar conmigo por el sendero montaña abajo y luego, mientras manejé una hora y media de vuelta a casa. No aceptó irse con nadie que no fuera yo misma y en mi habitación se colgó de una cortina, mientras yo averiguaba qué comía. Luego de enviar fotos vía teléfono a mucha gente, averigüé por fin que son pájaros difíciles de ver por ser nocturnos, e imposibles de alimentar en cautiverio, ya que se alimentan de mosquitos en pleno vuelo. Así que supe que debía devolverla cuanto antes a su hábitat.

«La dama» se murió en mis manos, no sin antes inundarme de amor, misterio y dolor. Su ala herida era el dolor de las mujeres del mundo, su tierno rostro era la belleza de las niñas creciendo, el coraje de su intento era la fuerza latente bajo la piel de las mujeres oprimidas, su confianza era la manifestación de la fe absoluta, la suavidad de sus plumas bajo mis dedos era la prueba de los mágicos milagros... ¿yo?, aterrada.

Subí al peñón con rostro de mujer, para entregar su cuerpo a una de las múltiples grutas y devolvérsela a la Madre. La hora y media que lleva su ascenso, lo hice descalza para purgar mi culpa. Ni las piedras, ni las hormigas, ni los cortes del monte en la piel, disminuyeron la angustia del pedido que me hacen las diosas.

No puedo negar más que los recuerdos de las miles de mujeres que vivieron antes que yo están almacenados en cada una de las células de mi cuerpo, como lo están en cada ser vivo, trasmitidos por la abuela, bisabuela, tatarabuela y más atrás, gracias al ADN mitocondrial. Por alguna razón, mi memoria está más despierta que la de otras mujeres. Lo que creí esquizofrenia, bipolaridad, locura juvenil y todas las otras excusas que intenté autoexplicarme para encajar, es la voz viva de mis antepasadas recordándome que alguna vez vivimos utilizando ambos lados de nuestro cerebro, la magia creadora de la que somos capaces y la poderosa sexualidad femenina.

—Ponerlo a prueba puede significar la muerte… si no funciona, será la decepción quien me mate…

—Pensé que te habías quitado la mala costumbre de hablar en voz alta —me sobresaltó la voz de Sol desde la puerta de mi cocina, quien había entrado directo desde la guardianía donde Edelmira, mi guardiana, la dejó pasar sin anunciarse, seguro convencida por la imponencia de mi amiga.

—¡Sol! —grité extasiada y corrí a abrazarla. Los brazos de esa mujer fuerte y maravillosa me recibieron dándome el cobijo necesario que me había hecho falta los últimos meses.

—Jamás creí verte decaída —me separó un momento de su cuerpo para verme a la cara desde su altura de tacones de diez centímetros de alto y luego, volverme a traer a su regazo—, pensé que eras invencible… ¡súper mamá!, ¡súper trabajadora!, ¡súper mágica!… tu misiva me tomó por completo desprevenida, ¿es que no podías escribir un *email* como la gente normal? El correo tardó tres meses en llevarme tu carta.

No pude más que echarme a reír, mientras me limpiaba con el dorso de la mano, las lágrimas que fluían, para mi vergüenza, por mi rostro.

—¿Quieres té? —atiné a preguntar.

—¡Por supuesto que quiero té! Y un desayuno suculento, no manejé desde México para nada menos que eso.

—¡Oh Sol, gracias por venir! —dije trajinando por la cocina—. ¿Qué tal México?

—Espectacular, convulso y lleno de oportunidades como siempre… ¿y tu jauría de lobeznas?, ¿saltarán sobre mí en cualquier momento?

—Están en la escuela, no regresarán hasta medio día.

—Pensé que las educabas en casa.

—Así lo hago, pero para cumplir con el protocolo ministerial, van dos veces a la semana, las pequeñas a la escuela y las grandes al instituto del pueblo de abajo.

—Y es que vaya montaña la que te conseguiste —afirmó Sol, acercándose a los enormes ventanales que dejaban ver los volcanes de Agua, Acatenango y el de Fuego siempre humeante. En el contraluz de la ventana pude admirar la regia postura de mi amiga, que a sus cincuenta y tantos años tiene la forma de una mujer de veinte, producto del ejercicio constante y una dieta rigurosa. En cada poro de su cuerpo se lee la disciplina de una mente en control.

—Lo mejor es que estamos a una hora y media del Pacífico, y con una temperatura de treinta grados, ya que aquí siempre hace frío, a menos que brille el Sol —expliqué feliz de tenerla en casa.

Una hora después, acomodadas en el mirador de madera construido a la altura de la copa de los árboles, bebiendo chocolate, me desahogué del dolor provocado por la muerte de mi amada Marta. Un cáncer se la llevó en menos de un año, dejando huérfanos a tres niños y una niña de tres años. De la boca para fuera culpaba de su muerte al marido, quien a mi parecer no la apoyó de la forma correcta. No lo digo en voz alta, pero pienso que él la mató. En mi fuero interno sé que ella se dio por vencida y es lo que más dolor me causa.

Marta era mi vecina de montaña, casada con un hombre machista. Era él quien mandaba en la casa, dictaba desde el menú del día hasta la decoración. Regía la educación de los niños con mano dura, horarios estrictos y reglas inquebrantables. A veces los golpeaba de forma violenta, obligaba a la madre a dejarlos llorar detrás de una puerta desde la tierna edad de dos años, para que aprendieran desde entonces quién era la cabeza del hogar: «como dicta la Biblia». Lo sorprendente no era la conducta de Samuel, sino la de Marta, quien había estudiado psicología en Estados Unidos y era una exitosa profesional que aportaba más dinero a la economía del hogar que el mismo Samuel. Era una mujer talentosa, que lograba desde hornear interminables bandejas de galletas para Navidad, hasta hacerse llamativos vestidos. Se había casado contra la voluntad de su familia de clase alta, que miraban a Samuel como un arrimado. En lo peor de mi enojo, llegué a pensar que era cierto. La madre de Marta la borró de la genealogía familiar y la hija del matrimonio anterior quedó abandonada a su suerte, porque ni Samuel ni el padre de la niña permitieron a Marta ser su madre. Durante los seis años que compartí con mi amiga, no pude entender jamás por qué no dejó a ese hombre abusivo con quien compartía cuerpo, cama y casa.

—¿Qué impulsa a una mujer inteligente y capaz a autodestruirse de esa manera? —pregunté a Sol, con la bilis en la boca del estómago.

—¿Baja autoestima, culpa, masoquismo, miedo? Pueden ser tantas las respuestas —se encogió de hombros—. ¿Pensar que están fracasando y no se dan permiso de claudicar?

–¿Y a los hijos, cómo pueden hacer eso a sus hijos? ¡Entregarlos a las manos de un tirano! Jamás he podido escuchar el llanto de un niño sin sentir que debo rescatarlo. ¡Mamá, mamá!, ¡mami! Gritan y a mí se me encoge el corazón y se me disparan todas las alarmas, razón por la que adopté cuatro de mis siete hijas –Sol se limitó a asentir con la cabeza, incentivándome a seguir–. ¿Cómo puedes ver, permitir que alguien les golpee? ¡Así sea el padre! Cada vez que he pegado a mis hijas en un intento extremo, ¡estúpido!, de corregirlas, me duele tanto como a ellas y la vergüenza que siento me dura hasta ahora cuando te lo cuento. Reconozco que gritarles y golpearles es solo un reflejo de mi impotencia para convencerlas a hacer algo que considero correcto. Y mientras sucede, mientras las castigo, una parte de mí sale de mi cuerpo gritando: ¿qué haces?, ¡para, mírate!, ¿es así de seria la falta? –mi voz iba subiendo de tono, como la desesperación que me estrujaba–. ¿Cómo te atreviste a ser madre? Me cuestiono. ¿Cómo te atreves a equivocarte de esta manera…? Y en las noches mientras las veo dormir, las adoro. Mi corazón se expande porque las aprecio en su totalidad, en su individualidad… pero últimamente no puedo dejar de preguntarme: ¿qué les enseño?, ¿qué les estoy dejando? Porque siento que lo hago todo mal, que estoy fallando… ¿qué pasará con ellas si no estoy para cuidarlas?, ¿para vigilar lo que comen, para guiarlas? ¡Para protegerlas…! ¿Para qué aprendan a amar…?

–¡Ilse, por la Diosa para! –Sol se puso de pie, me tomó de los hombros levantándome de un tirón–. Respira… respira Ana Ilse, recuerda quién eres, la Madre te ha bendecido para ser madre… mira cuántas criaturas que te ha enviado y tú has aceptado… pudiste haber dicho que no, ¡pero dijiste sí! Ser una madre consciente es un acto de valor. No puedes ser alguien que no eres… eres y serás la madre que puedes ser.

–Me siento tan culpable.

–¿Las amas?

—Las amo, pero ahora de repente quiero mi espacio, quiero hacer cosas donde ellas no caben, recuperar la vida individual que alguna vez tuve. A la vez, la misión tiene que ver con ellas y el planeta que he de dejarles... «salvar el mundo» –hice el gesto de entre comillas con los dedos y un trazo de risa sin sentido se escapó de mi garganta, sintiéndome ridícula–. ¿Salvarlo de qué?... del machismo, de la ceguera, de los monstruos allí escondidos bajo corbatas y turbantes trabajando, maquinando, para acabar de nuevo con la poca energía femenina que empieza a circundar por los pasillos de parlamentos y escritorios de gobierno. Las mujeres tememos a nuestro propio poder, Sol. Las matrices hablan y nosotras las acallamos cómo podemos, porque vivir *up to* lo que ella exige es aterrador. He raspado apenas la orilla y lo que hay allí adentro, dentro de cada mujer que camina, es tan extenso, tan poderoso, que es sin dudarlo, parte de lo que hace nacer estrellas, novas y agujeros negros. Sé que activar la matriz es activar el lado izquierdo del cerebro, pero también sé que puedes morir en el intento, porque después de siglos de opresión, de encierro, de sentirte pecadora y responsable del mal del mundo... olvidamos cómo funciona... ¡olvidamos cómo funciona nuestro propio cuerpo! y el poder que nos habita.

Sol se limitó a mirarme, sus ojos tranquilos trasmitían empatía, no hay dolor más grande para ella que haber nacido llena. Pero su falta de canal vaginal, del espacio vacío de la matriz, no ha sido impedimento para que experimente parte de lo que yo hablaba. Su anhelo de llegar al abismo es tal vez mayor que el mío. Pero en ese momento, mi propio ego herido, mi yo egoísta no me permitió ver nada que no fuera yo misma. Mientras que la generosa Sol estaba allí sosteniéndome, dando tiempo a mi espíritu de amainar la crisis

—Y luego, la muerte de Marta disparó tantas cosas... su capitulación ante ese hombre menor que ella: menor en mente, en espíritu, en fuerza, en amor, en talento… es como si se hubiese castigado a sí misma por la niña que dejó, por la madre que no fue para ninguno de sus hijos, por los prejuicios que finalmente la vencieron. Sin darse cuenta perdió, se perdió a sí misma. Lo sé porque vino a verme como fantasma para que la ayudara a pasar al otro lado y dejar un mensaje para sus cachorros: «no los abandoné» —elevó la voz al nivel de furiosos gritos—. ¿Cómo no lo hizo, si en vida dejó que el imbécil ese llevara la batuta y luego se dejó morir? Los médicos le dijeron que debía volverse vegetariana, que debía descansar, tomarse tiempo para sí misma ¿Y sabes qué dijo su marido? Que ella no podía dejar de cocinar para él lo que a él le gustaba, que la dieta en la casa no se iba a cambiar por ella, que él no iba a dejar de tener sexo. Así que si ella no se lo iba a dar, él lo buscaría en otro lado… ¿cómo es posible que no lo mandó al carajo en ese momento?, ¿qué no buscó ayuda en nosotros sus amigas?

—¿Cómo sabes todo esto? Si ella misma te lo hubiera contado, sé que la hubieras traído del pelo a vivir con todo y sus hijos a tu casa.

—Me lo contó Lucrecia cuando regresé de la finca en la frontera a la que me fui por tres meses… ¡tarde!, tan tarde, que Marta se había muerto. Hace año y medio, cuando la diagnosticaron, en lugar de tomar decisiones contundentes para cambiar su vida, confesarse con nosotras y pedir que la acogiéramos en un círculo femenino nutritivo y sanador, escogió las directrices de su verdugo. Me siento culpable de no haberme involucrado más, de no hacer más preguntas, de no haber estado más cerca…

—No puedes salvar a quien no pide ayuda.

—Pero ¿por qué no la pidió?

—Orgullo, pensar que podía sola, vergüenza. ¿No ves que escogió el camino del martirio? Si hubiese pensado en sus hijos y no en ella, los hubiera defendido. A la mayor la hubiera peleado, se hubiese quedado sola y sin pareja, con los niños, como tú has hecho. Pero tengo la impresión que si los hijos eran golpeados, encerrados, apartados o ignorados, ella sentía su propio dolor y no el de ellos. Lo vi infinidad de veces en las clínicas de apoyo. Las mujeres se declaran impotentes. Deciden verse como víctimas, justificando con ello su no acción. Mientras la enfermedad avanzaba, probablemente sentía su propia desesperación, pero no la soledad en que los dejaba. De haberlo sentido, se hubiese concentrado en salvarse. Nunca somos tan fuertes como cuando debemos proteger al otro. Si hubiese sido empática a las necesidades de sus hijos, los hubiera puesto primero antes que cualquier rol aprendido o impuesto. Hubiese peleado como leona para defenderlos. Pero no pensaba en ellos, pensaba en sí misma.

Escuchar en voz alta lo que creo, lo que he pensado, no disminuye el dolor que me atraviesa. Veo en Marta a todas las mujeres, las históricas y las contemporáneas, justificando el no pelear, el no defenderse por aceptar el martirio como un camino válido, ¡y creer! que en su dolor y sufrimiento redimen el pecado del mundo.

Sol me sacudió suavemente por los hombros.

—Mi querida Ana Ilse, es hora de alzarte sobre tus propios miedos y dudas. Es momento de romper el capullo y ver si esas alas que has trabajado por tanto tiempo son capaces de volar, y elevar con ellas el nivel de conciencia en el mundo. Es momento querida, de tocar las cuerdas de tu voz para unirla al coro de voces que vibran conforme los nuevos tonos de la Tierra. Abraza tu anillo de poder mi amiga... deslízalo sobre tu dedo corazón para activar tu estrella. Mira —Sol levantó la mano a la altura de mi rostro, donde un simple anillo de madera verde adornaba su dedo anular—, me he casado con el prójimo y en recompensa, la Madre me envió un hombre completo que me ve como el ser que soy y no como un fenómeno entre femenino y masculino.

—¡Oh Sol, Madre, eso es maravilloso!... ¡tienes que contarme! Pero ¿cómo pasó?

—Pasó como todo lo que importa, en el momento menos pensado... mi padre murió reconociéndome como hija, ¡solo la Madre sabe por qué proceso habrá pasado! Me sentí amada y aceptada en completo por primera vez, por lo visto yo lo necesitaba, ¡y allí llegó Jorge! como un reflejo de mi amor por mí misma y el mundo entero. Así que dejé de ser la mártir concentrada en mi *yo* egocéntrico para ser la tierra, la naturaleza entrelazada. En una sola noche ante el público y sobre el escenario, cayeron mis velos dejándome desnuda y más tarde sin ya nada que perder, cayeron también los miedos.

Pasamos el resto de la mañana reviviendo cada segundo de su relación con el hombre que era, por el momento, su compañero de camino.

Por la tarde cuando regresaron mis hijas, mientras yo cocinaba para todas, Sol les contó un par de historias. Por la noche con toda la casa dormida, planificamos la visita a Shika y el tiempo que nos quedaríamos con ella en Tecpán.

Es el momento del Juicio Final,
las trompetas suenan
para despertar a los que llevan siglos dormidos
sin soñar.
No son muertos,
ni zombis,
ni malos ni buenos,
solo seres.
Almas de senderos incompletos:
ni los de la pasión,
ni los de las elecciones correctas o erradas,
pudieron afrontar.
Seres que sin elegir se dejaron dirigir.
Almas de hombres y mujeres que sin poner a prueba
por miedo, su valor,
deben hacer el camino otra vez…
Las trompetas suenan para anunciar el final del juego
y puedan
todas las almas analizar y ver lo que hicieron.
¡Pero mirad! ¡Prestad atención!
El Alma que fue amante del Sol,
la que se introdujo en la oscura materia
para soñar con la Luna,
quien con la estrella pintó reales fantasías
después de tirar al suelo todo tabú impuesto.
La que junto a la música de Pan
se desvergonzó de su pasión oculta
templada con la natural alquimia,
sin miedo se puso de cabeza,
luego de dominar por voluntad la fuerza,
a la que el destino le enfrentó,
no sin antes pasar sola mucho tiempo.
Porque la justicia le exilió
al haber actuado sin conciencia
cuando eligió al amor
por no estar sola…
¿No sois acaso vos?
¡Revisad vuestro equipaje ¡por favor!,

que si lleváis el símbolo de la estrella
oculta en el bolsillo
¡o en otro lugar!
¡pasad, pasad adelante!,
a la última estación
donde os espera una sorpresa…

Vigésimo tercer verso
El viaje del alma
Sol Magnético Amarillo

21

Atando cabos de cinco mil años
Tecpán, Chimaltenango. Octubre, 2013

Tres días llevamos reunidas la Puta, la santa Sol, la elegante Isabella, Aura la chamana y yo. Sin dejar de hablar. Cocinando bajo la dirección de Shika, todo tipo de conservas y comida. Haciendo yoga en su patio techado y caminado en los barrancos circundantes a Tecpán.

Bebimos vino bajo las estrellas e hicimos varias saunas en su temazcal de barro. Todas contando cosas, pero las que más: ¡la prostituta y yo! Tomando turnos y ayudadas por Sol, que nos conocía a las dos por años, narramos el paralelismo de nuestros caminos. En algunos casos, como había seguido yo, once años menor, los pasos de Shika.

Una mañana, luego de una larga caminata, entre el humo de las hierbas del temazcal, Shika, la mujer Eros, nos contó uno de esos sueños que a veces tenemos las mujeres para aprender a unir en la realidad del día, información perdida:

—Caminaba hacia la playa siguiendo una enorme estrella en el cielo, que no era otra sino el planeta Venus. Su gigantesco tamaño me decía que se acercaba a la Tierra y yo quería estar al lado del agua cuando terminara de bajar a chocarnos. Pero me cegaban los focos alumbrando el largo muelle de madera sobre la arena blanca y sin importar que tan rápido caminara, no terminaba de salir del interminable sendero. Cuando finalmente toqué la arena, unas gigantescas luces sobre el agua y al fondo de la playa hacia mi derecha, iluminaban con fuerza el cielo. Con tal fuerza iluminaban confrontando el cielo, que el brillo de las estrellas y los planetas se mezclaba en una danza intermitente que mareaba. En un intento de encontrar un paraje oscuro, me dirigí a toda prisa hacia la izquierda. Apresurada ponía un pie delante del otro, aplastando conchas y arena bajo la suela de mis tenis Nike. El sonido me hacía sentir acompañada, pero el vacío luminoso a mis espaldas me ponía la piel de gallina, ¡más allá de los haces de luces estaba ciega! Y sentía sin dudarlo, dentro de la masa iluminada, que algo me perseguía. El miedo fue ganando célula a célula cualquier resto de raciocinio, hasta convertirme en una masa informe huyendo de las gigantescas luces que ahora se movían a toda velocidad en mi dirección. Acorralada paré. De atrás del foco que me cegaba, apareció la forma de un hombre disculpándose. Me explicó que estaban sacando arena del fondo del mar para regarla sobre la playa y agrandarla. «La operación duraría toda la noche», dijo. Decepcionada supe que no podría ver la materia oscura que me permitiera entender el cielo. Con ideas propias, los tenis empezaron a moverse sobre la arena, siempre hacia la izquierda, siguiendo la línea de la playa, hasta encontrar una especie de sendero sobre la arena con infinidad de conchas que mis pies aplastaban conforme avanzaba en eses. Serpenteado como una niña pequeña daba saltos de alegría. Entonces, mi yo del sueño recordó que Nike es la antigua diosa griega de la victoria, era natural entonces, que mis poderosos tenis azules me llevaran volando a toda prisa sobre la playa. Con la vista fija en el cielo, un momento más tarde, fui capaz de divisar la Vía Láctea, allí, Venus me esperaba de brazos abiertos, justo sobre la línea del mar, donde cielo y tierra se juntan. Pedí a la Nike alada de mis pies que se apresurara. Las conchas y caracoles eran parte ahora de los millones de estrellas que conformaban el antiguo sendero de estrellas y los puntos luminosos del cielo eran los millones de granos de arena bajo las suelas de… ¡mis victoriosos tenis! Solo ¡hazlo!, se repetía el *slogan* de la marca en mi cabeza, como un mantra que llenaba de aire mis pulmones, impulsándome más y más dentro de una realidad paralela que no era ni sueño ni nada que se pueda explicar con palabras. Corría en eses cada vez más pronunciadas. El miedo se había tornado en propósitos, el miedo era impulso para avanzar. Sin sentido aparente y sin razón, ni tiempo ni aviso, me senté de piernas abiertas sobre la arena. Ahora mis Nike eran barcas pesadas y enormes ancladas a las raíces del fondo del océano. Donde Nike, la diosa, jugaba con los antiguos Titanes, hermanos y hermanas de una primera generación divina, quienes entre juegos y apuestas habían dado origen a toda forma de vida. Titanes irresponsables, histéricos y nada sobrios, que entre cúpulas de hermanos gestaron el bien el mal, lo claro y lo oscuro, lo hondo y lo alto. Olas enormes de flujos y mareas que avanzan y se contraen rítmicamente… –Shika hizo una pausa para tomar aire. La mujer Eros es una extraordinaria narradora. Con la vista en la distancia continuó–, en imitación de la diosa irlandesa Sheela na Gig…

–¡Na Gig!, ¿qué diosa es esa? –levantó Sol una ceja.

–Sheela na Gig es la representación del nacimiento y la muerte –retomó Shika apresurada, queriendo seguir con su sueño–, se acostumbraba dibujar o esculpir como una vieja sonriente y esquelética, que se abre la *ioni,* «vulva» para quienes no entienden la palabra –sacudió la mano para quitar importancia a nuestra ignorancia–, con ambas manos, hacia quien la observa… como diciéndole: «eh, déjate de cuentos y miedos y mira bien aquí adentro, que es de donde nace toda la vida, el placer y la muerteeee –entonó la última parte subiendo las piernas e imitando una vieja desdentada con cara de demente, que nos hizo reír a todas, más cuando Aura se tapó la cara gritando:

–¡Ni se te ocurra enseñarnos tu cosa!

–Está bien, está bien, no te exaltes –levantó los brazos calmando a la Aj´ik–. Termino mi sueño. De mi *ioni* abierta en dirección a Venus, que aun en la distancia me abría dos amorosos brazos, empezaron a salir edificios, casas, todo tipo de maquinaria motriz y gente... de todos colores y tipos. Minúsculas personas como hormigas con labores específicas. Inclinada sobre mi propia vagina, me maravillaba de toda la vida creativa que era capaz de gestar desde un centro indeterminado de mi consciente colectivo. La risa, la musical risa me hacía danzar, mientras paría todo ese calidoscopio de maquinaria y gente. Desperté en medio de una niebla mental de la cual me costó liberarme, mientras retenía cuadro a cuadro el sueño del que acababa de regresar. Entonces, recordé que hacía años había estado de pie frente a una de las más antigua representación de Nike, una estatua griega de más de dos mil años de antigüedad conocida como la Diosa de la Victoria o la Fortuna. Allí en mi cama, recordando la estatua, rebotó un resabio del sueño en la parte de atrás de mi cerebro. En aquel entonces sin saber lo que veía, la belleza de las formas femeninas de la estatua sembraron en mi psique el concepto del poder femenino. Veinticinco años después, la imagen de la escultura y su significado se me revelaron en este sueño que les acabo de contar, mezclados de una manera azarosa con la conocida marca y unos tenis azules que en realidad tengo. Descubrí más sobre la diosa, cuando al día siguiente, persiguiendo la pista de la marca, busqué en Internet el origen del nombre y para mi sorpresa encontré la escultura del Louvre. Vista primero en el museo y en el sueño después. Allí, en blanco y negro se me verificó su significado y su historia, ¡revelado antes en el mundo onírico!

–¡Fascinante! –dijo Isabella con un tono seco.

–¿Dabas a luz gente y maquinaria? –cuestionó Sol, repasando la historia.

—Sí —contestó Shika alzándose de hombros y riendo—, todo tipo de tractores, carros, aviones, barcos, motos, papalotes… lo que se te ocurra que se mueve o mueven los hombres, o nos mueven o movemos con timones… y por consiguiente, todo tipo de operarios… con sus uniformes de obreros y todo.

—¡Fascinante! —volvió a exclamar Isabella, esta vez con más fuerza.

—¡Cierto!, operarios Isabella, ¡obreros!, ¿lo relacionas? —sonrió a la italiana en un gesto cómplice, que la otra no devolvió—. ¡Operarme! Que la he usado de siempre en lugar de masturbarme, ¡horror! —y rio feliz para ella.

—¿Y tienes unos tenis azules Nike? —preguntó Aura, siempre con ese tono de «esto es como de película».

—Sí —volvió a decir Shika con simpleza—, aunque nunca había notado que fueran Nike, solo que eran mis maravillosos tenis azules, los que efectivamente siento que me hacen volar —rio ensimismada.

—¡Fascinante! —exclamó Isabella por tercer vez.

—¡Puchica!, ¡que el sueño entero es fascinante! —explotó Sol—. ¿No tienes otra cosa que decir?

—¡Sí, tengo más que decir! —contestó contenida la italiana—, que después de tantos años no me hayas contado ese sueño fascinante que a mí me hubiera ayudado a entender mis propios y extraños recuerdos… y que tenga que llegar esta recién encontrada amiga para que relates algo que nos ayuda a ambas, ¡a ti y a mí!

No es que yo le cayera mal a Isabella, pero así somos las mujeres: celosas y posesivas de nuestra amigas, y efectivamente, para ella el sueño de Shika era importante. De niña sus padres la habían llevado al museo parisino y habiéndose perdido, estuvo vagando muy asustada hasta que encontró en medio de las escaleras a la famosa estatua. Seducida por la imagen, se sentó tranquila en una de las gradas a admirarla, hasta que la localizó una mujer policía y la devolvió a los brazos de su madre. «Es obra de la Victoria guiar a los perdidos», palabras de la policía que quedaron grabadas en la italiana.

—Como nunca olvidé ni la estatua ni la experiencia, ni las palabras de la mujer —aclaró Isabella—, aprendí muchos años después de estar viendo la esfinge infinidad de veces en mi cabeza, que efectivamente, figuras como esa pertenecieron originalmente a barcos, y esa tal vez a un fenicio, puestas en la proa por la tripulación para protegerse del temperamento del mar. Las figuras de la diosa eran guías para no perderse. Y una señal de triunfo y suerte dentro de las muchas estrellas. Tanto fenicios, griegos y romanos, intentando representar el poder femenino en su totalidad, sin ofender a ninguna diosa, esculpían estas estatuas sin cabeza o rostro para representarlas a todas.

—Fascinante —esta vez fue Sol quien repitió la palabra, todas levantamos las cejas hacia ella—, una diosa y una madre esperándonos de brazos abiertos, mientras al parecer damos vida… al lograr escapar de las luces que nos ciegan —terminó de hablar, a la vez que echaba agua hirviendo sobre hierbas y piedras, provocando una espesa nube de vapor que nos sumió a todas en una larga pausa meditativa, de la que no salimos hasta estar todas bañadas y vestidas, bebiendo té bajo el frondoso güisquilar.

Los poderosos símbolos del sueño nos tenían orbitando en nuestros propios subconscientes, donde cada una hilvanaba experiencias, conocimiento e intuición. Acurrucada en una poltrona de madera y cuero, bajo una colcha de lana, Sol con su mejor tono profesional de psicóloga señaló:

—En tu sueño aparecen tres diosas. Venus, diosa del amor; Nike, diosa del camino y el destino victorioso; y esta desconocida y rara Sheela na Gig, que pareciera ser una mezcla de las dos primeras, y dices que rige la vida, el placer y la muerte, y por lo que entendí, de una manera burlona o confrontativa…

—Que para ti sea desconocida, no quiere decir que lo sea para otros —confrontó la mujer Eros—. Sheela adornó por algún tiempo, fachadas y paredes de iglesias cristianas, ya que era también la diosa de la sabiduría, que enseñaba a las mujeres sobre el parto y a envejecer con talento y alegría, aceptando la muerte como un paso natural. La colocaron en los nuevos templos como una manera de facilitar el traslado de unas creencias a las otras. Hasta que la mojigatería de la Edad Media intentó borrarla del mapa… hace años que sé de ella. ¡Es más!, es de las primeras diosas que reencontré —Shika se levantó para rellenar nuestras tazas y agregar miel a la suya, mientras hablaba—. Cuando decidí tomarme en serio esto de la prostitución y me puse a investigar el rol histórico de la profesión, encontré primero la historia de las hetairas, que están muy bien documentadas por el rol directo que jugaron en la vida de varios personajes masculinos famosos. Luego, descubrí los templos a Inanna y las prostitutas sagradas de la antigua Mesopotamia, quienes ofrendaban sexo con la esperanza de ayudar a los fieles a ingresar en el «reino santo» de la pureza. A través del concepto de la prostitución sagrada apareció Sheela na Gig, que entre todo lo que se le atribuye o relaciona, está el del sexo transformador.

—Si quieren verla, aquí la tengo —interrumpí finalmente, levantando la carta de *El Oráculo de la Diosa*, de Amy Sophia Marashinsky, que había estado observando mientras todas meditábamos.

En la carta dibujada por Hrana Janto, aparece Sheela como también se le conoce, como una vieja hermosa y pícara, desdentada, flacucha y completamente arrugada. Desde que la vi en el *Oráculo* de Marashinsky, su imagen me sobrecogió por el parecido a «da mujer lunar» que se me apareció no una, sino dos veces en mi vida. Shika la arrancó prácticamente de mis manos.

—Vaya que te gusta guardarte las cosas —me regañó.

La carta pasó por todas las manos hasta regresar a las mías.

—¡Poderosa! —exclamo Sol.

—Divertida —opinó Shika.

—Así de feliz me quiero sentir cuando sea vieja —rio Isabella.

Aura la vio, la volvió a ver y me la pasó sin decir nada, finalmente se rindió ante la mirada de todas esperando su opinión:

—Si digo que podría ser Ixmukané, mis hermanos y hermanas me acusarán de profana... si me entienden —el brillo pícaro en la comisura del ojo, en medio de un rostro pétreo, no escapó a nadie.

—Creo que a mí se me presentó dos veces en la vida —recalcitrante inicié el relato de la historia que le oculté a Sofía allá en Lima—. La primera vez fue en Perú, en ese viaje que hice a pie entre Arequipa y Lima. Por varias noches tuve horribles sueños y durante el día fui abandonando en el camino todo el peso extra que pude. En la noche anterior a encontrar el poblado donde entregué mi Athame, en lugar de acostarme a dormir, decidí seguir caminando. La noche estaba clara por haber luna llena, de repente de entre unos árboles cercanos, surgió la figura de una mujer vestida de blanco, piel y largo cabello tan blancos como su propio vestido. Al principio pensé que era una vieja frágil, una vagabunda perdida. Pero en la medida que se acercaba, con la mirada y el propósito puesto en un destino que yo no entendía, fue creciendo en estatura, fortaleza, juventud y belleza. Impresionada me quedé quieta, ella se detuvo como a dos metros de distancia, con el cuerpo en dirección a su camino y el rostro volteando con lentitud hacia mi persona. Conforme su rostro se movía en cámara lenta, mi percepción del entorno y del tiempo fue cambiando. La noche era mi hogar y mi origen. Cuando terminó de girar el rostro por completo hacia mí, sus ojos eran dos abismos negros y su sonrisa... «el amor». Sentí como mis labios se curvaban para sonreírle de regreso, lento tan lento como ella había volteado hacia mí, que me llevó la noche entera terminar de sonreír. A la vez, su rostro volvía a girar hacia delante en dirección a «su destino». Conforme giraba el rostro, toda ella envejecía. Cuando se puso en camino era la imagen de una anciana. Y el sol empezaba a levantarse en el horizonte —mientras hice silencio para beber té con ambas manos y digerir mi más preciado recuerdo por primera vez compartido, solo la respiración agitada de Aura se escuchaba—. La segunda vez que la vi fue en una playa de la Florida, cuando frente al Atlántico decidía si abortar o no mi tercer embarazo y sexta hija. Junto a un grupo de amigas esperando el atardecer, yo, con el estómago revuelto y la mente confusa, no prestaba atención a las risas y el ambiente festivo de mis compañeras, cuando me llamó la atención la postura quieta de una hermosísima mujer de pelo y piel extremadamente blancos, a unos metros. En cuanto fijé mi atención en ella, todo lo demás disminuyó como si hubiesen bajado el volumen. La extraña, sentada con la espalda completamente recta y los brazos sobre las rodillas dobladas, miraba con fijeza el océano. Sin parpadear, la comisura de sus labios me dejaban saber que sonreía. Mientras la paz me invadía se fue haciendo vieja. Si al principio me pareció ser una mujer de veinte años, con pelo rubio plateado, al final era una mujer de setenta en perfecta forma con el largo pelo completamente canoso. Recuerdo que sacudí la cabeza en un intento racional de entender. Cuando volví a mirar, era una mujer normal de unos cuarenta con cabello plateado, que vestía sus generosas curvas con un traje de baño a tono con sus cabellos y blancos pantalones cortos. Lo único extraño era la quietud en la que se sentaba y lo fijo de su mirada en el mar. Toda la angustia provocada por el nuevo embarazo había desaparecido y la certeza de saber que sería otra niña con destrezas musicales, me provocó una ternura inesperada que me hizo abrazar mi cuerpo en un instinto reflejo. La mujer a la que no dejé de observar ni un momento mientras se ponía el sol sobre su imagen, desapareció en cuanto me distraje unos segundos, cuando una de mis amigas me jaló del brazo para señalarme el naranja brillante que pintaba por completo el cielo.

—Déjame entender —apuntó Isabella, más simpática luego de haberse desahogado de sus celos y su historia—. La primera vez que la viste estabas frente al Pacífico y antes del amanecer, y la segunda frente al Atlántico, antes del atardecer.

—Correcto —afirmé—, y la tercera vez cuando vi esta carta, frente al Golfo de México, también al caer la tarde, ya poniéndose el sol —me reí blandiendo la imagen de Sheela, sorprendida al notar esto de los mares y las horas.

—Que historia más hermosa —soltó el aire Sol con la voz quebrada por la emoción, sus ojos vidriosos confirmaban el deseo del llanto cercano—. Esa mujer muy bien la puedes llamar Hécate, Diana, Gia, Sheela o simplemente Madre. ¡Qué especial debes de ser Ana Ilse, que la diosa no solo se te muestra en persona dejándote ver sus tres rostros, sino que despliega ante ti el misterio y la sabiduría del tiempo, el nacimiento y la muerte! Deja de ser tan racional mi amiga, y termina de entregarte a sus brazos sin más preguntas.

Tuve que parpadear para contener las lágrimas que amenazaron espontáneas en mis ojos. La emoción atenazó mi garganta. ¡Qué fácil sonaba! Con un trago de té empujé el nudo hacia el estómago y dije:

—Rosa Montero escribió: «en la vida solo hay dos cosas irreversibles: la muerte y el conocimiento. Lo que se sabe no se puede dejar de saber, la inocencia no se pierde dos veces».[36] Saber mi amiga, es siempre dudar, mientras aprendes vas perfilando el nivel de tu ignorancia y si algo temo, es a todo eso que no sé.

–¡Cariño! –explotó Shika con una carcajada que nos sobresaltó a todas–, ¿y cómo jodidos pretendes saber lo que no sabes, si no pones a prueba la parte que ya tienes?, ¿qué crees?, ¿qué es un examen donde te pondrán una nota? ¡Por la Diosa, que eres una bruja muy tonta! –me apuntó con el índice, riendo burlona–. Está claro que manifiestas poder y dones allí donde te enfocas, ¿y aun así dudas? Se te explicó con claridad los roles, los caminos posibles para cada mujer, el Dios y la Diosa se te han presentado en persona, umbrales se han abierto ante ti y los has cruzado. Has vislumbrado lo inmenso del abismo del poder de la noche oscura. Magos y brujos han copulado contigo y has engendrado con ellos niñas de la nueva era. Lo que tengo son ganas de abofetearte –cambió a un tono dramático que podía ser divertido–. Desgraciada de mí que nunca he podido ser mártir, ni tengo ganas de ser una virgen aislada para poder completar la estrella de mi palma y tal vez salir disparada como un cohete hacia la estratosfera –Shika, disparaba chispas por todos lados, apresurada se sirvió una copa de vino. Todas nos encogimos y nos limitamos a prestar atención–. Fíjense señoras, que esto no lo explicaré dos veces: en la mano hay cinco dedos, el ochenta y cinco por ciento de las flores señalan este número en sus pétalos, en sus pistilos o el capullo de su botones. Nos han llamado a las mujeres en cinco mil años de historia escrita: mártir, puta, bruja, santa o virgen. Obligaron a nuestras abuelas y antepasadas a escoger un rol que jugar socialmente, fuera el que fuera, había para cada una un premio y un cas-

[36] MONTERO, Rosa. *Historia de mujeres.*. Madrid: Punto de Lectura, 2006. p. 53

tigo… a la mártir y a la virgen les tocó seguridad y certeza en una cara, y aislamiento y soledad en la otra. La primera porque hace su camino a través del ego y el *yo* perpetuo; la segunda porque lo hace a través de la impecabilidad y la perfección de sus actos. A la puta y a la bruja les corresponde libertad y capacidad de elección en el lado bueno; persecución, cárcel y muerte prematura en el complicado. La mujer Eros hace el camino a través del placer y la exacerbación de los sentidos. Exprime el placebo de los oídos, los ojos, el tacto, el gusto y el olfato, ¡y lo sé porque lo he vivido! La bruja por su parte, que es en realidad la mujer que sabe o la caminante, lo hace a través del conocimiento y cómo lo vemos en este caso —me señaló con el dedo—, la estupidez de dudar lo que ha vivido. La santa con un poco de lo bueno y lo malo de todas, tiene el talento de que le toque ¡lo que le toque!, poner siempre buena cara porque su camino es el del compromiso con el prójimo y la responsabilidad por sus actos. ¡Son cinco esferas, señoras! De las que podemos tomar un anillo que nos encadene, como pasa a la mayoría de casadas, a ideas y juicios o lecciones aprendidas que nos van empoderando. Que anillo enroles primero, no es importante. Como los profundices y los reconozcas conscientemente es lo que cuenta. Apoderarte de un anillo tras otro, tras vivir cada esfera, te llevará a lograr lo que desees… —pensando, dejó la copa sostenida en el aire—, completar la estrella es otra historia. Probablemente te convierta en una gurú capaz de rediseñar el mundo ¡o crear nuevos! Hasta ahora, todas las que estaban cerca de lograrlo, las han matado. Sol sigue por favor… —Shika se quedó de pie con una mano en la cintura, en actitud confrontativa, con la otra se llevó la copa a los labios para beber el vino como si fuera jugo. Sus ojos permanecieron en los míos.

Los rayos de luz que se colaban a través de la profusión de hojas sobre nuestras cabezas, dando un tono cálido al ambiente, parecían acariciar con cariño la figura de la mujer Eros, quien en respuesta inconsciente volteó la palma hacia arriba como quien responde al cariño de un amante. Sol tranquila continuó:

—El camino que tomes lo puedes llenar de magia o de guerra, de armonía o de confrontación, o todo a la vez. Actuar con conciencia y alertas, hará que nuestros días sean oportunidades para aprender y crecer. Poco a poco tu voluntad se templará al nivel de materializar lo que visualizas. El objetivo de completar los anillos es de influir en los mundos que compartes, traspasar dimensiones y ensanchar tu frecuencia mental. No sabemos cuál es el límite. Yo no tengo matriz física, Shika ha llegado hasta donde su indolencia le ha dado la gana y Ana Ilse hasta donde su valor le ha permitido. No sé si he de perder este cuerpo para alcanzar con otro lo ilimitado de lo que ofrece la vida. No sabemos si Ana Ilse podrá regresar una vez dado el paso hacia delante en el abismo al que ha llegado. Tal vez deba esperar hasta que sus hijas no la necesiten más en esta tierra, en caso de que la experiencia incluya una muerte física… —Sol se encogió de hombros, Isabella y Aura me observaron compasivas.

Shika, andando en dirección a la cocina, se rio y dijo:

—Una pausa nos caerá bien para relajar el tema, luego a estudiar. Tenemos ese cuadrado mágico que nos mostraste ayer, Ana tontita, para descifrar.

Es la mujer Eros, la llamada puta, hedonista y que fluye con la vida, quien indica el camino. Una hora después de pasada la sumergida emocional y de haber disfrutado un delicioso almuerzo, Shika nos tenía a todas alrededor de la mesa. Ella definitivamente, junto al anillo de la prostituta, habíase ahora enrolado en el de la caminante: la mujer que sabe y busca. Era sin dudarlo, una bruja natural que aprendía sin mayor esfuerzo. Por otro lado, su propio camino estaba plagado de magia. Yo, completamente seducida por su carisma e inteligencia, me dejaba exprimir a preguntas y respuestas.

—Hay estudiosos de la historia y la ciencia que proponen que la muerte o desaparición de la Diosa se debió a la escritura. Si nosotras dominamos el lenguaje, los hombres con su cerebro izquierdo, las letras. Y es a través de las ideas escritas como han delimitado el mundo, sus dioses y sus reglas. Justicia divina dirán algunos, karma dirán otros, que el péndulo oscila dirán los terceros —con el humor recuperado, nos reímos mientras yo les compartía mis descubrimientos—. Sea como sea, la historia nos cuenta que de un aparente matriarcado vivido, ¡cómo se haya vivido!, pasamos a vivir bajo un patriarcado del que tenemos pues, amplia información y experiencia… la pregunta es: ¿esta oscilación pendular de izquierda a derecha, de siniestra a diestra, debe ser una guerra?, ¿un enfrentamiento donde unas somos explotadas, marginadas y otros lo que decidan ser?, ¿no podemos acaso, vivir en un equilibrio donde todos con el cuerpos que tengamos: hombre, mujer o mezcla, alcancemos expectativas personales y posibilidades mentales y espirituales?, ¿cuál es el camino para lograrlo? —me puse de pie para ejemplificar el vaivén con ambos brazos—. Así como la música es la fórmula física capaz de unificar en su producto la mezcla del menos y el más, fuerza positiva y negativa; el sexo es la fórmula empírica capaz de mezclar en su alquimia, el poder profundo y aéreo, para producir en la materia, cuerpos, contenedores de vida… o sea, hijos, gente. Pero también capaz de producir, en el caso de los humanos, ya que no sabemos en los animales, placer, despertar y un poder específico que se direcciona como un rayo. Capaz de intensificar la voluntad del ser y sus círculos de influencia, llámese estos emocionales, materiales, espirituales.

»El sexo es un acto mágico sin explicación coherente. Para entender mejor esto de mezclar positivo y negativo, pidan a cualquier músico que les explique cómo funcionan la notas blancas y negras de un piano, capaces de producir espirales ascendentes o descendentes de octavas, en movimientos perpetuos acordes a la capacidad del músico. La música y el sexo provienen de una misma fuente, la raíz de ambos está en el origen del tiempo y el vacío donde las palabras sobran y solo pueden ser experimentados a través de las emociones y los sentidos. Vivimos delimitados por la mente que necesita interpretar lo que experimenta. La música y el sexo rompen límites y paradigmas... sumergiéndonos en sensaciones inexplicables ¡He allí la magia de ambos! Pero somos almas con mentes contenidas en cuerpos, necesitados de entendimiento y he allí la razón de que algunos busquemos tanto y otros se bloqueen a todo aquello que no entienden... –me tapé los ojos, luego los oídos, mientras dije–: ojos que no ven, oídos que nos escuchan, no captan, no sienten. Las matemáticas explican bastante bien la música, explican en general el mundo entero. Entonces, ¿por qué dudar que los números expliquen el origen y el destino, las emociones y el sexo? ¡Pero claro!, los números pueden explicar todo, pero solo nosotros podemos experimentar lo que explican.

»Desde que tengo memoria, el universo ha venido develándome pedazos, chispas de conocimiento, que conforme avanzo en el camino y la búsqueda, he podido ir poniendo, organizando juntos. En mi juventud creí saberlo todo y quería solo vivirlo, luego sabía y experimentaba, ahora sé más y dudo de cómo ponerlo en práctica. De lo que no dudo es que ya no puedo avanzar sola, que necesito de ustedes, de una manada, de otras y otros para que se activen las redes. Y la máquina que todos conformamos produzca en la dirección que deseamos –Sol se puso de pie, me abrazó, me tomó por ambas manos para mirarme a los ojos y sonreírme desde el alma. Le sonreí avergonzada por su gesto, entrelazando mis dedos a los de ella.

–Vamos continúa por favor, que yo también estoy emocionada –dijo Aura, sentada sobre la orilla de la silla, balanceándose con el corazón alborotado. Ella también sentía que estaba encontrando su manada.

Sol regresó a su silla y yo continué con más ganas:

–Todo se ha dicho ya, en el pasado ha habido escritores capaces de poner en palabras lo que hemos visto, vivido y entendido. Cientos de pensadores nos han compartido información valiosa y sabiduría. Dijo el poeta Kahlil Gibran: «Y como el amor, ¿no es el tiempo indivisible e inconmensurable?»[37] Al entender la indivisibilidad del amor y captarlo como la unidad que ES, abandonaríamos del todo los celos, la envidia, la posesividad y con ello, la mal entendida fidelidad y respeto. La generosidad, la misericordia, la piedad, la solidaridad y la alegría serán emociones diarias. Si una tercera parte de los billones que habitamos el planeta, entendiera a profundidad una sola frase de las miles salidas del inspirado libanés, ya el mundo sería otro. Por ponerles un ejemplo…

Me acerqué al caballete para develar mis pequeñas obras de arte, ordenadas una sobre otra. En la primera había dibujado tres cuadrados mágicos:

–Hace años empezó a llegar a mí todo tipo de información de ciencias y artes, tan disímiles en apariencia como la biología y la alquimia, que venían a demostrarme con hechos históricos o descubrimientos científicos, conocimiento intuitivo que aparecía dentro de mi cabeza sin tener yo una explicación razonable de por qué lo sabía. He tenido también sueños y regresiones espontáneas a vidas que fueran o no mías, me proveen de información o verificación de esas cosas que sé. O a veces a la inversa, primero tengo sueños o regresiones y luego, en el plano físico, en esta realidad nuestra, se me confirma o explica. Como a Shika y a

[37] GIBRAN, Kahlil. *El profeta*. Traducción y prólogo de Mauro Armiño. Primera edición. Nueva York: Vintage español, Vintage Books, 1999. p. 65 (Consulta de Editor)

Isabella se les confirmó lo de Nike –señalando los cuadrados uno en letras, otro en números indo/arábigos y el tercero en romanos, leí y luego expliqué:

R O T A S= 9 6 2 1 1 = 19 = 10 = 1 IX VI II I
I = XIX =X
O P E R A= 6 7 5 9 1 = 28 = 10 = 1 VI VII V
IX I = XXVIII =X
T E N E T= 2 5 5 5 2 = 19 = 10 = 1 II V V V
II = XIX =X
A R E P O= 1 9 5 7 6 = 28 = 10 = 1 I IX V
VII VI= XXVIII =X
S A T O R= 1 1 2 6 9 = 19 = 10 = 1 I I II VI
IX= XIX =X
19+28+19+28+19 =113 = 5
10 10 10 10 10 = 50 = 5
1 1 1 1 1 = 5

–Un cuadrado mágico está compuesto por letras o números. Los primeros se usaron para crear conjuros, talismanes y magia. Los segundos eran la forma de los grandes matemáticos de divertirse con los números y las cifras, una distracción de cosas más serias –sonreí alzando los hombros–. Este cuadrado en letras ha aparecido tallado en muros y columnas de iglesias medievales… por lo que hace un siglo se creía que era de origen cristiano. Algún tipo de firma entre los canteros, albañiles y maestros de obra que levantaron los grandes monumentos religiosos. Pero el cuadrado más antiguo correctamente datado en el año setenta de nuestra era, fue encontrado en la extinta ciudad de Pompeya. A mi parecer, difícilmente cristiana en ese entonces. Así se abrió la discusión entre historiadores y gnósticos sobre el verdadero origen de este cuadrado. Escrito en latín a excepción de la palabra *arepo*, que solo tiene sentido en celta antiguo y que significa carro. Entonces, se tradujo de varias formas:

ROTAS ruedas
OPERA ópera (ejecuta, obra)
TENET tiene
AREPO carro (arado)
SATOR sembrador

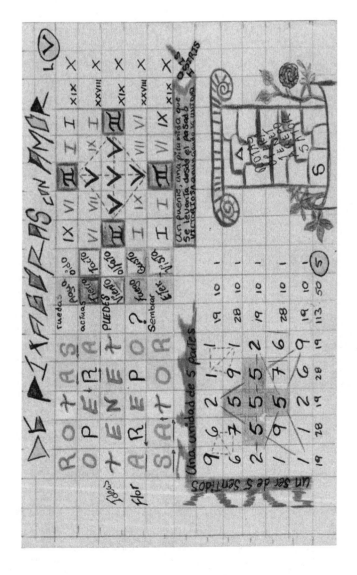

«El obrero con su arado dirige los trabajos», «El sembrador está en el carro, del trabajo se ocupan las ruedas», «El sembrador en su carro dirige con destreza las ruedas». Y así algunas otras frases, pensando mayormente sus traductores que se refería a Jesús y su obra. Personalmente lo traduje primero así: «Mantiene la obra el sembrador al girar por fuego (pasión)». Empecé por el centro y utilizando la forma de la estrella, deduje que *arepo* debía tener relación al elemento fuego (pasión), ya que las otras cuatro palabras tienen relación. *Tenet* al aire, *opera* a la tierra, *rotas* al agua y *sator* al éter. Asigné a cada palabra también un sentido: *rotas* al oído (oyó), *opera* al tacto (sentí), *tenet* al olfato (olí), *arepo* al gusto (probé), y *sator* a la vista (vio).

—Los cinco sentidos y los cinco reinos naturales… ¡que bello! —sonrió Shika.

—¡Exacto! Al convertirlo en números descubrí que tiene en total 25 letras, 5 palabras de cinco letras cada una (5x5), que puedo al sumarlos obtener un simple 7. 2+5=7 que significa en sí: el camino, el buscador, el/la caminante… —al compartir, la adrenalina empezaba a correr con fuerza por mi cuerpo.

—Y la esencia de tu nombre Ana: a=1 + n=5 + a=1 total 7 —acotó Sol y me limité a afirmar con la cabeza.

—Al convertir el cuadrado a números, ya sea romanos o indo/arábigos, el corazón del cuadrado es siempre un 5, que el cuadrado en su totalidad nos repite varias veces, no sin antes pasar por un 10 y un 1, o quedarse en ese repetido 10 en el caso de los números romanos, que significa principio y fin, Isis y Osiris, resurrección y muerte…

Ya aquí, el vello erizado de mi piel empezaba a sacarme de la realidad circundante e introducirme al espiral/tiempo acelerado, que se recorre cada vez que se juega con los números.

—El 1, esa unidad indivisible a menos que sea quebrada, refuerza el significado de ese 5 unitario en el que se convierte la totalidad del cuadrado. Así, siguiendo los números, sumando y multiplicando... fui descubriendo patrones que traduje a conceptos. Hay en este cuadrado una cruz, varios triángulos, un círculo, una estrella y dos eses en movimiento. Entonces, traduje el mensaje así: «La unidad del ser de cinco extremidades y un centro, contiene en sí dos energías opuestas que se mezclan en movimiento ascendente y descendente perpetuo... –mis poros sudaban y mi respiración se hacía más profunda–. El 19 y el 28, el primero un número masculino y el segundo femenino. El 19 compuesto por un número unisex (1) y el otro (9) femenino, el 28 compuesto por un unisex (2) y otro (8) masculino. Mezclan entre ambos en una amalgama clara, los dos polos universales...

–El 19 relacionado al sol y el 28 a la luna –especificó Shika más rápida–. ¡Qué poderoso! ¡Cómo se va revelando el mensaje!

–Deduje también que es un texto pitagórico –me alargué acelerada–, por eso el título de mi dibujo. Porque en el hallazgo arqueológico de Pompeya, el cuadrado es precedido por un: *Sautran, va, S*, la figura de un triángulo y cierra después del cuadrado, *Ano, Sautran, Vale*. Traduciéndolo a números encontré lo siguiente...

Dibujé en la pizarra:

Sautran es 22 , va es 5, y S es 1, vale 13, luego el triángulo, cuadrado igual 5, 12, 22, 13

–Todos a excepción del 13, son números pentagonales pitagóricos relacionados a la estrella o pentagrama, símbolo que permitía a un pitagórico reconocer a otro. El triángulo, que es la base de la numerología de la escuela pitagórica fundada por el griego, en doble referencia a la *Tetraktys* igual 1, 2, 3 y 4 puntos formando un triángulo que suma un diez. Y en referencia al número áureo que lo representaban como un árbol, reconocido por la escuela como la «raíz del mundo», formado por fractales perfectos, o sea, triángulos rectángulos… –hablaba e iba dibujando a toda velocidad las figuras a las que me refería, envolviéndome en un espacio individual donde habito sola–. Al aislar números y letras en cuadrados menores o triángulos, descubrí una serie de palabras con significado propio: Sara, como llamaron los romanos a Tiro, la ciudad fenicia más importante y que significa para unos y otros: «roca»; ene es el cinco alfabético; rosa, sinónimo de diosa y mujer; poro, la unidad del cuerpo relacionado al fuego y el calor; oro… el metal alquímico.

–Un triángulo invertido que relacioné al fuego y otro de pie que aparejé al agua. Así también un timón, una vela, un mástil y un navegante, todos relacionados al mar y la navegación; dos eses o serpientes. Entonces, cuando topé, sin saber cómo seguir porque me faltaba algo que me permitiera unir los diferentes resultados… llegó a mis manos el libro de Roberto Pascolini, que escribió 195 páginas para decodificar a través de ideogramas, traducciones directas del latín y una erudición histórica de miedo, este cuadrado que él llamó *El Evangelio de Pompeya*, atribuyendo su autoría a Jesús. Independientemente que difiero de él en algunas cosas, empezando porque ni por donde asoma puedo atribuir este cuadrado a Jesús y su gente, el libro es hermoso y su investigación apasionante. Gracias a que él llegó más lejos que yo en las traducciones literales, me mostró lo que a mí me faltaba. Pero el hecho que yo haya llegado a conclusiones similares con menos conocimiento que él, como por ejemplo el idioma, solo me confirma que nuestras deducciones son correctas. Las mías mayormente intuitivas y respaldadas por la numerología, las suyas tomadas de fuentes certeras… –entregué el libro a Isabella para que lo pasara al resto. Sus páginas marcadas y escritas en los bordes dejaban saber lo manoseado del texto.

—Pero ¿cuál es la conclusión? —preguntó Aura impaciente.

—Pascolini creó 38 frases poderosas llenas de múltiples significados, que se pueden leer por sí solas o en conjunto, como una leyenda cifrada. Pero la conclusión 28 resume a lo que estamos despertando en esta nueva era... «la rosa es la nave ligera y suave con la que surcar el mar que conduce a uno».[38]

Al escucharme, Shika y Sol dieron un respingo, por un segundo la prostituta contuvo el aliento para luego exclamar:

—¡Qué me cago en la olla! ¡No te la creo!

Su brutal expresión me hizo reír, provocando que me relajara por completo, trayéndome de regreso al plano presente. «Rosa de pétalos abiertos» es cómo Shika llama a su vulva llena de perfumes afrodisíacos. El sexo es para ella la forma más fácil de surfear la ola de la conciencia y una forma placentera de sumergirse en el mar del conocimiento.

Con nuevos ojos, todas clavaron la mirada en mis cuadrados, números y dibujos. Esparcidos sobre el piso conforme los fui develando. Con los ojos desencajados, Sol fue la primera en hablar:

—Y en la Cábala, 5 es el centro del Árbol de la Vida, la esfera de Tiféret, la belleza y el equilibrio.

—¡Claro!, también es la pirámide: cuatro triángulos elevados sobre un cuadrado, la puerta y el puente a la quinta dimensión —exclamó Aura, completamente transfigurada con la vista hundida en su propia memoria—, y dos eses a cada lado del cuadrado como serpientes bajando y subiendo. Recorriendo el árbol del mundo, de raíz a copa y de copa a raíz.

—Veo en tu cuadrado, ¡siento!, 5 *yos*, 5 egos que integran un *yo* total —suspiró Isabella poéticamente.

Shika me miraba directo, con los ojos entrecerrados y el ceño fruncido:

[38] PASCOLINI, Roberto. *El Evangelio de Pompeya*. Primera Edición. Barcelona: Ediciones Obelisco, 2008. p. 180

—Anunciado en piedra hace dos mil años, repartido el mensaje frente a las narices de todos en las iglesias medievales —explotó en una carcajada y parándose, Shika habló bailando—. Está más que claro el regreso de la diosa, el despertar de la sexualidad femenina como una forma segura de navegar las aguas del cáliz de la vida. ¿Desde cuándo lo sabes, Ana?

—Desde hace rato —sonreí al fin tranquila, sabiendo que había encontrado mi triada. Sol, Shika y yo somos tres partes de un todo: alma, cuerpo y mente. Suspiré ampliando mi sonrisa. «Ya no estoy sola», me dije, «no estoy sola», me repetí, «encontré mi manada», me repetí mirando a las otras—. Algo más... tanto Pascolini como yo concordamos que todo el cuadrado tiene referencia al mar y su navegación. En la *Odisea*, Ulises se hace atar al mástil del barco para evitar ser seducido por el canto de las sirenas. Ese canto tan seductor, no es otro que el sonido marítimo y su despierta matriz llena de poderes y muerte. Los marineros aman y temen su canto, a la vez que lo desean y lo sueñan, al igual que les sucede a hombres y mujeres con la compleja profundidad femenina.

A la mañana siguiente, despiertas a las cuatro de la mañana, subíamos el volcán Pacaya para ver el amanecer desde su cima. El recorrido sobre arena es pesado, si no se concentra uno en respirar paso a paso. Mientras la luz se acerca y la niebla se mueve revelando piedras y formas similares al paisaje lunar, el viento frío corta la piel como pequeñas agujas rasguñando. Pero la belleza desértica y llena de energía primitiva va inyectando entusiasmo por la vida en el ánimo del excursionista. Al llegar arriba junto al sol, iluminando los volcanes de Agua y Fuego, nos refugiamos del viento y el frío en la cueva que asemeja una *ioni* abierta. Cada una cargando una piedra de lava caliente, nos instalamos sobre mantas para degustar de la fruta, el pan y el queso acarreado en las mochilas. Aura despabilada con los descubrimientos recientes, tomaba valor participando activamente en la conversación:

—La complejidad de la mente femenina, originada probablemente en el milagro que es nuestro cuerpo, nos confunde hasta a nosotras mismas. Sin lugar a dudas, somos multifunciones y no tengo que explicarle a ninguna como nos las arreglamos para cumplir con la lista del mercado, las tareas escolares, el pago de las cuentas, crecer profesionalmente, ¡así seamos vendedoras en un puesto de comida...!

—Y enamorarnos una y otra vez de supuestos príncipes no tan azules —bromeó Isabella, quien siempre gustaba de aligerar lo pesado de la conversación.

Aura se limitó a levantar una ceja ante el comentario y siguió:

—Pero eso no quiere decir que reconozcamos nuestra propia profundidad, que al igual que la mayoría de los hombres, preferimos evitar. En español el mar, el océano, el río, el lago, son identificados con un artículo masculino, dándole en nuestra mente una connotación de ese mismo sexo. Contradictoriamente, el agua, con o sin artículo, tiene una connotación femenina y es la esencia del planeta que habitamos, constituido en su tres terceras partes por agua. La ciencia nos explica que todo ese líquido compacto y extenso se mantiene pegado al suelo por la fuerza de la gravedad, que mantiene al agua en una masa compacta en un equilibrio perfecto de atracción hacia el centro de la Tierra, y a las criaturas vivas nos permite caminar, nadar o volar sin imantarnos al suelo. Lo cual ya es en sí un milagro. En la mitología maya se interpreta que el submundo es acuoso y se rige por sus propias reglas, con criaturas propias de su mundo. Mientras que el cielo o espacio divino, es etéreo y airoso, por lo que debemos elevarnos como aves. En el submundo se vence al mal, que generalmente está relacionado a los vicios propios como la avaricia y la ira. Cualquiera que muera debe atravesar la acuosidad del submundo y conquistar el mal que le habita.

Sol sacó su pequeña mandolina y recitó acompañándose de la música:

El mal surgió de la podredumbre del Alma
golpeada y violada en su inocencia.
El niño, la niña,
abandonados a su suerte desde el principio,
o por un giro del destino,
sin la fuerza para sobreponerse,
ni el conocimiento
para proveerse al dolor del frío,
del hambre o la soledad,
descompone en sí lo que era puro.
La esencia del ser,
alguna vez limpia de miedo a lo incierto,
y a la realidad sucia
otras almas corrompidas
antes que ella,
se ahoga en la ignorancia
de quien no goza
el aroma del pecho materno,
el calor de la mano que guía,
ni el beso amigo del que se involucra
con la historia del vecino.
El mal es el agua estancada
dentro del cuerpo,
es agua programada
solo de malos momentos.
El mal son los recuerdos
que la alimentan de miedo,
que se transforman en odio,
¡autodefensa!
Es la sed de venganza,
la sed por un agua distinta.

Un triste grito de auxilio…
¿Es ya demasiado tarde…?
¿Puede aún sentir amor
aquel, aquella,
quien ha sido
desde temprana edad abandonada?
¿Es que el agua cristalina y nutrida
por la oscuridad de la Madre Tierra
es ya muy escasa?
Esperemos entonces
un alma capaz de beber cada día
del valor de su propia fuente interna.
Capaz de rescatar con una mirada de interés
al alma cegada por el dolor de la ignorancia.
Un alma oscura que sane con su manto
las heridas, de las otras,
en recordatorio de la noche que nos dio vida.

—¡Ah, Sol que cosa más triste! —se quejó Shika, entre los aplausos de las otras—. Mejor les cuento algo divertido. Se dice que en la Edad Media, médicos y cirujanos diagnosticaron a las mujeres histéricas de un mal llamado «útero ardiente». Doscientos años después, a la enfermedad se llamó «sofocación de la matriz», producto de la abstinencia sexual. Miren cómo habrán estado de avanzados, que sabían que la abstinencia erótica provocaba la acumulación de jugos y retención del esperma femenino, fluidos que atribuían al buen o mal carácter. Los sabios franceses aconsejaron entonces, que las mujeres fueran tratadas con aceite por una mujer ciega, que debía frotar con vigor la vulva femenina, hasta lograr la liberación de los fluidos y la histeria. Al poco, debían aparecer los aburridos y pecaminosos franciscanos, médicos entrenados en los burdeles florentinos, para decir que la única solución era el embarazo. Curiosamente, en plena era victoriana, uno de los peores períodos para el cuerpo, se recomendó atenuar la histeria con un tratamiento de caricias sobre el clítoris. Tratamiento aplicado por médicos que se dedicaban a frotar dicho miembro, hasta lograr el incómodo orgasmo que atenuaba la enfermedad. En 1880, el doctor Joseph Mortiner cansado de aplicar el tratamiento de frotación, inventó el primer vibrador eléctrico. En 1902, la empresa Hamilton Beach patentó el primer vibrador personal y en aquel año existían solo tres electrodomésticos: una heladera, un ventilador, y un vibrador para su esposa.

Todas estallamos en risas e Isabella exclamó:

—¡Ay Shika! ¿De dónde te inventas esas cosas?

—No me lo invento —rio—. Dicen que el primer vibrador era enorme y que esposos y padres llevaban a sus mujeres, esposas o hijas, a recibir el tratamiento de manos de los médicos. Lo cual se habrá prestado para momentos chistosos, incómodos y hasta de abusos. Pero prefiero imaginar que también muchos de satisfactorio placer. Debido a su alta demanda, los envidiosos y misóginos hombres decidieron declarar la histeria femenina como un mito y el orgasmo como una aberración. Así que negaron el orgasmo femenino y prohibieron el uso del aparato, que desapareció de los catálogos de electrodomésticos.

De regreso a su casa, Shika nos mostró un recorte de revista que hablaba de las histéricas y el mítico orgasmo:

Jean-Martin Charcot, hombre que solía reverenciar no solo a las histéricas, sino a sus vulvas, recuerda que la mujer es un misterio, y que en sus placeres y penas se halla el germen de una sacralidad antiquísima, propia de una época mítica de igualdad entre diosas fértiles, pero también guerreras. Ya al final de su razonamiento, Charcot rememora el origen de la palabra histeria, del griego ὑστέρα, literalmente, «útero», pero no ya el útero carnal de la fisiología femenina, sino el cálido y terrible útero de Gea, el mundo en su forma primigenia, capaz de albergar toda la vida y el verde del orbe, así como la carne corrupta de incontables muertos.

Jamás quedó en claro si Charcot temía solo a las mujeres o también al orgasmo femenino. Desde aquí sospechamos que separar ambas cuestiones es un típico síntoma de la histeria masculina.

Por la noche, convencida que el tiempo de anunciar el regreso de la Diosa era una parte de mi misión, como mujer y caminanta, navegué por la Red escribiendo comentarios donde quiera que se atacaba la cercana celebración de Halloween y Día de Muertos. En un conocido blog de una presentadora de televisión escribí:

¿Has oído de la filosofía wika o wicca? Sus practicantes somos las herederas de las sobrevivientes torturadas y asesinadas por los cristianos... durante 400 años, la Iglesia eliminó a cualquiera que no pensara como ellos, castigaron con la muerte la libertad de culto y pensamiento... Samhain, lo que tú llamas Halloween, es una celebración a la tierra y lo que ella nos da. No hay sacrificios ni adoraciones a ningún dios porque es una fiesta netamente de energía femenina. Se celebra en realidad, en la tercera luna oscura (ausencia visual de luna) a la llegada del otoño, porque la cosecha ha sido recogida y ahora se puede descansar y también honrar a tus antepasados, tus abuelos y abuelas. Es posible decir mucho sobre esta fecha tan mágica para las mujeres que caminamos los caminos de la Diosa en busca de sabiduría (dudando de lo que sabemos para seguir aprendiendo). Las wikanas creemos que se puede desarrollar la vida en comunidades organizadas o en solitario como lobas de montaña en armonía con la naturaleza. El retornar de estas fiestas, aunque sea con tono comercial y de parranda, es una señal de que sin importar cuánto cebes un campo, la naturaleza se encargará de guardar sus semillas bajo tierra y hacerlas brotar de nuevo cuando sea su tiempo.

Satisfecha apagué la computadora, lista para dormir y soñar. Con el simple acto de participar en la Red con mis ideas, acababa de salir del closet donde me había escondido por años, para vivir en secreto la magia circundante y mi realidad de bruja. La piedra había sido lanzada, ahora era esperar que el sonar de sus ondas trajeran de regreso la respuesta de otras como yo, listas para proclamar con voz alta el regreso de las diosas y el re-despertar del poder femenino. Sin sospechar siquiera que la respuesta vendría más rápido de lo esperado, desde el cuarto vecino donde Shika y Sol abrazadas en la misma cama, fraguaban un próximo viaje y mi matrimonio sagrado.

Sin juez ni víctima,
¡unida!,
el Alma es libre de ser quien es,
salvaje e indomesticada.
¡Divina!
responde a la risa sin pasado ni futuro,
al momento que salió desnuda de la cueva oscura
sin vergüenzas ni miedos,
llena de deseo.
El Alma se siente uno.
Uno con la tierra y el viento
rebalsada de agua, quemada por el fuego,
sonríe a la vida y a la muerte,
ambas una unidad dentro del juego.
Mira al cielo palpitante de almas como ella,
siente la tierra donde hay género
¡masculino y femenino!,
ha sido ambos, ha sido todos,
amado desde arriba, desde abajo,
unas pasivamente
otras con pasión,
dorándose al calor de la llama.
«He amado, soy amor,
soy belleza,
estoy lista para romper el huevo»,
voló el Alma,
se esfumó.

Vigésimo quinto verso
El viaje del alma
Sol Magnético Amarillo

22

En el corazón del Reino Kan
Siempre octubre

A las seis, la oscuridad empezó a avanzar. Retrocediendo el sol, rayos prófugos pintaban de colores las nubes del horizonte. Me abracé, sentada sobre mi bolsa de dormir, para alejar un poco la humedad de la selva, que a esa hora empezaba a enfriar. Gracias a los contactos de Shika, habíamos conseguido autorización para dormir en la cúspide de la pirámide de La Danta, donde la noche anterior ella y yo direccionamos desde los centros de nuestros úteros, varios orgasmos al éter para colaborar con las ballenas en la propagación de las ondas que activan la sabiduría de la serpiente a lo largo de la circunferencia del planeta. Es fácil sentirse ballena, sus formas pesadas flotan sin mayor esfuerzo, viajan en las corrientes oceánicas jugando, inyectando en ellas sonidos impronunciables, llenos, redondos, anímicos y huecos. Risas, siempre susurrantes risas.

Sol nos acompañó tocando una flauta dulce. Por un momento vimos cómo las notas de esa música antigua bailoteaban en espirales antes de perderse en el espacio en filas ondulares. Sol, Shika y yo nos percibíamos solas en la inmensidad de la reserva que alberga el corazón del Reino Kan, «El Reino de la Serpiente», llamado El Mirador por los arqueólogos. El campamento de seres domesticados estaba a más de un kilómetro de nosotras. A los animales salvajes podíamos sentirlos, moviéndose cerca; siseando, gruñendo, gorgoreando, tamboreando.

El conjunto de La Danta lo conforman un total de tres, cinco o nueve pirámides, dependiendo de cómo se cuentan. Unas construidas sobre otras en un conjunto que copia, tal vez, la constelación de Draco en el cielo. Bajo la cual la Tierra entera gira sobre su eje, como una persona puede hacerlo bajo una sombrilla. Con el centro de la Tierra alineado a este gigantesco conjunto de estrellas, que incluyeron durante algún tiempo a la Osa Mayor y Menor, todos los terrestres podemos afirmar que nuestro signo es el del dragón. Esta constelación ha sido descrita por sumerios, hindúes, persas, egipcios y por último, por el griego Ptolomeo, padre de la astrología y astronomía moderna. Conocida solo a través del cine en personajes como Draco de Harry Potter, para la mayoría, esta constelación que ha guiado a sabios y magos, es inexistente a pesar que la admiramos parcial o totalmente dependiendo de la hora que sea, cada vez que elevamos la vista al cielo.

Mis dos amigas y yo, entrelazadas en una triada alquímica, concluimos que tanto la pirámide de la Serpiente Bicéfala en Tikal, más conocida como el templo IV, la pirámide del árbol sagrado en Palenque y el conjunto de La Danta del Reino Kan, forman una trilogía relacionada a Draco, la constelación de la serpiente con alas. La Danta, de 72 metros de alto, es sin dudarlo, la más alta del mundo antiguo, pero también sus cabalísticos números parecen estar perfectamente sincronizados a los de la Tierra, que se desplaza un grado de su eje cada 72 años y son una vuelta de 360 grados cada 25,920 años. En este «círculo del tiempo» imaginario, cómo lo llaman los científicos, la Tierra cambia de signo. El último ciclo fue Piscis, a partir del noventa estamos en Acuario y es llamada la «nueva era». «72+360+25,920, todos relacionados al 9», me dije, «el número de la Diosa», sumaba mentalmente mientras mis ojos tragaban el azul restante en el cielo, antes de la llegada del oscurecer. Dibujé en la línea del horizonte a Isis con sus cuernos de vaca sobre la cabeza, sosteniendo con la mano una esfera. En Egipto, Isis simbolizó en el cielo a la estrella Draconis o Thuban, correspondiente a la Estrella Polar en su época, ubicada en la constelación del Dragón, «mucho más grande que la de ahora y coleteando», la dibujé sobre la palma de mi mano, riendo hacia adentro.

—He allí la persecución en la Edad Media por matar al dragón, que no era otro que la Diosa misma en quien habita la mujer y viceversa —nos explicó Shika su teoría, cuando veníamos en camino a la reserva—, pero claro, para alcanzar a la doncella y poseerla en alma, mente y cuerpo, había que decapitar a la Diosa. No es extraño por lo tanto, que la mítica imagen de la serpiente de fuego alada regrese ahora con tanta fuerza en la literatura y juegos infantiles. Como bien dijiste, Ana Ilse, la naturaleza revela sus semillas en el tiempo que les corresponde.

En la época faraónica, 2,830 años antes de Cristo, 4,843 años o 5,000 atrás a partir de ahora y tanteando en el tiempo, Draconis o Thuban era la estrella más cercana al Polo Norte, la cual brillaba a 10 grados de distancia de su eje, dirección en la que construyeron la pirámide de Keops. En el círculo imaginario donde habita el dragón, justo a la altura de su cuello hay una famosa nebulosa llamada el «Ojo del Gato». Al ver las fotos espaciales se aprecian dos círculos entrelazados formando un ocho y en el centro una especie de pupila vertical, razón por la que la relacionan al indolente animal. «El Ojo del Gato» sorprende por su belleza y esquivez hasta ahora, pese a ser observado de cerca por potentes telescopios, no ha rebelado mayores secretos. En línea vertical hacia el centro de la Tierra y ángulo recto con el Sol, imagino las coordenadas que nos conectan. No puedo evitar preguntarme si esa pupila gigantesca colocada justo en el chacra de la garganta del dragón, nos observa tan impávidamente como aparenta o es parte de un cuerpo gigantesco, un telescopio colocado desde el otro lado, que asiste a la función de esta obra puesta en escena sobre nuestro rico planeta azul. Me acosté para visualizar ese ojo abierto más cómodamente. Al parecer, mayas y egipcios pese a no tener telescopios, presintieron la existencia de la hermosa nebulosa y por contraparte construyeron todos estos observatorios dirigidos hacia su centro, ya sea para adorarle o comunicarse con su centro. Allí estábamos las tres viendo la partida del sol y la llegada de las estrellas, por tercera noche consecutiva, para bañarnos de la mirada secreta de ese iris celeste y comunicarnos con la Diosa. Teníamos la esperanza que las pirámides construidas tan matemáticamente, abandonas, vueltas a poblar y abandonadas de nuevo, nos terminaran de afirmar lo que ya sabíamos.

—Nos encanta escuchar el mensaje, montones de veces —expliqué a mi hija la segunda, cuando la dejé a cargo de la casa y sus hermanas.

—Para mí que los mayas abandonaron todas estas pirámides a propósito, para que las descubriéramos cuando necesitáramos del mensaje —interrumpió Shika mis pensamientos, dando un largo jalón al puro cubano que estábamos fumando. Ella era capaz de producir un humo denso y lento, que yo no me aburría de observar—. Sabían que la selva las cubriría y que llegado el momento nos revelarían el misterio de los géneros y la necesidad de movernos de un polo al otro, como serpientes en pronunciadas eses para balancear la vida en el «círculo del tiempo».

—Nada mala tu idea —afirmé tomando el puro para llevarlo a mis labios, intentando imitar la abundante humareda que aun flotaba alrededor de su rostro—. Tan conscientes de la muerte y el misterio de la vida, los mayas son probablemente los que mejor llegaron a entender el tiempo. ¡Mira cuántas maneras de contarlo! Es lógico el sistema de multiplicar los 20 dedos humanos por los trece ciclos lunares a lo largo de un año.

Fácilmente encontraron los 260 días en los que se tarda en formar un individuo, ¡o dos! si son gemelos creciendo en un mismo vientre –Shika y yo reímos, ya habíamos bromeado de esta necesidad maya y griega de hacer nacer a sus héroes de dos en dos, quizá reconociendo la incapacidad del macho para estar solo. Sol estaba concentrada en las cartas.

–¿Listas para sacar su deidad personal? –preguntó barajando las 52 representaciones de la Diosa, del *Oráculo* creado por Sophia Marashinsky–. Sacaremos una sola carta que nos indique el nombre manifiesto que debemos vivenciar y la energía que nos corresponde impulsar y trabajar. Tú primero Shika, solo ponla frente a ti, así las volteamos todas al mismo tiempo. ¿Ana?

El canto de monos y pájaros despidiendo el día arreció en mis oídos y la belleza del follaje de los árboles la sentí brillar dentro de mis pupilas. Inspiré llenándome del olor de la selva y los frutales cercanos, sin mirar el mazo acerqué la mano y tomé la de arriba. Una emoción eléctrica subió por mis yemas hasta el hombro. Sol, al igual que yo, no vio su carta escogida, y poniéndola frente a ella dijo emocionada:

–Volteemos.

No había terminado de decir la palabra cuando Shika estalló en un carcajada tan potente, que involuntariamente di un brinco y dejé caer mi carta. La diosa manifiesta para la prostituta fue la poderosa y peligrosa Sekhmet. La diosa egipcia, representada por la forma de una leona, lleva sobre la cabeza una cobra alerta y gobierna no solo la sabiduría, sino la ira y la furia. Como leona protege a los suyos, pero no permite errores ni perdona a infractores. Sol y yo, sorprendidas, nos miramos a la cara, mientras Shika abría el libro para leer el mensaje canalizado por Marashinsky de la poderosa Sekhmet, quien en representación del sol es una diosa guerrera que gusta de la batalla. Leyó en voz alta, fragmentos de la poesía:

> Yo ardo y echo humo
> Y lanzo puñales por los ojos…
> Mi energía es poderosa y feroz…
> Siempre hago lo adecuado,
> siempre soy necesaria.
> No intentes librarte de mí,
> Pues tengo que ser reconocida y escuchada.
> Yo soy la ira.[39]

—Yo soy la ira —repitió Shika riendo—, debo jalar a las mujeres por la cola para atizarles la furia y que despierten de este letargo que lleva ya 5,000 años —dio un brinco tan ágil, que por un momento realmente pareció un felino. Sosteniéndose sobre las puntas de los pies y una mano, se detuvo a la orilla de la pirámide, imitó por tres veces el rugido de una leona en dirección a la selva—. Acepto la misión Sekhmet, despertaré a la ira con sabiduría y la usaré para el bien, defenderé con ella tus cachorros, los nuestros, tus semillas y tus frutos —en imitación perfecta de un gato, se lamió el brazo y la mano alzada. Con un giro sensual de la cabeza, se puso en pie en dirección a nosotras. Con gesto malicioso levantó una ceja—. Me gusta ese rostro de la Diosa: tótem de leona, serpiente y energía solar.

—Es una diosa de fuego y llamas —explayó Sol, a la vez que bajaba la mirada a su propia carta—, al igual que Pelé —levantó la imagen para mostrarnos el rostro de una hermosa mujer elevando los brazos frente a un volcán en erupción—. Mi diosa escogida viene de Hawái, una deidad polinesia de energía volcánica y mar, que anuncia despertares y nuevos principios. Pelé impulsa a actuar y exige que se preste atención a la voz que provine de lo más profundo de la tierra —tranquila, estiró

---

[39]MARASHINSKY, Amy Sophia, *El Oráculo de la Diosa*, Primera edición. Barcelona: Ediciones Obelisco, 2008. p. 172

el brazo para recoger el libro abandonado por Shika y leer de igual forma, trazos de la poesía:

> Arrollo, lato y palpito,
> Nunca me detengo.
> Soy una vibración perpetua,
> un latido rítmico,
> … desciendo a las profundidades
> con ígnea vitalidad,
> hasta lugares que solo tú puedes sentir…[40]

—Si Sekhmet es guerrera hasta el punto de ser un posible incendio, Pelé es la llama constante y la sabiduría del fuego interno. Solo que como fuego volcánico originado en la inexplorada tierra, puede explotar sin previo aviso —Sol llevó la flauta a sus labios para tocar un sonido largo, que bajó y volvió a subir tres veces. Al terminar me sonrió con ternura—. Voltea tu carta, Ana.

Fue Afrodita quien surgió de mi psique, representada en la lámina por una joven sonriente con una paloma en las manos a punto de echarse a volar, la cara de la Diosa en su versión de Afrodita es la más complicada de interpretar: AMOR. Afrodita nació del mar, era tan apasionada que se le pensaba guerrera. En Grecia, al entender su naturaleza amorosa y erótica, la nombraron diosa del amor puro, con sus aspectos buenos y malos. Su imagen y mensaje chocaron dentro de mí, ya que aunque es la esencia misma del amor, también se le asocia al romance eterno en pareja, cosa que decidí hace tiempo solo buscan las mujeres débiles. Sol leyó para mí, mientras yo meditaba en la diosa y su don:

> …La conexión con mi amado
> me lleva a todos los lugares,
> y la unión

---

[40] Ibíd, p. 163

entona rapsodias en mi alma.
Puedo alcanzar la unión
cuando alcanzo la unidad
conmigo misma.
Puedo danzar al son
de la vida en común,
cuando puedo danzar sola.[41]

—Ana, la pareja no debe ser eterna —me apaciguó Sol porque me conoce—. Lo que te pide la Diosa es que enseñes a las mujeres a amarse a sí mismas, cómo lo has logrado tú...

—Sé lo que me pide la Diosa. Me pide que dé el paso a convertirme en el amor mismo, esparciéndolo como perfume de flor abierta; que enseñe a las mujeres a abrir las alas para dejar lo doméstico atrás y elevarse hacia lo sublime, salvaje y libre —inspiré profundo mientras me colocaba en posición de loto con la espalda completamente recta, inspiré de nuevo fuerte para soltar aun con más fuerza el aire, verbalicé—: encontrar dentro y manifestar el amor en todas direcciones, desproporcionadamente, nos hace verdaderamente humanos, antes somos solo bestias. El amor de los árboles, las piedras y la tierra, ese amor que fluye como el aire, que va y viene en el viento, puede liberarnos a todos del miedo... —inspiré y exhalé despacio y profundo—. Amor es lo que la Diosa me pide que SEA.

Shika se sentó a mi lado y pasándome el brazo por los hombros empezó:

—Tengo un extranjero para ti, ese hombre al que toda mujer debe entregarse por una fracción de segundo para liberarse del miedo a perder, a ser herida. Un extranjero que pasa por tu jardín una solo noche para dejarte un recuerdo y robarte el miedo a no probar nunca la miel de la rosa abierta.

[41] Ibíd, p. 23

—Pero yo he probado el amor, he tenido hombres como el que describes —reí.

—Pero no estuviste con ellos con el único propósito de entregarte a algo mayor que a ti misma. De dejar de ser tú para ser dos, uno, todo y nada. No para buscar el placer del cuerpo o el consuelo de quien te abriga, sino para liberarte y liberar, para crear un matrimonio sagrado donde unirte a tu *yo* masculino.

Mi mente se congeló experimentando el vacío por una fracción de tiempo, roto por una estrella fugaz que se precipitó en nuestra atmósfera. Deshecho el hechizo, sonreí a la Puta.

—Acepto —las tres estallamos en un sonora carcajada.

Unas horas más tarde, bajo una bóveda repleta de estrellas y planetas, las tres hablamos de ese terror común que tiene la mayoría a la noche y la oscuridad.

—¡Tremendo eso! de interpretar la izquierda como siniestra y tenebrosa, y lo oscuro como sinónimo de maldad —decía Sol elevando las piernas en V hacia el cielo.

—Hasta Rosa Montero, esa mujer tan ¡guaay! —bromeé imitando el acento mexicano de Sol—, dijo sobre Laura Riding: «Ella es la maldad esencial. El alma oscura». Mucho se ha dicho sobre esa poetisa medio loca que clamó hasta el final, que Robert Graves le había plagiado la historia para escribir *La Diosa Blanca*, mientras que una gran mayoría, incluida Montero, piensan que Laura fue la musa de carne y hueso que inspiró la historia. «Pero mala, una mujer mala», dicen muchos, porque enredaba a los que estaban cerca.

—Seguro que era una mujer sexualmente libre y guapa, y he allí lo de mala —se burló Shika—. Una mujer en conexión a su poder y dispuesta a ejercerlo, la tachan de oscura. La oscuridad se interpreta como peligrosa. Al intentar ver en ella con los ojos, se avanza a tientas, deslumbrados por el sol o la linterna. Sale entonces a flote el miedo al dolor y a la muerte. Interpretamos lo desconocido como algo de lo que hay que defenderse… la interpretación convierte a quien se defiende en una criatura violenta.

—Yo que amo la noche y las estrellas, me maravillo de ver cómo me persigue, pero la luz, la que siempre encuentro y me alcanza en todos lados —imitando a Sol subí también las piernas para enmarcar en medio de ellas, los ases de Venus—. La luz deslumbrándome con su brillos me obliga a observarla. Alejándome de la profunda oscuridad que amo. Y es que la luz nunca llega sola. Acompañada de sonidos rompe el infinito silencio donde habitan la compasión, las plácidas sonrisas de Mona Lisa y la caricia que se es y no se hace.

—Lanzarnos con fe al vacío oscuro es cosa de valientes —suspiró Sol—. En la fe, sin razonamientos ni explicaciones, reencontramos lo que nos hace falta. Desgraciadamente, crea también un montón de fanáticos que intentan y hasta obligan a otros a pensar o vivir como ellos. Me aterra ese fanatismo enfermo. Y como dudo de ser capaz de manejar el poder que la fe otorga, me conformo, por el momento, con los pequeños milagros que logro realizar y con los esporádicos vistazos a otros mundos cada vez que accidental o casualmente abren sus portales frente a mí.

—Apagar la luz es tan fácil —levanté las caderas para hacer la postura de la carreta—, es como llegar a casa y no encender ni un solo interruptor. Recorres cada una de las habitaciones del lugar donde vives reconociendo los espacios. Comes por una vez en comunión con el alimento, te duchas a oscuras y te preparas a dormir tanteando. Una de las primeras veces que me adentré en la noche antigua, al aire libre, no llevaba más que mi mochila con comida y ropa gruesa con la que pensaba dormir sobre el suelo. Mi mejor amigo me dejó a las puertas del semidesierto guatemalteco, con la idea de atravesar una de sus partes. Caminando toda lo noche debía pasar de la parte caliente hasta la más fría, para regresar después en camioneta a la ciudad. Pero resultó que como a medianoche empezó a llover tan fuerte, que no lograba ni ver, ni sentir nada. Debía dar cada paso con sumo cuidado, pues en algún lado hacia mi izquierda había un barranco. Después de una hora de caminar completamente a ciegas, me di por vencida, abrí la mochila y me acurruqué lo mejor que pude bajo de ella. El suelo mojado era bastante malo, pero la peor parte era una especie de corriente eléctrica que recorría la piel de mi rostro y manos. Luego de dormir un par de horas, me desperté ante un amanecer esplendoroso que me mostraba lo cerca que estaba de la orilla del barranco y de una pequeña choza. La noche anterior de haber caminado unos 20 pasos más, hubiera encontrado la choza y dormido, por lo menos seca. Empapada como estaba, me sentía bastante incomoda, pero cuando me vi las manos y me toqué la cara, ¡casi muero! —me reí al revivir el recuerdo—. La corriente eléctrica resultó ser un enjambre de jejenes que se dieron un festín con mi sangre. Logré regresar como pude a casa, para caer en cama con fiebre. La lección más dura fue la de vencer la vanidad de caminar por la calle con una cara casi monstruosa, que asustaba a la vista. ¡Así!, una noche oscura con un propósito espiritual puede terminar siendo una cuestión de pura sobrevivencia y una simple lección práctica de que la belleza es pasajera —las tres nos echamos a reír con ganas—. Algunas personas podrán pensar que tengo instintos suicidas, pero en realidad cada experiencia que he tenido donde he debido vencer el temor a ser asaltada o violada, que me parece más horrible que morir, ha sido un acto de fe donde muestro confianza hacia mi ángel de la guarda y espíritus totémicos, en el proceso de aprender sobre el destino que yo misma tracé antes de encarnar en este cuerpo.

—¡Ah, es que si entendemos que la vida es una aventura...! —se paró Shika a danzar. Sus movimientos lentos imitaban los del taichí—. No hay absolutamente nada seguro. Conozco gente que perdió todo su dinero de la noche a la mañana. Desfalcos millonarios que dejaron a cientos de personas en la calle. Sé de familias que sin subirse a un avión en su vida, murieron de un avionazo que les cayó sobre las cabezas mientras dormían. Leemos los periódicos de cualquier país del mundo para encontrar personas asesinadas, robadas dentro de sus propias viviendas o historias de desastres naturales tan grandes… que no hay necesidad de seguir pensando en lo malo, sino en todo lo bueno que nos puede pasar –de un tirón me puso de pie para imitar sus movimientos y Sol nos siguió–. Fortalecernos en la oscuridad de nuestros propios pensamientos oscuros significa transformar lo negativo en positivo y en lugar de salir de casa enumerando los terribles peligros a los que nos debemos enfrentar, podemos enumerar las cosas fantásticas como hoy conoceré a alguien realmente interesante, hoy en mi trabajo me darán una buena noticia… o simplemente… hoy es un buen día para sonreír y decir te quiero.

Luego de un rato de hacer las tres los movimientos en silencio, concentrándonos en la profundidad de la noche, Sol pidió:

–Acompáñenme bailando a recitar el décimo primer verso de *El viaje del alma* –tomó su pequeño tambor, que hace sonar con palo y mano, e inició un ritmo rápido y monótono–. Este verso corresponde a la carta ocho del Tarot, que es la justicia, el poder de quien actúa libre de culpa o con plena conciencia. Después que el alma toma decisiones y se pone en camino, debe enfrentar un juicio –al terminar de explicar cantó al estilo flamenco:

El Alma había llegado alto

Shika dio un salto y por un momento temí cayera de lo alto de la pirámide, pero la mujer Eros tan cercana a su instinto y con los sentidos tan despiertos, tiene un dominio del cuerpo y del espacio que otros no tenemos. Sol cambio a un canto chistoso, desafinando a propósito algunas colas:

> como toda acción tiene una reacción,
> como todo acto de vida
> tiene una consecuencia

Shika se hizo de su vara para moverla de lado a lado con mucha precisión y me hice a un lado para observar el acto. Muy seria, Sol se cuadró como un soldado y Shika la imitó:

> porque cuando se inspira
> hay que exhalar de igual manera,
> el Alma fue llamada ante la justicia
> para entregar cuentas.

—¡Me cago en la olla!, —exclamó la Puta.
—¡Shika! —gritó Sol
—¡Que meyo, pues! —contestó encogiendo la cabeza entre los hombros, con cara de niña castigada.
La ignoró Sol, siguiéndole el juego de payasas, entonó de la forma más dramática, luego de hacer sonar el tambor en ascendente:

> Fue juzgada por cada acto del pasado,
> debió analizar con la mente fría
> cada una de sus decisiones
> y sus resultados.

—¿Ah no, chirin? —cortó la otra. Sol continuó apresurada:

> La mujer ciega pesó en la balanza universal
> el producto de los pensamientos.
> Indiferente,

pesó las huellas y las palabras del Alma,
en el mundo y en el prójimo.

Shika cayó de rodillas, dejándome saber que Sol y
ella habían hecho esto antes y exclamó:

> ¿Por qué olvidé darle el beso
> de la hija a la madre?
> Pregúntose el Alma desesperada

Sol caminando alrededor de Shika que estaba arrodillada, sonando el tambor como sonaría en un acto de guerra, contestó:

> Cuestiona tus porqués y para qué
> de cada una de tus actuaciones,
> dijo la voz del aire.

Sol arreció con los tambores, Shika jalándome, me puso a bailar con ambas. Nos desparramamos en movimientos frenéticos, luego de un tiempo casi gritando, Sol recitó:

> Como el Alma no pudo contestar
> satisfactoriamente
> por haber actuado
> sin medir las consecuencias,
> fue enviada al exilio
> para que analizara en solitario
> lo que no había podido explicar.

¡Tummmm!, cesó el tambor con un golpe seco, seguido por la voz de Shika y Sol al unísono:

> ¡Está el Alma invitada a despertar por sí sola!

Ambas se doblaron ante mí y yo aplaudí emocionada.

Un rato después compartíamos una botella de vino, en unas coquetas copas plásticas llevadas por Shika. La selva a medianoche se siente por completo despierta y salvaje. El silencio es tan ruidoso como lo puede ser el océano cuando sumergimos los oídos en él. La pequeña plataforma donde nos encontrábamos, de unos tres metros por diez, es la cúspide de la pirámide y se eleva bastantes metros por sobre las copas de los árboles, acercando a quien este allí al cielo. Mi mente concentrada de nuevo en el dragón estrellado del Universo sobre mi cabeza y su ojo a medio cuello, me hacía perder la masa de mi cuerpo para diluir mi *yo* entre el mar verde que percibía, más que verle, y las infinitas estrellas del cielo que me retaban como posibilidades ilimitadas. La pirámide palpitaba como un «ku, ku,», esa palabra maya que describe el espacio entre cielo y tierra, pero que no es ni uno ni otro. Ku es un espacio por sí mismo, es el latido del corazón dentro del que existimos segundo a segundo. «Ku…» inhalé, «Ku…» exhalé, «Ku…» inhalé, intenté repetirme sin palabras. Sin conceptos, percibí la respiración de mis amigas, acompasada espontáneamente a la mía. Sentirlas como una expansión de mi campo energético fue un «ku» seco y potente. Como el de la palma que se estrella en la piel muerta y resonante de un tambor, en recuerdo del corazón que palpitó vivo dentro del cuerpo que una vez cubrió. «¡KU!» sonó de nuevo salpicándolo todo y todos, «¡KU!» sonó, salpicando color, disparando notas estiradas como hules y «¡KU!» sonaba y regresaban a estrellarse en ese centro que éramos la pirámide, mis amigas y yo integradas. «¡Ku!» estaba yo en Chile al sur del sur, trasmitiendo al «ku»… «¿al de afuera y en el que estaba?», se me coló un pensamiento que por un momento amenazó el «ku» único en el que me encontraba trasmitiendo y contestando como un acordeón que se abre y se cierra, provocando terremotos y lagunas en su jala y encoge, en su movimiento como olas que empujan y regresan. «Ku» tenemos esta noche, no para quedarnos, sino para vivirla, «Ku» el día habita en la noche. «Ku», en cada grada para acceder a La Danta aparecieron mi madre, mi abuela, su abuela y la abuela de mi abuela, una línea interminable que se curvaba y curvaba como lo hace la serpiente en anillos. La pirámide era «ku» y yo en ella era también «ku»: una palabra vertiginosa, verbo y sustantivo, adjetivo pasivo. ¡Verbo! y los anillos de la serpiente se deslizaban viscosos, girando como giré con otras cien personas al sur del sur en Chile, girando como giran los anillos de la serpiente. Su ojo, el ojo se clavó en los míos. ¡Ku! salió de mis labios… como una gota en caída lenta, tan lenta que podía escucharla cortando el espacio, hermoso, todo era hermoso, cientos de mariposas se elevaron en vuelo cuando la gota de mi «ku» furtivo chocó en la masa de su pared gelatinosa, volaban, me hacían cosquillas, yo reía y flotaba. Hermosos azules de ocho tonos, puntos brillantes, perfilando las formas en esa noche interminable...

—Ana Ilse, regresa —me sacudía Sol por el hombro, me había ido lo que dura pronunciar un solo Ku en lengua maya y al rebotar en su centro viví la eternidad en los anillos que le habitan. Desconcertada por un momento, miré primero hacia el cielo, segundo, a mi copa intacta de vino en la mano y tercero, a Shika que me guiñó un ojo.

—¡Ahhh! —grité—. ¡Tú también lo viviste! —y empecé a reír, con temor a alcanzar niveles histéricos.

Con los ojos desencajados, Sol nos miraba a la una y a la otra. Y Shika estaba con expresión de quien se comió al hipopótamo y al elefante, y luego escondió la piel. De un golpe, Sol comprendió explotando:

—¡Malditas, las odio! —caminaba de un lado a otro copiando de la mejor forma el amaneramiento afeminado de una «loca», bamboleando las caderas y agitando los brazos como si fueran de tela—. ¡Se fueron, jodidas! y me dejaron aquí sola, ¡sola! Me alertó el calor que de repente me atravesó como una onda ¡y cuando vi!, está allí toda transfigurada... ¡las detesto!, ¡brujas!, ¡putas! —y se agarraba las rodillas sacudiendo las nalgas y la cabeza en direcciones contrarias, sacándonos la lengua. Shika y yo nos destornillamos de la risa en el suelo.

Calmadas, compartimos la experiencia. A excepción de pequeñas diferencias como el espiral en el que yo participé en Chile o el amor que siento por mi madre y mis abuelas (que Shika experimenta como respeto), el viaje había sido muy similar. Sol mucho más espiritual que Shika, en un plano consciente terminó de aceptar que por muy mujer que se sintiera, sin matriz no podía viajar cómo lo hacíamos nosotras. Lo que nos entristeció a todas.

—Ahora mismo, la que se siente autoexcluida soy yo, quisiera de verdad tener una matriz, una vagina. Ni siquiera estando con Jorge, quien es siempre tan dulce, las he echado en falta como ahora —habló con ese tono estoico que le conozco tan bien—. En Alemania existe el Consejo de Ética, encargado de profundizar en la conducta social e individual y de apoyar al Estado en políticas humanas. En su seno se estuvo discutiendo hace poco sobre la mejor manera de incluir dentro del núcleo social a todo aquel que no encaja en la noción binaria sexual, simplemente hombre o mujer. Una de sus voceras más interesantes, Diana Hartmann, dijo: «No hay espacio para mí en esta sociedad, ni como intersexual, ni como mujer masculinizada, ni como hombre afeminado. Yo quisiera que la sociedad nos acogiera con respeto, en lugar de tratarnos como mutantes, enfermos o extraterrestres». Y esto porque en Alemania los padres pueden decidir operar a sus hijos, en caso que los niños muestren desde temprana edad, un cambio de sexo o tener genitales contrarios a su conducta, con la buena intención de ayudarlos a acoplarse de mejor forma al grupo. Diana es una de las pocas personas con hiperplasia suprarrenal congénita declarada que no ha sido operada —ante la extrañeza de nuestros semblantes Sol aclaró—: o sea, tiene un clítoris grande que bien puede ser un pene, por lo que pide a la sociedad que libere a las personas como ella o como yo, de la curiosidad científica y que nos acepten en el corazón tal y como somos. ¡Cuánto se ha dicho! sobre si la intersexualidad es o no una enfermedad. ¡Claro que no lo es! Es solo una vertiente de la diversidad humana. Pero los que la vivimos, llevamos doble carga. Primero, cuando debemos aceptarnos tal y como somos y luego, lograr que los otros lo hagan. Ustedes y Jorge han sido para mí de gran ayuda, entre todos no solo han logrado que me vea tal y como soy, sino que me ame tal y como soy –tomando a cada una por la mano, nos jaló para besar nuestras frentes–. ¡Gracias por existir amigas!

Shika y yo la abrazamos con fuerza.

No pasó más que un minuto, cuando la mujer Eros dijo:

–¡Ah, pirinnn! –relajando el ambiente–. Y es que todas quisiéramos ser Raquel Welch, ¡claro! Una mujer con pantalones y minifalda, que hizo de su cuerpo un imperio por tener dentro un alma de minera y mente de piloto...

–¿Qué? –exclamamos soltando el abrazo y Shika se encogió de hombros sonriendo.

–Sí, Raquel, demasiada avanzada para su tiempo, hizo una película donde actúa de travesti y otra donde viaja dentro de una cápsula al torrente sanguíneo, en imitación de una bacteria.

–¿Qué tiene que ver eso con lo que estábamos hablando? –se quejó Sol

–En su filmografía, la Welch tiene tres películas que resumen algo de lo que hemos estado hablando todos estos días: el origen de la historia femenina, esa época cavernaria en que la mujer se convirtió en un cuerpo sin alma; el travestismo o la transexualidad, ¿no ven acaso que todo ese exceso en el maquillaje, el vestuario, las cirugías y los cabellos tinturados en las mujeres es una sobreposición de cuerpos para convertir el original en una imitación o ideal de algún otro?; y luego, el protagonismo celular. Antes del descubrimiento de la penicilina, las bacterias asesinaron más vidas que las guerras. Aun hoy el Sida, el cáncer, las gripes, tienen que ver con las bacterias y los virus. Nosotros mismos somos bacterias asentadas dentro de un organismo mayor. Luego está el ADN mitocondrial, la prueba viva de esa gota separada del océano para vivir una historia personal. Las bacterias son sin dudarlo, las responsables del caos. Ahora sabemos gracias a los estudios de biogenética, que efectivamente fuimos en algún momento un tipo de ameba unicelular. Que esta partícula circular, la mitocondria, tiene el conocimiento suficiente para gobernar los procesos de autoreproducción y desarrollo evolutivo, se incrustó en algún otro organismo mayor donde pasó de ser un parásito a su principal gobernante —Shika caminó al vértice de la pirámide, para hablar en dirección al norte—. Sabemos que la feminidad del universo es capaz de autoreproducirse sin la intervención de masculinidad o macho de cualquier especie. ¡Porque lo hizo en el pasado! Sabemos que los varoniles cuerpos, cargados con testosterona y agresividad física, podrían extinguirse si así lo decidiera la humanidad. Igual, el alma ha encarnado en un género o el otro —abrió los brazos y se alzó de hombros—. Pero hay que aclarar que el poder femenino, y más específicamente el de los cuerpos vagina-sapiens o útero-vacía, llamo así a las especies no parlantes —volteó a ver a Sol disculpándose con un gesto que entendimos «eres femenina pero sin vacío»—, radica no solo en la capacidad reproductiva, sino que somos las hembras de toda especie las portadoras de la memoria genética, emocional y física del Universo entero. Somos unas, otros e intermedios libros vivientes de historia y experiencias. Ejercitar y desarrollar las partes olvidadas de nuestro bagaje celular debe ser nuestro presente, para alcanzar un futuro capaz de teletransportarnos, abrir portales ínterdimensionales, crear nuevos mundos, rescatar este hermoso planeta azul y dar nacimiento a la tan esperada nueva raza. Con ADN reprogramado, la quinta raza guiada por su propia autoconciencia superior ¡y del sexo que le dé la gana!

Sol y yo nos miramos con los ojos abiertos y las mandíbulas caídas. El fuego de la mujer Eros indica el camino.

Y en tu cuerpo encontré
lo que no sabía me faltaba.

Mayor fue la sorpresa descubrir
que solo en mi cuerpo
puedes hallar lo que fuiste
y de dónde llegaste.

He allí tu ansia
y nuestro deseo.

23

La bruja y el cazador
En la cabeza del Kantil
Febrero, 2014

—¡Se, se, seeeeee sin tilde no es saber, es SER! Be en inglés, beeeeee, ¡sí, como la abeja! —me reía sola ante mi imagen en el espejo, cuando al día siguiente de lo vivido con Marzio, quise explicar con palabras dichas en voz alta, el día que fui Kan la serpiente emplumada—. Kantil, «la serpiente», llaman a la piedra en que fui iniciada al conocimiento de la experiencia de ser Ixmucané, la sacerdotisa sin pasado y la prostituta sagrada —ensayé de nuevo, sin poder quitarme la sonrisa de idiota de la cara—. Los lugareños creen que es el «canchon», «el diablo», quien habita la cumbre de las cinco rocas —me fui, allí frente al espejo, dentro del recuerdo de los acontecimientos que me llevaron a Marzio, y de los vividos en el peñón llamado La Negra.

La mujer Eros me llevó, una semana después de nuestro viaje al Mirador, a caminar por la montaña que yo conocía como La Negra y en la que había hecho más de algún ritual, como subir descalza y entregar en una de sus cuevas el cuerpo muerto de mi ave nocturna. No fue sorpresa ni para Shika ni para mí, que aquel peñón oscuro, rebosante de energía femenina, significara tanto para ambas. Lo que yo no sabía es que el río circundante a la montaña, hecha por piedra volcánica, forma en una de sus curvas, una poza donde en su orilla crece un árbol viejo, al que se puede acceder gracias a la liana que le abraza, flotante, como un anillo espiralado natural. Mientras nadábamos desnudas en la poza, visualicé a Marzio, de quien en ese momento no sabía su nombre, como el encargado de ser mi sacerdote ritual, el que me ayudara al unir su energía a la mía, a romper mi uroboros, que me permite ahora empezar a extender mis alas y conocer la extensión de su fuerza.

A Marzio le había visto dos veces y en ambas, la primera en una concurrida fiesta de cumpleaños y la segunda en un almuerzo privado, cruzamos miradas en las que todo calla menos la atracción sexual-espiritual entre esas dos personas que se reconocen. Más joven y bello que yo, pensé denigrantemente que estaba fuera de mi esfera de alcance. Cuando expliqué a Shika quién era el hombre escogido por mi visión, esta se limitó a reír diciendo que era el mismo que ella había visto para mí en la cima de la pirámide. Ambas aceptamos como buen augurio, la causalidad de conocer al mismo hombre. Presentarme por mí misma a Marzio e invitarlo a participar, no fue nada complicado. El italiano estaba más que dispuesto a intentar conmigo cualquier cosa. Probablemente con cualquier mujer.

Shika preparó para mí un mejunje, la noche anterior a la excursión con el italiano, donde bromeando me dejó saber que había puesto algo de sus propios fluidos vaginales. Lo cierto es que era una infusión de hojas verdes y flores rojas. «Abundancia y pasión te mezclé desproporcionadamente», me dijo un poco más seria, pero con tono teatral.

Planeé llevarlo directo a la poza pensando que era el lugar escogido. Pero una vez al pie del peñón, él me pidió subir. Incómoda me dejé llevar, el Cantil es algo así como mi reino personal al que había accedido hasta ese momento solo con mujeres. Pero mientras nos abríamos paso a través de raíces y piedras, con las tres perras corriendo a nuestro alrededor y dando brincos de alegría, nuestras energías empezaron a conectarse. El montañés prestaba atención a los colores de las flores, a las formas volcánicas de las piedras, hablaba con su perra y las mías, reaccionaba al olor de la tierra, cómodo con sus matices.

El ascenso es por etapas, como portales que se van abriendo a experiencias que he descubierto todos vivimos de diferentes maneras. En la primera parada portal, una piedra, donde los zopilotes que habitan el peñón avistan el atardecer y donde se pueden recoger plumas de estas aves que se alimentan de muerte sin matarla, Marzio y yo chocamos por accidente. Y como si fuera una escena en cámara lenta, vi dos cuerpos detenidos uno contra el otro en el último brinco hacia la punta de la roca. El leve contacto hace a la pálida niebla, que separa los mundos, arralar sensaciones que lo introducen a uno a la extensión del infinito. Ese roce de pieles cambia el tic tac del tiempo, se vuelve una curva donde la masa de los cuerpos se percibe liviana. Sin decir nada, Marzio y yo seguimos avanzando.

Desde la segunda piedra-parada se explayan magníficos ante el espectador los volcanes de Fuego, Agua y Pacaya. Compartimos allí una botella de agua. La masculinidad de él en crescendo me fue a mí afeminando. El cuarto portal, un espacio indetectable al que no sabe, se sufre como un trecho sumamente caluroso y molesto por la cantidad de hierba que crece y araña la piel. Encabezando la comitiva fui abriendo la hierba con humildad. Pidiendo, con cada paso, permiso a las deidades que habitan el peñón y a su espíritu principal: una manifestación latente de la fuente primigenia dadora de vida y dones. Al llegar a la primera de las tres grandes rocas que forman el rostro de la Diosa, perfectamente visible desde la carretera para cualquiera que alce la vista, agradecí a la Madre que nos diera la oportunidad de penetrar en sus misterios y nos abriera a ambos el quinto portal. El que se atraviesa una vez y se empieza a caminar bajo la sombra de esa enorme piedra.

La primera vez que lo atravesé fue con Lea, una amiga europea aprendiz de bruja. A ella el portal la llevó a la piedra del medio y a mí a la cúspide o coronilla de la primera desde donde brota agua y anidan los zopilotes por la noche. Nunca, ni Lea o yo, pudimos explicar cómo pasó cuando ambas caminábamos a tan pocos pasos de distancia. A mi derecha, poco después de beber junto a Lea de la pequeña gruta donde cae el agua desde la coronilla, que pensamos era de lluvia, aparecieron las raíces del árbol de flores blancas en forma de estrellas que crecen sobre el peñón a partir del primer portal. Olvidándome de Lea escalé por las raíces con la facilidad con que se suben las gradas de casa. Una vez en la cúspide y en su centro, descubrí el pequeño manantial que brota a gotas empapando la roca entera. Maravillada, después de volver a beber, me hice de una buena colección de plumas de esa ave carroñera que tanto admiro y respeto, el lugar está lleno de ellas. De la nada me sobresaltó el grito de Lea a mis espaldas desde la cúspide de la otra roca. La cual por la perspectiva es un poco más alta.

—¿Cómo llegaste allí?

—¡Aquí nace el agua, aquí nace el agua, de su cabeza y coronilla brota el agua! —era lo que yo atinaba a compartirle toda emocionada.

Luego con Marzio, una vez que llegamos a la gruta donde bebieron las perras y nosotros, sin decir nada lo dejé que caminara por delante, esperando que la Diosa le guiara. Sin sorpresa, le vi abrirse camino junto a las perras, hacia la tercera cara, la última donde yo no había estado. El camino es largo y se escucha desde allí el torrente de agua que baja desde el otro lado. Al llegar, descubrimos con tristeza que los brujos de hechizos violentos dejan allí los restos y desechos de lo burdo de su trabajo de mal llamados «brujos negros». La energía en el sitio va y viene con el aire. Rodeamos la enorme piedra sostenida en aparente precario equilibrio sobre una de sus puntas. Encontramos en dirección contraria a donde trabajan los brujos, un promontorio que apunta hacia los volcanes y que está rodeado en su base por los mágicos árboles de perfumadas flores blancas.

El lugar invita a detenerse y admirar el paisaje, que cortado en una fracción por la tercera piedra es una vista de 360 grados desde donde se admira el océano al fondo, las montañas por la izquierda, enormes planicies a la derecha y los volcanes al frente. La camaradería y la comodidad de estar a gusto el uno con el otro, nos hizo desnudarnos de la cintura para arriba, para que el viento secara el sudor que empapaba nuestros cuerpos. Los dos de pie, absorbiendo la belleza del entorno, disfrutábamos del silencio roto por el vuelo de los bichos que pululaban entre las hojas de los arbustos. Con naturalidad, Marzio me jaló para abrazarme con ternura, no había en su cuerpo impulso sexual. Era el abrazo de un amigo, de un hermano, de un padre, era el abrazo de la naturaleza. Era un gracias por traerme, un ¡me encanta! De regreso yo le abracé de la misma manera.

Una sonrisa, una risa, dos cuerpos que se separan para dar espacio a las miradas y en el momento que se encuentran todo cambia. Son ellas las que se enganchan, las que conectan y disparan. Le tomó un par de movimientos desvestirme por completo y colocarme sobre la roca con las piernas totalmente abiertas, se agachó entre ambas para tomarme despacio con la boca, adorándome, lento, amándome.

Allí, acostada de cabeza fui Odin en autosacrificio. No colgaba de un árbol, sino explayada de piernas y brazos sobre una roca volcánica, para atisbar con la mirada al revés en las curvas de las montañas, las líneas recta de los volcanes, y en las algodonadas nubes, las formas de la runas. Fui todas las mujeres: las buenas, las tontas, las hondas… no hay lenguaje capaz de describir cómo mi alma integrada en algún tipo de enchufe celeste, junto a la masculinidad de mi extranjero, crecía y menguaba. Marzio, planeando sobre mi cuerpo, abrió de un lento y largo empujón mi femenino canal de aguas. Quieto, quieto por un largo momento. Encendimos con nuestras energías revueltas, eléctricas chispas de sensaciones pasajeras. Hamacándose dentro de mi cuerpo y yo siguiéndolo al sostenerme sobre ambos pies para empujar con las piernas... se estrellaron dentro y fuera fluctuantes olas emocionales de certeza y victoria. Fui música a su contacto. Armé sin palabras la lírica de cien canciones. Lo cantaron Whitney Houston y Chaka Khan a lo largo de sus vidas, Céline Dion, Cher, Bette Midler, Mercedes Sosa y Madonna. Lo cantan Gaby Moreno y Lyla Downs. Por primera vez no habían preguntas, ni oraciones que crear. Sin raciocinio ni coherencia... en su momento. Intentar explicarlo ahora es un fútil esfuerzo intelectual. Explicarlo es depreciar la validez de la experiencia de amar, de dar y abrirse a la vida, al omnipresente y omnisciente poder de la naturaleza: ¡ser!

Al acallar las aguas, una vez pasada la tempestad, me encontré en la placidez de un extenso mar en calma. La balsa que, desmadejados y entrelazados, nos llevó a la playa del tangible consciente, desapareció dejándome sobre la roca que empezaba a molestar con sus puntas ensartadas en mi piel. Marzio de un giro se volteó para sentarse y colocarme encima entre sus brazos. Se abrazó a mi cintura para dejar su rostro entre mis pechos como un niño pequeño que pide y da amor. Así permanecimos otro indeterminable momento, intercambiando con pocas palabras y muchas risas, retazos de conversación, mientras las tres perras nos miraban pacientes desde la sombra. Entre ambos lo que fluía era la ternura, esa emoción que no pide ni entrega, solo es alegría.

El descenso, pese que exploramos la segunda roca y sus grietas, lo hicimos volando. Al llegar al canal de agua que nos conduciría al río y la poza, me descalcé para hacer ese tramo de barro, piedras y suaves corrientes con el sentido del tacto. Cien metros más adelante bajo mi planta se perfiló una forma. Al levantar la figurita, resultó ser un chaye de obsidiana, la más poderosa de las piedras, tallado en la forma de una ballena.

¿Cómo se puede estar más feliz de lo que ya se está? No me tomó más que un segundo reconocer las implicaciones de que la Madre me otorgara tamaño regalo: la aprobación de su parte, de mis actos y conclusiones, una señal tangible de su verdad, una muestra de lo cerca que habita de mi psique, un portal para dar alcance a las ballenas y atravesar con ellas los mares. Lo profundo de la mente planetaria, sin necesidad de dejar este cuerpo y ser una con ellas.

Al cerrar la palma, la sentí ajustarse a mis dedos. Un poco mayor que mi pulgar, la ballenita vibró en mi mano dejándome sentir su origen divino.

—¿Qué pasa? —me alcanzó Marzio, colocándose a mi lado.

—Mira el regalo que me hace la Madre, ¡una piedra tijax!, que viene de lo hondo del volcán. Los mayas la usan como cuchillo, punta de lanza o como instrumento ritual chamánico para cortar, proteger, curar, liberar, pero sobre todo para desenterrar la verdad. ¡Y mira!, me la dio en la forma de una ballena. Familias enteras de almas encarnan en la forma de estos sublimes seres que recorren el planeta activando las mejores emociones en quienes les captamos.

—¿Y en quiénes no? —preguntó agudo.

—Les provocan pellizcos espirituales, chispazos brillantes de lucidez, inspiración beneficiosa para la masa. Arrebatos generosos de amor al prójimo. Porque somos una gigantesca red completamente interconectados, lo que se piensa en un lado, se aplica en otro. Lo que se origina en un sitio, se continua en el siguiente y allí va. Todo lo que somos capaces de imaginar, sucede. Tarde o temprano, lo bueno y lo malo que visualizamos pasa. En algún lado, pero pasa. He allí la importancia de ser nítidos e impecables con nuestros pensamientos —con una mano tomé su muñeca, para colocar con la otra en el centro de su palma, la pequeña ballena. Pero antes de que pudiera soltarla, Marzio cerró su palma sobre mi puño, la tijax con vida propia se deslizó entre ambas manos, hasta quedar entre sus dedos y los míos, creando una espiral natural.

El cazador sintió la piedra ballena ajustarse a sus dedos. No tuvo tiempo de dudar de la experiencia, ya que un mareo repentino le hizo sentir que se desmayaría. Levantó el brazo libre en un esfuerzo de equilibrarse. La bruja, sin notar su desconcierto, tomó la piedra de entre sus dedos y a toda prisa se volteó para continuar caminando. Le tomó uno minutos poder seguirla, después de deducir que el mareo había sido «algo» tan pasajero como un toque en el hombro. En cuanto empezó a caminar tras ella, notó la sutileza del cambio. Se sentía hambriento por la vida, por las cosas, las palabras y las ideas. Como las trenzas de pan que alguna vez amasó en las madrugadas de su adolescencia como panadero, empezaron a ordenarse en tiras dentro de él emociones nuevas, viejas y desconocidas, dando forma a algo reencontrado. Aceleró para alcanzar a la bruja que descalza parecía volar. No había terminado de poner un pie sobre las piedras o lodo, cuando el otro ya se levantaba para avanzar. El pelo conforme le pegaban los rayos de sol colados entre el follaje, se le veía unas veces largo y otras corto. «¿Cómo puede ser?», se preguntó confundido. Entonces notó que también se veía más baja o más alta. Unas veces como mujeres que conoció, algunas con las que había estado, otras con las que había soñado. Quiso tocarla apresurando el paso. Justo cuando ella saltó sobre el agua para pasar de un lado al otro de la corriente, Lula, la perra mayor, saltó tan cerca de ella que al chocar con sus piernas no alcanzó la orilla cayendo al agua. Marzio, el cazador, escuchó la voz de la perra pidiendo ayuda estoicamente y sin dudarlo saltó al agua para sacarla. La bruja de cuclillas sobre el borde alto de la otra orilla, la recibió y sonriéndole esperó a que le entregara las otras dos perras. Sin más, de un salto se volteó para seguir corriendo con las tres perras tras ella. Entre fascinado y confundido, Marzio atinó a correr de nuevo. Cuando llegó al estanque, ya ella nadaba desnuda entre las rocas, sumergiéndose y saliendo de entre las corrientes como

nutria en su hábitat más cómodo. El lugar era hermoso, lleno de caídas de agua de todos tamaños y gigantescas piedras, con antiguos árboles en ambos lados de la garganta que formaban los elevados riscos que cercaban el área.

Marzio se desnudó intentando seguirla dentro del agua, pero ella había bordeado ya la poza entera para empezar a escalar el gigantesco roble del otro lado. Agarrándose de una liana circundante fue haciendo figuras en el ascenso. Un baile entre la mujer y el árbol. Marzio no pensaba, era puro instinto. Reconocía el agua, un elemento en el que por ser hombre no se sentía del todo cómodo. La corriente y la temperatura eran sensaciones inexploradas que empezaban a generarle un placer inesperado. Quiso subir al árbol como lo hizo ella antes que él. La bruja, a quien reconoció como la Mujer Natura, yacía ahora recostada, luego de bajar del árbol, sobre una roca donde chocaba el agua al nivel de sus muslos. La corriente jugaba entre su piernas mientras lo observaba. Marzio subió al árbol haciéndose consciente, con el esfuerzo de su peso y equilibrio, de la textura de la corteza y lo elástico y fuerte de la liana, de la relación de él con el árbol y por extensión con la Mujer Natura que le sonreía desde la roca. Al bajar se sintió un poco perdido. La bruja le llamó, le hizo una seña para que se acercara. Con cada paso entre la corriente, creció la erección junto al deseo, y al llegar a su lado era completa. Ella levantó las piernas sobre la plataforma rocosa

—Entra —escuchó el cazador la voz de ella en su cabeza.

La bruja le tomó por la cintura, lo llevó dentro.

Ella era una cueva, una ioni gigante donde él podía estarse de pie. Fluían alientos de miel e higo, de coco y almendra. Fluía el barro que una vez escurrido desde adentro tomaba formas, cientos de formas de animales, de insectos, de iguanas, formas de peces y aves, seres que gateaban y luego se ponían de pie.

Marzio asustado abrió los ojos para verse a sí mismo abierto de brazos sobre ella. Agarrado a las aristas de la roca, se veía a sí mismo gigantesco entrando, deslizándose junto al río dentro de la ioni que se lo tragaba y lo devolvía cada vez mayor y más hermoso. La bruja, la Mujer Natura, se acomodó en la roca que pareció moldearse a su cuerpo, sosteniéndola como una mano *amorosa. Un leve empujón... el cazador detuvo sus caderas por un momento, ella abrió los ojos, él vio en ellos a su diosa, a su mujer, a su madre y a sus hijas. Vio el amor. Fulminado se arrodilló entre sus piernas para beber de la copa que ella era. Gentil, la mujer se abría para él, amorosa entregaba su esencia. Con la misma delicadeza él bebía, con el mismo amor él tomaba. La montaña palpitó más recio, el río suavizó su empuje, el árbol se inclinó junto al viento para susurrar mágicos conjuros, los bichos alertas no se movieron. Marzio en representación de los guerreros, de los cazadores y los extranjeros, volvió con su falo erecto a introducirse en ella. Esta vez se abrazaron, se unieron hasta aquietarse, ya solo el agua se movía alrededor de ambos. Así quietos, bruja y hombre fueron bendecidos por la tierra.*

–SE, beeeeeee –volví a decir al espejo, luego de retornar de los recuerdos–, y todo eso fue solo ayer –terminé de explicarle a mi imagen, antes de partir hacia el bosque donde gusto caminar con las perras.

Una hora después, Lula y Kira corrían locas como siempre lo hacen cuando las llevo a la montaña que sube y baja en pronunciadas laderas. Avancé sin ver realmente a mi alrededor, sin oír tampoco, casi sin sentir, concentrada en qué iba a decir si les volvía a encontrar en el camino de acceso, a los dueños por papeles de la entrada del bosque donde andaba, uno de los últimos del área. Mi parte civilizada me regañaba por no respetar la propiedad privada. Mi parte rebelde se quejaba por todos esos cercos que levantan los dueños, a las pocas áreas llenas de vida antigua que quedan en el planeta. Y mi parte evolucionada se burlaba de esas otras dos partes, haciéndome ver que perdía mi tiempo y energía en una discusión que no merecía un solo pensamiento. Respiré llevando la concentración a la belleza que me rodeaba. Empecé a prestar atención a los senderos, permitiendo que mi *yo* libre eligiera el que más le gustara. Finalmente llegué a un claro en lo alto del bosque, donde frente a mí se desplegaban como en abanico, las altas copas de los viejos árboles que crecían desde el fondo del barranco. La luz de la mañana se colaba entre las hojas como cuerdas de guitarra, tensas, esperando a ser tocadas por una mano gigantesca para inventar melodías. Todo pensamiento dejó de estar allí para ser ocupado por ideas-emociones que me permiten conectarme a todo lo que me rodea. Ser el todo y a la vez yo misma. «La muerte nos espera a todos: a los árboles, a las plantas, a la tierra, a los animales y a mí», pensé sin un solo sentimiento de angustia o tristeza por lo que se va y desaparece. Sorprendida, acepté sin resquicios de duda, ni temor, que ese es el destino de la belleza, «parpadear por un momento, deslumbrarnos, volvernos locos de amor por ella y en ella, para luego dejarla ir. Todo lo que está a mi alrededor, yo, lo que era, lo que soy, lo que seré… ES un hermoso mandala tibetano. Una sacra alfombra de Semana Santa hecho por la fe de manos anónimas, para ser disfrutado en el proceso de su construcción y destrucción, sin dejar más huella que la impronta energética de un acto hecho con la impecabilidad de la perfección y la flexibilidad del amor». Respiré profundo y me abracé al amor en forma de tronco. Sentí cómo su corteza me envolvía y con un guiñapo humorístico apretaba su masa contra mi hígado, sanándolo de la ira que autodestruye. Permitiéndome liberar mis enojos y rabias contra la raza a la que pertenezco, contra el dios misógino que la rige pretendiendo ser el único, lancé entonces al viento, el enojo y el dolor de un mundo perdido. El viento que se lleva las cosas a donde nadie sabe, ya que los ríos se las llevan al mar. Entendí, sentí que la muerte es dejarnos ir: sin tristeza, solo con la alegría de saber que venimos, vimos y nos fuimos.

Solté el árbol y enfilé el camino de regreso a casa. Las perras corrían salvajemente de arriba hacia abajo, libres viviendo su momento de energía y fuerza. Diez pasos y volteé para agradecer al árbol su entrega al momento, cuando Kira casi me bota al chocar contra mis piernas. Una polvareda tan densa se elevó, que el polvo a mi alrededor era una nube de luces y manchas. Aspiré profundo, sabiendo que no hay absolutamente nada que me pueda hacer daño: ni el polvo de la tierra, ni los químicos del agua, ni el *smog* del aire, ni los pesticidas de las plantas con las que me alimento, porque todo, absolutamente todo es parte de mí misma. El bien de las almas inocentes y el mal de las almas coléricas, ambos radican en mi éter y forman lo que soy y conozco. Caída la nube, iba a dar el siguiente paso cuando las frágiles alas de una mariposa se movieron hacia mi izquierda sobre un arbusto. Me quedé quieta para observarla, café en el fondo y por encima unas manchas amarillas como dibujando otras alas, y unos puntos celestes como ojos de cocodrilo. Me agaché y la observé de más cerca, las alas eran viejas y estaban rotas en dos partes.

–¿No puedes volar más? –le pregunté–, ¿eres vieja y te preparas para ir a otro mundo? Para transformar tu energía en algo nuevo y distinto.

Estaba despidiéndome de ella cuando echó a volar:

–¡Yo y mis dramatismos! –dije al viento–. ¿Ves cómo hasta unas alas rotas vuelan impulsadas por la fuerza de la voluntad? –dije a Kira, que me miraba con ojos de disculpa. Me levanté riendo.

Continué caminando, decidida a decir a los dueños por papeles del sendero de ingreso al bosque, que la dueña de la tierra, Isis, Ishtar, Inanna, era quien me había dado permiso para caminar entre los árboles y echar un ojo a sus mágicas criaturas; y si querían preguntarle, podían hacerlo, el único inconveniente es que no era fácil de localizar, porque para encontrarla hay que dejar de dudar y a mí me había tomado unas cuantas vidas y 40 años de esta.

Ahora ya no eran solo las luchas de ella,
eran de los otros, de todos.
Ella no era más una, era materia,
afectada, afectando el resto.
Ella era el amor en conjunto,
nada de esparcirlo donde pasara,
estaba regado ya en cualquier parte.
Ella era eslabón de una interminable cadena,
es un nudo en la red,
sosteniendo con su esencia la tela.
Era un trago, un suspiro,
un *ku* con miles de recuerdos.
Menos uno, el primero,
ese que inició el juego sin fin,
donde el tiempo y la masa se curvaron.
Y que nos hace volver a empezar...

Sol Magnético Amarillo

24

Nace una nueva Ioni Parlante
Treinta y cinco mil años atrás,
en una montaña entre dos ríos

Volví de mi caminata en el bosque, exaltada y llena de optimismo. Mientras bebía un litro de agua con limón, preparando mi estómago para un desayuno mayor, salí a mi pequeña huerta de vegetales y hierbas a admirar mi gigantesca güisquilera. Taza en mano, me dediqué a mi entretenimiento favorito: observar las cientos de abejas que pululan en las flores, que coquetas se abren para dejar beber a las abejas de sus centros húmedos. Llegan de todo tipo: negras pequeñas, grandes, medianas. Con rayas y sin ellas. Amarillas gordas, delgadas, alargadas, cortas. Y las más exóticas, las que tienen tonos de verdes o alas anaranjadas. No me canso de observar el ritual. Las abejas planean como olfateando, giran, se elevan mágicamente en el aire, porque sus alas tan rápidas parecieran quietas, retroceden, avanzan y finalmente aterrizan delicadamente en el capullo que apenas se abre. «¿Lo abren ellas?», me pregunto, «¿se abren los capullos para ser fecundados con lo que las abejas traen en sus patas?».

Sin dejar de beber, sonrío emocionada imaginando sus colmenas llenas de miel y de abejas, gracias a los güisquiles, la albahaca y las Turingia, que he venido sembrando para ellas y los colibríes de la montaña. Me conmuevo agradecida de poder ser parte de este ritual de vida, y pienso: «porque las abejas no tienen cerebro, sus minúsculos cuerpos son células interconectadas de un todo, nadie sabe cómo se conectan, cómo hacen para funcionar como un ente organizado, cómo encuentran las flores y cómo regresan a sus colmenas». Por mi columna sube una corriente de adrenalina que me eriza el vello de la nuca y los antebrazos. Me voy hacia la banca de piedra que tengo a la orilla del huerto, me acurruco bajo el sol que ahora calienta, cierro los ojos y me dejo ir al encuentro de Eyia.

De pie y desnuda en medio de un círculo de mujeres y niños sentados cerca de un pequeño río, Eyia habla despacio gesticulando con una mano mientras con la otra sostiene un palo, tan largo como ella y tallado en forma de cuerno espiralado.

—La vida es un ciclo de vida y muerte... nacimiento, reproducción y muerte. La luna brillará esta noche completa y redonda... las que estamos maduras para dar vida, sangraremos mientras Ela esté llena. ¡Hermanas! Hoy será la primera vez que yo las guíe en nuestro ritual de sangre. Hacerlo bien significa que a la llegada de la luna negra llevaremos todas en el vientre el pequeño huevo, que unido al fluido de un hombre, reventará en nosotras para dejar crecer en nuestros cuerpos los latidos de sangre de otros seres capaces de hablar y escoger. Ahora que Aya ha muerto, es mi deber recordarles con cada ritual que hacemos: quiénes somos y de dónde venimos. Las más viejas saben que mientras nuestra madre, la Tierra, gira alrededor del Sol junto al resto de estrellas, Ela la luna gira alrededor nuestro para guiarnos en el paso del tiempo y explicarnos el ciclo de vida y muerte al que están atados los cuerpos de todo lo que vemos. Ahora el sol brilla muchas horas en el cielo, su calor derrite el hielo y hace crecer plantas y árboles de los que dependemos peces, animales y nosotros, seres llenos de sonidos, placer y risa.

Eyia lanza un melódico grito mientras gira ágil en el aire. Al caer, ensarta la punta afilada del palo en el suelo, para cantar y bailar con libertad alrededor del círculo:

    Ahhhh yeye eeeee ma ye ye yeeeeee,
    iiiiiiiii mi maaaaaa a mama maaaaaa,
    ooooooooo mamaaaa yeyie eeeeeeeee,
    ahhh mama maaaaaa...

Conforme avanza el baile, sus movimientos se van haciendo más grotescos y divertidos, provocando la hilaridad de quienes la rodean. *Repiten los sonidos, crean nuevos sonidos con sus palmas, palos y piedras. Crece una melodía caótica que les hace ponerse de pie, saltar, levantar piernas y brazos. El sonido de las voces unificadas sube y baja como la marea que avanza y luego se retrae, hasta convertirse en un susurro que los deja en un silencio de enormes sonrisas dibujadas en sudorosos rostros excitados. Con un gesto de la mano, Eyia les hace sentar para retomar la palabra.*

—*La nieve se derrite, regresa el calor al cuerpo. Los niños nacidos en la luna de Samhaim y Yule sobreviven pegados al pecho de sus madres, las mujeres preñadas en Imbolc se aprietan dejándonos saber de la fruta que llevan en sus vientres, ahora nos prepararemos otras para ser fecundadas en la luna negra de Ostera. ¡Hermanas, el ritual empieza ahora! Empezaremos por lavarnos en el flujo del río. Sentadas y de frente a la corriente, el agua debe entrar en nuestras cuevas para llenarnos de la profundidad fría y clara del líquido de la Tierra. Luego, acostadas con la cabeza contra corriente, el agua lavará nuestras mentes y llevará el flujo de la energía de la cabeza hasta los pies pasando por todos los huesos de nuestro cuerpo. ¡Alineadas como estrellas!, mis pies casi tocarán la cabeza de mi hermana en turno y los suyos la cabeza de la siguiente, y los pies de ese eslabón que somos cada una de nosotras, conectará con la cabeza de la que ella sabe su hermana en línea, hasta terminar con la más pequeña.*

Riendo, las mujeres sin niños de pecho y las jóvenes en edad de procrear, se dirigieron al río para colocarse en cuclillas y en fila una detrás de otra. Los gritos y risas llenaron el aire, a la vez que el agua llenaba sus úteros abiertos. Eyia a la cabeza inició un canto monotipo de emes y enes, a la vez que columpiaba las caderas de atrás hacia delante. Las risas fueron cesando, el canto fue creciendo, la mano de una se aferró al hombro de quien la precedía. Con la mano libre se estimulaban los centros púbicos, hasta que una tras otra fueron explotando en sonidos placenteros. Caídas de rodillas, hacia delante, aguantando los espasmos involuntarios provocados por el placer, las risas volvieron de nuevo. Sin medir palabra se acostaron de nuevo en fila de piernas cerradas y brazos abiertos, tocándose entre ellas de pies a cabeza. Con las caras, seno, vientres y rodillas flotando hacia fuera sobre el agua de poca profundidad, Eyia inició con todo el cuerpo, ondulaciones que empezaban por la cabeza, se arqueaban por la espalda, seguían por las piernas hasta conectar con la cabeza de quien le seguía, empujando la energía sexual de una a la otra. Rápidamente, la serpiente humana de cuerpos hermanos siseaba unificada. El agua helada sacó a una primero y a otras después, pronto corrían todas en la ladera frotando los cuerpos para entrar en calor, las carcajadas casi histéricas contagiaban a las mujeres y niños que les habían acompañado cantando desde la orilla. Entre todas prendieron un fuego al que arrojaban palabras murmuradas, conforme danzaban a su alrededor. Ya calientes y en cuclillas, dirigieron su vulvas abiertas al fuego para respirar las llamas rojas y azules con la matriz, provocadas por hierbas arrojadas a su centro por Eyia. Conforme se autoacariciaban, las risas y los orgasmos fueron llegando de nuevo. El resto del grupo se unió al círculo y Eyia empezó a hablar.

—El placer vuela en el viento como semillas fecundas y allí donde llega, fructifica la vida ... este dedo que nos indica una dirección o un punto del cuerpo, en pareja con el del centro que llega más lejos dentro de nuestro canal abierto, nos libera de la esclavitud de otras hembras que solo copulan para procrear... Me contaron las abuelas que les contaron a ellas otras abuelas más viejas, ¡que ya pasaron tantas lunas y soles! que no podemos nombrar cuántas en total... que una abuela nuestra, hermosa y llena, se apartó del grupo de los hombres y las mujeres para decir «¡NO! No me preñaré ahora, lo haré cuando yo quiera, porque entiendo el ritmo del tiempo y lo que su latido provoca en todo lo que respira». Se fue sola. Fue ella, la que llamamos Ana, quien empezó a cantar el tiempo, reconoció a Ela en cada una de sus formas plateadas y le puso nombres, llamó con sonidos a las estrellas, sonidos que se volvieron nuevos nombres. Estrellas con sonidos particulares que le explicaron su lugar en el cielo y su relación con la Tierra. Ana empezó a soñar. Lo que no entendía con los ojos abiertos, lo hacía con los ojos cerrados. Las abejas, esas pequeñas pulsaciones motoras de la gran mente, le explicaron a Ana su papel entre las flores y los árboles. Las hormigas, su labor entre la tierra y las raíces. Las manadas le dieron ideas para organizarse. Ana se obró a sí misma con gusto por sí

misma, se olió y se exploró, supo que habían distintos tipos de agua en su cuerpo, se volvió a obrar hasta lograr encender su fuego interno, el que evita el frío del cuerpo y el dolor. Descubrió lo que llamamos placer y se maravilló con él. El placer le abrió las puertas de lo que llevamos dentro y le dio el poder de nuevos sonidos, que entrelazados daban origen, sentido y muerte a las cosas, a los animales y a las personas que tenían un inicio, un crecimiento y un fin. Los sonidos le dieron más placer. Regresó junto a las otras mujeres, llamándolas con sus sonidos nuevos, les enseñó a obrarse, a olerse y gustarse. Las mujeres pronto empezaron a explotar en gemidos y sonidos que asustaron a los hombres. Ellos se fueron y las dejaron solas. Así, juntas empezaron a cantar el tiempo. A cantar a sus hijos recién nacidos. Al ver que los hombres no regresaban y los niños más pequeños crecían sin que hubiesen nuevas mujeres preñadas, salieron en su búsqueda para que volvieran con ellas a las cuevas y se vaciaran dentro de sus úteros, para llenarse de sus líquidos y despertar la vida que llevamos todas dentro. Despacio les enseñaron a los hombres los nuevos sonidos, pero… a tener múltiples placeres cómo lo hacemos nosotras las mujeres, no lo lograron los hombres, sino con ellas las mujeres. Los hombres tuvieron placer con nuestro placer. Así que empezaron a premiarnos, a conseguir para nosotras mejores piedras y pieles. Ahora, nosotras les enseñamos los tiempos en que los animales se van y vuelven, les señalamos los momentos para que ellos puedan planificar la caza y los momentos para volver con nosotras. Nosotras aquí juntas aprendemos, organizamos el mundo con palabras siempre nuevas, tenemos hijos cada vez más llenos de canto, más llenos de sonidos e ideas…

Eyia no pudo evitar una pausa, el dolor de extrañar a su Aya fue más fuerte que su deber de repetir la historia de las abuelas. El rostro siempre sonriente de Aya se hizo claro en su mente, diciendo «¡que lista eres, Eyia querida!, ¡más lista que todas nosotras juntas!, ¡imagina cómo serán tus hijas!». «Lista pero cobarde», pensó Eyia de sí misma, con un poco de amargura. Ahora le tocaba preñarse y no estaba segura de querer hacerlo. Preñarse significaba también enfrentar la muerte. Morir un poco para dar vida a otro, unirse a Ela en el acto de la creación…

—*Los hombres nos visitan en cada luna negra -continuó recordando la misión que le encargara Aya-, vienen con sus regalos para que les compartamos nuestros fuegos, les dejemos entrar en nuestras cuevas y les abriguemos de las noches largas sin luna. Compartimos con ellos nuestros placeres, nos llenamos de sus cuerpos duros, y las que lo deseamos, los hacemos acabar dentro para que su fluido nos riegue por dentro y fecunde nuestros huevos maduros. Así de lunas pasarán —levantó nueve dedos frente al grupo—, y nacerá de cada una de nosotras un niño o una niña, o tal vez dos.*

Eyia se levantó para caminar alrededor del fuego y atizarlo con la punta de su palo espiralado.

—*Este fuego nos da calor, nos protege y nos da vida, así nuestro fuego interno da vida a nuestros hijos. ¡Mientras más intenso nuestro placer, más intensos serán los niños! Mujeres, con esta luna llena hemos de sangrar para regar con ella la tierra, es nuestra ofrenda por habernos enseñado Ana, en nombre de Ela, el correr del tiempo y entender cuándo el huevo está muerto, está maduro ¡y cuándo fecundo!*

Las mujeres y los niños que habían permanecido muy quietos hasta ahora escuchando la historia de las abuelas, saltaron en júbilo para cantar riendo, cada uno a su manera. Eyia también rio, ¿qué podía salir mal?, se preguntó, ¿sus miedos nacían de su tristeza?, ¿o había algo realmente tenebroso en el futuro? Tendría que preparar una historia sobre el miedo y la tristeza para sumarla a las muchas aprendidas de Aya, para ser repetidas alrededor del calor de las llamas… tal vez, un día por las hijas de sus hijas.

Regresé sobresaltada, ¡tanto! que me caí de la banca. Corrí al teléfono para pedirle a Shika que organizara una reunión con las mujeres del círculo. Subí apresurada a mi estudio para dibujar mientras tenía frescos los recuerdos. Ya había visto antes esas imágenes, inmensidad de veces he visto danzar a Aya y Eyia en mis sueños. He escuchado, dormida o despierta, sus palabras llenas de sabiduría. Sé hace muchos años, que las mujeres heredamos a los hijos la inteligencia y los recuerdos, que nuestro poder fue un día, el de liberarnos del celo y sangrar junto a la luna para entender el tiempo.

Que lo logramos por haber descubierto el placer en nuestros cuerpos, con ello encendimos una especie de fuego sacro en nuestros vientres responsables de la evolución de las razas. He sabido por mucho tiempo, que las mujeres nos vendimos por carne y cuero, que los hombres debían pagarnos por compartir con ellos nuestros cuerpos y nuestros privilegiados orgasmos, sabía porque está en la memoria genética de mi ADN mitocondrial, que las mujeres nos organizábamos por grupos para criar, recolectar y protegernos mutuamente, que los hombres partían a cazar por largas meses para regresar en fechas específicas a compartir con nosotras la alegría de la danza, el canto y el sexo. Lo que no sabía era cuándo había empezado el miedo, cuándo el temor a la muerte, y que fue también una mujer la responsable de asentar en nuestra memoria y por lo tanto en nuestra psique, la necesidad de la certeza.

¡El hambre satisfecha en el futuro y la seguridad de un mañana inexistente!, lo heredamos de la capacidad de una mujer de anticipar las próximas lunas.

Con todos estas ideas en la cabeza me metí en la ducha. Marzio llegaría en cualquier momento. Queríamos hacer el amor, esta vez en la cama.

Me trajo flores de tallos largos como a mí me gustan, me abrazó tierno por la espalda mientras yo las ponía en un florero, besó mi cuello recorriéndolo con sus labios mientras me apretaba contra su cuerpo. En la cama hicimos el amor, primero lento y luego con ganas de perdernos. Con mi orgasmo provoqué el suyo, abrazada por su forma me fui al encuentro de un ritual de sangre...

Esta vez llegué flotando. Suspendida en medio de la noche como si fuera un fantasma, levitaba sin rumbo absorta en la belleza de la luna y la noche. Un canto de perturbadores sonidos me rodeó paulatinamente, me estremecí, primero por la sorpresa y luego, sobrecogida por la belleza del canto. Encontré su fuente en la boca de una gran cueva en la distancia, tan grande que tenía la forma de una concha, casi como un teatro moderno. El suelo era un saliente pronunciado a la mitad de una alta montaña. Desde la altura donde estaba, lejos de la Tierra y cerca de la Luna, lograba ver un punto rojo, posiblemente un fuego. El sonido era rico, fuerte como un mandato, un llamado imposible de ignorar. Ni ronco ni agudo, el canto estaba lleno de letras sueltas con el propósito de entrelazarse entre ellas. A las letras les acompañaban tambores de retumbe potente. La percusión empujaba hacia arriba letras: emes, enes, vocales y eses, que al llegar a mi altura se arremolinaban produciendo: i griegas, equis, tes, pes, hasta llegar a jotas y erres. Floté ¡maravillada! tras los remolinos hasta alcanzar la superficie de la Luna, que era un pozo profundo plateado, un abismo, donde la luz y la oscuridad se mezclaban como en el lienzo de un pintor, creando con su pincel, la boca de un pozo sin fondo. Girando en la orilla, el negro del infinito se unía por gotas al centro brillante de la luz, reflejada desde afuera hacia adentro y de regreso. Juntos, lo claro y lo oscuro, fundían las letras produciendo pequeñas palabras de plata que se iban de regreso a la Tierra y a la fogata, cayendo sobre las mujeres en forma de lluvia de rayos de luna plateada.

Volé persiguiendo las palabras hasta encontrarme junto a las mujeres desnudas alrededor del fuego. Las cantoras bailaban al ritmo de los tambores. Arrastrando los pies sobre el suelo, se abrían de piernas flexionando las rodillas... se acercaban a los leños calientes dando pequeños brinquitos, con las caderas apuntando hacia las llamas y el torso curvado hacia el cielo. Cuando casi tocaban el fuego, se doblaban hacia delante para escapar con prisa moviendo las nalgas. Al estar a unos dos metros de la fogata, giraban sobre su propio eje extendiendo los brazos, uno apuntando al cielo y el otro hacia la tierra, describiendo órbitas, primero hacia un lado y luego hacia el otro. Sus pieles desnudas brillaban bajo el sudor provocado por la intensidad de los movimientos. Terminaban de girar, se volvían acercar al fuego de la misma manera, para alejarse de nuevo y volver a girar. Las palabras de plata que caían sobre ellas salían reproducidas por su boca. Al principio no lo entendí porque alargaban mucho cada letra.

La palabra sangre se formó intensa y clara, el baile cambió de forma, esta vez se acercaban de lado al fuego, se alejaban, giraban entre ellas imitando el zigzag sensual de una serpiente enroscándose en sí misma, se tocaban sutilmente con caricias furtivas. Suaves roces con las puntas de los dedos eran la pausa en el baile cada vez más intenso. Pequeños riachuelos de sangre empezaron a correr entre las piernas de algunas bailarinas, niñas pequeñas casi acostadas sobre el suelo, señalaban con gestos a las sangrantes. La percusión y el canto empezó a bajar de tono y fuerza, al igual que la danza. Las mujeres, como mareadas o en trance, se fueron deteniendo de cara al fuego. Con las piernas bien plantadas en el suelo, sus torsos se bamboleaban de lado a lado, o de atrás hacia delante. Mi fantasma se movía libre entre ellas, en algún momento me pareció percibir en los ojos de algunas de las pequeñas, el reconocimiento sin sorpresa de mi presencia.

Eyia entonó su flauta en una melodía empalagosa... otras flautas se fueron uniendo, en cuanto la melodía sonó hermanada y continua en un tono tan suave que fue como un murmullo de viento lejano, Eyia recogió del suelo un cuenco de madera perfectamente esférico como el cáliz de una copa sin pata, ahuecándolo entre ambas manos se acercó a la primera mujer a su izquierda y frente a ella dijo:

—De ti hermana, recibo el líquido de tu cuerpo que será la carne de tus hijos que hoy beberemos en un pacto de sangre...

—Entrego la sangre, mía y de mis hijos, para que en otra luna nueva sean la carne de mi carne... —contestó la chica.

La joven se abrió de piernas y para mi sorpresa, Eyia se inclinó y recogió de los muslos un hilo de sangre. En el cuenco, la sangre se diluyó de inmediato con el agua tibia. Con tres pasos más a su izquierda se situó frente a una mujer un poco más vieja que Eyia.

—De ti hermana, recibo el líquido de tu cuerpo que es la carne de tus hijos que hoy beberemos en un pacto de sangre...

—Entrego la sangre de mis hijos para que en una próxima luna su carne sea también la de sus hermanas y hermanos... —respondió la mujer.

Eyia fue de mujer en mujer, repitiendo unas u otras palabras, según fueran jóvenes o más viejas. De todas recogía uno o dos hilos de sangre. Al volver a su puesto, elevó el cuenco frente a ella en dirección a la luna y dijo:

—He aquí la sangre de los hijos de mis hermanas, he aquí el líquido rojo origen de toda la vida. A esta sangre uniré la mía en un pacto de amor de las unas por las otras, en un pacto de amor por los hijos que vendrán a ser parte de nuestros círculos de sangre y fuego... —Eyia bajó el cuenco hasta su vientre, para sostenerlo con una mano mientras que con la otra extrajo con el dedo del medio y el índice, sangre de adentro de su vagina, con ambos dedos revolvió la sangre diciendo:

—Con 8 lunas beberemos la sangre de nuestros hijos, recordando el pacto infinito de la tierra con el cielo, y con cinco lunas no beberemos... para entregar nosotras íntegra la sangre a Ela y la Madre Tierra... —Eyia llevó el cuenco primero a su frente, luego al centro de su pecho, después lo atravesó de hombro a hombro y finalmente, lo llevó a su boca para beber con solemnidad tras pronunciar con alegría:

—En nombre del viento, de la tierra, del agua y del fuego, me hago una con el aliento que es la fuente de la vida...

Inmediatamente pasó el cuenco a la chica de la izquierda, quien repitiendo la mismas palabras y haciendo los mismos gestos, bebió riendo para pasar el cuenco a la siguiente. Cada una fue ahuecando con ambas manos la sangre mezclada de todas. Cada una hizo la cruz de los elementos marcando sus cuerpos con ella: frente, pecho, hombro izquierdo, hombro derecho y boca. Cada una bebió con solemnidad y una sonrisa en el rostro. El cuenco regresó a Eyia, que elevándolo de nuevo hacia la luna dijo:

—Y este ritual lo harán las hijas de mis hijas y las hijas de las hijas de mis hijas, para mantener viva la red que nos une a todas en sangre, carne y memoria, al origen de la vida...

De un trago bebió el último sorbo. Se agachó para dejar el cuenco en el suelo y tomar de entre unas hojas secas, una masa en forma de huevo:

—Canta el gallo junto a otros pájaros cada mañana para anunciar la salida del sol... pero es la gallina quien pone los huevos para continuar el ciclo de la vida... nuestros huevos los llevamos dentro.

Eyia levantó la mezcla cocida de manzana, miel, huevos y polvo de semillas machacadas. Elevándola hacia la luna siguió hablando:

—He aquí los frutos de la tierra, la creación de la Madre, para alimentar a los hijos de Ela, la oscuridad eterna... con agradecimiento comemos la carne de la tierra...

Dio un mordisco, pasó la bola de nuevo a la chica de la izquierda, esta mordió después de dar las gracias de la misma manera. Una detrás de otra repitieron el gesto hasta llegar de nuevo a Eyia, que luego de comer el último bocado, lanzó al aire un grito de alegría que inmediatamente todas copiaron.

Los tambores retumbaron con fuerza, mujeres y niñas se acercaron a las sangrantes con cuencos donde recogieron hilos de sangre de unas y de otras, para luego intercambiarlos, beber, recoger más sangre, mezclar, intercambiar y beber de nuevo, mientras se bailaba y reía como en la más alegre de las fiestas.

Afuera, a la sombra del círculo estaba sentado un joven sin pierna, en su cara llena de rabia bailaban las formas de las llamas. No tuve tiempo para observarlo, sin previo aviso de entre el grupo levantaron a una niña de unos trece años en brazos, dando gritos de alegría:

RRRRRRRRRRR *iiiiiiiiiiiiiiiiiiiiiiii*
LRLRLRLRLRLRLRLRLRLLLLLL
RRRRRRRRRRR *iiiiiiiiiiiiiiiiiiiiiiii*
LRLRLRLRLRLRLRLRLRLLLLLL

Los tambores cesaron, quedó todo en silencio, la bajaron para colocarla sobre sus pies. La chiquilla no dejaba de reír emocionada, se hizo un círculo a su alrededor. Eyia se adelantó hasta quedar frente a la pequeña. Ambas sonrientes. Eyia se agachó para tocar en medio de sus piernas donde introdujo dos dedos que salieron sangrantes, al levantar los dedos en el aire todas rompieron en júbilo de nuevo. Una joven se acercó corriendo con el cuenco, donde Eyia diluyó la sangre con la suya:

—Bendecida por Ela y elegida por la luna, has sangrado hoy cuando yo inicio mi tarea de «la Mujer que Sabe, la Ioni Parlante». Llamada estas a ser mi aprendiz, hija de mis palabras y

mis ideas, gracias a ti, seré yo tu Aya. Tu sangre y la mía sellan con la Madre el pacto del tiempo futuro…

Eyia metió la palma en el cuenco mientras caminaba hacia el muro de la cueva donde habían ya otras muchas manos pintadas, la niña le siguió para sostener el cuenco entre sus manos mientras Eyia se estiraba para colocar su impresión táctil, en medio de una fila de viejas imprentas.

—Aquí, en medio de los cinco dedos está la luna llena, al pasar otras dos manos de dedos, llegará la negra. En medio de su propia mano de dedos oscuros se presentará Ela, el poder negro… el más viejo del mundo. En esa noche bailaremos y copularemos con los hombres de nuestra manada. Nos daremos placer mutuo y luego de nueve lunas llenas, nacerán los hijos engendrados bajo la mirada amorosa de la Ela… profunda y negra…

Sobresaltada, desperté inquieta para encontrarme en los brazos de Marzio, que dormía tranquilo abrazado a mi cuerpo. Me escabullí de su lado para ir a beber un vaso de agua. Me acerqué a la ventana para buscar la luna.

—Ela —murmuré a la noche oscura.

«Ana llevó tu nombre y tus recuerdos en mis venas. Ana, no Eva, la primera mujer que supo complacer su cuerpo y con ello entendió el tiempo. Ana entendió y un dios se enojó».

—Ana —me sobresaltó el sonido de mi propio nombre en los labios de Marzio—, ¿dónde estás? ¿Qué haces?

Adormilado abrazó mi cuerpo, después de recorrer todo mi torso con manos seguras.

—Vine a beber agua y a buscar a la luna —me recosté en su pecho firme, sintiendo su fuerza bajo los músculos.

—Soñé con una fogata, bailabas desnuda alrededor de ella —dijo enterrando su nariz en mi cuello, olfateándome, para tomar mi piel con su boca abierta. Reí.

—Bueno, por allí andaba. En tu sueño ¿estaba sola?

—No. Creo que había una vaca… y un toro… —me cargó en brazos y me llevó a la cama. Tomó un pecho con la boca y el otro lo apretó con la mano, un momento después estaba entre en mis piernas lamiendo, bebiendo, respirando dentro de mi vulva abierta. El placer me hizo lanzar un suspiro seguido de un mmmmmm continuo al nivel de mi garganta. *La vaca fue creciendo en mi mente. La vi más claramente mientras fue acercándose a la fogata… sus ojos y mis ojos hicieron contacto a través de las llamas…*

No era una vaca… era el cráneo de un toro colocado sobre los hombros de un hombre enorme, sus ojos miraban a Eyia desde las cuencas vacías. Eyia le miraba a él a través de las cuencas vacías del cráneo de una vaca, que llevaba en la cabeza. Medio agachados, ambos bordeaban el fuego mientras un coro de voces femeninas y masculinas se elevaba en un canto hermoso y potente. Hombres y mujeres, intercalados y sentados en un semicírculo fuera del área iluminada, giraban con los ojos cerrados, sus torsos semidesnudos. Parecían estar en trance, arrobados por la belleza de sus propias voces:

> *Eyiawe elabue eyiawe*
> *Elabue eyiawe elabue*
> *Eyiawe elabue eyiawe*
> *Elabue eyiawe elabue*

Un mujer, adornada con unos cuernos y una capa que parecían alas, se encaramó sobre una roca plana cubierta de pieles, como una mesa. Eyia y el gran hombre toro se sentaron a sus pies. Los cantores bajaron el tono a un murmullo, que persistió en el fondo cuando la mujer inició a hablar con voz potente:

—Ana, nuestra primera Mujer Sabia, que supo convertirse en una Ioni Parlante, caminó sin gente durante tres inviernos. Fueron las plácidas vacas quienes la acogieron en su manada y la alimentaron con su propia leche. La gran manada la protegió en su seno de los depredadores y cuando alguna murió por golpe o por vieja, no se molestaron porque Ana tomara su piel y se protegiera con ella. Ana aprendió de las vacas a seguir las estrellas del cielo, que son polvo de leche dejado por Ela la madre, para alimentar nuestros espíritus hambrientos de conocimiento. Ana aprendió el poder del grupo y el lugar de la persona en él.

Alimentada por la leche supo que la madre late tras cada seno femenino y que la vida de todos los seres es frágil y sagrada. Ana sola, sin macho de su especie y entre las vacas, se obró a sí misma y descubrió un placer ilimitado que hizo crecer sus ideas. Ana entendió que la vida inicia como un punto de polvo...

La mujer se agachó para tomar de un cuenco, un puñado de tierra que arrojó al aire en dirección al fuego. Cientos de partículas quedaron pendientes en el aire a la luz de las llamas. Los cantores arreciaron, los niños se reacomodaron sobre sus piernas para poder ver mejor el sutil espectáculo de las motas suspendidas en el espacio. El canto bajó de nuevo, la mujer continuó:

—Ana entendió que nosotros y otros muchos animales, peces y aves, llegamos así de pequeños a la Tierra hace incontables lunas y soles. Que Ela nos parió junto a las estrellas que nos guían en el cielo. Y llegamos... como puntos de polvo aquí donde la Madre Xia nos acogió en su seno, nos alimentó con sus líquidos, nos expuso al calor del Dios Padre para que su luz nos calentara y nos hiciera crecer. El calor y el fuego nos hacen crecer... nos alimentan de una manera distinta a cómo nos alimenta Ela, y entre los tres: Ela la Noche, abuela de todas las cosas, Xia la Madre Tierra, y el Sol Padre, multiplicaron la vida allí donde vemos. Así, Ela es a la vez nuestra madre y abuela, Dios el Padre es también nuestro hermano... y amante de Xia la Tierra, nuestra madre...

—Porque todos somos uno dijo Ana —coreó el grupo entero—, uno con el Padre Sol, uno con Xia la Madre, uno con los peces bajo el agua, con los animales de las praderas y uno con los pájaros del aire... ¡somos uno con Ela la noche antigua...!

Eyia y el hombre toro se pusieron de pie para tomar de manos de la guía, las puntas de un largo lazo de cuero que pasaba por ambas manos de la mujer.

Los tambores explotaron junto a las voces, que esta vez se elevaron potentes:

> *Ha Alala alala Haaaaaa lalala*
> *Ha Alala alala Ha lalala HaHa*
> *EEEEEEE elawe elawe elawe*
> *Sssssssssss Sssssssssss Sssssssss*

Juntos hicieron una serie de giros y movimientos coordinados, imitando primero, movimientos de serpientes, y finalmente de aves. Hombre y mujer desnudos, con sus cabezas de vaca y toro, daban la impresión de ser marionetas en manos de la Ioni Guía.

—Macho y hembra nos creó Ela, para que disfrutáramos de la música y la vida. Al macho le sale leche de su falo erecto, para alimentar la vida del huevo que lleva la hembra en su matriz cueva —dijo la mujer, mientras Eyia se quitaba el cráneo de vaca para inclinarse a tomar con su boca, el miembro ya erecto de su compañero. El joven se quitó a su vez el cráneo de toro de sobre la cabeza, para depositarlo con un brazo, al lado del cráneo de vaca de Eyia, a los pies de la mesa. La Ioni Parlante bajó de la mesa, dejando el lazo sobre ella. Después de un momento, Eyia dejó el falo y se puso de pie para acostar al hombre sobre la mesa. En cuclillas se situó primero sobre la cabeza del hombre, para que él pudiera beber del fluido femenino. Volteándose, se sostuvo sobre manos y rodillas para tomar de nuevo el miembro masculino y darse ambos mutuo placer. Luego de un momento, ella se volteó para empalarse en el falo erecto con un grito de júbilo. Seguido por un grito del resto de espectadores. Eyia lo cabalgó gustosa hasta explotar en gemidos, primero ella y luego él. Eyia se derrumbó laxa sobre su compañero, él la sostuvo acariciando su espalda.

Los gritos de placer fueron la señal para que el resto se uniera, unos y otros en eróticos abrazos. Las madres se retiraron presurosas con niños y niñas pequeñas a lo más oscuro de la cueva. Incluso, algunas jóvenes se apartaron del grupo de amantes. Los cantores se besaban y rodaban por el suelo. Solo algunos jóvenes y chicas permanecieron haciendo música con tambores y huesos. Los gemidos y gritos de placer empezaron a explotar por todos lados. Nuevamente, Eyia y su hombre toro iniciaban un coito sobre la mesa. Algunas parejas se alejaban del grupo, en busca de intimidad. Eyia cambió de pareja. Cuando salía el sol, había explotado junto a tres hombres...

Con la llegada de mi propio orgasmo provocado por Marzio, vi a Eyia quedarse dormida en los brazos del tercer hombre. El italiano se elevó sobre mi cuerpo para hundirse en él. —¡Que rico entrarte —dijo a mi oído–, que profundo llego, puedo sentir tu placer –escuché su voz ronca, mientras arreciaban sus embestidas.

Mi útero comenzó a succionarlo, el vacío en mi centro fue creciendo, supe que su orgasmo estaba cerca, aflojé los músculos, dejé laxo todo el cuerpo para que él pudiera doblarlo a gusto, me concentré en respirar para tragarme su orgasmo, que no tardaba en llegar... gruñó como un oso en mi oído, su energía me inundó, me excedió y me fui, me fui en el vacío que se abrió al centro de mi frente... al encuentro de la flauta blanca...

Las notas dulces de la flauta eran la única indicación de vida en un entorno dormido por la nieve, la noche oscura brillaba iluminando en la distancia los contornos de los picos elevados.

Eyia estaba sola, bueno, no sola, en su vientre abultado se movía la niña que pronto nacería. Tocaba para ella, quería que se sintiera bienvenida, amada y adiestrada desde el vientre. Si Eyia no sobrevivía al parto, su hija heredaría la flauta y con ella los acordes dejados por Ana hacía incontables lunas. Eyia tenía miedo de ir al encuentro de otras vidas y formas, y dejar sola a la pequeña que ahora creaba... «Ni la inteligencia ni la habilidad para aprender cosas nuevas sirven ante la muerte», se decía mentalmente, mientras las notas de su flauta se esparcían por el cielo. Ella, que había sido siempre valiente, sucumbió ante la fragilidad del ser que se desenvolvía en su vientre. Ahora tenía miedo de lo que había tras la corteza de los árboles, tenía miedo de los espíritus que habitaban bajo las piedras y a las orillas de los ríos. Tenía miedo de irse y dejar sola a su niña. La flauta sonó más seductora que nunca, el sonido tenía un propósito: organizar el mundo y organizar la vida.

Aya le había enseñado, cuando le entregó la primera flauta blanca, que la música que producía este instrumento mágico era la manera en que las mujeres volaban. «Están hechas de los huesos de los poderosos tutones blancos... esos pájaros que se alimentan de la muerte y no de la vida de otros seres», le explicó Aya, señalando un grupo de enormes aves alimentándose de los restos de un venado muerto. «Ellos no matan y nadie se alimenta de su muerte, los tutones están fuera del juego de la caza... ellos observan, miran, limpian y se elevan sin culpa ni mancha, por lo tanto la música de sus huesos es pura por no estar corrompida de violencia y poderosa por ser parte de la muerte...».

Las lágrimas de Eyia corrieron libres como las notas. ¡Sabía!, sabía que al tocar con emociones esclavas lanzaba al espacio ideas esclavas, corrompiendo la libertad del alma. «*Una abuela abrió las puertas de la sabiduría, gracias al placer del cuerpo y el entendimiento del tiempo, ahora yo levanto muros invisibles porque sé que lo que ignoro es mayor que lo que sé... porque el tiempo, que entre mis dedos es uno... en lo profundo de la noche oscura son muchos tiempos... y algunos de los que aguardan a las hijas de las hijas, son tiempos malos. Debo apresar con dolor el destino para prevenirlas y protegerlas de lo que se les avecina...».*

Desperté llorando, conmovida por el temor de esa primera mujer que nos quiso proteger y que sin entenderlo del todo, nos encarceló al temor de la pérdida y lo desconocido. Yo y muchas llevamos sus genes y sus recuerdos en nuestros núcleos celulares.

Me escabullí de nuevo de la cama. Me pasé un chal por los hombros y salí al balcón a ver la llegada del sol.

—Nos enseñaste hermosa luna, junto a la sangre menstrual, a contar, a nombrar los días y los meses —murmuré silenciosa—, y luego, los hombres en nombre del sol y otros dioses masculinos, se apropiaron de la cuenta y confundieron el flujo de la vida al reagrupar los ciclos de un año de otra manera... para tener poder sobre nosotras y la tierra.

Suspiré profundo, aspirando la madrugada con tristeza. «En su afán de poseer... lastiman el útero que nos dio el aliento, los úteros que nos dieron vida... y se esclavizan a sus propios deseos nunca satisfechos...», cerré los ojos y visualicé el baile de las mujeres alrededor de la hoguera para cantar con ellas: mmmmmmamanene ooooooommnenemammmmmm

Cargó con su maleta llena
vistió su mejor traje
sus tacones preferidos
y un peinado alto.
Saltó el charco,
que bien puede ser un océano
para quien le faltan las alas
y ese cóctel de valiente tequila
con exótico daiquirí
¡Qué es lo que le corre en las venas!

Sol Magnético Amarillo

25

Eros al encuentro de Isis
Mayo, 2014

–Puta le dijeron, ¡puta la llamaron!, cuando ella lo único que ES, porque no hizo, no hace. ¡Es SER una mujer sensual! Llena de gusto por la vida. Ya de niña, su risa extravagante llamó la atención y ¡muchos regaños! «Las niñas buenas no ríen así», decía su mamá. Al principio lo decía con preocupación…–explicaba Shika en italiano, a la mujeres frente a ella que habían llegado a la presentación de su libro en Roma–. Al pasar los años, la mamá lo decía indignada, como si Laura, su hija, le hiciera daño con su risa y su alegría –Shika viajó a Roma con la excusa de un taller sobre «Los roles femeninos en la sociedad actual». Su objetivo principal era Pompeya y ver con sus propios ojos el cuadrado que la había obsesionado desde que supo de él. Así, su cabeza vagaba entre el público y sus ganas de avanzar con la búsqueda–. A Laura le gustaba tocar a la gente, menuda hasta los diez años, se colgaba con facilidad de brazos y torsos. Sonreía a todos, con la mirada franca y el cuerpo resuelto. Inocente, no sabía que su alegría por el calor del sol y el colorido de las flores, y su amor por la danza y su pasión por el juego, despertaba en el otro, ¡en los otros!, una lujuria, una envidia, que en sus años mozos no tenía nada que ver con ella.

Shika volteó hacia la pantalla donde corrió una serie de imágenes de niñas sonrientes, de expresivos ojos y bocas sensuales, jugando, riendo abiertamente a la cámara.

—Así es cómo crecen las niñas Eros, ¡felices! Muchas veces son estudiantes rezagadas, no es la regla, pero pasa… ¿por qué? Porque son soñadoras, amorosas, sensibles, de temperamentos artísticos, viven en el momento y les cuesta planear para el futuro, porque para ellas la vida es ahora y se vive en el aquí. Ni la lujuria ni el morbo es parte de sus vidas, ya que la sensualidad natural de todo lo existente fluye en armonía con lo que sienten, escuchan, ven, tocan y huelen… la mujer Eros es la reina de los sentidos y de allí nace su fuerza y su inteligencia. Tímida o extrovertida, es espontánea. Son las experiencias de la vida las que las vuelven, a muchas ya de adultas, en calculadoras y hasta manipuladoras. La manipulación es un mecanismo de defensa de quien antes ha sido utilizada o rechazada. Con los años, los mecanismos que les permitieron sobrevivir, las puede autodestruir, porque van torciendo su alegría simple por la vida.

—¡De allí la idea de que son mujeres malas! —expresó espontánea una asistente entre las primeras filas.

—Pero ¿qué es una mujer mala? —preguntó Shika sonriente.

—La que se acuesta con muchos hombres —contestó rápido una.

—La que se mete con el marido ajeno —dijo otra.

—¿La que tiene vicios? —se rio una tercera.

—La que se acuesta con muchos hombres por voluntad propia y en posesión de su persona y su entorno, a mi parecer no hace daño a nadie… —intervino Shika—. Si se acuesta porque no sabe decir no, porque piensa que cada hombre es su futuro, si lo hace esperando encontrar amor o aceptación… ¡hace daño, pero a sí misma! —hizo una pausa para moverse hacia la orilla del pequeño escenario—. La que se acuesta «con el marido de otra», ¿es realmente ella la mala o lo es el marido quien prometió fidelidad ante el altar o el juez? Ante estas cuestiones de orden moral-social nos complicamos, pero acá debemos cuestionarnos: ¿se puede realmente decir o pensar, este hombre o esta mujer son míos? ¿Y es qué se puede ser dueño de alguien? Yo diría que la fidelidad es un mito, un acto de extrema fuerza de voluntad, un paradigma de convicción absoluta de lo que buscamos y queremos en la vida. La fidelidad es el bastión de un contrato social que salvaguarda la institucionalidad de la familia como base de la sociedad, pero ¿funciona la sociedad?, ¿funciona la familia?, ¿son felices los hombres y las mujeres intentando sostener estos núcleos de convivencia?... ¡nos salimos del tema! –sonrió cómplice a las asistentes cercanas y cambió el tono–. Para una mujer Eros empoderada, la fidelidad se centra en ser íntegra consigo misma y lo que pregona, íntegra con lo que ofrece y da, íntegra en lo que espera del otro, previamente aclarado dentro de ella y después con él o la otra. A la mujer Eros lo que le importa es cómo la trata la persona con quien se relaciona, no lo que esos otros hacen cuando no están con ella. La mujer Eros usa bien su tiempo, lo tiene lleno de sí misma y de sus sentidos siempre afinados, para sacar de la vida el mejor provecho –hace una pausa, Shika suspira–. Primero señalada... –con el índice va apuntando hacia algunas de las mujeres–, es ella quien señala el camino, una vez que logra estar en posesión de su persona y sus atributos, principalmente de su sexualidad que utiliza para su propio placer y beneficio, primero. Luego para el de otros, si le da la gana –vio su reloj de muñeca y terminó–. Bien señoras, señoritas, caballeros... yo me retiro, espero haber puesto ideas frescas en su cabeza... fue un gusto y un placer haber compartido esta tarde... gracias por estar acá y hasta la próxima, ¡qué tengo un tren que tomar!

Una hora después, acomodada en un vagón de primera clase en dirección a Nápoles, donde pasaría la noche para tomar al día siguiente un *tour* hacia Pompeya, Shika elucubraba sobre qué le esperaba donde alguien encontró el cuadrado mágico que les revelara Ana Ilse en su casa de Tecpán. Abrió el libro de Roberto Pascolini, *El Evangelio de Pompeya*, admirada de nuevo por el trabajo del escritor que desmenuzó letra a letra el mensaje de cinco palabras. Y por el de Ana, que con números descifró mensajes similares a los de Pascolini. «La diferencia es que la bruja le atribuyó el mensaje a Pitágoras y el escritor a Jesucristo», pensó la mujer Eros, hojeando primero el libro y luego las notas de Ana. Se quedó finalmente observando el vistoso dibujo hecho por la Mujer Natura: tres cuadrados, el ya famosamente conocido, el segundo con números romanos y el tercero con números arábigos. Sobre los cuadrados dibujó la estrella de cinco puntas y otras figuras geométricas, en la búsqueda de integrar el mensaje al tiempo del apogeo romano y al lenguaje numérico. La vista de Shika se fue deslizando despacio por cada letra, número y forma, hasta irse con los ojos cerrados, agarrada a las sensaciones producidas por su útero. Palpitaciones calientes producto de su fuego menopáusico, la hicieron suspirar de placer. De memoria recitó uno de los versos de Ana inspirados en el cuadrado, mientras se iba quedando medio dormida:

> Se abre mi flor de fuego
> Ante la inmensidad del mar.
> Ella desea navegar,
> encontrar
> tierra fértil donde germinar...
> Germinar en entusiasmo, abanico de alas,
> Volar en unidad...

Las mujeres eran casi todas negras, la de largos cabellos trenzados en infinidad de trenzas, las de cortos desplegados como melenas de leona. Sus cuerpos sudorosos, cubiertos por un taparrabo y un trapo amarrado a sus senos, brillaban con belleza indómita. Shika se vio a sí misma sentada en un palco del teatro, desde donde miraba el escenario completo y al público sentado en platea, que se desgañitaba frenético estimulado por la potencia de los bailarines en escena. Shika supo que eran las descendientes de las cavernas donde había bailado Ana. Dijo emocionada al aire: «Ana cariño, estoy viendo a las hijas de tus hijas». Los movimientos eran violentos, coordinados, armónicos y transgresores. Tocaban o señalaban sus órganos sexuales, giraban brazos y cabezas en círculos que amenazaban desmoronar los huesos de un cuerpo no suelto a la euforia de un alma entregada al ritmo de la música caótica. Las y los bailarines se iban sucediendo en el escenario, al cambio de la música que mutaba de tambores puros a pálpitos electrónicos. Los vestuarios evolucionaban de taparrabos a exóticos trajes de lentejuelas, o desgarbados atuendos de jóvenes callejeros. Abrían piernas, giraban las pelvis a velocidad vertiginosa, se tiraban al suelo, vibraban los hombros, se levantaban de un salto, quedaban sostenidos en el aire por un segundo, se iban las piernas para un lado, los brazos al lado contrario en elásticas figuras geométricas… Shika, contagiada, experimentaba impulsos eléctricos que recorrían su espina dorsal, conectando entre sí a cientos de puntos hasta percibir vivas sus antiguas alas. Con los brazos extendidos se lanzó desde su balcón a escena, se arrancó la ropa mientras su cuerpo obedecía a la vorágine de un alma desatada queriendo alcanzar el cielo. De lejos escuchó el clamor del público, que se levantó como uno solo, emocionado por su salto, para seguir el ritmo junto a ella. Shika entreabrió los ojos, el teatro cueva se abría frente a un mar embravecido. Ahora estaba sola frente a las olas que chocaban contra las grandes piedras, sobre las que Shika se encontró vestida de negro y de pie, aun bailando al ritmo de la música que llevaba dentro de ella.

—¡Bendíceme madre! —gritó al mar emocionada.

Una inmensa ola se levantó, Shika vio la curva como la de una mano arqueada, se vio minúscula ante el vacío de ese medio útero que estaba a punto de tragársela. Un fragmento de su cerebro le pidió que huyera ante esa masa de agua que se levantaba frente a ella, entendió que el espiral donde termina la ola la arrastraría al fondo, el miedo le duró un respiro, abrió los brazos lista para entregarse al océano. El agua la golpeó con fuerza, pero no la botó, al retirarse la ola, luego de haberse curvado sobre su cuerpo, toda ella chorreaba, sentía el líquido deslizarse apresu-

rado por su cuero cabelludo y por debajo del vestido. El atolon-
dramiento le duró un momento, confundida miró hacia la oscuri-
dad de la que ya se levantaba otra ola, empezó a reír desbordada
de alegría, sin miedo recibió la segunda ola, cuando llegó la ter-
cera, ella sabía que la alegría era la decisión de vivir sin miedo,
y que la música y el baile eran el camino para llegar al útero, si
no se quería utilizar el sexo. Voló de nuevo, libre. Ni hombre,
ni ley, ni Dios, ni tierra eran sus dueños...

Abrió los ojos, aun iba en el tren. La visión había durado nada. Su cara, independiente de ella, sonreía. Se sintió idiota por una fracción de segundo y su sonrisa se ensanchó como respuesta, hasta llevarla a reír tan recio, que los que estaban cerca voltearon extrañados a mirarla. Se contrajo de hombros y le guiñó el ojo a la mujer que la miraba más seria. Retomó el cuadrado para observarlo de nuevo, esta vez al leer las palabras en voz alta, su mente divagó hacia el sentido de poder, concretamente en la idea del hombre dueño, del macho conquistador, ese primero que declaró algo como suyo: una mujer o un pedazo de tierra. Tal vez algo más pequeño como un collar, un cuchillo, o aun algo menor como una piedra con un filo especial. Ese primer hombre que al sentirse dueño de algo minúsculo, incluso de la idea de propiedad, quiso ser dueño de otros. Allí mismo declaró la primera guerra. La resolvió a puños tal vez, o a pedradas, luego se hizo de un cuchillo y arremató a cortar venas.

—Poseer es de locos —consternada murmuró Shika al paisaje—. Luchan toda la vida por tener algo y luego, pelean el resto para mantenerlo.

Mientras más lejos llegaba pensando las consecuencias del poder que otorga la posesión de cualquier cosa y el deseo intrínseco del alma, o la mente, o del cuerpo de sentirse dueño o dueña, más alejada se sintió de sí misma... ¿es que tendrá razón Ana al decir que hay una cuarta y hasta quinta parte de nosotros que ignoramos? Volvió a mirar el cuadrado. «¿Qué poder tienen estas cinco palabras que me llevan a tener visiones y a profundizar en temas molestos?», se preguntó reacomodándose en el sillón, mientras recordaba las explicaciones de su amiga:

–Si entrecruzas dos triángulos cómo lo hacen los magos, tienes una estrella de líneas entrelazadas. A mi parecer, es como amarrar algo, un algo nuevo, un algo con un propósito creado... como precisamente funciona la magia, utiliza la voluntad interna para manifestar en lo externo. Si sobrepones uno sobre otro, más complicado todavía, ¿cómo se sostienen?, ¿por el sobrepeso de uno?, ¿por la fuerza del uno sobre la debilidad de otro?, ¿por la inercia de la atracción de las ideas? Sea como sea, ¡es antinatural! La naturaleza ni es estática, ni estable, ni ordenada... ni siquiera el género femenino o masculino son estables. Los apetitos, las emociones y las ideas de unos y otros, van mutando conforme el ser se va alejando del colectivo social y encuentra su individualidad. Así que una estrella estática de seis puntas, producto de dos triángulos o trinidades entrelazadas o montadas, me suena a poder implantado ¡nada natural!

–¿Pero no es eso lo que pasa en el sexo? –apuntó Sol, más como una explicación que como una pregunta–. ¿No es acaso la interacción de dos cuerpos, la imposición de un ser sobre el otro? Y para ser más específica, de quien penetra a quien es penetrado...

–¡Exacto! –exclamó Ana–. La imposición de lo masculino sobre cualquier otra cosa. Esa testosterona agresiva que no solo impulsa la reproducción de las especies y que divide el universo en géneros, sino que crea las guerras y la peor de las violencias: ¡la sexual! sobre niñas y niños, sobre mujeres y jóvenes. Incluso, la letra hebrea *vav*, que representa el sexto día de la creación y sexta casilla del alfabeto hebreo, es un seis y significa clavo o clavícula: lo que ajusta, fija o sostiene. *Vav* es una palabra afirmativa que supone restablecer la armonía o la relación entre lo creado y el creador. Pero ¿cuál creador quiere o necesita fijar tan constantemente su relación con lo creado? Los budas tibetanos hacen mandalas de arena, que una vez terminadas son sopladas con el aliento, para representar la inestabilidad del cosmos y el constante cambio al que estamos sujetos, ya demostrado por la ciencia. Mientras que judíos, cristianos y musulmanes insisten en lograr la aprobación de este dios que los castiga ante toda ruptura y les impone su rígida ley, que ni siquiera en el Padre Nuestro logra Jesús liberar al ser de la voluntad del Padre, dejándonos como meras marionetas de su creación...

–¡Ah sí!, mi parte favorita –interrumpió Sol–, «...perdona nuestras ofensas, así como nosotros perdonamos a quienes nos ofenden...» –estalló en una sonora carcajada–. Resulta que somos nosotros quienes le enseñamos a Dios a perdonar...

–¡Exacto! –gritó Ana, cada vez más emocionada, cómo le sucede cada vez que encuentra eco con quien conversa–. Esta estrella de seis puntas creada con dos triángulos superpuestos es un símbolo de confrontación, algo que debe ser constantemente ajustado o sostenido. Mientras que mi amado pentáculo de cinco puntas, tan fluido y natural, lo puedes hacer con una sola línea imparable. Empiezas por una esquina y terminas cuando te da la gana, luego de haberlo repasado conforme tu necesidad. Así que cuando lees el cuadrado mágico y escoges la palabra central, igual como cuando escoges iniciar la estrella por la punta de arriba o dibujas un cuerpo iniciando por la cabeza, leo cinco partes de un todo iniciando por el centro:

Tenet la mente: tan declarada y tan poco explorada.

Sator el cuerpo: que pareciera un simple vehículo, pero es el que se mata a sí mismo. Por eso la disociación de quien envejece frente al espejo, pero se sigue sintiendo joven.

Rotas el alma: de quien los ateos reniegan. Físicamente es el agua que contenemos. Ya demostrado con fotografías que las moléculas del agua toman forma ante nuestras distintas emociones-ideas.

Arepo el espíritu: la pasión, el fuego, el entusiasmo que nos empuja, la voluntad manifiesta.

Opera el huevo: la promesa, la que contiene el futuro y el destino. Así como la semilla contiene el árbol o la planta en la que se transformará. El huevo es esa parte nuestra, social y necesitada de los demás. Es nuestro potencial que conecta con todo, con los otros, a través de la cual logramos la unidad. El huevo, la semilla, es la tierra al completo. Un delicado ecosistema que opera en conjunto y del que somos indivisibles, como lo es un huevo de cualquier especie, a costa de romperlo y destruirlo.

—Bueno, creo que tanto el pentagrama como el cuadrado dependen de cómo los paras, cómo los miras o de cómo los entiendes —indicó Shika, riendo en esa ocasión—. Me parece que no es el orden…

—Ordénalo tú —le dijo Ana, extendiéndole el papel que ahora Shika tenía en la mano, con los cuadrados en un lado de la hoja y una pintura de dos huevos de rostro humano en la otra—. Ya sé que no es el orden, pero estoy cansada de hacerlo sola. Llevo como 10 años descifrando este cuadrado, del que no dudo nos lo heredó Pitágoras o su gente, para entender la naturaleza no solo humana, sino del universo entero. Si te das cuenta, en su tiempo este cuadrado habrá explicado la unidad celular y el conjunto planetario como un solo ser interconectado. ¡Ciencia pura y cifrada en la Antigüedad! —terminó lanzándole un beso mientras se levantaba para marcharse—. *Totus Tuus* mi querida mujer Eros, a ver si terminas mostrándonos el camino.

—*Totus Tuus* Mujer Natura —dijo la mujer Eros al cuadrado, que volvió a guardar en la carpeta donde llevaba sus propias notas, preparándose para bajar del tren.

—Pompeya fue una ciudad sofisticada de provincia, en la que los ciudadanos nobles vivían no solo cómodamente, sino rodeados de múltiples expresiones de arte, cultura, religiosidad y deporte —decía Antonio el guía, a quien Shika contrató en la puerta de la ciudad, pensando que era señal de buena suerte que se llamara como su antiguo amante y mentor de la cultura maya. Estaban entrando al antiguo coliseo—. Luego de la explosión del volcán en el año 79 después de Cristo, la ciudad entera y sus alrededores quedaron por siglos, sepultados bajo ceniza. Con los años, las partes sobresalientes de los edificios fueron saqueadas o usadas como cantera para nuevas casas de los pueblos vecinos y para la mismas nuevas de Pompeya, que surgió alrededor y por encima de las mismas ruinas. Sus múltiples mosaicos, pinturas y escritos que nos relatan la forma de vida del primer siglo, salieron a la luz en el siglo XVIII, cuando se empezó a excavar en busca de tesoros para las cortes europeas, lo que incentivó el saqueo, una vez que se corrió la voz que habían joyas y plata. De origen osco o samnita, no está claro, la ciudad debía su riqueza al comercio de su múltiples productos agrícolas, artesanales y hasta del material de sus piedras. Contactaban con las diferentes culturas del mundo antiguo, principalmente griega, la otra gran potencia.

—A ver —lo interrumpió Shika pasando sus dedos sobre las piedras del túnel por donde caminaron hombres esclavos destinados a morir peleando en la arena y animales famélicos traídos para acabar con la vida de los que no sabían pelear, ante los ojos de un masa sedienta de la sangre ajena. «Que gusto extraño el de la gente por la violencia», se dijo pensando en los video juegos modernos mientras hablaba–, esta ciudad fue destruida nueve años después de la destrucción de Jerusalén por Tito Flavio, que regresó triunfante de Palestina, cargado de tesoros y esclavos judíos. ¿Crees que esos judíos habrán llegado hasta acá?

–Habría que leer a Josefo para saberlo –respondió sincero Antonio–. Lo cierto es que a través del comercio pudo haber llegado a la ciudad cualquier hombre libre, u hombre o mujer esclavo...

Enfilaron hacia la palestra grande. Mientras Antonio continúa sus explicaciones, Shika se hace las propias: «si la ciudad sobrevivió cuarenta y cuatro años después de la muerte de Jesús, bien podría tener razón Pascolini al afirmar que el cuadrado es de origen cristiano. Por otro lado, pudo llegar acá en cualquier momento desde el 100 antes de Cristo, cuando Egipto y su biblioteca estaban aún en su apogeo. Si Cleopatra llegó a Éfeso y a Roma, ¿por qué no llegaría el cuadrado entre su gente hasta una ciudad de provincia rica gracias al comercio internacional?». Hacía rato que Shika había decidido que el cuadrado habría pasado de los remanentes de la escuela pitagórica griega a la biblioteca de Alejandría y de allí a Roma, desde donde saldría para el resto de Europa, primero a través de las conquistas romanas y luego a través de las del papado, lo que explicaría por qué el cuadrado se ha encontrado en catedrales europeas. Pero ahora, dudaba ante la explicación de Antonio. «Lo cierto es que de ser cierta la teoría de Pascolini, el resultado para el Cristianismo es de terror», se decía Shika, con un oído en Antonio y otro dentro de sí misma escuchando su propio parloteo. «Que el padre no es de fiar, que la rosa es quien importa, o sea matriz, vagina o mar, que esa rosa se debe navegar, o sea hacer el amor y no la guerra. Si de verdad el cuadrado es un mensaje de Cristo, vaya lo que les queda por entender a los cristianos y darle la razón a Ana diciendo que Jehová o Yahvé es el enemigo acérrimo…».

—Y esta es la Palestra Grande donde se ejercitaban los gladiadores y los nobles que sabían que en «cuerpo fuerte, mente sana» —señaló Antonio a través de una puerta, hacia el interior de un gran patio bordeado de un corredor y enormes columnas romanas.

—¿Y por dónde se entra? —preguntó Shika emocionada.

—No se puede, está cerrada por restauración.

—¿Cómo que no se puede? —casi gritó Shika alterada—. Crucé el Atlántico para ver la inscripción en una de sus columnas…

—¿Cuál inscripción? —dijo Antonio confundido.

—La del cuadrado mágico —contestó Shika sacando uno de los dibujos de Ana para mostrárselo—, que se supone apareció acá, inscrito en una de sus columnas y tallado en la piedra misma, que no ha sido datado, ¿ve? ROTAS, OPERA, TENET, AREPO, SATOR —gritó Shika descontrolada.

Antonio se rascó la cabeza, confundido ante la reacción de la mujer, que ahora se aferraba a la barra de la puerta y al dibujo en su mano.

—Lo siento, pero hace años que se lo llevaron al museo de Nápoles y no se volvió a saber de él.

A Shika se le desencajaron los ojos, no estaba acostumbrada a que las cosas le salieran mal.

—Pero ¿por qué se lo llevaron?, ¿y así sin avisar?, ¿y que han dicho de él?, ¿quién lo está estudiando?

—¡No lo sé señora! —levantó las manos Antonio, en señal de rendición, previendo que se vengara con él a golpes—. Lo siento, dicen que está en la bodega del museo y no se permite verlo.

La mujer Eros se desinfló. Hacía años que no deseaba nada con tantas ganas. Giró sobre sí misma, observando todo a su alrededor, los grandes árboles, las murallas antiguas, lo que quedaba del enorme coliseo. Volvió a las barras de la Palestra, se agarró nuevamente de ellas, metió su rostro entre las barras y se preguntó confundida «¿qué hago aquí?, ¿qué buscó?». Se dijo que eran cosas que no tenían nada que ver con ella. Cerró los ojos y respiró lento, confusa con su propia confusión. Las imágenes le llegaron sin querer.

Hombres desnudos y semidesnudos hacían diferentes ejercicios frente a ella, había mucha bulla, voces que gritaban, sonoras carcajadas masculinas, choque de metales. A la distancia, justo en línea recta hasta el otro lado del campo, un joven vestido con una túnica corta tallaba en la piedra con su cuchillo, encaramado sobre un banco. Al lado de su banco había un cubo de madera, probablemente con agua. El joven al presentir su mirada, se giró hacia ella, buscándola, y sus ojos chocaron. Shika la reconoció como una joven de unos trece años fingiendo ser hombre, con la mirada, la niña le rogó que no la delatara. Alguien gritó un nombre, la chica saltó ágil, tomó el cubo con un tazón dentro y corrió hacia su dueño, para darle de beber con la cabeza gacha. La niña desde su posición sumisa buscó de nuevo la mirada de Shika, suplicándole. La mujer Eros inclinó la cabeza en gesto afirmativo, para dejarla saber que su secreto estaba a salvo con ella. Shika pegó la espalda contra la columna cuya sombra la guardaba de la mirada directa de los hombres del patio, al contacto frío del mármol regresó a su posición entre las barras en el año 2014, segundo del nuevo Baktun, siglos después de cuando vivió la niña.

—Señora, señora, ¿se encuentra bien? —sonó un preocupado Antonio tras ella.

Recostó la frente contra los barrotes para sentir el frío del metal, sonrió bajo la cortina de su cabello. «Esta mi cara, que le da por sonreír por sí sola. Seguramente me estoy volviendo loca», fue el pensamiento inmediato. La cara le contestó ensanchando la sonrisa, lo que permitió a la risa escapar entre sus dientes. Sonriendo y vencida, se volteó hacia el guía.

—Estoy bien Antonio, solo molesta por haber viajado tan lejos y no encontrar lo que buscaba. ¿Sabes qué?, te pagaré lo que acordamos y caminaré sola a partir de ahora.

—Pero ¿cómo señora? Déjeme hacer mi trabajo.

A Shika le tomó cinco minutos convencerlo de que estaría bien. Le pagó, tomó el mapa y se fue sola a encontrar lo que fuera. La ciudad era en verdad maravillosa, llena de frescos milagrosamente vivos después de siglos, casas enteras que relataban con poco y mucho la vida de sus habitantes antes de morir hacia casi dos mil años, los cuerpos calcinados que encontró en el baño público la hicieron pensar en la manera misteriosa que el pasado alcanza al futuro. En el teatro tuvo la suerte de escuchar a una improvisada cantante de ópera, decidió no seguir el mapa y meterse por un agujero que encontró en la pared. Luego, supo que esos agujeros eran el legado de los saqueadores de tesoros, responsables junto a la Camorra y la corrupción italiana, de la segunda destrucción de la ciudad, antes que las últimas autoridades tomaran el control y empezara el lento rescate hacía dos años.

El agujero la sacó a un pequeño corredor que la llevó a una calle vacía y a un portal inscrito, que le dejó saber que se encontraba ante el templo de Isis. La piel se le puso de gallina. Emocionada volvió a leer las palabras latinas, para estar segura. Rasgó apresurada el papel del libro que había comprado en la entrada, con la historia del lugar, y buscó en el índice: «Templo de Isis». Encontró la página y deseó mucho que estuvieran allí Ana y Sol. Metió el libro en la bolsa y entró despacio, imaginado a las mujeres que acudían allí en la antigüedad. El lugar no era grande: un patio, un templo de altas columnas al centro, habitaciones a lo largo del pasillo donde vivieron las sacerdotisas de Isis, un refectorio o habitación mayor donde seguramente se reunían a comer, conversar, planear y sin duda, danzar. El templo y una pequeña habitación a un lado, dentro del patio central, estaban protegidos por cordones que impedían el paso. Impelida por la necesidad de saber, atravesó el cordón sintiéndose culpable y entró al pequeño recinto. Para su deleite, encontró tras el altar unas escaleras que rápidamente la condujeron a un canal subterráneo por donde antaño atravesó un río o un caudal menor de agua. El espacio estaba construido como una tina, justo para acostarse en él, lo que hizo Shika sin dudarlo. Sin importarle por una vez que su cuidado vestuario se echara a perder, se introdujo en el espacio y se acostó a como daba el espacio. Supo sin que se lo dijeran, que las mujeres venían acá a limpiarse durante su menstruación y en el agua dejaban correr su sangre, y con la luna hacían baños de inmersión para fluir en su esencia femenina. Supo sin leerlo, que esta era la manera de mantener la cueva y el símbolo del útero vivo entre la colectividad femenina, llegado su significado desde la Prehistoria. Allí, primero acostada entre la tierra y luego sentada, imaginando la corriente, sintió la presencia de las mujeres que venían acá a cumplir antiquísimos ritos de sangre, agua y luna. «Isis llegó desde Egipto a esta ciudad italiana, ¿cómo no iba a llegar el cuadrado con ella? Por otro lado…» pensó Shika, allí, sentada entre el polvo, «los judíos durante su estadía en Egipto aprendieron la tradición del baño, del *mikvah* ritual, y lo volvieron ley entre su pueblo». El *mikvah* es de las pocas tradiciones judías con la que Shika comulgaba. Se sintió conmovida por la certeza de estar en un útero, construido con el afán de preservar los rituales enseñados por la primera madre del mundo, para fluir con la luna y el tiempo. Sintió el impulso de llorar y reír a la vez, «el cuadrado es mágico, me ha traído a la certeza de la manifestación física de la Madre». Sacó su teléfono y desde ese útero antiguo texteó en el chat que compartía con Ana y Sol:

Shika: Alo alo

Shika: Amigas despierten

Shika: No lo van a creer en Pompeya hay un templo de Isis ¡¡¡Un templo!!! ¿Escucharon? Y con un útero cueva incluido donde las mujeres venían a cumplir sus ritos lunares. Estoy sentada en él ahora mismo, haciendo mierda mi caro vestido de Laura Biagiotti…

Shika: Alo alo

Shika: ¡¡El coño que las parió, no pueden dormir ahoraaaaaaa!!!!!!!!!!

Shika: Bueno, tienen que saberlo, los baños rituales son así de antiguos que en Pompeya el templo es pequeño y el útero cueva, habitación, lo es más. Lo que me dice que los putos machistas de aquel tiempo ya no daban importancia ni a la diosa ni a sus rituales, pero que hubieron mujeres aun capaces de mantener viva su voz, trasladando el ritual desde África a Europa…. Seguro que si esos musulmanes de mierda dejan en pie algo de esas ciudades ancestrales del Medio Oriente, vamos a encontrar baños similares a estos, pero bajo el nombre de Inanna.

Shika: ¡¡Por la gran PPPPP que soy!!!!!!! despierten…

Sol: Ya desperté… déjame leer

Sol: Todas tus malas palabras me dejan saber que estas sobreexcitada, cálmate que no quiero que te metas en problemas…

Shika: Yo te hablo de un templo a Isis, de un útero, ¿y tú me dices que me calme??? arrrrggggggggg necesito a Ana y no despierta…

Sol: Entiendo tu deleite y comparto tu alegría, pero mi querida amiga, yo nunca he dudado de la existencia de la Diosa, la siento en la música, en mis propias cuerdas vocales, en mi alma femenina, aunque no sangre, ni tenga útero, mi huevo o semilla cómo llama Ana a esa quinta parte humana, me ha mantenido unida a la fuerza femenina creadora que actúa sin pedir que la reverenciemos…

Ana: ¿Alo?? Acá estoy

Ana: Que maravilla Shika … toma muchas fotos

Ana: Se me ha puesto la piel de gallina

Ana: Que emocionante

Ana: Y Sol entendemos que te sientas tan unida a la fuente… no hubieras sobrevivido de otra manera…

Shika: Sí Ana es hermosa la sensación... les juro que siento aquí el origen del rito tan viejo como la luna misma...

Ana: Jajajaja es posible...

Ana: ¿Un templo a Isis??? Se me hace como milagroso que este allí en pie y tú dentro de la cueva útero jajajaja, por la Diosa que eres mi heroínaaaaaa

Sol: Y echando a perder su traje, eso se me hace más milagroso aun. Sí, tómate una foto por favor tengo que verlo jajajajaja

Shika: Estoy tan de buen humor que ni me molestaré con tu broma. Y sí me tomaré la foto jajajaja y se las enviaré para que se mueran de envidia. Las quiero, gracias por despertar y compartir mi fantástico descubrimiento. Y posdata, ahora ya saben de dónde tomaron la idea los judíos

Ana: Posdata, eso ya lo sabía yo desde hace rato... lo que no me cuadra es cómo una religión de rituales tan femeninos es tan desgraciadamente machista, tenemos que agradecerles la disciplina de mantenerlos... y gracias a ellos entender lo que hace falta jajaja... gracias por compartir, me regreso a dormir...

Sol: Beso a las dos y que sigan tus descubrimientos Shika

Shika: Besos

Cerró el aparato, lo metió de nuevo en la bolsa, olvidó tomar la foto, decidió no sacudirse para evitar empeorar las cosas con su ropa, maldijo por haber escogido el Biagiotti para hoy, lo pensó mejor y se felicitó a sí misma: «¿acaso no usamos las mujeres nuestros mejores vestidos para los días más importantes de nuestras vidas?». Su cara volvió a reír por sí sola, la ignoró, llegó a la puerta, se asomó cautelosa esperando no encontrar a nadie, suspiró aliviada al ver el lugar vacío y se escabulló apresurada. No respiró tranquila hasta que llegó a la calle, no sabía si allí daban prisión por traspasar la propiedad histórica. Caminó hasta la cafetería y fue directo al baño, lo más disimulada que pudo, para hacer el recuento de los daños. Al revisarse se dio cuenta que no estaba tan mal. Primero limpió en seco y luego con un paño húmedo. Salió exaltada sonriendo y esta vez fue ella y no su cara. Se sentó cerca de la ventana y pidió un café. Se relajó.

Saboreando la bebida, volvió a sacar los dibujos de Ana para obsérvalos con una mirada nueva. Si su amiga tenía razón y somos todos un ser de cinco partes, el Universo sería igual un espacio de cinco espacios.

—Porque como es arriba es abajo —le dijo Ana, el día que discutían sobre la correspondencia del mundo.

—¿No hay acaso cinco reinos en la naturaleza? —había dicho Sol.

Shika pensó en lo maravillo de estar donde hacía más de dos mil años otras personas como ellas se habían hechos las mismas preguntas y habían de alguna manera, resumido sus respuestas para compartirlas de una manera fácil con otras personas de su tiempo, sin imaginar siquiera lo lejos que llegaría su propuesta. Se dio cuenta que había olvidado contarles sobre la niña que vio tallando el mensaje. Imaginación o no, la visión fue hermosa y del todo poderosa. Pensó en lo precaria que ha sido la vida siempre frente a la violencia masculina. Porque si hay violencia femenina, esta es generalmente defensiva. Se concentró de nuevo en la niña, sin lugar a dudas una esclava, esclava ante los ojos de su dueño. Shika imaginó su historia, la mamá probablemente la habrá hecho pasar por varón en el momento de su nacimiento, para que sobreviviera tal vez, o para ahorrarle un peor destino hasta que no pudiera ocultar más su sexo. Por otro lado, ¿era ella la autora del tallado? Esto implicaba que pertenecía a algún tipo de escuela donde había aprendido no solo a escribir, sino a entender el significado del cuadrado. Luego, estaba el templo de Isis, lo que retira cualquier duda sobre el profundo intercambio cultural y religioso entre las ciudades mediterráneas. Apolo y otros dioses griegos tenían también presencia en la ciudad. «Así que es fácil

pensar que herederos pitagóricos anduvieran por acá...
así como cristianos originales aun sin iglesia, ni mentiras ni dogmas machistas», se dijo Shika bebiendo el último sorbo de su café. Se levantó lista para explorar el
resto de los edificios.

Caminó sin rumbo, entrando acá y allá, tomándose
el tiempo para leer del libro la historia de cada casa. Al
llegar a la casa llamada «del pintor», se encontró sola
sin otro turista a la vista. Le llamó la atención el silencio, más profundo que el silencio normal de un sitio
vacío. Decidió salir a la calle queriendo huir de esa sensación, pero al traspasar el umbral sintió que se colocaba alguien a su lado.

—*Vamos tarde* —*dijo una voz de mujer*—, *debemos apresurar-
nos.*

*Shika volteó extrañada por la familiaridad de la voz y la
sensación profunda de estar siendo tocada sin serlo. La mujer que
la rebasó a toda prisa, llevaba un exótico peinado de trenzas y
rulos muy hechos en un cabello pesado, lleno de hebras grises mez-
cladas con el castaño dorado original, una cinta dorada sostenía
el conjunto sobre la cabeza. La cinta combinaba con el cinturón
muy ancho que sostenía los múltiples pliegos de la tela que hacían
la forma de un vestido. Sobre la cintura apoyaba un cazo de
metal con peines y cuchillas dentro. Shika entendió de inmediato
que era una peluquera, conocedora de los ritos de embellecimiento.
Como una autómata la empezó a seguir, mientras la mujer hablaba con alguien a quien Shika no podía ver. Ante lo insólito
de la situación, Shika se preguntó por qué no podía ver a la otra
mujer, en lugar de preguntarse por qué podía ver a la primera.
Shika intentó caminar más rápido para darles alcance, pero si
ella se apresuraba, las otras lo hacían igual, manteniendo siempre
la misma distancia de unos tres metros, por lo que en lugar de
correr intentó escuchar.*

—*Debemos bañarla primero. Acariciarle la piel y los cabellos
calmará su ansia y la hará consciente de su cuerpo. Con cuidado
retiraremos todo vello de su piel y la masajearemos con aceites
para que quede lisa...*

La mujer y su acompañante invisible al llegar a una bifurca-
ción, desaparecieron por el camino de la derecha donde había un
gran letrero que decía en todos los idiomas conocidos: «prohibido
el paso».

Shika miró a su alrededor, cerca solo había una pareja de
árabes observando una especie de lápida. Desesperada volvió a
preguntarse cuál sería el castigo por traspasar la propiedad his-
tórica. Prestó atención a dónde se encontraba, a su espalda por
donde llegó, había un callejón interminable, a su lado una calle
más ancha que parecía desembocar en una principal que quedaba
al frente a la derecha y por donde había desaparecido su fan-
tasma, y a la izquierda una calle ancha que parecía estar bor-
deada de lápidas. «Sigue las piedras rotas, te sacarán de la ciu-
dad», fue como si hubiera escuchado la voz de la peinadora de
nuevo. Enfiló hacia la izquierda y caminando lo más rápido que
podía, caminó por unos veinte minutos. Creyéndose ya perdida,
estaba a punto de volver cuando vio un letrero que señalaba a la
«Villa de los Misterios». Supo de inmediato que ese era el lugar,
le faltó aire para apresurarse más. La casa parecía en mejores
condiciones que el resto y se veían materiales de construcción aun
en algunos sitios. De nuevo estaba sola, lo cierto es que no había
encontrado ningún otro turista en su marcha forzada. En cuanto
atravesó la angosta puerta, se sintió transportada. Los faunos de
las paredes le hablaban, el pequeño diablo parecía guiñarle los
ojos. Caminó maravillada por los corredores hasta llegar a una
habitación amplia, donde en las paredes se reproducía el rito de
iniciación de una joven al sexo y al matrimonio. Estaban allí
Baco y Ariadna, se descalzó, dejó caer su bolso al suelo junto a
los zapatos, y por segunda vez en el día traspasó el cordón de
seguridad para acercarse a las pinturas. Pero esta vez no pensó
en nada, su cabeza estaba llena de las imágenes que hablaban
entre ellas, ciegas a la mujer que las observaba con la boca
abierta.

Shika podía escuchar la lira, una flauta y una voz dulce que
cantaba desde el fondo junto a una fuente de agua. Era como una
película sobre otra película, tres en total. En una aparecía un
Baco ruidoso, riendo a carcajadas en medio de un jardín, donde
se divertía haciendo gestos obscenos acompañado de diosas y dio-
ses. Sus figuras eran tan brillantes y sus portes tan imponentes,

que Shika se sintió por un momento amedrentada hasta que entendió que no la veían. La otra escena era la de una niña de unos siete años aprendiendo a leer junto a su maestra, mientras la pequeña se inclinaba sobre una tabla, la mujer mayor le acariciaba el cabello con ternura, alentándola a no darse por vencida. De esta imagen en el fondo era de donde procedía la cantante junto a la lira y la flauta. En la tercera imagen habían muchas cosas para entender bien la escena, en ella estaba la peinadora junto a una mujer joven, ambas de pie, detrás de una más joven aún, sentada sobre un taburete rojo, llorando agarrada a la mano de una enorme mujer de pie a su lado. La mujer volteaba el rostro para evitar que la joven viera también sus lágrimas, su cuerpo rígido ocultaba la tormenta emocional que dejaba ver su cara. El tamaño de la mujer elegantemente vestida era desproporcional al de las otras mujeres en la imagen. La peinadora intentaba desenredar el cabello de la que lloraba junto a la otra joven que no ocultaba las lágrimas, que empezaban a deslizarse raudas y en silencio. A Shika, la primera imagen le produjo la rabia de la impotencia, los dioses eran pura egolatría. La segunda, la armonía de la belleza y el conocimiento. Y en la tercera, la desesperación del dolor y la perdida de sí misma. Cuando el dolor la empezaba a arrastrar, apareció una mujer alada mezclada entre todas las imágenes, que la miró de frente y le sonrió. Su cara traicionera le sonrió de regreso, sin que Shika lo quisiera. La mujer rio ante la lucha de Shika con su propio cuerpo. Shika contrariada intentó borrar la sonrisa, lo que hizo que su rostro se detuviera en un gesto adusto. Se sintió ridícula. Ahora la mujer estaba a su lado.

—Hay sabiduría hasta en el gesto más pequeño, ¿acaso no te lo enseñó ya tu cuerpo? A la mariposa le duele romper el capullo para extender sus alas y luego, deberá ponerse a prueba exponiendo sus colores y su belleza. Toda mujer debe saber que en su aparente fragilidad hay una inmensa fuerza. La misma que da origen al cosmos. Eres mi hija amada.

Shika sintió los labios de la mujer sobre su frente, cerró los ojos.

Al abrirlos, solo habían pinturas frente a ella y la más deliciosa sensación de paz y alegría experimentada en mucho tiempo.

—Justo como después de un buen orgasmo —dijo a las pinturas—, ahora sé por qué se llama «la Casa de los Misterios».

No pudo dejar de sonreír hasta dejar Pompeya y prepararse para regresar a Guatemala, su tierra escogida.

La mariposa tenía los colores
el naranja tierra
el azul bermello
en plateado púrpura
espolvoreado sobre un café montañoso.
El amarillo verdoso
era como las suaves pinceladas
de una flor de seda.
Cuatro triángulos de oro plata
agitados, inquietos, abanicados
hablaban desde su lomo
sobre geometría sagrada
y mujeres danzantes
sonriéndole al destino.

Sol Magnético Amarillo

26

La toma de los anillos
Cueva de Bombil Pek, Alta Verapaz
Re-empezando a contar el tiempo

Salieron de madruga en dirección a Cobán y repartidas en tres vehículos, doce mujeres y una esfinge de madera, delgada y alta, con los brazos en posición de baile y con cuernos sobre la cabeza. Las estrellas brillaban en el cielo oscuro cantando a murmullos. Ana maneja la Prado de Shika, que duerme en el asiento trasero al lado de la ventana. De copiloto va Sol, tan concentrada en su propias ideas como Ana, que de vez en cuando echa un vistazo a Orión para sentirse acompañada en su *yo* irracional. Junto a Shika va Isabella y en la ventana tras Ana, Aura, que hace listas mentales en un intento de recordar que no olvidó nada para el fuego maya que dirigirá al mediodía de mañana. En la Mercedes todo terreno de Maura, la acompaña de copiloto Lulú. Atrás Marcela, Catalina y Esperanza, una exótica mujer que apareció de la nada buscando a Shika hace una semana y quien se sumó para participar en la ceremonia que interpretarán en la caverna de Bombil Pek. La esfinge, con sus patas de jaguar y sus lunares de sombra, se acurruca en el último asiento junto a las maletas. Escuchan a todo volumen la «Novena Sinfonía» de Beethoven. Atrás, en el viejo *jeep* de Alejandra, va con ella Georgina cantando una canción de Queen. Nadie habla, van concentradas, cómo les pidió Ana, en sus vestidos, en los anillos y en qué significan. O en las líneas que escribió Sol para ellas y que deberán pronunciar mientras actúan en la pequeña obra, para sí mismas, y en la que todas tomarán parte.

Ana va haciendo números. Hace ya varias lunas que dejó de menstruar y entró en el proceso de la menopausia. Los fuegos que inician en el centro de su útero la arrasan aun de tiempo en tiempo. Empiezan justo allí, en la matriz o los ovarios donde ya no hay huevos. «O tal vez eso es lo que estoy quemando», se dice. «A ver, menstrué por primera vez el 10 de enero a los 13 años y dejé de menstruar el 10 de octubre a los 45 años, pasaron justos entre uno y otro acontecimiento, 28 años. Asumiendo que fueron 13 veces por año, justo con las lunas por ser siempre puntual, me dan 364 óvulos, o mejor dicho, 364 lunas. ¡Guaaaaa! Que números más cabalísticos me están saliendo… de allí debo quitar los que parí, los que me tragué mientras gestaba o amamantaba, pero aun así pueden quedar miles dentro de mí y son la yesca de donde sacar llamas», suspiró feliz. Ana estaba fascinada con su menopausia. Los fuegos la dejaban alerta, despierta y con ganas de hacer cosas. El excesivo sudor era un poco molesto, se empapaba en cuestión de segundos, teniendo a veces que cambiarse de ropa. En el pico de los fuegos agarró fuerzas y se fue a un programa de televisión a contar su experiencia. Quería que las otras mujeres lo supieran, luego escribió una nota para una revista:

«Confieso que empecé el proceso de la menopausia, y tal vez algunas de ustedes están igual que yo y lo único que han encontrado escrito es horrible. Tal vez ya las están medicando, obligándolas a perderse el proceso como cuando les hacen cesárea a las embarazadas y no experimentan por lo tanto, el poder de dar vida. O están con gente que las hace sentir indeseables. Hace unos meses, una noche justo un mes después de mi cumpleaños, desperté sofocada por un incendio que me hacía expulsar fuego por cada uno de mis poros. El epicentro lo pude localizar en el centro del centro de mi útero. Las brutales y abrasivas llamaradas se expandían desde allí a lo largo de mi columna vertebral, para correrse por toda mi espalda haciéndome experimentar la apertura de cada uno y todos los puntos celulares de mi piel. Una humedad caliente se expandió a toda velocidad por mi rostro, pecho, axilas, brazos y piernas. El aire empezó a faltarme, haciéndome boquear por la falta de oxígeno. Al terminar el fuego, mi conciencia estaba tan alerta como el de una presa de caza en plena huida. Podría haber corrido diez kilómetros en medio de la noche, sin problemas.

–¡Por la Diosa! ¿Qué pasa? –me pregunté entre excitada y asustada.

Ese mismo día a plena luz, el fenómeno se repitió. Dejándome tan confundida y alerta como por la noche. No quise cuestionarme porque una voz en el fondo de mi alma femenina me dijo que era la llegada de la menopausia. ¡Qué desastre! Igual, las preguntas se derraparon solas: ¿yo que amé mi periodo lunar y cada gota de mi sangre vertida?, ¿yo que no tuve jamás un dolor o vergüenza menstrual?, ¿yo que tengo 45 años? ¡Demasiado joven para la menopausia! ¿A mí que tengo un amante diez años menor? ¡NO me podía estar pasando esto! ¿Volverme vieja a los 45? ¿Qué significa? ¿Qué me arrugaré toda, qué engordaré o adelgazaré, qué mi piel se secará, qué me pondré horrible y sin deseo sexual…? La histeria me duró hasta el siguiente abrazador fuego que me dejó tambaleante y arrasada. ¡Momento!, dije. ¿De dónde viene este calor?, ¡este fuego!, ¿de dónde nace, qué lo provoca? El siguiente incendio me agarró preparada y lista para diseccionarlo y entenderlo.

¡Guuuaaaaa, qué magia!, ¡qué poder! El fuego lo hago yo misma. Mi cuerpo es capaz de encenderse en llamas, consumirme como un Fénix, y en minutos, capaz de renacer de sus propias cenizas. Empecé a amar mis fuegos, a disfrutar mis insomnios, que me ponen por completo alerta y viva.

Mi menopausia no es otra cosa que el anuncio de la llegada de mi tercera edad. Si de los 0 a los 22 años viví la evolución del cuerpo, la trasformación de niña a mujer, de crisálida a mariposa de alas multicolores y frágiles, del despertar sexual, de la búsqueda física, del encuentro con mi propia sexualidad y el sexo opuesto, ¿qué es mi tercera edad…? Si de los 23 a los 44 viví la apertura de mi mente fecunda, de los logros laborales y el aprendizaje constante de picos y abismos, de la maravillosa y compleja maternidad, de la expansión de las ideas y la experimentación teórica y práctica de la filosofía y la ciencia, ¿qué es mi tercera edad?

Mi tercera edad es la del espíritu, de la fuerza del alma y el despertar de la sabiduría profunda. Es mi oportunidad de manifestar el poder de mi *yo* íntegro al lograr profundizar en mi *yo* espiritual.

Así que empecé a emocionarme con la llegada de cada fuego. Cada llamarada encendida no es otra cosa que la manifestación de mi mágico ser de mujer, de la fuerza de la naturaleza y la Madre manifestada en todo lo creado. No quiero leer sobre la menopausia, ni ir con ningún médico que solo me confunda haciéndome creer que es una enfermedad que debe ser medicada.

¿Qué si estoy envejeciendo? Es probable, así cómo envejecen las hojas en otoño y se ponen todas de un rojo intenso, de un amarillo vibrante y de una naranja seductor. ¿Cómo me puede entristecer eso cuando ha llegado mi momento de mostrar mi belleza de más impacto? La fuerza del volcán y la explosión del Big Bang, eso soy yo. Estoy emocionada y alerta, completamente despierta y llena de energía. Abrazada a mi fuego doy la bienvenida a cada ola de calor que anuncia la llegada, sin dudarlo, del mejor tiempo de mi vida. Lo sé, porque el fuego, sea el que sea, es siempre trasformador y poderoso.

PD: Y para nada he perdido el deseo sexual»

Ana se rio recordando el texto. Cuantas cosas han cambiado desde entonces. El fuego arrasó y la llevó a una crisis física y espiritual. Pensó que moriría. Marzio con quien vivió un espectacular romance de varias lunas, la dejó en medio de los bajos y altos de su ser en llamas. Desapareció como había llegado, directo y claro, dejando tras de sí el perfume del amor y el sabor del sexo bien compartido. Ana entre fuego y fuego de su vientre, se quemó entera. Ahora resurgía de sus cenizas sintiéndose más potente y hermosa que nunca. Se sentía rejuvenecer y el deseo sexual era tan fuerte, que se obraba a sí misma hasta ocho o nueve orgasmos al salir de la ducha. Por el otro lado, no había más prisas para nada. Sus ganas de demostrar al mundo y a sí misma las teorías políticas y esotéricas que había desarrollado en tantos años de búsqueda, se habían quemado en alguno de los incendios de su cuerpo. Toda ella era paz. Las cosas sucederían cómo debían suceder, ella era un anillo, un eslabón más de una gran cadena invisible de mujeres accionando por la conciencia de los universos. Como abejas de un gigantesco panal vibrando en sintonía.

«El poder de una mujer...», pensaba con la vista fija en la carretera, «radica tanto en su sexualidad y la promesa de placer contenido en su cuerpo para ser explotado, como en su capacidad de dar vida. Ambas relacionadas a su útero y su vagina. Al perder la capacidad de procrear, pierde ante la sociedad, y en la psicología colectiva y acorde a los patrones machistas, su utilidad de ser… Cada mujer es una neurona activa de un cerebro mayor… algunas atrofiadas por 5,000 años de humillación y dolor», se reacomodó en el asiento. Cambió la velocidad del auto para ajustarse mejor a las curvas del camino. Emocionada vio en el horizonte los primeros rayos de sol que pintaban sobre su cabeza un cielo azul cobalto. Volvió a ver Orión con ganas de grabarse las estrellas en el corazón antes de que desaparecieran ante la llegada de la luz. Se pasó los dedos por la cabeza para sacudir su larga melena.

—¿Cómo vas?, ¿cansada? —preguntó Sol, alerta a sus movimientos.

—¡Qué va! ¡Feliz de que finalmente haremos el ritual! ¡Feliz de manejar un carro tan bueno! —y rio bajo—. Traigo la cabeza llena.

Sol arqueó una ceja invitándola a hablar.

—Llena de datos, de recuerdos sueltos, de información conexa o inconexa —contestó Ana riendo sin que la otra formulara la pregunta—. Ya sabes, estas cabezas femeninas que no saben estar en silencio. Pensaba en las muchas maneras que los hombres han inventado para doblegar a las mujeres. ¿Sabías que una de las maneras de castigar a las mujeres acusadas de tener sexo antes de tiempo o con un hombre ajeno a su clan o su cultura, es y era raparles la cabeza? Los judíos ortodoxos, aun hoy, le rapan el pelo a las jóvenes que se casan. Luego de haber entregado su virginidad a un desconocido en la cama, en un acto que será más como una violación, les rapan la cabeza para terminar de humillarlas y hacerlas sentir que no valen nada. Imagínate, una jovencita terminando de determinar quién es o qué quiere, y ¡saz!, la dejan pelona despojándola de lo más íntimo y característico de sí misma, justo como a las monjas en la Edad Media… los árabes por otro lado, las obligan a cubrir sus cabellos. Esos misóginos machistas lo tienen claro: el pelo de una mujer es sinónimo de su atractivo y por consiguiente, de su poder.

–¿Y qué me dices de los chinos? –casi murmuró Sol para no molestar a las de atrás–. Mutilando a las mujeres hasta el nivel de la invalidez. Al vendarles los pies y destrozarles de paso la vida, las doblegaban a vivir eternamente con dolor, cosa que les quebrantaba el espíritu tornándolas en muñecas vacías de caras pintadas y pesados y complejos ropajes. Alguien debía bañarlas, vestirlas, llevarlas al baño, ya que a la mayoría se les imposibilitaba mantenerse en pie por mucho tiempo. Imagínate, todas esas niñas sin poder jugar, ni bailar, ni correr jamás... despersonalizadas al punto de existir solo para ser el objeto sexual de un hombre y la madre de niños a los que otros y otras criarían por ellas...

Un pensamiento volvió a cruzar la mente de Ana: «mi copa se ha vaciado, mi matriz se ha vaciado... ¿de qué la llenaré? Tomaré el anillo de la virgen y seré impecable con mis ideas, impecable con mis palabras...». Acto seguido dijo en voz alta:

–Sol, ¿no crees que es un milagro que estemos hoy aquí luego de siglos de guerras, de violencia, de esa gana sistemática del hombre de acabar con el espíritu de la mujer y volverla un simple ente utilitario? ¡Mira los países árabes hoy! Un milagro que las niñas sobrevivan a esas infancias carentes de amor, aniquiladas en su esencia. Un milagro que esas niñas y adolescentes no se suiciden en masa, ¡y que alcancen la edad madura!, y que no maten a sus hijos al nacer. Así de instintivas somos las mujeres, capaces de aferrarnos a una vida sin alegrías ni placeres...

–Y esa puta docilidad que las lleva a aceptar que es un intangible puto dios padre quien las manda a penar de por vida, por ser ellas maléficos seres de segunda categoría –intervino Shika desde atrás.

–Despertó la señora –volteó Sol para saludar a su amiga, quien se estiraba con todo el cuerpo.

–Me despertaron querrás decir, ¡y con tan feas ideas que ya me pusieron de mal humor! –contestó de mala manera la mujer Eros–. Cualquiera que entienda un poco de ciencia y haya leído algo de historia, sabe que no hay ni dios ni diosas con nombres y apellidos, ni seres todopoderosos capaces de crear o destruir por capricho. Cualquiera que haya clamado al cielo por un rayo o pedido misericordia mientras la lastimaban, debiera entender con dos dedos de frente ¡que es ella frente al mundo…!

–¿Entonces, de dónde viene ese latente zumbido que vibra en todo lo que existe? –la interrumpió Ana, sonriendo por saber a dónde se dirigía Shika con esos comentarios– ¿Cómo explicar la maravillosa sensación de que algo, «un algo» nos escucha y nos contesta?

–Es la energía latente –contestó la Puta desde atrás, suprimiendo un bostezo–, la vida que vibra en todo lo que existe… –empezó a reír–. Alguien me dijo que el universo, los universos, son sinfonías compuesta de infinidad de instrumentos…

–Así los dioses no son otras cosas que canciones –completó Ana, sonriéndole abiertamente por el retrovisor.

A Shika le había dado por retar a Ana con sus propias ideas, obligándola a tomar control de su frecuencia vibratoria cada vez que se perdía en los vericuetos de su mente analítica. Cambiar la polaridad mental es un acto de voluntad.

–Ritmos que nos hacen bailar al son que tocan, ritmos a los que aportamos nuestros propios instrumentos creativos… –intervino Sol participando del juego.

–Cada manifestación de vida –gritó Ana riendo–, es un dios o una diosa de nombre propio. Por eso amiga, hermana, hija, madre, con respeto te saludo, ¡eres divina!

–Y porque te adoro, me declaro idólatra… –intervino Isabella, saludando a Shika con una floritura de la mano.

Entre todas se saludaron con gestos, unos más graciosos que otros, incluyendo a la desconcertada Aura que intentaba ponerse al día con la conversación.

—Porque amo las flores y las venero, me declaro idólatra, —continuó Isabella, mirando a Aura para que entendiera.

—Porque toco, aspiro y saludo cada árbol al lado del que paso, me confieso idólatra —contestó feliz la Ajk`ij al entender.

—Porque me arrodillo ante la apertura del espacio que me hace guiños de amor con sus estrellas, sé que soy idólatra —afirmó Ana.

—Yo idolatro mi cabello y mi cuerpo, y mi piel y mi sonrisa —volteó Sol hacia las de atrás—, y me digo frente al espejo que me amo y me admiro. Confieso que soy divina ¡y por eso soy idólatra!

—Vivimos en un tiempo de idolatría —meneó la cabeza Isabella— algunos, algunas, idolatran el dinero, los autos de lujo y los grandes rascacielos. Otras idolatran el vestuario, otros el sexo. Todo eso en lo que ponemos nuestra energía y nuestros deseos, nuestros pensamientos y esfuerzos, es lo que idolatramos. A eso que le damos poder y prestancia en nuestras vidas es lo que nos da poder y sentido de ser.

—¡Ay que divinas somos! —exclamó Sol.

—¡Salud! —gritó Shika elevando una imaginaria copa.

—¡Salud! —contestaron todas riendo, al elevar las manos en un gesto hermano.

En el auto de Maura, una Esperanza contenida y alerta se preguntaba en silencio si podría confiar en estas mujeres con quienes se dirigía a un ritual, que ella esperaba fuera el que estaba buscando. Impresionada por la esfinge en el asiento trasero, la observaba de reojo para que los ojos de la figura no hicieran contacto con los suyos. Por su parte, la esfinge reacomodaba a su cuerpo las alas de zopilote que Shika le agregó a última hora. Le gustaban sus esponjosas patas de jaguar y la cola que tallada a su cuerpo desde el coxis, tenía forma de serpiente. La cola-serpiente terminaba con la cabeza sobre el hombro derecho y la boca casi en su oreja le murmuraba, aunque dormida, con movimientos invisibles. La esfinge se sabía observada, pero aún le faltaban recuerdos para hacer un juicio correcto sobre la mujer que se protegía, guardando resonancia en el centro de su

cuerpo, al reconocer vida en la talla de madera.

La esfinge agitó levemente la cadera para ver si la serpiente enroscada a su figura finalmente despertaba. La culebra aun somnolienta, se limitó a liberar un poco de su aroma junto a un murmullo. La mujer movió la nariz casi imperceptiblemente, la esfinge sonrió para sí, «el olor de ese árbol que me da forma, el Kuxche de flor amarilla, tocó el alma de la espía». Esperanza se rascó la nariz y volteó, sin pensar, hacia la figura. Al contacto visual, volvió la vista presta hacia el frente, pretendiendo ignorar la sagacidad de los ojos de madera. La esfinge contenta tamboreó con la punta de sus dedos sobre el cuerno derecho donde con gracia descansaba la mano. Entrecerró sus almendrados ojos para enfocar mejor hacia fuera. Cada vez iba reconociendo mejor el mundo donde se encontraba. Permitió que le fueran llegando los pensamientos-emociones de las mujeres que conocía desde hacía tres lunas, mientras sus nuevas curvaturas iban surgiendo de las manos de Shika y de su amigo el escultor.

«La mujer de los dineros es la más sonora», se relamió.

Maura aceleró al ver que Ana se alejaba. «Esa bruja maneja bien rápido», pensó con una sonrisa. Había desarrollado afecto hacia «la flaca», cómo la llamaba en secreto. Echó un vistazo hacia sus compañeras y no pudo dejar de hacer un listado rápido de sus sentimientos por cada una: ternura hacia Lulú que la había sostenido en su momentos de crisis; agradecimiento hacia Marcela que se había reinventado a sí misma un par de veces, enseñándoles a todas muchas cosas; admiración y recelo hacia Caterina que era tan salida de este mundo, que nunca se sabía qué esperar de ella a cada vuelta del camino; y definitivamente un profundo y liberador amor por todas que le daban, ahora, un nuevo sentido a su vida. Maura estiró la mano para apretar la rodilla de Cata, quien venía sentada en el medio del asiento de atrás. Catalina, entendida, le apretó la mano de regreso. Era ella quien había arrastrado primero a todas hacia las reuniones de la mujer Eros y al mundo de la magia después. No fue a propósito, fue el resultado natural de irse acercando unas a otras, luego de que los hijos crecieran, los maridos se marcharan y la edad las enfrentara a cosas que se viven mejor en manada. Era el resultado fortuito de que cada una llegara, de diferente manera, a necesitar respuestas que ni la religión establecida ni el orden social conocido pudieran responder. Lulú, Maura y Catalina eran amigas desde el colegio de monjas, donde Marcela les dio clases de literatura. Ahora, alrededor del medio siglo de vida, estas cuatro mujeres con experiencias tan diferentes, volvían a estar juntas y más unidas que nunca.

«Lulú es sin duda, la goma que nos mantuvo en contacto y ahora nos une. Mi amiga siempre tan bien arreglada y guapa», siguió Maura analizando, y la miró de reojo sin poder evitar que su corazón diera un pequeño brinquito de alegría. Se concentró en el camino y en lo que la esperaba. Al rato, iba Maura riéndose de sí misma: «yo que soñé con una gran boda y vestido especial para casarme... y tuve solo una ceremonia apresurada con un hombre mediocre, ahora voy en camino a la toma e intercambio de anillos, con todas estas mujeres extraordinarias con quienes vengo planificando el gran ritual por meses. Un ritual donde solo asistiremos nosotras y cientos de espíritus invocados... Eso sí, mi mujer querida...», se dijo con el mote cariñoso conque había aprendido a tratarse desde que conoció a Shika, «en uno días tendrás tu gigantesca fiesta, la que hemos pagado entre todas, con música en vivo, DJ y banquete, en uno de los mejores hoteles de la ciudad. Una fiesta donde celebraremos la vida, la amistad, el amor y la esperanza, junto a familiares, amigos y desconocidos prometedores». Sin evitarlo, se pasó la lengua por los labios, sonriendo, mientras tres cosas le pasaron fugazmente por la cabeza: su hermoso vestido ritual; su sexy, carísimo y maravilloso vestido de fiesta que la haría sentirse reina; y la chica llamada Esperanza que se había sumado al final. «Qué extraña es, muy extrovertida sobre un escenario y muy contenida fuera del mismo», se dijo Maura, «bueno, tal vez no es tan extraño», rectificó al recordar a Sol, «tal vez sea cosa de artistas que guardan todo el fuego para cuando tienen público», y redirigió sus pensamientos a las líneas que le tocaron en la ceremonia.

En esas andaba Lulú, meditando sobre la avaricia, un tema del que debía hablar al día siguiente. La avaricia, esa característica tan humana que nos deja como extraterrestres ante todas las otras especies animales, «bueno tal vez no», se dijo repasando la lista zoológica, «las ratas al parecer, gustan de acumular cosas, los hámster se llenan los cachetes de semillas para el mañana, las ardillas acumulan para el invierno, las hormigas y las abejas sobreproducen pensando en las crías… tal vez la avaricia es tan solo la necesidad de prever el futuro, ¡pero joder! que en el proceso hacemos todo huevo…», se estiró en el asiento bostezando con ganas. «…El miedo es el origen de querer siempre de más…», retrasmitió la esfinge, acompasando las ondas mentales de Lulú. Sorprendida, Lulú se volteó hacia Cata:

—¿Qué dijiste?

—No fui yo —dijo la bruja sonriendo—, fue el ser que se ha encarnado en la esfinge y que está despertando.

—¡Ay Cata! A veces te pasas —le sonrió incómoda Lulú, pensando que le estaba tomando el pelo.

Cata se limitó a sonreír alzándose de hombros. Luego que Lulú se reacomodara en su asiento, volteó cómplice hacia Esperanza para guiñarle un ojo. La otra sorprendida, sonrió vencida agitando la cabeza. No servía pretender que ella no escuchaba al espíritu agitándose en la madera.

—¿Dónde debemos recoger a Itzá? —preguntó Marcela colando su rostro entre el asiento del piloto y la puerta, y sobresaltando a Maura.

—¡Uf! Me asustaste —sonrió—. En el biotopo que yo sepa, por allí vamos a desayunar.

—Siento haberte asustado, gracias, no te interrumpo —estiró la mano para palmear el hombro de su amiga, Maura le tomó la mano y la apretó por un momento sobre su hombro, trasmitiéndole seguridad y certeza.

Marcela se recostó en el asiento sintiéndose querida. Su exmarido había muerto hacía unas semanas. Apoyar a sus hijos en el largo y doloroso proceso de la enfermedad y la muerte del padre, la expareja conflictiva de Marcela, fue más una labor de madre donde debió fungir como bastión de sus vástagos. Ahora, sus amigas creían que debían andar con cuidado a su alrededor, mientras en cambio ella se sentía triunfadora por haber podido cerrar de extraordinaria manera un círculo más. Ambos terminaron como amigos, perdonándose sus mutuos apegos y faltas. Rafa y ella lograron encarar la muerte como lo que alguna vez fueron: cómplices de la vida. Sonrió pensando en el futuro, en las cumbres de los Cuchumatanes donde quiere construir una comunidad alternativa antes de irse de este mundo. Emocionada pensaba en la joven Itzá, en su capacidad creativa y poder de convocatoria. «Ojalá que quiera trabajar conmigo», se decía Marcela masajeando sus manos que empezaban a mostrar una rigidez nueva para ella, «ojalá se enamorara del lugar como lo estoy yo y quiera allí construir con quien encuentre, una comunidad para las almas inconformes de esta sociedad que robotiza a todo y a todos».

–Desde una vacío acuoso fuimos creados, nadamos en algún momento en un vientre lleno de líquido –gritaba Alejandra a Georgina, para hacerse oír por encima del sonido del motor del *jeep* y el «We Will Rock You» de Queen–, y consolada por ese recuerdo, Ofelia buscó el río para regresar a la Madre.

Georgina bajó el volumen a casi nada:

–Pobre Ofelia, mangoneada por el padre y el hermano que solo proyectan en la chica sus propias ambiciones masculinas. Y Hamlet que obsesionado dice amarla, pero que luego de poseerla la abandona en venganza a su orgullo masculino herido...

–Georgi vamos, no te quedes en la prosa y busca el significado –dice Alejandra, molestando a su amiga con el tono–. Ofelia es la alegoría de la violencia contra la inocencia... ella intenta, a todas luces, complacer a los miembros de su familia a costa de sus propios deseos, que no son más que amar y dejarse amar. Luego de que ni unos ni el otro aceptan su amor sincero, ya que inocente intenta cumplir con el padre esperando que el amado la entienda, no queda bien con ninguno. Al fin entregada su virtud, ella llena de flores se hunde en el río cantando. Ha dado lo que tenía para dar. Así, llena de amor regresa de donde ha salido.

–¡Vaya, que manera la tuya de resumir una obra maestra como Hamlet! –quiso Georgina devolver la pulla–. Ofelia es más que la inocencia, es la niña huérfana de madre, la joven deseada solo por su belleza, el objeto de deseo, ¡léase objeto!, peaje para el poder que desea su padre. Mujer sola en un mundo de hombres con reglas de hombres. Cuando Ofelia se entrega a Hamlet no pierde su virtud, ya que su mejor virtud es amar. Primero, queriendo complacer al intransigente de su padre y luego, a su apasionado amante, Ofelia demuestra ser consecuente con lo que entiende cómo correcto. Que lo sea o no, es otra cosa, pero ella es el perfecto ejemplo de lo fieles que pueden ser la mujeres a ciertas ideas. Luego, muerto uno, y el otro ido, puede si entonces, entregarse a sí misma…

Alejandra ríe:

—Vamos no te enojes —la zangoloteó con la mano libre—, pensemos en ese maravilloso cuadro que hizo John Everett, donde la Ofelia de su pincel flota tranquila y eterna sobre un agua que parece ser parte de ella. ¿Duerme la doncella?, ¿sueña…?

Fiel a su carácter tranquilo, Georgina recoge el guante:

—La doncella fluye… hay en sus labios el rastro de una sonrisa. Ella recuerda lo que vale la pena… los besos de su amado y haber sido un solo cuerpo con él…

Las dos estallan en una carcajada.

—¡Qué horror! —grita Alejandra—. ¡Somos un par de románticas empedernidas!

—¡Ay Ale!, ¿qué puede haber mejor que amar? Tanto dicen de la independencia… de ser libres y de poder hacer todo sola. Pero dime, ¿no saben mejor las cosas cuando estas enamorada… y en pareja?

—El otro día me dijo Ana que ella ha amado muchas veces y que está lista para seguir amando al próximo incauto que se cruce en su camino. Que siempre amó creyendo que era lo mejor que le había pasado, hasta que él se iba con otra… y luego, llegaba alguien que la hacía creer de nuevo que era lo mejor que le había pasado. Me lo dijo riendo. Fue cuando me contó sobre Hamlet y Ofelia, nos puso a leer la historia y nos enseñó los cuadros. Y fue ella la que me dijo: «toda mujer debe volver de tiempo en tiempo al vientre acuoso de la Madre, ya sea en el fondo de su propia vagina o en los úteros de la Tierra». ¡Eso!, para recordar que el amor es interminable, que está en todos lados y que es el mejor objetivo que puede tener toda alma…

—Experimentar el amor… —completó Georgina, mirando las montañas. Después de un momento, volvió hacia Alejandra y se extendió—. Amor, quiero que sepas que… Cuando siento el calor del sol, cuando sonrió ante la belleza de una flor, cuando me conmuevo ante la inmensidad del cielo, cuando me frustro ante la estupidez, cuando no quepo en mí por encontrar señales de alguien que anduvo antes que yo, cuando lloro de impotencia ante el dolor, cuando me muevo al ritmo de la música, cuando me deleito en el sabor de un buen vino o en el aroma del café, has de saber que todas esas veces estás conmigo... que vas a donde yo voy y ves lo que yo veo, que te hice mío así estés contigo lejos de mí...

—¡Ay! Georgina, que lo siento mi amiga —dijo tomándole la mano.

—Yo más —respondió Georgina con una sonrisa triste—, estuve y aún estoy muy enamorada —se ensanchó su sonrisa—. Siento como Ana te dijo, que es lo mejor que me ha pasado. No puedo pensar que después de él hay algo más, fue una relación tan perfecta... no quiero pensar que terminaré como todas ellas, ¡ya cumplí treinta años! —señaló con un gesto de la cabeza hacia los autos de adelante—, solas sin una pareja que las acompañe por largo tiempo.

—Piensa Georgi, que todas ellas estuvieron casadas, o bueno casi todas —se corrigió Alejandra al pensar en Ana, Shika y Sol—, y todas están felices ahora sin maridos o por lo menos eso aparentan. Hasta Isabella que lo tiene y no pareciera que comparta mucho con su pareja, se ve feliz. Vamos amiga, por eso estamos en este camino, para aprender a ser felices con nosotras mismas y de paso descubrir los misterios del cosmos...

—¿Pero te parece que tiene sentido, Alejandra? ¿Ser seres completamente sociales, ser seres amables, llenos de ganas, de deseo, de sueños, de estar con un alguien y trabajar para estar solas?, ¿en lugar de luchar por estar en pareja...?

—Bueno mi amiga, es que la pareja es de ¡dos! —se encogió de hombros Alejandra—, y hasta que no hayan más hombres evolucionados y sensibles al deseo y al trabajo que implica estar con otro... —se paró con la oración en el aire y pegó al timón antes de continuar–, ¡pero Georgina escúchanos! El amor no puede ser trabajo, la pareja no puede ser presión, el amor no puede ser anularte o anular... el amor debe ser fluir, ¡debe ser...!, creo yo, que todo camine fácil y que los dos, esas dos almas que soy yo y él, tú y él, sea algo tan natural, que cuando no te diste cuenta llevan años juntos o una vida ... vamos, tú eres Gina sapiens... la mujer más lista, sensible, amorosa y amable que conozco... solo dale tiempo a tu duelo y ya verás que lo que viene es mejor que lo que se fue... incluso, cuando lo vuelvas a ver será aún mejor...

Alejandra no pudo terminar porque Georgina se le fue encima para abrazarla, provocando que la otra diera un timonazo.

—¡Qué nos vas a matar a las dos! —gritó riendo, mientras volvía el auto al camino.

—Eres la mejor amiga del mundo, ¿lo sabes? Vivir en el eterno ahora, ¿qué mejor...? —sonrió Georgina de oreja a oreja, mientras subía el volumen del auto para escuchar «Las palabras de amor» de Queen.

—Lo sé —respondió guiñándole un ojo. Al llegar al final, las dos cantaban a todo pulmón: «But while we live, we'll meet again/ so then my love/ we may whisper once more/ it's you I adore/ Las palabras de amor/ let me hear the words of love/ despacito mi amor/ touch me now/ Las palabras de amor/ le tus share the words of love/ for evermore/ for evermore...».

—La ignorancia se mata preguntando, buscando, experimentando... y se combate con paz-ciente inteligencia —decía Ana, caminando entre el grupo de mujeres reunidas en círculo y sentadas sobre petates en la grama del gran campo abierto, que es la parte trasera del Hotel Bombil Pek–. Ni en la wicca, ni en el paganismo, ni en la espiritualidad maya, existe una figura tan deprimente y toda poderosa como el Diablo. Ese Satán cristiano que hasta debiera escribirse con mayúscula por la importancia que tiene dentro de la vida, los individuos y las sociedades. No existe Dios sin Diablo, así como no existe para ellos un mundo sin mal. Para los musulmanes, el mal es Occidente y para Occidente ellos son el mal. Nosotras sabemos que el mal nace del dolor y el miedo, y que es un juego de poder…

—¡Puchis! —interrumpió una molesta Alejandra—. Qué fácil es darse cuenta que son ellos y Dios quienes crean las guerras, los odios y las diferencias… monarcas sustentados por iglesias y mezquitas, machismo y misoginia sostenidos por palabra escrita a la que llaman «palabra de Dios», la intolerancia…

—La intolerancia empieza en nosotras —le puso Ana la mano en el corazón, agachándose frente a ella—, cuando no encontramos maneras inteligentes, no de combatir, sino de transformar lo que consideramos equivocado, nos fallamos a nosotras mismas. No es que sea nuestra responsabilidad, pero al involucrarnos debemos asumir las estrategias y vaivenes de la lucha —continuó caminando—. Y en la confrontación hay siempre vencidos y vencedores. ¡La verdad! como creemos, tiene muchas caras y se experimenta de forma distinta, dependiendo de dónde estemos paradas. Lo que debe diferenciar a una bruja, a una pagana y a una sacerdotisa de la Diosa… del resto de mortales, es precisamente nuestro talento para amar el todo y reconocer a todos como una manifestación divina. Es la compasión lo que debe movernos y el valor para la batalla que consideramos justa…

—¿Qué amas, Alejandra? —preguntó Sol.

—Amo la vida, la música, la naturaleza, algunas personas… —contestó la joven.

—¿Qué amas, Lulú? —intervino Maura.

—Lo mismo… más mis hijos: mis perros, y seguro mucha más gente que Alejandra —todas rieron.

–¡Allí esta! ¿Ven?, vamos a la lucha no porque odiamos o despreciamos o porque nos sentimos superiores, vamos porque queremos ayudar, ser parte de las soluciones. Y solo cuando nos lo piden o porque las circunstancias nos llevan.

–Bueno, todos esos locos van a la guerra porque dicen amar a Dios –interrumpió Shika burlona.

–Y otros para defender a sus familias, a las que aman –agregó Marcela.

–Hasta en la guerra más cruenta puedes decidir si matar o terminar con tu vida –habló Cata–. La guerra y la lucha son cosas distintas, matar o dejarse matar tiene reacciones distintas en el tejido del mundo. Los cátaros se defendieron del acoso cristiano hasta donde pudieron y luego se entregaron al fuego. Equivocados o no, tomaron una decisión que hoy nos permite ver a unos como locos violentos y a otros como locos suicidas... o sabios. ¿Vale la pena vivir diferente a lo que crees correcto y verdadero? ¿Es la muerte algo muy distinto de la vida?

–¡Vivimos para crear, amar y sembrar! –interrumpió Sol–, o esa debiera ser nuestra más grande meta...

–Por favor –retomó Ana riendo–, no nos perdamos, tenemos una vida o lo que nos resta de ella para que cada uno en lo individual pueda decidir cómo quiere vivir o cuál es su misión en la Tierra. Hablarles del Diablo y del mal es solo para recordar que para nosotras el mal debiera ser tan relativo como decir que un pájaro es tonto por no saber nadar. Tomar los anillos mañana no es un pacto de sangre, ni letra muerta, ni peso a nuestra espalda, es solo un compromiso con nosotras mismas, un ritual para darle sentido a lo que consideramos sagrado. Un gesto y un símbolo para darnos objetivos claros de lo que hacemos cada uno con nuestra vida. Hacerlo en grupo, así en conjunto, es para sentirnos acompañadas, amadas y entendidas... porque nos vemos como animales sociales, porque entre todas aportamos elementos mágicos Es nuestra manera de tejer el misterio... de aportar a la energía cósmica...

porque se siente bien… —Ana caminó hacia Itzá la levantó y la abrazó. Como si hubiera sido una señal las demás se pusieron de pie para abrazarse unos a otras riendo.

Cargadas con pesadas mochilas, salieron en ayunas hacia la cueva de Bombil Pek. Después de una hora de caminata entre plantas y árboles nativos, llegaron a la orilla del precipicio donde en su fondo está la gran caverna. Allí las esperaban los hombres que las ayudarían a bajar con cuerdas. La primera en descender con todo y maleta fue Ana, quien ya sabía a lo que iba por haberlo hecho antes. En su primera experiencia fue como descender a lo que entendemos por Infierno. Las estalactitas y estalagmitas asemejaban a simple vista, gigantes colmillos de una monstruosa boca abierta. No se lo contó a nadie para no echar a perder la experiencia personal de cada una. La caída de 80 metros permitía a cualquiera, tiempo suficiente para cambiar su impresión tres veces. Así, ella pasó de ver un monstruo a la boca abierta de una serpiente donde se adentraba para transformarse y finalmente sentir que el útero vivo de la Madre la recibía. En la bajada, la luz y las sombras jugaban también un papel importante, ya que cambiaban conforme se adentraba la persona dentro de esa bóveda gigantesca, que cuenta con su propia pequeña selva de un particular microclima. Para poder bajar todas, incluida Marcela, se fueron a una escuela de rapel para entrenarse por un par de semanas en bajada con cuerda, así estaban preparadas para sostener su peso y frenar con guantes. Alejandra gritó emocionada todo el camino hasta abajo. Detrás de Alejandra bajaron mochila a mochila hasta llegar a la esfinge. Ana la recibió con un «hola hermosas», la serpiente enroscada a la cintura de la figura hasta el hombro, siseó satisfecha por sentirse en casa.

Shika gritó en cuanto quedó colgada:

—¡La puta que te parió, Ana! —luego silencio hasta que tocó tierra y salió corriendo para orinar entre los arbustos.

Cata, Itzá, Aura, Lulú e Isabella bajaron cantando. Georgina riendo a carcajadas casi histéricas. Maura hablando y preguntando de tiempo en tiempo:

—¿Cuánto falta?

—¡Ya llegaste! —le gritaban las otras desde abajo.

Esperanza, Marcela y Sol lo hicieron en absoluto silencio. Todo el proceso llevó casi dos horas y en cuanto Sol tocó suelo dijo:

—Vamos chicas, ahora que hemos sobrevivido la primera prueba de Xibalbá, quiero leerles algo —sacó cuatro papeles del bolsillo trasero de su texano, repartió tres entre Shika, Ana y Esperanza, y empezó cuando todas la rodearon.

Sol: «Hoy celebramos esas semillas y raíces que nutridas y alimentadas por la tierra están prontas a iniciar su camino hacia la superficie. Llenas de agua, no traen otra cosa que inocencia. Hoy celebramos la terca esperanza que insiste en nacer, renacer, morir y volver a nacer. Cientos de veces la esperanza ha sido violada, aplastada, maltratada y despreciada, pero la esperanza es terca, terquísima, porque su esencia es la de mantener la llama inextinguible. ¡No existe el darse por vencida!».

Le hizo un gesto a Shika quien leyó:

—Terca es la semilla y terca la raíz, y más terca su fuerza que se abre camino desde debajo de la tierra. Terca es la semilla que trae dentro de ella la promesa del fruto. Terca la semilla que se esconde en la partícula de la partícula más pequeña, de la que nacen raíces que darán pie y base a un arbusto, a una planta, o a un árbol... Tan terca que en su proceso evolutivo será primero tronco, luego ramas de la que surgirán flores y frutos que entregarán a la tierra como ofrenda, la semilla que originalmente les dio vida.

Suspiró Sol como tomando fuerza y dijo:

—Porque para todas nosotras, después o antes del saber y la magia, lo más importante es el amor —a forma de chiste, la mayoría giró los ojos en redondo—, nos desprenderemos de esas cargas que traemos. Así, ¡hablemos al amor!... póngale por favor un nombre en voz baja o alta cuando Ana lea la palabra amor por primera vez —indicó a Ana que leyera:

—Debo agradecerte amor —Sol dijo Jorge en voz baja y Lucio se le oyó a Georgina— que me hayas elevado en globo sobre montañas y valles, sobre ríos y ciudades... debo agradecerte amor que despertáramos enredados, saciados, ensoñados y hambrientos de tú y de yo, de nosotros y de amor, de maravilloso e inextinguible amor. Aun sonrío por nuestras madrugadas juntos para ver el sol después de haber vivido la luna... gracias amor, que me amaste, que dejaste que te amara, que reprodujéramos amor juntos en el cosmos. Gracias por elevarme a base de fuego para levitar en medio de nubes, junto al vuelo de los pájaros. Gracias por darme mil te quieros y mostrarme otros mil te amos. Gracias por decir «yo por ti daría la vida» y luego lanzarme al vacío. Gracias por recogerme en pleno vuelo, volverme a mecer en tus brazos de amor y dejarme caer de nuevo. Entonces amor, te contaré lo que no viste. Te contaré cómo me estrellé en el suelo, cómo mis huesos estallaron en añicos y diseminados y rotos en múltiples partes quedaron allí sobre la tierra bañados en llanto. En medio del dolor me llegó el eco de un canto. En medio de mi abandono y mi tristeza, sentí cómo la tierra acariciaba mi destruida carne. Cuando mis huesos hechos polvo hacían cosquillas al ser absorbidos por la tierra, empecé a sonreír de nuevo. Me dejé ir, me entregué y morí... ya no había yo... no había nada más que una promesa, una energía llamada esperanza. Un todo contenido en un YO PUEDO.

Sol hizo una seña a Esperanza:

—Así, desintegrándome en las entrañas de la tierra recordé que debía agradecer a mi padre antes que a ti, ese macho que me golpeó hasta casi matarme, que me llamó idiota y me abusó sexualmente... —Esperanza paró, levantó la vista y pasó la mirada sobre todas. Algunas bajaron la mirada, otras se pusieron más rectas.

—Sigue por favor —pidió Sol.

—...el haberme hecho fuerte. Le agradecí la lección de mostrarme el camino de la sobrevivencia y de la resiliencia al dolor de cualquier tipo. Aprendí con él que si sabemos contar, no hay que contar con ellos —se oyeron algunas risas y algunos «qué bueno que sé contar» o «vaya que aprendí pronto». Esperanza volvió a pasar la vista sobre todas y continuó:

—Recordé esos otros hombres que amé, que me amaron, que partieron o que me vieron partir, recordé que ya me había quebrado antes, otras veces. Si contigo amor había viajado en globo hasta casi tocar las nubes, los otros fueron la base de despegue para que contigo llegará tan lejos. Allí, desecha escuché un latido de esperanza tímido y un poco difuso. Recordé que sin miedo bebí de tu aliento, feliz te dejé entrar en mi cuerpo, enamorada te observé moverte. La esperanza de ser uno juntos y separados en el mapa del mundo, amplificando lo mejor del amor, me llevó a vivir cada minuto contigo, entera, íntegra y sin tiempo —Esperanza aceleró la lectura—. Esta vez la esperanza palpitó fuerte bajo la tierra. No era solo mi esperanza, era la de toda la Tierra, de que cada una de nosotras ame y vuelva amar, y lo vuelva hacer de nuevo. Cada experiencia es la composta emocional y espiritual para el amor como un todo. Mi cuerpo empezó a tomar forma. Las raíces de mi memoria se extendieron y bebieron... lista para renacer.

Al terminar, guardó silencio un momento con la vista en el papel, luego levantándola, barrió por tercera vez a todas con la mirada.

Sol dijo:

—Cuando eres el sol, llevas las luz a donde llegas y contigo se va cuando partes —resonaron las palabras en el eco de la cueva—. Cuando eres la luna, eres también el mar, los bosques y las cuevas, porque la luna es solo el punto de partida para todo lo que existe interconectado —hizo un gesto a Ana que leyó:

—Nosotras mujeres, somos la madre, la madre que parió todo, somos la mujer que inició el juego, somos la semilla, la raíz, el tronco, la rama y el fruto de cada árbol de la red. Somos las portadoras de semillas y somos también la esperanza que porta la semilla. Ahora debemos asumir el papel de maestras, guerreras, sanadoras, amantes y convertirnos en reproductoras de amor, sin miedo a perder porque siempre algo se gana, sin miedo a estar solas porque andamos en manada. Todas soñamos con un gran amor, el factor masculino del Universo es nuestra fuente de dolor, pero también de amor. Seremos valientes y viviremos por y para el amor. Y hoy venimos aquí, primordialmente a despertarlo...

—¡Por el amor! —gritaron todas.

Ana rio y siguió leyendo conteniendo la risa:

—En el paganismo vivimos por y para el amor... vivimos por y para el acto de la creación... celebramos la vida de todas las maneras posibles y sabemos que no podemos entregar nada que no llevemos adentro. Por lo tanto, nos cultivamos, trabajamos en nuestro cuerpo, mente y espíritu, para ser la mejor persona que podemos ser... no somos perfectas. Somos seres en proceso consciente de que podemos fallar, de que podemos equivocarnos y destruir o dañar. Por eso hacemos rituales para recordar y transformar nuestros errores e invocar nuestras fortalezas. Hacemos rituales para divertirnos, para reír, para compartir, para encontrarnos entre nosotras y a nosotras mismas… para invocar el misterio y todo lo que no entendemos, pero sabemos que está allí... para unirnos a los elementos en un acto de poder… poder de ser viento iniciático, poder de ser tierra fecunda, poder de ser vibrante éter, poder de ser agua fresca, poder de ser fuego transformador.

Se tomaron entre todas de las manos y empezaron a girar, casi cayéndose por lo inestable del suelo y las cosas regadas aun sobre él. Cantó Sol: «Vamos a la vuelta del toro Gil,/ a ver a la rana comiendo perejil/ la rana no está aquí,/ estará en su vergel,/ sembrando una rosa,/ sembrando un clavel…».

Todas empezaron a reír cantando al unísono. Luego de varias vueltas, pararon acaloradas.

—El ritual ha iniciado —dijo Sol.

—Hemos descendido a Xibalbá, el espacio sin tiempo —dijo Ana—, que no es otra cosa que el vientre acuoso de la Madre… Xibalbá es donde debemos pasar algunas pruebas, encontrar nuestro valor, nuestra misión y nuestra sabiduría.

—Aquí en Xibalbá —continuó Itzá—, se sabe todo de nosotras y cada cosa que traigamos en el corazón se magnificará y se nos mostrará como nuestro peor enemigo o nuestro mejor aliado. Porque la puerta a Xibalbá es nuestro corazón…

—Xibalbá es nuestro subconsciente —retomó Ana—. Algunos hacen de Xibalbá una pesadilla perenne. A donde van, arrastran consigo sus peores miedos y una experiencia traumática del nacimiento… olvidan el resto. El poder con que fueron gestados, la alegría unánime de la creación, el amor del que están formados, la libertad para escoger camino. Todo forjado en Xibalbá, que es la puerta de entrada al mundo…

—Así, hoy volvemos al vientre, a esta matriz terrena —siguió Sol, sonriendo pícaramente—, y mientras, ustedes abren sus matrices con magníficos orgasmos, ¡espero!, yo tocaré el tambor para todas ustedes.

—¡Vamos en marcha! —gritó Shika jalando su mochila—. ¿Dónde nos colocamos?

Riendo, se volvieron a colocar las mochilas para dirigirse a la parte plana de la gigantesca caverna donde pasarían todo el día. Cada una llevaba diferentes ofrendas, que al quemarse llevarían al éter y en el viento, su voluntad trasformadora. Fijaron un lugar para el fuego y se tomaron de las manos abriendo el círculo. Con un pasito atrás dejaron a la esfinge dentro, en un sitial de honor. Colocaron su petates sobre el suelo, en dirección al centro. Organizaron sus elementos rituales a los pies del petate: la daga flamígera, el cinturón de poder con sus respectivas bolsitas para las piedras, las hierbas, el vaso y un objeto secreto. Un tambor, una flauta o una pandereta. Sus ofrendas personales para el fuego y sus compañeras de viaje. Fruta, pan, semillas, vino, velas, flores, incienso, panela, perfume, chocolate, tetera, agua, sangre menstrual, sal y azúcar. Extendieron sus vestidos sobre el suelo, se desnudaron completas, solo Sol cubrió su pene con un paño atado a la cintura. Todo esto lo hicieron hablando, riendo, burlándose unas de otras, animándose y aplaudiéndose. Al quedar todo ordenado, Cata mandó a todas al baño, lejos entre los árboles y los arbustos.

Al volver, cada una sobre su petate, se operó con gusto y a su manera… uno, dos, tres, cuatro, cinco, seis, siete, ocho, hasta nueve orgasmos. Laxas y derrumbadas, necesitaron un momento para organizarse en línea y dirigirse con cuidado hacia la apertura en forma de *ioni*, al fondo de la gran pared de piedra. Allí, unas con más facilidad que otras, se arrastraron hasta el otro lado para adentrarse en un corredor cerrado, similar a un conducto vaginal, que llegaba hasta una segunda apertura que se abre sobre un precipicio, tal y cómo son las matrices de toda mujer vibrando en la cósmica esencia. Les llevó un buen rato arrastrarse a oscuras, ya que solo Ana e Itzá portaban dos pequeñas antorchas, una abriendo camino y la otra cerrando la línea. Colocaron las antorchas en sitios estratégicos, luego de acomodar a todas a lo largo del pasillo. Itzá, Aura, Alejandra, Cata y Sol comenzaron a tocar las espectaculares estalagmitas, que al pequeño estímulo de sus manos y otras piedras, emitían mágicos e inspiradores sonidos. El canto lo inició Cata junto a Ana. Poco a poco se fueron uniendo las otras:

Eeeeeeeeeeeee eeeeeeeeeeeeeee
yeyeyeyeyeyeyeyeye
Aaaaaa
iiiiiiiiiiieeeeeeeeeeeeeeee
mmmmmmmmmmmm
Mannnnnnnnnnnnnn
mannnnnnnnnnnnnnn mannnnn
Ooooooooooooooooooooooooooooooooo

Hasta que juntas cantaron las palabras en latín de la canción «Unda», igual a onda u ola, del grupo alemán Faun: «Unda attingit/ Te et abducit/ Te in profunda/ Sicut es unda». Que se puede traducir como: «La ola te ha alcanzado,/ te lleva,/ a la profundid,/ tú eres la onda».

La música las elevó en trance. Dispersas y conectadas cantaron y bailaron con casi imperceptibles movimientos. Ni el frío, ni la humedad sobre sus cuerpos y pies desnudos, molestó a alguien. Salir fue aún más divertido y mucho más significativo, todas verdaderamente experimentaron el nacimiento del profundo y oscuro útero a una brillante luz de mediodía.

De vuelta a sus petates, se vistieron con sus largos vestidos rituales, todos diferentes y cada uno diseñado por su dueña para representar los volátiles y específicos elementos. Aura, Itzá y Cata fueron ordenando las ofrendas al estilo de los rituales mayas, destinadas a alimentar el fuego. Empezaron formando un círculo con una cruz dentro, que representa los cuatro puntos cardinales más el centro, los cuatro elementos más la energía cósmica. El resultado fue una hermosa mandala de pétalos, velas de colores e inciensos de diferente tipo.

Cada una de las trece con una vela negra en mano, para representar el origen del universo y la vida, fueron aportando su llama para encender el místico elemento del fuego. Aura dirigiría la visión maya, Cata incluiría la visión de la wicca ecléctica, Ana sería el enlace entre ambas, y entre todas harían una sincronización de mundos y visiones para incluir a todas las mujeres del planeta. El objetivo final del ritual era tomar los anillos en un acto simbólico de compromiso con la tierra Xia, despertar el poder de Ix la mujer jaguar en cada útero viviente y conectarse con Ela la fuerza primigenia que dio vida a tres poderes básicos: la imaginación, la autoridad y el amor, en la forma de tres diosas conocidas: Inanna, Ixel e Isis, que a su vez gestaron múltiples diosas y dioses. Escogieron cuatro diosas con sus contrapartes masculinas para representar cuatro fuerzas duales: el placer, la ilusión, el tiempo y el dolor. Un eterno ocho de fuerzas opuestas que se enfrentan con un único propósito, el caos, el infinito juego del destino de hombres y mujeres, se balancea en un vaivén que va y viene. Dentro del gran panteón divino escogieron los nombres de Hathor y el provocador Seth, Shakti y el destructor Mahisa, a quien la diosa venció antes de que este acabara con el mundo, Coatlicue y su hijo Huitzilopochtli, quien descuartizó a su hermana y destronó a su madre, y Cerridwen y a Gwion, a quien la diosa dio muerte y vida.

Así empezó explicando Ana:

—En la figura de nuestra bella esfinge, quien Shika aquí presente... —Ana riendo se acercó a la mujer Eros para levantarle una brazo en gesto de victoria—, logró manifestar con su talento... por lo que pido un aplauso para la artista —todas entusiasmadas le aplaudieron, ante lo que Shika hizo una cómica reverencia—. Así, las poderosas patas de Ix la jaguar, representan la inteligencia, la fuerza sensual y creativa. Con su torso de mujer, la esfinge nos recuerda la palpitación latente de la vida y nuestra forma actual. En las alas de zopilote yace el aspecto divino de la muerte, ya que no hay vida sin muerte, ni viceversa. En sus cuernos de media luna existe la fertilidad ilimitada del cosmos y su cola de serpiente es la sabiduría ancestral e intuitiva a la que toda mujer tiene acceso —Ana caminó en círculo alrededor de la figura, que internamente sonrió enamorada de las mujeres del círculo—. Ella es hoy nuestro tótem, el símbolo de lo que amamos y buscamos manifestar en cada una de nosotras, es el símbolo de nuestro despertar integrado y con quien lucharemos para equilibrar el desbalance de violencia y destrucción que genera una masculinidad ególatra y misógina, que ataca hasta la tierra misma que nos sostiene a todos y de la cual muchas mujeres son también reproductoras. No estamos contra nadie, estamos a favor del poder de la mujer que da vida, la alimenta y la cuida, del poder de la mujer que da placer y hace el mundo bello, del poder de la mujer que es impecable con su esencia y crea un mundo justo…

—Por lo que enfrentaremos la destrucción, la crueldad y el dolor, con corazón, pensamiento y acción —gritó Alejandra y el resto contestó—: con corazón, pensamiento y acción…

Aura empezó con la invocación de los espíritus de los elementos y dirigiéndose a los cuatro lados del mundo fue diciendo: Balan Kitze espíritu del fuego, Balan Akab espíritu de la tierra, Majukutaj espíritu del agua e Ik Balan espíritu del viento… .

Mientras Aura hablaba, Itzá iba agregando elementos al fuego. Aura después, bendijo a todas con agua perfumada de rosas, y luego con los pies bien plantados sobre el suelo, inició el llamado de los 20 naguales y animales guías. El primero en llamar fue al conejo y su fecunda semilla, y Cata llamó en contraparte a las salamandras de fuego. Al fiel y fuerte coyote invocó Aura y detrás al beligerante mono. A los gnomos llamó cantando Catalina, y a los espíritus de los arboles les silbó imitando los sonidos del viento. Itzá, a la vigilante mujer jaguar nombró trece veces, y otras trece más a la mujer quetzal, más otras trece a la mujer búho y su poder lunar. Cata invocó a las abejas, las hormigas y a las tortolitas con su capacidad organizativa y su fuerza laboral. Aura sacó una larga obsidiana de su morral y cortó en el viento diciendo:

—Corto cualquier cosa que nos ate, nos enferme o nos quite energía. Con la obsidiana convoco la fuerza de todas las piedras.

Lanzando agua en todas direcciones, Cata pidió a las ondinas hacer acto de presencia en las gotas de la cueva, en los charcos y en los ríos cercanos. Itzá invocó a la lluvia y el trueno, y les pidió limpiar de malos pensamientos y llenar de limpia energía a los líderes del mundo. Llamó a Ajpu el caminante y le pidió despertar en los corazones buscas honestas y luchas justas. Cata invocó a Diana y su visión certera. Aura fue nombrando los peces de los ríos, de los lagos, hasta llegar a los delfines y ballenas del mar. Itzá cantó a los colibríes, a las lagartijas, a los venados y a las arañas. Cata elevó su Athame ritual para convocar a las sílfides de los vientos y los amaneceres.

Aura caminó hasta la esfinge y dando tres vueltas a su alrededor pidió:

—Despierta Kan, sabia serpiente. Despierta la sabiduría en todas tus hijas, ven hermosa kantil y mueve en todas nosotras tu poderosa energía sexual, vamos poderosa Kan, enséñanos a mudar de piel y rejuvenecer.

Se acercó Cata a la esfinge y con ambos manos la acarició de abajo arriba diciendo:

—Fuerte jaguar, íntegra mujer, libre zopilote, fecunda vaca y sabia serpiente, son una todas, todas son una.

Itzá colocó una collar de flores alrededor del cuello de la escultura:

—Han muerto nuestros miedos, han muerto nuestras limitaciones, tú eres nuestro símbolo. El símbolo de la mujer que va tras lo que quiere y hace lo que ama.

Shika se dirigió hacia el fuego, al que entregó chocolate diciendo:

—Por amor y en recuerdo a todas las mujeres que en el pasado supieron dejar para nosotras huellas que seguir, ¡hoy! doy a la tierra el chocolate, fruto de tu fruto y alegría de todas las golosas de la Tierra —no faltaron las risas.

Isabella fue caminando alrededor del círculo para entregar una pulsera de frijoles rojos a cada una:

—Estos frijoles son Tzi'te y representan la autoridad de la Madre, la primera madre del cosmos. La que parió las estrellas y las semillas. Estas semillas guardan el recuerdo y la sabiduría de todos los tiempos.

—Son la terca esperanza —rio Ana dando un beso a Isabella en agradecimiento, ya que la morena había pasado meses recolectando los frijoles hembras para este día.

Lulú grito:

—¡Hora de comer! —y procedió a repartir con una canasta tortillas con guacamol. Ana destapó un tecomate decorado con sangre menstrual, lleno de vino y jugo, y lo pasó para que fuera de mano en mano, y de boca en boca. Alejandra repartió mangos y Georgina uvas. Maura cortó en rodajas un pan que empapó en aceite y limón. Sol dio a cada una, pequeñas piedras de colores y Marcela entregó plumas. Finalmente, Esperanza regaló a cada una bolsas con hierbas y semillas. Apareció una canasta llena de mandarinas y un plato con aceitunas y tomates.

Cuando estuvieron saciadas y el círculo quedó limpio de nuevo, Ana pidió prepararse para la toma de los anillos. Todas sentadas colocaron una pequeña caja frente a a ella.

—Satisfechas y felices, ahora podemos comprometernos con quien queramos —Ana rio con una carcajada fuerte y contagiosa. Sonriendo abrió su caja para mostrarles el contenido a todas. Sacando el primer anillo dijo–: nací caminante, preguntona y curiosa, así hice desde pequeña el camino de la buscadora, hasta que llegué a saber mucho y a entender el tamaño de lo que aún me faltaba. Así sin duda, he portado siempre el anillo del conocimiento, de la perseguida bruja, a quien he rebautizado como la Mujer Natura, porque mi escuela es la naturaleza y todos su elementos –sonriente deslizó un estrafalario anillo de plata, con curvas y eses en el dedo del medio–. Me comprometo con la verdad y la ganas de compartir lo aprendido con quien quiera. ¿Alguien más tomará este anillo? –preguntó recorriendo al grupo con la mirada. Sin excepción, todas exclamaron con diferentes tonos y tiempos:

–¡Yo lo tomo!

–Yo caminaré aprendiendo.

–Seré alumna y maestra.

–Buscaré la verdad hasta entenderla.

–Seré una bruja curandera…

–Preservaré la memoria con rituales y símbolos.

Cuando las trece emocionadas terminaron de mostrarse unas a otras sus anillos, tomó la palabra Isabella:

–Me gusta el orden, me gusta lo conocido, he trabajado feliz y muy duro por las bases de la familia, por las reglas sociales, por el bienestar común, he ayudado siempre donde he podido… no concibo la vida sin servir, la tierra sin dar fruto o la humanidad sin la solidaridad social. Mi camino definitivamente es el del servicio y el compromiso con el otro, con los otros. Con mi marido, con mis hijos, con mis amigas –hizo un gesto señalando alrededor y finalmente detuvo la mirada en Shika, quien riendo dijo:

–No sé qué hice para merecer tu amor y tu fidelidad, mi amiga, pero gracias.

Isabella sonrió tranquila y realizada abrió su cajita, de donde sacó un anillo que colocó en el dedo anular de la Puta. Ambas mujeres se abrazaron emocionadas, con lágrimas en los ojos, conmoviendo al grupo.

—Pues yo me comprometo con la lucha social —exclamó Alejandra rompiendo el hechizo—, y con ustedes mis hermanas de camino y contigo Vagina Sabia —dijo dirigiéndose a Georgina, que empezó a reír emocionada—. Así tomaré también el anillo de la santa y el servicio, ¡igual me cueste un chingo hacer su camino!

—Yo también tengo un anillo para ti, Alejandra la Grande, me comprometo también con la lucha y la defensa de las mujeres —respondió Georgina, golpeando a su amiga en la cabeza.

Maura y Lulú intercambiaron anillos, Cata y Marcela, Ana y Sol, Aura e Itzá, y simbólicamente Esperanza con la esfinge, que rio pensando: «no hay casualidades en la vida, solo un gran flujo que empuja los hilos del juego».

—Yo, yo, yo —empezó Sol riendo hacia el suelo y para sí misma—, seré la mejor versión de mí misma, anular el ego es anular mi individualidad y mi destino. Por lo tanto, no puedo quedarme sin ego, por lo menos no hasta que muera. ¡Ay, qué casualidad que la palabra anular y el dedo anular pertenezcan ambos al ámbito de la mártir! —dijo sorprendida, sacudió la cabeza y continuó—. Me ha costado mucho definir y entender quién soy, para desaparecer mi ego y mi identidad ahora —rio—, por lo tanto, enamorada de mí misma, fascinada por lo que sé me falta aprender y vivir, tomaré conscientemente el camino de la mártir —se alzó de hombros—, y es que estar muy consciente de ti misma, es, pues, siempre un poco doloroso… ¡pero me encanta! —rio—. Me encanta quién soy y sé que siendo mi mejor versión, haré el camino del ego, pero sin sufrimiento innecesario —se puso de pie—, aprenderé a reírme de mí misma, aprenderé a ser una yo que sirve y ayuda a los demás, una yo cada día más sabia y por lo tanto, más bruja. ¿Quién me acompaña? ¡Cada una en su esfera!, ya que la mártir o camina sola, o enreda.

—Yo, yo, yo —contestaron todas al unísono, mientras sacaba cada una un anillo diferente para colocarse en el dedo gordo.

Ya calladas y de nuevo sentadas, Ana tomó la palabra:

—Bueno señoras, señoritas, nos toca el anillo más complicado de todos, ¡el de la virgen! El de la impecabilidad, un camino de perfeccionismo... el anillo de la virgen no tiene nada que ver con la abstinencia sexual, ¡se puede, claro!, hacerlo así si se quiere —dijo recorriendo el grupo con la mirada, todas a excepción de Esperanza, hicieron diferentes bromas:

—¡Que aburrido!

—Por fuerza mayor ni modo...

—Antes muerta que sencilla...

—El anillo de la virgen —retomó Ana—, es el camino de ser cuidadosas con lo que decimos, hacemos y pensamos, es el camino de la congruencia y de la integridad. No se puede hacer este camino, si no se han tomado otros. Ya que este es el camino que perfecciona otros, y a su vez, los otros le dan sentido a este. Es el camino de ser y hacer quién decimos ser... puede haber putas muy vírgenes —rio viendo a Shika—, ya que son completamente impecables con sus personas y perfectamente íntegras a su manera de pensar y entender la vida... no hacen daño a nadie y son tan excepcionales que se vuelven inalcanzables para el resto... es el anillo y el camino que más trabajo conlleva...

—Yo lo tomo —exclamó Maura decidida—, así tenga que corregirme la plana diez veces al día —rio—, estoy pensando en mi mala boca —dijo haciendo un gesto de disculpa con la cabeza y una sonrisa conciliadora—. Lo más difícil para mí será ser una puta, quise decir, una mujer Eros íntegra —miró a Shika cuando concluyó—. Me cuesta ser indulgente con mi persona y otros, y me cuesta verme como un mujer sensual... de cinco sentidos.

—No estoy lista para este anillo —dijo Alejandra.

—Yo tampoco —se sumaron Lulú, Esperanza e Itzá.

—Lo intentaré —exclamó Georgina.

—Vamos por él —dijo Isabella mirando a Marcela.

—¿Tú, Aura? —preguntó Ana a la Ajk´ij, quien afirmó con un gesto de cabeza.

—¿Shika?

—Pues como que ya lo vivo, por lo que entiendo, ¿y tú, Sol? —contestó riendo la aludida:

—Pues sí, quiero ser la mejor versión de mí misma, como que no me queda de otra —rio—, seré íntegra con mi persona e impecable de pensamiento, obra u omisión —el grupo entero estalló en una carcajada profunda.

—¡Que conste que seré impecable en el sexo! —exclamó Ana—, o sea, haré el amor mejor que nunca …

—¡Salud por eso! —grito Maura feliz.

—¡Salud! —gritó el resto levantando sus copas.

—Y es que la copa es el símbolo de la virgen —dijo Ana al darse cuenta.

Nueve se pusieron anillos en el dedo meñique y llegó el turno de hablar de Shika:

—No tengo que explicar a nadie que he hecho el camino del placer y la alegría, no por puta, sino por feliz y por estar a gusto con la vida —se colocó en una pose sensual—, tampoco tiene que ver con mi sexualidad. Tiene que ver con la manera que disfruto la comida, las cosas bonitas, con el gusto de hablar, de escuchar, de tocar y ser tocada —hizo un mohín con la boca—. No tengo que acostarme con nadie para que me llamen puta, basta con cómo me vista o cuántos amigos tenga, o qué tanto parrandee… por eso este anillo es en realidad el de la mujer Eros, la mujer capaz de exacerbar sus sentidos y contagiar a otros. La mujer capaz de disfrutar de ella y de influir en otras para que hagan lo mismo… así, la mujer Eros, déjenme decirles, es la más poderosa de todas las mujeres y la más feliz, porque se ama, porque está llena de amor y placer para compartir con otros o para llenarse a sí misma —se sentó recta, en posición de loto–. La mujer Eros experimenta con la materia y la trasforma, ella es una artista completa en la cocina, con su casa, con su persona y por supuesto, si quiere en la cama… el elemento de la mujer Eros es el fuego. El fuego abrazador, la braza caliente o el tibio calor del sol – muy seria, Shika dijo dramáticamente–: su fuerza y su poder nacen de su matriz, de su sexo, de su vagina, ¡de su puto valor de arriesgar y ganar, o perderlo todo! –y estalló en una tremenda carcajada, luego ya más natural–. Sí, la mujer Eros debe ser valiente, porque quien con fuego juega… sale quemada. Yo, señoras, soy una verdadera prostituta porque cobro por sexo y soy puta porque así me señalaron las otras, los otros. Antes de que cobrara o me acostara… mujeres me señalaron con el dedo y me etiquetaron, aun antes que los hombres que morían por salir conmigo… luego de un par de amantes, igual me señalaron –rio como recordando–, así que decidí hacerme dueña de mi destino, de mi cuerpo, de mis finanzas y de mi reputación –y volvió a estallar en risa y esta vez el resto con ella–. ¡Bueno, dejémonos de pendejadas! A ver, ¿quién se atreve a hacer el camino del fuego y a empoderarse en su cuerpo y en su sensualidad manifiesta, en todo lo que toca y hace? No se confundan señoras, no es el camino de la manipulación… el verdadero poder nace precisamente de la integridad. Sí, no se engañan a ustedes mismas, sin darse cuenta el resto bailará al son que ustedes toquen.

Ocho tomaron el camino del fuego: Ana, Sol, Isabella, Alejandra, Lulú, Maura, Shika y Esperanza.

Cinco tomaron cinco anillos, completando la estrella de la palma, decididas a experimentar con el poder absoluto ¡y ser diosas!, o morir en el intento.

La serpiente se agitó feliz sobre la espalda de la esfinge y le siseó al oído. «Sí querida», contestó la figura a la serpiente, «ahora ella deberá hacer su parte. Contarles su historia y su misión». Desde el otro lado del

círculo, Esperanza levantó la cabeza despacio, despren-
diendo la mirada de su anillo de fuego, tranquila con-
tactó a la figura con los ojos. Su sonrisa empezó pequeña hasta llenarle la cara entera. ●

Índice

Otros títulos de CAAW Ediciones

- ❖ ***EXORCISMO FINAL***, Yovana Martínez
- ❖ ***ORGASMOS***, Josué Barredo Lagarde
- ❖ ***A GABRIEL NO LO MATÓ LA LUNA***,

  Idania Bacallao Iturria

2016
caawincmiami@gmail.com

53490112R00406

Made in the USA
Lexington, KY
07 July 2016